五大贼王 7

上·五行合纵

图书在版编目（CIP）数据

五大贼王．7，五行合纵 / 张海帆 著．—北京：东方出版社，2019.8
ISBN 978-7-5207-0970-5

Ⅰ．①五…　Ⅱ．①张…　Ⅲ．①长篇小说—中国—当代　Ⅳ．① I247.5

中国版本图书馆 CIP 数据核字（2019）第 068061 号

五大贼王：7 五行合纵
（WUDA ZEIWANG: 7 WUXING HEZONG）

作　　者：张海帆
责任编辑：朱　然
出　　版：东方出版社
发　　行：人民东方出版传媒有限公司
地　　址：北京市朝阳区西坝河北里 51 号
邮　　编：100028
印　　刷：北京市大兴县新魏印刷厂
版　　次：2019 年 8 月第 1 版
印　　次：2019 年 8 月第 1 次印刷
开　　本：710 毫米 ×960 毫米　1/16
印　　张：35.5
字　　数：560 千字
书　　号：ISBN 978-7-5207-0970-5
定　　价：59.80 元
发行电话：（010）85924663　85924644　85924641

一、火魂断续

火小邪拣着无人之处，一路呼唤瘪猴他们的名字，也不敢大声，却始终无人答应。再走一段，已经出了密林，前方豁然开朗，已到了山脚下，一个不大不小的村落就坐落在眼前不到二里远的地方。

村落里一道炊烟升起，火小邪张望了一下日头，正是午时。

一见有人，火小邪顿时觉得腹中饥饿难耐，灼得胃火烧火燎的疼痛。

“我这个样子，再找下去恐怕也要死了，先去村庄里讨碗饭吃，包扎一下伤口才好。”火小邪心里想着，便从密林中钻出来，拣着低洼处，向村庄中摸了过去。

走了一段，火小邪回头一看，只见身后群山巍峨，连绵不绝，又是心头一惊：“奉天附近百十里，也没有这么高大的山啊……我到底是在哪里啊？”

尽管一肚子全是疑惑，但饥饿感是实实在在的，火小邪看着不远处的村落，连吞口水，恨不得能吃下一头牛去。

正想着能讨到什么吃的，突听到头顶上嗡嗡作响，仿若雷声。

火小邪赶忙退后一步，钻到草堆里，向天上观看。

只见一架金灿灿的单桨飞机，从云层里急坠而出，在空中翻了个筋斗，又忽地拉高，再度钻进云层中，很是轻盈。这架小飞机消失之后，云层中又先后钻出两个大块头的飞机，机身上画着日本膏药旗，似乎正在寻找先前的那架金色小飞机，嗡嗡的声音巨大，两架大飞机盘旋一番，没有找到小飞机的下落，在火小邪头顶盘旋不止，不肯离去。

火小邪看得目瞪口呆，情不自禁地暗叫道：“日本的零式战斗机！”心里刚刚叫完，火小邪又是一愣，“啥？这东西叫啥？零式战斗机？我……我……我……我……我……我怎么会给这两个怪鸟起这个名字？”

火小邪抓耳挠腮，百思不得其解，他的记忆中，压根没有见过能在天上飞的铁鸟，怎么一张口，想也不想地称这东西是“零式战斗机”？

天空中，那两架零式战斗机盘旋了一会儿，突然一架飞机拉起了机身，向着远处直线飞去，就见到远处有一个金色的小点儿，从云层中绕出来，正越飞越远。两架零式战斗机发现了踪迹，紧追而去。不一会儿，三架飞机全部消失在远处的云朵里，看不见也听不见了。

火小邪从草堆里爬出来，看着三架飞机消失的方向，骂道："×，真够吓人的，老子到底在哪？怎么全是些怪事！"

火小邪骂了几声，想也想不通，还是抖擞抖擞精神，加快了脚步，向村庄赶去。

好不容易进了村，火小邪举目一看，原本期待的心情一下子沉入谷底，满口口水咕咚一下，咽回肚子里。

这里一看就是个许久无人居住的废弃村庄，杂草蔓延，蛛丝遍布，道路上落叶铺了厚厚一层，无人打理。

火小邪见状，心里虽凉了半截，但看到村落正中央，那道炊烟还在慢慢升腾，于是怀着一丝希望，拣着墙根处，向前赶去。

走了几步，火小邪又觉得不妥，从墙上抹了一手灰尘下来，使劲涂在脸上，让人认不出自己的相貌，这才放了心。火小邪的理由很充分，万一点火做饭的是张四爷家的人，自己找上门去，一眼认出来，不是羊入虎口了吗？火小邪自觉得意："看来我大难不死，变得更聪明了啊！"火小邪干脆一不做二不休，把衣服全部撕掉，仅穿条内裤，又从一处大门洞开的废弃宅院里，捡了一条烂麻袋，撕了个开口，穿在身上。

"这回没人认得出我。"火小邪心想道。

等走到冒着炊烟的那一家，一股子米饭香味扑鼻而来，激得火小邪口水直淌，三步并作两步地奔上前去。努力吞下口水，轻轻叩了几下院门。

无人应答。

火小邪不死心，又加大力气敲了几下院门，还是无人作答。

那股子米饭香味，直钻心肺，火小邪再也按捺不住，伸手一推，门竟没有插上，应声而开。

火小邪吓得退了一步，瞅了瞅院门内，好像真的没有人，便鼓起勇气，装作潦倒异常的乞丐模样，慢腾腾走入院内。

还是个废弃的院子。门窗破烂，毫无人气。

火小邪憋着嗓子叫了声："大爷，大爷，有人吗？"

没人应他。

那股子米饭香味愈加浓烈，如同勾魂的法术一般，让火小邪不由自主地觅着香味，不管不顾地向房间里走去，魂不守舍地一直走进了伙房。

伙房里灶台下，还有柴火在燃烧，蒸饭的大锅盖得死死的，米饭香味正是从锅里透出的。

火小邪暗叫一声：“不管了！老子先吃了！”便一步跳到灶台边，将锅盖一把揭开。

米饭香味犹存，却只剩了一层锅巴……

就算只是锅巴，火小邪也惊为珍馐，眼睛瞪得滚圆，恨不得一脑袋扎进大锅里去，一边抠锅巴塞进嘴里嘎嘣嘎嘣猛嚼，一边号道：“锅巴好吃，锅巴好吃，我就爱吃锅巴！”

风卷残云一般，火小邪三下五除二，便把剩下的锅巴全部吃光，总算觉得肚子里舒服了许多，算是吃了个半饱。

火小邪吃完，环视一圈，又想道：“看来这间屋子，刚刚还有人在做饭，不知怎么就又跑了？奇了怪了！也罢也罢，我先在这屋子里四处转转，看能不能找到什么衣服药物。”

火小邪在屋子里飞快地翻找一圈，空无一物，觉得不太甘心，绕到后院去。

一进后院，火小邪眼前一亮，一个树杈上，明晃晃地晾着一套衣裳。

火小邪心头一乐，迈步上前，正要取下，又觉得不好意思，后退一步，鞠躬拜道：“我不是偷衣服，我不是偷衣服，大爷兄弟姐妹们，原谅原谅，等我有钱了，一定回来还钱。”

这样自我安慰一番后，火小邪方才上前将衣服取下。

火小邪刚刚把衣服取下，耳朵突然一晃，明明白白地听到身后十步开外有人的脚步声传来。

火小邪心中一紧，骤然回身，低喝道：“谁？”

半晌无人回答。

火小邪听得真切，就在围墙角落里，有人躲着，不禁盯着此处，又低喝道：“听到你了！”可转念一想，恍然大悟，“一定是做饭的人，躲在那里，怕我是坏人哪！”

火小邪赶忙口气缓了许多，将衣服放在脚下，高举双手，恳求道：“我是落难到此，落难到此，我不是想偷衣服，我是没办法，我这就走，这就走。”

火小邪拔腿便走，就听到身后窸窸窣窣作响，有脆生生的女子说话：“慢着！你站住！”

火小邪连忙站定，不敢回头，只道：“大姐别生气，我这就走。”

那脆生生的声音说道："回过头来！"

火小邪扭捏一番，头皮一硬，扭扭捏捏地转过身来，向说话的那人看去。

这一看，火小邪又是愣了，不远处分明站着一个俏生生的姑娘，打扮普通，可长相气质，分明是城里丫鬟模样，好看得紧。

火小邪依稀觉得这个女子有点眼熟，可就是想不起在哪里见过，只好高举着手，可怜巴巴地说道："大姐，你……你……你……别生气啊。"

这个女子打量了火小邪一番，看不出他的长相和身材，便厉声道："你是谁？"

火小邪吞吞吐吐道："我是个叫花子，没名没姓的……"

女子又问道："你怎么听到我的？你耳朵很好使。"

火小邪说道："一般好使，一般好使，让人撵得次数多了，耳朵就灵光了。"

"你从哪里来？又到哪里去？"

"嗯，这个……这个……我从那个山里面来，回奉天去。"火小邪指了指远处的大山，只好这样回答。

"哦？呵呵！"这个女子笑了声，表情轻松了不少，转头叫道，"爹，没事了。"

就听拐棍声响，从后院的篱笆门后，又莫名其妙地钻出一个老态龙钟的老者。

火小邪见来人是个老头儿，一个女子，一个老头儿，除了那女子嘴巴有点凶以外，两人应该没有什么威胁，也放宽了心。

老者看了眼火小邪，颤颤巍巍地走到女子身边，对火小邪说道："这位小兄弟，也是逃难出来的吧？"

"是，是是！"

"相见是缘啊，我看小兄弟的打扮，也是受了不少罪，来来来，请进屋一坐。"

火小邪惭愧道："老人家，不好意思，我刚刚……刚刚把你们的锅巴吃了。"

"没事，没事，我们刚才躲起来，是怕碰见坏人，请，请进。红儿啊，给客人打盆水，让客人洗洗脸。"

女子应道："是，爹爹。"

火小邪不好推辞，便跟着这老头儿，进了内屋。

老头儿腿脚不便，慢腾腾走到厅堂里，指点火小邪坐下。

火小邪心里踏实，庆幸自己碰到了好人，便没有推辞，坐了下来。一坐下来，身子一弯，断裂的肋骨处，又疼得钻心，不禁哎呀一声。

老头儿问道："小兄弟，怎么，受伤了？"

火小邪摸着胸前，说道："是啊，断了几根肋骨，老疼老疼的！没事没事！

哈哈！对了，老人家，这个村子怎么了？”

老头儿叹道：“日本人来了，在山里修工事，到处抓人杀人，这个村子里能走的，都走了，荒废了好多年。我和我闺女，在外面过不下去，偷偷地回来看看，谁知还是一个人没有。我俩回来也就两三天，打算再过几天，离开去外面谋生，这个村子，是待不下去了。”

火小邪张口便骂道：“天杀的小鬼子！我恨不得见一个就杀一个！”

说话间，那个女子已经端着一盆水进来。

火小邪赶忙站起，疼得龇牙咧嘴，勉强着笑道：“辛苦辛苦！”

女子递给火小邪一块干净的毛巾，也不说话，退到老者身边坐下。

火小邪连声道：“感谢感谢，麻烦了，麻烦了。”说着，没敢用那块干净毛巾，空手兜起水来，将脸上灰尘抹去，觉得舒服了许多，便继续擦拭自己的脖颈等处。

火小邪露出了真容，他倒是没觉得怎样，却听到老者轻轻“哦”了一声，咳嗽道：“听小兄弟的口音，是奉天的？”

“是，我是奉天的，唉，一言难尽，我正纳闷呢。”

“小兄弟怎么称呼？”

“哦，我叫火小邪。”

老者又咳嗽道：“这名字挺好。”

“老人家贵姓啊？”

“我，姓水。”老者看着火小邪眼睛，慢慢说道。

火小邪笑道：“姓水啊？这个姓也挺有意思的，我还是第一次听到有人姓水的呢。”

“呵呵呵呵，小兄弟不也姓火吗？”

“哈，这个火啊，是我自己给自己瞎起的，我从小没爹没妈，觉得火字好听，就姓火了。”

火小邪洗得高兴，正想着把自己身上的破麻袋摘下来，却想起还有一个女子在，赶忙住手。

老者对女子说道：“小红，你再去烧点热水，让客人洗洗，换身衣裳。”

火小邪忙道：“哎哎哎，不麻烦水大伯和小红姐，水缸在哪里？我洗洗凉水就好。衣裳嘛，真不好意思啊，能借我一套吗？”

“没关系，火小邪，今天遇见你，是我老汉的福气，你万万不要客气。”

“那……那好，哈哈哈。”

那位叫小红的女子问道：“你多大年纪啊，我应该比你年纪小，你怎么叫我姐？”

火小邪一直不太清楚自己年龄，便说道：“我今年大概有十六岁吧，小红姐你看着怎么也比我大两三岁的。”

小红看了老者一眼，说道：“爹，我去烧水。”

老者挥手道：“快去吧快去吧。”

小红诺了声，快步离去，不忘回头偷偷看了眼火小邪。

老者看向火小邪，笑了一笑，说道：“火小邪，不瞒你说，老汉我是个郎中，我看你全身伤痕累累，你要不嫌弃，让我给你瞧一瞧。”

火小邪一听，心里又高兴了，念道：“哎呀，我真是运气好！我这身伤，嗨！正想问您有没有药水啥的呢！谢谢水大伯！谢谢水大伯！”

老者摸了摸胡须，站起身来，说道：“小兄弟请随我来。”

火小邪随老者进了内屋，老者将炕上一块木板一拉，揭起一个地窖入口。

东北地区有挖地窖储存过冬所用蔬菜的习惯，所以从炕上下到地窖，并不奇怪。

两人慢腾腾下了地窖，老者将一支蜡烛点着，指着一张木板床说道：“寒碜了点，老汉我晚上就睡在这里，还算干净，你脱去上衣，躺下吧。”

火小邪应了声是，将根本不算上衣的麻袋脱下，慢慢平躺在床上。

老者从怀中摸出一个瓷瓶，打了开来，坐在火小邪身边，说道：“老汉家传伤药，止血消毒，去炎止疼还是有不错的效力，刚刚敷上时，会刺痛，你忍住。”

“哎！是！谢水大伯！”

老者一边给火小邪上药，一边轻轻按压火小邪的身子，叹道：“大小划伤百多处。好在全是皮外伤。看伤势，均在两天之前，现在大部分已经愈合，未见炎症，神奇！但你的肋骨断了五根，右肩曾严重地脱臼过，要不是你体质超乎常人，应该寸步难行。”

“我是人贱命硬吧，现在躺下了，还真是不想再动弹了呢。”

老者抓起火小邪的手腕，正要把脉，忽然看到火小邪手臂内侧刻着的“五行合纵，破万年镇，破罗刹阵，切记”这十四个字，微微吸了一口凉气，说道：“火小邪，你手臂上刻着有字。”说着轻声念了一遍，又问，“何意？”

火小邪摇了摇头，说道：“不知道，我在山林中昏迷了，醒来后就见到这些字。”

“你在山中昏迷？老汉我有点糊涂了。”老者一边把脉，一边问道。

“水大伯，其实我现在比你还糊涂呢，我只记得我在奉天城里被人打昏以后，一睁眼就躺在山里了，全身是伤，还被人刻了字，到底发生了什么事，完全找不到东南西北啊。”

“被人打昏？好端端地打你干什么？”

“哎！实在不愿说假话瞒你，我是没吃过啥好东西，便大着胆子，偷了奉天张四爷家的几块点心，想分给我几个小兄弟吃，结果还没吃到嘴里，就被他家的管家带着家丁追上暴打，打着打着，我就昏了……水大伯，我这么说，你不会觉得我是坏人吧？”

“不会不会，老汉我形形色色的人见得多了，一眼就能看出奸恶。什么世道！为了几块点心，就要把人往死里打，人心不古啊！”

火小邪算是心里完全踏实下来，他同样觉得这个老者和他的女儿不是坏人，甚至觉得与他们在一起有一种莫名的安全感。

火小邪实在是累了，眼皮子直打架。

老者一边上药，一边缓缓说道：“你的脉象稳健得很，只是体力透支厉害，身体较为虚弱，精力不续，你大可放心，多休息两天，便可康复……火小邪，你要是困了，就闭上眼睛睡吧……”

火小邪低低地嗯了一声，听着听着，便坠入梦乡。

距火小邪目前所在的村落五十里开外，乃是一个小镇，因为是大的官道所在，日本人的各类物资运输途经此地，所以不大的镇子上，倒是车水马龙。成队的日本兵穿行在大街上，马车汽车混成一团并行，路边的各类军需物资也是堆积如山，许多日本军人指挥着中国劳工，正在分拣转运。小巷拐角处，有不少涂脂抹粉的妓女，穿着不伦不类的和服，不断挥手招揽日本人的生意。

既是货运集中之地，过客众多，自然有留人住宿的客栈。

穿过主街，向巷子内走不了多远，便能看到一家破败的客栈，生意冷清，门可罗雀，一个衣衫破烂、满脸烂疮的癞子正坐在门口晒太阳，不时地在身上抓挠，捏起虱子往嘴里送，嚼得津津有味。稀稀落落有途经寻店住宿的脚夫，见到这个客栈如此残败，纷纷摇头，快步走过。

说话间，有五个穷苦打扮的人，看着像是一家老少，推着个板车，向这家客栈走来。这五个人在客栈门口张望一番，其中一个中年人小心地问道：“请问大兄弟，这里可以住店吗？”

那门口的癞子眼皮也不抬一下：“上好的客房，一人一天二毛，大通铺一人一天二分，热水另收。”

中年人叹了声，又问："可有再便宜一点的？"

瘸子不耐烦地骂道："马棚，一人一天半分！"

中年人对身边的老少说道："就这里吧，属这里最便宜了。"

众人纷纷应了，中年人便客气地说道："大兄弟，麻烦你带路。"

瘸子很不情愿地站起来，打着哈欠便招呼众人向里走，中年人带着家人，推车入内。

这一行人一走入院子，那瘸子突然眼睛一眨，神色大变，哪像刚才的那副半死不活的模样？瘸子低声道："速请！甲三丙四！"

中年人的表情一晃，不再是老实巴交的样子，点头答道："过门！"

这两人快速地对话完，又恢复到之前的模样。

瘸子不再管他们，一扭头退回到门口，依旧坐在门前晒太阳抓虱子去了。

客栈内的一间普通客房，门无声无息地打开，刚才进来的中年人和他的家人，小心翼翼地提着一个硕大的包裹入内，小心放在地上，立即将房门掩好。

房间里神不知鬼不觉地迎出两个人来，其中一个教书先生的打扮，看着斯文得很，而他身边，则是一个伙计打扮的精瘦汉子。若论相貌气质，实属平常。

可中年人一行见两人出来，立即全部跪拜在地。中年人低声道："东北道赤水爻五人，参见水王大人！"

教书先生并未答话，快步走到包裹前，眼中如一潭深水，低喝道："打开！"

中年人赶忙返身，将包裹小心翼翼地打开，里面竟蜷缩着一个男子，铁色铁青，气若游丝，这男子的长相，竟和丧身在万年镇要塞的钩渐，一模一样。

教书先生眉头紧皱，立即俯身到此人面前，握住他的手腕脉搏，脸上阴沉不定，半晌才抬起头来，对中年人说道："万年镇如何？"

中年人立即答道："我们潜在万年镇里的两个长弦，为保妥当，救出这位先生，已经自断了……现在山里面的任何消息都传不出来。"

"好！你们退下！"

"是！"中年人应了，带着其他人快速地退出房间，再无声响。

教书先生和精瘦伙计，将包裹里和钩渐长得一模一样的男子抬出，抱至床上平躺。教书先生面色平静，轻轻说道："水华子，速延他一命，先让他醒来。"

叫水华子的伙计一点头，应道："是，水王大人！"说着，他手也没停，从袖中抖出几枚细长针，麻利地扎在"钩渐"的身上几处重穴，双手齐齐转动细针。

"钩渐"身子一颤，眼珠微动，水华子立即俯身，拉开"钩渐"的嘴巴，塞了一粒暗红药丸进去，然后继续施针。

片刻之后，“钩渐”眼睛动了动，突然露出一丝怪异的笑容。

教书先生赶忙叫道：“大哥！”

这位长得和钩渐一模一样的人是谁？正是在罗刹阵内独斗忍军五影宗主的假钩渐。

假钩渐低低嘿了一声，一脸蔑视地说道：“忍军的五影宗主有点手段，竟能伤我至此！嘿嘿！只不过他们也不讨好，让我杀了两人，重伤一个！”

教书先生说道：“大哥此次太过自信了！”

“不亲见罗刹阵开阵，我怎会甘心？嘿嘿，好个罗刹阵，未开阵之前，就有将人想法化为现实的能力，多亏我提早料到，不断转化人格，才未被侵扰，只是开阵之后，又是如何，现在难以预料。嘿嘿嘿，炎火驰真是个奇才，居然能化五行之力，做出此等邪阵。怪不得父亲也惧他三分。”

假钩渐眼睛不睁，又念道：“水华子！”

水华子应道：“是，水王大人吩咐！”

假钩渐说道：“我中毒颇深，除非木王林木森那个老混蛋在，只怕我活不过明日午时，你发八百里飞信给林木森，告诉他，他早年咒我必中毒而死，应验了！”

教书先生说道：“大哥先别说丧气话，金家少主金潘就在附近，以他的能力，足够将你在明日午时送至林木森那里。”

假钩渐哼道：“他本就记恨我们明明知道火小邪的下落，却不肯告诉他，现在火小邪下落不明，金潘宁肯看着我死，也不会帮忙的。而且欠金潘一个人情，以他的做生意的本事，至少要找我们要三条情报！他这个奸商，尤胜金家乾坤两王！”

教书先生说道：“大哥少安，我自有办法。”

“嘿嘿，二弟啊，水王三身，三个流川，同心共感，这秘密天下没有几人知道，林木森也不过知道有两个流川，我这个流川死了，依旧有两个流川，无妨无妨！你大可不用费心！你去求金家金潘，想想便觉得憋气，还不如死了。”

“不用我去，水媚儿去便可。”

“哦？她也来了？她不给水妖儿当替身，好好做孩子的娘，来此做甚？”

“大哥啊，你总在外面游荡，都快忘了吧。这几年来，水媚儿总觉得她能替代水妖儿，包括水妖儿对火小邪的痴情，她认为她也能继承。”

“哼，老三的两个女儿，和老三一样风流，喜欢感情用事！我当这两个丫头的爹，当得快烦死了！水家未来要交给这两个丫头，肯定乱套！”

“大哥，你先别说话了，水华子还在施针。”

教书先生向水华子看了一眼，水华子点了点头，对假钩渐说道：“水王大人，见谅！”说着又拿出一根针，向假钩渐头顶一刺。假钩渐低哼了两声，昏了过去。

教书先生长身而起，背手踱到窗边，遥望远处的群山，平静异常地自言自语道：“哼哼，炎火驰，伊润广义，火小邪，有趣啊，有趣！有趣吗？”

教书先生自己和自己对话一番，眼神一斜，正见到有个小黄点正在房头盘旋。

教书先生手一伸，那个黄点低低叫了声，直落到他手中，竟是一只小巧玲珑的黄雀。

这只黄雀似乎通人性，落在教书先生手中，向自己脚踝处啄去，叼下一个小纸筒来，衔在嘴上，蹦蹦跳跳沿着教书先生的手臂上来，似乎要让他过目。

教书先生微微一笑，将小纸筒拿过，伸手一挥，那只黄雀便腾起双翅，飞出屋外不见了。

教书先生退回室内，不紧不慢地找了张椅子坐下，将纸筒展开，纸上密密麻麻写着蚯蚓一样的文字，不是汉字，更不是外国文字，像是密语一般。

教书先生慢慢将纸条看完，丢进嘴里，咀嚼了几下，便咽了下去，接着露出笑容，站了起来，说道：“找到火小邪了，水华子，我和你说个有趣的事情。”

水华子刚给假钩渐施完针，正在检查假钩渐身上是否还有其他伤势，听教书先生叫他，赶忙起身，问道：“水王大人，请讲。”

教书先生慢条斯理地说道：“火小邪现在活生生地躺在地窖里，已经睡着了。”

“啊！他真是命大！”

“这是其一，更有趣的事情是，火小邪失忆了。”

“失忆了？”

“不错，火小邪现在的记忆是十多年前，他偷了张四爷家的点心后，被水信子刘管家追打昏迷，一睁眼就是现在了。呵呵，他竟然忘了与五行世家有关的所有事情。”

“哦？水王大人，火小邪是炎火驰之子，天生邪性，会不会是他故意装出来的？”

“他装不出来，他一身的盗术还在，而他却不清楚他有多大本事，以为平常。”

“水王大人，火小邪能逃出罗刹阵，实属不易，怎么落得个失忆的下场？”

“水华子，你没有见过炎火驰，你有所不知，我早年与炎火驰交往，知道他是个说一套做一套的人，他绝对不会放弃罗刹阵。炎火驰选择退隐在万年镇大山中，正是因为此地有个水龙眼，乃是重新布阵的绝佳场所。按我们现在收集到的线索，罗刹阵是炎火驰自己也破解不了的，以他的性格，绝对不允许这种情况存在。另外，非常有趣的是，我父亲凌波，许多年前，在万年镇碰到恢复盗术的炎火驰时，凌波说破了自己的身份，他却只记得水家，而不记得凌波是谁。呵呵呵！好个罗刹阵啊，这个阵会让修建之人，也就是有火盗双脉之人失忆，故而炎火驰一直破解不了自己的阵法。原本我也以为，当年的炎火驰是故意装得失忆，现在有他儿子火小邪来亲自证明，不禁豁然开朗，解了我心头多年的疑虑啊！”

“水王大人，属下还是不明白，按您这么说，火小邪和炎火驰一样受了罗刹阵刺激，丧失记忆，怎么火小邪会忘了十多年的事情？”

“这就是更有趣的地方。炎火驰可能失忆过许多次，但他有所准备，应该很容易恢复，而火小邪不同，他不明其间的道理，控制不住，不自觉地选择一忘到底，忘到底的结果就是，所有与五行世家有关的事情，无论人、事、物，全部遗忘，一切从头开始。”

“那火小邪还会恢复吗？”

“这个十分难说，要看火小邪自己的悟性了……水华子，你尽快安排将我大哥送至金家，告诉金潘，火小邪被水王流川舍命救出，为他的安全，请金潘暂时不要见他。金潘必须先救水王流川，要不然，我们救得了火小邪，也能杀了他，为流川祭旗。”

水华子点头称是：“水王大人放心，我立即去办。”

水华子快步退出屋外。

教书先生，也就是水王流川，淡淡一笑，看着床上的假钩渐，亦是另一个水王流川，说道：“大哥啊，伊润广义想下一盘大棋，大到他自己都控制不了了吧，呵呵呵，只有这样，这个世界才更有趣了。火小邪失忆前，给自己刻下要五行合纵破罗刹阵呢！更加有趣了不是吗？难道不是吗？”

此时此刻，火小邪正昏睡入梦，梦境十分奇怪，形形色色的人在他眼前穿梭往来，一个个都向他递来眼神，有的恨，有的爱，有的惋惜，有的木讷，只是，火小邪在梦中没有一个人认得，连面孔打扮是什么模样，也全是模糊一片。在梦中，火小邪想追逐着这些走过他身边的人，可是无论怎么发力奔跑，都迈不出脚去，整个人如同被钉在地面上似的。

蒙眬间，却有一个叼着烟的男人，一把搂住了火小邪肩膀，嬉皮笑脸地说道：“火小邪，发什么呆呢？”

火小邪在梦中气得大骂：“你们是谁？你们认识我吗？找你爷爷我干甚！”

这样骂了一气，又突然间场景变幻，自己正在被张四爷的刘管家和家丁暴打。火小邪抱着头大叫：“不就是偷了你们两块点心吗？至于往死里打吗？”可是棍棒不停，敲在脑袋上嗡嗡作响。

只听到有女子清脆地叫道：“刘管家，别打了！”火小邪从人堆里一望，正看到一个丫鬟打扮的小姑娘跑上前来。火小邪不知为何，好像对这个小丫鬟很是熟悉，伸手呼救，谁知那小丫鬟眨眼不见，刘管家也统统消失，身旁多了一个背对着他的女子，看不到面目，哀怨不已地说道：“火小邪，天杀的火小邪，你忘了我是谁吗？”说话间，这女子转过身来，火小邪看在眼里，居然是这个荒村中那位姓水的大爷膝下名叫小红的女子，而火小邪，丝毫不觉得吃惊。

梦到这里，火小邪便慢慢地醒了。

火小邪醒是醒了，却没有动弹，只是隐约闻到女子的体香味，火小邪精神一紧，已然完全清醒，立即感觉到正有一个女人擦拭他的身体，而自己上身缠满了绑带，下身是赤身裸体。火小邪本想睁眼，但一想到自己什么衣服都没有穿，这一睁眼，难免尴尬，便还是继续装睡。

可是那女子擦完了火小邪全身，就往他两腿间擦来。

火小邪暗叫道：“× 的，这下要糟糕！忍住！忍住！”

那女子犹豫了一下，还是将火小邪下体慢慢擦净，拿出一条裤衩给火小邪穿上，已经提到火小邪膝盖上，却不知为何又缓了一缓，一只柔软的小手慢慢伸上，将火小邪的命根轻轻握住，很是爱怜地把玩了几下。

火小邪暗骂道：“见鬼！玩上我的 × 了！放手！放手啊！”

可是火小邪那根话儿不听使唤，蠢蠢欲动。

那女子察觉到异常，低低“哎呀”一声，赶忙放手，将火小邪内裤提上，一把拉过被单，将火小邪身上盖住。

火小邪暗暗松了一口气：“万幸万幸！这种艳福还是少来得好！我这个童子身可消受不起啊！”但转念又紧张起来，“不好不好，刚才我的 × 有反应，不会被人当作流氓装睡吧！唉！完蛋了完蛋了，说不清了！”

好在这女子并未有异常之举，很是平静地退开一边，默不作声地从楼梯上离去，接着床板一响，地窖木板打开关上，留下火小邪躺在地窖内。

火小邪这才慢慢睁开了眼睛，借着灯光打量一番，确认室内无人，便伸出手向身上摸索。凡是伤重之处，全部被涂上药膏，用细绢布包扎，很是周到，看得出花了不少工夫。火小邪摸了半晌，又觉得奇怪：“奇怪啊，我的身体好像强壮多了，胳膊全是腱子肉，胸脯也宽厚了不少。”

火小邪又伸出手，放在脸前观看，动了动五根指头，若有所思："我的手也变大了，怎么这么灵活呢？"火小邪不自觉地使了一个"小指勾"的偷摸招式，小指随心而动，灵敏异常，而且劲力十足。

"嘿！邪门！这一招我练了一年，还不听使唤，怎么一下子灵光了？"火小邪看了看自己的双手，恍然大悟，"看来，他 ×× 的，小爷我是失忆了，忘了不少东西！我就说张四爷他们要抛尸灭迹，也没必要把我弄到深山老林，大山脚下来这样折腾！"

火小邪翻腕一看，手臂上"五行合纵，破万年镇，破罗刹阵，勿忘"这些字清晰在目，火小邪眼睛一眯，露出一丝笑容。

给火小邪擦拭包扎的正是小红。她出了地窖，快步走过厅堂，来到后院，那自称姓水的老者正站在院中若有所思。老者见小红来了，赶忙抱拳鞠躬，低声道："水媚儿，辛苦了！"

小红脸色也一变，再不是一副乡间姑娘的模样，双眼妩媚，眉角含娇，身段也婀娜起来，分明就是水媚儿。

水媚儿娇声道："水信子，人还在呢，别露馅了。"

水信子笑道："就算火小邪盗术不失，也听不到我们说话。"

"水信子，你的催眠术，能让他睡多久？"

"至少到今天晚上。"

"我刚才给他擦身子，好像他身体有反应呢。"

"哦？怎么个反应？"

"嗯……嘻嘻……那里啊。"

"哪里？"

"那里就是那里！明知故问，你这个老不正经的！"

"哦哦哦哦！明白了！这算是正常，大凡健康男人，在睡梦中，如果被人按压揉搓那里，那里，也有反应。如果再激烈点，还会……"

"好了好了！说这么详细干什么？"

"啊，不说了不说了。"

"这里的情况传出去了吗？"

"已经办好了，我驱使黄雀找水王大人了，细细告知此处情况，若无意外，日落之前，便有人过来，护送火小邪离去。水媚儿，这次您立了大功，水王大人不会再责怪您了。"

“啦啦啦！”水媚儿显得十分开心，“我爹若不会责怪我，除非日头从西边出来。”

“水媚儿，但你十分开心啊，不像假的。”

“因为我想到一件好玩的事情。”

水信子微微一愣，忙道：“水媚儿，你切不可打火小邪什么主意，水妖儿她……”

“什么水妖儿！你到底站在哪边？”水媚儿柳眉一瞪，立即不悦。

“哦……自然是你这边多些……”水信子恭维道。

“水妖儿欠我的多了！凭什么总是我陪郑则道睡觉？我和郑则道又不是夫妻！烦死了！”

“呵呵，呵呵，是啊是啊。”

“水信子，你别一副刘管家的嘴脸，你当管家真是当习惯了。”

“呵呵，是啊，是。”

“还管家样？”

“啊，好，好，水媚儿，那你希望我怎么样？”

“还是装回我爹那样吧！看到你一副管家样就烦，我不吩咐，你就不能当水信子。”

“好，好！”水信子抹了把脸，果然又换成老态龙钟的样子，咳嗽一声，叫道，“小红，我们去看看客人，他既然上完药了，应该睡得更沉一些，以免惊醒。”

水媚儿眼睛眨了眨，也神色骤变，再变成小红的那副乡下姑娘的劲头，说道：“是，爹。”

水信子、水媚儿两人下到地窖，火小邪还在酣睡，显得十分香甜。

水信子摸了摸火小邪的额头，又探了探火小邪的颈部脉搏，对水媚儿笑道：“小红，客人睡得很熟，他太累了，让他再睡得沉一点吧。”

水媚儿点头称是。

水信子从怀中摸出一个纸包，打开了取出一粒药丸，将火小邪的嘴巴拉开，正要把药丸丢入。

水媚儿拉了一把，问道：“爹，你给的可是睡一天一夜的剂量？”

“是啊。”

“半天的就可以，他早点醒，我还有话要对他说，要不一睁眼看到的是别人，我白辛苦了！”

“乖女儿说得有理。”

水信子重新取了一粒较小的药丸，塞入火小邪的嘴中，将火小邪嘴巴合拢，说道：“入口即化，这回睡得沉了。”

水信子、水媚儿看了火小邪几眼，未见他有异样，两人退后两步，水信子说道：“小红，爹在外面值守，你自己，呵呵，你自己照看着他吧。”

水媚儿狠狠瞪了眼水信子，娇笑道：“爹爹放心，我吃不了他。”

水信子还是保持着老头儿子的模样，悠悠然叹了口气，转身便走。

水媚儿娇声道：“爹爹慢走。”

话音刚落，忽见盖着火小邪的床单骤然卷起，向着水媚儿罩来。

水媚儿好身手，虽说出乎她的意料，但她身子滴溜溜一转，如同泥鳅似的滑开。

只见床单乱舞，晃得眼花，风力一紧，便将豆大的油灯刮灭，地窖内漆黑一片。

水信子跌跌撞撞，要拦也没拦住，就觉得身边一个人电光火石地滑过身边，直朝地窖外冲去。

水信子暗念了一声“不好”，拔腿要追，却被铺面而来的床单盖住，一时看不见去路。

等水信子扯下床单，就听到“嘣”的一声闷响，地窖的盖子已经盖死，插上了栓子。

火小邪噗的一声，将嘴里的一块绢布吐掉，绢布里包着水信子塞进嘴里的药丸，坏笑道:“水大爷,小红姐,谢谢你们为我包扎上药,告辞了啊！改日再谢啊！”

水信子、水媚儿凑到盖板前，知道一下子打不开，又不敢骤然露出水家人的真面目,水信子依旧一副老头儿的口吻,咳嗽不止地叫道:“怎么了？这是怎么了？客人，客人，为什么要把我们关起来，老汉我哪里做错了？”

火小邪乘机将房间里的木柜搬来，压在盖板上，退后一步，笑道：“水大爷，你姓什么不好，为什么偏偏姓水呢？”

水信子装作冤枉道：“老汉父母给的姓，我也不知道啊。客人，英雄，好汉，我们救你，你怎么恩将仇报啊？”说着竟有哭腔。

水媚儿也嘤嘤地哭了起来，甚是可怜。

火小邪没理他们，快步出了房间，看到桌子上摆着衣物鞋子，抱起来返回屋内，边穿边嚷嚷道：“水大爷，小红姐，你俩别装了，破绽太多了啊。你们的衣服我借走了，有钱就还，没钱就欠你们个人情啊。走了走了！”说罢要走。

“英雄英雄，你什么都可以拿走，可是把我们关在地窖里，孤老弱女，若推不开这扇门，必定饿死啊，求你放我们一条生路吧！”水信子哀声道。

火小邪一边七手八脚穿戴整齐，一边冲着地窖喊道："省省吧，你们的身手，别说这个破地窖，就算一个铁箱子，也有办法出来啊。对了，水大爷，你们不该给我用绢布包扎，这个布你们用不起的吧，还有，小红，你给我擦下身，玩我的小 ×，还能平平静静地离开，不是普通姑娘啊。哎，不说了，走了走了！"

火小邪再不耽搁，转身便跑，就听到身后水媚儿尖叫道："火小邪，你真的什么都忘了吗？我是水妖儿啊！你的结发妻子！你这个负心汉！"

这一喊还真把火小邪喊愣了。

火小邪皱了皱眉，摆出一副苦瓜脸，叫道："还水妖儿呢，我还是野兔子呢！不认识！"说罢，撒了欢似的，直奔而出。

水信子、水媚儿听到火小邪疾奔而去，眨眼就没了声响，两人均急了。

水信子依旧装成老人家的嗓子，叫道："火小邪，求你放我们出去啊！"

水媚儿尖声骂道："水信子！快打开，追啊！"

水信子依旧咳嗽道："可是，这这这，小红啊！"

水媚儿骂道："别小红了！不要再装我爹了！你现在是水信子！"

水信子立即换了副神情，说道："是！你不命令，我岂敢改过来！"

"水信子，你是故意吗？"

"没有没有！绝对没有！"

"快！"

水信子将手心对准地窖门板的缝隙处，五指一张，只听嘭的一声，一道黑光直穿出去。黑光刺出了地面，便就停住，仔细一看，竟是一根又似铁又似皮革的七节鞭。这根鞭子也是奇了，犹如一条蛇一般活动了起来，身子一转，在空中打了个弯折，七节鞭子齐齐变长，犹如毒蛇仰头攻击一般，向着木柜一侧"咬"去。鞭头处，正有一个五爪黑钩，一口咬紧了柜沿。

水信子低喝一声，猛然一拉，轰隆隆隆，压在盖子上的木柜被拉了个翻身，直接跌下床铺去了。

水信子手又一抖，那根七节鞭宛如灵蛇回头，松了木柜，转了个大弧线，鞭头咬在木栓子上面，发力一推，木栓子便开了。

水信子、水媚儿先后从地窖内跃出，也不言语，直追出门。

而出了院门，四下看去，哪有火小邪的影子？满地落叶厚厚一层，连脚步印记也看不到一个。

水媚儿气得一双媚眼中全是泪水，厉声叫道："火小邪！你滚出来！"

哪有人会应她！

水媚儿恨恨地看着水信子，命令道："你去左边我去右边！"

水信子应了声是，两人分散就跑。

水媚儿跑了几步，突然站住，立即转身，对水信子大叫道："你站住！"

水信子赶忙停下，紧跑慢跑地赶来，问道："水媚儿，有何吩咐？"

水媚儿眼神一厉，叫道："水信子，你这次带了两只黄雀来，一只找我爹去了，还有一只呢？唤来！"

水信子面露难色，不知该如何作答。

水媚儿见水信子不说话，心里明白了几分，顿时哭了起来："是不是你放出去找水妖儿报信去了！"

水信子扑通跪倒："水媚儿息怒！我……没有报信！"

水媚儿手中两把银亮的短刀一闪即出，架在水信子的鼻梁处，刀尖顶着水信子的眼皮，厉声道："你骗得了我吗？你这两只眼睛，想必是不想要了！"

水信子面不改色，反而平静道："水媚儿，你何必和水妖儿争火小邪呢？水妖儿比你强，你只是她的替身，这件事凡是水家清水泊以上的筏主勾弦长，人人皆知。水媚儿，你要是觉得我做得不对，这对眼珠子你拿了去！属下无怨无悔！"

"火小邪是你故意放走的？"

"绝无可能！水媚儿你亲眼所见，火小邪是早有预谋，打了我们一个措手不及。那粒催眠药丸，一定是火小邪嘴里含着绢布之类，在嘴里把药丸包裹起来，才未能生效。至于我施行的催眠术为何突然失效，我也纳闷。唯一的可能是火小邪体内筋脉异于常人所致！"

水媚儿看着水信子，半晌之后，突然娇笑一声，将两把银刀收回，娇滴滴地骂道："好啊，水信子，我就留着你的眼睛，让你亲眼看看，我是怎么赢水妖儿的。嘻嘻，火小邪那一身邪劲，真讨我喜欢！水信子，火小邪从我们手中走失，责任不小，如果找不到他的下落，我们均要受罚！我们追！一个时辰后，无论找不找到他，均在此地会合！"

水信子抱拳道："是！"

两人分头散去，眨眼都没有了踪影。

水媚儿、水信子走了许久，原先的院落里，角落中有黑影一晃，钻出一个人来，正是火小邪。

火小邪在院门口左右看了看，方才松了口气："这两个叫水信子、水媚儿的好生厉害！幸亏我留了个心眼！傻跑的话，一定会被他们追上。这两个人神神秘秘的，什么黄雀，什么水家……倒不像是会害我的，反倒像是想勾引我的……嗨，还是小心驶得万年船，谁说得好他们是不是假慈悲假喜欢……嗯，水妖儿是谁？这名字真的挺熟悉的……五行合纵？金、木、水、火、土？水家？……嗨，别想了，先跑了再说。”

火小邪快步退回室内，翻箱倒柜地四处寻找，终于从一个包裹中翻出一叠钱币和几个铜板。

火小邪拿起钱币一看，上面写着一千元，“满洲”中央银行，还画着一个老头儿。这个老头儿火小邪认识，竟是孔子。

火小邪又拿起一个铜板来，正面飞龙两条，金额一角，背面则是“大满洲国”字样和旗帜。

火小邪自然不认识，这钱币是1932年伪满洲国宣布成立以后发行的，而火小邪的记忆停留在1926年，那时候还没有“大满洲国”一说。

“你大爷的啊，这是什么钱？怎么还冒出来一个“大满洲国”？能用不能用啊！管他 × 的！”火小邪把钱币塞进口袋，一边念叨，“我不是偷你的，我不是偷你的，有钱好办事，有钱好办事。”

火小邪收拾停当，正想跑路，余光一闪，在桌脚下看到一个黄铜烟嘴。火小邪顿了一顿，一猫腰把这个黄铜烟嘴捡起，用手擦去灰尘，盯着烟嘴，一直出神。

“敢情我会抽烟？但我给忘了？”

火小邪喃喃自语，情不自禁地将烟嘴叼在嘴上。

“舒服！自在！我果然学会了抽烟！”火小邪嬉皮笑脸地坏笑几声，将双手往裤兜里一插，挑着眉毛，挤着眼睛，歪着嘴巴，踱着流氓步走了半圈。若烟虫在世，目睹此景，一定会笑道：“火小邪，你学我的样子干龟毛干啊！”

反正火小邪觉得，这种玩世不恭、痞里痞气、吊儿郎当的劲头，才十足地潇洒，很有成就感。

火小邪自己并不知道自己怎么会的这套动作，很是熟练地伸出两指，将烟嘴掐住，煞有介事地狠狠抽了两口，吞云吐雾一番，然后再把烟嘴塞回嘴里，用牙齿牢牢咬住。

“走！进城换身时髦的行头，再找个花姑娘耍耍去！”火小邪一副浪荡公子的模样，大摇大摆出了屋子，左右一看，仔细一听，没有异样，便叼着烟嘴，大踏步出了院门，向着和水信子、水媚儿追赶完全相反的方向，闲庭信步、游山玩水一般，向前赶去。

可怜水信子、水媚儿，正在苦苦寻找火小邪离去的蛛丝马迹，压根没有往火小邪没有逃走这件事情上想。他们两人怎么都是水家里顶尖的大盗，水信子更是老谋深算之人，却被火小邪这个“小毛贼”用奉天荣行里的小骗术狠狠玩了一把。

其实火小邪仍不知道，他的身手、五感、智力、判断力，早就不是十多年前挨打的那个少年的水平了。他用少年的想法去施行现在高超的盗术身法，无疑是与众不同的另一种境界，大巧而若拙，不经意地便有十二成的发挥，水信子、水媚儿怎能发现了他？

说是偶然，实属必然。

火小邪一路走去，不同于之前从溪边苏醒，他满身是伤，饥饿难忍，筋疲力尽的状态，他得了水信子、水媚儿的治疗，吃了顿锅巴饱腹，睡了一觉，精力得续，故而能够将手脚施展开来。

渐渐地，火小邪逐渐发现自己的能力简直了不得，体力绵长持久不说，爆发力更是惊人，随便发力一蹦，竟有丈把远，全身的每个关节里，都蕴含着劲力，收发自如，精准异常。更奇特的是，火小邪觉得自己的眼力、耳力、触感敏锐之极，好像几步开外的小虫慢慢爬过，也能判断出它是哪条腿在动。如果此时让自己玩个“拿盘”，别说十多颗珠子，百十个也不在话下。

“我一定是吃了什么仙丹吧！”火小邪一路都这么想着。

这种“奇遇”让火小邪心情好极了，让他觉得这个世界上，有什么麻烦是解决不了的呢？

火小邪也不觉得累，翻山越岗，一路不停，等到入夜时分，已经离开遇见水媚儿、水信子的小村庄，足足有一百多里了。

旧时的东北，地广人稀，通常百八十里地见不到一个人，加上火小邪所处的地方，又是丘陵地带，举目望去，更是连灯光也见不到一处。

火小邪跑了足足大半天，的确有些累了，摸黑又翻了两个山头，还是不见灯光。

火小邪抬头看了看天光，已近子时，仍是轻松一笑道：“再翻过一个山头，还没个店家，就睡山里了啊！”

说来也巧，老天可能眷顾火小邪这样的乐观之人，火小邪再翻一个山头，不远处的山脚下一条不宽不窄的官道，几十户高低错落的宅院，便落在火小邪眼中。

火小邪心头一乐，不忘咬着烟嘴，假抽了几口，指着一处还亮着灯光的房子说道：“客栈！”

正如火小邪所指，亮灯的房屋，就是一个客栈。

火小邪所指的这家客栈没有招牌，在院墙上挂了一个破破烂烂的“酒”字旗幡。院落倒是颇大，三进三出的庭院，至少有几十间客房，只是这么大的一个客栈，却黑漆漆一片，十分衰败，仅在前厅点着一盏油灯。

有个年纪不大的伙计正趴在柜台上昏昏欲睡，口水流了一桌。

啪啪啪，院门处有敲门声响起，有人在院外叫道：“有人吗？住店啊！”

小伙计睡梦中哼哼唧唧，一时没有醒。

“有人吗？喂！”啪啪啪敲门的声音更大。

小伙计这才迷迷糊糊地醒来，一听哐哐哐的敲门声，顿时一个激灵站起来，吓得惊慌失措，一猫腰抄起一把菜刀，高举在手，却颤巍巍地叫道：“老爷，老爷！”

小伙计说话间，就见从侧屋里同样惊慌地跑出一个掌柜打扮的中年人，手里提着一根擀面杖，连忙低声叫道：“闭嘴闭嘴！叫这么大声干什么！叫你别点灯！叫你别点灯！你害死人啊你！”说着，快步赶到油灯处，噗的一口将油灯吹熄了。

两个人紧张万状地靠成一团，哆嗦不止。

火小邪敲了半天门，从门缝里却看到里面的灯光一下子熄了，很是纳闷，反而好奇心顿起，缓了一缓之后，继续敲门叫道：“喂，做不做生意啊！住店啊！”

店里面小伙计哭丧着脸，低声道：“老爷，是山匪，是山匪！完了完了，怎么办啊老爷！”

中年男人同样直吞口水，攥着擀面杖喘道：“你这个没用的东西啊！你这个没用的玩意啊！养你吃喝拉撒，能有点本事嘛！”

小伙计几乎要哭了：“老爷，老爷……呜呜呜呜……”

火小邪叫了一会儿门，还是不见人来开门，只好叫道：“不做生意就算了，有毛病啊！”说着重重退了几步，马上又蹑手蹑脚来到门边，侧耳听里面的动静。

小伙计低声道：“老爷，走，走了……安全了？”

中年男人竖起耳朵一听，的确听到脚步声离去，没有了声响，反而脸色一沉，惊道：“走了就糟糕了！若是山匪，叫不开门，肯定不会善罢甘休！”

“那……那怎么办？”

“唉，反正我这里也没有什么好抢的了，保住小命才是上策啊。走走走！”中年男人起身要走。

小伙计一把拉住：“老爷，你……你……你，干……干……干啥？”

“你说我干啥？开门迎客啊，跟我走！”

“怕，怕……”

中年男人骂道："怕个屁啊怕！一会儿让山匪进来砍掉脑袋，你怕不怕？"

小伙计吓得一颤，赶忙尾随着中年男人，两人互相拽着，哆哆嗦嗦地向院门口走去。

中年男人硬着头皮走到院门旁，叫道："外面的大爷，您还在吗？小的来给您开门了！刚才小的没听见，您别见怪啊！别见怪啊！"

外面没有人回答。

中年男人只好颤巍巍地把院门插销拉开，将院门打开，立即鞠躬作揖："大爷好，大爷好！"

"哦！还是开门了啊！我真以为没人呢！"火小邪从院门外的大石头跳下来，拍了拍屁股，向中年男人走来。

中年男人、小伙计一见火小邪这副打扮，也是愣了。只见火小邪穿着一身有点紧巴巴不太合身的短褂，赤脚穿着双布鞋，满身是草籽细枝，风尘仆仆的，手中空无一物，看不出是个什么来头。

火小邪的模样也是怪里怪气的，一脸痞里痞气的笑容，像是个流氓又不像流氓，面容亲和却有几分煞气，三十岁左右的面孔却带着几分少年的稚气，身材高挑健壮却趿拉着脚后跟，不"好好走路"。浪荡公子，算是最准确的形容了。

火小邪走上来，看着有些发呆的中年男人和小伙计，坏笑道："喂，掌柜的，你拿着个擀面杖，伙计拿着把菜刀，不会当我是坏人吧？喏，我可是空手。"说着把双手举起来，做无辜状。

这个中年男人正是这家客栈的掌柜，见火小邪是个没个正经的男人，的确和山匪差别巨大，稍稍安心，赶忙将擀面杖丢给小伙计，抱拳道："嗨，真不好意思啊，客官请，客官请里面坐，小店营业小店营业。"

火小邪故意说道："你这不会是黑店吧？"

"不可能，绝对不可能，我在这里开客栈十多年了，老实本分的生意人！"掌柜的忙道，连连做出请的手势。

火小邪这才跟着掌柜的向里走去。

掌柜的叫道："小五，待着干什么啊，去关门！瞧你这个㞞包样，只知道吃了就拉！养个狗也比你强啊！"

掌柜的点了灯火，请火小邪坐下，赶忙端来大碗茶壶，为火小邪倒上一碗凉茶。

火小邪也不客气，鼓咚咚一饮而尽，很是痛快。

掌柜的又给火小邪倒上茶水，问道："这位大爷，听你口音，奉天人？"

火小邪端着碗喝了口茶，抹嘴道："是啊！奉天人。"

掌柜的问道："怎么大晚上的，一个人来这里打尖过夜啊。"

火小邪说道："一言难尽，碰到山匪了呗，慌慌张张逃了一路，和几个兄弟失散了。"

掌柜的恍然大悟："我就说嘛，这都子时了，怎么还会有人敲门住店，吓了我们一跳，惭愧惭愧。这些该杀的山匪，该杀的！害死人咧！"

这时候小伙计探头探脑地走了过来，低低叫了声"老爷"。

掌柜的一巴掌拍在小伙计脑袋上，骂道："快去生火烧水去！"

小伙计哎哎连声，看了眼火小邪，赶忙往后厨跑去。

火小邪伸了个懒腰，说道："掌柜的，大晚上的打扰，也挺不好意思的，你这里有什么好吃好喝的，尽管端上来吧，我加倍付钱。"

掌柜的哦了一声，面露犹豫之色。

火小邪哼哼道："怎么，怕我付不起钱啊？"说着从裤兜里将一卷钱摸出来，丢在桌子上。

掌柜的一见，最上面的可是张一千元大钞，眼睛顿时看直了，忙道："不是怕您付不起钱，不是不是，是小店许久没有来客人了，没准备什么好吃的，就剩一些面条，泡菜，干马肉。"

火小邪心头一乐，他知道这些他不认识的"大满洲国"纸币，是可以使用的，于是说道："行吧！有什么就做什么吧！我饿得厉害！"

火小邪从一卷钱里，抽出一张十元面额的，递给掌柜的："不用找了，让我吃顿饱饭，开间上房就行。"

掌柜的简直乐疯了，这十元钱，吃一百顿饱饭，住个七八天也够了，赶忙将钱收起，鸡啄米一样说道："好，好，大爷放心，一定伺候好您。"

掌柜的退去，一边小跑一边大叫："小五，去柴房把那只山鸡抓了宰掉！还有藏起来的干蘑菇、木耳、人参，去地窖里翻出来！"

"是，是，老爷！"

"你是猪啊你！你生的火呢？"

就听到后厨那边忙成一团。

火小邪听着，心里踏实许多，这开店的一老一少，确实老实本分得很，不像是坏人。

掌柜的和小伙计手脚也算麻利，不一会儿便给火小邪端上一大盘酱汁马肉和一海碗的猪肉木耳面片。

火小邪呼噜呼噜吃了起来，一会儿便吃了个半饱，于是叫了掌柜的来。

掌柜的带着围裙，一边擦手一边跑来，说道："大爷，还有道山鸡炖蘑菇人参，一会儿就好。"

火小邪吃着马肉，说道："掌柜的，不着急，慢慢炖着，你先坐，唠上几句。"

掌柜的应了声，冲后厨叫道："小五，把大柴抽掉，小火炖着！"说罢满脸笑容地坐在火小邪对面。

火小邪也笑眯眯地看着掌柜的："掌柜的，你叫我大爷大爷，那你看我多大年纪了？"

掌柜的张口便答："大爷您看着有三十岁左右吧。"

"哦……三十岁左右？"火小邪筷子一停。

"您说话的口气挺年轻的，但是您的长相，有些沧桑，若是您不说话，我可能猜您三十五岁上下呢。"

"嗯，嗯，今年是什么年来着？"

"今年是民国……不是不是，是'康德五年，康德五年'。"

"什么'康德五年'，不知道什么'康德'，你就说民国……"

掌柜的神色一紧，连忙打断，压低声音道："大爷，大爷，可不能乱说，小鬼子和二狗子听见了，咔，要杀头的。"

"哦，那是民国几年？"火小邪也煞有介事地压低了声音。

"民国二十六年，私下里大家才敢这么说。"

火小邪重重地点了点头，半晌没有吭声，他心里翻天覆地地起伏，这句简简单单的民国二十六年，对他却意味深长。

"大爷，您怎么了？"掌柜的有些心虚。

火小邪回过神来，无所谓地一笑，说道："掌柜的，我和你说个事，你信不信？"

"您说。"

"我整整忘了十一年的事情，我以为，今年还是民国十五年。"

"哈，大爷您一定是开小的玩笑。"

火小邪摸出烟嘴，叼在嘴上，吸了两口，也哈哈一笑，说道："是啊是啊，开个玩笑。如果我真的忘了十一年的事情，肯定这些事，都不是什么开心的事情。挺好，挺好。"

火小邪嘻嘻哈哈的，将烟嘴放在桌上，又吃了起来。

掌柜的弄不清火小邪的葫芦里卖的是什么药，只好陪着傻笑，见火小邪掏出烟嘴，又放在桌上，想起了什么，问道："大爷，您抽烟？"

"嗯，抽！"火小邪头也不抬。

掌柜的说道："您是稀客，又这么大方，我有几根好烟一直攒着，自己也不抽，我给您拿来？"

"好啊！我不和你客气啊。"

掌柜的正要起身，那个小伙计端着一盆子山鸡炖蘑菇走来，烫得龇牙咧嘴，掌柜的一见，赶忙帮着接过，放在桌上，吹了吹手，吩咐道："小五，去我的房里，把我那个小盒子里的烟拿来。"

"小盒子？"

"还有哪个？上次你手贱，我抽了你一顿的那个！"

"哦哦哦，是是是。"小伙计回想起来，赶忙跑开。

火小邪笑道："他是……你亲戚？"

"远房的一个外甥，父母前两年死了，一直跟着我，光知道吃，笨手笨脚的。"掌柜的把山鸡炖蘑菇推到火小邪面前，巴结道，"您尝尝，您尝尝，都是本地土产。"

"好！"火小邪举起筷子，正要夹一筷子，抬头问道，"你这个店，就你们两个人啊？"

"我老婆也在。"掌柜的又解释道，"她一个山里的老娘们儿，不是不敢出来，而是她是个瘫子，下不得地。"

"这样啊……对了，掌柜的，你这里叫什么地方？看着房子不少，怎么见不到什么人啊？"

"说来话长，我们这里叫北巴窝，靠着大的官道，以前算是一个商队抄近道去牟平的必经之地。"

"牟平？"

"啊，是啊。"

火小邪暗骂一声，心想道："见他奶奶的鬼哦，牟平离奉天有小一千里路呢。看来我忘了的十一年，跑的地方挺远，不会连哈尔滨都去过吧。"

火小邪啧了一声，对掌柜的说道："你继续说，继续。"

"我们这里，原先是一个大驿站，兴盛了四五十个年头，后来日本人来了，几年前在山里修了条公路，挖了隧道，就没有马帮从我们这里走了。而且，最可恨的是，日本人把这条官道前面设了卡，不准商队通过，说是怕给山匪运物资，所以这些年来，过路客人越来越少，生意一日不如一日，该走的全走光了，留下的都是些老弱病残，守着房舍，勉强度日。”

“那你怎么不走？”

“我也想走啊，但我是这里土生土长的人，祖宗八辈，这宅子也是我家祖宅，婆娘又腿脚不便，想着熬一熬，没准日本人又准行了呢。哎呀哎呀，光我说话了，您吃着您吃着。”

火小邪笑了笑，拿起筷子，夹了块鸡肉，看着掌柜的说道：“闻起来挺香的。”

“有阵子没做肉菜了，不知道咸淡合不合您的口味。”掌柜的堆着一脸笑容。

这时候，小伙计慌慌张张地跑来，叫道：“老爷，老爷！”

掌柜的骂道：“叫嚷什么！”

“没……没找到啊。”

“你怎么这么笨啊！”

“盒子找到了，没，没烟啊！”

“臭小子，你能办成个事不？”掌柜的站起来，作势欲打。

“真没……真没有啊！”小伙计抱着头躲闪。

掌柜的只好对火小邪说道：“大爷，您稍等片刻，我亲自给您找找去，您吃着，稍坐稍坐！”说罢就走，不忘唤道，“小五，你过来！”

掌柜的，小伙计两人便小跑着向后院去了。

火小邪把鸡肉丢回盆子里，把烟嘴叼上，伸了个懒腰，扭头一看掌柜的去的方向，慢慢站起身来……

掌柜的、小伙计走入一间厢房，掌柜的连忙将门关上，将小伙计拽到一边：“怎么回事你？”

“老爷，咱们不能害人啊。”

掌柜的啪啪就是两巴掌：“怎么害人，怎么害人了？”

“给他下药，万一药死人了呢？”

“什么药死人，什么药死人！道长说了，不是毒药！是毒药我敢下吗？要是毒药，我下到菜里面不就行了吗？用得着这么麻烦吗？”

“可那道长，不像神仙，倒像是个妖怪啊，万一他骗我们的呢？”

“小五，你想不想救你舅妈？想不想让你舅妈下地走路？”

“想啊，想啊！”

“道长的本事你没见到吗？一拍一打一粒药，就让你舅妈下地走了十几步。我们不下药，道长就不会回来给你舅妈治病了！”

“老爷，老爷，舅舅，可……可……可……可我还是怕啊。道长说给来路不明的奇怪过路人下药，可他，他不算是奇怪吧。”

“他还不奇怪？深更半夜的一个人来住店，一看就是翻身越岭的，他说遇见山匪了，却一副嬉皮笑脸的模样，没事人一样，更邪门的你没听到，他说他忘了十一年的事！他不奇怪，谁奇怪？不给他下药，给谁下？”

“可是，可是，就算药不死人，那……那……那道长是要干什么？”

“你脑子长着干什么用的？不记事啊你！道长不是说了吗，他能够千里寻味，这个药是让人身上有气味的！”

“这怎么可能啊，万一万一……”

掌柜的拧住小伙计的耳朵，骂道：“现在没有万一！咱们这里，早晚要让山匪给端了，给烧了，道长是救命稻草，我们不按道长的来，带着你舅妈去哪里？去要饭啊？下了药，能救你舅妈，又能去道长说的青云客栈讨生活，一辈子不愁吃穿了！小五，你脑子清楚点！”

小伙计哭丧着脸，不敢再争论，只好点头应了。

掌柜的叹了口气，拍了拍小伙计，说道：“我知道你觉得道长说得太神了，我也是这么觉得，可是，这年岁……唉，快过不下去了，就信一回吧。”

掌柜的从桌脚下翻出一个小盒子，打开来，摸出四根卷烟，说道：“三根给他抽，他如果不抽……这一根，你按道长说的，把烟丝取出来，用清水泡泡，然后把水抹到床铺被卧上。”

掌柜的把一根烟塞到小伙计手里，说道：“拿着，快去，弄好以后，去客房，把事办了！”

“……”

“听到没有！你这个小子，就不能争口气啊你！”

“是，是，我这就去！”

小伙计拉开门，便跑了出去。

掌柜的喘了口气，平静了平静心绪，将三根烟拿好，走了出去。

掌柜的快步跑出，打老远便见到火小邪还是老老实实地端坐在座位上，正吧唧吧唧地吃鸡，不禁宽了宽心，边跑边叫道：“大爷久等，大爷久等！烟来了烟来了。”

火小邪吐出一块鸡骨头，埋头继续吃，一边哼哼道：“你家菜味道不错！”

掌柜的把烟小心翼翼摆在桌上：“珍藏的三根烟，您看，烟卷上是洋文，高级货。”

火小邪念了声谢谢，问道：“你侄子呢？”

“他给您收拾客房，烧洗脚水去了，客房里有阵子没住人，要收拾一下。”

火小邪把筷子放下，伸了个懒腰，说道：“吃饱了吃饱了，累死了！”

“哎哟，您没吃多少啊！”

“可以了！今晚上吃完了，明早你拿什么招呼我？存着存着，明早热热，我吃了上路。”

“是，是这个理！”掌柜的从口袋里摸出火柴，“要不您抽一根，饭后抽一口，赛过活神仙。”

“烟，我收下了，但今儿个不抽了，抽了兴奋，睡不着。”火小邪抹了抹嘴，还是把黄铜烟嘴叼起。

掌柜的有些失望，又不敢再说什么，只好说道：“那，那您稍坐，我收拾收拾，一会儿带您去客房。”

“辛苦！”火小邪抱拳道。

掌柜的正起身收拾碗筷，火小邪问道：“掌柜的，你可有什么洋气点的衣服，卖我一套？我这身打扮，穿着别扭。”

掌柜的微微一愣，挠头道：“衣服，衣服……”

“不瞒你说，我是奉天大户人家的少爷，平日里外出，穿惯了西装夹克这些洋服。”

“噢……”掌柜的回想了一下，眉开眼笑，“有！有！我还真有一套洋服，衬衣外套长裤鞋子袜子都有！是七八年前，这里生意还好的时候，过路客当饭钱抵押给我的，说是俄国货，我知道这种东西，八成是偷的俄国人的，但皮子料子还行，就收了。这个山沟子里，我也不穿这种洋装，快压箱底了。我这就给您找去！”

“敢情好！那麻烦您！”

掌柜的收了桌子，跑去后院，不过多久便拎了一个皮箱出来，给火小邪展开一看，果然鞋帽衣裤俱全。

火小邪道了声好，拎起外套一看，旧是旧了点，皮子确实是上好的小牛皮，十分细软。火小邪心头一乐，当着掌柜的面，把身上的衣裳脱了个干净。

火小邪露出一身伤痕，把掌柜的吓了一跳，火小邪冲掌柜的一笑，并不解释，麻利地把衣裳裤子鞋子穿戴齐整，除了鞋子稍大，其余十分合身。

火小邪叼着烟嘴，手插裤兜，一股子烟虫李彦卓的派头，踱了几步，相当满意。

火小邪掏出钱来，拣了张一百元的大钞，拍在桌子上，笑道：“我买了！”

掌柜的这次倒没有见钱眼开，忙道："我送您的，我送您的！"

火小邪很是豪爽地摆了摆手："送什么送，小爷我不缺这点钱，买个高兴，若是嫌钱不够，要不要我再补你一百？"

掌柜的赶忙把钱抓起，说道："够！够！大爷真大方！小的这几年一直倒霉，就属今天有福气！请来了您这位贵人！"

这时候小伙计也把客房收拾好了，下来请安。

火小邪不忘把三根卷烟拿起，亮给掌柜的和小伙计看了看，放进上衣口袋里，说了声谢，便叼着烟嘴，跟随着掌柜的和小伙计向后院客房走去。

掌柜的和小伙计伺候完火小邪洗漱，连声客气着，退出房间，掩好了房门。

火小邪听掌柜的和小伙计脚步声走远，举目一看，床铺已经铺好，便走到床边，蹲了下来，细细地闻了闻，并没有闻出什么异常的味道。

火小邪托着脸庞，自言自语道："什么道士能用味道来千里寻人？听着就邪门！今晚我是睡床上呢，还是不睡？睡下了，说不定真会被道士闻出来，像狗一样找来。今天真是奇怪，碰见了一个水信子水媚儿自称水家人，又在这个客栈里，听到个能够蛊惑人心，让店老板、小伙计鬼迷心窍，给过路人下药的道士。这个道士，又是什么人？"

火小邪想着想着，把手臂露出来，看着皮肉上面刻着的五行合纵四个字，喃喃道："金木水火土，五行，水家是水，道士，道士？会用药？木？木家？或者是土家？嘿嘿，有意思得很！水家那两个人好像不会害我，但有把我抓走的意思，木家呢？其他家呢？也是想找我？"

火小邪站起身来，在床头走来走去，犹豫不决，他本想着今晚溜之大吉，在外面寻个隐秘的地方睡上一觉养养精神，可是对这张可能涂了药水的床，火小邪却不肯放过。隐隐约约中，火小邪感觉应该让这个道士找到自己。

迟疑了很久以后，火小邪哂然一笑，念道："我倒想看看，是个什么道士！"说完火小邪心头一宽，将衣服脱了个精光，将烛火吹熄，往床上一躺，把被子一拉，盖了个结实，笑骂道："来来来，臭道士好好闻闻小爷我！"

火小邪折腾了一番，着实累了，眼睛微微一闭，念道："睡一会儿睡一会儿！明天赶一天路，尽早回奉天去看看。瘪猴，浪得奔，老关枪，潘子，你们还好吗？潘子？潘子是谁啊？嗨，忘的事情太多了……"火小邪脑海里嘀咕着，很快睡了过去。

二、木象生火

掌柜的、小伙计一直蹲在院子角落里，终于看到火小邪的房间灯光熄灭，两人方才如释重负，猫着腰离去。

两人一路来到侧院，掌柜的推开房门进去，也不点灯，轻唤道：“老婆子，睡着了吗？”

有中年女子的声音说道：“哪里睡得着？客人招呼完了，没事了吧。”

掌柜的走至一张床榻旁，坐了下来，给床上的妇女掖了掖被子，十分兴奋地说道：“老婆子，我们很快就能离开这里了。”

妇女惊慌道：“你们给客人下药了？”

掌柜的忙掩住妇女的嘴：“小声点！让人听见！”

妇女低声道：“那位道长的话，你们真的信啊！小五，小五！”

小伙计上前：“哎，舅妈。”

妇女埋怨道：“我不是和你说了吗？别让你舅舅乱来，我这个腿疾，是我前辈子造孽，治不好的，怎么能为了道长的玩笑话，去害别人？”

小伙计说道：“舅妈，舅舅也是为你好，怎么着也试试，万一，万一道长真有神通，知道我们帮他做了事，来治好你的腿，再带我们去青云客栈呢？”

妇女哀叹道：“我们一生都是老实本分人，哪敢信这些啊！”

掌柜的反倒宽慰，说道：“老婆子，别想了，已经这么做了，总不能去告诉客人，我们做了什么吧。这个客人挺好的一个人，出手大方，为人豪爽，这种好人，菩萨会保佑他的。安心安心，睡吧睡吧。”

妇女这才微微点了点头，闭上眼睛，勉强睡去。

掌柜的站起身来，招呼道：“小五，去前厅收拾收拾，我们也早点睡了。”

小伙计应了，两人刚刚走出门，就听到马蹄声大作，七八骑快马，从院外狂奔而来。

掌柜的和小伙计顿时吓得面无人色，齐声叫道：“山匪！”

哐的一声，客栈的大门被人踹开，两条大汉把住院门，几匹高头大马，鱼贯而入。马上坐着的几个人，一看就不是善类，面目狰狞，服装怪异，背着大刀长枪。

领头一个穿着大风衣的独眼龙跳下马来，其他人随他下马，提枪的提枪，拿刀的拿刀，齐齐向客栈内冲来。

掌柜的和小伙计急奔而来，一见这些人的样貌，吓得面如土色，扑通一下跪在店内，一声声地磕头，哀叫道：“山大王山大王！饶了小的，饶了小的！”

独眼龙一脚将掌柜的踹倒，骂道：“拿水拿吃的来！妈的！”

独眼龙身旁一个黑脸大汉，抡起鞭子，将掌柜的和小伙计抽得满地乱爬，一边骂道：“快点！快点！慢了就宰了你们！”

掌柜的和小伙计哪里敢反抗，屁滚尿流地逃到一边。

五个山匪围坐一桌，另外两个山匪则开始在前厅里乱砸乱翻。

独眼龙骂道：“去后厨盯着，别让人跑了！”

两个山匪听令，提着刀就去后厨找人，立即听到掌柜的、小伙计被打得乱叫。

独眼龙气呼呼地，重重地一拍桌子，骂道：“小鬼子从昨晚就开始闹腾，×的个巴子的！小鬼子这次是吃错了什么药，竟把老子弄得这么狼狈！”

黑脸大汉说道：“大哥！我一路在想，鬼子这次也许不是针对我们的，一定是万年镇要塞里，出大事了！”

独眼龙性子暴躁，继续骂道：“放你妈的屁！万年镇要塞，一个装甲师也打不进去，能闹 ×× 个闹！鬼子这次就是想抓老子！”

黑脸大汉忙道：“大哥英明！一定是怕我们做大！”

独眼龙骂道：“水呢？拿水来！渴死老子了！”

一个山匪赶忙递上水袋。

独眼龙咕咚咚喝了几口，丢开一边，又吼道：“酒！老子要喝酒！”

黑脸大汉说道：“大哥，走得匆忙，没带酒！”

独眼龙一巴掌抽在黑脸大汉脸上，骂道：“去给老子找酒来！”

黑脸大汉被抽了个五指山，眼中杀意一起，马上隐去，赶忙站起来，指挥道：“你，你，和我去找酒！”

黑脸大汉带着人离去，独眼龙又歇斯底里地冲另一个骂道：“肉！老子要吃肉！”

剩下的山匪也赶忙连声应了，向后厨跑去。

又听到掌柜的和小伙计被打得惨叫不止，不过多时，一个山匪抱着一盆山鸡炖蘑菇，跑了出来，摆在独眼龙面前，兴奋道：“大哥，找到这个，还是温的！”

独眼龙伸出手，抓起盆里的鸡头，塞进大嘴里，嘎嘣嘎嘣嚼碎了，喝了声“痛快”，又大手直抓，如同野人似的，连筷子也不用。端菜来的山匪，只好站在一旁直吞口水。

独眼龙口能吞象，眨眼便把一盆子菜吃完，一把将盆子丢到一边砸烂，骂道：“还有没有？老子要吃肉！喝酒！”

一个山匪拎着掌柜的出来，将他推倒在独眼龙脚下，说道：“大哥，他说没有什么吃的了，没有肉，也没有酒！”

独眼龙掏出一支短枪，顶住掌柜的脑门，狰狞道：“吴老板，你敢说没有？”

掌柜的全身哆嗦：“山大王，前几日您的部下来过，把最后一点吃的喝的全拿走了，小的家里确实没有能伺候大王的东西了啊。”

独眼龙冷笑道：“没有？你的小鸡炖蘑菇是给谁做的？你没有存粮了，大晚上的亮着灯，做着菜，干吗使的？我看你是不见棺材不落泪啊！”

掌柜的颤颤巍巍从衣袋里摸出今晚火小邪给他的钱，哭道：“大王，我全家就剩这点钱了，您收下吧，求您饶小的一命吧。”

钱被山匪一把抢去，独眼龙仍然用枪顶着掌柜的，凑过脸去，怪笑道：“我记得一个月前，我来找你玩，你就说你只是全部家当了，怎么今天又有了啊？你生意这么好啊，这种鸟不拉屎的地方，你一个月能赚一百多块？你是觉得我好骗是吧！今儿个，你死定了！”

掌柜的磕头如捣蒜，哭道：“大王饶命，这钱是今天刚赚到的……”说着觉得说错了，正要住口，已经被独眼龙一把拎起来。

独眼龙冷笑道：“谁这么阔气？”

掌柜的只好道：“今天，今天来的客人……”

“哈哈哈，好肥的羊！人在哪？”

“走……走了。”

“你娘的！”独眼龙立即扣动扳机，嘭的一枪，从掌柜的脸边擦过，将他一只耳朵打得稀烂。

掌柜的惨号一声，捂住耳朵，疼得在地上打滚。

独眼龙吹了吹枪管，对身旁两个山匪叫道：“猪毛，大黄，去后院客房搜！见到人一枪打死！”

两个山匪立即跑去。

此时黑脸大汉和两个山匪，架着一个中年妇女，走上前来，将妇女放倒在地。

原本在后厨看着小伙计的两个山匪，听了枪响，也拖着小伙计，从后厨赶出来。

小伙计一见这种状况，心里明白，脚下一软，吓得瘫倒在地。

这个中年妇女正是掌柜的妻子，她见掌柜的在地上疼得打滚，一边叫着一边向掌柜的爬过来。

独眼龙上前一步，将妇女踩住，叫道："你这个娘们儿，还活着呢？"

掌柜的听了妻子叫唤，忘了疼痛，跪在地上求道："大王，她是个瘫子，求您放了她！"

独眼龙狞笑道："放？可以放！你把家里所有存粮，钱，还有那个给你钱的肥羊在哪里告诉我，我可以考虑饶了你婆娘！"

"真的没有啊。"掌柜的惨叫道。

嘭的一枪，独眼龙一枪打中妇女的左肩，妇女尖叫一声，哭喊道："作孽啊，作孽啊，都是我们作孽，该有这种报应啊！"

掌柜的慌了，跪行上前，抱住独眼龙的靴子，哭道："别杀我老婆！大王，客人住在甲一房，我全部的家当，都在我老婆的床铺下面，求您别杀她，别杀她！"

独眼龙抓起掌柜的头发，说道："真话？"

"真话！就在床铺下面！所有的！所有的！"

"好得很！"独眼龙哼道，手中枪一抬，正打中妇女的后脑上，只是一枪，妇女连叫也没能叫出一声，立即毙命。

黑脸大汉忙叫一声："大哥不可！"可是已经晚了。

掌柜的哇一声惨叫，将妇女抱住，号啕大哭。

独眼龙将枪口一转，指向黑脸大汉，狰狞道："又想玩你的那套假仁假义了？"

黑脸大汉叫道："大哥，可她是个手无寸铁的妇女！"

独眼龙怪笑道："可我就是杀了她！你不服？那你杀了你大哥我！哈哈哈！"

黑脸大汉紧紧皱眉，闭口不语，扭过头去。

小伙计也惊了，爬上前来，跟着掌柜的哭道："舅妈，舅妈！"

独眼龙走开几步，命令道："黑麻子，你听到了，钱和吃的在这个婆娘的床铺下，带人去找！顺便把甲一房的肥羊抓了！"

黑脸大汉应了声是，带着两人快步离去。

独眼龙得意扬扬地坐下，看着眼前的惨剧，猖狂笑道："一个瘫子，活着也碍事，吴老板，我帮你打死她，也让你得个轻松！哈哈哈！"

掌柜的狂号一声，从地上跳起，向独眼龙冲来，大叫道："我和你拼了！"

独眼龙哼了声找死，又要举枪。

骤然间，只觉得一道黑光一卷，一把砍柴刀不偏不倚地飞来，直剁在独眼龙的手臂上，噗的一声，差点将胳膊砍断。

独眼龙这一枪落了空，就地一滚，想要逃命，却被扑上来的掌柜的牢牢抱住。

掌柜的已经疯了，一口咬在独眼龙的脸上，生生撕下一块肉来。

仅剩的一个山匪搞不清眼前的突发状况，愣了一愣，才扑上来将掌柜的掐住，奋力拽起，丢开一边。掌柜的脑袋重重砸在椅子上，人事不省。

独眼龙连蹬带踹，把掌柜的踢开，他右手已经废了，左手持枪，狂叫道："出来！"

只见阴暗中人影一闪，一个穿着皮夹克的男人，嘴里叼着个烟嘴，一脸煞气，向独眼龙直冲而来。

独眼龙看到此人，被他眼中的杀气吓得连连倒退，手中不自觉地开了一枪。

这男人正是火小邪。

火小邪头一偏，便避开了这颗子弹，依旧直冲上前，快如闪电。

独眼龙第二枪还没有放出，手中枪已经被火小邪一把拧住。

火小邪并不缴枪，而是大力一拧，独眼龙手指还在扳机上，生生被套住，嘎巴一下，手指断裂。火小邪仍不停手，抓住独眼龙的肩头，继续发力，咔吧吧，将独眼龙的左臂拧断。

独眼龙闷哼一声，跪倒在地。此人也算是彪悍，一跪地后就大叫道："你是谁？你敢动老子！"

火小邪怒火腾腾："不杀你我就不是火小邪！"

剩下的那个山匪，见火小邪如此神勇，松了掌柜的，拔腿就跑。小伙计本跪在他舅妈尸身旁哭啼，此时不知从哪里来的勇气，跳将起来，一把将山匪抱住，两人滚倒在地，厮打起来。小伙计怒吼连连，居然不在下风，乱拳乱砸，将这个比他高大一头的山匪脸上砸开了花，昏死在地。

火小邪本想施救，没想到小伙计居然打赢了，心中宽慰，一脚将独眼龙踹翻在地，踩住他的脑袋，狠狠道："小爷我这就送你去见阎王！"

火小邪还没有下手，就听到脚步声响起，转头一看，只见黑脸大汉带着四个山匪，举着枪冲了出来。

独眼龙听出黑脸大汉等人的脚步，大叫道："黑麻子，杀了他！"

火小邪和黑脸大汉冷冷对视，脚上加力，踩得独眼龙说不出话。

火小邪对黑脸大汉冷哼道："想死就开枪！"

黑脸大汉和火小邪对视几眼，却突然冲身边人叫道："放下枪！"众山匪听了，莫名其妙，犹犹豫豫把枪放下。

黑脸大汉也把短枪放下，喝道："这位兄弟，请听我说句话！"

火小邪哼道："想让我饶了我脚下的孙子，绝无可能，别废话了！"

黑脸大汉答道："兄弟，佩服！此人罪无可恕，我虽是他的下属，却也早想杀了他！"

火小邪倒是吃惊，骂道："你以为你是什么好鸟？"

黑脸大汉说道："我跟此人称兄道弟，为虎作伥，确实该死！兄弟你今天若想杀我，我绝不反抗，这条命，任你取去！"说着，把手中枪向火小邪丢过来。

火小邪一把接过，脸上浮现出一副玩世不恭的模样，哼道："刚才你不忍杀人，我看到了！好！那么，我脚下的这条狗命，你来解决！我杀他，还脏了我的脚！"

火小邪把脚松开，退开几步，就听独眼龙翻过身子，狂骂道："黑麻子，我就知道你是个祸害！当初就不该收留你！"

黑脸大汉一脸冰冷，向独眼龙走来，说道："当初你说带我打鬼子，杀鬼子，可是，我们杀了几个鬼子，反而是害死了不少平民百姓，一听到鬼子来了，只知道抱头鼠窜！我受够了，今日我们恩断义绝！"

独眼龙骂道："好得很！你杀了我，你也不得好死！哈哈哈，为了保命，你居然杀你大哥！黑麻子，你怕什么，你们五个人，还打不过一个人！"

黑脸大汉走到独眼龙身边，抓着他的领口，将他从地上揪起来，骂道："就算我要动手，也轮不到你支使！"

"黑麻子！"独眼龙还要开骂，就觉得心头一凉，一把尖刀已经直透心窝。

独眼龙翻了个白眼，身子抖了抖，一命呜呼。

黑脸大汉手一松，独眼龙烂泥一样躺倒在地，再也不能嚣张了。

火小邪看着黑脸大汉手刃一人，虽说痛快，还是心中狂跳，暗想道："不知道我忘了的十一年里，杀过人没有？"

黑脸大汉杀了独眼龙，单膝跪下，向火小邪一拜，说道："这位大哥，我叫马三多，全村人死在鬼子刀下，今生誓杀鬼子！大哥若不嫌弃，我们几个愿意跟随你左右，只要大哥振臂一呼，白头寨百十条好汉，愿听大哥号令，赴汤蹈火，在所不辞！我马三多如若有半句虚言，天打五雷轰！"

剩下的山匪见状，慌忙上前，呼啦啦跪了一地。

火小邪并不高兴，反而有些沉重起来，但脸上还是一副无所谓浪荡的表情，说道："马三多？呵呵，你怎么知道我会杀鬼子？我没准会帮着鬼子呢？"

这位叫马三多的黑脸大汉斩钉截铁地说道："马三多确信大哥与小鬼子势不两立！"

"哦？你说说看！"

"因为大哥让我想到了一个人。"

"谁？"

"东北大盗之首，烟虫李彦卓！你除了长相与他不同，穿着打扮、神态气质、说话口气，嘴里叼着烟，几乎与他一样！我差点以为你就是他！"

"烟虫李彦卓，大盗吗？"火小邪低声念着，一股悲伤之气袭来，心里如乱刀刮搅一样疼痛。

马三多说道："是！烟虫李彦卓，东北境内的绿林好汉，谁不知道他和小鬼子不共戴天？他一年前来到我们山寨，制服我等，让我等帮忙收集小鬼子万年镇要塞的情报，并叮嘱我们不忘国耻，养精蓄锐，静待时日，与小鬼子决一死战！"

"万年镇？"火小邪立即想到胳膊上刻下的文字，沉声道，"万年镇在哪里？"

"离此地有近二百里，原本只是一个古镇，后来改名叫万年镇，是小鬼子的要塞，神神秘秘的，不知道在搞什么见不得的勾当，已经修建了有五六年了。"

"哦！知道了……"火小邪收了攻击的势头，嘿嘿一笑，无所谓地说道，"那个叫烟虫的，什么李什么卓，我不认识，他是他，我是我。你别弄错了！"

马三多还想说话，火小邪已经快步走到掌柜的面前，将掌柜的扶起，掐住他的人中，低声唤道："掌柜的！掌柜的！"

马三多赶忙凑了过来，火小邪眉头一竖，骂道："你们这帮孙子！看你们干的好事！"

马三多羞愧道："大哥……我们有罪。"

火小邪怒哼了一声，一边掐着掌柜的人中，一边拍打掌柜的面颊。小伙计见事态缓解，哭哭啼啼地跑过来，一把鼻涕一把泪地跪在掌柜的身边，不住叫道："舅舅，舅舅！"

掌柜的总算"哎呀"一声，醒了过来，身子本想挣扎，让火小邪按住，火小邪说道："是我！掌柜的，你安全了。"

掌柜的看清了是火小邪，精神崩溃一样地失声哭道："报应啊，报应啊！这都是报应啊！"

火小邪明显能感觉到掌柜的命垂一线，不禁叫道："掌柜的，你振作！"

掌柜的一把抓住火小邪的胳膊，惨呼道："客官，大爷，你不该救我，让我死了吧！”

“掌柜的，莫说丧气话！”

“大爷，我是个有罪的人，我给你下了药，你不知道。我为求自己的安乐，就害人，就害你，终究是要遭报应的！这都是报应！”

“掌柜的！我知道你给我下了药，不妨事！喂，你振作！振作一点！”

掌柜的呜呜哭道：“大爷，你都知道了，却还要救我，让我有什么脸面活着？大爷，我知道我不行了，求您在我死后，把我妻子和我埋在一起吧，我舍不得她，我离不开她，她死了，她死了，求你……求你，我外甥……让他……让他活着……”

火小邪感觉掌柜的在怀中身子一硬，好像有魂灵从体内脱出，感受异常明显，火小邪大声叫道：“掌柜的！掌柜的！”

可这个可怜的中年人，命该如此，说了最后一番忏悔的话语后，魂归天外。

火小邪感受着一个活生生的人在怀中慢慢冰凉，说不出的难受，他觉得这样生离死别的一幕，自己曾经经历过，虽然想不起来，悲痛的感情却受此激发，压抑不住。

火小邪将掌柜的缓缓放下，站起身来，小伙计猜也猜到，大叫几声，趴在掌柜的尸体上痛哭不止。

火小邪默默退开几步，沉默不语。

马三多低声道：“大哥……”

火小邪不知是怒还是悲伤地嘿嘿怪笑几声，骂道：“大哥？谁是你们大哥？”

马三多堪称一条硬汉，听火小邪如此说，拔出尖刀，一言不发就向自己脖子上抹去。

火小邪一把抓住了马三多的手腕，漠然道：“算了！”说着一使劲，将马三多的手臂拉开。

马三多叫道：“大哥你让我死了吧！只求你饶过我的小兄弟们，放他们一条生路吧！他们都是孤苦的人，入山为寇，为非作歹，并不是他们的本意！”

火小邪瞪着马三多，突然嘿嘿一笑，还是摆出一副吊儿郎当的表情，说道：“活着吧！我不想看到更多的人死了！”

马三多默然，不知该如何是好。

火小邪松了马三多的手腕，走开几步说道：“你们不是想认我当大哥吗？”

马三多精神一振，大叫道：“是！求大哥带领我们！”

火小邪说道：“带领你们，不可能，但你们如果诚心诚意想认我当大哥，必须答应我几件事。”

“大哥请讲！”

“第一，将掌柜的和他妻子找个好地方安葬；第二，带着这个小伙计走，让他有个依靠，不被人欺负；第三，你们的白头寨，改名叫火家寨，养精蓄锐，扩大队伍，只能抢小鬼子和为富不仁的恶人，不能欺负平民百姓，五年之内，你马三多必须带出一支人马，随时听我的调遣！你要是做不到，我就算日后见到你们，也要把你们杀个精光！”

马三多一愣，喝道：“大哥，你要去哪里？”

“怎么？做不到？”

“大哥，我们做得到！只是大哥要去哪里，我们几个愿意誓死追随！”

“哈哈！”火小邪摇了摇手指头，“我要做的事情，比你们想象的更复杂！马三多，做好你自己的事情吧。”

火小邪大喝道：“你们听到没有？”

马三多和其他山匪为之一振，起声道：“是，大哥！”

火小邪嘿嘿一笑，声音一低，对马三多说道：“马三多，忘了告诉你我的名字，我叫火小邪，这个名字，你们不能对外人说起。记住了吗？”

马三多抱拳道：“是！”

火小邪哼哼两声，说道：“本来想睡上一觉，全让你们搅和了！算了，我要走了，你，马三多，把你的马给我一匹。”

马三多忙道：“大哥请！”

火小邪应了声，仰头就走，走了几步就停了下来，返身回到小伙计面前，将一卷钱大半塞给了小伙计，说道：“小兄弟，留点钱安葬，好好活着！”

小伙计哭得满脸花，木讷地应道：“是，是是，是是是。”

火小邪拍了拍小伙计的肩膀，跟着马三多向们外走去。

马三多牵了一匹马来，请火小邪骑上。

火小邪这才想到自己好像不会骑马，但也没有犹豫，一踩马镫，翻身上马。等骑到马背上，火小邪才觉得自己骑得不错，好像自己天生就会骑马一样，很是熟悉。

火小邪并不觉得奇怪，一拉缰绳，叫道：“马三多，记住我说的话，五年之内，我会回来找你！你如果哪一条没有办好，别怪我翻脸不认人！”

马三多心悦诚服道：“大哥放心！马三多若做不到，天打五雷轰！”

火小邪哼了声：“好！信你！”说着拉转马头，喝了声“驾”，双腿一夹，一骑绝尘而去。

马三多呆立在原地，看着火小邪驾马跑得不见了踪影，方才感慨道：“英雄啊！”

有一个山匪跑上来问道：“黑大哥……”

马三多怒道：“什么黑大哥，叫我马二哥！真正的大哥是他！”说着，指向火小邪离去的方向，一脸怅然若失……

火小邪借着夜色一路狂奔不止，翻山越岭，一直骑到天色蒙蒙亮，方才停了下来。

火小邪骑在马上，在半山腰间，看着一轮红日露出个尖尖角，朝霞漫天，山河一片大好，美轮美奂，不禁看得痴了。

火小邪清楚地知道，自己的记忆仍然是小时候的景象，其间足足丢了十一年的记忆，以至于自己行为举止、思想判断、口吻语气，不知不觉早已超出记忆中的年岁，已然有些不像自己了。尽管如此，火小邪只觉得现在的自己，分外真实，丝毫不觉得别扭。

火小邪看着一轮红日，心头念道：“五行合纵，破万年镇，破罗刹阵，切记！虽然我不知道这句话代表着什么，但这就是我从今往后的目标吧！或者说，这就是我这辈子的使命！我火小邪，苍天做证，必不辱使命！”

火小邪心头念了一番，心里痛快异常，冲着日头大笑三声，满脸桀骜不驯、放荡不羁的神情，将烟嘴紧紧咬住，深深吸了一口，好像有无穷动力涌起，身边亦有无数人对他翘首企盼一般，斗志昂扬，神清气爽。

火小邪拉紧了缰绳，最后回头瞟了一眼远在百里之外的重重大山，嬉笑道：“万年镇，等我回来！”说罢，将烟嘴拧了拧，纵马继续向奉天方向疾奔而去。

在火小邪离去的另一个方向，百里之外，水王流川所在的镇子里，那件毫不起眼的破败客栈中，此时又是另一番光景。

水信子、水媚儿换了一身打扮，跪在屋内正中，垂头不语。

水王流川面无表情地坐在椅子上，轻抚眉间，也是一言不发。水王流川身边那位叫水华子的人，在窗口边垂手而立，同样表情清冷，看不出喜怒哀乐。

这种沉默僵持了足足有一炷香的时间，水信子才终于打破僵局，低声道：“水王大人，火小邪走失，是我之过，请您重重责罚！”

水王流川缓缓放下手，平静地说道：“水信子，你罕有这样的失手啊，你进水家三十余载，我记得你上一次失手，还是在三十年前。”

水信子低声道：“我过于自信，没想到火小邪受了我的催眠术，还能够中途醒来，三十年前，我催眠术不精，故而失手，三十年后，竟还是栽在催眠术上。”

水王流川淡淡一笑，说道：“水信子，你还记得水妖儿小时候吗？”

水信子微微一怔，答道：“记得。”

水王流川站起身来，踱了几步，悠悠然说道：“水妖儿和水媚儿很小的时候，一直是你在照看她们。有一次我问你，如果她们不说话也不动作，你认得哪个是水妖儿，哪个是水媚儿吗？你回答说，她们在一起的时候，反而认不出来，但她们单独一个人，你能认出哪个是水妖儿。我又问你，为什么，你告诉我说，是因为一种说不清、道不明的感情。当年整个水家，除了我以外，也就只有你能这样准确无误地认出她们。”

水信子眼神闪烁，低头不语。

水王流川继续说道：“水信子，你喜欢孩子，多少年了，你从来没有改变过，这是你最大的缺点，也是你最大的优点。至少，你比我活得真实，你就是你，你不是别人。”

水信子低声道：“水王大人，我只是想给水妖儿一个机会，她……”

水王流川呵呵呵冷笑不止，打断了水信子的话，瞟着水信子，说道：“机会？水信子，你开始糊涂了，之前你比我还清楚，水妖儿是一个不应该有机会的女子，她杀死过她自己，也让她有了继承水家的资格！机会对她来说，就是一种灾难。”

水信子低语道：“是，水王大人……”

水王流川缓步走向水媚儿，问道：“水媚儿，你听了我刚才说的话，生气吗？”

水媚儿答道：“我高兴。”

水王流川说道：“所以，你只能当水妖儿的替身，你取代不了她。”

水媚儿说道：“我不相信，我也会杀死我自己的，我能够做到。”

水王流川哈哈一笑，说道：“妒忌是一种快乐，很好，水媚儿，我的好女儿，我希望你永远快乐。”

水媚儿将眼睛一闭，干脆装作什么都听不到了，只是呼吸加快了几分。

水王流川伸出手，说道：“水媚儿，火小邪身上的东西，给我。”

水媚儿微微一愣，说道：“什么东西？”

水王流川轻轻哦了一声，笑了起来：“没有吗？”

水媚儿说道：“火小邪身上除了伤痕就是伤痕，别无他物，所有的衣裳裤脚，也没有任何东西。”

水王流川点了点头，转身离去，说道："怪我没有告诉你。"又看向水信子，"怪我也没有告诉你。"

水信子愕然道："火家信物火煞珠？不是都在郑则道手中吗？"

水王流川说道："郑则道，他只有一颗。"

"啊！"水信子惊讶道，"属下确实马虎了！"

水王流川笑道："不妨事！珠子还在火小邪那里，倒让火家更有趣了，不是吗？水华子！"

一只静立在一旁的水华子站出一步，低声念道："一、二、三、四……"

水华子刚刚数到四，水信子脸色大变，人猛然呆滞住，扑通一下，直挺挺地扑倒在地。

水媚儿一看，立即叫道："父亲大人！我错了！请不要……"

"五、六、七……"水华子话音不停。

水华子数到七的时候，水媚儿也表情骤然僵化，扑通一下瘫倒在地，人事不省。

水王流川看了眼，哼了声："总不能没有惩罚吧。"

千里之外，山西边界的一座隐藏在山腰下的小宅院里，一个冷艳的女子，正站在窗口，看着日头缓缓升起。就听吱的一声轻叫，这女子一抬眼，正看到一只小黄雀向她疾飞而来。

她伸出手要迎，那只黄雀却停不住，笔直地掠入窗内，一头砸在地面上，扑腾两下，竟然死了。

这女子赶忙上前，拾起小黄雀，从黄雀腿上解下一个纸筒，展了开来。

这女子越看，表情越是阴沉。

有男子的声音低低唤道："水妖儿，刚才什么声音？"

这位冷艳的女子，正是水王流川之女水妖儿。

水妖儿并不答话，慢慢将纸条折起，与死去的黄雀一起，放入贴身衣袋里。

那男子的声音从里屋再度传来，颇为关切："水妖儿，你没事吧。"

水妖儿看向窗外，左右并无人迹，转身冷哼一声，冲里屋骂道："郑则道，你好好躺着！是什么声音，你管得着吗？"

"哦，好，是，是的，我是担心……"

"闭嘴！若崩开了脸上的伤口，就让你的脸烂穿！"

"是，好的，娘子。"

水妖儿骂完，才向里屋走去。

郑则道全身赤裸，头发精光，身上覆盖着薄薄的一层白色药膏，正一动不动地躺在一张石床上。他听到水妖儿过来，微微转动双眼，充满期待地向水妖儿看来。

水妖儿还是一脸寒霜，并不与郑则道对视。

“阿弥陀佛。”一声佛号响起，从郑则道床头一角，不声不响地站起一个穿着灰色僧袍的僧人，向着水妖儿双手合十，恭敬一拜。

水妖儿微微点头，回了个礼，说道：“苦灯和尚，辛苦你了！”

苦灯和尚客气道：“水妖儿大人才是辛苦了，火家众盗，不敢言谢。”

水妖儿不再说话，走向郑则道床边，查看了一下他周身的伤势。郑则道手指轻动，想拉住水妖儿的手，水妖儿却身子一侧，避开了郑则道，郑则道欲言又止，只是轻叹一声。

水妖儿并不理他，走向床边一张小桌，桌面上摆着一个巨大的瓷盘，里面漂浮着一张人皮面孔，眉眼口鼻俱全。水妖儿看了看，从桌上的小药箱中取出，取出一个玻璃瓶，向瓷盘中滴了几滴药水。

水妖儿转身对苦灯和尚说道：“苦灯和尚，郑则道需要再躺上两日，等身上药膏干了以后，方可取出这张假脸，敷在他的面孔上，定型一日。再往后的事情，你知道该怎么做。”

苦灯和尚拜道：“小僧记得。只是水妖儿大人，你是要出远门吗？”

水妖儿不置可否，只是说道：“你记得怎么做就好。”说罢，转身就向外走去。

郑则道低呼道：“水妖儿，娘子，你要去哪里？你不在我身边，比我所受的伤痛，更让我难过。娘子，我知道我以后的面貌，丑陋无比，我并不求你能爱我，只求你不要离开我。”

水妖儿停下脚步，回头冷冷看着郑则道，说道：“不要说话！我该回来的时候，自然会回来。”说罢，头也不回地快步离去。

水妖儿出了房间，一阵风似的穿厅过户，来到院外，门外山林里顿时呼呼啦啦，站出上百号人马，一边穿黑衣，一边穿灰衣系红腰带，这两批人见到水妖儿出来，全部抱拳恭迎。

这两派人乃是水家、火家众盗。

火家这边急匆匆上来一人，眉目清秀，长得俏皮，也就二十岁出头的样子，焦躁不安地问道：“水妖儿大姐，我们家火传使如何了？”

水妖儿问道：“你是火家什么人？”

这男子忙道：“对不住，对不住，我是火家光火堂右旗使光守宝，以前的诨名叫闹小宝。今天刚赶到，刚赶到。”

水妖儿倒是乐了：“闹小宝啊！许多年没见到你了，呵呵呵，我还以为你这辈子不会长成大人呢。”

闹小宝尴尬道：“水妖儿大姐别开我的玩笑了。”

水妖儿笑道：“你们的火传使性命无恙，只需再等三五天，就可以复原。”

闹小宝哦了一声，喜道：“那就好那就好。”

水妖儿脸色又一变，一副冷冰冰的样子，骂道：“日本忍军围剿火家祭坛的时候，你们这些火家人都在哪里？出了大事，才一个一个匆匆忙忙赶来！火王严烈死了，你们是不是很开心啊？我看你们这些人，守护火传使是假，关心火王信物的下落才是真！耀火堂堂主苦灯和尚在里面守着郑则道，你们大可放心。”

闹小宝被水妖儿一通骂，哑口无言，只是嘀咕着退下：“谢水妖儿大姐，谢谢。”

水妖儿冷哼一声，又向前走。

从水家人群中快步走出一个人来，拦住水妖儿，一副龟公的表情，色眯眯地说道：“水妖儿大人，您这是要去哪里？”

水妖儿眉头一皱，见此人相貌，骂道：“窑子勾章建，你不好好待在南京，来这里作甚？”

章建皮笑肉不笑地说道：“水王大人前段日子，刚把我调到山西当筏长，我带着人赶来守护。水妖儿大人，您贵人多忘事。”

水妖儿骂道：“滚开！”

章建一副为难的表情：“可是水王大人叮嘱我……”

“滚！”水妖儿一脸杀气。

“是，是是，我滚，我滚，水妖儿大人，您可别去太远。”章建一副孙子样，退开一边。

水妖儿喝道：“牵马来！”

章建连忙挥手安排：“快去鞴马！”

水妖儿伸手止住：“借火家的马！”

章建犹豫一番，还是照做，驱人去火家那边，牵了一匹马来。

水妖儿翻身上马，一甩缰绳，疾驰而去。

章建看着水妖儿离去的方向，只能无奈地叹口气，自言自语道：“这少奶奶真难伺候！”说着转过身，冲着闹小宝的方向叫道：“闹小宝，十年没见了，你还记得我吧！哈哈，难得一见，我们去喝一杯吧？”

闹小宝根本不喜欢章建这个油头滑脑的人，冷嘲热讽道：“我可不喝酒，你自己留着喝吧。”

章建挤眉弄眼道：“咱们毕竟一同去过火门三关的嘛！叙叙旧也好嘛！”

闹小宝哼哼道：“免了！你老人家自己玩去。”

“切！”章建骂了句，摇摇晃晃地走回到水家队伍里。

窸窸窣窣脚步声响，两边人都退入树林里，上百人的队伍，眨眼的工夫，尽数消失无踪。

火小邪快马加鞭，片刻不停，向着奉天方向赶去。

而此时在水王流川、水华子等水家人所在的镇子里，又是另外一番热闹的景象。出镇的路口上，上百个“二鬼子”和“皇协军”荷枪实弹，正把数个商队堵住，不准通过。

这些商队中，有不少是日本人带队，他们见莫名其妙封了路，全都上来理论，大吵大叫。可这些二鬼子、皇协军无论怎么说就是不让，他们也不敢得罪日本人，只是一个劲地解释：“稍等稍等，得罪得罪。”

这样吵吵闹闹了一番，就见道路一头，灰尘滚滚，一辆银亮的轿车飞速驶来，嘎的一声，停在路口。车门打开，里面走出一高一矮、一胖一瘦两人，都穿着白色的西装，系着金色的领带，头顶上则是金边白色礼帽，这身打扮，显得极为贵气。只不过两人的形象不好，一个身材巨大，还是个光头，眼如铜铃，满脸络腮胡子，脑袋恨不得有平常人的两倍大；另一个人又瘦又矮，獐头鼠目，一双眼睛滴溜溜乱转，留着半长不短的头发，精瘦如同麻秆儿，像一根木棍似的杵在大个子身旁。

二鬼子、皇协军们一见这两人来了，如同见了救星，几个小头目纷纷上前，眼冒精光，纷纷说道：“两位大爷，你们总算来了，我们可帮您堵了路了，这些商家运输的，可都是皇军的物资，您再不来，我们真要得罪人了。不容易啊，这趟活儿真是不容易啊！”

大个子的巨汉如同没有听见，拨开人群，急不可耐地向商队中走去，一路大叫：“大师傅！大师傅喂！我们来找你了，你听到没有啊？”

小个子一听大个子这么叫嚷，马上急了，怒骂道：“叫你个大西瓜！闭嘴！闭嘴！”

大个子根本不听，还是不断地高声叫喊。

小个子见周围二鬼子、皇协军的头目猴巴巴地看着自己，唰地抽出一个支票本，撕了几张下来，分给几个小头目。小头目接过，一看上面的金额，高兴得下巴要掉在地上，纷纷嚷嚷道：“谢谢！谢谢！哎呀哎呀，真让您破费！”

小个子骂道："你们收队！下次一样，好好为我们做事，好处大大的有！"

小头目们赶忙应了，和三孙子一样退开一旁，招呼着手下的士兵们收队。

小个子急奔上前，拽住大个子，骂道："大西瓜！你别添乱！你乱叫就能叫出人了？"

大个子不悦道："二子，你不叫，那怎么办？"

小个子大骂道："叫我爪子！你这个二货的大西瓜！"

大个子哼哼道："哦，二爪子。"

小个子被气得直翻白眼，跳将起来，抱住大个子的脑袋，在耳边骂道："你再乱叫，把事情办坏了，小心二师父回来收拾你！"

大个子一听，赶忙闭嘴，连连晃头，摆手道："好，好，不叫，你说什么都好。"

小个子这才作罢，拽着大个子的衣服，拉到路边站着，观望商队的情况。

二鬼子、皇协军已经让开道路，商队们又可以通行，尽管觉得来的这两个人，怪模怪样的，也无人敢招惹他们，于是纷纷上路。

这两个怪人，普通人当然认不得他们，可如果提到他们的名号，则不少人能吓个半死。他们就是东北四大盗里的乔大脑袋和乔二爪子！他们两个，自从七年前和火小邪分开，就一直留在了潘子的身边，待在上海，潘子入了金家后，因为他们两个是潘子的徒弟，也鸡犬升天，算是金家人了。

乔大、乔二两人，傻呆呆站在路边，看着车水马龙经过，也不知道该怎么办，渐渐有些心急。乔大低声道："二子，从来都是水家找我们，主动出现，我们从来找不到水家，难道水家不出来，我们就一直这样傻站着？万一水家人走了呢？"

乔二说道："那怎么办？你一个个去问？喂，你是水家人？依我看水家人一定会出来！二师父送水王看病去了，我们出现在这里，水家肯定怕有什么变化。沉住气，沉住气！"

两人刚刚说完话，就有一颗小石子打在乔大的腿上，乔大咦了一声，飞快向石子投来的方向看去，可是来往商队中，并没有任何异常。

别看乔大平时显得愣头愣脑的，关键时刻并不是傻子，他立即低头冲乔二眨了眨眼睛，低声道："说曹操，曹操就来了。"

乔二个子矮小，其实也看到了小石子打中了乔大，他一看就知，丢出石子的人，绝对是故意而为，明显有引他们去的意思。

乔二歪着嘴哼了哼，说道："走，大西瓜，我就说他们不敢不见我们。"

两人便齐步向着石子丢来的方向走去，没走多远，又一颗小石子神不知鬼不觉地丢过来，砸中乔大。于是两人便换了个方向，继续向石子丢来的地方赶去。

乔大、乔二两人受石子的牵引，停停走走，走走停停，不多时便从大街上走进了小巷子里，有一个毫不起眼的过路人，从他们两人身边擦身而过，嘴里低念了句：“两位请跟我来。”说罢恍若无事人一般，继续走去。

乔大、乔二两人知道水家喜欢搞得神神秘秘的，并不奇怪，也不急于去追，直到这人走得远了，才慢慢跟了上去。

果然一路上有不同人来指引，不是说话，就是递眼神，做小手势，反正隐秘之极，刚刚好能让乔大乔二听到、看到。

乔二低声骂道：“× 的巴子，逗狗玩呢。”

乔大却不接话，反而低声道：“他们在这个镇子里，来了多少人啊，这一路得有十多个了吧。”

乔二说道：“他们有天下最大的情报网，这里离万年镇要塞不远，又是要道，一个镇子里都是他们的人，也有可能，要不然他们卖个屁的情报啊！”

乔大嘀咕道：“要不是大师父在他们手中，真不愿与他们打交道。”

两人再走一段，左右再看，已经走到偏僻处，左右见不到人。正前方的一户民宅，一扇房门正慢悠悠地打开，却见不到有人开门，似乎就是等他们进来。

乔大又哼唧道：“和闹鬼似的。”

乔二说道：“走吧！他们肯定把附近的人清空了。”

两人进了院内，院门就自动关上，有一个看着平常之极的老太婆从屋子里迎出来，笑眯眯地说道：“请进请进，辛苦了吧，赶快进屋，我给你们倒水。”说着，很是热情地请乔大、乔二入内。

乔大、乔二起了一身的鸡皮疙瘩，若不是一路跟来才进了院子，还真觉得是不是弄错了地方。

乔大骂道：“邪门。”

乔二也骂：“妖气。”

乔大、乔二跟着老太进了屋，老太将他们引往后院，后院正中，摆了张小木桌，桌边坐着一个生意人打扮的中年男子。

这中年人见到乔大、乔二，连忙站起，客客气气地说道：“哎呀，两位贵客来了，请坐请坐。”

乔大、乔二硬着头皮上前，乔二抱拳道：“我是乔二爪子，他是乔大脑袋。你是哪位？”

生意人打扮的中年男子忙道：“哦！久仰久仰！我是水华子。”

乔大愣道：“昨晚上来找我们的，也叫水华子，不是你啊！长相嗓音也不对啊！”

水华子笑道：“哦，那个也是我，现在这个也是我水华子。安全第一，安全第一，两位不要见怪，请坐，请坐！”

乔大、乔二落座，引他们进来的老太给他们倒上茶水，向水华子点了点头，便退下一边。

水华子笑道：“两位赶来这里，一定累了，先喝口水解解乏。”

乔大、乔二都不喝，乔二挤着大小眼，看着水华子说道：“我们的大师父火小邪在哪里？我们要见他！今天见不到他，我们就不走了。”

水华子没有一点架子，反而显得有些惊慌道：“哎呀，昨晚不是说好了，水王大人送到木王林木森那里以后，其他事情好商量吗？”

乔大黑着脸叫道：“二师父潘子怕你们耍赖！”

水华子忙道：“金潘大人啊，哎呀，我们怎么会耍赖，金潘大人亲自去送水王，可对我们水家有大恩，只要水王大人平安无事，我们怎么会不让你们见火小邪呢？”

乔二尖声道：“你们就是拿火小邪要挟我们！”

水华子展颜一笑：“这怎么会是要挟，金家会做生意，水家也是把这件事当生意来看，买卖买卖，讲信用的。”

乔大吹胡子瞪眼骂道：“老子不管！见不到大师父火小邪，今天就没完没了！吃喝拉撒都抱着你，惹毛了老子，就把你脑袋拧下来！”

乔二添油加醋说道：“金家人耍起赖来，什么都干得出来！这句话不是吓唬你！”

水华子面色难堪，皱眉道：“那，那水王大人今天中午能不能送到木王那里呢？”

乔二说道：“我二师父一送到，就会赶回来！”

乔大补充道：“带着木王的亲笔信！”

水华子还是为难道：“那两位，就不能等一天，等金潘大人回来吗？何必这么着急？”

乔大立即暴怒，双臂一抱，将木桌子举起，作势欲砸，骂道：“必须今天！必须！”

乔二手一翻，也亮出了一副五爪金钩，套在手中，骂道：“今天见不到，就翻脸！”

水华子连忙后退，连连摆手，苦道：“两位息怒，两位息怒，我想想，我想想。”

乔大气哼哼地把桌子放下："快想！"

水华子做思考状，踱了几步，最后颇为尴尬地说道："水家现在没有人做主，我好为难……哎，好吧好吧，让你们见一下火小邪。"

乔大、乔二两人立即大喜："他在哪里？"

水华子说道："火小邪重伤，需要休息，你们去见了就好，听我一句，只要金潘大人安全回来，万事顺利，火小邪我们一刻也不会留在身边，随你们带走。但如果两位今天想带走他，可是万万不能，你们知道，这个镇子里，水家人为数众多……"

乔二急道："别废话！我们就两个人，抢不走火小邪！他在哪里，快带我们去！"

水华子说道："好的，好的，其实火小邪就在这个院子的地窖里养伤。两位，请跟我来……"

水华子带着乔大、乔二两人，返回内屋，从一个隐秘的地窖入口处进去。地窖里面颇大，进出三套屋子。

刚走几步，就有一个留着胡须的长袍男子从内屋闪出，低喝道："水王临走前有令，不准入内！"说着颇为严厉地看着乔大、乔二两人。

水华子连忙道："水信子，这两位是金家的贵客，金潘大人的徒弟，乔大、乔二，他们只是来看看火小邪……"

"不行！"长袍男子斩钉截铁地说道。

"你 × 的！"乔大立即发飙，就要冲上前去动手，乔二紧跟其后，也是跃跃欲试。

水华子赶忙拦住，两边都拜了一拜，冲乔大、乔二说道："两位莫急！两位莫急！确实水王有令，他的性命，全要仰仗金潘大人，您觉得我们挟持火小邪也好，什么也好，但火小邪确实是水王大人舍命救出的，出了差池，水家无人敢承担这个责任。两位万万理解！"

乔大骂道："说了只是看看！"

乔二也骂道："金家一言九鼎！信义为先！"

水华子稳住阵势，又走到那位"长袍男子"面前，在他耳边低语，两人脸上均是阴沉起伏，言语颇有争执。直到最后，那长袍男子才勉强同意，退开一边，严厉道："你们敢带走火小邪，或对火小邪不利，我保证你们两人离不开这个院落十步远！"

“你 × 的！”

“装个屁！”

乔大、乔二两人骂骂咧咧，瞪着长袍男子，跟随水华子再向里走去。

走到最内一间屋子，一个中年女子赶忙上来相迎，水华子示意她退开，低声道：“两位，火小邪万分虚弱，神志不清，还请两位不要过多与他说话。”

乔大、乔二一路骄横，一听马上就能见到火小邪了，闭紧了嘴巴，大气也不敢出，眼神中全是期待。

转过一扇墙壁，就见到“火小邪”全身包扎着绷带，双目紧闭，躺在一张床上，呼吸平稳，看样子只是睡着了。

乔大、乔二一见“火小邪”，均是低低的“哎呀”一声，跪了下来，两个金家大盗，何等蛮横的汉子，几乎同时像孩童一样，咧着嘴哭了起来。

乔大的眼泪在脸上汇成小河，直接流入大嘴里，哇哇哇地低声哭叫：“大师父，我们来晚了，大师父，我们想你啊，我们来了，大师父！”

乔二哭得更是难看，涕泪长流，一条鼻水直挂唇前，也是呜呜哭道：“大师父，大师父，你为什么不来找我们？”

乔大哭得激动，哇的一声哭出声来，乔二赶忙将乔大耳朵捏住，骂道：“别吵着大师父！”

两人便尽力不出声，跪在地上，蹭到“火小邪”床前。

两人一看，床上的“火小邪”不就是朝思暮想、苦寻多年的火小邪吗？连“火小邪”脸上一直有的一条淡淡伤痕，亦是不差分毫。

两人确信此人就是火小邪无疑，更是哭得稀里哗啦。

水华子上前几步，低声道：“火小邪刚睡着不久，让他再睡一会儿吧。”

乔大、乔二点头，往后退开，仍是不住抹泪。

乔二哀声道：“伤得多重？”

水华子说道：“全身大小伤痕近百处，肋骨断了七八根，肩骨和腿骨也断裂了，内伤颇重，更严重的是有一根断骨插入肺部，幸好施救及时……只怕三五日内，动弹不得。”

乔大恨道：“哪个乌龟王八蛋干的？”

水华子说道：“他们一行人去了万年镇要塞，八九个人中，只有他一个人活着逃了出来，没想到万年镇要塞中，防盗的本事这么厉害，连水王流川大人救火小邪出来时，也受了剧毒。”

乔大、乔二齐声道：“小日本，×××！”

水华子说道："两位，既然见了火小邪，还请两位先去上面一叙。"

乔大、乔二看了几眼"火小邪"，也不好强留在此，含泪而去。

等几人上了地面，乔二才抱拳说道："水华子，金家谢谢你们，不过有一件事，你们是答应也得答应，不答应也得答应。"

水华子说道："不妨先说说看。"

乔二说道："其实我们这次来，第一是亲眼见到我们大师父火小邪安全，第二是从此守护在火小邪身边，一直等到二师父潘子来，火小邪康复后，由我们金家负责，接他去上海。也就是说，我们不走了。"

乔大接口道："谁敢再伤我们大师父火小邪，金家上下，绝不放过。我们两人的命，就押在火小邪身上，你们水家，最好不要动什么歪心眼。"

水华子拜道："两位大可放心，只要金潘大人将水王安全送到木王林木森那里，水家上下亦是感激不尽。两位既然见到了火小邪，那就留在这里吧，只要你们不外出，我们可以保证这个宅院的安全。"

"好。"乔大、乔二应了。

乔大大手一展，一把将外衣脱掉，只见他腰腹、腋下，全是各种奇奇怪怪的金属用具。乔大拣了个空桌，把这些东西拆下来，低头拼装。

水华子疑道："这是？"

乔二解释道："一种叫电报机的东西，我们要给二师父潘子发电报。"

别看乔大体大身粗，拼装这种精细用品，倒是速度颇快，没过多久，便拼出一个"奇形怪状"的玩意。

乔大招呼乔二道："二子，你来发。"

乔二瞪了乔大一眼，便上到前来，在一个开关前拧了几下，便见到一盏绿色小灯亮起，乔二念了声："大西瓜这次还行，一次成功。"说罢，按住这套奇怪的机械制品上的一个小撞针，嘀嘀嘀嘀地不断点压。

乔二按了一盏茶时间，方才松手，就见到机器上的一盏红灯闪亮，乔二喜道："成了！发出去了！"

乔二说得不错。远在数百里外的牟平电报局里，一个电报员疯了一样拿着电报纸赶到办公室，对上司叫道："大大大大大大大老板的老板的老板的老板，嗨，反正是最高的密电！十万火急！"

上司一听，眼睛也瞪圆了，立即命令道："把所有接收频段全关了，最大功率，原文发报！"

两人不敢耽搁，一齐冲出门外，安排去了。

很快，强烈的电波冲破寰宇，四散开去。

数千里外的贵州，一架造型奇特的小飞机，正穿云破雾，向北方飞来。驾驶舱内，坐着一个精干的年轻人，一脸商人的气质，留着非常精致的两撇小胡子。他尽管双眼通红，略显疲态，却聚精会神地操作着飞机。

机舱里一声鸣响，绿灯亮起，他精神一振，拨开一个开关，嗞嗞嗞地打印声响起，从一个小口中吐出一长条纸来，上面密密麻麻打着黑点。

他拿起一看，大吼一声："火小邪！你等着我！"

飞机嗡的一声响，更是如同离弦之箭一样加速飞行。

他，这位留着精致胡须的年轻商人，就是曾经和火小邪义结金兰，在净火谷一同修习盗术，出生入死闯荡五行地宫，数年来一直想与火小邪取得联系的好兄弟——潘子，现在是一统金家乾坤两道，即将成为未来金王不二人选的金潘。

半小时后，金潘驾驶的小飞机，降落在一个山区机场上。没等飞机完全停稳，金潘已经从机舱里跳出来，任凭这架造价高昂的小飞机撞向一边的石头。

金潘下了飞机，机场里立即跑来几位机械师，其中竟还有金发碧眼的外国人，纷纷向金潘鞠躬问好。

金潘脚步不停喝道："把那架最新的喷气机准备好！"

一个外国人用生硬的中文，惊讶道："潘大人，那架的性能，还不稳定。您……"

金潘骂道："就那架！快点！"

"好的！好的！"几个机械师不敢怠慢，立即跑去安排。

很快，一架银光闪闪，没有螺旋桨的飞机被汽车拖了出来。

金潘跳将上去，命令道："传令下去，沿路机场，把这种飞机全部准备好！"

飞机下的几人听了，连忙点头。

金潘关上机舱，拨动开关，这架飞机轰鸣一声，向前滑行，很快速度飙升，直冲云霄，速度居然比先前驾驶的小飞机更快了数倍。

金潘早已不是当年的潘子，他富可敌国，酷爱这个世界上所有的尖端科技，操纵欧洲和美国金融的秘密财团罗斯柴尔德家族，也把他当成贵客，从不敢怠慢。

金潘驾驶着飞机，向东北方向赶去，飞行逐渐平稳，他从怀中拿出一个玻璃瓶子，瓶子里有几只绿色翅膀的蜜蜂，非常奇特。金潘看了一眼，小心翼翼地把瓶子放回怀中，自言自语道："木王林木森，真是个奇怪的家伙！给我几只蜜蜂当信物。我一路辛苦，救了水王流川，就凭这几只蜜蜂，水家认账吗？操他奶奶的，乔大乔二千万别被水家蒙了！奶奶的，没办法，这俩傻徒弟，也只有他们熟悉火小邪的长相！飞啊！”

金潘大致估算了一下时间，如果按这个速度，加上来回换机，下机后开车赶往“火小邪”住所的时间，最顺利也要到子夜时分。金潘对火小邪的思念之情，无法抑制，只恨自己没有翅膀。

暂不说金潘不惜代价地赶回东北，为求尽快见“火小邪”一面。

真正的火小邪昼夜不停地驾马奔驰，也算一路顺利，入夜时分，就已经赶到了奉天城外。

到了奉天，火小邪便不着急，下了马来，将马鞍缰绳全部解下，拍了拍马屁股，说道：“好马儿，辛苦你一天！我不能带着你走了，祝你找个好人家。”

火小邪所骑的骏马，是马三多挑选的，本是独眼龙的坐骑，算得上万里挑一的良驹，善解人意，见火小邪要放它走，竟依依不舍，还要跟随。

火小邪知道这马儿聪明忠厚，抱了抱马头，关切地抚摸了一番，又说道：“好马儿，我在奉天是个下五铃的小毛贼，估计不少人认识我，我骑着你进城，太招摇，说不定惹上麻烦，去吧去吧。”

马儿还是不舍，火小邪无奈一笑，只好重重地拍了一下马屁股，这匹马才清嘶一声，离了开去。

火小邪目送马儿跑远，这才整了整服装，沿着道路，向奉天城门走去。

奉天城，东北重镇，历史悠久，虽说火小邪的记忆停在十一年前，但城外的一草一木，一砖一瓦，道路布局，还是分外熟悉，十分亲切，不觉得有什么翻天覆地的变化。

火小邪心思细密，这番奇遇后重回奉天，留意的东西更多，一路走来，也发现不少与自己记忆中截然不同之处，比如奉天城外的电灯多了，电线密了，汽车多了，日语的条幅告示也是无处不在。过往行人的穿着打扮还是如常，只是觉得精神状态不同，人人都像憋着什么冤屈似的。

火小邪跟随着路人，进了城内，虽说岗哨仍在，倒也没有谁盘查过问他。依旧有日本士兵和中国士兵共同值守，除了中国士兵的肩章帽徽不同于以前的东北军，其他服饰没有什么变化。

从进了城，火小邪便一直滴溜溜转动着眼睛，寻找着熟人，如果按他的记忆，进城之后，不出三四百米，就会见到奉天荣行的人扎堆。自己和浪得奔、老关枪、瘪猴几个，就常常在这一带活动。

可是火小邪一路走，一路看，却见不到有荣行的迹象，连个熟脸都没有，虽说有几个贼眉鼠眼的向他望来，但一看就知道，撑死是个街头混混。

火小邪心头生疑："怎么，这个点是收水的时候，不该没人啊，奉天无贼了？"

火小邪本想着直接去耗子楼找熟人，可心里总觉得不踏实，便改了主意，脚步不停，往南市大街走去，那里晚上比白天热闹，夜市、妓院、饭馆众多，也是三教九流混杂之所，说不定能碰到一个熟脸，再做打听，便会知道这些年来发生过什么事。

火小邪之所以急急忙忙赶回奉天，第一，是因为浪得奔他们几个小兄弟，必须知道他们安全与否；第二，是火小邪知道自己的记忆停在十一年前的奉天，张四爷家外面，不回奉天，就没有丝毫线索；第三，火小邪只熟悉奉天，不回去在异地乱逛，人生地不熟，不知道会有什么灾祸。

越往南市大街走，火小邪越觉得陌生，沿路变化之大，超出火小邪的想象，熟悉的店面基本上全部改头换面，店面招牌大多是中文日文并写，一些原本的巷子路口消失无踪，新修的楼房不计其数，霓虹彩灯密密麻麻，日本人多得数不胜数，若不是一些标志性的路口、建筑还在，火小邪几乎认不出来了。

火小邪一点不觉得兴奋，反而有些心寒，暗骂道："小鬼子把奉天折腾成什么了！怎么满大街全是孙子样！"

火小邪逛了半截，到处见到醉醺醺的日本浪人横冲直撞，大吵大闹，猖狂之极，却没有中国人敢顶撞他们，只当没看见，溜之大吉。火小邪看得心头起火，若在十一年前，日本人至少不敢如此嚣张。火小邪本有机会，脚下使绊，撂倒一两个，可忍了又忍，还是把一口恶气吞到肚子里去。

火小邪逛了一路，一个熟人也没有见到，不免有些心灰意冷，思量着今晚到底该如何度过，漫无边际地行走。

"阿里亚多。"一声甜腻腻的日语响起，接着又是一通日语。

火小邪居然听懂了，这日语乃是说："你好啊，帅哥，要不要陪你玩啊。"

火小邪并不奇怪，只觉得听懂了就是听懂了，转头一看，只见一个穿着不伦不类旗袍的女子，站在街边向他招手，一看长相就是窑姐打扮，还是过气的窑姐，妓院不收单，只能上街揽客。

火小邪倒笑了，满脸坏笑地走上去，说道："小妞，你叫我陪你玩？"

那个窑姐一听火小邪一口正宗的奉天口音，脸上尴尬了一下，说道："还以为你是日本人呢。"

"不是日本人，你就不招呼了？"火小邪嬉皮笑脸的。

"那你听得懂日语？"窑姐倒不讨厌火小邪吊儿郎当的劲头。

“猜也猜得到，你还能说个啥？陪你尿个尿？”

“呸，你真坏。”窑姐身子一软，就往火小邪怀里钻，“哥，照顾一下我生意嘛，穷死了，你想怎么整都行，妹保证你舒服。”

火小邪并不推辞，让这个窑姐靠着身子，笑道：“哥也穷啊。”

“讨厌啊，看你穿的衣服，这皮子料子可不是一般人买得起的。哥啊，行行好嘛。”

“怎么个价？”

“嗯，一块钱……”窑姐说得有些勉强。

“啊？”火小邪故意装傻。

“五毛钱，五毛钱好了，一晚上了，你想几次就几次嘛。”

“那行吧。去哪？”火小邪一副欢场老手的色眯眯的表情。

“月红楼。直接后院进，我带你去我的房。”

“为啥走后院？”其实火小邪真的不懂这事。

“怕你被别的姑娘纠缠嘛！十几年前，我可是月红楼的头牌，现在差了点，但也比那些小丫头活儿地道。放心吧。”

“哦？月红楼以前的头牌啊，你叫什么名字？”

“花名玫红。”

“玫红？”火小邪看着她的脸，扑哧一下乐了。

“玫瑰的玫啦，不是没有的没啦！”

“不是，不是这个意思。走，我们走，去你房间。”

这个叫玫红的窑姐，这才踏实下来，赶忙拉住火小邪，向侧街走去。

火小邪并没有嘲笑“玫红”这个名字的意思，而是他清楚地记得，就在自己去偷张四爷家点心的前几天，他和浪得奔、老关枪、瘪猴四人，偷摸着来到月红楼的后院，想偷看窑姐接客，结果没偷看成，被玫红发现，一通臭骂，那个女子，正是叫玫红。所以这么一说，火小邪还真记起来，就是这个玫红，十一年过去了，竟沦落成站街拉客的妓女了，而她嘴巴边上的那颗痣，可谓记忆犹新。

火小邪跟着玫红，进了月红楼的后院，被带到一个偏僻的小房间。破落的窑姐果然可怜，巴掌大小的房间，又黑又破，还一股子腥臭的香味。

玫红点了灯，关上门，迫不及待地冲上来脱火小邪的衣服。

火小邪呵呵一笑，把玫红推开，一屁股坐在床上，说道：“喂，玫红，没你的事了，你找其他地方睡觉去。”

玫红大惊失色："啊？哥，你别逗我。"

"没逗你啊。你看，我是真的不行。"火小邪拉开上衣，露出里面密密麻麻的绷带，"肋骨断了好几根，全身都是伤，我就是想借你的床，睡个安稳觉。"

"啊？哥，你看不上我就看不上我，我可还要做生意呢。"

一张十元的大钞，让火小邪夹在手指上，在玫红眼前晃悠。

"十元钱！买你这张床，加一顿饭，怎么样？"

玫红眼睛直勾勾地跟着钱动来动去，伸手就抓，火小邪一把收了回来，说道："怎么样？答应不？"

"哥你说什么都行，别把我当人使唤，哥你吃什么，我给你拿去。"玫红的声音都发颤了。

火小邪笑道："其实和你说老实话，我以前对你们这个行当只是好奇，从没有想过来这里，也不喜欢窑姐，更不愿和你做什么事，但今天不知道为什么，见到你就挺亲切的。"

"哥，你是个大好人。"

火小邪把钱递出去，玫红一把拿住。

火小邪并不立即松手，说道："不准在外面说起我，我吃饱睡好了，早上起来再赏你几块钱。"

"哥，你放心，做我们这行的，下贱是下贱，最讲义气的。"

火小邪点了点头，方才松了手，玫红把钱塞进胸口，笑得简直开了花，连连说道："哥，你稍等，我给你拿好吃的去啊。"

"快去，快去。"火小邪招呼道。

玫红连声应了，屁颠屁颠地快步出门。

火小邪轻笑一声，慢慢躺倒在床上，暗想道："总觉得我欠了窑姐很多……"

火小邪选择来这里安顿，不仅仅是他有这种不知从何而来的感受，而是火小邪一路走来，一个熟脸也没有见到，深感奉天城已不是他熟悉的那个奉天城，但他记得齐健二无数次地说过，妓院是一个最安全的地方，当婊子的只要你给足够的钱，只要对她们没有伤害，不仅能为你守住秘密，还能替你办很多事，告诉你很多情报。

火小邪奔波了一日，又饿又累，迷迷糊糊地就要睡着。玫红推门而入，捧着一个大瓷碗，里面盛着一只还在冒热气的烧鸡，烫得她直咧嘴。

玫红兴高采烈地说道："哥，烧鸡，我去厨房抢的，你先吃着，我再给你拿别的去。"

火小邪说了声好，正要起身，就看到玫红按了按额头，突然说道："怎么回事，昏……"话音刚落，就身子一软，趴倒在地。

火小邪上前就要扶起，耳边却有脚步声响起，一人径直走了进来。

火小邪眉头一皱，跳后两步，与进来的人对视。

进来的那人，一副道士的打扮，见了火小邪相貌，也是一愣，张口便唤道："火小邪！居然是你！"

火小邪不敢有丝毫大意，上上下下打量着这个留着三缕长髯的消瘦道士，毫无印象，冷哼一声，说道："好个道士！道士也来逛窑子？"

这道士返身把门关上，说道："火小邪，你不认识我了？我是王孝先，江湖人称病罐子。"

"病罐子王孝先？"火小邪觉得耳熟，"不认识！"

"火门三关，病罐子王孝先！怎么？你忘了？"

"哦，哦，哦，记得记得了，你好你好！怎么是你啊！"火小邪恍然大悟一样笑道。

王孝先身子一松，警惕全无，欣慰道："我就说火小邪不会有这么大的忘性！多年未见，竟能在此地相见，真是意外啊。"

王孝先正要行礼，却看到床上的被卧向他砸来，王孝先对火小邪毫无防备，被砸个正着，上半身被包裹起来，不能视物。

火小邪上前一脚把王孝先踹了个老远，拔腿要跑，却听到王孝先叫道："你身上的味道！是我的药！请留步！"

火小邪一愣，松开了门闩，再不逃跑，转头问道："北巴窝客栈的道士？让掌柜的和小伙计给来路不明的怪人下药？能治人腿病？"

王孝先将被卧扯开，站起身来，拍了拍衣裳，定了定神说道："正是我！"

火小邪再不想走，他在那间客栈里，明知有药物，还要躺上床，等的就是此人，只是没有想到，这么快就找到了他。

火小邪啧了一声，把烟嘴叼在嘴上，一屁股坐下，问道："你怎么找到我的？"

王孝先走上来，坐在火小邪对面，指了指鼻子，说道："靠闻。"

"你鼻子这么灵？"

"我还没有成为木家弟子的时候，鼻子就很灵，进了木家，多年锻炼，当然更灵。火小邪，我有话问你……"

"你急什么，我先问！"

"呃……也好。"

“你把这个窑姐怎么了？”火小邪指了指趴在地上，已经发出轻微鼾声的窑姐玫红。

“哦，不用担心她，让她躺着好了，她是中了我一记痴睡药，足足能睡上两个小时，醒来以后，并不记得，只觉得是昏迷了片刻，对她没有伤害。”

“这么厉害的药？”火小邪有些不信。

“啊，火小邪你与木家少主林婉相处时，难道没见过她施药？她用药的手段，可比我高明多了。”

“哦……”火小邪脑海里念了几句林婉，这个名字很是熟悉，却找不到与这个名字有关的任何记忆。虽说这个病罐子王孝先，似乎对他没有恶意，而且与他像是故交，但总是小心为上，不便现在就与他说出自己失忆一事。

火小邪咳咳两声，问道：“你这个道士，为什么要逼着客栈掌柜给过路人下药？”

“木家人不擅情报，身手也一般，唯有此法，才能寻找到一些与万年镇有关的人，锁定他们的行踪，略作判断。”

又是万年镇！火小邪心想，看来罗刹阵必然与万年镇有关，那么五行的意思，就应该是指水家、木家、金家、火家、土家这五行，乃是五个不为人知的家族，至于合纵，有可能就是说让这五家联合起来做事。

火小邪嘿嘿一笑，问道：“你们木家明明能救人腿疾，却没有医德，以此做威胁，很是可耻！”

王孝先倒是纳闷，说道：“木家是贼道中人，并不用遵从什么医德，平等交换而已。”

“那金家、水家、火家、土家，也都是贼道喽？”

王孝先上下打量了一番火小邪，呵呵呵笑了起来。

火小邪骂道：“笑个什么？”

王孝先捻着胡须，长身而起，笑嘻嘻地说道：“火小邪，我就说你怎么会问些外行人的话，你，是不是失忆了？”

火小邪跟着呵呵呵笑了起来，二郎腿一翘，扶住膝盖，前后摇晃着说道：“你说说看。”

王孝先走到火小邪面前，轻轻说道：“全身一股水家劣质伤药的味道，肋骨估计断了几根，肩部脱臼过，你必然是昼夜奔波到此，汗酸味和灰土味道很是浓郁，你眼睛干涩，身体疲劳饥饿，内火旺盛，唇舌发乌，步履轻浮。好在你体质超群，方能熬到现在还能装作浑然无事。你见到我时，我已经报出名号，你记不得我是谁，还觉得我一颗痴睡药厉害，又问五行世家是否贼道，如此望闻问切一番，我当然可以推断，你在万年镇一带受过重伤，被水家救下后，你逃将出来，故而连药也来不及换。木家虽说身手不及水火土三家，器械武力也居于末流，但论识人相面，以人体表征来判断体内异象的本事，却是一流。火小邪，我说得对是不对？”

火小邪心里暗叫了一声厉害，这个叫王孝先的木家人果然不简单，想想自己碰到的水家人，何尝不是超乎常人？若他们都是贼道，那么，只有一个称谓能对应这些人的身份——五大贼王，亦是王孝先嘴中说的五行世家！

火小邪嘿嘿笑了两声，说道：“好啊！那你说我失忆了几年？”

王孝先坐下，看着火小邪双眼，说道：“大约有十一年吧！”

火小邪暗吸一口凉气，眼睛滴溜溜一滚，暗骂道：“这么厉害？”

王孝先哈哈笑道：“你可能觉得我有些神奇，但如果你记得，一定觉得这根本不是什么问题，想当年我们一起去火门三关，你在火家收徒的时候，替我仗义执言，对我有大恩，却被火家逐出，距离今天，也就大约十一年啊。五行世家，我看你已经完全忘记，在木家看来，此症乃是魂魄两分，魂记得所有事，但魄不让魂，选择与某种事物相关的记忆遗忘，所以你听到一些名词，觉得熟悉，有种梦中见过，但记不起来的感觉。”

火小邪哎呀一声，再也装不下去，抱拳赞叹道：“我服了！看来我故意让你找到我，真是对了！那么，王先生，你说我对你有恩，就请你帮我看看，我脑子到底出什么毛病了？”

王孝先说道：“火小邪，你叫我孝先，或者病罐子就好了。”

“好，好，病罐子先生，帮我瞅瞅吧。”

王孝先微微一笑，站起身来，将背后的行囊取下，摸出一个药盒来，说道：“火小邪，那你请躺在床上，我帮你看看。”

火小邪不怕王孝先有害他之心，依言而为。

王孝先在火小邪头部几个穴道涂上药水，以银针探穴，不断问火小邪的感觉，火小邪如实答道：“痒、酸、麻、胀。”诸如此类。

王孝先施针片刻，长长地咦了一声，继续加紧施为，又换了几种手段问火小邪，越发沉重，似乎碰到了极大的难题。

再过片刻，王孝先收了针，坐于一旁，不住抹汗，眉头紧锁。

火小邪坐起身子，问道：“病罐子，怎么样？”

王孝先摇头道：“你这失忆的毛病，不仅仅是魂魄两分这么简单，非常古怪，已经超出我理解的范围。我无能为力，无法判断，也无法开解。怪，太怪了……”

“怎么个怪法？”

“一言难尽，你的这种情况，唯有我师父木王林木森和林婉等木家高人，才有可能开解。反正我是一头雾水。”

火小邪嘻嘻哈哈说道：“看来我得了天下第一失忆症喽！”

“可以这么说。”

“那也挺好！如果是我的魄强迫自己不能记起，而我非要勉强记起来，说不定自找麻烦，我这样浑浑噩噩的，反而觉得事事新鲜！”

“嗨！火小邪，你倒是洒脱！我若是忘了十一年的事，非苦恼死不可。”王孝先喃喃自语道，神情沮丧不已，似乎他解不透火小邪的病症，对他打击颇大。

“喂喂，病罐子，皇帝不急太监急，你愁什么？来来，既然你好不容易找到我，我也很想听听我忘了的五行世家的事情。你可否讲讲？”

“我在山里和师父炼药修习多年，最近才下山来，对五行世家也是一知半解。你想知道什么，便问吧。”

“嗯嗯，五行合纵是什么意思？”

王孝先脸色一变，昂头喝道：“你问这个作甚？这是五行世家的大忌！不知道不知道！你怎么记得五行合纵？”

“看你急的，这个五行合纵，应该是我失忆之前，自己在胳膊上刻下的，提醒我不要忘记呢。”

“千万不能再提这几个字。”

“好吧好吧，我就不说了。哼，小气。”

王孝先站起身来，说道：“火小邪，此地虽说安全，但难免隔墙有耳，你若信我，就跟我走吧，我带你去更为安全的地方。”

火小邪听了听，门窗外妓院里的嬉笑打闹声很清楚地飘来，便站起身来，说道：“那好，有劳了！今天我有不少事情问你。”

王孝先点了点头，站起身来，收拾好行囊，举步要走。

火小邪叫道：“病罐子，麻烦你等一下。”

“怎么？”

“你有钱吗？”

“钱？钱没有，我一个道士打扮的人，出门全靠化缘。不过，金子有两块。”

“那还没有钱啊，借我一块金子，以后还你。”

“嗯？嗯？”王孝先有点不明白，但还是慢慢从怀中摸出一小块金子，丢给

火小邪。

火小邪接过，谢了一声，走到昏睡在地的窑姐玫红面前，蹲下身子，将金子塞进她的手里，拍了拍她的脸，笑道："我走了啊！你好好睡着！醒了以后，看见金子，你就自己去做点小买卖吧，别站大街作践自己了。"

王孝先说道："一个窑姐，你给她这么多？"

火小邪站起身，笑道："我小时候，偷看过她光屁股，是我欠她的。看你这个小气样，一点不解风情。走啦走啦！"火小邪不忘将桌上瓷碗里的烧鸡拎出来，咬了一口，喝道："好吃！"

火小邪拎着烧鸡，抢上一步，拉开房门，左右看了看四下无人，打了个招呼，唤王孝先出来。

王孝先耸了耸肩，也不做什么防备，跟了出来。

两人走到后院门口，只见看门的老鬼头早就睡死在地，火小邪看了看王孝先。

王孝先摊了摊手，表示就是他干的，说道："若不是一眼认出了你，我进屋的时候，你只会觉得眼前一花，就昏迷不醒了。"

火小邪伸出大拇指，笑骂道："你牛，你牛，佩服，佩服！"

王孝先听了火小邪夸奖，脸上高兴，显得十分得意。

火小邪扭头，心里暗笑："这个木家人，手段是高明，自尊心更是强得很，一副千穿万穿马屁不穿的劲，多说点好听的给他，倒不难打交道。"

两人出了后院门，街上无人，火小邪一边啃着烧鸡，一边跟着王孝先，两人向远处走去。

三、水态不定

火小邪、王孝先两人一前一后，进了一户人家的宅院。

火小邪不禁问道："你住这里？"

"是啊！"

"这不是有人住着吗？"

"睡死了睡死了！"王孝先伸手一指，只见一条大黄狗四爪朝天，睡得舌头耷拉在一旁，很是香甜。

火小邪无奈一笑，跟着王孝先向屋里走。

客厅里，一个中年男子靠在墙角，睡得更是痴香，像打雷也不能打醒的劲头。

再往里屋走，一对母女趴在桌上，睡得同样鼾声大做，口水淌了一桌。

火小邪又笑骂道："你这个道士，真会闹腾！"

王孝先说道："这样才安全，我一路都是这样借宿在人家的。"

"你这还叫借宿啊！"

"我本来就是贼，不偷他们东西便是了，再说这种人家，也没有什么好偷的。来来来，再往里走。"

王孝先一直带着火小邪走到厨房里，方才停步，说道："今晚我们就在这里休息。"

"搞不懂你啊，你费这么大劲，不睡屋里，非睡厨房干什么？"

"木家人除了在青云客栈外，不睡别人的床。"

"好吧，好吧。"火小邪无奈，只好身子一蜷，躺在柴草上。

王孝先盘膝而坐，若有所思地看着火小邪。

火小邪打了个哈欠，困意浓浓，晃了晃头，勉强清醒一点，说道："问你点事啊。"

王孝先摆了摆手，说道："火小邪，我劝你还是先睡一觉吧，我们有大把时间聊天。"

火小邪眼皮子出奇地沉重，哼哼道："喂，病罐子，你不会……也给我下了痴睡药吧。"

王孝先看着火小邪说道："是！"

火小邪根本无力站起，只是奋力地眨着眼，哼哼道："为……为什么？"

王孝先说道："木王有令，我这次出来，如果能找到你，一定要对你实话实说。你自从进了这个屋子，就中了痴睡药，再进了这个厨房，又中了不醒药，这个厨房里，有三道药阵，专门为了制服你这样的大盗的。放心，对你没有伤害，你好好睡一觉，对你身体也好。"

"为……为什么……"火小邪根本抑制不住自己的睡意。

"因为，我要检查你的身体，确保你现在的体质，可以救我家少主林婉……"

"你……你……"火小邪头一歪，睡死了过去。

"之所以要告诉你实话，是不想你能够心甘情愿去救人，喂，火小邪？"

王孝先叫了声火小邪，见火小邪的确睡得人事不省，轻轻笑了声，说道："你失忆了，林婉估计你也忘了，还真有点麻烦，你醒了以后问我，到底还要不要对你说实话呢？"

王孝先站起来，在地上铺了一张白布，又去把火小邪扶过来躺下，解开火小邪的衣裳。

王孝先检查了一遍火小邪全身的伤势，骂道："水家人的医术简陋至此！简直不能看！还是我来吧。"

王孝先将火小邪衣裳褪去，剪开绷带，慢慢按压火小邪的身体各处，判断伤势，结果在火小邪的后腰侧，摸到一处伤痕下的皮肉里有异物。

王孝先眉头一皱，取来小刀，将火小邪皮肉划开，微微一挤，便从皮肉里挤出一颗暗红色的小珠子，微微透亮，好似珠子里有条红色的小鱼在慢慢游动。

"这是什么？"王孝先仔细端详一番，不知此为何物，便用纱布擦净，暂时放于一旁，继续为火小邪医治。

王孝先当然不知道，这个戒指上的小珠子，就是火家火王的信物，一对火煞珠中的一只。

火小邪在火家祭坛，严烈临终给了火小邪一对火煞珠，乃是登基火王之位的重要信物，中途被郑则道暗算，横刀抢走一颗，火小邪身边只留下了这么一颗。火小邪生怕有失，便在离开火家祭坛，赶回奉天途中，学火王严烈的样子，也割开自己的皮肉，将珠子藏在皮肤下，若不仔细捏找，一般人是发现不了的。

水家的水信子、水媚儿发现火小邪，为他医治包扎，本有机会发现这颗火煞珠，只可惜他们并未得知有一颗火煞珠在火小邪手中，故而大意了。

然而木家的王孝先不同，他精通医术，重新为火小邪上药包扎，检查得仔细，自然能够找到。

王孝先检查完火小邪的伤势，并不着急医治，而是先从背囊中小心翼翼取出一个瓷瓶，将瓷瓶的蜡封小心烧开，拔开瓶塞，飞快地在火小邪胸口一倒，一粒红色冰花瞬间绽放在火小邪心口处，随着火小邪的心脏跳动，冰花闪了几闪，逐渐变作白色，隐入火小邪肌肤下，消失无踪。

王孝先抹了把汗，低声道："万幸！林婉有救！"

清晨，一缕阳光洒入，照在火小邪的脸上。

火小邪迷迷糊糊翻了个身，本想继续睡去，可猛然想到昨晚上被王孝先用药致使昏睡，立即惊醒，翻身坐起。定神一看，自己仍然躺在厨房的地上，但不见了王孝先。

火小邪一拍身上，衣裳尽去，全身重新包扎过，本来一动就疼痛的地方，也轻松了许多。火小邪不敢大意，慢慢爬起，寻找自己的衣裳，却听见门外脚步声响。

火小邪一返身，将灶台上的菜刀拿起，全身戒备。

王孝先端着一碗冒着热气的药水，急匆匆地走了进来，一见火小邪手持菜刀，哑然笑道："火小邪，你醒了啊？快坐下快坐下！"

火小邪不敢放下菜刀，低喝道："病罐子，你搞什么名堂？"

"什么名堂？让你好好睡一觉，顺便把你的伤重新诊断了一遍，重新上药包扎，怎么样，比水家人的手艺好多了吧。"王孝先放下汤药，走了过来。

火小邪拿着菜刀，也不敢劈他，只好愣了愣，颇为尴尬。

王孝先看了看火小邪的脸色，说道："不错！脸色好多了！火小邪，你觉得怎么样？是不是觉得轻松了许多？"

火小邪尴尬一笑，说道："是舒服了不少。"

王孝先把火小邪的菜刀拿过来，放回灶台上，端起药碗，说道："给你熬了一晚上，现在喝刚刚好，木家的极品良药，喝了恢复得更快！"

火小邪不接碗，歪着头对王孝先说道："病罐子，你昨晚对我说什么来着？什么制服我这种大盗，还有我能够救谁？"火小邪昨晚听了王孝先说话，神志已经迷糊，只记得前半段的话，后半段则是断断续续的，没完全听清楚。

"先喝了，我再与你说一遍。"

"病罐子，你再玩花样，别怪我翻脸啊。"火小邪接过药水，咕咚咚几口，喝了个干净，叫道，"还挺好喝，一点不苦。"火小邪坐了下来。

"你不怕有毒？"

"你摆了三层药阵，专门制服我这个大盗的，你要收拾我，昨晚就把我宰了，我怕你什么？别扯了，你昨晚后半段话说的什么？"

"其实没什么，我就是说你好好睡一觉，对你自己身体也好，没了。"

"不是，还有什么救什么什么人？"

"我说过吗？"

"没有吗？"

"没有啊，我就是絮絮叨叨几句，让你好好睡觉，别硬撑，没事的，别怪我。我也记不清了。"

"真没有？"

王孝先摊了摊手，一副莫名其妙的表情，突然想起了什么，从衣袋中摸出一个东西，递到火小邪手中："从你身体里找到了这个，我没给你塞回身体里去，用线包了包，还你吧。"

火小邪拿起一看，牛皮筋里包着一个暗红色的小珠子，里面似乎有条红色的小鱼在慢慢游动，很是神奇。

"我的？"火小邪问道。

"你身体里的，当然就是你的。我们木家人，可不贪图这些小便宜。"

火小邪看着这颗珠子发呆，忽见珠子里的"红色小鱼"，突然游动得快了几分，片刻之后，才重新安静下来。

"嗯？这东西有点意思！"火小邪说道，"好吧，虽然我不认识，既然是我身体里的，就当是我生的蛋吧，哈哈！"

"你可以戴着，这种细线非常结实，用蟒皮做的。"

"谢了！"火小邪抖开细线，将小珠子戴在脖子上，殊不知，这颗火煞珠里的红色小鱼，又突然快速游动了一下。

而就在火小邪、王孝先所在的房舍外不远，有一个相貌异常清秀甜美的女子，正站在街角，低头看着手心。她约莫只有十六七岁的年纪，打扮得如同大户人家的丫头，面带红润，眉目娇羞，十分地招人怜爱，似乎正看着小情人送她的定情信物。而她手掌中，居然有一颗与火小邪所持的火煞珠一模一样的珠子，珠子里也有一条"红色小鱼"，游动突然加快之后，慢慢平复。

这个俏丽的女子轻轻笑了一下，将珠子牢牢握住，小步盈盈地走了开去。

火煞珠，世间奇物，天生一对，彼此感应，亮时同亮，灭时同灭。两颗珠子越是靠近，珠子里的“红色小鱼”便会加快游动的频率，以此来相互寻找。不仅火煞珠，其他四行的木广珠、水灵珠、土盘珠、金涅珠同样如此。

数百里外的小镇。乔大、乔二守护火小邪的宅院外，一辆轿车戛然停在门口，车还没有停稳，后门已经打开，一个留着小胡子的年轻人车内跳将出来，从怀中掏出一个巴掌大小的机械，按住上面的红色按钮，喝道：“乔大、乔二！听到没有！你们在哪里？”

机械里有声音急促地传出：“师父，我们在院子里！不能外出！”

“笨蛋！哪个院子？”

“门口有两颗大槐树！”

“笨蛋！这里到处都是槐树！”

“哦哦哦！等等，等等，他们说已经去接你了，师父，你等一下……”

这个留着小胡子的男人，正是潘子。他紧赶慢赶，终于在清晨时分从数千里外的贵州赶回东北。潘子本计算着子时能到，还是因为飞机的问题，耽搁了几个时辰。

潘子一直没有睡觉，体力透支，又心急如焚，双眼熬得通红，听乔大、乔二还是稀里糊涂的，气不打一处来，张嘴就要骂。

“唉，这位先生！可是姓金？”一个老妇人不知什么时候走到了潘子身旁，低声问道。

潘子把满嘴骂人的话咽了回去，冲着机器低吼了声：“关了！”说着把按钮松开，把机器揣回怀里。

潘子脸上摆出一副客气的笑容，皮笑肉不笑地说道：“哦，这位大妈，我的确姓金。有礼，有礼！”

老妇人说道：“请您跟我来。”

潘子点头一笑，跟着便走，从轿车上下来的另外两个穿西服男人正要跟随，潘子哼道：“你们留在这里，把车开走，在附近接应，不用跟着我！”

两个西装男人赶忙一鞠躬，退下一旁。

老妇人带着潘子走了一路，进了一个院子，掩上院门。乔大、乔二忙不迭地从房间内奔出，迎了上来，齐声低叫道：“师父！你终于来了！想死你了！”

潘子骂道："闭嘴，你们两个笨蛋！"

乔大、乔二立即闭嘴，屁也不敢放一个出来。

潘子边向屋子里走，边问道："火小邪怎么样？"

乔大、乔二你看我我看你，不敢说话。

潘子骂道："你们两个笨蛋，说话！"

乔二这才赶忙张嘴说道："还在昏睡。"

乔大说道："在地窖里，我们刚上来。"

水华子已从屋内迎了出来，站在门口，抱拳道："金潘大人好！辛苦辛苦！"

潘子与水华子对视道："你是何人？"

水华子笑道："在下水家水华子。"

乔大、乔二两人一起道："是他，是他，他一直自称水华子，没有换人。"

"闭嘴！"潘子骂了声，对水华子说道，"水家有多少个水华子？"

水华子笑道："我就是真正的水华子。"

"好，就当你是，快带我去见火小邪！"

"金潘大人，少安。"水华子将手伸出来，摊开手掌，示意要拿什么东西。

潘子哼了声，从怀中摸出一个玻璃管，里面有几只绿色翅膀的蜜蜂，递在水华子的手中，说道："木王林木森的信物！"

水华子接过，拿起来看了看，抖了两抖，激得蜜蜂在玻璃管内乱撞。

水华子欣慰道："木王好心思，这的确是木家培养的绿翅毒蜂，毒性不烈，却有以毒攻毒，救人一命的奇效，有此物在，说明水王大人有救。"

潘子心想道："搞了半天，林木森是这个意思，算他想得周到。"

潘子说道："水华子，既然我如约做到了，就请立即带我去见火小邪，我要带他走。"

"请，请！"水华子让开门，在前引路。

水华子领着潘子、乔大、乔二三人下来地窖，地窖里的长袍男子见是金潘，也不敢阻拦，请潘子入内。

潘子进了内屋，一眼便看到床榻上昏睡不醒的"火小邪"，潘子实难抑制自己的情感，顿时鼻头发酸，眼泪差点翻滚而出。

潘子沉了口气，缓步走到床前，低头端详。床上的"火小邪"五官相貌，确确实实就是自己朝思暮想的好兄弟火小邪，除了年龄大了七八岁外，毫无破绽。

乔大、乔二也是含泪上前，乔二说道："师父，大师父他已经睡了整整一天，还没有醒来的意思呢。”

潘子点了点头，坐在火小邪床边，低声叹道：“火小邪，我知道你认了日本人当爹，不好意思见我，一直躲在日本修习忍术，但你我兄弟，我是什么样的人，你还不清楚？你就算认了日本人当祖宗，只要是你真心实意的，你无论做出什么决定，我都站在你这边啊！”

潘子抹了把泪，继续说道：“我为了找你，七年间花了多少心思，你知不知道？1931年一二八事变，日本人知道我寻你心切，同时为了攀上金家，不惜对上海动武，直到我和乾金王出面，才平息了战事！我数次请求水家，让水家找到你的下落，带我的口信给你，同样石沉大海！哎……你要去万年镇，为什么不先来上海找我呢？有我帮你，金钱铺路，要钱有钱要人有人，你何必……哎……火小邪，你就是太倔了，太好强了，什么事都不想求人，什么事都只愿自己承担……× 的……”

潘子说完，看着火小邪，突然一把掐住“火小邪”的脖子，上下摇晃，大骂道：“火小邪，你还当我是潘子吗？当我是你的生死兄弟吗？我掐死你！我掐死你！让你睡！让你睡！”

乔大、乔二慌忙抓住潘子肩头，哭喊道：“二师父，你别这样！大师父还有重伤！”

潘子一松手，任凭“火小邪”重重摔在床上，骂道：“就算他死了，我也要揍他一顿，你这个王八蛋！”

水华子也抢上前来，拉住潘子的胳膊，冷冷说道：“金潘大人，少安！”

潘子大声骂道：“火小邪，老子来了，你还睡个屁啊！给老子醒过来！你是不是不敢面对我？啊？”潘子奋力一挣，腾出一只手来，啪的一巴掌狠狠打在“火小邪”脸上，仍旧骂道：“你还装睡！醒过来！”

水华子、乔大、乔二三人一起抱紧了潘子，将他从床边拖开，潘子挥拳蹬腿，骂得不亦乐乎。

潘子气急败坏地高声道：“水华子，火小邪为什么不醒？啊？”

水华子解释道：“用了水家的药物，睡得很沉，一时间醒不过来。金潘大人，你坐，你坐！乔大、乔二，两位帮忙。”

潘子好不容易坐了下来，还是气呼呼的，哼哼道：“火小邪，你这个兔崽子，等你醒过来，身体好了，我一定要再好好揍你一顿！再找十几个小妞，把你弄得几天下不了地！你等着，你等着！”

水华子抱拳道：“金潘大人，要不你先上去喝点水，吃点东西？我尽快让人施针，将火小邪唤醒。您意下如何？”

潘子哼哼道："嗯，也好，呼呼，看他伤成这样，我就气不打一处来！简直不把我当兄弟嘛！"

水华子呵呵轻笑道："是啊，是啊！"

潘子站起来，一挥手："乔大、乔二，跟我出去。"

潘子等人回到地面房间里，潘子问道："水华子，你们给火小邪施针，让他醒过来，要多长时间？"

水华子说道："一个时辰足矣。"

潘子点头道："好，那这样，你们让火小邪醒过来，我要出去安排一下。"

"金潘大人，你要安排什么？"

"接走火小邪啊！你说安排什么？"

"哦，这样啊，那好，那好。"

潘子喝道："乔大、乔二，先跟我出去一趟！"

乔大、乔二不放心，说道："师父，要不我们还是在这里等你？守着火小邪？"

潘子骂道："你们两个笨蛋！水家多大的本事，他们要害火小邪，火小邪早就死了千八百遍了！跟我走！"

潘子、乔大、乔二三人快步出了庭院，也不与水华子道别，拉开院门就走。

门外远处一个西装打扮的金家人见潘子出来，赶忙招呼一下，汽车便从一旁开出。

潘子、乔大、乔二上了汽车，潘子命令道："离开这里，越快越好！"

汽车轰然发动，急驶而去。

潘子一言不发，一直等到汽车驶出镇子外有两三里地，才突然气得大叫一声："操水家的祖宗！"

乔大、乔二还是不知所以，乔二问道："师父，怎么了？"

潘子重重往后一靠，无力地说道："我们被水家耍了，那个火小邪是假的。"

乔大、乔二眼珠子都要吓掉地了，齐声道："假的？"

"对，假的！"

"不，不会啊。师父，师父，我们，哎，我们该死！"

"不怪你们，真的火小邪要么是逃走了，要么是死了……这个肯定是假的。"

"为什么啊？"

"水家的易容术，惟妙惟肖，可我是潘子，和火小邪在净火谷里生死与共三年，火小邪脖子上的经脉跳动，和常人有一点点不一样，在他脖子最下方，有一条经脉是横着跳动的。我刚才掐他脖子，说是生气，其实是顺便检验一下他的真假。虽说这种情况，在医学里并不罕见，一百人里就有一个，但足够证明，这个火小邪是假的了。”

“既然是假的，那师父为什么还要抽他一耳光？直接翻脸就好了！”

“说了你们两个就是笨蛋！既然是假的，我不抽他一巴掌解气，真要当场和水家撕破脸啊？这个镇子里，水家要是和我们翻脸，我保证我们几个，怎么死的都不知道！假戏真唱就行了，水家这些人，与金家的梁子，这次是结定了！”

乔大、乔二气得乱抽自己耳光，纷纷叫道：“哎呀！恨死我了！白流了一通眼泪！师父，你使劲惩罚我们吧。”

“笨蛋！惩罚你们有个屁用！我觉得火小邪已经不在水家的控制下，他自己跑了。我相信他有这种邪门歪道的本事。我也可以不受水家的要挟了！”

“那，那下一步怎么办？”

“一会儿派大部队，来接这个假的火小邪。”

“啊？接假的有什么用？”

“不接假的，这个生意怎么做？你们信不信，我们一会儿回去接，水家人一定跑精光了！我们就天天以水家欠我们一个人为理由，不停地闹，登报纸骂，全国广播里骂，水家人有口难言，为了挽回面子，他们肯定要全力寻找火小邪！这回，他们再不会找我要钱买情报了。”

乔大、乔二对视一眼，还是不明白其间的道理，纷纷抓头苦思。

潘子一人抽了一巴掌，骂道：“还装模作样想个屁啊！让你们做生意，非把猪头肉当白菜卖！”

在潘子折腾了一番的地窖里，“火小邪”已经翻身坐起，披上了衣服。

水华子跪在床前，愤怒道：“水王大人！金潘太过分了！”

“哦！没事，我很久没有挨人的耳光了，挺舒服的。”“火小邪”若无其事地说道。

“等金潘回来，一定要找机会还回来！”水华子还是愤愤不平。

“不用等他回来了，水家骨干，尽快撤走。”“火小邪”站起身来，“金潘有可能识破我是假的了。”

水华子微微一愣，说道：“怎么会？”

“火小邪”说道：“这个金潘，自从结束流浪的生涯，重回金家，这些年里，成长迅速，商人的狡诈趋利，在他身上体现得淋漓尽致，要不然不会短短几年，就能一统金家，只待时日，他必是金王。他能识破我不是火小邪，我并不觉得奇怪。此人心狠手辣，笃信有钱能使鬼推磨，收买数万兵力围剿此镇，杀错三千，对他来说也不会眨一眨眼。他现在唯念旧时情义，特别对火小邪，是他的生死软肋，若因此激怒了他，他会不惜一切代价。他能够识破我，假戏真做而走，反而对我们不是坏事。”

“水王大人，水家虽不及金家有钱，但论实力，水家何必怕金家？真的闹起来，金潘再大的本事，也未必是我们的对手。”

“水华子，五行之中，金能生水，火又克金，水又克火，循环变化，矫枉过正，过犹不及，若没了金潘，这个世界会缺少很多好玩的事情。”

“是！我明白了！”水华子拜道。

奉天城内，一个道士领着一个满脸大包的丑汉，从一个宅院内快步走出，顺手关紧了院门。没走几步，就听院子里有个男人叫嚷道：“臭婆娘，我就是喝了点酒，你就把我丢在外面睡了一夜，看我不揍你我！”又听里屋有女子尖叫道：“我不知道啊！我不知道怎么就趴在桌子上睡着了！我也是刚醒！”男人骂道：“放你的屁！你趴桌上睡着了？说了谁信！”片刻工夫，乒乒乓乓吵闹个不停。

丑脸汉子冲道士耸了耸肩，说话也说不清楚，支吾着嚷嚷道：“病罐子你这臭道士，真会干好事！”

病罐子王孝先呵呵笑道：“火小邪，就是不想让你多说话，省省力气吧。”

火小邪摸着自己的脸，骂道：“我到底有多丑？啊？”

王孝先说道：“反正挺吓人的，没人认得出你。”

火小邪的确丑得厉害，脸上肿了有近一倍大小，挤得五官都变形了，眯缝着眼睛，下嘴唇粗得像个香肠，吓人还称不上，看了更让人想发笑。

果不其然，路过的几个小闺女小媳妇，见到火小邪尾随着一个道士，先是一惊，但马上咯咯咯躲在一旁笑了起来，有人低声道：“你看，你看，这人长得像猪头。”

火小邪听在耳中，瞪了那些小丫头们几眼，把她们吓跑，扭头对王孝先艰难骂道：“我这辈子如果娶不到老婆，你就等着瞧吧！嘿嘿！我也有办法让你生不如死的。”

王孝先说道：“省省吧，是你自己愿意，非让我将你变得没人能认出来的，真变了你又埋怨我，把我说急了，我可不给你消肿，偷偷跑了的。”

火小邪哼哼唧唧道：“但你也不能把我弄得像猪头啊！好吧，好吧，我不说了，那我们说好了，在奉天逛一两天，我问到我想知道的事情，你就帮我复原！”

王孝先说道："好，一言为定。"

火小邪跟着王孝先走了一路，王孝先很是关心他，不时地停下脚步问火小邪脸上会不会太难受。

火小邪回答了几次后，忍不住地问道："病罐子，木家的人是不是都挺温柔贤惠的？"

王孝先微怒道："我是个男人，怎么叫温柔贤惠！"

火小邪忙解释道："说错了，我是说，是不是木家的男人也都像你这样，挺那啥，那啥啊。"

"你是骂我还是夸我？算了算了，你别说了，我知道你的意思，就是挺娘们儿呗。我进木家前，性格并不是现在这样，比较孤僻刻薄，只是多年来受师父教诲，才慢慢变成这副性格的。的确，木家人大多数善解人意，喜欢替人着想，看起来心机不深，容易相处，不喜欢撒谎，但是，你要敢乱惹木家人，别怪我没警告你，木家人发作起来，手段你这辈子也想不出来，是多么狠毒残忍。我可不是吓唬你啊。"

"啧啧，你真会说。我遇见你这个妖道，鬼知道是福还是祸呢！"

"是福不是祸，是祸躲不过，然也。"

两人说着说着，就听前方有人叫道："抓贼啊！抓贼啊！抓住这个小贼！打死他！打死他！"

火小邪、王孝先抬头一看，只见一个小贼慌慌张张地向这个方向跑来，身后几个彪形大汉紧紧追赶。

火小邪一见，立即想起自己以前的遭遇，这个小贼看来是落单了，如果被这些人逮住，不死也要半残。

那小贼一路逃窜，行人纷纷避让，面带厌恶之色，却仍有几个不像好鸟的路人想拦住他，却让他刺溜一下躲过，可这小贼越跑越慢，气喘吁吁，看样子体力不济，就快跑不动了。

火小邪暗念一声不好，就要站出。

王孝先拉住火小邪的衣角，低喝道："别惹事。"

可火小邪心头不忍，还是想上前帮忙，可能那小贼也见到了王孝先和火小邪的神态，竟跌跌撞撞地冲将过来，一把拉住王孝先的道袍，哀声道："道爷，救我。"

王孝先为难道："我可救不了你，你还是跑吧。"

小贼哭道："我跑不动了。"

说话间，那群彪形大汉已经围拢过来，一人挽起袖管，骂道："不开眼的东西，敢偷你爷爷的东西！你知道我是谁吗？看我今天不打死你个小贼毛！臭道士，滚开！”

王孝先忙道：“好的，好的，不关我事。”

那小贼只好抓紧了火小邪的裤腿，哭道：“大哥，救我！”

几个大汉不由分说，上前就要抓人，火小邪暗骂一声：“抓老子的同行！我看你们有多大本事！”说着上前一步，极力挤出笑容，抱拳道：“各位好汉，就饶了他吧。”

几个大汉见站出来一个丑八怪，长相痴肥，更惹人发笑，也被火小邪的表情逗笑了。

一人笑骂道：“喂，你这个家伙，长得猪头一样，还给小毛贼强出头啊。”

火小邪抱拳道：“他偷了什么，还你们就是，你看他吓得半死，以后肯定不敢偷东西了！”

领头的恶汉收了笑容，上前抓住火小邪衣服，恶狠狠地说道：“你管个屁闲事，你知道他偷的可是皇军的钱！抓到就要打死！滚蛋！”

小贼颤巍巍说道：“不是，不是，我没有偷钱，我只偷了一块点心。还你，还你。”说着手一伸，仅仅是一小块红枣糕罢了。

火小邪心中一痛，不信也信了，他最后在奉天的记忆，不就是偷了张四爷家的点心，被人往死里打吗？

恶汉上前踹了小贼一脚，骂道：“点心！那也是皇军的点心！皇军花钱买的！”

火小邪蹲下身子，将小贼护住，叫道：“别打人别打人！我赔你们就是了！各位大哥请放过他吧。”

恶汉骂道：“赔？你能赔多少？”

火小邪说道：“大哥要多少？”

恶汉骂道：“拿十块钱来，就放过他！”

火小邪心想，这些人看着面生，十一年前奉天没有这些人物，打着皇军的招牌横行霸道的，今天不要惹事，打发他们走了就好。如果他们再找麻烦，再做打算。

火小邪叫道：“赔就赔好了！”说着，从怀中抽出一张钱来，递了出去。

恶汉一看，还真是十块钱，一把抢了过去，眉开眼笑，几个大汉互相看了几眼，打头的恶汉说道：“那好吧，你这个丑八怪脑子不清楚，兄弟们也懒得收拾你们，今个就这么算了！走！”恶汉一招手，众人方才大摇大摆地离去。

火小邪见人走了，才慢慢放松，对小贼说道：“你，快走吧，偷东西小心点，先认清楚人，再下手，明白吗？唉，一看就知道你刚入行吧。”

小贼满脸灰尘，戴着个帽子，低下头，也看不清他的相貌，只是全身颤抖，显然吓得够呛，只是连声道："谢谢大哥，谢谢大哥，谢谢大哥救命之恩！"

火小邪叹了口气，站起身来，说道："走吧走吧！"

王孝先走来，在火小邪耳边说道："是非之地，不宜久留。"

火小邪点了点头，转身便走。

两人走了几步，火小邪回头一看，只见那个小贼依然跟在身后，火小邪摆了摆手，示意小贼别跟着。可小贼停了停脚步，还是继续紧跟。

王孝先嘀咕道："叫你别逞英雄吧，现在多了个跟屁虫，我看你怎么办？"

火小邪笑道："能怎么办？我看他顺眼，如果他没帮没派没人带，我就收他为徒，我看他身手应该不错，刚才从人缝中刺溜那几下，是可教之材。"

王孝先说道："自身难保，还收徒，火小邪，就是够邪！"

火小邪挤了王孝先一下，说道："你我都是偷摸出身，贼不帮着贼，天理难容啊。咱们先不管他，看他的诚意，能跟我们多久，如果一会儿自己走了，那怪他运气不好，错过良师！"

王孝先皱眉道："火小邪，你到底在想什么？真搞不懂你，你和十一年前火门三关不太一样了。你要知道，如果多了一个陌生人同路，会很麻烦。"

"我高兴，怎么，你反对？病罐子，看你的样子，有带我离开奉天，跟你去哪里的意思？嘿嘿！"

王孝先长长地嗯了一声，无从作答，只好道："随便你吧。"

火小邪轻轻撞了一下王孝先，笑道："实话告诉你，我挺喜欢你，如果你说带我去木家玩玩，我倒是乐意。但你要逼我去那里，嘿嘿，门都没有的啊。"

王孝先长叹一声，说道："后悔没给你下哑药……"

火小邪，王孝先走了一路，渐至偏僻处，那个小贼仍然跟在后面，不肯落后半步。

火小邪轻哼一声："病罐子，跟我来。"说着身子一转，拐入一条小巷中。

那小贼见火小邪两人突然转向，赶忙追入巷内，哪还有人在？小贼张望一番，神色略慌，急匆匆便往前追赶，没跑几步，有一只手猛然从一侧伸出，将小贼一把拽住，拉入墙角。

小贼惊慌失措，正要挣扎，却见到是火小邪的一张"猪头"脸杵在眼前，正盯着自己出神。王孝先若有所思，垂手肃立一旁。

小贼忙道："大哥，道长！"

火小邪挤着大小眼，故意凶巴巴地说道："喂，你跟着我们干什么？嗯？"

小贼一跪在地，就要磕头。

火小邪将他扶住，说道："你磕一个头值多少钱？你脑袋就算磕烂了，值刚才十元大钞吗？"

小贼唤道："大哥，我无父无母，无依无靠，请大哥收留，做牛做马，只要给口饭吃，做什么都可以。"

火小邪哼哼道："小样，天下哪有这么多便宜事？你我八代祖宗都不认识，我知道你是什么人？谋财害命的多了，鬼知道你打的什么心眼？"

小贼急道："我对天发誓，我绝没有坏心眼！我是真心实意想跟随你。"

"其实我是人贩子，你不怕？"

"不怕！"

"你看我长这个样子，其实我是妖怪，旁边那个老道，其实是个狐狸精变的，你不怕？"

"不怕！"

王孝先哼唧道："我仅仅三十有六，怎是老道？"

火小邪大大咧咧站直了身子，严肃道："好吧！你叫什么名字？"

"我叫真巧。"

"……真巧？我还叫刚巧呢！这是什么鬼名字！报你的真名上来！"

"我就叫真巧，真正的真，巧合的巧。"

火小邪头一歪，嘟囔道："好吧，真巧。你我有缘，你可愿做我的徒弟吗？"

"徒弟？"小贼一愣，连连摆手，"不，我不愿意。"

"嗯？"火小邪没想到这个小贼如此作答，"你还挺有性格！你是不是有老大带着，不敢认师父，怕人知道打你？"

"不是，我没有老大，我孤身一人，来奉天才几天，我不想当你的徒弟，我只想跟随你。"说着，小贼把帽子一摘，一头秀发顿时披散而下。

火小邪大吃一惊："你是个女的？好家伙，吓我一跳！"

小贼声调也一改，女子的声音十足，分外清脆："是！我是女的！求你让我服侍你！"

王孝先一旁哼道："这可好，你不愁没媳妇了。"

火小邪骂道："闭嘴啊你！你这个道士真够花花的。"

小贼激动道："大哥若没有妻子，我愿意以身相许！我已经十八岁了！"

火小邪张口结舌，半晌才说道："我这种丑八怪，还有这等艳福？"

小贼狠狠地擦脸，露出净白的肌肤，叫道："大哥你看，大哥你看，我不丑。我会做饭，洗衣，缝补衣裳，男人能做的事情，我都能做。"说着一把抓住火小邪的衣袖。

火小邪脸猛然一红，赶忙挣开，退后几步，说道："男女授受不亲，你别这样啊。"

王孝先冷不丁来一句："假正经。"

火小邪有口难言，自从这个小贼摆明自己是女儿身以后，他就说不清道不明地浑身不自在。火小邪能够和窑姐玫红有说有笑，打情骂俏的，但对这个来路不明的女子，却有种莫名的尴尬和羞涩。

这个叫真巧的小贼双目含泪，跪倒在地，说道："大哥，你要是不收留我，我不知道该往哪里去。我不知道，我不知道……我不知道为了什么活着，大哥若不收留我，我只想找个地方，了此残生。"说着说着，两行泪已经怅然流下。

火小邪心头一酸，言语也软了下来，走上去蹲下身子，轻叹一声："唉，罪过……真巧，你起来吧。"

真巧抹了一把眼泪，黯然站起："大哥……"

火小邪转过身去，不愿看她，说道："好吧，你跟着我可以，但你我兄妹相称，不要提什么男男女女的事情。你刚才说的，肯定不是你的真心，我最怕人违心做事。你跟着我走，如果碰到好人家，我可以做个媒，你就嫁了吧。你要是不答应，我只能铁了心离开。"

真巧破涕为笑："大哥，你收留我了？"

火小邪脸肿得厉害，也没法做怪相，只好抖了抖脸上的大包，说道："你答应我就收留。"

真巧叫道："谢谢大哥！"说着一把将火小邪抱了结实。

本来以火小邪的身手，她想抱住火小邪，并无可能，但火小邪就是脚步挪动不得，生生让她抱了个结实。

火小邪脸上的大包红得透亮，如同木桩子一般让真巧抱着，动弹不得。真巧看着一副男子的打扮，可真的将人抱紧，露出脖颈腰身，分明就是一个娇小丰润的女子。

王孝先不冷不热地说道："抱这么紧，是要洞房吗？小道可以给你们找地方，外加把风，若要延时金丹，小道也有良方。"

真巧这才赶忙松开了火小邪，羞愧道："道长，对不起。"

火小邪鼻腔里发痒，可能有鼻血要流出，赶忙捏住口鼻，骂道："病罐子，你这个满嘴裤衩味的道士！不说流氓话，你会死啊。”

真巧羞得耳根也是通红，低下头不敢言语。

火小邪对真巧说道：“真巧，你别理这个流氓道士！我和他不是一路人！”

火小邪低头把真巧的帽子捡起，递到她手中，说道：“你还是把头发收回去，继续把脸涂黑，别让人认出你是女的。一个道士，加一个长得像猪头的男人，若带着一个丫头，太招摇了。”

真巧连连点头，柔情脉脉地看着火小邪，将头发拢起，带上了帽子。

火小邪和真巧眼神一碰，心中怦怦直跳，暗骂道：“糟糕，这个女孩好像喜欢我，怎么我心也跳得很快……不对不对，火小邪你这个家伙！你不是这样放荡的人！”

真巧收拾好头发，又将脸抹上灰尘，方才变回刚才小贼的模样。

三人不愿在此久留，王孝先神神鬼鬼地看了真巧和火小邪几眼，走出角落。

火小邪、真巧两人赶忙跟上，真巧紧紧贴在火小邪身后，不时用手想牵住火小邪的衣角，生怕火小邪离开。

火小邪知道真巧离自己不到半步，连呼吸的热气也能感觉到，走路分外别扭，恨不得同手同脚，就算如此，火小邪却没有加快脚步，将真巧甩开一步的意思。

三人刚刚出了巷子，就听一声狞笑：“呦！道士、丑八怪、小毛贼，凑一块儿了啊？”

火小邪眉头一竖，侧眼一看，只见那几个追赶真巧，意欲伤人的大汉，大摇大摆地向他们走来。

火小邪暗骂道：“不是冤家不碰头！”

火小邪并不想在这里惹事，向王孝先递了个眼色，三人向巷子里退去。

真巧吓得直哆嗦，不由得靠紧了火小邪。

火小邪低声道：“没事！别怕！”

那几个恶汉在街道里作恶多端，无人敢惹他们，哪会想到眼前的火小邪、王孝先是他们这辈子都惹不起的人，纷纷狞笑，紧紧跟来。

火小邪、王孝先、真巧三人快步离去，恶汉们一步一随地跟着，并不着急上前。沿路有三三两两的人看了这个阵势，能跑多远就跑多远，生怕惹事。

两方人各怀心思，不多时，便走到了一片屋舍后，再无人迹。

恶汉头领招呼一声，手下人兴高采烈地赶了上去，一下子堵住去路，嘿嘿冷笑。

王孝先挑着眼睛，毫无表情，也无动作，见前后都被人堵住，干脆站住不动。

火小邪一副畏惧的眼神，连连抱拳道：“各位大哥，各位英雄，你们这是要干什么？”

头领上前一步，坏笑道：“不干什么，是你们来这里干什么？我们替皇军盘问盘问你们三个。”

“我们是老实人，老实人。”火小邪说道。

头领不愿废话，从怀里摸出火小邪救下真巧所用的钞票，在手里挥了两挥，叫道：“敢给老子假钱？你们是不想活了？”

火小邪知道这是地痞流氓常用的伎俩，赶忙说道：“几位大哥，我全身上下只剩几块钱了，大哥可以全拿去。”

头领上前一步，揪住火小邪的衣服，一把将火小邪拉到面前，骂道：“你知道印假钞是什么罪吗？几块钱就能打发我们？”

火小邪并不挣脱，只是求饶道：“大哥，我们从外地来，不懂事，您饶了我们吧。”

“饶了你？可以！拿一百块钱来！我就当什么也没看到，要不然，哼哼！”头领一把将火小邪推开，火小邪故意脚步趔趄，歪倒在地。

真巧一见火小邪摔倒，哎呀一声，赶忙上前来，将火小邪扶住。

真巧冲恶汉叫道：“你们就打死我吧！他们是好人！”

火小邪偷偷揪了揪真巧的衣角，偷偷一笑，可他脸上肿着，这笑容毫不明显。

头领哈哈大笑：“还以为你们两个，一个道士，一个丑汉，能有什么本事，× 的，肉鸡子一个，还装英雄救人？我看你们八成就是一伙的！来人啊，先给老子把他们揍一顿！”

几个恶汉立即上前，一个推搡着王孝先，另几个上去就要胖揍火小邪一顿。

王孝先叹道：“完了完了！”

一个恶汉骂道：“知道完了就好！”

可没等几个人走到火小邪跟前，突然眼睛一瞪，好像身子里哪根筋被抽了似的，一下子动弹不得。

火小邪一见这番景象，立即向王孝先看去。王孝先还是垂手而立，面无表情。

火小邪低声骂道：“病罐子，等一等！那边还有人看着！”果然如火小邪所说，不远的一个房屋里，窗子上正有几个人向这边张望着看热闹。火小邪之所以一直不肯动手，第一想能不打就不打，伤了他们，在奉天日后行走，不太方便；第二如果非要动手，也要稍微笨拙些，先让他们揍自己几下；第三如果让其他人看见自己打人，瞎说乱传，又是麻烦。

可是已经来不及了，那头领见靠近火小邪、王孝先、真巧的几人愣在原地，正要开骂，却突然发现自己也一下子动弹不得，除了火小邪三人外，所有人都被定住。

王孝先低声道：“自作孽不可活，祝你们在阎王殿里过得开心。”

火小邪翻身而起，拉住王孝先：“我知道你厉害，可不能杀人！”

王孝先说道：“跟踪木家人，还想勒索钱财，伤人性命，这些人形垃圾，活着何用？”

王孝先话音一落，就听众恶汉闷哼连连，扑通扑通跪倒在地，全身抽搐，七窍流血，眼睛更是可怕，血红一片，黑血汩汩而出。

火小邪喝道：“病罐子，你不能这样！”

王孝先摊了摊手：“晚了！”

那几个恶汉，双眼继续流血，既动不了，也叫喊不出来，疼得五官扭曲，不用多时，两颗眼珠子竟从眼眶中脱出，掉在地上。这几个恶汉纷纷吐出满口污血，身子一软，扑通通滚倒在地，抽搐了几下，全部死绝。

那本来躲在窗子后看热闹的几个人，见此异状，吓得连声惊叫，窗户也顾不上关，跌跌撞撞地跑了，边跑边叫道：“死人了！死人了！”

王孝先一听，就向叫嚷那边走去，火小邪一把拉住他，喝道：“你要干什么？”

“他们看到了。”

“你要杀人？”

“杀不至于，让他们发点疯，记不清今天的事。火小邪，你别拦着啊，你还想不想在奉天待着了？”

“不待了！走！我们快走！离开奉天！”火小邪叫道，低头又一看，只见真巧吓得抱成一团，一个劲地哆嗦。

火小邪抓紧了王孝先，对真巧愧意道：“真巧，我们是不吉利的人，你自己快走吧。”

真巧眼睛一亮，翻身爬起，抓紧了火小邪的衣服，坚定道：“不，你们是好人，他们该死！我死也要跟着你！”

王孝先刚刚杀了七八个人，却一副什么也没有发生过的表情，啧啧道：“亲密无间啊。”

火小邪骂道：“病罐子，你到底是善还是恶？你杀了七八个人，你知不知道？走啊！”

“好吧好吧！这是你说的啊。”王孝先答道，任凭火小邪拉着，三人抛下一地离奇死亡的尸体，快步离去。

火小邪、王孝先、真巧三人，由火小邪带领，快步走到即将出城的地区，方才找了个人少的地方，停了下来。

火小邪余怒不减，冲着王孝先就嚷嚷道：“病罐子，不杀人就不能解决问题吗？那些地痞，打发掉他们就可以，何必杀了他们？”

王孝先倒是一脸委屈：“那留着他们活命，他们恶习难改，以后再欺负其他人呢？”

火小邪倒一下子被王孝先问住，瞪着王孝先“你你你”几声，才说道：“我真看不出来，你这么狠！我以为你虽然怪，但心地善良，谁知你杀人不眨眼！”

“生命可有贵贱之分？”王孝先一脸平静，反问道。

“没有！”

“蚊蝇蟑螂也是生命，我们通常把它们打得稀烂，要么用毒药将它们尽数毒死，花样百出，你杀它们的时候，可曾眨了眨眼？我不过是杀了几个罪该万死之人，比蝇虫这些本是无罪的生命，又如何？”

“你……”火小邪抖了抖手指，又被王孝先逼得无法回答，“臭道士！说不过你！”

“火小邪，死了几个坏蛋，你爽不爽？”

“爽啊！”火小邪张口就说，但马上打住，骂道，“好吧好吧，杀了就杀了，但不要让他们死得这么惨好不好？”

王孝先呵呵呵一笑，说道：“你是与他们没有大的冤仇，如果被他们欺负得家破人亡的朋友见到，还觉得不过瘾呢。”

“……病罐子，你们木家都是这样？”

“不尽然，木家是人不犯我，我不犯人，人若犯我，一层为避之，二层为迷之，三层为药之，四层为杀之，木家黑枝以药为杀不药不杀，花枝以杀为药不杀不药，主脉青枝层次分明，杀即是杀，药即是药，药不可杀，杀不可药；若是逍遥枝，则随心所欲，无须节制。”

“什么枝不枝？那你是哪枝？”

“我当然是逍遥枝。哈哈。”王孝先摸了摸胡子，十分得意，又止住笑声，问道，“火小邪，你怎么知道我刚才用了药？”

火小邪哼道：“你一路走，一路上两只手在你的怀里、包里、裤裆里摸来摸去，不是你用药，难道还是她不成？”火小邪伸手指向真巧。

真巧一直呆呆站在一旁，听得云山雾罩，见火小邪突然指向自己，慌得连连摆手："不是我，不是我！"

火小邪嚷道："没说是你！"

王孝先赞叹道："火小邪，你好眼力啊！我如此隐蔽的动作，你竟能发现！"

火小邪按住额头，实在不知道这个王孝先是真痴还是假呆，无奈道："是啊是啊，我从小眼神就好。"说着往墙上一靠，闭目沉思。

王孝先上前一步说道："火小邪，你还要待在奉天吗？"

火小邪眼睛不睁，说道："背了七八条人命，还被人看到，我们三个的外形太特殊了，奉天城里看来是待不下去了。唉，计划全部打乱了。"

王孝先问道："如果离开奉天，你想去哪里？"

"不知道……我记忆中只熟悉奉天一带。"火小邪实话实说。

"呵呵，火小邪，不如我邀请你一起去贵州一带玩玩？我师父木王林木森是你的老熟人，还有一些人也对你记忆犹新，一是游玩，二是去看看你的失忆症，有没有解药。你意下如何？"

"可以是可以，反正我也不知道去哪里。但是我在奉天的几个小兄弟，我还没有联系上，若不知道他们的安危，我去哪里也不安心。"

王孝先说道："你总是说你的小兄弟小兄弟，他们到底叫什么名字？"

"全是奉天荣行的下五铃小贼，一个叫浪得奔，一个叫老关枪，一个叫瘪猴，从小就和我混在一起，亲如兄弟。"

王孝先嗯嗯两声，面露喜色："原来是他们啊。"

火小邪一下子站直了身子，叫道："你认识他们？"

王孝先答道："不认识啊。"

"那你刚才是什么意思？一副认识的表情！"

"我刚才是什么表情？"王孝先又是一副丈二和尚摸不到头脑的样子。

火小邪心里憋得火气横冲直撞，抓心挠肝，却又不得不按捺住，模仿王孝先刚才的表情，原话说了一遍："原来是他们啊。"

王孝先很仔细地看火小邪张牙舞爪地表演完，方才如梦初醒地说道："误会误会，我哪里认识他们，我刚才是说，原来是他们啊。"王孝先生怕火小邪不明白，又一字一句地强调道，"原来，是他们，啊！"

"原来是他们啊！"火小邪重复。

"原来，是，他们，啊！"王孝先认认真真地继续重复，"有问题吗？"

火小邪算是明白了，这个病罐子王孝先，识人相面，医术高超，手段诡谲，不打妄语，算是个奇人，但头脑思想同样是个"奇人"，是"奇怪的人"，在某些时候，言语表达与常人所理解的完全不同。通俗点说，他有点二百五；善意点说，他可能吃错药了；恶毒点说，他是个间歇性精神病。火小邪心想，也许木家人常年与各种药物打交道，多多少少把脑袋弄走样了。

“我好像，听说过这几个名字。”真巧这时候小心翼翼地冒出一句。

火小邪耳朵一竖，不可思议地看着真巧，问道：“你听说过？”

“是，是的。”

火小邪上前一步，一把抓住真巧的胳膊，直视真巧的双眼，冷哼一声，说道：“告诉你，丫头，瞎说不得好死！你不是才来奉天没有几天吗？”

真巧让火小邪抓得生疼，却不挣脱，咬了咬嘴唇，低声道：“我是才来奉天没有几天，但我许多年前，母亲带我投奔到奉天的远房亲戚家，母亲给奉天张四爷家当用人。”

“张四爷？”

“是，是张四爷家。”

“你继续说！”

“母亲有一天回来，说张四爷家抓到几个小贼，是奉天荣行的，叫火小邪、浪得奔、老关枪、瘪猴，另外还有一个叫黑三鞭的东北大盗，说你们好可怜，无父无母只能当贼，还抱着我哭，我当时虽然年纪小，但记得很清楚。”

“黑三鞭？那后来呢？”

“后来，过了几天，母亲回来说，张四爷他们大队人马不知道怎么离开奉天了，宅子里用不着人，就把她赶走了。我家那个远房亲戚，欺负我母亲，母亲待不下去，就带着我又回河北老家了。所以，所以，刚才道长说名字是火小邪，你又说浪得奔这几个人的名字，我就想起来了。”

“于是你这么多年后，才回了奉天？”

“不是，我母亲带着我，大概，大概七年前，又回来了一次，那时候，好像日本人已经占了奉天，全城都在抓贼，所有荣行的，还有和荣行沾边的人，全部抓走了。这件事情，当年在奉天的每个人都知道，很大很大的动静，抓了足足有一年多，直到奉天无贼。”

“抓贼？那抓走的那些贼呢？”

“被抓走的贼，再没有回来过，当年奉天有传说，说这些贼都死了。”

王孝先摸着胡子，也是一副回忆状：“这个事情，木家也有所耳闻，原本设在奉天城里的青云客栈，因此迁往城外，真巧小姑娘说得不假。”

火小邪慢慢松开真巧的胳膊，自言自语道：“怪不得……我进了奉天，一个荣行的熟面孔也见不到。”

火小邪看向真巧，又要发问，却看到真巧抱着自己的胳膊，眼中含泪。

火小邪心头一软，愧疚道：“丫头，我捏疼你了？”

真巧抽了抽鼻子，坚强道：“不疼。”

火小邪心里不知怎的，见真巧这般模样，很是难过，但他不好表露，大大咧咧地笑了声，语调一低，说道：“丫头，我欠你一个人情，你以后有什么要求，告诉我，只要我能办到，一定尽力。”

真巧破涕为笑：“火大哥，你说的当真？”

“当然当真！”

“一言为定！”真巧伸出一个小指头，“拉钩！”

火小邪哑然失笑，很爽快地也把小指头伸出来，认认真真和真巧拉钩。真巧一边念道：“拉钩上吊，一百年不许变，变了就上吊。”方才松开。

王孝先说道：“火小邪，真巧满脸都是给你当小媳妇的表情，你看不出来？”

“病罐子，你少瞎说！”火小邪骂道。

“真巧如果说让你娶她，你办不办得到？你们可是拉钩上吊发誓了的。”王孝先这张臭嘴，不会说什么好话。

“嘿嘿！病罐子，积点口德啊。”火小邪其实心里想，如果真巧真的这么说了，还真难回答。火小邪对真巧说道：“丫头，你我兄妹相称，可是有言在先，婚姻大事，万万不能儿戏！”

真巧低着头，轻轻说道：“我知道的，我绝对不会为难火大哥的。”

火小邪稍稍宽心，冲王孝先说道：“臭道士病罐子，走吧。”

王孝先问道：“去哪里？”

火小邪摸出黄铜的烟嘴来，叼在嘴上，尽管他脸上肿得厉害，还是潇洒地一甩头，看向南方：“去贵州玩玩。”

王孝先立即高兴道：“悉听君便！”

火小邪、王孝先举步便走，火小邪走了几步，回头一看，真巧还站在原地，不禁叫道：“喂，丫头，跟上来！大哥带你去南方玩玩！”

真巧茫然无措地说道：“真的要，跟道长去这么远的地方吗？”

“是啊！怎么你不愿意？”

“不是，不是！”真巧看向王孝先，眼神中有丝畏惧。

王孝先低声对火小邪说道：“她嫌弃我，我有点伤心……”

火小邪哈哈笑道：“丫头，你大哥我用这条命保证，他不会对你下药的！我数三声，你来就来，不来就不来啊，一……”

真巧没等二字出口，已经跑上前来，一把拉住火小邪的衣角，死死不愿松手，说道：“我跟着你。”

王孝先依旧低声自语：“作为一个第三者，我还是有点伤心……”

三人刚刚出了奉天城城门，就听到城内警笛作响，一批日本宪兵和警察赶到城门处，纷纷大喝：“关城门！关城门！谁也不能出去！”

有值守的士兵一边急急忙忙关城门，一边问道：“怎么了长官？”

“重大命案！关门关门！”

很快，奉天城门关紧，进出不得。本来要进城和出城的人在城门口怨声载道，却也无计可施，只好纷纷原路退回。

火小邪轻吹一个口哨，说道：“还好及时出来……”

王孝先闷声接过话去：“否则瓮中捉鳖。”

“是啊，老鳖，你出瓮了。”火小邪白了王孝先一眼，快步走去。

真巧掩住嘴笑了几声，紧跟着火小邪而去。

王孝先不解道：“火小邪，你刚才说的我没有听清，可否再说一遍？”说着也赶紧追上。

火小邪哈哈大笑，扬长而去。

三人一路闲聊，真巧的话语也渐多。火小邪在奉天当小贼时，本就是个能说会聊的人，失去十一年记忆后，尤胜以往，还更多了几分痞气。加上有真巧在身旁，火小邪心情大悦，一路说着他当小贼时候的种种趣事，虽故事背后讲起来心酸得很，但火小邪避重就虚，说得绘声绘色十分好笑，直逗得真巧咯咯咯直笑，连那病罐子王孝先也伸出脑袋聆听，不断傻乐，还时不时“画龙点睛”，评论一番。

真巧虽说与火小邪刚刚相识不久，渐渐熟络开来以后，逐渐显出自己小家碧玉的本色，十分地温柔贤淑，语调清澈干脆，举止低调得体，知书达理，很是讨人喜欢。

火小邪也觉得奇怪，问了真巧其他的身世，方才得知，真巧乃河北景县人士，祖上为官多年，在清末乱世家道中落，一蹶不振，日子过得日渐凄惨。真巧父亲死得早，母女二人相依为命，连房舍也被恶霸夺走，不得不四处谋生。真巧的母亲死后，她更是凄惨，无人收留，兵荒马乱，数次差点被拐走卖到妓院，勉强过了几年，来到奉天，实在无依无靠，饿得厉害，才去偷了东西。真巧幼年练过一些女拳，从未遗忘，多年来一直勤加锻炼，所以体质不错，并不是手无缚鸡之力的弱女子。

火小邪一直和真巧聊得欢实，王孝先忍了半天，终于抓到机会，插进话来，一讲就滔滔不绝，不可收拾，全是他以前在上海江浙一带当大盗的时候，如何如何偷盗稀有药材的事情。说得兴高采烈，把自己的技术说得神乎其神，多做以下两种形容：“千钧一发之际，我灵机一动，身若游龙，神威大展，难题便解了”；“命悬一线之时，我灵光乍现，动如脱兔，异彩纷呈，困难便没了”。说到“精彩”处，还自己把自己感动得黯然垂泪，哽咽不已。

火小邪不禁暗叹道：“这个病罐子，真是又可恨，又可爱，又可怕，又软弱，又善良，又狠辣，人才啊人才。”

王孝先还在口若悬河之际，火小邪却一个冷战，站住脚步。

王孝先忙道：“是不是刚才那句没听清？”

火小邪扫了几眼，笑道：“还真没有听清。”

王孝先正要重复，却见火小邪眼神一动，向他暗示了一下，恍然无事一般低声道：“病罐子，好像有人一直跟着我们，你发现没有？别回头，别乱看。”

王孝先立即明白，低声答道：“木家人除了鼻子灵光，五官感受远不及火家、水家、土家，如果是这三家人跟着我们，只要不靠近，我很难发觉踪迹。但如果接近我们，意图对我们不利，倒没有哪一家敢对木家人猖狂。”

火小邪说道：“奇怪，这感觉又消失了，好快！”

王孝先说道：“会不会你弄错了？”

火小邪说道：“不会！跟背风我再熟悉不过，感觉绝对不会有错。病罐子，你刚才说沿着这条路，就能到木家的青云客栈，还差多远？”

王孝先说道：“约有半里路。”

火小邪点头道：“不知是敌是友，我现在只愿意相信你病罐子，我们尽快去青云客栈安顿。”

王孝先应了声好，继续边走边说道：“想当年，我从医校毕业，教学楼里藏着根灵芝，于是……”王孝先又讲了起来。

真巧有些紧张，靠紧了火小邪，低声问道：“火大哥，是不是有点不对劲？”

火小邪笑道：“没有没有，听臭道士讲故事吧。”

真巧这才略微安心。

火小邪说是这么说，但心里的一根弦早就绷紧，他有一种强烈的感受，就是跟着他们的人，一定存在，而且，是非常让人畏惧的存在，甚至刚才能感觉到有人跟着，不见得是自己的能耐多大，而是对方有意暴露出来，故意让他发现的。

火小邪、王孝先说说笑笑又往前走，恍若无事，而真巧则有些紧张起来，眼神闪烁，不再言语。火小邪轻挽了一下真巧的胳膊，低声笑道："别紧张！有我在。"

真巧和火小邪对视一眼，重重点头，总算神色如常。

其实火小邪也觉得奇怪，自己为何能如此镇定？若按照他的记忆，他不过是个奉天小贼，平日里感觉有人跟踪，心里肯定发毛，而且会紧张得直吞口水。可是这两天来，经历的事情不可谓不奇怪，除了自己的身手好得让他都不敢相信以外，性格方面也有诸多矛盾之处。真巧说浪得奔、老关枪、瘪猴三人可能被日本人抓走，生死不明的事情之时，火小邪也能随遇而安，并未觉得异常震惊、悲痛，更没有冲动着有一寻真相的念头，好像心里早有准备，早就知道。

连火小邪也对自己说："可能浪得奔、老关枪、瘪猴他们，早就不在人世了吧。"

三人快步而行，从小路上了大路，往来行人、商贩渐多，抬眼望去，一片市镇就在大路的不远处。

火小邪认得此地，此镇离奉天约有四五里，名叫南埔镇，很早很早以前，就是奉天城外一处繁华所在。不少商队来往奉天，许多货物并不进城，而是在南埔镇交易、存储，再由买家分批分次地运入城内。南埔镇就和北京城东郊的通州一样，是个大的货运中转之地。

南埔镇既有此功能，当然免不了另一番热闹。

三人一进镇内，便见到牛车、马车、汽车、板车、三轮车，各色人物挤满了街道，碎石土路，尘土飞扬，加之满地牛马粪便，使得到处都臭烘烘的，和奉天的干净整洁有天壤之别。这种地方就是如此，十个人里有八个都是脚夫苦力，满大街一半人大字不识一个，粗鲁下贱，素质极低，怎可能比得了奉天城内。

不过火小邪没有觉得不自在，这种粗陋的市井容貌，倒比奉天城内的冠冕堂皇来得真实。

三人拣着路，穿过大街，很快便见到一个偌大的客栈招牌横在尽头，乃是名为"万豪客栈"。

王孝先低声道："前面那家名叫万豪的，就是青云客栈了。"

火小邪挑了挑眉毛，很是不信："这里？"

"不错！"王孝先肯定地说道。

火小邪有所怀疑不是没有道理的，三人进了这家客栈，就听到大厅里哄笑声一片，口哨声叫骂声不绝于耳，原来客栈大厅有个小台子，上面正有一男一女两人起劲地唱着黄色二人转。二人转在旧社会的东北，就是一门下贱的艺术，专门表演给社会底层的人看的。男的一般打扮怪异，袒胸露腚，装作傻子呆子残废结巴等等身体有毛病的人士，越丑越是吃香；女的则是花枝招展，模样俊俏，穿着鲜艳性感，手腕里套着铃铛，极尽挑逗之能。至于表演形式，除了唱歌跳舞逗乐之外，多是满嘴黄腔，三句不离隐私器官床头之事，行为动作不是撩裆就是摸奶，极为下流。

火小邪他们看到的就是旧时二人转中经典的黄色段子“摸进房”，讲的是一个二傻子找了个寡妇当媳妇，二傻子不会办那事，寡妇又不好意思点拨，两人一来二往意欲苟合的故事。

这么一出戏，可想而知下面都坐着些什么人了，吵吵嚷嚷也就不奇怪了。

火小邪推了王孝先一把，哼哼道：“青云客栈生意不错啊。”

王孝先正摸着胡子看着台子上的二人转女子，看样子听得很是受用，听火小邪唤他，才说道：“还好还好！”说罢还是笑哈哈地听戏，自得其乐。

火小邪身旁的真巧可能是第一次看到如此淫秽直白的表演，紧闭双眼，躲在火小邪身后，就差把耳朵捂上。

火小邪此时没有心情听二人转，一把抓过王孝先，低骂道：“病罐子！你再折腾，别怪我跟你急！我们可不是来听这玩意的。”

王孝先忙道：“稍等稍等！”

“等到什么时候？我们还带着个丫头呢！”火小邪低骂道。

“哎哟，三位爷！”此时一个伙计打扮的光头小子，直奔过来，满脸堆着笑，“三位爷是喝茶、吃饭还是住店啊？”

王孝先甩开火小邪，整了整道袍，说道：“是二位爷，一位小姐，我们三人住店。”

光头伙计抽了抽鼻子，摸了摸鼻尖，眼睛吧嗒吧嗒一眨，方才说道：“嗨！三位爷，不是，二位爷，一位小姐，想住什么房间？”

王孝先刻意地又整了整道袍：“三人一间！”

光头伙计又抽了抽鼻子，咧嘴笑道：“好，是！请跟我来！请，请！”说着扭头就走，一路招呼着开路。

王孝先对火小邪低声道：“你看，说了别急是吧，我们走。”跟上那光头伙计。

火小邪哭笑不得，只好拉紧了真巧，一路跟随。

光头伙计带着王孝先三人，绕过前厅，引着路直至后院。

刚进了后院房舍，就见一个掌柜的打扮的中年男子急奔而来，一见王孝先便行了个大礼，笑道："贵客！贵客！"

王孝先抱拳道："掌柜的辛苦！"

掌柜的又是鞠躬还礼，站起来时，眼神已经落在火小邪、真巧身上，摸了摸鼻尖，笑道："两位幸会，幸会！"

火小邪怎么也看不出这个掌柜的有什么特别之处，只好抱拳道："烦劳！"

真巧跟着答道："你好。"

王孝先在怀里摸了一把，亮出空无一物的手掌给掌柜的看，说道："两位是我的贵客！"

掌柜的摸了摸鼻尖，立即哦哦哦连声，赶忙吩咐一旁的光头伙计道："店小八，备房！"

光头伙计应了，赶忙向一侧房间跑去。

掌柜的上前请道："三位请跟我来。"

掌柜的带着王孝先、火小邪、真巧又在后院中穿行一阵，方才走到一间普通的客房，推门入内。掌柜的将门关上，未见用什么手段，就见一侧的床嘎的一声，翻了个个，立即露出一道通向下方的楼梯。

掌柜的笑道："请，请！"又在前引路。

火小邪心中暗喝道："好家伙！这个店果然不简单，要不是病罐子带着，鬼才知道这里有这等蹊跷的事情。"

王孝先轻车熟路下了楼梯，火小邪和真巧紧紧跟随，生怕有失。等他们一下去，床铺便迅速盖下，封上来路。

楼梯内昏暗难明，狭窄漫长，转了好几道弯，方才见到眼前豁然开朗，灯光耀眼。

从一个洞口走出，就见一个平整的地下广场，广场正面，一个古色古香，雅致气派的二层小楼赫然入目。小楼正前，挂着一块青色牌匾，上书四个古朴的白色大字——青云客栈。

火小邪一见青云客栈四个字，惊得眼睛也直了。站立在地，动弹不得。倒不是火小邪吃惊于客栈地下，竟有如此一个建筑，而是一见青云客栈四个字，脑海中立即五彩齐放，光怪陆离，许多看不清面貌的男男女女似乎在眼前唰唰飘过，既熟悉又陌生。

王孝先看在眼里，冲火小邪说道："火小邪，是不是感觉很熟悉？"

火小邪缓过神来，喃喃自语道："我应该是来过这样的地方。"

王孝先说道："当然！山西王家大院地下的青云客栈，你可是当年第十一位到达的，我们在青云客栈里，住了半月有余呢！"

真巧满脸惊恐地看着王孝先和火小邪，手足无措，看样子对来到这种地方，惶恐难安。

青云客栈里，那个光头伙计已经忙不迭地跑出来，唤道："三位请，三位请，已经为各位把房间安排好了！"

掌柜的也是连连迎请。

王孝先说道："火小邪、真巧，走吧，别看了，先休息一下再说。"

此处的青云客栈，比火小邪曾经去过的王家大院青云客栈规模小了许多，但是房屋格局和布置上几乎完全相同。

王孝先、火小邪、真巧被一人分配了一间房，王孝先大摇大摆进了房间，只是说道："你们随意！"便不管不顾火小邪、真巧两人。

真巧不敢进屋，火小邪安慰道："没事的，既来之则安之。"

一旁引路的光头伙计说道："这位大姐，房间里有浴室，有热水，还有可供换洗的女装，尺码应该合身，您就放心住下吧，有任何吩咐，直接叫或者摇铃，很快有人来伺候。"

真巧眼中一亮，看了眼火小邪，说道："我，我可以换女装吗？"

火小邪笑道："你爱换就换，不用问我，哈哈，你这身衣裳，是该换换了。"

真巧这才扭扭捏捏地进了房间。

光头伙计叫道："有事您说话，有事您说话！"

真巧看了火小邪一眼，才小心地将房门关上。

火小邪见真巧安排妥当了，方才由光头伙计领着，进了自己的房间，一番客套后，方才安静下来。

火小邪静坐在床上，轻轻啧了几声，自言自语道："真巧这个丫头，怎么越看越觉得眼熟呢？"火小邪狠狠揪了大腿一下，又道，"想什么呢！你喜欢她啊？"

火小邪自嘲一番，一仰头躺倒在床上，真巧的眼神却一直浮现在眼前。

真巧的房间内，浴室之中。

一个肌肤雪白的女子，露出半个香肩，正坐在木桶中，一动不动。

她便是与火小邪偶遇的真巧。

真巧秀发盘头，看着水面，眼中却不断地闪过各种情绪，时而开心时而忧伤，时而困惑时而激动。

不多时，真巧轻轻叹了一声，似乎自言自语道："跟了我一路，你们出来吧。"

就听到有一丝丝的声音，似乎混杂在热气中，飘将出来。

"呵呵！"一个平稳轻柔的男子声音。

"嘻嘻！"一个语调高亢的女子声音。

"哼哼！"一个尖锐刻薄的男子声音。

真巧头也不抬，只是说道："水家三蛇，你们进来得好快。"

"这个小客栈，可难不住我们。"

"不在青云客栈前五十之列的小客栈，还不是想来就来，想走就走？"

"哼哼！木家小店！"

真巧撩动热水，轻轻地擦拭肩头，平静地说道："我父亲让你们来的？"

"那倒不是。"

"也可以说是。"

"你不该拿走郑则道的火煞珠。"

真巧冷哼一声，说道："还你们便是。"说着手一弹，一颗小珠子向屋角飞去。未听到珠子与任何东西相撞的声音，只有呼呼一阵风响，那颗小珠子便没有了踪迹。

"水妖儿，你打算装真巧装多久？"

"水妖儿，装真巧有意思吗？"

"水妖儿，不必如此！"

真巧脸上一副温柔娇弱的模样，说道："我不认识水妖儿，我是真巧。"

"哦，也许是一个和火小邪再续前缘的好机会。"

"可他不会永远失忆的。"

"哼哼，纯粹乱来！"

真巧说道："我就是喜欢乱来，你们想拿我怎样？"

"不能怎样。"

"与我无关。"

"无聊之事。"

真巧说道："珠子还你们了，你们可以走了。"

"真巧，你打算跟着火小邪去贵州？"

“真巧，那个王孝先是林木森的得意弟子，就算他不能识破你，你到了木家，一定会被识破的。”

“真巧，木家这些醋坛子，会杀了你！”

真巧笑道：“我很想领教领教。”

“你不能与王孝先走得太近，他师从林木森已有十余年，应是木家四枝芽尖级的高手，五行四家之中，与木家妖人日夜相伴同吃同住，连水王大人也颇为忌惮。”

“而且你以真巧的身份，更是有生命危险！你应该劝火小邪，也离开王孝先。”

“此乃上策！”

真巧说道：“可惜，我是真巧，我只会听火小邪的，他想怎么样，我都会顺着他，我不会再告诉他该做什么，不该做什么。”

“唉，就算你能活着到贵州，你可知王孝先此行的目的？”

“木家的斗蛊大会就在一个月后，林木森的逍遥枝难敌黑白青三枝，他胜算不大，木家将易主，林木森斗蛊失败必死无疑。”

“木家林婉，是林木森自保的唯一手段！但林婉不采到人饵延命，活不过下月！你只要制住火小邪，让他哪里也不能去，林婉一死，你还有大把机会！”

真巧说道：“火小邪喜欢林婉那样的妖女，这次，我不会输给林婉。”

“你如果用真巧的身份死去，水家是无法指责木家的，请你考虑清楚。”

“你一定要在合适的时候，承认你是水妖儿。”

“切勿执迷！”

真巧轻轻一笑，说道：“水家三蛇，你们还记得你们以前是谁吗？”

“这……”

“哦？”

“哼！”

真巧说道：“如果我有机会挽回一切，水王的位置，不做也罢。你们拿着火煞珠走吧，不要再来找我了。告诉我父亲，如果他再想阻止我，他知道后果。”

“好吧。”

“只能这样了。”

“糊涂！”

真巧淡淡说道：“另外，还有一颗火煞珠在火小邪身上，你们最好不要动那颗珠子的心思。”

“去拿火小邪身上的火煞珠，对水家来说毫无意义！呵呵！”

“就让火小邪自己留着吧！嘻嘻！”

“反正有你看着！哼哼！”

三句话说完，没头没尾地，这三个迥异的男女声音便慢慢消失，就像三丝水汽，没入冰冷的空中。

真巧目不斜视，一副小家碧玉的神情，旁若无人地梳洗起来。

四、情为何人

火小邪此时正坐在青云客栈的大厅里，呼噜呼噜地吃着面，桌上更是摆了五六道色香味俱全的菜肴。火小邪一边吃，一边称赞不已：“这个青云客栈的东西真好吃，还不要钱！真好吃！真好吃！”

火小邪大吃大嚼，一直把面汤全都喝下肚子里，这才算饱。

火小邪仰面一靠，很是自得其乐，可就在一瞬间，他吊在胸前的那颗珠子一阵冰凉。

火小邪轻轻咦了一声，拉开上衣领口，低头看了一眼，只见那颗珠子里的红色光芒正渐渐暗了下去。火小邪并未把珠子拿出来，反而将衣服掩好，心想道：“怎么有种什么东西离它而去的感觉？”

这些都是难解之谜，火小邪懒得去想，伸了个懒腰，正要起身，就听到病罐子王孝先的声音传来：“火小邪，吃得如何？”

火小邪笑眯眯地坐在椅子上，并不起身，将那根黄铜烟嘴叼在嘴上，笑道：“病罐子，你去哪里了？刚才我还去敲你的房门找你呢。”

王孝先坐在火小邪身边，说道：“我去和店掌柜说了些事情。”

“哦？不会是关于我和真巧吧。”

“聪明啊，猜对了。”

“嘿嘿，这么个隐秘的安乐窝，不像是我和真巧两个没有身份的人该来的地方。”

“呵呵，你是木家的熟客，当然可以来，只是真巧的确不该来。”

“怎么？你这个臭道士，是不是又想什么歪心思呢？”

“没有没有，木家一向与人为善，处处为人着想。只是真巧……”

“有屁快放！”

“好，该放则放！火小邪，这个真巧我觉得她有问题啊。”

火小邪坐正了身子，哼哼道："什么问题？"

"木家识人相面乃五行之首，最善揣测他人的心思，可真巧我却什么问题也看不出来，但感觉不对劲。"

"病罐子，你说废话的本事越来越高超了。"

"是有点废话，但是火小邪，我们若是去贵州，跟着个姑娘，多少有些不便啊。"

"不跟着，能怎么办？赶她走？"

"不是赶走，是请她走。"

"请她走了以后呢？你们是打算把她毒死还是把她弄疯呢？"

"弄疯即可，一剂药下去，无烦无忧。"王孝先认真地说。

火小邪哈哈大笑，连连捶桌子，笑骂道："你觉得我会同意？"

"嗯……你可能会不同意。"

"那你还问？"

"问一下总比不问好嘛。"

火小邪长身而起，挑着眉毛说道："病罐子，我和你说，真巧就是我妹妹，她只要不想走，我就一直带着她，你要动她半根毫毛，要么把我一并毒死，要么想也不要想。去贵州可以，只能我和真巧一起去。"

"火小邪，你和真巧相识不过半日……"

"半天怎么了？"

"才半天，你们俩感情就这么好？有些奇怪啊，你不觉得？也许真巧很早以前就和你很熟悉，只不过你忘了呢？就连我也感觉，是不是以前见过她？"

火小邪脸上没有什么变化，其实心里也想道："这个臭道士说得有点道理，我和真巧的确是素昧平生，怎么现在，竟有点生怕她离开的意思……"

火小邪嘴里说道："这就是缘分呗，病罐子，我走了。"

王孝先摸着胡子，思考道："如果真巧是水家人扮的，水家的顶尖好手我识破不了，水家顶尖高手，女的……我能叫得上名字的，只有水妖儿了。可水妖儿会和你有什么关系？头疼，想不到。"

火小邪本已走开几步，耳中听到水妖儿三个字，全身顿时起了一层鸡皮疙瘩，猛然回头，两步凑到王孝先面前，瞪大了眼睛问道："你刚才说水什么？"

"哦！水妖儿。"

"她是谁？"

"是水王流川的女儿。"

火小邪暗吸一口凉气，慢慢站直了身子，"水妖儿"三字，比之"青云客栈"

对他的震撼，更加强烈。好像关于“水妖儿”的事情，在脑海里就如盖着一层薄纱，简直能呼之欲出，可就是无从下手，将这层薄纱去掉。

火小邪暗骂道：“失忆就失忆，忘干净了也好，非要让你像猴子捞月亮！真是头疼！真他 ×× 的讨厌！”

王孝先端详着火小邪的眼神变化，说道：“火小邪，你想起水妖儿了？”

“没有，不认识这个人。但水妖儿这三个字，就好像刚刚做了个春秋大梦，醒来时明明应该记得，可就是想不起来。”

“你的失忆症，就是因为这点让我无从着力，如果你忘得精光，对十一年里你经历过的事情毫无反应，反倒好治。”

“嘿嘿，反正什么都是你说的！懒得理你了，我走了！”火小邪嘟囔一声，晃晃荡荡地便往回走。

“火大哥，道长！”清脆而又羞涩的女子声音传来。

火小邪心头一乱，只见楼梯上走下一个素衣女子，她面容清秀，唇红齿白，温柔娇羞，肌肤胜雪，体态玲珑，端的是个极美的人儿。她唤了声火大哥，脸上立即飞着两朵红晕，煞是动人，惹人爱怜。

火小邪将信将疑地问道：“真巧？”

真巧不胜羞涩地说道：“是。”

王孝先不知何时已经走上前来，很是欣赏地说道：“果然是个美女，小道早就料到！小道分辨美丑，从未有错。”

真巧听王孝先如此夸奖，满脸通红，垂下头来，侧过身去。

王孝先还要走过去，火小邪一把拽住他的道袍，骂道：“你怎么不去死呢？”

王孝先说道：“真巧姑娘既然露出真容，请容小道上前，仔细端详一番。”

火小邪抓着王孝先的衣服不放，骂道：“你能不发骚吗？”

王孝先一愣，认真地说道：“冤枉！我是木王弟子，绝不近女色！不仅是我，木家男子均洁身自好！”

火小邪依旧挤对道：“总有你这个例外！”

王孝先显然有些着急了，连连摆手，大声辩解道：“冤枉！冤枉！绝对冤枉！我绝不是例外！”

王孝先平时看着仙风道骨，大有傲然世外的劲头，这一番辩解，模样便走了形，反差一大，反倒十分惹人发笑。

扑哧一声，火小邪没笑，反而是真巧先掩着嘴笑了起来。

真巧相貌温柔秀美，却并不是故作矜持之人，说道：“道长、火大哥，多谢你们一路照顾我！我已经很久没有穿女装了，今天没吓到你们，没嫌我丑，我就很开心了。”

真巧一笑一说，言语得体，原本尴尬的气氛，立即化解。

火小邪请真巧过来，拣了张干净桌子坐下，询问真巧是否饿了。

真巧大方地回答道：“饿得厉害……”又有点不好意思，“可……可我没钱……”说着舌尖轻吐，扮了个小鬼脸，煞是可爱。

火小邪心里高兴，他本有点担心真巧换了女装，又长得这般漂亮，女人家家的可能有点难为情，说话会不那么痛快，现在看到真巧还是一路前来，男子打扮时的口吻做派，毫不扭捏作态，心里一宽，说道：“这里吃饭不收钱。”

真巧一乐，兴奋道：“真的？”

“那还有假？”

“那……那那那，嗯嗯……”真巧思考一下，高兴道，“我想吃牛肉面！大碗的！”

火小邪乐道：“好，你等着，我给你叫去。”

“好！”真巧回答得干脆，“好馋牛肉面啊。”

火小邪笑了声，起身便要去后厨唤人，却见到王孝先背对着他们两个，呆站一旁。

火小邪上前一拉，说道：“病罐子，你和我一起去。”可抬眼一看，王孝先老大不小的，还正嘟噜着嘴巴，不禁笑道，“哎！怎么了这是？”

王孝先低声道：“你冤枉我，我在伤心。”

火小邪一把将王孝先搂住，拖着就往一侧走，一边安慰道：“我的多愁善感的道长啊，我错了行不？我错了！我向你赔罪！请你原谅我好吧。求你，求你！”

王孝先这才转“怒”为喜：“我没强迫你的啊。”

“是，是是是！”火小邪拉着王孝先，向后厨走去。

很快一碗热腾腾的牛肉面便端上来，另配三个凉菜，看着分外可口。

真巧道了声谢，便兴高采烈地吃了起来，也不怕坐在一旁的火小邪、王孝先看她的吃相。

硕大的一碗牛肉面，让真巧吃了八成有余，才摸了摸肚子，不好意思地笑道：“吃不下了，再吃就撑死了，哎，还剩这么多，真浪费啊。”

火小邪叼着烟嘴，笑道：“浪费就浪费一点吧，看你也是难得浪费。”

真巧惭愧道："要不，下顿热一热，我再吃吧。"

王孝先说道："青云客栈，从不缺钱，真巧姑娘大可不用费心。"

说话间，店掌柜带着光头伙计走来，店掌柜客气道："火小邪先生、真巧小姐，小店的饭菜合你们口味吗？"

火小邪笑道："不错！"对于店掌柜能直呼自己的名字，火小邪并不觉得奇怪，定是王孝先告诉他们的。

真巧也微微点头，表示赞赏。

店掌柜看了眼王孝先，说道："那有事您招呼，不打扰各位休息。"

王孝先说道："店掌柜，请留步，我们店外一叙。"转头又对火小邪、真巧道，"见谅，见谅！"

火小邪轻哼一声，丢了个眼色给王孝先，意思是你别瞎折腾，对真巧说道："真巧，我们回去。"

真巧很是听话地随火小邪站起，两人一前一后离去。

王孝先见两人走了，方才起身，做了个手势，和店掌柜向店外走去，留下光头伙计收拾碗筷。

王孝先和店掌柜出了店，一直走到地下广场的最角落处，方才站住。

店掌柜拜了一拜，说道："逍遥仙主请吩咐。"

王孝先顿首还礼，说道："那个叫真巧的姑娘，跟我一起去贵州，之前与你所说，不要再施行了。"

"好的！好的！"

"店掌柜，我问你一件事，你如实回答。"

"仙主请说。"

"我进店之时，接连打了两道群令，店小八为何反应迟钝？直到我见到你，打出仙主令，你才弄明白我是何人？"

店掌柜为难道："仙主大人，您知道，青云客栈是主脉青枝管辖，这两年逍遥枝和青枝的关系也越闹越僵，眼看着斗蛊大会将近，一年前青枝几位仙主和芽王就吩咐封了逍遥枝的群令，不准普通的逍遥枝弟子进店。若不是您的身份特殊，今天我们也不敢接待的。"

王孝先微怒道："青枝好大的胆子，他们眼里还有木王吗？身为木家主脉，居然给青云客栈下这种荒唐的指令，你说这是何意！"

店掌柜说道："这个……这个……小店实在不知道说什么。"

王孝先哼道：“我半年前离开木王下山，第一次决定住店，就发现青云客栈已经乱成这样子了！我一回去，一定要找青枝的仙主理论！”

“是，是是！”

“你也别说什么是是是，你们是不是觉得逍遥枝输定了？”

“不敢不敢！小店排在青云客栈二百号以外，哪里敢乱猜斗蛊大会的事情。”

“一口一个斗蛊大会，明明是斗药大会！”

“是是！罪过罪过，全怪小店这些年来叫顺口了，是斗药不是斗蛊，不是斗蛊。”

“唉！”王孝先轻叹一声，“木家人好端端的心思，也开始往阴谋诡计上用了，成何体统，成何体统！算了算了，店掌柜，我们三个住一天，休息够了，明天便上路。如果我们走后，有黑枝和花枝的人来，你尽量不要说我来过这里。”

“好！好！听仙主的吩咐！”

“明天买三匹马来，我们要用。”

“啊？买马？这么贵的东西？”

“怎么？”

“青枝不让青云客栈给逍遥枝、黑枝、花枝的任何人花现钱，只管吃饭住宿衣裳缝补。”

“啊？那你让我偷店里的东西，出去当了才好吗？”

“这个，这个好像可以，反正你给我钱我才能去办，小店不准花店里的现钱。”

“我去！”王孝先嚷嚷道，“给你钱给你钱！”说着，从怀里掏出一块金子，递给店掌柜。

店掌柜接过，堆着笑容道：“仙主见谅，小店实在不敢有违青枝的戒令！”手中一掂量，马上脸色一沉，苦道：“仙主，分量不够啊，买不了三匹马！”

王孝先骂骂咧咧道：“我全身就这么多钱了！怎么不够，怎么不够？”

店掌柜说道：“真的不够啊，还差二厘左右，要不，仙主您去偷个东西当了吧。”

“我是逍遥枝仙主，木王身旁的弟子，你让我去偷二厘的金子给你？”

“那，那您去瞧个病啥的，弄点医药费。”

“木家是五行世家，怎能做这么丢人的事？”

“反正我们也是贼道……”

“不去！就这么多钱！我不去偷，也不去治病要钱，我是大盗！木家大盗！”

“那……那这钱还你。”

“……那……那这样吧，你……你借我点。”

“没法借你啊，仙主。”

“你这个店掌柜，说不通！那好吧，不买三匹马，买两匹马！”

“哦！那够了！我这就去办。”

“找的零要还我。”

“啊？零钱您还要？仙主就当赏小店了呗，仙主还怕没钱用？”

“凭啥？记得找我！”

“仙主真小气。”

“你才小气！”

暂不讲木家的两个二百五扯皮的事情，说回到火小邪、真巧这边。

两人上了楼，去到真巧的房门前，真巧将门推开，迈步入内，回头向火小邪看去，四目相对，两人立即尴尬起来。

真巧脸上一红，说道：“火大哥，我……我回去了。”

火小邪本来是个伶牙俐齿之人，此时却舌头发直，说不出俏皮话，啊啊两声，说道：“啊……好。”

“火大哥，那我进去了。”

“嗯……行。”

真巧慢慢掩门，又道：“我关门了啊。”

“好，好。”

“要闩上门吗？”

“嗯，闩上。”

“那我关门了。”

“好。”

“那我关了。”真巧最后看了火小邪一眼，将门慢慢关上。

“那个，我……”火小邪看着门即将合拢，真巧就要消失在眼前，忙叫一声。

“火大哥有什么事？”真巧一把将门拉开。

“我就住隔壁，如果那个贼道士敲门，你先叫我啊，记住啊。”

“记住了。”真巧说完，脸上又飞起两朵红晕，偷偷瞟了一眼火小邪，慢慢将门关上。

火小邪看着房门掩上，暗骂自己道：“火小邪啊火小邪，你不就是想和别人聊几句天嘛，看你这副孙子样，还骂别人病罐子骚包，他是明骚，你是个暗骚。”

话虽如此，火小邪心里仍是一阵失落，只好抬脚慢慢走开。

火小邪没走几步，就听身后银铃一般的叫声，“火大哥。”真巧忽又将门拉开，脸上娇羞无限，低声道，“你有空聊两句吗？”

火小邪一个转身，立正敬礼：“有……有啊。”

“我有些事想问问你……”真巧的脸红得像个苹果。

火小邪一张肿起的脸上，层层叠叠的大包里，亦是抑制不住的红光直泛……

火小邪、真巧进了房内，并不关门，两人坐在桌边，一时间谁也不好意思开口说话。

火小邪转了转嘴里的黄铜烟嘴，故作镇定地说道：“丫头，你不是要和我聊两句吗？怎么不说话了？如果没事，我就回去了啊。”

真巧连连说道：“不是，不是，我是有话想和你说。”

“那你说呗。”火小邪坐正了身子，笑眯眯地看着真巧。

“你们到底是什么人呢？”

火小邪笑道：“怎么，有点怕我们了？”

“不是，不是怕你们，我认识你们没有多久，却见到了许多从来想也不敢想的事情，我，我……”

“你很害怕？”

“不是，我很高兴。”真巧头一低，脸上又飞出两朵红晕，“好像在做梦一样。火大哥、道长一定不是普通人。”

火小邪摸了摸脸，笑道：“我这个丑的驴见了也要笑的模样，的确不是普通人。”

“火大哥，你可不丑。”

“我小时候是不丑，现在这个模样，全托了那个道士的福。”

“火大哥，你是不是因此受制于道长啊？”

“实话实说，没有。是我要那个道士把我弄得谁也认不出来的。”

“道长是有法术的吗？”真巧天真地说。

“他？哈哈，可能有一点法术，他具体什么来头，我其实也不熟悉。”

“啊！火大哥，你和道长不熟悉啊？”

“是啊，我和他认识也就一天。丫头，你是不是怕他？”

“嗯……有点怕他，他有点怪，还会杀人，我小时候，打仗，见过很多死人，可想到奉天城里那些人死的样子，还是有些害怕……”

火小邪沉默片刻，才说道：“这个道士，只要不招惹他，他算得上好人，死的那些人也是死有余辜。”

“火大哥，你要和道长去贵州，我，我会不会是个累赘？”

“哦，丫头，你想走了？”

“不，不想！我根本不知道去哪里，只想能够伺候火大哥，我是……我是想说……”真巧欲言又止。

“你是担心我？”

“嗯……”真巧头垂得更低。

火小邪心里升起一阵暖意，从他记事起，就不记得有人这样关心过他。

火小邪轻声道：“丫头，你知道我为什么愿意跟着道士去贵州吗？”

“不知道。”

火小邪笑了声，举起自己的手腕，将袖子挽起，露出手臂上刻着的文字：“丫头，你认字吧。”

真巧点了点头，举目一看，低念道：“五行合纵，破万年镇，破罗刹阵，切记。”

火小邪应了声对，将袖子放下，说道：“丫头，这些字，应该是我失忆前自己刻下的”

“失忆？”

“是的，我丢失了十一年的记忆，这些丢失的记忆，很可能是不堪回首的惨痛经历，我并不想把丢失的记忆找回来，但我以后应该做什么，我很清楚。”

“金、木、水、火、土，五行，五行合纵，是指五行一起做事？”

“是的丫头，你很聪明。眼下的随我同行的道士，就是木行世家，他带我去贵州，一定是有目的的，兴许比你想象的更加危险。”

“啊！”真巧惊恐道，“那，那你还去？”

“我之所以愿意去，就是想去木家一探究竟！这个愿望抑制不住，我觉得贵州那边，有我认识的人在等着我，而且是很重要的人。”

真巧好像无法理解，面带疑惑地看着火小邪。

火小邪笑道：“如果你也丢失了十一年的记忆，你会理解我的。丫头，我们应该明天就会走，你可以考虑一下，是不是跟我走。”

“我跟你走！”真巧毫不犹豫。

火小邪嘿嘿一笑，说道：“丫头，说句话你不要介意。”

“火大哥请说，我什么都不介意。”

“丫头，你叫真巧，也真是够巧的。其实你从出现开始，我就怀疑你的身份，到现在更加强烈，你看上去只是个普通的流落在异地他乡，无依无靠的女子，但我肯定，你只是伪装得毫无破绽，你，绝对不简单。”

真巧惊得眼睛睁圆了，啊了一声，根本不知道该怎么回答。

火小邪转着嘴里的烟嘴，嘿嘿笑道："你也许是水家人，专门为我而来的。"

真巧眼中含泪，几乎要哭了："火大哥，我不是，我不是。"

火小邪扑哧一声坏笑，赶忙道："好了好了，我吓唬你的！我信得过你，对不住对不住！"

真巧一丝泪骤然间滑落，立即转过身去，不让火小邪看到。

火小邪见真巧真的被他惹哭了，心中一紧，赶忙探身道："丫头，真哭了啊。哎，别哭啊，我没别的意思，我只是想试试你。"

真巧红着眼睛转过身来，坚强道："我没哭！"

火小邪反而更为惭愧，说道："那你笑笑嘛。"

"不！"

火小邪贱兮兮地说道："对不住对不住！我惩罚我自己，要不，我扮猴子给你看吧。"说着，火小邪一跃而起，在真巧面前抓耳挠腮，手舞足蹈，嗷嗷乱叫，很是滑稽。

真巧看了片刻，实在忍不住，破涕为笑："哪有这么大一张脸的猴子！"

火小邪捶着胸脯，噘着嘴巴，呜呜道："那我是猩猩，猩猩脸大。"

真巧咯咯咯笑个不停。

火小邪一边模仿，一边说道："原谅我了吗？"

真巧说道："火大哥，别这样了。"

"那你说原谅我了。"火小邪凑到真巧身边，要伸手胳肢真巧。

真巧连忙躲避，就是不说。

火小邪嚷嚷道："不说就挠你痒痒了。嗷，嗷。"

真巧一边逃开，火小邪一边追，两人闹成一团。

真巧实在躲不过，猛然站定，伸手阻着火小邪说道："停下停下！"

"嗷，嗷。"

真巧将头一低，慢慢说道："猴子，我原谅你了……"说着，背过身去。

火小邪哈哈一笑，恢复常态，可看见真巧的背影，心中咯噔跳了一下，情绪一沉，竟开心不起来。

火小邪站直了身子，走近真巧两步，本想鼓起勇气，把手搭上她的肩头，却抬不起手来。火小邪低声道："真巧，对不起。"

刹那间，时间仿佛停滞在这个时刻，一男一女，静静地站着，漫长的时光如同一条条丝线，将他们两人紧紧地缠绕在一起。旧梦时光，深锁在火小邪的记忆中，不能开启。而时间虽说不能倒转，却有时，由命运开着似曾相识的玩笑，通过另一种方式，来延续一段感情……

别过真巧，火小邪独自回到自己的房间，将房门掩好，轻轻地靠在门上。

火小邪按住自己的额头，闭上双眼，慢慢而悠长的呼吸，让自己的心情趋于平静。

火小邪暗暗想道："她没有破绽，是我错了，她只是个平常的女孩……可是……我是真的喜欢上她了吗？"

火小邪就这么一动不动地一直站着，一直站着……

在另一个房间里，真巧坐在床边，安静得像一个玉雕的人儿，但两行晶莹的泪水挂在脸颊，表情又是哭又是笑，自言自语道："我是真巧，不是水妖儿，真巧不是水妖儿。"

夜幕低垂，尽管青云客栈深处地下，没有昼夜之分，却也按照时间，熄了灯火，归入平静。

王孝先还在与店掌柜为了买马的事情，从马匹的毛色、高矮、品种、脚力、年岁等方面，争论个没完没了，一时间没有下文。

火小邪、真巧则各自洗漱安歇，躺在床榻上，辗转难眠。

次日清晨。

火小邪熬过一夜，一直半梦半醒，睡得并不踏实，所以见屋内西洋钟已经指向六点，便再也没有睡意，翻身下床。

火小邪查了查身上的伤势，果然如王孝先所言，用了木家灵药，这些伤并不是大碍，胸口断骨处已经不疼了。

火小邪洗漱一番，穿戴整齐，推开房门，侧头一看，正见到真巧也推门出来。两人相视一笑，火小邪说道："丫头，起这么早啊。"

真巧精神不错，点头笑道："平日里起得更早些，今天算晚的了。"

火小邪走上前去："不知道臭道士起来没有，要不我们先去吃早饭吧，昨天只吃了一顿，一大早又饿了。"

真巧应了声，便由火小邪在前，领着真巧下楼。

两人刚刚坐定，还没等叫店掌柜和店伙计，就见王孝先和店掌柜两人从客栈外进来，依旧不住地絮叨着什么。

火小邪伸手打了个招呼，王孝先和店掌柜也见到了火小邪、真巧，便不再说话，快步走上前来。

店掌柜客气地招呼道："火先生，真巧姑娘，两位早啊！"

王孝先坐下，颇有怨气地说道："店掌柜的，拿早饭来，我们吃了就走，再也不想住你这里了！"

店掌柜忙道："吃饭不收钱的，您随意点。"

王孝先说道："十斤牛肉，十斤腊肉，二十只卤鸡，三十只风干鸭，五十斤烙饼，这是我一个人吃的，他们俩你再问。"

店掌柜惊道："您一顿早饭要吃这么多？"

王孝先哼道："吃饭不收钱，你说的，我就是能吃这么多，我乐意。"

店掌柜叹道："您说是路上吃的不就行了嘛。"

"我就是早饭要吃这么多！就是要！"

"小店没这么多准备啊。"

"那我不管。"

火小邪看出王孝先和店掌柜有些较劲，不等店掌柜说话，先打了个圆场："掌柜的，麻烦先上三人份的早饭，做什么你看着办。病罐子，以后的事再说。"

店掌柜应了声："好好！我这就去！"

火小邪见店掌柜走了，问王孝先道："怎么了你这是？"

王孝先叹了一声，说道："木家不是金家，素来轻钱财重情分，可是青云客栈现在完全就是奸商！昨晚我让店掌柜去给我们买马，他非要收钱，给了他钱，他说不够，好容易商量完，他还不想找零，与我说马匹的优劣，什么样的马好，我还不清楚？与他吵了一晚上了。"

火小邪不禁笑道："病罐子啊，我还有钱，找我要就是，再说我们吃饭住宿，人家不是照样不收钱？"

王孝先说道："我木家的人，吃自家饭住自家店还收钱，那我一定没完没了！世态炎凉啊，世态炎凉！木家真是要乱了啊。"

火小邪说道："好了好了，别发感慨了，别再与店掌柜提钱了，我们一路上，不会缺钱的。"

王孝先说道："我是身无分文了。"

火小邪说道："你、我、真巧，都是贼嘛！没钱了，我找个地主老财为富不仁的，偷他个底掉。"

王孝先严肃地说道："我只能大偷大摸，小偷小摸的有失我木家身份。"

火小邪笑道："行了，这些事交给我就行了，我脸皮厚。"

真巧接了一句："我……我也脸皮厚……"

火小邪一愣，看着真巧的认真劲，哈哈大笑。

真巧脸一红，摸了把脸，说道："我是说我也可以……"

"知道了，丫头，我去偷，你帮我把风！"

"嗯！好！一言为定！我也想帮上忙！"

王孝先微微一乐，说道："真巧姑娘把风，可不能露出真容，要不风还没把，就让流氓先把上了。"

真巧又是脸红，低下头去。

火小邪骂道："病罐子，把什么把？你这些花哨的词，都是怎么来的？"

王孝先正色道："乃小道依照人性心态之演变，原创而来，小道甚至断言，几十年后，把这字，用途良多，比如把妹。"

"哈哈哈！"火小邪笑得前俯后仰，真巧也是笑开了花。

王孝先此人的可爱之处，就是经常用严肃的态度来说一些不严肃的事情，听来让人忍俊不禁。

火小邪三人用过早饭，王孝先也如火小邪叮嘱，不再与店掌柜唇舌争论。

三人稍作收拾，便由店掌柜领着，出了青云客栈，上到地面。

光头伙计店小八已经备好了两匹骏马，牵在后院外等着。

王孝先上前摸了摸马头，拍了拍马背，说道："还行！店掌柜你这事还算办得地道！"

店掌柜说道："您吩咐得这么细致，小店不敢大意啊，和您说实话，买这两匹马，我真亏了本的。这回你看到货了，该信我说的吧。"

王孝先哼道："所以我早饭没吃什么。就这样，就这样了啊，我们要走了！"

店掌柜、店小八应了几声，退开一边。

王孝先牵了匹枣花马，将缰绳递到火小邪手里，说道："这一匹脚力最好，你和真巧姑娘共乘一匹。"

火小邪哦了一声，说道："真巧和我骑一匹马？"

王孝先说道："真巧姑娘和我共乘一匹也可，小道十分乐意。"

火小邪看向真巧，真巧一个劲地挤眉头，表示不愿意和王孝先同乘。火小邪心里当然也不愿意，于是说道："还是我勉为其难，带着真巧吧，病罐子你领路。"

王孝先呵呵呵直笑，一抖道袍，翻身上马。

火小邪问道："丫头，你会骑马吗？"

"我只骑过驴……"

火小邪哈哈一笑，一拉马鞍，便飞身骑上，伸出手对真巧说道："来！拉住我的手！坐在我后面！"

真巧很自然地将手伸出，两人手掌一握，火小邪心里乱跳一番，赶忙一使劲，将真巧拉起。真巧的身手不差，很是轻盈地跳将上来，紧靠着火小邪坐下，抓紧了火小邪的衣裳。

王孝先笑道："真巧姑娘，你可不要掉下来了！"说着一抖缰绳，骏马扬蹄，飞奔而去。

火小邪低声道："丫头，若是害怕，就抱紧我！"

真巧嗯了一声，松了火小邪的衣裳，双臂一环，丝毫没有勉强之意，抱住了火小邪腰。

火小邪感到身后软绵绵的躯体紧靠，耳朵一烫，不好意思再说什么，喝了声"驾"，纵马急追王孝先而去。

真巧靠在火小邪的后背上，感受着火小邪的心跳，满脸幸福。

十一年前，奉天有个叫火小邪的毛贼，连马都不会骑，只好坐在一个叫水妖儿的女子身后，让水妖儿带着他骑马，而火小邪当年对水妖儿是又敬又怕。十一年后，却斗转星移，两人调换了一个位置……

店掌柜、店小八看着王孝先、火小邪他们跑得没影了，店掌柜方才感叹道："逍遥枝没准能赢的吧。"

店小八没听清："掌柜的，您刚才说什么？"

店掌柜再不作答，拉着店小八进店，嚷嚷道："好好做生意去！问什么问！"

王孝先识得去南方的路径，三人两马中途也不做停留，奔至黄昏，已经来到旧时热河省边境。若是直往南下，就能进入北京地界。

此时华北一带，已被日军侵占，并不见战事，但沿途大批兵马南下，战场的痕迹依旧清晰可见。许多村落被破坏得成了一片焦土，途经稍大一点的城镇，也是饿殍遍地，民不聊生。比之东北境内，这才是战争的真实面目。

王孝先绝不在一地滞留，总是远远地就绕开，大多景象，只是远观。火小邪曾问王孝先为何能提前预判，王孝先答道："十里之外，我就能闻到尸体、血污的恶臭和硝烟火药的味道，我拣着味道清淡的地方走，必然安全些。"

王孝先用这种本事带路，确实厉害，多次避过成群的逃兵乱民，只因他们体味浓重，王孝先一闻便知，甚至他们从什么地方来，经过了什么地方，王孝先都可以判断得一清二楚。自然一路上也顺利了许多。

王孝先并未直接南下，而是往西南方向绕道而行，按王孝先的说法，日军正和国军在中原一带激战，重兵云集，战区林立，他们三人直接穿越战区，形同找死，只能绕个远路，从陕西一带经四川，再到贵州。

火小邪曾问："病罐子，这又是你的嗅觉？"

王孝先答道："中原打得厉害，天下人都知道，就你忘了。"

连真巧也说："日本人一个月就占了华北，说是三个月就灭亡中国，结束战事呢，奉天大小报纸上，全有消息。"

火小邪骂道："小鬼子这么嚣张？中国军队是吃屎的吗？政府无人了吗？"

王孝先说道："中国有的是贼，人倒不多。"

火小邪追问王孝先说的什么意思，王孝先着急赶路，并不回答。火小邪深为中国感到痛心，憋了一肚子气，暗暗骂了小鬼子和国民政府千万遍。

直到天色全黑，王孝先才放慢了速度，仰头对着前方嗅了嗅，说道："前方两三里，有个村落，味道清淡平常，应该安全，我们去那里借宿。"

三人奔波一天，确实累了，马儿也吃不消，一慢下来走路也不稳当。王孝先唤了火小邪、真巧下马，三人牵着马儿，向前方村落走去。绕过一片林地，果然看到山坡上有几十间草房，透出灯光来。

眼看着就要进村，火小邪却低喝一声："不对劲！病罐子，停下！"

王孝先知道火小邪在体感方面比他灵敏得多，赶忙站住，问道："怎么了？"

火小邪指了指地下，说道："地下好像有人在钻洞！不好，要上来了！"

说话间，就听噗噗噗几声闷响，前方道路上闪出四五个穿着黑甲的怪人，不露面目，与火小邪他们隔着七八米远，只是或站或蹲着不动，也没有过来的意思。

真巧很是害怕，靠紧了火小邪。

火小邪心里同样紧张，大黑天的，地下蹦出几个"土行孙"，堵在前路，只怕来者不善。

王孝先倒镇定得多，哈哈一笑，上前一步道："我是木家逍遥枝仙主王孝先，幸会幸会！几位高人，可是土家的弟子？"

几个怪人中，有人闷声答道："仙主你好，我们是土家摸金行者！"

王孝先松了一口气，说道："敢问土家高人有什么指教？"

怪人问道："木家人来这里做什么？仙主，你身后那一男一女又是谁？"

王孝先说道："哦！哦！他们是我收的两个人饵，要带去贵州，为避战祸，只能途经此地，想留宿一晚。"

怪人说道："此地土家封闭，任何人不能入内，还请仙主再去南边十里投宿。"

王孝先问道："为何啊？没听说土家在这里有风水事啊。"

怪人说道："土家在抓自家叛徒，事关重大！还请木家仙主离去，以免祸及自身。"

王孝先故意装傻道："啊？土家有叛徒？土家还能出叛徒？谁啊？我能帮上忙吗？"

怪人斩钉截铁地说道："就不劳仙主费心了！请！"

王孝先只好向后退去，抱了抱拳，说道："好吧好吧，木土两家素来关系不错，我就不掺和了！"

王孝先牵马回头，低声对火小邪说道："快走，土家人死板得很，很难惹！"

火小邪不敢多言，牵过真巧，跟着王孝先便走。

可三人没走几步，就听到村落方向轰隆巨响，回头一看，居然一间草房垮塌下来，灰尘四起。

嗡嗡嗡的打号声立即响起。

那几个人怪人听了号声，其中一人高声道："你们快走！切莫回头！告辞了！"说着几个怪人身子一动，如电一般向村子方向赶去。

王孝先赶忙继续招呼着火小邪、真巧离去，一边走一边说道："不得了，土家有大动作！别回头看了，上马上马，快走快走！"

火小邪与王孝先相识不过两日，见过他各种神态，就是没有见过他如此紧张的样子。火小邪知道可能事关重大，也麻利地带着真巧上马，随王孝先原路折返，向南方纵马行去。

足足奔了有近二里路，王孝先方才放慢了速度，一抹头上的冷汗，说道："现在好了，我们可以慢点了。"

火小邪把马与王孝先并行，问道："病罐子，五行里木克土，照理说你不该害怕土家才是。"

王孝先说道："火小邪，平常的土家人，我是不怕。但你知道，木虽克土，但土太盛则反克木！我们一路走来，确实有土家的气味，但到了刚才那个村庄，我竟然对土家毫无察觉，这就足以说明，村庄里的土气极盛，有损木之势，早走早安心，土家的御金行者说的可不是开玩笑。"

火小邪问道："土气极盛？是有土家的大人物在村庄里？"

王孝先说道："应该是。土家四宗，发丘、摸金、搬山、御岭只怕都云集在此，特别是土家的发丘神官，能颠倒风水，未卜先知，有他们在，我这个小树杈，和废柴差不多！"

火小邪咋舌道："原来病罐子你有害怕的人。"

王孝先说道："土家还好，还能客气几句，若是金家人在此地办事，啧啧，只怕我们全身都是窟窿了。"

"金家？"

"对，金家人最擅长用兵器，富可敌国，又冷酷无情，花钱买命，先出来的全是替死鬼，没等你碰到金家正主，就被不知道哪里来的火炮轰成粉碎了。"

"你见过金家这么办事？"

"没见过，听说的。"

"金家对付过木家？"

"据说清朝初年，木家支持的吴三桂，就是败在金家手中。最近这一百年，木家、金家基本不打交道，金家人太奸诈，心似钢铁，难辨其念，木家人比较单纯，会被他们利用，所以敬而远之。"

"我怎么觉得木家和哪一家关系都不咋的呢。"

"哈哈，木家和火家的关系还行吧。木生火嘛！"

"对了，病罐子，你对土家人说，我和真巧是人饵，人饵是什么意思？"

"人饵啊，意思是说你是面首，真巧是引药，专门用来办男女之事的。"

真巧一听，低低啊了一声，紧紧抓住了火小邪的衣裳。

"什么？"火小邪骂道。

"办点男女之事，又不会死，快乐得很，而且木家的女子，很漂亮的。保证你做了还想做，吐了还想吐。平常男子可没有这个福气。"

"病罐子，你这下流胚子！你带我去贵州，就是干这个？"

"哟哟哟，火小邪你看你急的，我不对土家摸金行者说你是人饵，你以为他们能让你这么痛快地走了？"

"反正我警告你啊病罐子，调侃调侃我就算了，你敢对真巧不利，我一定和你同归于尽。"

"哎……"王孝先仰天一叹，"真是不解风情啊。"

三人又走了约莫三五里路，前方还是一片漆黑，见不到灯光。

王孝先闻了几闻，叹道："土家人是大骗子，前方是有个村落，可惜一点人气都没有。没办法，荒郊野外的，就去前方的村子里，凑合凑合吧。"

火小邪说道："没人岂不是更好，省得你还要把人家麻昏。"

王孝先说道："脏兮兮的，还要收拾，费劲。走吧走吧，有些累了。"

三人两马紧赶慢赶，沿着乡间土路进了村，果然如同王孝先的判断，这个村落是个无人村。而村里的大半房屋，尽数崩塌，没有倒塌的房前屋后，全是各种辟邪的道符，看新旧样子，这个村庄并没有废弃很久，最多半个多月。

王孝先东张西望，找了一户人家，带着火小邪、真巧推门入内。王孝先进了院子，把马拴好，便走在最后，走走停停，一路念念有词，拿着个小瓷瓶，在地上倾洒。

等三人进了房屋，找到火烛点上后，王孝先仍然房前屋后忙个不停。真巧手脚勤快，乘王孝先忙碌之时，收拾好一间房屋，寻了些废弃的布单，铺了三张床。

火小邪也不客气，脱了鞋袜，静坐下来，闭目养神。但火小邪总是感觉到，远处的地下有火车哐哐哐驶过的声音，忽远忽近，让人很不踏实。

王孝先忙了半个时辰，总算回来，笑道："现在这里安全了！老鼠也跑不进来，我们大可睡个安稳觉！"

王孝先取过行囊，拿出干粮和水，分与火小邪、真巧两人，说道："只准备这么多，明天我们再赶赶路，进到山西境内，就有青云客栈了。"

三人奔波一天，确实累了，草草吃完干粮后，吹熄烛火，纷纷睡下。

真巧睡在最外侧，翻了个身，背对着火小邪，鼻息渐稳，看样子已然睡着了。

王孝先睡觉不躺，盘腿而坐，手掌向天放在膝盖上，双眼微闭，呼吸微弱，一动不动，也不知道是否睡着。

火小邪看了一眼真巧，又看了一眼盘腿坐在身边睡觉的王孝先，深吸一口气，用手枕着脑袋，看着天花板，暗想道："但愿一路平安，去了木家之后，木家人不要为难真巧。真没想到，路上竟碰到土家人，按臭道士的说法，好像五行世家彼此并不信任……"

火小邪胡思乱想一番，感觉着远处地下沉闷枯燥的哐哐哐响动，实在困得厉害，便也闭目睡去。

清晨时分，天边刚刚泛起鱼肚白，火小邪便醒过来。不知道是不是王孝先用了药物的原因，这一晚上竟然一夜无梦，一觉便睡到现在。

火小邪唰的一下子翻身坐起，向两边一看，王孝先还是盘坐在地上闭着眼睛，真巧也依旧甜睡不醒。

火小邪低叫一声："病罐子！喂！天亮了。"

王孝先眼睛不睁，嘴巴一动："我知道。"

火小邪吃惊道："你早就醒了？"

王孝先说道："还没有醒。"说着动了动脑袋，慢慢将眼睛睁开，说道，"现在醒了。"

"神神道道的，你没有醒说什么话？"

"木家人睡觉只睡一半沉，一边睡还能一边说话，你习惯了就好。"

王孝先拽了拽衣服，站了起来，问道："火小邪，睡得如何？"

"你又给我下瞌睡药了吧，我一晚上都没有醒。"

"那是你累了。"

"嘿嘿！你是怕我跑了吧！"

王孝先摊了摊手，笑眯眯地并不作答。

火小邪骂道："让真巧醒过来，她不会睡这么沉。"

王孝先拍了拍手，一股子香味从他手心中透出，就听真巧低低嗯了两声，翻过身来，慢慢把眼睛睁开。

真巧见火小邪、王孝先已醒，哎呀一声，赶忙坐起，面露愧色："我睡得太沉了，真不好意思，平时不会这样的。"

火小邪说道："没事，你累了。"

王孝先呵呵一笑："是啊！"

火小邪瞪了王孝先一眼，正要站起身来，真巧却啊的一声尖叫，伸手指向门口。

火小邪当即一扭头，正看到房间门口外，一个黑衣人不动声色地坐在地下，此人衣服乃是暗灰色的细小鳞片，只露出一双眼睛，毫无生气。若不是仔细看去，这个人根本就不是活物，而是一个泥土做成的雕像。

王孝先也看到了，啊的一声叫，退后一步，叫道："来者何人？敢闯我木家药阵！"

火小邪护在真巧身前，严阵以待，喝道："报上名来！"

那个一身细鳞甲的人沉声道："土家田问。"

此话一出，王孝先、火小邪均是一愣。

王孝先说道："土家田问？可是七年前被压在九生石下的土家少主田问？"

田问眼睛一眨不眨地说道："是我。"

王孝先长喘一口气，又道："昨晚土家兴师动众抓人，抓的就是你？"

田问说道："正是！"

王孝先问道："你能从九生石下跑出来？不是传说九生石下的受刑之人，绝不可能逃脱吗？"

田问说道："用牙啃。"

王孝先惊道："用牙齿？"

田问说道："五年啃破。"

王孝先问道："那你逃出来多久了？"

田问说道："两月有余。"

王孝先搓手道："哎呀哎呀，土家人在抓你，你来找我，我又帮不了你。"

田问伸手一指火小邪："大凶之气！"

火小邪被指得全身一颤，从听到田问这个名字的时候，他就不再担心此人会对自己有不利的举动，极为自然，好像田问这个名字，就和护法神尊一样，只让人信任。

真巧则一直躲在火小邪身后，根本不敢向田问看去。

王孝先看了眼火小邪，说道："啊？他是大凶，那你还来？"

田问说道："大凶亦大吉。"

王孝先打量着田问，慢慢说道："你眼睛怎么了？"

田问眼珠子不动，低声说道："瞎了。"

王孝先走上一步，仔细看了一眼，说道："眼睛与常人无异，可是青盲症？"

田问答道："不知。"

王孝先说道："九生石中应该暗无天日，长期不用眼睛，目力退化也可能是原因之一，不管如何，木家都能治愈。田问兄算是找对人了，不过，你眼睛看不见，怎么能找到我们？"

田问伸手一指火小邪："辨气而来。"

火小邪一直沉默不语，看着田问出神，见田问又指向自己，不禁沉声问道："你可知我们是谁？"

田问指向王孝先："木家逍遥枝。"慢慢沉吟一下，又指向火小邪，"火家故人！"

王孝先笑道："猜得对，还有一人，你说是谁？"

田问费力地眨了眨眼，若有所思，半晌之后才摇了摇头，说道："气乱，不知。"

王孝先哈哈笑道："土家发丘神官，辨气识物乃一绝，也有认不出人的时候啊。她啊，只是一个平常女子。”

田问轻哼一声，并不言语。

王孝先又问：“你逃出两个月，土家一直在追你？”

田问说道：“是！”

王孝先说道：“你眼睛瞎了，还能逃两个月，怎么办到的呢？”

田问说道：“无可奉告。”

王孝先依旧问道：“那你怎么进入我这个药阵？”

“无可奉告。”

“那你怎么就说他是大凶亦大吉之人？”

“无可奉告。”

王孝先摊了摊手，说道：“一问三不知啊。好吧，田问兄弟，你是打算跟着我们？”

田问指向火小邪：“跟着他。”

“为什么啊？”

“天地气数！”

“啊？为什么啊？”

“无可奉告。”

王孝先无奈地看向火小邪，说道：“得咧，你又多一个跟屁虫了。”

火小邪说道：“田问兄，我叫火小邪，你可认识我？”

田问身子一动，唰地站起，睁大了眼睛，如若复明一般看着火小邪喝道：“果然是你！”说着哈哈大笑起来。

火小邪疑道：“你认识我？”

田问单膝跪拜，毕恭毕敬地说道：“何止认得！”

火小邪哪想到田问行此大礼，赶忙说道：“哎！使不得使不得！”本想上前扶起，可见田问身若磐石，一股难挡的严肃之气，又行动不得。

田问念道：“你忘了田问？”

火小邪正要说话，让王孝先抢先说道：“火小邪忘了十一年的事情，另外，我叫病罐子王孝先，你认得我吗？”

田问说道：“原来如此！”

王孝先说道：“我呢？”

“不认识。”

王孝先讨了个没趣，沮丧道：“看来我是配角。”

火小邪白了王孝先一眼，说道："田问兄，木家王先生说得不错，我丢了十一年记忆，有关与五行世家的任何人、事、物，统统忘得一干二净，我见你确实眼熟，就是想不起来。"

田问站起身来，大踏步跨入房内，也不见他有任何失明的状况，和正常人一样。

田问走上来，说道："你往何处去？"

火小邪说道："贵州木家。"

田问掐指一算，朗朗一笑道："甚妙！"

火小邪追问道："怎么个妙法？"

"亢龙再造！"

火小邪抓了抓头，听不懂这是什么意思，只好说道："田问兄，你就不能多说几句吗？我没读过什么书，听不懂啊。"

田问摸索一下，摸到个板凳，坐下身来，说道："无妨。"

王孝先哼道："你还坐下了？看来你跟定我们了是吧？"

田问抱拳道："是他。"

王孝先瘪了瘪嘴，说道："跟着他行，但是土家要是找上门来，你别连累我们钻泥巴。"

田问轻轻一笑，说道："绝对不会！"说着伸手将自己头上包裹着的细甲开启，收入脖后。

田问露出真容，方看到他长发披肩，胡须满面，脸颊精瘦，五官棱角分明，看着很是沧桑，但他发须虽乱却很有分寸，双眼虽盲却气度依旧，绝对称得上是一个迷杀小女子的成熟、稳重又英俊的男人。

田问如此仪表堂堂，却丝毫没有一点傲气，看着诚实本分、憨厚可信得很。他坐定屋内，犹如土入良田，气氛很快轻松起来。

火小邪得知田问又是自己的旧相识，而且关系很不简单，心情大悦，闪过身子，将真巧拉过来，介绍道："她叫真巧，是我路上认识的，无依无靠，现在与我兄妹相称。"

真巧看着田问的眼睛，大大方方作了个揖，说道："田问大哥好。"

田问长长吸了一口气，很快脸上浮现出和蔼的神色："真巧你好！"

王孝先说道："那好，既然大家都认识了，也赶不走你，你愿意跟着我们走，就尽快动身吧。"

田问说道："是跟着他。"

王孝先无奈道："听说土家人执拗之极，今天算是领教了。好吧好吧，他是他，我是我，只不过呢，我们只有两匹马。”

田问说道：“你我同乘。”

王孝先惊道：“不是吧！我是男人，怎能我俩坐一匹？”

田问说道：“无妨，你瘦。”

王孝先大声道：“难道你还让我坐在你身后？”

田问严肃道：“正是！”

王孝先叫道：“土家人都这么霸道吗？你我同乘？我可是木家逍遥枝仙主，你不怕我把你药翻了？”

田问说道：“你试试？”

王孝先哎呀道：“强土折木啊，真是强土折木啊，我怕了你了。”王孝先看了眼火小邪和真巧，火小邪故意避开他的眼神，王孝先轻叹一声，“你们肯定不干，可怜我善解人意。”

王孝先其实心里暗想道：“田问，土家厉害的角色，林婉几年前曾考虑用田问做饵，后来才换成火小邪，如果能引他去贵州，有他和火小邪在，救下林婉，是双保险啊。可不能得罪了他，万一他把火小邪弄走了，我此行可算竹篮打水一场空。王孝先，你实在太聪明了，不愧是木王高徒，逍遥枝仙主。”

王孝先一副大义凛然的样子，昂首道：“木家素来乐善好施，甘为人下，体贴关怀，既然田问兄与我等有缘，那就兄弟同乘吧！”

田问转头向王孝先的方向，说道：“可有外衣？”

王孝先说道：“有！道袍一套，你要穿？”

田问说道：“多谢！”

王孝先说道：“我还没说要借你穿啊。”

田问说道：“不用客气。”

王孝先嘀咕道：“谁对你客气了……你骑我的穿我的，还想吃我的花我的？”

田问说道：“多谢！”

王孝先长叹一声：“好吧，我闭嘴。”

火小邪、真巧按捺不住，都偷偷笑了起来。

中午时分，四人两马来到一处不大不小的市镇。

有孩童跟着王孝先、田问同乘的一匹马，不住叫道：“两个道士，两个道士，坐一匹马，坐一匹马，快来看啊！”

田问一副道士的打扮，已经剃了胡须，仅留长发，在头上挽了一个道士的发髻。田问本就面目俊朗，这番收拾下来，更是清逸脱俗。

王孝先坐在田问身后，低声嚷嚷道：“别骑了，到市镇了，该下来买马了！”

田问说道：“何处？”

王孝先说道：“小娃娃全笑话我们呢！你不脸红？”

田问答道：“脸红什么？”

“土家人脸皮这么厚？笑话我们呢，你听不出来？两人道士同乘一匹马，滑之大稽！”

“那你下去！”

“下就下！”王孝先正想下马，又将田问抱住，叫道，“凭啥我先下去？要下一起下！你一个土家发丘神官都不怕丑，我木家逍遥枝仙主还会怕丑吗？”

火小邪一旁对小孩子们凶道：“快走快走！笑话道士，小心回家让妖怪咬死！喔！喔喔！”

小孩并不怕肿得一脸是包的火小邪，哈哈嬉笑着，一哄而散。

火小邪扶着真巧下了马来，说道：“田问兄，病罐子，还是下来步行吧，我们四个人骑两匹马，太过显眼了。”

田问点头称是，先于王孝先下了马。王孝先哼哼唧唧地下来，牵住缰绳说道：“我身无分文，要买马田问你自己掏钱。”

田问手一翻，变出两根金条：“可买两匹。”

王孝先惊道：“你出门之前不是说你没钱吗，怎么又有两根金条？土家人真会骗人！”

田问说道：“路上挖的。”

王孝先说道：“路上小解一下，这么一会儿工夫，你就能挖到金子？”

“不错！”

“你怎么知道哪里埋了金子？”

“不传之密。”

“不说就不说！你挖到多少？”

“百十根。”

王孝先看了看田问的衣裳，衣裳偏瘦，不像能藏百十根金条的样子，又问：“那你拿了多少？”

“三根。”

“你为什么不多拿点呢？一路上温饱就解决了！”

“只取所需。”

“老古板、老顽固、老古董！最讨厌土家人一副道貌岸然的模样！”

“下次一起挖。”

“嗯？嗯……嗯……你少巴结我，木家人从不缺钱，我堂堂逍遥枝仙主，只要像你一样舍得脸去，更不缺钱。”

“金多无妨。”

“呵呵，说老实话，尽管接触不多，感觉土家人还是挺大方的。”

火小邪牵马过来，笑道：“金克木啊？病罐子你怎么一提到金子，话都说不清了？”

王孝先急道：“哪有哪有？火小邪你瞎说，木家人一向视金钱如粪土！”

田问沉吟道：“粪土？”

王孝先又急忙道：“不是如粪土，是视金钱为无物！”

田问呵呵笑了两声，与哈哈大笑的火小邪并肩行去，行走稳健，如可视物，毫无障碍。真巧跟在火小邪身后，掩嘴偷看王孝先，也是笑容满面。

王孝先低骂道：“你们全是坏人！”

再往市镇里去，已是午时，街边不少小媳妇、小姑娘闲逛，见了火小邪这一行四人，纷纷停步，窃窃私语。西北方的女子行为泼辣，敢做敢言，所以评论起来也毫无忌讳。

“你看那道士，长得好俊。”

“是啊，第一次见到这么俊的道士。”

“那姑娘也挺好看的，和他们什么关系啊？”

“那个猪头男人的媳妇？”

“不是吧。”

“要是真是，一朵鲜花插牛粪上了。”

“那俊道士和姑娘还挺登对的。”

“你喜欢道士啊？小浪蹄子。”

“你敢说你不喜欢？”

“另一个过来了！”

“哎！讨厌！”

王孝先慈眉善目地走到几个女子跟前，拜了一拜，说道：“几位女施主，小道初来贵地，听几位女施主在谈论我，不知有何指教？”

“没说你啊。”

“谁谈论你了。”

“你这个道士怎么这么不要脸呢？”

王孝先并不生气，又是一拜：“打扰打扰！小道一定是听错了。”

王孝先快步赶回火小邪、真巧、田问身旁，几人又向前走。

火小邪低声骂道：“别人真没说你！你去贴人家冷屁股作甚！说的是田问、真巧和我这个猪头仨。”

王孝先说道：“这几个凡妇俗女，还不入小道法眼。我之所以过去，是想请教土家发丘神官一件事。”

田问说道：“请问。”

王孝先说道：“刚才那几个女子，可有异常？”

田问说道：“没有。”

“没有吗？发丘神官辨气识物也有失手的时候啊。”

“惭愧，请教！”

“哈哈，刚才四个女子，其中一人怀有两月的身孕，一个正来例假，一人是处女，一人早间刚刚行完房事，欲求未满。此般各具特色的人物，发丘神官竟不能辨出？”

“这个……”田问哑然。

“这样几个女子对我们评头论足，真是下流啊。田问兄，人亦是物，木家识人的本事还是更胜一筹，你输了。”

“确实……”田问木然道。

王孝先很是得意，哈哈大笑：“把握乾坤变化，土家确实厉害，但论细枝末节，还要靠木家。田问兄，你既然输了，以后与外人相处的事情，必须听我的。”

火小邪一把拉过王孝先，低骂道：“病罐子，谁也没说不听你的啊，你不要再干这么无聊的事情好不好。”

王孝先不服道：“这怎么叫无聊的事？行走江湖，不识人真相，有如一叶障目。就拿刚才行完房事的女人来说，我们就可以利用她淫荡春心，男色诱之……”

火小邪打断王孝先说话：“别说了！”

王孝先止住话语，看了火小邪一眼，说道：“火小邪，怎么眉间烦闷，你有心事？”

“没有没有！”火小邪骂了句，再不搭理王孝先，快步前行。

王孝先歪了歪头，呵呵干笑一声，不再废话。

在市镇里又走了一段，王孝先便寻着马粪味，转了几道弯，来到一处镇边驿站。

许多人正牵着马，在阴凉处闲坐，王孝先出面一问，确实是一处马市，所见之马匹，大多可以购买。

王孝先笑道："田问兄，火小邪，真巧，你们稍等，我去买两匹好马来。"

田问、火小邪应了，王孝先正要上前，真巧唤道："道长，我不会骑马，我还是与火大哥同乘，买一匹就够。"

王孝先说道："哦！不要紧，反正不是花我的钱。再说了，我们日夜赶路，你受得了，马受不了啊。放心放心，备上一匹，路上更换着骑。"

真巧这才点了点头。

王孝先前去买马，火小邪本想和田问攀谈几句，可田问如同木桩一样站在一旁，双目微闭着养神，不像有说话的意思。

火小邪不想打扰田问，便招呼着真巧去到一旁。

真巧问道："火大哥，你好像是有心事。"

火小邪嘿嘿一笑，摸了一把脸，说道："没有没有。"

"火大哥，你若信得过我，你就说嘛。"

火小邪应了声，低头碾了碾脚下的泥土，支吾两声，方才说道："真巧，你觉得田问怎么样？"

"田问大哥，他挺好的啊，话不多，但很有本事的样子。"

"刚才一路上，许多人都说田问长得英俊，嗨，相比我，我这个模样……"

真巧并不答话，只是静静地看着火小邪。

火小邪说道："你从来不与田问说话，你是怕他？"

"不是，我是不知道和他说什么。"

"其实，田问这个人，我第一眼见到，就很信任他，把他当好兄弟看。而且，他和我不一样，我只记得我是个不入流的小贼，我到底有什么本事，我现在还是迷迷糊糊的，他是五行世家的人，连臭道士也敬畏他，这样的一个人，比我更能保护别人……"

"火大哥，你想说什么？直说就是！"

"哦……真巧，我是想说，如果田问喜欢你，你也喜欢他，不妨……"

"不！火大哥，你是嫌弃我吗？"

"不是不是，我绝对没有别的意思，我是真的希望你过得好。"

"火大哥，你对自己一点信心都没有吗？"

"不是，我有信心！但我不知道为什么，身边的朋友越多，就越害怕，害怕我的这些朋友，会因为我受苦受难，会死……真巧，我这么说你也许不理解，我这不是乌鸦嘴吗？但是我真的控制不住地这么去想。田问说他从九生石里用了五年时间，用牙齿啃破石头才出来的。我觉得，可能是我的原因，让他受了这么多罪。所以，我不敢问他以前的事……所以，真巧，你明白吗？”

真巧看着火小邪的认真样，突然温柔地笑了起来，一转身坐在火小邪身边，看着天空，如痴如醉。

“真巧。”

“嗯，火大哥。”

“你听了我这么多荒唐话，就不想说点什么？”

“现在能在一起就很好了。”

“什么？”

“没什么。哎，你看！”真巧指着天空。

火小邪抬头一看，天空中有两只白翅飞鸟正在盘旋着，清脆地鸣叫，彼此呼唤，一同划过天际，结伴渐渐远去。

火小邪喃喃道：“会飞真好啊。”

真巧笑了起来：“火大哥，其实你比田问大哥帅。”

“啊？我这猪头样？”

“我才不信你真的长这个样子呢！肯定是道长用了什么药，故意让人认不出你。”

火小邪哈哈一乐，轻松了许多，说道：“我打小就长这样，人称猪三哥。”

“看到你就想笑。”

“不做噩梦就好。”

“你再丑，我也喜欢。”

火小邪耳根一烫，低低啊了一声，扭头看向真巧，真巧唰的一下脸上通红，赶忙羞涩地转过脸去。

火小邪结结巴巴地说道：“你……喜欢我？”

“嗯……”

“你喜欢我？”

“还问，不理你了。”真巧跳将起来，走开几步，背对着火小邪，低头搓弄自己衣角。

火小邪心中一片温暖，笑着站起来，走到真巧身边，与她并肩站着。

真巧微微侧身，并不闪躲。

火小邪很想对真巧说我也喜欢你啊，但怎么也说不出口，于是哼哼两声，问道：“你……你喜欢我什么啊？”

真巧娇羞无限地说道：“因为，因为你叫火小邪呗。”

“啊？因为我的名字啊。这个不算的啊！”

“就不告诉你！你猜！”说着，跑了开去。

火小邪小步直追，笑骂道：“坏丫头，你别跑。”

“就跑，就跑！”

两人顽童一般前后追逐起来，以火小邪的身手，想抓住真巧还不是轻而易举，但他就是故意脚步笨拙，总是差之毫厘时，在真巧身后叫道：“抓到了！”吓得真巧赶忙又跑开几步，火小邪再像熊瞎子一样傻笨地追赶。

田问站在不远处，并未向火小邪他们这边看来，他不能视物，但泥雕一般的脸上却浮现出一丝微笑。

真巧跑了几圈，有些累了，脚下不稳，一个趔趄就要跌倒，火小邪哪能让真巧跌倒，脚下一发力，嗖的一下钻上去，一把将真巧搂住。

王孝先正牵着两匹马绕过房头，远远一见火小邪抱住了真巧，惊得王孝先啊的一声，双手捂脸，连声道：“非礼勿视，非礼勿视。”

真巧让火小邪抱在怀里，两人均是脸上通红，赶忙分开。

王孝先从手指缝中看到，这才放下手，牵着马向火小邪他们走来，一路叹道：“敢问世间情为何物？麻烦喽，麻烦喽。”

王孝先回来，火小邪知道他可能看到自己和真巧搂抱，干笑一声算是打了个招呼，真巧更是躲在一旁，不敢抬头，尽管如此，真巧仍然满脸羞涩的笑容。

王孝先说道：“打扰，打扰。”冲火小邪挤了挤眼睛，牵马来到田问身边。

王孝先把一匹精瘦的马推到田问面前，说道：“田问兄，你的马。”

田问看也不看，接过缰绳，只道：“这么瘦弱？”

王孝先买了两匹马，一匹矮小精瘦，一匹高大精壮，反差非常之大。

王孝先不以为然地说道：“这你就不知道了，这匹马别看瘦，却有大宛良驹的血脉，脚力超群，一般人认不出来，只当它是拉货拖车的，但有我这个伯乐识马，错不了！”

田问无言以对，只好把马牵过，说道：“谢了。”

王孝先牵着另一匹，招呼火小邪道：“火小邪，这匹是你的备用马！别看高大，其实非常老实，步履平稳，若不使劲抽打它，它绝不会当头马，只会老实跟着，真巧姑娘如果学会了骑马，骑这匹乃是上佳之选。”

火小邪接过缰绳，谢道：“病罐子，有心了！”

王孝先摸出一个金条，对田问说道：“你给我两个金条，还剩一条，这种小地方，也没有贵的。喏，还你。”

田问说道：“请笑纳。”

王孝先哈哈一笑，理所应当地把金条放回衣服内，说道：“不能和你客气。”

既然买到了马，众人腹中饥饿，便由王孝先循着气味，找到一家面馆，简简单单吃了个尽饱。

饭后，王孝先又准备了不少干粮，使马驮着，催促大家上路。

五、木蛊难进

再次上路之后，便几乎不做停歇，沿途风餐露宿，避开人群密集之处，过山西，从陕西腹地一路南下，三日后即进入了四川境内。

虽说时间不过三日，这一行四人中，却有不少变化。

首先是田问胯下的那匹瘦马，果然如同王孝先所说，起初还是一副吃力奔跑的样子，不过一天，待此马一习惯，就有如神助，脚力之强，远胜其他三匹马，屡屡争先，田问必须控制着速度，才不至于把其他人甩太远。

再次是真巧，火小邪在晚上休息的时候，教真巧骑马，连教两日，真巧便掌握了基本要领，加上王孝先买的马又如他所说，听话老实，所以第三日真巧已能自己骑行，不须怎么控制，这匹马便踏踏实实地跟着火小邪的坐骑，寸步不离，很是安稳。

火小邪与真巧的关系，也是如胶似漆，日渐亲密，两人形影不离。真巧虽说温柔贤淑，但性格也十分独立，绝无娇骄二气，无须特殊照顾。按真巧的说法，她自从母亲死后，一直是自己到处流浪，轻易不愿以女子形象示人，有不少男孩子气。

真巧与田问之间，也不再是一言不发。田问话少而精，但也不是不说，晚上露宿闲聚，田问时不时对王孝先“精辟”点评，倒有另外一番幽默之处。

王孝先的二百五性格，也给旅途增添了不少乐趣，时不时会卖弄一下自己的木家绝学，故意与田问比试，田问永远是“甘拜下风”，带着王孝先挖了金子又挖古董，让王孝先收获良多。田问的本事虽不显山不露水，但使用起来神奇得很，他只要一指，地下就一定有东西，晚上在山中过夜，亦是田问随手一指，便能找到一个“风水宝地”般的洞穴。甚至让王孝先、火小邪、真巧差点忘了田问还是盲人。

真巧曾问田问怎么不像看不见东西的人，田问只说是压在九生石下的功劳，其余更多，想问也问不出来。

四人的关系，一路下来，处得很是融洽。

火小邪再不提真巧是否对田问有意的话，有真巧在身边，火小邪心里十分踏实，甚至希望这段旅程能够永远不要结束。

以上话语说来轻松，其实三日内，还是遭遇不少风险。

一是土家人绝对没有放过田问，一直在四处寻找田问的下落，据田问描述，他们与土家数次擦肩而过，本该是迎头碰上，避无可避，也都不知为何，土家人临时改变方向，又向别处寻找了。

田问说这是火小邪的功劳，火小邪的大凶之气，在田问看来亦是大吉，只要与火小邪在一起，火小邪的气数能掩盖田问的踪迹，加以田问辅助，格局风水一变，土家人想找他们就一片混沌。土家风水玄学极为精深博大，田问解释起来亦是曲高和寡、言简意赅，既然平安无事，田问越说越难懂，火小邪、王孝先便懒得追根问底。

二是临近四川以后，山高地险，火小邪他们走的是偏僻小道，屡有山匪强盗出没，有些强匪终日以山林为伍，周身气味与草木化为一体，所以以王孝先这般嗅觉敏锐之人，也不能完全避过。只可惜这些强匪唯有武力，脑筋却不太灵光，大多是文盲野汉，哪里知道世间还有王孝先、田问、火小邪这等人物？

王孝先、田问穿着道袍，根本不用田问、火小邪动手，王孝先嘻哈几句，点破强匪头目的身上病症；或者呼喝几声，引出一些蝇蛇；再或者一吹气，让某个放肆之人手舞足蹈一番，这些手段，就足以把来人吓得魂飞魄散，五体投地，恭恭敬敬目送“仙人们”远去。

进了四川，王孝先本说青云客栈店数众多，本想带着众人去青云客栈休整，但田问推论这时去青云客栈凶多吉少，轻易不可为。王孝先琢磨一番，觉得田问言之有理，还是保持从偏远处绕行，避开人群的策略。

火小邪脸上的肿包，也渐渐消失，终于有一日洗脸后，完全恢复常貌，目光炯炯，眉目俊朗，单论五官相貌，并不差于田问。

真巧并不在乎火小邪的美丑，只是每每与火小邪对视，就会咯咯咯地甜笑。

真巧每每一笑，火小邪就会情不自禁地摸脸，调侃道：“我是肿了好看还是瘪了好看啊？”

真巧便回答：“胖了可爱，瘦了可爱。”

王孝先这个浑人，见火小邪完全消肿，一直故意问道：“还要不要谁也认不出？我这还有厉害的，可以满脸发黑，只有眼睛、牙齿发白。”

火小邪也笑骂回应：“你留着自己用啊。”

王孝先问田问道：“田问兄，你要改头换面不？”

田问硬朗答道：“绝不。”

王孝先笑骂：“土家人还喜欢臭美。”

田问说道：“必然！”

众人嬉笑一番，踏上路程，暂且不表。

众人又费了四五日，方从四川平原走出，踏入川黔交界的茫茫群山之中。

贵州，古名黔，西南蛮荒之地，境内地势西高东低，自中部向北、东、南三面倾斜，平均海拔一千一百米左右，贵州高原山地居多，素有“八山一水一分田”之说。山脉众多，重峦叠峰，绵延纵横，山高谷深。北部有大娄山，自西向东北斜贯北境；中南部苗岭横亘，主峰雷公山；东北境有武陵山，由湘蜿蜒入黔，主峰梵净山；西部高耸乌蒙山，为境内最高点。贵州山多洞深，境内岩溶分布范围广泛，地面六成尽是溶洞，千奇百怪。

有史可考，在春秋战国时，夜郎国便在贵州境内，后经汉唐宋元明清多代，贵州设郡州，至清末，贵州建置设有十二府、两直隶厅、十三州、十三厅、四十三县。民国二年（1913 年），贵州地方政区进行了一次调整，以前的府、厅、州，一律改为县。全省设三道观察使。1920 年废道。1937 年，贵州置六个行政督察专员区，分管各县。

看似官府林立，区县俱全，但是身处贵州之人，方知道贵州有多险恶。

贵州多半地区，穷山恶水，境内部族林立，19 世纪 30 年代，许多部族尚未开化，有食人之风。莽莽野山一望无际，毒蛇猛兽遍布，奇花异草横陈，若无人指引草率踏入山林，迷失方向后很难全身而退。

火小邪他们所去之地，绝不在州府县城中，而是在无尽大山的深远处，在一片未知的诡谲之所。

王孝先领着火小邪、真巧、田问进了贵州深山，便不再如平时那般没有个正经，严肃紧张之极，对外界的各种风吹草动，都十分谨慎。

火小邪问道：“病罐子，怎么了？”

王孝先锁着眉头，说道：“越往前走，越要小心，现在这个时候，乃木家盛事，各种木家的老妖怪齐聚，随处都可能有剧毒的陷阱，不是木家人，根本走不进去。

现在开始，你们不要多说话，不要乱走，必须按我说的来。”

田问说道：“木家斗药？”

王孝先沉声道：“正是！怎么，后悔跟我们来了？”

田问哈哈轻笑：“荣幸之至。”

王孝先说道：“好啊好啊，也让你这个土疙瘩见识见识。”返身招呼大家道，“跟上跟上，天黑之前，必须走到落脚处。”

越往山里走，道路越发艰难，最后连马也无法骑行。

众人只好下马步行，四下望去，已到了毫无人烟的地带。

王孝先在前方走得颇慢，耗了半日，直到天黑，才走了十多里山路。

天一黑，王孝先便不走了，他再不听田问的指路，嗅了一会儿，领着大家到了一处山洞，自己先行入内后，半晌才出来招呼大家入内。

众人爬了一天山，实在累了，王孝先也不让生火，只好在洞内摸黑吃了干粮后，纷纷坐卧休息。王孝先则独自在洞口把风，神色紧张，看来没有休息的意思。

真巧与火小邪靠在一侧，两人经历这小半月的奔波，感情越发深厚，火小邪虽未对真巧直白地表达过心意，但两人两情相悦，已是无须多言。

真巧靠在火小邪肩头，低声道：“火大哥，你还是一定要去吗？”

火小邪沉默片刻，侧身给真巧掩好毡毯，轻声说道：“我们已经走到这里了。”

“五行合纵真的那么重要吗？”

火小邪望着对面的田问，田问闭着眼睛，如同石雕。

火小邪轻叹一声：“真巧，你累了，睡一会儿吧。”

“嗯，好。”真巧十分听话，见火小邪不愿回答，也不多问，秀目轻闭，安然睡去。

火小邪望着身边娇小可爱的小女子，心里升起一股强烈的保护欲，可更为难解的问题也因此而出，“五行合纵、破万年镇、破罗刹阵”与真巧，一个是自己无法回避的使命，一个是自己心爱的女子，谁更重要呢？如果无法兼得，必须舍弃一个，又该如何选择呢？

火小邪仰头一靠，呆望着上空的黑暗，心中一片茫然，半晌才慢慢地低下头，从口袋里将黄铜烟嘴取出，叼在嘴上。这个黄铜烟嘴自从被火小邪捡到，最初还有好玩卖弄之心，后来竟逐渐成了火小邪思考时、遇事时的习惯用品。火小邪知道自己现在不会抽烟，遗忘的十一年里，应该也不会抽烟，王孝先说得很清楚，火小邪肺气清净，绝不是抽烟之人。

“那我为什么放不下这个烟嘴？一叼在嘴里就有一种安慰感？”火小邪问过

自己许多遍，始终不得其解。

烟嘴叼在嘴里，火小邪深深吸了两口，心里倒逐渐开明起来：“五行合纵、破镇、破阵，不管是凶是吉，先去做吧，至少弄清为什么要这么做，到底有多重要，这样我才能去选择吧！现在就为儿女私情挠头，太小家子气了！”

如此这般一想，火小邪也踏实了许多，不禁洒脱一笑，闭上眼睛，渐渐睡去。

不知过了多久，就听王孝先在耳边乱叫：“起来！起来！”

火小邪并未睡沉，立即睁开眼清醒过来。

王孝先面色惨白，见火小邪转醒，低喝道：“快！快把这颗药丸含在嘴里！快！”

“怎么了？”火小邪接过王孝先的药丸。

“别问了！快！真巧，真巧姑娘！”

火小邪帮着王孝先把真巧摇醒，真巧睡得香甜，还有点迷糊：“哎，道长。”

王孝先急道：“真巧，含住药丸！不要吃到肚子里！快点！”

火小邪不敢怠慢，知道王孝先这次是真的着急了，赶忙把药丸含下，药丸一股子腥臭的酸味，麻得嘴里生痛。

真巧清醒过来，火小邪赶忙让真巧把药丸含住。

田问也已走来，王孝先把一粒药丸塞给田问，让田问含住。

田问一直看着洞外，眉头紧锁：“好盛的木气！”

王孝先一头冷汗，连连招手：“大家过来，趴到洞口，让风吹着身子！一会儿再解释，过来过来！快点啊！”

众人赶忙随着王孝先来到洞口，趴下身子。

王孝先说道：“无论看到什么，你们都不要叫不要问，只能听我说话！”

火小邪、真巧、田问三人点头应了。

洞外还是寂静深夜，天空中乌云密布，连颗星星也看不到，偌大的山野，死一般的宁静，山风冰冷入骨。

骤然间，就见远处山谷红光一闪，一朵发光的红球升起，浮在树梢之上，缓缓向前移动。

紧接着，一个又一个红球从山谷间升起，数量越来越多，几乎漫山遍野。这些发光红球均向一处聚来，密密麻麻堆成一团，渐渐有了形状，竟是一条渡船的模样。

这条红色的渡船，浮在树梢之上，沿着山谷，缓缓向前移动。

有鬼魅之极的女子歌声飘来，没有歌词，全是调子，愔愔哑哑，听到耳中，全身发冷。而这歌声好像在操纵着船的移动方向。

火小邪看得眼睛发直，这种景象，做梦都梦不到，居然如此诡异。真巧全身哆嗦，紧紧地缩在火小邪身边，火小邪伸手一搂，将真巧搂住，轻抚真巧的后背安慰。

王孝先颤声道："是木家黑枝的灵蛊船，看来黑枝今年是势在必得。"

王孝先看向火小邪和田问，又说道："灵蛊船是黑枝的嗜杀之物，所过之处，凡是活人，全部难逃一死。上一次出现，还是五年前，当时只是小船，今天居然变这么大了！幸好我发现得及时，给你们含了枯死药，要不让灵蛊船察觉，今天谁也别想活了。"

山谷中的灵蛊船飘飘荡荡，从火小邪他们所在的山洞下方游过，随着歌声，继续慢慢向前，眼看驶得远了。

王孝先低念道："过去了！万幸万幸！"

可就在王孝先话音刚落，突见灵蛊船红色耀眼，一下子涨大了半倍，歌声骤然凄厉，组成船体的红色光球密密麻麻地升起。

王孝先低喝道："不好！有人被发现了！"

只见从灵蛊船上飞起的红球，在空中一顿，就向一个山头急冲而去，突突突突全部没入林中，如同火苗入水一般。

"啊！"远处的山林间，有撕心裂肺的惨叫声传来，但很快就没有了声息。

从惨叫传出的方位，一个一个的红球慢悠悠地从山林里升起，浮在树梢上，向灵蛊船飘来，渐渐全部合为一体。

灵蛊船船身一缩，恢复原状，歌声亦平缓下来，这条怪船便继续不紧不慢地向前漂去，转过一个山坳，就再也看不见了。

王孝先呼的一声，吐出嘴里的药丸，瘫坐在地，气喘吁吁地招手道："安全了安全了！大家起来吧！"

火小邪拉着真巧翻身坐起，汗流浃背，真巧腿也软了，站不直身子，惊魂未定。

田问虽说面色如常，但嘴中念道："妖异！"

王孝先招呼道："先进洞。"

众人退入洞中，火小邪问道："这条鬼船要去哪里？"

王孝先说道："木家总坛，木蛊寨。"

火小邪说道："这么凶恶的东西，不是把自家人也害死了？"

王孝先说道："火小邪你有所不知，木家五年一次，在木蛊寨开斗药大会，非请擅闯者必死，黑枝是木家护法，这种邪物本应该是镇守大会外围之用，对木家人无害。只是今天见了，杀气腾腾，把我吓得肝儿乱颤。我们再往里走，可要更加小心，千万别碰到他们。”

火小邪哼道：“我们不是你请来的客人吗？”

王孝先说道：“是啊，但怕黑枝和花枝不给我面子啊，现在往木蛊寨去的，大部分是黑枝、花枝各脉仙主，只有少量的逍遥枝、青枝。我和黑枝、花枝的人没打过交道，而且黑枝的人对外不说自己是木家，而是另立名号叫黑蛊，川黔桂滇，湘西，藏区，东南亚一带，黑枝势力非常大，许多臭名昭著的蛊术、降头，都是黑枝的杰作。黑枝是木家极恶的一面，与我们逍遥枝完全合不来。好在黑枝的灵蛊船只在晚上活动……往后几天，能躲就躲吧。”

田问沉声道：“几天路程？”

王孝先说道：“以我们的速度，还需三天。”

田问又道：“绕路几天？”

王孝先说道：“那可说不好，这地方一旦走错了，还要原路返回，鬼知道还会碰上黑枝的哪一脉。你土家寻路术再厉害，不知道木蛊寨的位置，也是枉然。更何况……”王孝先拍了拍行囊，“我的药囊快用尽了，许多药物，没法在荒郊野外补充。”

火小邪嘿嘿笑道：“敢情还没有到木家老巢，就可能死在路上了。看来你这个木王的高徒，在木家混得也不咋的。”

王孝先叹道：“今不如昔啊，现在黑枝实力太强，根本不把木王放在眼里，再说他们操纵的那些蛊怪，根本不分青红皂白，没能力躲过的，自家人照杀不误。只有进到木蛊寨，有祖宗家法在，黑枝才会收敛点。哎，自从木蛊寨内殿陷落在失控的木婴之下，黑枝一脉就越来越强，如果这次黑枝成了木王，木家真要沦为妖道了。”

田问说道：“末世生妖。”

王孝先答道：“田问兄，你这句我听木王师父说过，意思是说五行世家守了皇帝老子千年，现在皇帝没了，传统礼法随之渐渐消亡，外族盘踞中华，西学东进，诸如什么布尔什维克理论要改天换地，五行世家已近末世，故而各家内部，妖孽之人横生。”

田问应道：“正是。”

王孝先若有所思道：“怪不得近百年称得上五行之首的火家，连火王严烈这么强横的人物，也不明不白地死在日本人手中。”

火小邪心中一痛，问道："火王严烈？"

王孝先说道："是啊，你记得他了？"

火小邪摇头道："不记得，只是听这个名字，十分熟悉。"

王孝先说道："当年火门三关，就是火王严烈纵容郑则道行凶，把你逐出火家，不纳你为火家弟子。你不记得，我可记得清楚，一直替你鸣不平呢，严烈可不是什么好鸟，火家内部不和，听说是他篡夺火王之位……"

火小邪心里堵得厉害，伸手止住王孝先说话，说道："既然死了，就不要再说别人坏话了。"说罢，快速走到一旁，坐了下来。

真巧赶忙跟来，坐在火小邪身旁，轻声问道："火大哥，你不高兴了？"

火小邪摇了摇头，说道："没有不高兴，我是听到一些熟悉的人名，心里就难受得很。"

真巧轻声道："可能你与他们，都有一些故事。"

火小邪向后重重一靠，说道："可能吧。"

真巧靠在火小邪怀里，低声道："我真不希望你难受，你一难受起来，就像变了一个人。"

火小邪勉强一笑，搂住真巧，柔声道："所以我从不问病罐子我火门三关的事情，该知道的我必然会知道，不该知道的，我也懒得知道。放心吧真巧，我绝对不会变的。"

真巧抬头看着火小邪的眼睛，认真地说道："那你发誓。"

火小邪会心一笑，搂紧了真巧，说道："我发誓！"

真巧甜甜一笑，伏在火小邪胸前，不再多问。

王孝先、田问也无话可讲，各自休息。

长夜漫漫，目睹木家邪物的四人，再也无心睡眠。

天光初现，王孝先便催促着大家起身，继续上路。

众人待在这个黑漆漆的洞里，早就烦了，走出洞外，见红霞满天，云散天朗，已不是昨晚的阴晦之气，清凉的山风吹得人精神一振，心情舒爽了许多。

王孝先可能重新考虑了今日行走的路线，带着众人下到山坳，辨了辨草木长势，在岔路口略作犹豫，便另辟新径。

田问对此也无疑问，遵照王孝先的判断行事。

王孝先依旧一路谨慎，不说多余的废话，走了半日，倒也没碰到什么离奇之物。

日近午时，众人已经来到一处幽闭的山谷中，山野茫茫，藤蔓横生，根本看不到脚下的道路。火小邪对这种地方，有些一筹莫展，如果他自己进来，只觉有心无力，寸步难行，而队伍里有木家王孝先和土家田问两人在，则另当别论。虽说走得缓慢，但十分顺畅，屡屡丛林蔽目，分明无路可行，可走到近前，却又柳暗花明。

再往山谷里走了一小段，王孝先念了声停，示意大家停下，低念道："尸臭！"

火小邪眼神犀利，往前一看，立即伸手一指，喝道："那里！"

众人抬头向火小邪所指处一看，果然看到不远处的崖壁上和树梢上，挂着几具尸体。

等走到近前，才发现死者有近十人，分布在各处，这些尸体穿戴齐整，背着行囊，四肢齐整，不见血迹，只是面目手脚焦黑，睁着眼睛，脸上全是惊恐之状，似乎死前有过一番挣扎，见到过恐怖之物，故而死不瞑目。

其中两个，看五官长相，还是洋人。看他们的装备先进，绝不是普通民众，更像是一支探险队。

王孝先上前检查了一下尸体，说道："这些倒霉蛋，碰到昨晚的灵蛊船了。早不来晚不来，偏偏这个时候来，简直找死呢。"

王孝先站起身来，又抬头看挂在悬崖、树梢上的几句尸体，说道："这几个人身手不错，还能逃出这么远，嗨，笨蛋，钻泥巴也比往高处爬更有一线生机。"说完一笑，看向田问说道，"我们这里有个擅长挖洞的。"

田问低哼一声，毫无表情，只是走到一个洋人尸体的身边，摸索一番，从他腰间取下一个匕首，丢给火小邪。

火小邪伸手接过，将匕首从皮鞘中拔出，匕首银光闪闪，很是锋利。火小邪念道："好刀！"

田问说道："留着防身。"

"好！"火小邪并不客气，手指夹着匕首，编了个刀花，将匕首归入皮鞘，收到腰间。

田问又从洋人身上摸出一把短枪，闭目检查一番，枪弹俱全，便重又起身，走到真巧身边，将短枪递给真巧，说道："留着。"

真巧拿着短枪，诧异道："我不会用啊。"

田问指了指火小邪："让他教你。"

火小邪轻笑一声，对真巧说道："留着吧，枪这个东西，很厉害，有谁敢欺负你，你就用枪打他。"

真巧点头应了，拿着枪在手中把玩，突然之间，嘭地开了一枪，一颗子弹直向王孝先射去。这一枪开得猝不及防，火小邪看着真巧，见真巧翻来覆去看枪，本不当回事，可真巧竟把手指伸去扣动扳机，火小邪大惊之下，伸手制止已经来不及，好在站得近，撞了真巧一下，还是眼睁睁地看到手枪鸣响。

嘭的枪响，四处飞鸟群飞。

王孝先本蹲在其他尸体前观察死状，哪想到会有这么一遭，身子一硬，当即傻眼，动弹不得。

真巧花容失色，短枪脱手掉在地下，失声叫道：“我不知道，我不知道！”

火小邪、田问两人，也都惊得愣在原地。

火小邪率先反应过来，他清楚地看到射出的子弹弹道方向直指王孝先，大叫一声：“病罐子，没事吧！”向王孝先跑来。

田问也紧跟着跑来。

王孝先缓缓站起，又跌坐在地，紧捂胸口，说道：“我……我中枪了。”说着往后一仰，躺倒在地。

火小邪心急如焚，上前搀住王孝先，叫道：“病罐子，坚持一下，你有药吗？哎呀！”

王孝先哼哼道：“来不及了，心脏中枪。”说着，开始直翻白眼。

真巧不敢上前，吓得大哭。

田问半跪在王孝先身边，一把抓住王孝先的手腕。

王孝先虚弱道：“田问，我死定了，不要给我把脉了。”

田问丢开王孝先的手，起身站起，去到一边，盘腿坐下，不再言语。

王孝先骂道：“土家这些无情的人啊，就这么走了。”

火小邪虽急，渐渐也觉得不对，王孝先骂人还有如此大的精力？上前抓住王孝先的手，一把提起，说道：“你没流血？”

“我的心在流血。”王孝先翻着眼睛，面色依旧红润地说道。

“你到底中枪了没有？”火小邪学着田问的样子，把王孝先的手丢开，站起身来。

王孝先叹了口气，身子一抬，站了起来，拍了拍身上的泥土，说道：“只准你们吓唬我，不准我吓唬你们啊？”王孝先把道袍一拉，指着腋下说道：“看，一个洞，差点打中我了。”

真巧止住哭啼，看着王孝先，目瞪口呆，接着又哇地哭了起来：“对不起，对不起！我不知道怎么回事，枪就响了。”

王孝先抖了抖道袍，说道：“真巧姑娘，女孩子可不能乱玩枪哦。真要失手打死我了，我到阴曹地府也没脸见鬼啊，我总不能说，我是被小姑娘一不留神开枪打死了吧。哎呀真巧，别哭了，我没死呢，你一哭我又伤心了。”

火小邪走到真巧身边，搂住她的肩头，安慰道：“没事了，没事了，下次一定小心点啊。”

真巧强忍眼泪，说道：“火大哥、田问大哥、道长，我真的不知道会这样，心里难受死了。”

王孝先嘻哈一番，火小邪、田问也安慰真巧几句，这事便算过了。

火小邪不再让真巧拿枪，自己将枪收起，研究一番。这把枪是德国制的勃朗宁，在枪身上有一个安全栓，拨开安全栓即可射击，火小邪将安全栓闭上，冲着地再扣扳机，便再无子弹射出。火小邪心想：“真巧是无意中扳开了枪上的这道机关了吗？要不是她开枪前我撞了她一下，真可能打中病罐子啊。这个鬼地方，真是蹊跷！死人的东西，拿了果然邪气。”

四人虽说平静下来，再不谈真巧差点误伤王孝先的事情，但都心里忐忑，不想在此地久留。火小邪把一众尸体摆放在一处，拜了三拜，算是告慰一番。

再往前行，众人一路无语，火小邪带着真巧走在最后，看着真巧的容貌，说不出为什么，总觉得不踏实，甚至有一丝担心，缠绕心间，始终挥之不去。

等出了谷，地势大好，有溪流潺潺，溪边鹅卵石遍布，竟可以骑马前行。

众人纷纷上马，沿着溪水走了半里路，周围环境便不再如山谷之外那般险恶，绿水青山，重峦叠嶂，如入画境，纵马沿水路缓行，别有一番超然世间的情调。

王孝先心情大好，话也多了起来：“看来我选对路了！这样走离木蛊寨远了一倍，但这条路是木蛊寨的粮道，青枝所辖，不会遇见黑枝的老妖怪。”

说话间，已到了溪水尽头前的小瀑布，只能向山上行去。

行不过一炷香的功夫，火小邪竖耳一听，山林里隐隐约约有猫的叫声，只是非常微弱，无法确定出处，不一时也就没了。火小邪便没有把这件事情说出来，继续随王孝先前行。

众人行至半山腰，露出一大片空地，王孝先招呼一声，让大家下马，在此休息。

刚刚用过干粮，火小邪耳边一晃，又听到隐约的猫叫声，这次方向十分清楚。

火小邪心想，这样的大山里，老虎豹子应该有，怎么可能有猫？一定是我耳朵出问题了。但火小邪心里按捺不住，便借口小解，向猫儿叫声处寻去。

火小邪从空地下来，走不了几步，眼睛一亮，一侧头向一块大石上看去。

一只肥头大耳、憨态可掬的黄白相间的大猫，正蹲在大石头上，眼睛一眨不眨地看着火小邪。这大猫见火小邪也在看它，轻轻地喵呜一声，伸了个懒腰。

火小邪揉了揉眼睛，真的是一只大花猫。而且，这只花猫竟嘴巴上翘，面带笑意。

猫儿会笑？

火小邪心头一凉。从昨晚看见的灵蛊船，火小邪方知木家的确有些“邪魔外道”，这只猫莫非也是木家的什么邪物？

火小邪和猫对视一番，那只猫并没有离开的意思，反而身子一仰，四爪朝天，好像在对火小邪示好。火小邪本想离去，尽快告诉王孝先，见这只大猫这般不怕人，心生好奇，慢慢前行，伸出手想摸摸看这只猫的真假。

大花猫避也不避，似乎等着火小邪来摸。

正当火小邪要摸上猫脑袋的时候，就听一声大叫：“不能摸！不能摸！快离开它！”

火小邪立即缩手，冷汗俱下，刚才自己竟被这只猫迷惑！火小邪回头一看，王孝先正跑过来，不住地叫喊。

那只大猫儿见王孝先跑来，唰的一下站起，喵的一声尖叫，很不乐意地从大石上跳下，钻进草丛里不见了踪影。

王孝先跑到火小邪面前，一把将火小邪拉住，叫道：“快回去快回去！”

“刚才这只猫……”

“这只猫你玩不起！快走快走！”王孝先发力，将火小邪往回拽，“幸亏真巧说她心里不踏实，请我过来看看你，要不你今天倒霉了！”

“这只猫是什么？”

“别问了！”

王孝先带着火小邪一路赶回，刚刚踏上空地，就看到空地四周，有七八只颜色各异的猫晃晃悠悠地走了出来。

田问长身而立，眉头紧皱，真巧则看着这些不知道从哪里来的猫，又惊又喜。这些猫的长相动作，实在讨人喜欢。

王孝先骂道：“猫来了，猫来了！怎么碰上她了？”

火小邪、王孝先赶回到真巧、田问身边，真巧赶忙靠到火小邪身边，指着四周的猫儿说道：“不知道怎么来了这些猫，看模样都很可爱。”

王孝先说道：“什么可爱！可爱会要命的！大家坐下，不要去摸这些猫！”

然而，从各处钻出来的猫越来越多，品种繁多，五花十色，全不怕人，在空地上追逐打闹，翻滚游戏，不少猫儿走到火小邪他们面前，喵喵轻叫，摇头晃脑，很是惹人喜爱。看数量，约有上百只之多。

众人坐在地上，纷纷向王孝先看来。

王孝先一抹冷汗，说道："花枝的百猫行。"

田问沉声道："很危险？"

王孝先脸色一苦，说道："反正我很危险，你们只要不碰猫，暂时不知道，要看那个老妖婆今天是什么心情。"

王孝先话音刚落，就听一声娇笑传来，一个异常温柔娇媚的声音骂道："孝先哥哥，你又在说我的坏话。"

火小邪早有察觉，空地下来了一个巨兽。果不其然，这些话说完，又听一声低沉的虎吼，一只硕大的花斑猛虎从大石后跳将上来，而虎背上，坐着一个酥胸半露娇艳之极的美人。

这虎背上的美人儿，云鬓高挽，似仙似妖，衣着鲜艳，面若春桃，肌肤胜雪，双眼迷离，樱桃小口，身材凹凸有致，透着一股风骚入骨的味道。若不是亲眼见到，哪知世间还有这种荡人心魄的性感美女？她若招手，世间又有几个男人抵挡得住她的春色？

王孝先却满头冷汗，说道："百艳仙主，你怎么来这里了？"

这位百艳仙主咯咯娇笑："你来了，我怎么不能来？你是一点都不想我吗？"

猛虎驮着百艳仙主走上前来，群猫一见，纷纷上前，争先恐后地对百艳仙主献媚。百艳仙主娇唤几声"乖"，轻抚虎头，那只猛虎乖乖地俯下身子，温顺得不行，如一只大猫。

王孝先嚷道："你赶你的路去吧，今天咱们没什么好聊的。"

百艳仙主换了个身形，更是曲线动人，她并不下虎背，半倚半靠地娇声问道："孝先哥哥，你身边两个男子好俊，是要送给我享用吗？还有那个姑娘，呵呵呵，很漂亮哦，是你自己享用的吗？"

王孝先大叫道："这是我云游在外，收的三个弟子！又不是包子馒头，什么享用！逍遥枝干不出你们花枝那样猥琐下流的事情！另外，我年纪没你大，你别装嫩在我徒弟面前叫我哥哥！"

百艳仙主掩嘴笑道："孝先我的情郎哥哥，你现在越来越不会说瞎话了，他们是你的弟子？你说了谁信？他们三个，我虽然不认识，应该是不简单的人物哦。孝先哥哥，他们是你的客人吧？"

"他们就是我收的弟子！就是就是就是！"

"你看你，说两句就急了。"

"就急就急，我就是急了！"

"孝先哥哥，你还是那么可爱，说得我全身好舒服哦。来嘛，孝先哥哥，我们去聊两句嘛。"

"不去！有话这里说！"

"那我说了？"

"等等！等等！我过来，你说！"

"讨厌嘛，非要大庭广众地和我亲热，奴家会害羞的。"

王孝先一脸尴尬，转头对火小邪、田问、真巧说道："一会儿你们闭眼，真巧姑娘，你把耳朵也捂上。"

火小邪虽惊叹百艳仙主不是凡物，却并不喜欢这样艳丽风骚的女子，早就低头不看百艳仙主，听王孝先吩咐，很自然地拉着真巧侧过身子，视而不见。真巧更是紧张，不禁闭上双眼，也把自己耳朵捂上。

只有田问无动于衷，低哼道："我看不见。"

王孝先骂道："你这个装瞎子的！"

百艳仙主不住娇笑："孝先哥哥，你看你收的三个徒弟，一个是睁眼瞎，一个是假正经，还有一个小媳妇，真是可爱呢。"

王孝先硬着头皮，展开道袍，去到百艳仙主身边，群猫让开一条路，却紧紧地将王孝先围住。

王孝先额头大滴的冷汗，换上一张勉强的笑脸，抱拳道："百艳姐姐，请讲。"

"你再过来一点嘛。"

"呃，好。"

百艳仙主伸出玉手一拉，把王孝先拉入怀中，王孝先不敢挣扎，一头扎在百艳仙主双乳之间，这等神仙妙地，王孝先却有如针刺火燎，满脸的不自在。

百艳仙主温柔无限地低声道："孝先哥哥，他们到底是谁啊？"

王孝先说道："就是我徒弟。"

百艳仙主伸手一抚，小手钻到王孝先胯下："啊，哥哥你那根宝物还是那么可爱。"

王孝先满脸通红，挣扎说道："× 可断，头不低。"

百艳仙主小手不断揉搓，酥胸半露双颊羞红，低低呻吟了一声。

这声呻吟虽轻，却如号令，群猫立刻鼓噪起来，喵喵喵叫成一片。

火小邪本来耳力敏锐，王孝先和百艳仙主的低语，仍能听得真切，可群猫一叫，刺得耳朵内轰鸣，哪里能再听清？

百艳仙主在王孝先耳边娇声道："那个睁眼瞎的男人，分明是土家四宗里的高手，有发丘神官之气，极可能是发丘、御岭、摸金三修的奇人；那个假正经的小子，周身火气洋溢，亦正亦邪，五感敏锐，体质独特，还有东瀛小鬼子的海腥味，来头不小啊；至于那个小丫头，看不出年龄，最是神秘，她与你们为伍，一副小媳妇样，与假正经的小子相爱正浓，却不是处女，有生过孩子的可能，她不会是水家的千金吧。孝先哥哥，你带着这样三个人去木蛊寨参加斗蛊大会，不经请示，是想做什么啊？"

王孝先颤声道："百艳姐姐也开始关心政治了？"

百艳仙主松了手，笑得花枝乱颤，说道："孝先哥哥，我真是爱死你了。"

王孝先说道："百艳姐姐，我与你私通，木王知道了一定会狠狠惩罚我的，你就当没见过我们吧。"

百艳仙主说道："可以啊，你怎么报答我呢？"

王孝先说道："百日相陪，精不尽人不休。"

"你真坏。"

"是你坏好不好。"

"一言为定啊。"

"我一言九鼎！"

"嘻嘻，孝先哥哥，我是真没有想到能在这里碰见你，不过我还是要劝你一句，这次你想带人进去，可没那么容易，前方再有一天路程，是飞花关，我姐姐，花枝的总仙主千鸟枝主在飞花关坐镇，你如果避开飞花关，走碧瑶关，是黑枝的盘蛾仙主坐镇，你想原路返回，重新走青枝的青树关，有青枝的滕牛仙主坐镇，都是防你们逍遥枝的，而你指望的逍遥枝月芽关已经被黑枝封了，林木森不敢过去，所有逍遥枝的人，都是老老实实走的青树关，所以你身边的几个人，没有拿到青枝发的药会令，是不可能带得进去的。林木森失算了，他现在应该在木蛊寨木王居抱着林婉这个小妖精哭鼻子呢。"

"啊？百艳姐姐，我的亲人！你和我说这么多，就再帮我一把好不好？"

"我想帮你啊，孝先哥哥，但我也不敢得罪千鸟仙主啊，我能装作没见过你，已经是犯了花枝大忌了。"

"那，那怎么办啊，百艳姐姐，我要哭了。"

"乖，别哭。"

"我真的想哭。"

"哎，小坏蛋，好吧好吧，姐姐告诉你最后一种可能，行不行全靠你了。"

“姐姐请说。”

“这里是青枝青云客栈的粮道，你如果能等到青云客栈总店的粮队，说不定还有得混。”

“啊！这和没说一样啊，我去和总店的粮队谈，还不如去求千鸟仙主开恩呢。”

“姐姐这是最后的办法，你自己想想，不然还是让他们回去吧，林婉那小妖精是厉害，但无饵可救，已经是个废人，你何必煞费苦心，搭上性命？姐姐心疼你，舍不得你死，你是我遇见的最棒的男人，姐姐一想起和你初次亲热，就湿漉漉的。孝先哥哥，我又受不了了，就和我单独处一会儿吧。”百艳仙主说着说着，已经水蛇一般缠紧了王孝先，一双小手四处挑逗。

“百艳姐姐，我一点心情都没有了，我千辛万苦的，怎能功亏一篑？”

百艳仙主不管这么多，依旧挑逗个没完，娇声道：“你不答应，那我就当着你徒弟们的面……”

“不行不行！哎呀哎呀！”

百艳仙主不管这许多，已经探入王孝先衣下，去解他的裤带。

“别动别动，再动我的猫猫们上来咬你了。”百艳仙主媚声道。

王孝先急得头上冒烟，可是无计可施，望向火小邪他们，无言地喊道：“闭眼啊！闭眼啊！非礼勿视啊！”

就在王孝先即将“失身”，百艳仙主突然停手，向天空望去，只见远方天际，一群飞鹰密密麻麻地挤在一堆，正往她这个方向飞来。

百艳仙主立即松了王孝先：“不好了，千鸟仙主的督鹰过来了！你们快走！真是讨厌死了！”

王孝先长松一口气，心念万岁，赶忙退开两步，提紧裤子。

百艳仙主喵的一声轻叫，群猫立即为之所动，撒腿乱跑，一会儿就全部没有了踪影。

百艳仙主一拍虎头，坐下猛虎沉吼一声，站起身来，将百艳仙主驮稳。

百艳仙主瞟了眼真巧，低头对王孝先说道：“那个姑娘你务必小心，她要么真的是个平常女子，要么就是水性出神入化，已是移魂改魄的能耐，我暂时看不出来，你千万不能大意。亲爱的孝先哥哥，好遗憾呢，改日再见了，等你哦。”

王孝先忙道：“姐姐慢走！”

百艳仙主一侧头，给了王孝先一记香吻，娇笑一声，骑着花斑猛虎，一溜烟地不见了踪影。

王孝先“大难不倒”，再不敢迟疑，看了眼天空中越来越近的成群飞鹰，向火小邪他们跑来，厉声叫道："快跟我走！更厉害的鸟来了！"

众人知道厉害，起身要走，真巧唤道："马，还有我们的马！"

王孝先叫道："见过百猫行的牲畜，没有能活的，别管了！走啊！"

火小邪、真巧、田问三人只好将马匹舍弃，跟着王孝先钻入林中，往草木繁茂处躲藏。

不多时，只听到上空群鹰长鸣，全在刚才火小邪他们休息的空地上空盘旋。

火小邪等人躲在乱草中间，只露出眼睛，依王孝先叮嘱，大气也不敢出。

就听厉鸣几声，几只督鹰脱离了鸟群，从天而降，向着空地上的四匹马抓来，那几匹马竟然毫无反应，只是呆立着不动。

一只督鹰飞下，在马头上一抓，一爪便抠下马眼，长鸣着振翅而起，其他督鹰依样而为，而四匹马就行尸走肉一般让督鹰把眼睛抓去，还是呆站原地，如同不知道疼痛。

鸟群在上空盘旋一番，依旧不走，片刻之后，空地上的四匹马，才终于动了一动，只是这一动，立即就口吐白沫，先后摔倒在地，蹬了蹬腿，便死了。

火小邪看在眼里，暗骂道："好狠毒的小猫和鸟儿！可它们本是无知生灵，生生被人驯化成嗜杀的怪物，人的心理竟黑暗到这种程度！"

群鹰巡视天空，四人本不知要在草丛里躲到何时，却听到群鹰突然间怪叫连连，嗡的一下，向着远处极快掠去。

王孝先见状，从草丛中爬出，唤道："万幸万幸！督鹰发现别的东西了，我们快下到山沟里，再做打算！"

众人纷纷爬出，跟着王孝先向山下赶去，可是耳边轰鸣声响起，抬头一看，竟看到一架银亮的飞机从不远处的山头一跃而出，嗡的一下，再度拉升，紧接着，数百只督鹰亦从山头飞出，队形散开，黑压压的一片，不住鸣叫，显然在追赶这架飞机。

火小邪、王孝先异口同声地叫道："飞机！"

王孝先看着天空，喃喃自语："金家人来了！"

暂不表火小邪他们在地面上躲避，且说说天空上的事情。

那架银亮的飞机，尺寸不小，有四个螺旋桨，翼展数米，别看这架飞机巨大，翱翔在天空中，很是灵活。

机舱里，有两人正在驾驶，前座是一个面孔刚毅的中年男子，后座则是一个留着精致小胡子的青年男人。

这两人，不是别人，后座的那个正是金家金潘，前座的则是火小邪曾经在安河镇有过一面之缘的坤金王手下——刘锋。

又有一大一小两人，从金潘后座探出脑袋，其中小个子叫道："师父，那些鸟还在追我们！"

大个子也叫："看样子不追上我们，誓不罢休啊！"

这两个人，大家想来也知道是谁，东北四大盗中的两个，火小邪与金潘的徒弟，乔大、乔二。

金潘一回头，从机舱盖向后望去，果然飞机后一群督鹰，密密麻麻地穷追不舍。

金潘骂道："刘锋，转回去，老子看这些小鸟猖狂！"

刘锋操纵着飞机，大声回应道："金潘大人，你确定要这么做吗？这些鸟有些来头，可能是木家人养的，我们钻上云层，把它们甩掉就是了！"

金潘骂道："小肉鸡追老子的大铁鸟，咽不下这口气，转回去！"

刘锋应道："是！"说着，方向舵一转，飞机开始拉着弧线掉头。

金潘起身离座，叫道："乔大，你去机尾开炮，乔二，你和我左右重机枪！让木家的小鸡尝尝金家的厉害！一只不剩，全部击落！"

乔大、乔二一乐，赶忙应了，与金潘向机舱后钻去。

天空中状况急转，大飞机一通盘旋，渐渐与督鹰鸟群拉近了距离。

金潘坐在舱内，与乔二背靠背，手握足足有半个身子大小的机枪后端，数根黑洞洞的，小臂粗细的枪身，从铁闸中探出。

金潘哈哈大笑："打！"手指一扣扳机。

只见四道火舌，从飞机中部喷出，霎时间，通红的子弹拖着黑烟，划开天幕，从斜上方向鸟群扫来。

这些督鹰皮肉之躯，哪是钢铁弹丸的对手，子弹一碰上督鹰，顿时打得血肉横飞，爆出一片片的血雾，黑色羽毛一团团炸起，使得漫空绽放了红黑相见的"礼花"。

乔大在机尾，操作更大的钢炮，双头炮管咚咚咚一伸一缩，巨大的弹丸夹着烈焰，直冲鸟群，一触上督鹰，便爆炸开来，腾起一团巨大的火焰，数米之内，督鹰被炸得粉身碎骨。

短短数秒，几十只凶悍的督鹰便一命呜呼。

这群飞鸟，称得上训练有素，它们纵横天空，哪想到会遇见这种"怪兽"？眼见伤亡巨大，这些督鹰惊叫着四散而飞，避开射程，掠至远处，重新集结，呱呱怪叫，依旧虎视眈眈。

金潘大叫："打得好！再来！"金潘抓起通话机，叫道，"刘锋，继续，这些小鸡不死心！"

飞机打了个弯折，保持与督鹰群的距离，伺机而动。

两边都小心翼翼，不敢随意出击。

金潘抓着通话机叫道："乔大，换攻击范围更大的燃烧弹！下次接触，把这群小鸡主力烧成火鸡！"

乔大在机尾应了，哐啷啷转换弹药，严阵以待。

金潘又命道："刘锋，给个破绽，让小鸡尾随！"

飞机盘旋一番，作势欲逃，督鹰群见了，怎知是计，摆出三角阵型，振翅追赶。

金潘见督鹰追来，拿着通话机，哈哈笑道："小鸡就是小鸡，没脑子！刘锋，降低飞行速度，乔大，大约十米距离，把一半燃烧弹全打出去。"

在天空中缠斗，时机顷刻便至，乔大吼道："来了！"

金潘也吼道："猛揍！"

突突突突突突突，机尾的乔大开火，那些紧跟着的督鹰，本学了个乖巧，有躲避之意，可谁想，这次的弹丸不同以往，没有碰到任何东西，便凭空爆炸，洒下漫天火雨。

骤然间，一道避无可避的火墙横陈在天空中，煞是壮观。

火雨可不简单，虽没有杀伤力，但都是极易燃烧的焦油，根本无法熄灭，督鹰群闪避不及，纷纷掠入火雨之中，羽毛一沾上火雨，立即剧烈燃烧起来。

可怜这些飞禽，空有雄壮的翅膀，敏锐的眼力和矫捷的动作，一旦羽毛被烧毁，就如同虎豹失了利爪钢牙，鲸鲨离了水域，唯有一死。

厉鸣连连，一只只督鹰冒着黑烟，带着烈火，画出一条条的黑色直线，从天空中坠落而下

等烟火平息，这一轮血战下来，原本有上百只的督鹰群，只剩了十余只残存，四处乱飞，再不成气候。

金潘扣动扳机，射出一串子弹，把远处的一只督鹰击落，不禁拍手笑道："打得好，打得好！刘锋，再追，今天我要把小鸡打得一只都不剩。"

刘锋回话道："金潘大人，我看算了，这些鹰是木家心血之物，我们赶尽杀绝，只怕木家不答应了。"

金潘哼道："我应邀来参加斗蛊大会，木家却派小鸡来追我的飞机，不给点厉害让木家看看，还以为金家无能！"

刘锋说道："金潘大人，我看还是算了！这些鹰不见得是针对我们的。"

金潘想了想，说道："好吧！这次听你的，但我们先返回基地，重新补充弹药，带上更多的人手和武器，再去斗蛊大会不迟。"金潘丢了机枪，招呼乔大、乔二向前舱钻来。

金潘坐下，用手理了理小胡子，问道："刘锋，你是不是担心到了木蛊寨以后，我们应付不了？"

刘锋答道："有点，木家用毒非常厉害，他们有五十年没有邀请过金家去观摩斗药大会了。虽说金克木，但在木家重地，我们武力再强，也未必有用。"

金潘笑道："刘锋，你猜我拿到的药会令，是谁给的？"

刘锋说道："不是木王林木森吗？"

金潘说道："骗你的啦，给我药会令的，是木家黑枝的总仙主，又称黑蛊女王的青辰。"

"啊？青辰？上一任木王的姐姐？"

"是她。而且，我还告诉你一个秘密，青辰一年前就和我结盟了，这次斗蛊大会，青辰如果拿到木王身份，由我出钱以及去国际上游说，在云南、缅甸、西贡一带，建立一个横跨东南亚的大苗族国。"

"那她的代价是？"

"大苗族国所有的稀土、矿产、翡翠、玉石、石油，凡是地下属金的，全是由我金家旗下的南洋公司经营，包括这个国家的货币，也由我金家来发行。呵呵，金家富甲全球的日子，这只是第一步。"

"原来如此。"

"所以，刘锋，只不过杀了木家花枝的几只小鸡，没事的，黑枝的青辰，指望着我呢。"

"……那就好。不过金潘大人，金家的钱已经够多了，万世万代也花不完，富甲全球有意义吗？"

"刘锋，你看你，和我二叔待时间久了，怎么变得没追求了？你知道现在这个时代，谁是真正的皇帝吗，又或者说，隐形的皇帝？"

"金潘大人请指教。"

"是可以操纵经济的人，货币的控制者。什么火家、土家、水家、木家，他们都不明白，他们还抱着几千年前的思想打转！现在是什么时代，嗯？金钱的时代！金家可以把握这次大战的机会，成为全世界的帝王，而且是万世万代不会消亡的，真正的帝王，中国，太小了太小了！哈哈，刘锋，忘了过去的五行世家吧！

现在，我只要找到我的好兄弟火小邪，他是邪火，五行难容，正合我意，就由我们两兄弟一起，一统全球！哈哈哈！”

刘锋念了声是，再不言语，稳稳地驾驶着飞机，穿云破雾而去。

天空中如此血腥惨烈的恶斗，看得地面上的火小邪等人是目瞪口呆，连看不见东西的田问也是眉头紧锁，脸色发白。

督鹰早已四散飞去，再构不成威胁。

众人不再躲藏，一直目送着飞机远去，方才松了一口气。

王孝先一直圆睁着眼睛，慢慢转过头来，又是自言自语又是与众人说话一般：“金克木啊！领教了，好厉害的飞机！”

火小邪望着天空，点了点头，说道：“这架飞机的确厉害，但那些鹰盲目攻击，也是败因。如果它们能够四散开来，分几组合围，胜算大得多。”

王孝先说道：“它们哪碰见过这种能喷火的铁鸟？”

火小邪问道：“怎么这些鹰无人指挥？”

王孝先说道：“这是木家花枝千鸟仙主的督鹰，巡山时一般无人指挥，十只鸟为一组，一百只为一群，让它们看见，若不放出药会令，就是一死。这些鹰多少年来称霸天空，从未听说败绩，是花枝的撒手锏之一。没想到这么简单，就被金家的一架飞机灭了大半。”

火小邪叹道：“可能是世道不同了！我听说晚清的时候，清军骑着马拿着大刀和洋鬼子的洋枪洋炮打仗，全军覆灭也没有伤到对方一人，道理差不多。”

田问此时也低下头来，若有所思地问道：“来者何人？”

王孝先摊了摊手，摇头道：“肯定是金家，是谁就不知道了。嗨，反正是谁也帮不上我们！”

田问说道：“金家为何来？”

王孝先晃着头想了想，说道：“这还真是个问题！斗药大会，听说金家近一百年不曾受邀过。怎么木家一乱，金家就来了？还出手这么狠，好像不把花枝放在眼里啊。”

火小邪嘿嘿坏笑道：“依我看，金家来，一定是木家里有人给他们撑腰。没准就是黑枝！”

田问吟道：“有理！”

王孝先骂道：“你们两个还一唱一和，比我还清楚木家似的！黑枝凭什么给金家撑腰啊？我看金家就是胡来！杀了花枝的鸟，有金家受的。真巧姑娘，别听他们胡扯……嗯，真巧，你听得懂我们在说什么吗？”

真巧一直不言不语，王孝先问她，她才小心地说道：“有点迷糊，能听懂一点。”

王孝先笑道：“女子无才就是德，太聪明了不好，真巧，你继续保持。”

真巧不好意思地笑了笑，问道：“王道长，刚才那个骑老虎的女人，是喜欢你吗？我看你们很亲热的样子。”

王孝先立即叫道：“啊？你偷看？”

真巧脸上一红，连连摆手：“没有没有，就是她走的时候，我刚好睁眼，看见她亲你来着。”

王孝先支吾道：“那是木家的礼节……嗯，礼节而已。她不喜欢我，我也不喜欢她……我们俩是……”

“奸夫淫妇。”田问此时插嘴道。

火小邪听了哈哈大笑：“精辟！田问兄点评得精辟！”

王孝先脸色发红，啊啊叫道：“你这个……土流氓！刚才就该把你送给百艳仙主当玩物！”

真巧听了也咯咯咯笑了起来。

王孝先自知理亏，他与百艳仙主确有“奸情”，不敢与火小邪等人逞口舌之能辩解，只好岔开话去，低头就走，骂道：“我容易吗我！”

火小邪一步赶上，抱着拳恭恭敬敬鞠了一躬，正色道：“病罐子，谢谢你舍身相助！护着我们，若不是你，我们寸步难行。”

田问同样上前，抱拳顿首：“委屈了！”

真巧盈盈上前，作揖道：“王道长，辛苦你了。”

王孝先反而尴尬起来，连连说“别别别”，耳根子都红了，赶忙把火小邪扶起，说道：“你我兄弟！切不可对我客气！我……我……我，其实是我有求于你，我……我……我……我是别有居心。”

火小邪说道：“我知道，你不是带我去治失忆症的，而是带我去木家救人，这个人很重要！决定了木家的前途。”

“哎……是……你，你知道了。”王孝先只能承认。

火小邪说道：“病罐子，我最初的确有些担心，怕你心怀不轨，对你多有提防，现在我能确定，你要我救的人，一定是个好人，应该活着。”

“你怎么知道？”

“因为你是个好人。”火小邪嬉皮笑脸道。

“啊……”王孝先听了火小邪的夸奖，神清气爽，说道，“火小邪，你真会说话……你是想说什么吧。”

火小邪站直了身子，严肃道：“是的！病罐子，你虽然有洞悉人心的本事，但你自己却没有什么心眼，大多心事全部写在脸上，不善于掩饰。我有些话，一直憋着没说，今天见到木家的一些人和事，就说个明白吧。”

“你说吧，你不问我也会找机会和你说的。”

火小邪问道：“病罐子，虽然我知道此人应该救，但我绝不做放荡之事！话已经说到这里了，还请你明白地说，我去到木家，会怎么做？”

王孝先长叹一声，侧过身去，说道：“可怜木家少主林婉，她天赋绝顶，木家公认，只是她长大之后，每隔七年，就要用男性人饵延命，若按常法，不过是每隔一年就与数位男子交欢，取其精血便可。但林婉和她母亲一样，绝不做此放荡之事，故而已近命丧之时，近乎废人。而火小邪你的血液特殊，如能见到林婉，供以鲜血，可能有救。我此行来东北一带，就是指望能碰见你，所以我拼上这条命，也要护你去到林婉身边。”

火小邪问道：“为何是我？你又能确定我的血一定可以？”

王孝先说道：“火小邪，你是忘了，林婉七年前第一次发病，就是你用你的鲜血喂食与她，她才延命下来的。”

火小邪手腕疼痛，低头一看，手腕上的数道疤痕，清晰可见。隐隐约约，有一个绿衣女子的容貌浮现在脑海中，分外秀美，竟与真巧的气质有些相同。

火小邪暗哼一声，将脑海中景象挥去，依旧疑道：“你看见了？”

田问不等王孝先回答，沉声喝道：“此话不假！”

火小邪惊讶道：“田问兄，怎么你知道？”

田问说道：“我，亲眼所见。”

“怎么回事？田问兄，七年前，我们曾经在一起做事吗？”

“是！”

火小邪看着田问，并没有问下去，只是爽朗一笑，说道：“好！我知道了。”

王孝先反而好奇，问道：“哎？你们七年前做过什么？田问你说说。”

“话长！改日！”田问答道。

王孝先讨了个没趣，嘀咕道：“什么药能让你多说几句话呢？”

火小邪嘿嘿一乐，招呼道：“病罐子，那我们继续走吧！去木蛊寨！”

王孝先脸上一苦，沮丧道：“我正为这事发愁呢！”

众人寻了个地方，王孝先坐下，细细把百艳仙主与他说的关卡由青、黑、花三枝仙主镇守，逍遥枝势力单薄，火小邪、真巧、田问三人没有药会令，很难通过的事情讲了。几人一通分析，确实觉得困难重重。王孝先身为逍遥枝仙主，青黑花三枝绝不通融；火小邪若硬闯关卡，近乎自寻死路；田问虽可以钻山寻路，但前方木气极盛，专克土行。

如此这般，的确是进退两难！

火小邪头脑里邪法众多，也是一筹莫展，毫无破解的头绪，不禁反复追问王孝先其他的可能。

王孝先只好说道："还有一法，是跟着青枝的粮队混进去。可青枝的粮队，根本不是运粮的，而是运输从全国各地收罗的珍奇药物，无论黑枝、青枝、花枝和逍遥枝，都极为重视，决不准侵犯，蛊障、药障、虫障、灵障重重，全是最顶尖的木家防盗手段。而且运药之人，虽说四枝皆有，可许多是木家元老级的人物，因为专司运药，固执之极，天王老子来了，也和他们说不上话。所以我连走近看一眼都不太可能，更别说大家一起混进粮队了。所以，我说了也是白说，不可能的。"

火小邪听了，摸了摸脑门，将烟嘴叼在嘴里，抽了几口，反而笑道："我觉得，这个粮队反而好混。"

王孝先大惑不解，问道："好混？"

火小邪说道："我记得我在奉天当小贼的时候，有一个号称天下第一镖的镖队，说得如何如何厉害，光听名号就吓得人半死，无眼飞刀，十香软骨，密链火筒，金钢霸王拳，九环鬼头刀，华北三大镖师助力，东北十大镖师占了六个。我当年第一次见了，真的吓得腿软啊，浩浩荡荡的队伍，不是一身腱子肉的大汉，就是精干犀利的镖师，刀斧林立，彩旗飘飘，这样的镖队，谁敢去偷？可是后来……哈哈。"

王孝先听得入神，唤道："后来怎么了？"

"后来啊，没了。"

"怎么个没了？"

"就是没了啊！"

"别卖关子，你说，你说。"

"嘿嘿，后来听说这个天下第一的镖队还是丢了宝物，赔不起，就没了。"

"五行世家的人偷的？"

"不是吧，听说是几个连荣行都没身份的毛贼，莫名其妙地把宝物偷了，后来很容易就抓到这几个毛贼，一问宝物的下落，他们说是以为偷了个假货，当不了三个铜板，给丢野地里了，再也找不到了。"

王孝先实在难以相信，一直圆睁着眼睛。

真巧说道：“这是直奉三奇案之一的兔儿山丢宝吧。”

火小邪拍手道：“嘿！就是这个！真巧你知道啊。”

真巧轻笑道：“听说书的说过，只听了个头尾，大概和你说的一样。”

王孝先恍然大悟：“说书的啊！这可当不得真！按说书的那张嘴巴胡编，进木蛊寨就和温酒斩华雄那样容易。”

田问说道：“确有此事。”

火小邪点头道：“说书的是说书的，但这个事情是真的发生过……所以，我想说，木家的粮队越是高明，反而越有破绽，不过呢，这个破绽也许是很荒唐的，平常人根本不敢往这个方向去想。只要我们见到粮队后，找到这个破绽……”

王孝先问道：“那，火小邪你的意思是？”

火小邪嘿嘿一笑：“不妨等等这个粮队，混着试试。”

田问跟着说道：“同意。”

真巧眨了眨眼睛，说道：“道长，就等等吧。”

王孝先木讷地点了点头，一副无法理解的表情：“真的要去混进粮队啊。”

虽然王孝先对混进木家粮队一事难以苟同，但决定已经做下，他也只好硬着头皮去做。王孝先辨明了山势，带着大家攀爬到高处，寻了一个山洞躲藏起来。此地视野辽阔，方圆几里内的情况看得清楚。

按王孝先所说，粮队必然会经过下方，只需在此静候，如有发现，再想办法靠近不迟。

众人盘坐在地，简单吃了顿干粮，天也慢慢黑了。

白日里的秀丽山川景象，一沉入夜幕中，就显得十分阴沉诡异，有些夜行动物在山林间哀鸣，偶尔一两只孤鸟扑棱扑棱从黑暗处腾起，更是把这一片野山衬得荒蛮孤异，绝非久留闲居之地。

王孝先值第一班岗，静坐在洞口，向下观望。

田问说自己要采气，不进洞内，盘腿在洞口另一侧，闭目养神。

火小邪、真巧则在洞内休息，火小邪十分照顾真巧，铺好了毡垫，让真巧靠着自己睡下。

尽管众人白天里所见颇多，想着前路难料凶吉，并无交谈的兴趣。

许久之后，真巧才低声唤道：“火大哥。”

火小邪一直叼着烟嘴思考，听真巧唤他，柔声道：“真巧，你没有睡着？”

"嗯，睡不着。"

"在想白天的事情呢？"

"嗯，是……火大哥，我有几句话不知道该不该说。"

"你说吧。"火小邪搂紧了真巧。

"王道长说的少主林婉，听这个名字，像是个女子。"

"应该是。"

"你一点也记不得她了吗？"

"……"火小邪仰头看天，长出一口气，茫然说道，"只有浅浅的一点印象。"

"林婉，会是个什么样的人？"

"不知道。"

"火大哥，王道长和田问大哥都说，你用你的血救过她，想必你们曾经的关系很好吧。"

"我能救她，未必关系很好。就好像这次我们去木家，如果我的血真的能救她一命，只是我力所能及，不用什么交情。"

"嗯，火大哥是个好人，总是替别人着想。我能和你认识，一路走来，是我的福气，想起来，和做梦一样。"

"呵呵，真巧，我本以为这趟旅程只是走马观花的游玩，谁知暗藏着这么多凶险，把你也拖累进来……"

"火大哥，你别这么说，我这辈子，能经历这些事，遇到你们这些神奇的人，就算明天死了，也值得了。"

"呸呸呸，真巧你赶紧呸一下，别说这么不吉利的话。"

"火大哥……"真巧抬起头，痴痴地看着火小邪，"如果真有一天，我不在你身边了，你会想我吗？"

"怎么可以这么说嘛，真巧你快别瞎想了。"

"火大哥，能回答我吗？"

"会！"火小邪抓紧了真巧的手。

真巧幸福地一笑，低下头来，柔声道："那，你也会用你的血救我吗？"

"绝对会！"

真巧轻声道："火大哥，你最喜欢的是什么样的女子呢？"

火小邪愣了一愣，这个问题他从来没有想过。在记忆里，自己不过是个情窦初开的少年，对男女之事所知甚少，更不知道什么样的女子是自己应该喜欢的，所谓感情，停留在能够合得来，相处开心的层面上，理应十分简单。但面对真巧，火小邪深知自己情感上十分投入，好像冥冥中有一股绳索将他与真巧牢牢地绑在一起，既有久别重逢的惊喜，又有相依为命的依赖，还有相敬如宾的尊敬。

如果火小邪凭感觉实话实说，可能有三个答案，一是顽皮可爱、活泼开朗，二是温柔体贴、秀丽端庄，三是贤妻良母、个性独立。

真巧无疑是第二种女人，的确是火小邪喜欢的，但要说出个最，却让火小邪无从决断。自己怎么会同时喜欢三种迥然不同的女子？这让火小邪也摸不着头脑。莫非自己是个花心大萝卜，见谁就爱谁？

火小邪沉吟一声，尴尬笑道：“真巧，那你呢？你最喜欢什么样男人的呢？”

真巧双手握住火小邪的手，羞涩道：“还用我说吗？”

“是啊。”火小邪伸手刮了一下真巧的鼻子，笑道，“那你还用我说吗？”

真巧咯咯一笑，十分满意，闭上了眼睛。

火小邪看着真巧红扑扑的小脸，微微张开的小嘴，很有一种吻下去的冲动，一俯身，竟慢慢向真巧的唇上吻来。真巧不避不让，似乎早有期待。

可火小邪距离真巧的面颊只有一掌距离时，心头却猛震一下，一股羞愧之感涌来，立即抬起头来，再不敢做此思量。

真巧缓缓睁开双眼，期待而又疑惑地看着火小邪，柔声道：“怎么了火大哥？”

火小邪手心发凉，觉得自己刚才的欲望真是丑恶之极，恨不得抽自己两记耳光。

火小邪定了定神，安慰真巧道：“没什么没什么，真巧，你休息吧，别说话了。”说着，将真巧扶低。

“好。”真巧点了点头，侧身睡去。

火小邪又暗暗自责了半天，方才完全平静下来。

孤月高悬，四野清静，夜已越发深了。

火小邪依旧没有睡意，低头看真巧，轻唤了声她的名字，真巧翻了个身，并不作答，应该已经睡熟。

火小邪慢慢站起，轻飘飘地走到洞外，见王孝先坐于大石上，叫了声：“病罐子，外面冷，你要么去休息一会儿吧，下半夜我来看着。”

王孝先头也不回，说道：“真巧睡着了吧？”

火小邪说道：“应该是睡着了。”

王孝先站起身，说道：“借一步说话。”说罢便向山下走去。

火小邪“咦”了一声，稳步赶上。

王孝先走了几步，回头对远处的田问低声叫道：“田问兄，一起来吧。”

田问长身而起，向王孝先走来，看来他也是一直醒着。

三人默不作声，向下走了一段，拣了几块大石处，停下脚步。

王孝先抬头看了看洞口，并无异样，方才说道：“火小邪，你一点都不怀疑真巧吗？”

火小邪心里早有准备，并不吃惊，轻哼一声，说道：“怎么这样讲？”

王孝先说道：“白天有的事，我不敢公开说，有关真巧的。”

“哈哈，好。”

“首先，真巧不是处女之身。”

“哦？不是就不是，平常。”

“其次，真巧可能生过孩子。”

火小邪眉头一皱，说道：“生过就生过，她生过孩子就有问题？”

“可她一副小女孩的模样。”

“我记得我也是个半大小子。”

“你和真巧的情况可不相同，她有可能是装的，而你记忆虽说是少年，心智却早已过了而立之年。真巧一直不让我太靠近她，她可能是怕我摸骨，我一摸，就知道她真实的年龄了。”

“你神神秘秘地就是想说这个？”

“白天我们见到的百艳仙主，她最熟悉女性，是她告诉我这些的，让我们多家提防真巧，如果真巧真是水家的高手假扮的，那她此行的目的难以预料。”

“好，真巧就算是水家人假扮的，她是要害我们？”

“这个……说不好。”

“她要阻止我们去木蛊寨？”

“这个，有可能。她拿枪走火，如果我真的被这么打死了，你们三个是不可能进木蛊寨的。”

“从东北到贵州，一路上十多天，她怎么不阻止？”

“可能到了贵州，进到山里，见到灵蛊船，真巧才知道此行有性命之忧。”

“所以她要装作擦枪走火，把你杀了？”

“是啊，有可能啊。”

“唉，病罐子，你一口一个可能可能，尽把人往坏处想，你有没有想过，万一冤枉她了呢？”

“我就是怕冤枉她，才找你商量。”

“商量这个有什么意义？你别可能可能，拿出确凿的证据来。”火小邪不悦道。

王孝先没了主意，转头对一旁如同石头一样沉静的田问说道：“田问兄，百艳仙主说你是发丘、御岭、摸金三修的土家奇人，你辨气识人的本事肯定比我想象的还高，你说句话，你觉得真巧是水家人吗？”

田问沉声道：“与我无关。”

王孝先说道：“你就辨一辨嘛！”

田问答道：“我懒。”

“你懒？”王孝先抓头道，“你这不是故意气我吗？”

田问说道：“没有。”

王孝先无奈道：“和你这个八竿子打不出一个屁的臭石头说不通，早知道就不叫你来，你继续喝你的西北风好了。”

田问说道：“随便。”

王孝先说道：“不与你说话了！越说越气！”转头看向火小邪，说道，“火小邪，明天你与真巧说一下，让我摸一摸她，我一摸便知她的底细。”

“你想摸哪里？”火小邪坏笑道。

“腰、腿、胸。”王孝先很认真比画着说道。

“那你可以去死了！”

“哎！火小邪，我真的是为你好，我知道你现在喜欢真巧，看上去真巧也喜欢你，但你就不担心，她如果是水家人，是假装喜欢你的吗？”

“如果她是骗我，我认了！”

“情，深似海，看着平静美丽，发作起来，惊涛骇浪；情，断肠草，品尝起来味甜甘美，却最是无药可解啊；情……”

“好了，酸得我要吐了！病罐子，你就老实说吧，你费尽心机的，一定要查清真巧的身份，到底想干什么？”

王孝先咬了咬牙，说道：“我怕她对林婉不利！”

“哦？”

“真巧与你在一起的时候，性格气质太像林婉了，除了没有林婉的木家本事，说话做事，眼神口吻，几乎就是第二个林婉。尽管真巧在我们面前，还有其他性格用来掩饰，但我是逍遥枝仙主，林婉同是逍遥枝，又是我的师兄妹，不可能逃过我的眼睛。正因为真巧像林婉的性格，所以你火小邪这么容易就喜欢上了她。”

“哈哈哈！病罐子，按你的意思说，是因为我以前喜欢林婉？哈哈哈！”

“没错！火小邪，你喜欢林婉，而且喜欢得要命！”

“胡说八道！病罐子你再胡说，我就翻脸了。”

“我没胡说，你的血能够给林婉解毒，血质特殊是其一，更重要的是因为你喜欢林婉，拥有炽烈的情爱之心，以情化血，才是解毒的关键，你若不喜欢林婉，光靠喝你的血，是没用的。”

火小邪瞠目结舌，一时间说不出话来。

王孝先继续说道：“如果真巧是水家有移魂改魄能力的高手，装出林婉的性格，并不是难事。世间千百种女人性格，为何偏偏要学林婉？”

“所以……真巧如果是水家人，就会对林婉不利？”

“对！如果火小邪你见到林婉，感情比真巧更胜一筹，移情别恋，真巧一定会对林婉不利！”

“笑话！说来说去，病根还是在我，我凭什么要更喜欢林婉？我根本不认识她。”

“你别不相信！就算你失忆了，忘了林婉，等见到林婉本人，你绝对控制不住。”

“荒唐！你当我是种马啊？”

“林婉敢喝你的血，必然是她当年在你体内下过饵，林婉所下的饵，非常特殊，木家罕见，若检验出你的体质适合，就能与你心灵相通，知道你的心思，你也能偶尔感受到她的所见所闻，林婉这些年独善其身，并没有其他的男人与她交好，故而你一见到她，一触即发。”

“哈哈哈！”火小邪笑得前仰后合。

“笑什么？”王孝先微怒道。

“我真是服了你了病罐子，编得太像那么一回事了。”

“我没瞎编！就是真的！”

“当年我可能干过一些荒唐事，但是，今天的火小邪，绝不是当年的火小邪！我会怎么样，我比你清楚！我不想再听你说了，病罐子，我和你说，真巧无论是平常人还是水家人，我都不关心，只要她信我爱我依靠我，对我不离不弃，谁欺负她，我就死磕到底，绝无商量的余地！”火小邪说完，掉头就走。

王孝先紧追两步，却让神不知鬼不觉冒出来的田问一把拽住。

王孝先见火小邪飞快离开，追赶不上，不禁叹道：“田问兄，其实都怪那个百艳仙主老妖婆，我本来不想说这些的，哎呀，你说这事是凶还是吉？”

田问说道：“为太极两仪！”

王孝先苦道："你这句和没说一样。"

田问答道："正是！"

火小邪不管王孝先、田问，快步返回洞中。

真巧紧紧裹在毡毯下，面对着火小邪，睡得依旧香甜，面带一丝笑意。

火小邪看得心中一痛，真巧明明就是一个普通的女子，只是命运使然，将她卷入纷扰难料的世局中，还被人怀疑是别有用心的水家人。

火小邪悄悄坐在真巧身边，怕她受风，为她掩了掩毡毯。真巧轻轻一动，嘴里呢喃道："火大哥……别走……"显然是梦话，并未醒来。

火小邪暗叹一声，靠在真巧身边的洞壁上，看着真巧的面孔，默然不语。

王孝先、田问回到洞外，也不进来，依旧坐在外面，不声不响。

就这样，漫长的一夜过去。

天光微亮，火小邪就睁开眼睛，站起身来，他一夜半睡半醒，时刻提防着王孝先是否会进到洞里，尽管没有睡熟，火小邪依旧觉得精力充沛，不觉困乏，因为对他来说，浅睡一个时辰就已足够。

火小邪看了看身旁真巧还没有醒来的迹象，轻笑道："小懒猪，再睡一会儿吧。"说罢便悄悄站起身，向洞外走来。

王孝先还是团着身子，睁着眼睛，坐在大石下的避风处观望。

火小邪低喝一声："病罐子！"

王孝先晃了晃头："谁？我还没有睡醒。"

火小邪并不奇怪，他知道王孝先的睡觉方式与众不同，一半睡一半醒，睁着眼睛睡觉，还能说话。

火小邪上前踢了王孝先一脚，王孝先激灵一下，顿时醒来，一见是火小邪，叫道："呵！你出来了！"

火小邪歪嘴笑了下，坐到王孝先身边，说道："病罐子，我想了一晚上，打算和你说个事。"

王孝先忙道："你说你说，洗耳恭听。"

"我打算带着真巧离开，不去木盎寨了。"

"啊？"王孝先惊得下巴掉下，"你要走？不行，不行，绝对不行！"说着伸手要抓火小邪。

火小邪哪能让王孝先抓住，身子滴溜溜一转，已经退开数步，还是坐在地上。

王孝先伸手往袖内一抓，还没等伸出手，却见到火小邪手持匕首，刀尖直直地指向自己。

火小邪看也不看地说道："病罐子，你要敢对我施药，这把刀立即飞过去取你的性命。你们木家的药物是厉害，但你下药的动作太慢，手续太多！我这一路来，早就弄清你下药的前兆，你最好省了这份心。你我兄弟一场，我不想对你动手，病罐子，你自重。"

王孝先听出火小邪绝不是与他开玩笑，双手慢慢垂下，低声道："火小邪，你不敢面对林婉？"

火小邪嘿嘿笑道："错了！"也将匕首垂下。

"你为了真巧？"

"可以这么说。"

"林婉需要你去救啊，你都来到这里了，怎么能见死不救啊。你怎能为了一个来历不明的女子，就说放弃？"

"林婉的生死我不关心，她只是我记忆中的一个陌路人，无论她与我之前有过什么，都已经过去，我没有救她的义务。相反，真巧对我来说，更加重要。"

"哎呀，火小邪，我再不猜测真巧了，行不行？我们还是保持以前的样子，大家开开心心的，共商进寨的对策，好不好？"

"晚了！不过，我还是谢谢你，昨晚上没有趁我睡觉的时候，对洞中下药。"

"我哪知道你要走……不是不是！我就根本没想过再对你下药。"

"病罐子，和你相处的日子，很开心！我最后请求你一次，你如果还把我当作朋友，就让我带着真巧走吧。"

"火小邪，你怎么这么狠心？"

"随便你怎么说，我意已决。"

说话间，田问缓步走来，站在两人中间，沉默不语。

火小邪轻笑道："田问，我要走了，你是跟着我走，还是从此分道扬镳？"

田问说道："跟你走。"

火小邪哈哈大笑："好！够兄弟！"

王孝先更是慌了神，啊地大叫："田问，你不能走！"

田问一指王孝先："带上他！"

王孝先立即闭嘴，呆看着田问和火小邪。

火小邪微微吃惊，低喝道："带上他？他是要去木蛊寨的。"

田问沉声道："不错！"

火小邪皱眉道："田问兄，你是说我们还是要去木蛊寨？"

“不错！”

“我要是不去呢？”

“你一定会去！”

“为什么？”

田问抬起手腕，指了指小臂，说道：“你的使命。”

火小邪心头一颤，田问的意思是说，自己手臂上刻着的“五行合纵、破万年镇、破罗刹阵、切记”几个字，乃是无法逃避的使命。

“哈哈哈！”火小邪笑了起来，“我的使命，好，说得好，但我的使命不是去救林婉，我是要去木家，促成五行合纵！”

田问沉声道：“不救，难成！”

火小邪大声道：“我不信！”

王孝先趁热打铁道：“火小邪，你终有一天会恢复记忆的，你恢复记忆以后，知道曾经对你挚爱的林婉见死不救，一定会后悔终生的！”

火小邪骂道：“笑话！”

“火大哥，你应该救林婉。”脆生生的女子声响起。

众人侧头一看，只见真巧正站在洞口，双眼含泪地看着火小邪。

火小邪跳起身来，迎向真巧，真巧一把抓住火小邪的胳膊，忍住眼泪，坚强道：“火大哥，我听到你们说的话了，我知道你是为了我好，但是，但是，王道长说得对，你不去救林婉，可能真有一天，会后悔莫及的。”

火小邪柔声道：“真巧，你别听臭道士的，什么林婉，我根本不认识。”

真巧抬头看着火小邪的双眼，说道：“火大哥，我不想你后悔，不想林婉永远成为你的心病，你去救她吧，如果你见到林婉，喜欢上她，我会自己一个人好好地活下去的。”

火小邪一把搂住真巧，心头酸痛，说道：“真巧，你要相信我！”

真巧说道：“火大哥，请你也要相信自己！你不能逃避，我也不会！我不会就这样走的，我要去木蛊寨，我想见到她。”

火小邪紧闭，微微颤抖，摇头叹息：“我……我……”

王孝先走近一步，低声道：“火小邪，真巧姑娘也是为你好。别走了，还是想办法混进粮队，去木蛊寨吧。”

火小邪看着真巧，真巧重重地点头，目光坚定。

火小邪心中一热，昂首道：“好！病罐子，算你赢了！我收回之前的话！”

王孝先如释重负，连连擦汗。

此时田问却重喝道："木气！速避！"说着伸手向山下一指。

只见田问所指的方向，山下还未被清晨的阳光照射到的地方，黑暗之中，一个个亮点正从山涧里钻了出来，亮点有大有小，拍成一字长龙，弯弯曲曲的，正在向前移动。

众人隐藏在山石缝隙之中，看到山下这种景象，已把刚才的争执忘得一干二净。

王孝先颤声道："木家粮队！真的来了！"

六、木家粮队

好一个怪异的队伍。

队伍中，成群的身材矮小但壮实的黑牦牛，背上驮着大大小小的包裹，正排成一队，沿着溪水边行走，每头黑牦牛尾部，绑着一盏发出稳定黄色光亮的小灯，绝不是靠火烛燃烧，而是某种强烈的荧光。

这群黑牦牛，别看矮小，但走得十分平稳，脚力不俗，溪水边崎岖不平，乱石嶙峋，这些黑牦牛却如履平地，登上爬下，不紧不慢，毫不吃力。

在许多黑牦牛的背上，驮着身穿青衣的各色人等，有男有女有老有少，但绝大多数是五十岁开外的老者，留着长髯，气质平和。还有一些稍微年轻的男子，不骑牦牛，腰间挂着荧光，跟在队伍一侧，前后往来呼应，也不说话，引导着队伍前进。

若不细看，这队伍并没有异常特殊之处，可是四周观察，便会发现，沿路凡是柔软的草木茎叶，都在缓缓地下垂，好像有力量将它们拉倒在地。没有被惊扰而乱窜的小动物和鸟类，甚至连蛤蟆小虫也见不到一只。溪水里，一群群的鱼紧紧挤成一团，远远避开队伍，如同死了一样，尾巴都不敢摆动。

黑牦牛的背上，也不全是布质、皮质包裹，有的是大瓷瓶，有的是木制雕像，有的是大铁匣，还有透明的玻璃容器，里面浸泡着奇形怪状的生物，大的玻璃容器，足有一人高矮，横躺在牛背之上，仔细一看，容器里竟是一条双头巨蟒，好像还是活的。

更让人难以置信的是，有一头黑牦牛身后，用铁链串着七八个人，这些人面上遮盖着蓝布，身穿蓝色长褂，行动僵硬，再一打量，全是烂得不见肌肤的干尸，有一两个，近乎骷髅，身上覆盖的皮肉，还不及骨头多。这些干尸，老老实实地随队行走，若不亲见，谁人敢信？

日头渐渐升起，山林间逐渐明亮，那些黑牦牛尾巴上的小灯，也开始自动地渐弱，变成淡淡的青光。

队伍约由百十头黑牦牛组成，绵延一里，不见首尾，而队伍里的人，也有一百多位，分散在各处。别看人多牛多，却安静得很，不见有人彼此交谈。

眼看着山间大亮，在队伍最前面骑着黑牦牛的白须老者，微睁着双眼，低唤道：“暂不休息，继续赶路，三个时辰后，在虎跳崖下休整用餐。”

那白须老者身后的青衣男子听了，举起双手，向后打着手势，一路传下，很快告知了整个队伍。

队伍依旧不紧不慢地向前行去。

这支队伍保持着速度，一直走到日近午时，来到一片断崖前，方才停下。大多数黑牦牛，渐渐聚拢，围成一团。仅有七八头黑牦牛，在外围另聚一处。

队伍里的一众人，纷纷下了牛背，分为几组，有人绕着牛群缓慢行走，有人在地上插小旗，有人在树上刻下符号，也有人在草丛里不断翻找布置。

大约忙碌了一炷香的时间，人群纷纷远离牛群，在外围或坐或卧地休息。

那个领队的白须老者，自己独自一人盘腿坐在石头上，看着身旁围坐着的十来个青衣弟子，老者虽不与他们言语，但神态很是悠闲。

可没过多久，这个白须老者眼睛一睁，看向远处，他身边的人立即察觉，也纷纷向他的目光方向看去。

白须老者眼睛一眯，说道：“哪个野人在此晃荡偷看木家粮队？把他抓来！”

立即有几个青年男子起身，向前方赶去。

还没等人跑到近前，就见一棵古树后跳出一个身穿道袍、留着三绺长髯的男子，又是鞠躬又是叫道：“木家逍遥枝仙主王孝先！药王爷得罪，得罪了！”

来人正是王孝先，他冲着来人团团一拜：“各位师兄辛苦！辛苦了！”

白须老者看了几眼王孝先，哼道：“小娃娃，你这个逍遥枝的仙主，不赶紧过关去木蛊寨，来此地作甚？”

王孝先边向白须老者走来，一边满面笑容地说道：“药王爷，我上次见到您老人家，有五年了吧，很想再见到您啊。”

白须老者摸了摸胡须，哈哈笑道：“小娃娃，你这个林木森的关门弟子，马屁功又有长进！你给我站住了，不准过来。”

王孝先立即站住，恭敬道：“是，是！”

白须老者又道：“你不去走青树关，跑来木家粮道干什么？还鬼鬼祟祟地偷看。你要不是林木森的徒弟，定把你化为大粪养树！”

王孝先沮丧道："我外出云游，辛辛苦苦赶回来参加大会，谁知月芽关被黑枝封了，又遇到了黑枝的灵蛊船，就没敢走青树关，想走个捷径到飞花关，就冒昧地到粮道来了。药王爷，我知道规矩，非粮队之人，木家弟子也不能接近，不能尾随，但……但……但……但是我真的想您啊，药王爷。"

白须老者骂道："滚滚滚！快滚快滚！拍你师父的马屁去！我不要你想！"

王孝先厚着脸皮说道："药王爷，我孤身一人，好害怕，药王爷能否通融一下，带我走一段啊。"

白须老者骂道："混账话！林木森怎么教出你这种不要脸的徒弟？"

王孝先委屈道："我觉得还好啊。"

白须老者又骂："我数十声，立即消失！一！"

王孝先赶忙后退，大叫道："胖子，胖子！你在哪里？"

"二！三！"

"胖子胖子！我刚才看到你了！我是病罐子！火门三关的兄弟！我留了胡子！"

"四！五！六！七！"

王孝先无奈之下，撒腿就跑。

"八！九！"

王孝先已经钻进山林，不见了踪影。

白须老者不见了王孝先，转头对身边的弟子问道："谁是胖子？"

一个微胖的弟子赶忙道："肯定不是我！我叫二胖子！而且我在火门三关时，还是瘦子。"

一个消瘦的弟子说道："你和王孝先不是一届火门三关的。"

微胖的弟子恍然大悟："原来如此啊。药王爷，那他肯定不是叫我。"

白须老者药王爷说道："去问问粮队里谁是火门三关出来的，绰号胖子。"

几个弟子忙称是，就要离去。

药王爷摸了摸胡须，又道："算了！一个逍遥枝的小仙主，胡言乱语，找什么胖子？简直胡闹！去催青云客栈大掌勺开饭！"

王孝先跑出二里开外，才停了下来，气呼呼地骂道："老杂毛！粮队有什么了不起啊！哎，怎么办怎么办？那个死胖子呢！"

"哪个是死胖子？病罐子你作死啊！"一股子四川口音传来，草丛中哗哗一响，钻出一个真的胖子来。

王孝先一见，乐得眉开眼笑："胖好味！就知道你听到我叫你了！"

这个胖子，正是与火小邪、病罐子一起闯火门三关，曾与火小邪、郑则道"联合"，过了第一关后，王家大院做偷盗任务，被郑则道利用后，让御风神捕生擒下来，后来被解救，有幸进了青云客栈当厨子。

胖好味嚷嚷道："你跟踪偷看粮队，没死已经走狗屎运了，临走还乱叫我的绰号，你不怕死，是想我死啊？"

王孝先欣慰道："你来了就好，来了就好！"

"你想干啥子？我好不容易有一次跟着粮队，去木蛊寨的机会，你别给我找事啊。"

"我有事请你帮忙！"

"可我在粮队里呢，我能帮什么忙？还有，我和你虽然是木家，我是青枝青云客栈的，你是逍遥枝的，交情没多好啊。"

"同闯过火门三关，同被郑则道害过，难兄难弟，这交情还不好？"

"没觉得。我们来木家这么多年了，咱们也没见过几次。"

"胖子，你真势利眼！混进粮队了，就不理人了啊？"

"好吧好吧，你说，我能帮什么忙？"胖好味嘀咕道。

"带我进粮队。"

"啊？你进粮队干啥子？"

"去木蛊寨啊。"

"病罐子，你是吃错药了吧，你是逍遥枝仙主，你自己进不去啊？嗯？难道你被木王逐出木家了？"

"不是不是，我自己一个人肯定能进，我是还有三个新收的徒弟，没洗过身，还不算木家人，你知道的，能进得了木蛊寨之人，只要愿入木家，一律接纳，所以我这三个弟子立即名正言顺了。别的地方不好进，想带着一起混进粮队去木蛊寨。"

"啊？病罐子，你是不是真的吃错药了？带着不是木家的人进粮队，别说他们，你有几个脑袋可以掉啊？不得行不得行，这个忙帮不了。我回去了！"胖好味转身要走。

王孝先一把将胖好味抓住，说道："我这三个徒弟里，有一个你不得不见的人！"

"哪个？"

"你跟我走！"

“我要回去了，我还要做饭呢！”

“走！走！就在前面山沟里！几步路！”王孝先生拉硬拽。

山沟里，火小邪、真巧、田问三人，全身覆盖着树叶枯草，只露出眼睛。

真巧说道：“道长去这么久了，不会有事吧？”

火小邪说道：“这个不要脸的死不了。”

真巧问道：“道长说的那个胖好味，和你一起闯火门三关的兄弟，真会来找我们吗？”

火小邪说道：“如果病罐子没死，这会还没回来，那就可能在与胖好味扯皮呢。哎！别说话，有人过来了。”

果不其然，有两人下到山沟里，还是拉拉扯扯个没完，一个要走，一个就是不让。

王孝先说道：“到了到了！”

胖好味嚷嚷道：“你说了一百遍到了，我再不回去，我师父大掌勺发现了，非弄死我不可！”

王孝先叫道：“真到了！火小邪！火小邪！”

胖好味一愣：“火小邪？”

火小邪不失时机地从树叶下一跃而起，直视着胖好味，动情叫道：“胖兄弟！”

胖好味不敢相信自己的眼睛：“火小邪？真的是你？”

火小邪快步走上，不由分说地把胖好味熊抱入怀，狠狠拍打胖好味的肩膀，如遇多年失散的亲兄弟，激动不已地叫道：“这么多年不见，这么多年不见！我是火小邪！好兄弟！我，我想死你了！”

胖好味睁着眼睛，张着嘴巴，不知该如何是好。

火小邪松开胖好味，双手扶在胖好味的肩头，很是高兴地说道：“你一点也没有变啊！还是和火门三关的时候一模一样！”

胖好味尴尬不已，伸手抓了抓后脑勺，说道：“火小邪，你也没变！”

火小邪爽朗一笑，转身对王孝先恭敬道：“谢谢师父成全！谢谢师父！终于得偿所愿！见到了故人！”

胖好味更是惊讶：“你……你……你……你是他的徒弟？”

火小邪说道：“是啊！为了能拜师父，能成为木家弟子，我可是苦苦求了三日！”

王孝先说道：“错了，是五日，我终于被你的诚心感动。”

胖好味张口结舌，吞吞吐吐道：“我怎么觉得我在做梦？这个世道变得太快了！”

火小邪又狠狠地将胖好味抱住，动容道：“我觉得我也在做梦！”又松开胖好味，深情对望道，“你可记得你当年从郑则道手中，救了我一命？”

“有……有吗？”

“当然有！你不记得了？胖兄弟，我可是绝不敢忘！”

“哦，哦，好像有。哎呀，火小邪，你……你……你这几年干什么去了，怎么混到要拜病罐子为师？你……你……你……你可是能过火门三关的人……”

“一言难尽！我这个火家弃徒，无依无靠，又没有师父帮扶，世道艰难，唉……不说这个了，我给你介绍我两个师兄妹！”

真巧、田问早已站起，但都站在原地，不上前来。

火小邪拉着胖好味介绍道：“这是我师妹木巧，这是我师兄木呆。”

真巧很乖巧地向胖好味行了个礼，而田问毫无表情，也无动作，只是站得笔直。

火小邪叹道：“我师兄有青盲症，前两年完全瞎了以后，人就有点痴傻了，胖兄弟不要见怪。”

王孝先上前一步，笑道：“胖好味，我就说你该来吧。”

火小邪恭敬拜道：“谢师父！谢师父！师父辛苦了！我感激涕零！”

胖好味嗓子里咕噜咕噜，见火小邪如此诚恳的模样，只能又尴尬又欣慰地笑道：“是是是！太应该了太应该了！火小邪也是我一直想见的人！”

王孝先说道：“胖子，你看，我这几个徒弟，还有火小邪……帮帮忙啊！想想办法啊！”

胖好味苦着脸，说道：“我怎么觉得这么别扭呢……那，那好吧，我只能尽力，如果我和青云客栈的大掌勺，也是我的师父，说不通，真，真的，我就没办法了。”

胖好味既然答应，众人便不敢耽搁，由胖好味带路向粮队方向赶去。

一路上胖好味没有多说什么，只是不断叮嘱：“一会儿你们一定要看我的眼色行事！千万别乱跑！”

众人知道粮队凶险，也都齐齐应了。

行至僻静处，胖好味带人钻进草丛，探头一看，不远处正有七八个人在生火做饭，忙得不亦乐乎，除此以外，倒没有什么异常，不见其他木家人。

胖好味转头对众人低声道：“我去去就来，你们千万不要乱跑，木家的各种药阵就在灶台附近，一旦被发现了，我们全部完蛋！”

胖好味刚刚说完，就听做饭处有人扯着嗓门大骂：“法克！法克！胖好味这个爱死猴死外儿了！”

胖好味一听，脸色大变，忙道：“我师父发飙了！我走了！你们待在这里！”说着，从草丛中钻出，急匆匆地向外赶去。

王孝先等人目送胖好味离去，火小邪不禁低声问道：“法克？爱死猴？外儿？”

王孝先说道：“应该是洋文里骂人的话！不太懂，田问，你知道吗？”

田问点了点头。

火小邪问道：“法克是人名？还是什么意思？”

“× 字。”

“× ？啊？那爱死猴呢？”

“不是什么好话。”

“……那外儿呢？”

“哪里之意。”

“原来如此！还真是会骂人！”火小邪暗暗翻译一遍，忍俊不禁。

王孝先赞道：“田问，你的学识真是渊博，连西洋文里骂人的话也懂，而且翻译得深入浅出，通俗易懂。”

田问慢慢眨了两下眼睛，也不答话。

火小邪问道：“怎么木家里还有人说洋文？”

王孝先说道：“胖好味的师父大掌勺，听说小时候生活在美利坚国，是个混血儿。”

又听外面一阵山呼海啸般的大骂，众人再不说话，低下身子，拨开草丛向外观望。

胖好味三步并做两步地跑到生火做饭处，一个身材高大，留着两撇浓粗胡子的中年男子跑出来，手里举着个锅铲，一把将胖好味抓住，大骂道：“法克！你看到胖好味了吗？”

胖好味委屈道：“师父，我就是胖好味啊！”

“谢特！你当我糊涂吗？”

“师父，可我就是胖好味啊。”

“谢特！你们这些不孝弟子，全部法克！”举起锅铲就要打。

有一个与胖好味穿着打扮相同，肥胖程度差不多的胖子赶忙跑来，拉住胡须男人，说道：“师父！师父！他就是二师兄胖好味！没错没错！”

这个胡子男，正是胖好味的师父大掌勺，胖好味身旁那个与他体型相当的胖子，乃是胖好味的大师兄胖大嘴。

大掌勺定睛一看，嗅了两嗅，醒悟道："果然是胖好味你这个爱死猴！你干什么去了？怎么身上有生人的味道？"

"师父，不是生人味，是屎味，我拉屎去了。"

大师兄胖大嘴也说道："是啊师父，哪有生人味，就是屎味。"

大掌勺扭头一看："法克鱿！乎啊又！"

胖大嘴忙道："我是你大徒弟胖大嘴啊，师父！"

大掌勺又嗅了嗅，骂道："果然是你！你们这两个劣徒，滚去做饭！谁再敢偷懒乱跑，通通法克！"说完就走，指着一处火灶大骂，"还不翻锅！菜要老了！法克鱿！"

胖大嘴赶忙拉着胖好味就跑，不住抱怨道："胖子，你怎么去这么久？那个逍遥枝的王孝先鬼鬼祟祟的，逍遥枝的人现在在木家地位不稳，你可不要与他打太多交道。"

胖好味叹道："他这个畜生乱嚷嚷，我不得不去见他啊。"

"你怎么心事重重的？"

"有……有吗？"

两人一边说，一边走到几个灶台边，几个弟子纷纷向胖好味、胖大嘴问好，让出炒菜的位置。胖好味、胖大嘴两人上灶，拿出锅铲翻炒，其余弟子见主勺的大师兄、二师兄已经回来，各自在旁侧择菜忙碌。

胖好味低声道："师哥，师父的健忘症好像越来越严重了啊。"

胖大嘴说道："这一路上尤其发作得厉害，可能是粮队的药阵对他有影响，要不是他健忘，你走了这么久，师父一定要罚你了！哎？胖子，你问这个干什么？"

"没什么没什么！"

"还没什么？你看你炒菜都心不在焉了！你要说就说！"

"唉，师哥，你说，粮队里能混进其他人吗？"

"干吗？粮队里混进其他人？找死呢吧？"

"可能不？师哥，你有三次跟着粮队去木蛊寨的经验了，到底有没有可能啊？"

"嗯……也是有的。"

"师哥，那你说。"

"冒充青云客栈的弟子，也就是混进我们里面，才有可能。胖子，你又套我话！你想干什么你？”

胖好味把锅铲一放，拉住胖大嘴就走，叫道：“小五、小六，帮着翻下锅，把菜盛了，再把素汤烧热。”

胖好味拽着胖大嘴去到一旁，咬着耳朵窃窃私语，胖大嘴眼睛瞪得滚圆，听胖好味把话说了，骂道：“胖子，你疯了你！就算我答应，师父也不答应！师父就算答应，药王爷的巡视过来，也会发现，那我们就惨了！你赶快让他们走，你现在越来越胡来了！”

胖好味说道：“师哥，我都答应别人了。”

“不行不行，绝对不行！”

“师哥……亲爱的师哥，你帮我想想办法嘛，我可以把五味地黄虎鞭汤的菜谱送你。”

“不行。”胖大嘴口气明显一软。

“六甲川子羹也送你！”

“胖子，你别想收买我啊！我这人心高气傲得很。”

“师哥！”

“胖子，除非你把九珍芳的配比告诉我。”

“啊？师哥你也太黑了吧！”

“不干拉倒！”

“……那那那那，那你有把握吗？”

“没有。”

“那不能给。”

“胖子，主要是王孝先他们四个，有没有本事瞒过师父啊，几个大活人，又不是石头。”

“师父不是有健忘症吗？只要你让小三、小四、小五、小六、小七、小八、小九他们不吭声，装糊涂，剩下是我俩与师父斗智斗勇的事。”

“我想想啊……成交！胖子，九珍芳先告诉我。”

“到了木蛊寨再说！”

“不行，就现在！”

两人还在拉扯，忽听一阵大骂传来：“法克鱿！你们又在偷懒！”

胖好味、胖大嘴惊得满身鸡皮疙瘩暴起，扭头一看，只见大掌勺挥舞着锅铲，向他们冲来。

两个胖子拔腿就跑，大掌勺紧追不舍，等跑到灶台前，胖大嘴身子一转，气定神闲地对大掌勺说道："师父，您有什么事，谁惹你生气了吗？"

大掌勺一愣，举着锅铲说道："对啊，什么事啊？"

胖大嘴说道："师父，这边几个灶台，有我和二师弟看着，您放心好了，谁敢偷懒，我就收拾谁。"

大掌勺将锅铲一收，说道："好！"转身离去。

胖好味连连吐舌，向胖大嘴伸出大拇指。

胖大嘴说道："九珍芳告诉我！"

胖好味叫道："成功了就告诉你！"

"不行！"

"不行！"

两人继续胡扯争论，一时间没有定论。

王孝先、火小邪等人在草丛中等了许久，眼见着下面青云客栈的一众人已经吃过了饭，正在收拾锅碗灶台，打点行李有离去的迹象。王孝先不禁犯了难，愁道："胖好味怎么还不回来？"

火小邪也是眉头紧皱："看样子要收拾收拾走了。"

真巧亦道："胖大哥走的时候，看着挺为难的，可能他也没有办法吧。"

王孝先骂道："胖好味真不够兄弟！火小邪演得这么投入！我都感动了！胖好味太铁石心肠了！我瞧不起他！法克他！"

火小邪耳朵一竖，喜道："少安！少安！胖好味来了！"

王孝先奇道："没他的味道啊？"

火小邪说道："是脚步声，还有一个人跟着他。"说着转头看向另一边，并不是胖好味离去的方向。

王孝先赞道："你耳朵居然这么好使！"

不过片刻，胖好味和胖大嘴两人，从火小邪所看的方向钻出，急急忙忙赶来相聚。

众人很是兴奋，彼此点头相认，胖好味介绍道："这是我大师哥胖大嘴，他来帮我们。"

胖大嘴与王孝先、火小邪、真巧、田问等人抱拳相认，眼睛却落在真巧脸上："啊？你是女的？胖子你怎么不早说有女人？"

胖好味奇道："男女有什么不同？"

胖大嘴急道："师父最不能见女人！特别是漂亮的女人！你什么时候见过师

父身边有女人？完了完了，这事办不了了，我走了！”

胖好味死死拉住：“师哥你这个赖皮！我可是说了九珍芳了！”

胖大嘴愁道：“我不是赖皮，师父一见女人就会出问题的！”

胖好味惊讶道：“出什么问题？我怎么不知道？”

胖大嘴说道：“反正师父不能见女人！”

“见了会怎么样？”

“不知道，反正师父说他决不能与女人待在一起。”

“师哥，你就是耍赖！”

“天地良心，我耍赖我就是你孙子。不行不行，这个忙帮不了，我走了我走了！”

胖好味就是拉着不放，胖大嘴无奈道：“我把我的三心酱配方告诉你好了吧，公平了！各位，各位，不好意思啊，帮不了你们了。”

眼看着胖大嘴离去之意甚是坚决，真巧脆生生地说道：“这位大哥，我可以装成男的，我经常装男人！”

胖大嘴说道：“姑娘，你外表装得再像，还是女儿身啊。瞒得过一时，瞒不了一路啊。”

王孝先正义凛然地说道：“大掌勺按理说不是好色之徒，如果他对我的徒儿有非分之举，刚好抓他的把柄！”

真巧很诚恳而坚决地说道：“我一定瞒得住！请大哥相信我！大哥！请你不要走！帮帮我们！”

胖大嘴见真巧目光恳切，不由得犹豫起来。

真巧一把握住胖大嘴的手，俯下身子，很自然地将脸靠近胖大嘴的手，又道：“大哥！求你！”

胖大嘴一个哆嗦，脸唰地红了，异常明显。他慢慢将手抽出，结结巴巴道：“英雄难过美人关……我，我尽力吧……你……你……你，千万别这样……”

谁也没有想到，真巧轻轻一握，竟有如此大的效力，刚才还是铁了心要走的胖大嘴，立即折服在真巧的一双小手之下。

胖好味、王孝先、火小邪都愣了一愣，立即开心起来，只有田问歪了歪嘴，死着脸毫无表情。

胖好味拿出包裹，展了开来，拎出几件衣服，说道：“换上换上！除了随身物品，其他都不要带了！”

王孝先掩鼻道：“这些衣服多久没洗了？又臭又酸！”

胖好味说道："你不穿，就等着被发现吧！"

王孝先说道："虽说肮脏，却有奇效！高明高明！"

胖好味将衣服分了，又拿出一把菜刀，指着王孝先说道："把你的胡子剃了！"

王孝先大惊失色："还要剃胡子？"

"当然！我师父的弟子，都不准留胡子！他对胡子特别敏感！"

王孝先心急之下，一把拉住胖好味的手，学着真巧的样子，把脸要往手上靠，"请你相信我，我的胡子一定能瞒得住！"

胖好味一把将王孝先甩脱，斥道："你太恶心了！剃了剃了，必须剃了！"

山下生火做饭的地方，行李已经收拾停当，正在一件件往黑牦牛的背上安放。大掌勺双手叉腰，来回检视，指着一个弟子大骂："胖好味你这个劣徒爱死猴！使点劲！绳子怎么绑得那么松！吃了就拉的谢特！"

那弟子委屈道："师父，我是小五啊。"

大掌勺定睛一看，骂道："法克鱿！你明明是小八！"

"我真的是小五！不是小八啊师父。"

"法克鱿！说你是小八你就是小八！"

"是！师父！"

大掌勺转身又骂道："胖好味你这个爱死猴，还有胖大嘴你这个爱死猴，滚出来！"

"来了来了！"只见有六个人从山林中钻出，急急忙忙地向大掌勺跑来。

打头两个正是胖好味和胖大嘴，他们身后四人，穿着同样的青色短褂，正是火小邪等人。火小邪紧跟着胖好味身后，身旁是剃光了胡子的王孝先，一直哭丧着脸。真巧则将头发藏在帽子里，半躲在火小邪身后，再往后，则是木头人一样的田问。

大掌勺骂道："你们五个，去哪里了？"

胖大嘴说道："师父，不是五个，是六个！"

大掌勺一数："这不是七个人吗？你们七个，滚去哪里了？"

胖好味哼哼唧唧地说道："我们，我们集体去，方便了一下。"

胖大嘴接过话道："山高路远，提前方便。"

大掌勺骂道："吃了就拉的谢特！我怎么会有你们这些劣徒！快滚回去装东西！耽搁了行程，法克你们！"

两胖赶忙应了，带着火小邪他们要跑。

大掌勺叫道：“你们站住！小七！你眼睛怎么了？”

田问站住，说道：“我是小四。”

大掌勺走上前去，盯着田问的眼睛看了看，说道：“你是小四？”

田问说道：“对！”

大掌勺怒哼一声：“小四的眼睛怎么会是瞎的？你是谁？”

胖大嘴赶忙出面，唤道：“师父，你又忘了，小四得了青盲，还没有治好，一直是瞎的啊。”

大掌勺拍了拍额头，说道：“哦！对！”马上又怒上心头，骂道，“不对！小四能说会道，怎么这么呆！”

胖大嘴又解释道：“师父，你记错了，小四话少，是小六话多。”

火小邪赶忙说道：“师父，我是小六，是我话多，四师哥一直这样，师父您万安。”

大掌勺又拍了拍额头，说道：“哦！对！快滚快滚，收拾完东西，准备上路！”

众人虚惊一场，胖好味赶忙带着火小邪等人跑至一堆杂物前，往牦牛背上装运。胖大嘴则前后奔跑，与青云客栈的弟子耳语，这些弟子很是听从胖大嘴的吩咐，只看了火小邪他们几眼，并不多言。

火小邪见大掌勺骂骂咧咧地走去队伍最前，相隔甚远，这才低声对胖好味说道：“胖兄弟，谢谢你了！”

胖好味苦笑道：“火小邪你别客气！这趟要谢的是我师哥，我师父闹健忘病，带队的其实是他。只是我们想瞒过我师父，还差得远。走一步看一步吧。”

王孝先哀声自言自语道：“我的胡子……唉……蓄须九年，一朝分离，何等之惨啊。”

王孝先神神道道的，也无人愿与他废话胡子的事情。

真巧说道：“胖大哥，我开始快吓死了，生怕你师父认出我是女子，看上去还好啊。”

火小邪也道：“确实没想到这么顺利！”

胖好味说道：“哎！这个多亏了你们穿的衣服，又是急急忙忙出发的时候。可是粮队一旦拔寨出发，药阵就有变化，我师父有可能恢复记性，他是个老妖怪，你们千万不能大意。”

王孝先还是委屈道：“我的胡子啊，胡子乃我血肉，今日一断，犹如丧子之痛！”

火小邪实在听不下去，但又不好对王孝先发作，只能安慰道：“师父，胡子还能再长，性命只有一条，师父请节哀啊。”

王孝先说道："好，我知道了，哎……生亦何欢死亦何惧，胡子不在，面无遮拦，很是不习惯，很是不舒服，很是伤心难过，如同半条命也随着我的胡子逝去了，行尸走肉一般，行尸走肉啊。"

就听前方大掌柜大吼道："胖大嘴，赶快把人数清点一下，聚拢收队！准备启程！法克！胖大嘴你这个爱死猴，听到没有？你嘴巴长着干什么用的？"

就听胖大嘴吆喝着回应："听到师父！听到了！"

随着胖大嘴的张罗，青云客栈四散在各处的黑牦牛开始聚拢，头尾相连的排成一排。

就听低沉的呜呜牛角号声，在前方骑在一头黑牦牛背上的大掌勺吆喝道："来次够！"（即是英文"Let's go"出发之意。）黑牦牛随着号声，也缓缓移动了起来。

王孝先、火小邪、真巧、田问四人混在青云客栈队伍的中部，跟随着胖好味，学着青云客栈其他弟子的模样，把持着牦牛，默不作声地行走起来。

这支外人极难侵入的木家粮队，便神不知鬼不觉地混入了四个陌生人，实乃大忌。木家是五行世家，贼道上一支顶尖的力量，依旧逃不脱"内应""行贿""走后门"这几件事。

粮队从虎跳崖下启程，逐渐向山上小路行去，可以清楚地看到，粮队的牦牛队连成紧紧的一串，一眼见不到头，十分地浩大。

而火小邪他们隐藏的青云客栈队伍，则是落在粮队最后，带队的大掌勺在最前，与队尾仍然间隔了两三丈远，显得离群而孤零零的。其实这是粮队的固定安排，青云客栈的队伍，主要负责这上百号人的饮食，吃到嘴里的东西，如果受了粮队的药阵污染，多少有些不妥，这是其一。其二，青云客栈的弟子，虽隶属木家青脉，却不如王孝先这些人有木家本事，普通弟子稍有不慎，可能被自家药阵反噬，徒增伤亡，故而稍微间隔几丈，以免误伤。再次，粮队运输的物品，最重要的都在队伍中部，相比之下，最后的青云客栈伙夫团，则无关紧要。

至于青云客栈落在最后，是否还有防盗之意，不得而知。

话虽如此，别小看了青云客栈，他们队伍说来次要，也不是想混就能混的，若不是有内应胖好味、胖大嘴，领队大掌勺有严重的健忘症，火小邪他们贸然上前，仍是找死一般。

有些强大得无法靠近的队伍，确实有不为人知的漏洞，只是这些破绽，想要知晓，天时地利人和缺一不可。

火小邪他们无疑是幸运的，也应了火小邪之前的判断。想那火小邪口中所说的“天下第一镖局”，被四个无名小贼混进去偷了东西，仍不知道怎么回事，定是四小贼走了狗屎运，歪打误着，失窃实属偶然中的必然。

传说明朝末年，宦官当权，一个大太监敛财甚巨，坐拥奇宝，但生怕丢了，就找人来修了一个九九八十一道机关的藏宝阁，号称全天下只有他一人能进。结果藏宝阁才修好不过一年，里面就丢了最值钱的一件宝物。这件事与五行世家无关，偷宝的乃是这个大太监的男宠。那男宠心机颇深，早有自立门户之意，早在修建这个藏宝阁的时候，就已经收买了工匠，留了一个粗不过大腿的通气管道。这个男宠训练了一只猴子，教会它在管道里爬行，又仿造了这件宝物，让猴子见到此等物件，必须偷出。于是乎，一年后依计而为，果然一次成功。大太监见丢了宝物，伤心欲绝，很快病死。

所谓偷盗，便是如此，有刹那之功，也有十年蓄谋，许多大案看着毫无头绪，实际上是没有猜对人心，盗者十年前便在用心布局，岂是轻易看得破的？

暂不表这些民间偷盗野史，说回火小邪这边。

四人混在粮队里，一路小心不已，庞大的粮队无论前后，只听到黑牦牛行走闷叫之声，就没有人大声说话喊叫。火小邪他们自然不敢交头接耳，只是一直盯住前方的大掌勺，生怕他有什么异动。

可是千猜万想，居然一路无事。大掌勺除了与胖大嘴低声耳语过几次，几乎没有回头向后看过。大掌勺是否如胖好味所说，行走途中健忘症会有好转，也就不得而知。

粮队攀山越岭，一路也不休息，翻了数座山头之后，天已经慢慢黑了下来。

队伍还是没有停下的意思，牦牛尾上的荧光闪亮，又在山间爬行，远远看去，如同头顶的半山腰处山林间，有飘浮着的光团在时隐时现，煞是神秘好看。

再走了约莫一个时辰，粮队行至一个山头，便不走了。

大部队向山顶聚拢，如白天一样，上百头牦牛团在一个圈内，不再走动，粮队中人，四处布阵，撤到外围休息。而青云客栈的八九头牦牛，则与牦牛群相隔甚远，其余人等，虽能彼此遥望，却并不行走往来。

就听大掌勺闷声叫道：“生火做饭！谁敢偷懒，法克！”

胖大嘴前后走动，张罗起来，众人七手八脚卸下行李食材，埋锅打灶，准备生火做饭。而大掌勺则向前走去，与药王爷所属的弟子交谈，连连点头。

不过多久，就见大掌勺兴冲冲地走来，喝道：“药王爷今天高兴，我们比预期走得要快！青云客栈众弟子听了！”

连同火小邪等人在内的一众弟子齐念："师父请吩咐！"

"粮队劳累，今晚整夜休息，拿出各自好菜，精补体力，所用食材，一律放开！"

胖大嘴、胖好味等一众弟子听了，纷纷欢呼，对于他们来说，能随心所欲地做菜做饭，比能够整夜休息似乎更让人高兴。

大掌勺哈哈大笑，说道："所有弟子，每人做一道小菜来！我要逐一尝尝！做得最好的，送给药王爷品尝，不得有误！哈哈哈，拉可的！"

众弟子摩拳擦掌，一个个跃跃欲试，而火小邪听了，只觉得头皮一麻。

做菜？这不是要了我的小命吗？这辈子都没有摸过灶台！火小邪暗骂道。

王孝先也是一头冷汗，低声道："完了，这下完蛋了！"

胖好味本来也兴高采烈，等反应过来，立即意识到事情的严重，赶忙把火小邪、真巧、王孝先、田问四人叫到一边，一边假装指挥着搭灶，一边愁道："火小邪，你们趁着黑，快跑吧。做菜这件事，你们绝对瞒不过去的。我那师父，味觉无人可比！他脑子再健忘，饭菜的味道，他绝对不会弄错的。"

王孝先要摸胡子，没有摸到，只好匆匆摸了下巴一下，问道："你们能帮我们几个做四道菜吗？"

胖好味说道："我也想啊！可我们做菜，九分规矩一分火候，菜品如人品，师父让我们斗菜，那是一点花样也玩不了的。不要耽搁了，你们快跑吧！你们再不跑，师父过来看灶火，你们就跑不了了！"

火小邪咬牙道："那我们四个，就拼了，一人做一道菜！我会做烤地瓜！扒了皮，再加糖搅一搅，也是菜了！"

真巧也道："我会炒七八个菜，应该味道不错。"

田问严肃道："我会烙饼。"

胖好味抓耳挠腮道："疯了疯了，我师父敢说是天下第一的厨子，你们这些三脚猫做菜法子，菜还没有下锅，就被发现了！一下子和你们说不清，快走吧！快走！"胖好味上前就要拉着火小邪和王孝先走。

火小邪坚持不走，低声道："输在灶台上，怎么让人甘心？不试一下怎知不行？"

胖好味求道："火兄弟，做菜和做贼，一个天上一个地下，天地之别，你们没有刀具，连斗菜的单灶案板都不知道怎么弄，别想了！"

火小邪凝神苦思，说道："那我们先离开，躲在附近，等你们启程前再回来？"

胖好味哦了一声，转念一想，说道："这个主意听着还行！那就这样了，我带你们先走！"

众人不敢耽搁，只好由胖好味带着，趁着夜色向林中潜去。

可钻入林中，没走多远，刚跨入一小片空地，火小邪却脚步一停，念道：“胖大嘴……这里不对劲！”

胖好味向前张望，说道：“哪里有人？”可话音刚落，胖好味立即吓得汗毛倒竖，脚一软扑通一下跪倒在地。

只见从一棵大树下，一个魁梧的身影慢慢站起，手里拎着另一个人的衣领，一把将他丢出。

来人正是大掌勺，而他丢出的那人，正是胖好味的师兄胖大嘴。

火小邪暗惊道：“这个大掌勺好厉害，好像与草木化为一体，要不是胖大嘴有声息，我根本不知道他在。”

田问轻哼道：“木象人术！”

王孝先看清来人，面色惨白，再迈不开脚去，田问身若磐石，亦是纹丝不动，只有真巧略显慌张，赶忙躲在火小邪身后。

大掌勺有如天神下凡一般，瞪着眼睛，手持一把锅铲，向前走了几步，站立不动，低喝道：“胖好味，你要去外儿？”

胖好味看了眼跪在地上不敢动弹，也不敢抬头的胖大嘴，呜呜几声，指东指西地说道：“师父，师父，我带他们，集体撒……撒尿……”

大掌勺厉骂道：“劣徒！法克鱿！还敢骗我！你当为师还在健忘吗？”

胖大嘴伏地哀声道：“胖子，师父……师父恢复了，你……你别瞎说了，承认了吧。”

胖好味一听，啊的一声叫，立即磕头不止：“师父，师父，我不是有意的，我不是有意的！您大人有大量，大人有大量！”

大掌勺指了指火小邪四人，说道：“你们胆敢收买我的徒弟，混进木家粮队！我知道你们这两个劣徒，当我健忘，合伙骗我，可我告诉你们，我在路上已经清醒，知道队伍里多了四个人。我之所以一直不说破，是怕药王爷责怪我无能。我说要斗菜，就是看你们想往哪里跑！嘿嘿嘿，你们几个小家伙，胆子真不小啊，今天你们死定了！”

王孝先上前一步，伸手道：“且慢！大掌勺！我是逍遥枝仙主王孝先，林木森的徒弟，你先听我一言。”

大掌勺骂道：“王孝先，你若不是林木森的徒弟，我还会饶你不死，放你滚蛋！可我与林木森那老骚货有数十年的旧仇，今天你犯了粮队大忌，会比其他人死得惨烈万倍！”

王孝先惊道："不是吧！我师父怎会与你有仇？大掌勺，你……你……你是不是记错了！"

大掌勺骂道："此仇不共戴天！"

胖大嘴惨声道："王孝先，你们赶快自尽吧，免得受苦……"

大掌勺一脚把胖大嘴踹翻，骂道："我一会儿再收拾你这个劣徒。"

胖好味也哭道："火小邪，对不起，求你们想办法自杀吧，我不知道师父来了，是我害了你们。"

火小邪眉头紧皱，却坏笑道："大掌勺，你不要欺人太甚。"

王孝先手心向心，突然脸色惨白，说道："火小邪，别说了……我们确实没救了。"

大掌勺嘿嘿笑道："王孝先，算你还从老骚货那里学了点本事！"

王孝先哆哆嗦嗦从怀中取出三个黑丸，说道："火小邪，田问，真巧，你们分了吧，一人一丸，吃了没有痛苦。"

火小邪喝道："病罐子，你怎么这么没出息！"

王孝先说道："不是我没有出息，这里方圆十步，全是大掌勺的悲苦莱剧毒，木家十毒阵排第四位，我们几个是破解不了的……而且，只要闯进来了，就没有逃出去的可能，大掌勺想让谁死，谁就会死……大掌勺，我们就这么大的罪吗？你要用五年性命杀了我们？"

大掌勺恨道："我自从在粮队做事，从未出过差池，更何况，是老骚货林木森的爱死猴弟子破我清誉，十恶不赦！五年性命如何？岂能让你们今天跑了！法克魷！！"

王孝先举着黑丸，恳求地看着火小邪、真巧、田问："吃了吧……我就说不要混进粮队，现在后悔已经来不及了。我一路寻思，做了这三个药丸，没想到真用上了……"

火小邪决然不接，哼道："王孝先，大不了斗个你死我活！"

王孝先还是说道："没用的……"

田问默默站出一步，伸平手掌，示意道："领教！"说着身子一抖，猛然僵直，面色如土，只要是人，便可感觉到田问的气息骤然消失，人气全无，好像石化一般。

田问嗓子里挤出一句："请！"说着，如同机械一般，硬邦邦向大掌勺走来。

大掌勺喝了声："倒！"

田问毫无反应，依旧慢慢向大掌勺走来。

大掌勺略退半步，哈哈笑道："法克法克！我有三十年没见过有土家人能施展出身土不二这种奇术了！好得很，你果然是土家双修的奇人！我若没猜错，你是田问！”

田问嗓子里响道：“正是！”

大掌勺恨道：“身土不二施展开来，确实百毒难侵！可惜啊可惜，今天若只有你在，我还真是奈何不了你！”大掌勺不看田问，却看向火小邪，轻喝一声：“跪下！”

火小邪见田问丝毫不惧大掌勺，本是极为振奋，运力打算抓住机会，飞袭大掌勺，可耳边猛听到大掌勺这么一念，却立即感到全身每个毛孔如同针扎一般，难受得无以复加，膝盖、关节之处，如同大锤猛击过，酸胀异常。

火小邪不由得闷哼一声，身子一抖，就有跪下之势。但火小邪岂是说跪就跪之人，钢牙咬得嘎嘣作响，催全力与这种剧痛抗争，踉跄一下，生生不倒。

大掌勺笑道：“哈哈哈！你这小子居然是个火家的人物，好大的火气，可惜！你们火家不惧金、土、水三行，唯独在木家这里有五行制化复胜之弱，你再大的火气也行不通！给我跪下！”

火小邪再度闷哼一声，七窍一痛，口鼻双眼全部淌出血水来，依旧不跪。

王孝先惊声道：“火小邪，你不要扛了，扛不住的！”

真巧更是吓得花容失色，扶住火小邪惊叫道：“火大哥，你怎么了！”

女声一出，就见大掌勺呆了一呆，五官骤然扭曲，歇斯底里一般喝道：“还有女人！你们两个劣徒，找死！”

胖好味、胖大嘴两人闷叫一声，直挺挺地翻倒在地，四肢抽搐，口吐白沫。

大掌勺咆哮道：“田问，卸了你的身土不二！我留你活命！你要再敢过来，让此人生不如死！”说着指向火小邪。

火小邪哇地喷出满嘴鲜血，再也无法控制，跪倒在地，难受得直翻白眼。

田问眼神中微微一闪，已是站立不动，嗓中低喝：“卑鄙！”

大掌勺又道：“田问，我不是卑鄙！而是知道你能在此，必然与他有关！而且关系很不简单，近乎生死之交。我最后问你一句，你是愿他受尽折磨而死，还是卸了你的身土不二？”

火小邪身上的所有感觉并未消失，反而更加敏锐，故而每一丝剧痛均能刻在脑中，回避不得，所以对大掌勺所说听得真切。

火小邪挣扎道：“田问，不用管我！”

大掌勺骂道：“还能说话！”手掌一握，又是发力去毒火小邪。

火小邪呜咽一声，歪倒在地，大口喘息起来，全身的剧痛，已经接近自己忍耐的极限。

田问张嘴叫道："住手！"他既然张嘴，身土不二的功力便卸了。

大掌勺哼道："可怜的土家人！跪下！"

田问微微颤抖一下，便也扑通一下，跪倒在地，闭目不语，只见额头冷汗大颗大颗地滚下，显然也中了大掌勺的悲苦菜毒。

大掌勺见终于制服了火小邪与田问两人，大喘几口气，瞪着眼睛说道："王孝先，这三人不可能是你的弟子！光田问一人，就胜你数倍！说，你带他们进木蛊寨，什么目的？"

王孝先惨声道："事已至此，只恨我学艺不精，闯入你的悲苦菜毒阵还浑然不觉。你杀吧，我没有什么好说的。火小邪、真巧、田问，来世再见。"

大掌勺哼了声，说道："现在还轮不到你！最该死的是这个叫火小邪的家伙，竟能靠狗屁火门三关的情义，让我的俩徒弟为你们办这等混蛋事！火小邪，田问言出必行，我也遵守信用，让你死得痛快！"

大掌勺话语一落，火小邪立即剧烈地抽搐起来。

就听真巧大叫一声："爹！求你饶他一命！"

大掌勺全身一震，不可思议地看着真巧，颤声道："你……你叫我什么？"

大掌勺此话一出口，火小邪的抽搐也停止下来，双眼紧闭，缩成一团，只是微微喘气，已似昏厥。

真巧含泪叫道："爹！"

大掌勺脚下一软，双眼中又是惊喜又是恐惧，直勾勾地看着真巧，言语混乱："你……你叫我爹？"

真巧哭道："是！是啊爹！我是你苦命的女儿啊！求你饶了火小邪他们吧！"

大掌勺眼睛发红，竟涌出泪水来，颤巍巍向前走了两步："不可能，不可能！"

真巧哭道："我娘死前告诉我，天下只有爹会用悲苦菜毒，爹。不要杀他们！求你！"

"不可能，不可能，你娘叫什么名字？"

"林悲花。"真巧哭道，双眼却与大掌勺牢牢对视，瞳孔中隐约有一丝丝的光芒闪动。

大掌勺哇的一声叫，抱住脑袋，跪倒在地，浊泪长流，一边拼命敲打脑袋，一边哭道："不可能，这不可能！我女儿死了，我妻子也死了！可你为什么是我的女儿？为什么叫我爹？"这么念了两声，突然身子一硬，垂头再不动弹了。

大掌勺跪倒在地，不知生死，似乎这个毒阵也失去效力，田问眉头一松，立即站起。

王孝先看了看真巧，又看了看大掌勺，刚才真巧与大掌勺的一番对话，竟让大掌勺跪地不起，实在匪夷所思。

王孝先喃喃道："居然，破阵了？"

王孝先向真巧看来，真巧正伏在火小邪身边，用力在火小邪脖颈处的一个穴道按下，火小邪本有醒来的迹象，被真巧这么一按，嗓子里轻哼一声，完全昏厥过去。

不等王孝先说话，真巧抬起头来，狠狠地看向王孝先，满脸杀气地低声道："你走你的阳关道，我过我的独木桥，我的事情与你无关，不会妨碍到你。但你敢对火小邪多说一句，就杀了你！"

这冷冷一瞥，激得王孝先一个哆嗦，一股子惧意涌来，赶忙闭嘴不问。

田问向真巧看了眼，也不多说，快步走到大掌勺身边，探手一摸，说道："他还活着。"

真巧站起身来，对田问说道："田问，我知道你早就猜出我的身份，感谢你一直不说破，今天我所做的事情，也请你不要与火小邪说。"

田问点了点头，沉声道："不会，放心！"

王孝先还是忍不住，小心翼翼地问道："真巧姑娘，刚才怎么回事？"

真巧冷冷答道："我抓着了机会，唤他一声爹，叫出了他的心魔，方才能够制住他，要不然今天，我们谁也逃不出去。"

王孝先赞道："水家的乱魂眼？你是水妖儿？"

真巧闭上了眼睛，脸上杀气一退，语调柔和起来："我不是水妖儿，我是真巧。道长，请你不要对火小邪说，谢谢你了。道长，还要麻烦你把火大哥救醒。"

王孝先应了声，上前在火小邪脖颈处推拿几下，火小邪啊的一声轻叫，睁开了眼睛，腾的一下坐起。

真巧满眼是泪，抱着火小邪说道："火大哥，你活过来了，吓死我了。"

火小邪直喘粗气，看到大掌勺跪在不远处，垂头不动，不禁低喝道："好险！田问兄，你没事了吧？"

田问点头称是，走到胖好味、胖大嘴身边，将他们一一扶起，在他们背后拍了两掌，这两人喷出一口瘀血，便醒了过来。但两人脸色发白，直翻白眼，身子虽恢复，还是不能言语。

火小邪搂紧了真巧，安慰道："别哭别哭，我没事了！"

真巧重重嗯了声，忍住眼泪，搂住火小邪的胳膊，靠在他的肩头。

火小邪问王孝先道："病罐子，怎么回事？我们得救了？"

王孝先说道："你差点就死了，多亏真巧急中生智，喊大掌勺一声'爹'，他不知怎么，就跪倒昏了过去！"

火小邪抹去鼻下鲜血，笑道："真巧，你怎么想喊他爹？我昏倒之前，好像听到你与大掌勺对话。"

真巧轻声说道："我看你要死了，情不自禁地想求大掌勺，于是脱口而出，叫了他声'爹'，求他不要杀你。我也不记得还说了什么，只是不停地胡说，他就跪倒不动弹了。"

火小邪欣慰笑道："真有你的，歪打误撞，救了我们一命！看来危难之时，呼喊爹娘，是有用的。来，真巧，扶我一把。"

真巧扶着火小邪站起，火小邪松了真巧，动了动腿脚。

王孝先问道："你感觉怎么样？"

火小邪说道："刚才以为肯定死了，现在除了有点累，没有什么不适。嗨！这种疼真是不想再尝一次了。"火小邪站直了身子，向田问抱拳一拜，感激道："田问兄，你刚才大义救我，不顾自己安危，此生此世，我都欠你这个大恩情。"

田问快步上前，扶住火小邪胳膊，低声道："惭愧！"

火小邪动容道："有你这样的兄弟，此生无憾！"

王孝先叹了声，上前说道："先别称兄道弟了，大掌勺还没死，我们还是快走吧，等他醒来，说不定又糟糕了。"

火小邪轻轻点头，说道："想想也确实没有其他的办法了……我们走吧。"

众人正要走，就听哇哇大哭，转头一看，只见胖好味已经清醒，向大掌勺爬去，号道："师父！是我害了你！是我害了你！"胖大嘴也身子一滚，挣扎着站起来，双眼通红，指着火小邪等人骂道："你们杀了我师父！别想走！"

王孝先忙道："他没死！他没死！你们弄清楚再说话！可是他要杀我们，我们虽走，却没有杀他的意思，胖大嘴你也太过分了！"

胖好味已经爬到大掌勺身边，探出的确没有死，方才叫道："大师兄，师父还活着。"

胖大嘴一听，又惊又喜，哭道："师父，师父！"哭着又转头叫道，"既然我师父没死，你们还不快走！"

王孝先骂了声："我还不想留呢！"

火小邪也抱拳道："胖大嘴，胖好味，你们保重，多谢一路照顾！连累了你们，无以回报，但求后会有期！”

四人就要离开，忽听一声沉哼：“女儿……女儿……你不要走，爹在这里……”

王孝先大惊道：“快走！快走！他醒了！”

只见大掌勺抬起头来，老泪纵横，指着真巧所在，颤抖着双手，哭道：“女儿啊，女儿，你不要离开我，你要去哪里，爹陪你去，只求你留在爹的身边，爹几十年里，无时无刻不在想你和你娘，你怎么舍得抛下爹？女儿，求你与爹说说话吧。”

大掌勺真情流露，说话让人心酸不已，火小邪他们一时间迈不出脚步，众人纷纷向真巧看来。

真巧双眼也隐隐含泪，犹豫了片刻后，说道：“爹……你能带我和我的朋友，去木蛊寨吗？”

大掌勺一愣，欣喜地叫道：“这有何难？你就算不说，我也想带你去！女儿！爹好高兴！”挣扎着就要站起，可还没有站起，身子一个趔趄，咕咚一下头冲下直撞地面，直挺挺地竟又昏了。

本来听大掌勺要带着众人去木蛊寨，实属意外之喜，可大掌勺再度昏厥，又出乎意料。

王孝先哎呀道：“这这……这到底……我们是走还是不走？”

胖好味、胖大嘴见大掌勺再度昏厥，赶忙扶起大掌勺，连连按摩。

胖大嘴说道：“虽然我不知道怎么回事，怎么真巧你是师父的女儿？但你们还是先走吧！”

胖好味也道：“是啊是啊！”

“法克！”大掌勺豹眼猛然圆睁，气势汹汹地一跃而起，吓得胖大嘴、胖好味连退几步。

大掌勺威风如旧，瞪着眼睛环视火小邪等人。

火小邪心中一凉，暗骂：“不好，他恢复了！这下糟了！”

大掌勺骂道：“法克！我怎么在这里？你们是谁？是不是我的劣徒？”

这一句，把大家又弄得云山雾罩。

胖大嘴熟悉大掌勺，赶忙堆出满脸笑容：“师父，我是胖大嘴啊，你带着我们来拉屎，你忘了啊？”

胖好味立即给火小邪等人打眼色，一边对大掌勺说道：“师父，我是胖好味啊。”

大掌勺两边一看，说道：“的确像！不对！我女儿呢？法克鱿！我怎么会带着我女儿一起来拉屎！”说着向真巧跑来，一边叫道，“女儿，是不是他们合伙欺负你了？”

真巧无处可避，让大掌勺牵着手，战战栗栗地说道：“没……没有，他们……是……是爹你怕我一个人不安全，陪我来的。”

大掌勺猛拍脑门，骂道：“你看你爹我的记性！”说着，瞪向火小邪、田问、王孝先，“你们是谁？”

火小邪忙道：“我是小六。”

王孝先跟着说道：“小五。”

田问沉声道：“小四。”

大掌勺哼了声，回头大骂：“胖大嘴胖好味你们两个爱死猴！统统回去！法克！还有，谁敢欺负我女儿，法克死！”说着，拉住真巧便走。

胖大嘴、胖好味张着嘴巴对视一眼，胖大嘴喃喃说道：“那……那……那……那……我们就回去吧。”

不知道这一切，是真巧的功劳，还是大掌勺的健忘症使然，让他脑子里既健忘又混乱不堪，估计他此时坚定地认为，真巧一定一直在队伍里。反正，本该无法避过的一劫，就这么稀里糊涂地化解了。

真巧被大掌勺拉着，又羞又惧地向火小邪他们看来，表情分外复杂。

王孝先嘀咕道：“真会装……”

“什么？”火小邪问道。

“大掌勺真会装……”王孝先的反应快如闪电，迈步就走。

“哦……大掌勺会装吗？”火小邪轻笑一声，懒得再问，随众人快步跟着大掌勺而去。

莫名其妙的一晚，就这么有惊无险地度过。

大掌勺健忘症发作得厉害，除了不会认错真巧是他的女儿外，其余的事情一概糊里糊涂，胖大嘴恢复了他实际掌管青云客栈众弟子的身份，什么斗菜，一概当大掌勺没说过。

大掌勺一晚上吩咐了胖大嘴近百次，不能让粮队其他人发现真巧是个女孩，这让胖大嘴连回答的力气也快没有了，但又不能含糊，每次必须像第一次一样对天发誓，精神饱满地信誓旦旦一番，大掌勺方会作罢。

大掌勺做菜不会糊涂，忙前忙后地给真巧做饭，与真巧窃窃私语，显得很是开心。真巧先前看着还有几分畏惧，后来也和大掌勺聊得开心，掩着嘴笑个不停。至于他们说了什么，无人知道，火小邪虽在旁边守望，看到他们的状态，渐渐也放心下来。

真巧一夜未回，可能大掌勺照顾着睡去，火小邪虽说身边少了真巧，略感孤独，但出乎意料的，竟踏踏实实地睡了个好觉。

直到第二天天明，粮队又传来启程号角，才看到真巧蹦蹦跳跳地回到火小邪身边，众人询问几句，真巧也不多说，只是强调大掌勺其实是个很有趣、很慈祥的父辈，能叫他一声爹，并不吃亏。

粮队再度前进，大掌勺依旧坐在最前的黑牦牛背上，不过与昨日不同，大掌勺时不时回头看看真巧，很是关切。每每大掌勺回头一看，真巧都会甜笑着回应，惹得大掌勺呵呵憨笑不已，很是满足。

又过半日，粮队翻了几道山梁，便沿着一个山谷笔直往前。

行不过多远，就听号角鸣响，整个队伍停了下来。

胖大嘴从前队跑来，喜道："到粮队的木家洞关口了！很快就到木蛊寨！你们只要进了木蛊寨，就暂时安全了！"

不仅是火小邪他们，其余弟子也欢喜不已，虽不能大声说话，对结束这段漫长的旅程，还是欣喜不已，纷纷击掌相庆。

再过片刻，号角再度鸣响，队伍再行。胖大嘴手持一个皮袋，向众人分发，发到火小邪等人处，才低声叮嘱道："一人一颗，含在嘴里，不可张嘴，在没有出洞之前，千万不能吞下。"

众人应了，接过药丸，放入口中。这药丸入口辛辣，好似混着芥末一般，很是呛鼻，慢慢习惯后，才觉得带有一丝甜味，还算味道不错。

山谷尽头，乃是一处高达千尺的笔直绝壁，看似无路可走，但逐渐近前，方看到山壁下方，有一个黑乎乎的洞口，上方刻着八个青色大字"木家粮道、擅入者死"。

所有黑牦牛一字排开，首尾相连，向着这个山洞中走去。

七、水火姻缘

洞中黑暗无光。好在黑牦牛身上都挂着荧光灯具，方才能看清周围的情况。

此洞极深极广，寒气逼人，透骨冰凉，走得深了，眼睛皮肤均微微刺疼，好像空气中混有毒素。因众人嘴里含有药物，方才不受侵扰。王孝先说混入粮队，难如登天，无人敢试，恐怕这个山洞，才是真正的考验。

回想起来，若没有胖好味、胖大嘴内外接应，给予药物，纵有再大的本事，也实难通过此洞。而且，这洞中道路极为复杂，如同迷宫，大洞套着小洞，深坑套着深坑，许多时候，粮队都在无底洞一般的巨坑坑壁上行走，百余头黑牦牛身上的灯光闪亮，围绕着巨坑结成一道光环，可与巨坑相比，仍然渺小微弱。

那巨坑之下，肯定就是毒源所在，因为就算含着药物，依旧身上十分不适，直到走出巨坑范围，才觉得舒服一些。

如此这般摸着黑，经过大大小小数十个巨坑，绕过数百条岔路，攀上爬下，走了大约一个时辰，方才听到前方有隆隆声响，似乎一块巨石正在慢慢挪开，有光亮透了进来。

光亮越发大盛，山风鼓入，已是到了尽头。

火小邪等人随着队尾迈出山洞，先前望去，不禁赞道："真是别有洞天！"

只见眼前，乃是一个巨大的盆地，坐落在万丈高山之间，鸟语花香，碧水环绕，端的是风景绝绰，世外桃源一般。

而在盆地的中间，有一个小山丘，山丘上房檐屋脊无数，雕梁画栋，古色古香，数条宽大的道路，隐在密林之间，分明是一个规模不小的城镇。

此处，便是木家重地，斗药大会的场所，木家木蛊寨。

粮队里青云客栈的许多弟子，都是第一次来到木蛊寨，包括胖好味在内，全部看得傻了，喃喃道："木蛊寨，这就是木蛊寨，不得了不得了！"

胖大嘴在前面喊道："跟上队伍！跟上跟上！"

又听到洞口处，有人喊道："粮队的兄弟们，请快往前走！洞口要关了！"

火小邪回头一看，只见洞口边一块缠满手臂粗细藤蔓的巨石上方，端坐着一个青衣男子，手握一根藤蔓，正在高声喊叫。

队伍很快向山下走去，腾出洞口位置。那巨石上的青衣男子也不知使了什么手段，就听隆隆作响，百余根藤蔓绷得笔直，竟拉着巨石向洞口挪去，不过多久，便听轰隆一声，巨石已将洞口牢牢掩住。

那青衣男子笑道："粮队的兄弟们一路辛苦！慢走！"继续稳坐于大石上，挥手告别。

天下之大，无奇不有，利用草木藤蔓之力，拖动巨石开启关闭洞口，这能耐确实近乎"妖术"一般。

粮队再往前走，过了一个石桥，全队暂时停下，却不聚集，看样子，似乎前队正在盘点清查货物。

王孝先左右一看，已是熟悉，不禁低声对胖好味、火小邪等人说道："走到这里，我就认识路了！胖好味兄弟，我看我们就此别过，分头进寨。"

胖好味说道："也好也好！省得再生出什么麻烦。"

王孝先说道："那我们寨子里再见！一定好好地谢你！"

胖好味忙道："不说谢，不说谢。病罐子、火小邪、田问、真巧，你们小心点，寨子里见！"

火小邪一直对大掌勺差点毒死自己一事心有余悸，早有尽快离开粮队之意，也说道："胖兄弟！大恩不敢言谢，我们再聚。"

说着，王孝先打量一番，打算找个机会，带众人离开。

可真巧显得有些为难，抬头看了看队伍前方的大掌勺，低声道："可是，大掌勺找不到我了，会不会着急？"

王孝先惊讶道："你真要把大掌勺当你爹啊？"

真巧说道："我幼年丧父，大掌勺只要认我是他女儿，我是愿意一直叫他爹爹的。"

王孝先说道："老天啊老天啊，大掌勺是脑子里有问题，等他想明白了，会杀了你的。"

真巧咬了咬嘴唇，轻声说道："我不信大掌勺会杀我。"

"是，他想杀也杀不了你……不是，是万一他要杀你呢？怎么办？"

"我……我不知道。道长，就算我走，也想与大掌勺说声再走。"

“那……那你去说吧。我们先走了。”

火小邪上前一步，拦住王孝先说道：“病罐子，真巧不走，我们怎能走？”

王孝先满肚子的话堵在胸口，他知道真巧是水妖儿假扮，可此时无法对火小邪说出来，哑巴吃黄连有苦说不出，脸涨得发红，一会儿指自己一会儿指真巧指火小邪一会儿指田问：“不是，不是，这个，有事，你，我，真巧。”

火小邪拍了下王孝先，说道：“好了，别说了，我知道你着急带我们去找人，还是先陪着真巧吧，要不是她，我们根本进不了木蛊寨。”

王孝先还想争取，众人却都看到大掌勺回过头来向真巧张望，满脸憨笑，所有人赶快低头闭嘴。

真巧向着大掌勺微笑回礼，大掌勺方才满意地扭过头去。

胖好味低声道：“师父笑得怎么那么怪啊？感觉要出事了。”

王孝先说道：“一定打什么鬼心眼呢！真巧，大掌勺可能又恢复了，走吧走吧。”

真巧脸上一红，羞涩不已低声道：“不是的。刚才，其实，是我不好意思说，因为，爹爹他说，进了寨子，就亲自向道长你提亲，所以，他才会那样，笑……”

“什么？向我提亲？”王孝先下巴一落到地。

“提亲？”火小邪也瞪大了眼睛。

田问毫无表情的脸上狠狠抽动一下，这已是他最为吃惊的表情。

“哎呀……”真巧脸红得如同苹果，低头道，“大掌勺爹爹，以为你是我们的师父，为师即是为父，当然要找道长你，提亲……”

王孝先脑袋机械一般，特地一下转向火小邪，一抬手，将自己下巴咔吧一声合上。

火小邪舌头似乎捋不直了，直道：“真巧，你和大掌勺昨晚说过了什么？到底是怎么回事？”

真巧很不好意思地说道：“我昨晚，把该说的都向大掌勺爹爹说了，他很高兴，我……我也没想到他会做出这个决定。火大哥，你不要为难，大掌勺爹爹来向道长提亲，你……你不答应就是了……”

真巧说完话，众人面面相觑，安静了好一会儿，胖好味才哈哈哈地乐了起来，上来将火小邪抱住，说道：“恭喜！恭喜你啊火小邪！”

火小邪不知是高兴还是尴尬，原本机灵的他竟不知如何作答，只能傻笑道：“哎，哎……哪里，哪里啊。”

胖好味笑道：“这件事还真是我师父大掌勺的性子，他向来想到一出就是一出。我看火小邪，你进了木蛊寨，高高兴兴抱了美人归，我们一起乐和乐和。”

王孝先猛然低喝道：“作弊！这是作弊！”

胖好味、火小邪、真巧三人一愣，均是疑惑不解地看向王孝先。

胖好味哼哼道：“作弊？作什么弊？”

王孝先说道：“我不知道还会发生这种事！大掌勺脑子有病！这事谈都别谈！”

胖好味有些不高兴，瞪着王孝先说道：“病罐子，你是啥子意思？我当我师父说话是放屁啊？谁有病？你有病，你才有病！你全家都有病！火门三关的时候，你就有病！精神病！”

王孝先对骂道：“没得谈！这婚事我不同意！”

胖好味很是激动，一步上前，几乎鼻子碰到王孝先的脸上，点着王孝先骂道：“你真当你是火小邪的师父啊？猪鼻子插大葱，你装象啊？给你脸你还不要脸啊！”胖好味这个四川人，平日里看着脾气不错，其实是个急性子。昨晚火小邪已经如实告知胖好味，自己并不是王孝先的弟子，此行想进木蛊寨，只因王孝先求他帮忙去救少主林婉。胖好味对谁当木王这种事情，并不在乎，但涉及师父大掌勺，又与火小邪有关，王孝先拧着他的想法说话，他很容易就急眼了。

火小邪见这两人就要掐起来，赶忙上前阻止，说道：“胖好味，病罐子，别吵别吵，真巧既然不愿意走，那我们进到寨子里，再商量着办。”

王孝先哼道：“火小邪，你要不想娶真巧，最好带着真巧现在就走。这事太荒唐了！”

火小邪嘿嘿一笑，说道：“荒唐？我觉得不是。”

王孝先说道：“你真要娶？”

火小邪笑道：“真娶又何妨？”

王孝先不相信自己的耳朵，看着火小邪，说道：“你……你，婚姻大事，你想清楚没有？真巧，真巧是谁？你知道她底细吗？”

火小邪轻笑道：“寻常孤女，对我们有救命之恩，你说她有什么底细？”

王孝先看了看真巧，又看了看田问，真巧一脸无辜和不解地看着王孝先，田问则是八竿子打不出一个屁的死相。

王孝先双手一甩，无奈道：“好吧！我走，我走，你们随意！”说着就往路边钻。

火小邪抱拳道：“慢走，不送了！”

王孝先被噎得直翻白眼，站住身子，又退了回来，说道：“想我走，没门！我偏不走，我就不信了，今天我非要等大掌勺来向我提亲！”说罢，走到众人身后，靠住一头牦牛，歪着头看向天，气得直哼，就是不看火小邪他们。

胖好味也气呼呼地呸了一声，低骂道：“逍遥枝的锤子！”

火小邪无所谓地轻笑一声，不再看王孝先，扭过头来，正好与真巧对视。

真巧脸一红，赶忙避开火小邪的眼神。

火小邪的心里也是怦怦乱跳几下，暗想道：“我和真巧真的会结为夫妻吗？为什么我又期待，又害怕……”

牛角号再度鸣响，粮队恢复前行，又向前走。

火小邪、真巧、田问、王孝先各怀心思，一路无言，随着队伍慢行，只有胖好味不知愁滋味，一会儿冲火小邪，一会儿冲真巧，不住憨笑，又对后面的王孝先翻白眼，做怪相嘲讽。

很快，粮队走出林地，一条青石板大路朗朗在前，不远处，就是寨子的入口。

寨子入口毫无设防，只有一个木质的牌坊横跨路面，牌坊上挂着青色牌匾，上书白色的“木蛊寨”三个大字。

路过牌坊，再往里走，道路两旁房屋、人群渐多，十足的像是一个小镇的主干道，若不是提前知道这里是木家重地，恍如踏入了一个寻常的南方城镇。各类店铺齐全，有卖杂货的、卖布匹的、卖干果小吃的，有饭馆、有茶摊、有洗衣店、有诊所，等等，凡是城镇中应该有的，一应俱全。路人有买有卖有闲逛有赶路有搬运有修理的，也是城镇里的日常行为，不见有异。

这些木蛊寨里的人，有男有女有老有少，多是穿青衣，容貌俊美，打扮十分的素雅整洁。他们各自忙碌，孩童一个个看着机灵聪慧，却对进寨来的庞大粮队并不好奇，也无人在街边围观，评头论足，粮队走过，大多数人只是停下片刻，笑吟吟地向粮队抱拳示意片刻，便该干什么继续干什么去了。只是木蛊寨内，十分安静，没有人大声吆喝着说话，更无争吵喧闹之声。

这样的地方，很是让人舒坦，回想一路险恶，本以为木蛊寨也该是杀气重重，毒物横行，妖人遍地，景色怪诞，谁料是这样一个寻常之极、清静优雅、与世无争之地。

一路向前走去，约有半里，前方牛角号再鸣，便见到队伍分作几队，各自沿不同的道路行去。大掌勺回头冲众人笑道：“回家了！”

抬头一望，只见道路最前方，立着一个数丈高的木桩，木桩顶上飘扬着一面副巨大旗帜，上书斗大的四个字——青云客栈！

胖好味看着发痴，扭头对火小邪等人笑道：“总店！青云客栈总店就是前面了！我终于来总店了！”

真是好大的客栈。光是迎面的一个前厅，就有四五层楼之高，两扇古青色的大门，亦高达一丈。门头上挂着的牌匾，青云客栈四个大字，每个足有一人大小，苍劲有力，很是引人注目。再往后看去，房屋层层叠叠，布局在一个缓坡之上，一栋连着一栋，看着有百余间之多，所有屋脊房檐上都竖着青云客栈的店旗，迎风招摇，规模庞大。

这个青云客栈，外形虽说与火小邪在奉天城外的地下见过的大体一致，但足足大了数倍，所谓小巫见大巫，便是如此。而且，此青云客栈更加古朴大方，走进了一看，凡是门檐窗脊，少说也有一两百年的历史，若论整片建筑，恐怕已经历时千年。

大掌勺领队前来，就见两扇高大的青木门之内，快步迎出一队店伙计打扮的男子，见了大掌勺，纷纷喜道：“大掌勺回来了！”“大掌勺辛苦了！”“大掌勺你好！”

大掌勺哈哈大笑，喝道：“好！好得很！”

胖大嘴陪在大掌勺身边，自然也连连抱拳，与众人亲热客套。

并无人检查，更无人盘问什么，一切全无设防，火小邪跟着队伍，轻轻松松便跨入大门。可能来木蛊寨的旅程实在艰难，关卡重重，遍地杀机，真能到了这里，管你是谁，能来便是客。

进了青云客栈总店，大堂更是宏伟，火小邪只觉得眼睛看不过来。这大堂足有一个足球场大小，正中栽着一棵数人才能合抱过来的榕树，枝杈繁密，几十根少说有一人粗细的根须从树上垂下，扎入泥土，更显神奇。

这个大厅上部，几乎全被这棵榕树的枝叶笼罩，看不出有没有屋顶。若不是大厅四周，围着四层房舍，走在大厅里，竟有一种身处室外的错觉。

不仅火小邪、真巧，包括胖好味这些初来乍到的木家弟子，全部看得傻眼，眼睛都不知道往哪里搁，只觉得处处惊喜事事离奇。天下竟有把一棵巨型榕树种在大厅正中的客栈，简直叹为奇观！

大堂里四处闲逛分布的人，并不在少数，约有几十人，只是青云客栈总店大堂如此巨大，人在其间行走，恍如蚂蚁一般，再塞进千百人进来，也不会觉得拥挤，所以举目看去，仿佛没有多少人在。

可能是来人不少的原因，扑啦啦，巨型榕树的树杈间，腾出一群白色大鸟，红冠绿嘴，咯咯脆鸣，很是悦耳，绕着树木飞舞。

胖好味拉着火小邪，指着飞鸟赞道："是鹭白鸥！可是罕见的鸟类，一只就值几百两金子，这里竟然养了这么大一群。到底是总店，到底是总店！"

火小邪也赞道："不简单！见识了！"说着看向田问，"田问兄，可惜你看不到啊。"

田问沉声道："无妨，同感！"

真巧亦向火小邪靠过来，看得入迷，说道："好漂亮啊！做梦也想不到我们会来到这样的地方呢。"

鹭白鸥飞了几圈，便又飞回到树枝间，腾腾跳跳，不见了踪迹。

大掌勺见怪不怪，由店伙计领着，引导队伍向大堂一侧走去，不久便穿过一道大门，跨入一个院内。

胖大嘴招呼着把黑牦牛和人聚拢，安排卸货搬运。大掌勺则从黑牦牛背上跳下，径直向真巧他们走来。

火小邪等人避让不得，只得恭迎。

大掌勺唤道："来来来，乖女儿，随我来。"说着一把将真巧的手牵住。

真巧低声道："爹爹，他们……"

大掌勺看了眼火小邪、田问、王孝先，爽朗笑道："你们三个一起随我来吧。胖好味，你这个爱死猴，也随我来。"

既来之则安之，此时也没有拒绝的理由，便都随着大掌勺前行。

大掌勺来到此处，倒丝毫没有健忘症的迹象，轻车熟路，一路牵着真巧，谈笑风生，四处指指点点地介绍。胖好味紧随其后，火小邪、田问、王孝先则不远不近地跟着，倒不敢凑得太近。

大掌勺领着几人穿过数个庭院，逐渐走得深了，来到一处干净优雅的小院中，方才指着四处的房舍吩咐道："胖好味，安排他们在这里住下，这是我的私院，一切随意！"说完也不理火小邪他们，只是顾着和真巧说道："乖女儿，你随我来，爹爹带你看几件东西。"

真巧甜甜一笑，点头称是，回头与火小邪招呼了一下，随着大掌勺便去。

王孝先见大掌勺、真巧走远，不禁抱怨道："逍遥枝在木盅寨有地方住，哪个稀罕住在这里！"

胖好味对王孝先一直气不打一处来，张口骂道："滚滚滚，去你的地方住去！我还懒得招呼你！"

王孝先不与胖好味争执，与火小邪说道："火小邪，你随我来，我带你去木王居见我师父木王大人！"

胖好味立即嚷嚷道："你滚了就可以，火小邪不能走！"

王孝先生气道："火小邪是我的弟子！是我带他来的！我们想走就走！"

胖好味骂道："锤子！我一会儿就找师父去，说出实情，你是个毛的火小邪的师父！"

火小邪插嘴道："病罐子，胖好味，你们别吵了。我看这样吧，病罐子，你暂时陪我们住下，等见到真巧，再议不迟。"

王孝先皱眉道："现在火烧眉毛了！还有两三天就是斗药大会，木王大人和林婉都等着你去呢。唉！不管了不管了！我先走了！看我搬救兵来，我看大掌勺在木蛊寨里，敢如何猖狂！"

王孝先说完就走，火小邪也拦不住他，只好任凭他离去。

王孝先快步就向院门处走去，可还没走到院门，身子却一颤，面色微变，腾腾后退，转头对胖好味骂道："这是什么意思？不让人走是不是？"

胖好味愣了一愣，随后恍然大悟，咧嘴笑道："你走啊，谁不让你走了？"

王孝先脸色发青，说道："青云客栈内，下进不退这种邪蛊，简直无耻下流！青云客栈总店，已经成黑店了吗？"

胖好味说道："进不退这种蛊，只对逍遥枝的人生效，火小邪、田问可以随意进出。哈哈，还是我师父高明，防的就是你！"

王孝先骂道："你以为我出不去吗？"

胖好味说道："你出去啊，我巴不得你出去！"

王孝先气得哼了声，返回几步，正对着院门口盘坐在地，从腰间拿出一个药囊来，不住在手中拨弄。

火小邪听得奇怪，也走到院门前，来回进出几次，并无什么异样，不禁问王孝先道："病罐子，没问题啊，怎么你出不去？"

王孝先无奈道："进不退这种蛊术，是这两年青枝的总仙主青芽调制出来的，专门用于对付逍遥枝仙主级别的人，我听说过，但没有遇见过，好像只在青云客栈内有效。"

火小邪说道："你硬闯出去会如何？"

王孝先说道："据说会痴傻三日，神志不清。"

火小邪又问："那你如果不闯出去，会一直困在这里？"

王孝先说道："进不退这种蛊，按理说是三日有效，失效后同一地点不可累加，也就是说，我如果没有办法出去，至少被困三日。"

火小邪点头道："木家的蛊术的确邪门！可这是什么道理？"

王孝先说道："人有七窍，身有六感，我们所见所感之物，其实都是头颅里的脑子幻想出来的。"

"幻想？"

"不错，就是幻想出来的。你想，脑子乃是包裹在头颅之内，不见天日的一团肉罢了，眼睛所见，鼻子所闻，耳朵所听，肌肤所触，甜酸苦辣，疼痛酸痒，全靠脑子幻想，我们才有此感受。我们摸到一物，是热的，就是脑子幻想，如果脑子幻想成冷的，那我们只觉得这东西是冷的，我们看到一件东西是圆的，脑子非幻想成是方的，那我们一定认为就是方的！"

"听不明白……如果按照你这么说，我们所见所感的世界，全是幻想？真实的世界可能完全不同？"

"差不多是这个道理！所以蛊术，就是通过特殊的物品，用特殊的方式，再用于特殊的时间，制造出来一种光也好声也好味也好，目的是把脑子里原本正常的幻想方式打乱。你可听过虫蛊？"

"听老人说，是全身钻出无数虫子的一种蛊，很邪门。"

"人体内哪会平白无故长出无数的虫子？这种蛊术，就是把许多人脑子里的幻想打乱了，幻想出人体内爬出无数虫子，这本不是真的，可脑子一乱想，看着就是真的！"

火小邪一知半解道："确实深奥！所以，病罐子你知道你是逍遥枝仙主，就必中此蛊？"

王孝先说道："正是……我现在要想出去，必须设法让自己遗忘掉逍遥枝的身份。"

"把你打昏了行吗？你一昏，什么都不记得了，我不就能背着你出去了。"

"厉害的蛊术可不管你是昏是醒，昏了可能更糟。"王孝先垂着头，有些沮丧地说道。

此话一出，火小邪一个激灵，怎么王孝先所说的，他似乎什么时候听人说过……昏了可能更糟，不错，就是有人说过，昏了的话，头脑不受控制，但潜意识尚存，以至于在昏迷中被自己的幻觉轻易杀死。一些古怪的场景也从火小邪的脑海中跳将出来，两面向他挤来的铁墙，一片枯叶如刀的大草原，一个烧得通红的巨大铁炉，黑洞洞的流沙旋涡……全部一闪而过。

火小邪的心脏怦怦怦地猛跳了几下，死亡的压抑感刺得全身冰凉，以至于不得不闷哼一声，才双眼狠狠地闭了几下，才稍微平复。

王孝先听到火小邪闷哼，抬头看去，火小邪已经恢复正常，只是面色微白。

火小邪换上一副轻松嬉皮的表情，说道："病罐子，我看要不然算了，不让你走，你就先陪我们住下。"

胖好味其实一直在听王孝先说话，这时才鼓掌道："病罐子，讲得不错啊，蛊术是这么一回事啊，我还第一次听说，听懂了听懂了。"

王孝先骂道："你懂个屁！你这个青云客栈的厨子，还是研究菜谱去吧！"

胖好味竟不生气，说道："不愧是木王的弟子，肚子里有点墨水，不光是花花肠子和大粪。算了算了，病罐子你也别生气了，鬼知道我师父不让你走，你既然一下子出不去，先住下吧。"

王孝先哼道："我刚才想明白了，大掌勺的毒阵厉害，蛊术却不精通，进不退这么复杂的蛊术大掌勺不会下，恐怕是青枝的其他人所为！我想了想，能浑水摸鱼干出这种 ×× 事的，八成就是青云客栈的二把手，臭不要脸的乙大掌柜。"

胖好味一听，喜不自胜道："乙大掌柜，臭不要脸？哈，哈哈，病罐子，说得好啊，深得我心！"

王孝先站起身来，说道："你见过乙大掌柜？"

胖好味应道："当然当然！他经常来下面几个分店鬼混，臭不要脸，太贴切了。走走走，我们先进房间去。"

王孝先既然一下子出不去，又见到胖好味一下子对他态度好转，便不再拒绝，由胖好味领着，众人向一侧厢房走去。

厢房的布置很是平常，一个大套间，一厅三房，胖好味略作安排，四人便聚在客厅内，听胖好味和王孝先谈论这个乙大掌柜。

胖好味、王孝先看来对乙大掌柜都有意见，又是比画又是讲述，两人说得哈哈大笑，口沫横飞。火小邪、田问虽不知前因后果，但也听得出这个乙大掌柜十分猥琐好色，吝啬做作，小肚鸡肠，行为怪诞，在青云客栈各店厨子中，是个笑柄一样的人物。所以王孝先说乙大掌柜臭不要脸，与胖好味的评价相同，可谓臭气相投，嬉笑怒骂下来，两人的关系居然因为此人大为好转。

火小邪插嘴多问了几句乙大掌柜的本事，方才得知乙大掌柜养着几只灵貂，十分通人性，让乙大掌柜训练到能够下蛊，非常神奇。其中一只灵貂更是聪明得近乎妖异，识别木家各枝人士从不出错，刚才进店时，一定是这只灵貂认出有逍遥枝的王孝先在，回禀了乙大掌柜。乙大掌柜和逍遥枝素来关系不好，却又不敢明目张胆地与逍遥枝对抗，尽弄些下三烂的手段来消遣逍遥枝，故而乙大掌柜放出灵貂，尾随王孝先，最后在大掌勺私宅处布下进不退蛊，做得神鬼不觉，而且抓不到他的把柄。

再说貂这种动物，在木家人的说法里，貂属木灵寄生，不惧寻常的药物和蛊术，且分为九品，五品以上称为灵貂。九品灵貂为上上品，非常罕见，据说可以修炼成妖，幻化出人形。但九品灵貂不仅难寻，更难训练，不过一旦训练出来，极通人性，无须指令传达，只需默念几番，它便知晓。乙大掌柜虽是许多人眼中的笑柄，但在木家中，训貂的本事乃是一绝，无人可比，值得佩服。

乙大掌柜身上常年带着三只灵貂，而三只里面，就有他最得意的一只，是九品灵貂。可这么机灵聪明的动物，却被乙大掌柜起了三个恶俗的名字，分别叫小鸡鸡、小粑粑、小球球。可见乙大掌柜的品位之差。

说到这里，胖好味、王孝先又是笑得前仰后合，只差满地打滚。

胖好味笑得眼泪翻滚，拍着肚子说道："鸡、粑、球，哈哈哈哈！"笑得控制不住，俯身直拍桌子。

王孝先笑得也是直不起身子，扶着胖好味的后背笑道："关键是乙大掌柜还不知道我们为什么笑啊，简直听不得他叫这些貂的名字啊！"

胖好味身子一软，从凳子上瘫坐在地，笑得连连蹬腿，上气不接下气："受不了了，要笑死了！"

王孝先也笑得从椅子上滚下，蹲在地上，笑得直抽抽。

火小邪本来也跟着笑，但远不至于笑成这种状态，不由得生疑，笑哈哈地转头问田问道："你不想笑？"

田问嘴角只是微扬，毫无笑容的表情，却说道："我在笑。"

王孝先拍着地板，笑得死去活来道："我们，哈哈哈，不会……中……哈哈哈……笑蛊了吧？"

胖好味已经开始捂着肚子在地上打滚，笑个不停："怎么……哈哈哈……会……不可能啊！"

火小邪觉得不对，自己也有点控制不住的感觉，不由得唰地站起身，嘿嘿嘿嘿地一边笑着一边绕着屋子行走。

没走一圈，就听耳边有唰唰细响，火小邪并不扭头，只是余光一瞥，火小邪何等眼力，果然见到一只拳头大小，毛茸茸的小动物蹲在墙角，正在一边注视着屋内的一举一动，一边缓慢地移动，似乎已经察觉到危险。

火小邪摇头晃脑，毫无察觉异样，脚步保持原样，哈哈笑着，继续绕着屋子前行。

那只动物也有意无意地躲避着火小邪的眼神，意欲寻到机会，向屋外逃走。

火小邪暗骂道："好你个小畜生，要不是病罐子提醒，还真注意不到有你在！

今天看我不抓到你！”

这个小动物，确实是一只灵貂。

火小邪脚步摇晃，时进时退，让这只灵貂也有些为难，到底是不是发现了它？

就这样来回几番，灵貂有些按捺不住，抓着个机会，身子移动如电，直向敞开的窗口掠去。火小邪的动作也是快得匪夷所思，他身子一退，不向窗口追，而是直撞出门，伸手就向侧面去抓。

那灵貂刚刚跃出窗口，便见到火小邪抓来，惊得吱一声轻叫，身子一团，猛然下坠。

火小邪一抓不中，暗骂道：“好个畜生！有点功夫！”

灵貂哪见过动作有这么快的人，一落地就直向前蹿，以求脱身，可这灵貂没有想到，天下就有比它还快的人，只跑了三四米，火小邪的身影已经直扑而来。

火小邪几乎是倾斜于地面四十五度，小腿发力，双手轮流撑地，用一只手去抓，恍如一只豹子捕食兔子。这个动作乃是火小邪幼年独创，自称为“抓猫式”，但时至今日，火小邪施展开来，确实连豹子也要惊呆，根本是非人类可以完成。

火小邪一心只想抓住灵貂，动作随性而发，更是自然洒脱。

灵貂左转右突，竟一时甩不掉火小邪，而火小邪的大手，已经屡屡触上灵貂的皮毛，更让这畜生吓得吱吱乱叫。

眨眼灵貂已被逼至院墙，它顾不上许多，纵身一跳，打算翻墙逃走，可灵貂这一招实属昏招，刚跳到半空，火小邪两只大手合围，一把将它掐住，双臂一卷，又将它挤入怀中，动弹不得。

火小邪身子一翻，滚倒在地，骂道：“还想逃！”

灵貂手脚不能动，凶性大发，张嘴便向火小邪胳膊上咬去，火小邪哪能让它咬到，一只手腾出，一把抓住灵貂的后脖颈皮肉，拎了起来。

这回灵貂没有了办法，四爪乱蹬，吱吱尖叫，却奈何不了火小邪。

火小邪的笑意已能控制，哼道：“小家伙，是你在使坏吧！”

这灵貂受制于人，玩了最后一个手段，头一低，干脆装死，动也不动了。

火小邪将灵貂提至眼前一看，这小貂确实是个灵兽，它身材修长，灰色皮毛，光洁发亮，眉间一点黑毛，如同多长了一只眼睛，虽在装死，四肢却团在腹间，紧紧地抱着自己的大尾巴，看着可爱得很。

火小邪笑道：“还装死呢，死了还能抱着尾巴？”

这灵貂似乎听得懂人言，四爪一松，尾巴就往下垂。可能这只灵貂极为爱护自己的尾巴，尾巴还没有垂下，便又收了回来，继续四爪抱住。它也不再装死，一对灵光四射的圆滚滚的小眼睛睁开，可怜兮兮地看着火小邪。

火小邪啧了一声，说道："你这可怜样，还真舍不得打你。你说，你刚才对我们干了什么？"

灵貂便回答似的吱吱吱直叫。

当然火小邪听不懂。

房间里胖好味、王孝先两人已经跌跌撞撞地跑出，满头大汗，再无笑意，田问跟着他们身后，也向火小邪看来。

胖好味、王孝先齐声惊道："你竟然抓到了？"

火小邪拎着灵貂走来，说道："这就是灵貂吗？"

王孝先说道："不错！就是灵貂！"

胖好味也嚷道："是乙大掌柜的九品灵貂小鸡鸡！你看它脑门上有一点黑毛，是它没错！"

王孝先看了眼，也肯定道："的确是小鸡鸡！"

灵貂见了胖好味、王孝先两人，很是不悦，冲他们两人龇牙咧嘴，吱吱地发出愤怒之声。

王孝先说道："小鸡鸡认识我们！刚才我们嘲笑它，它一定听了生气，下了笑蛊出来。好个小畜生，还会报复！要不是火小邪逮住你，没准要笑死我们！"

火小邪说道："这么小的一个东西，有这么聪明？"

胖好味答道："何止聪明，是贼精贼精的，我好几个师兄弟，都被它整过，除了乙大掌柜，谁笑它是小鸡鸡，它就整谁。"

火小邪冲灵貂看来，不由得笑道："看来它也不喜欢这个名字。"

灵貂似乎听懂，收了怒容，吱吱叫着回应，继续讨好地看着火小邪。

火小邪乐道："小家伙，我叫你小小邪好不好？"

灵貂一听，四爪猛揉尾巴，吱吱吱叫得欢实。

火小邪说道："那好，放你走吧，你可不要再来捉弄我们，否则……"说着，用手指在灵貂眉间的黑毛上轻点了一下，"否则，我会生气啊！"

王孝先急道："不能放它走！放貂归山，后患无穷啊，关起来关起来，我看乙大掌柜怎么说？"

火小邪笑道："又不能怪它，它也是听人使唤的，再说，你们笑它是小鸡鸡，它生气也有理由。"

"不能放它！"王孝先坚持道。

火小邪如同没有听见，将灵貂往地上一顺，松了手掌。

灵貂就地一滚，立即一溜烟蹿上墙头，没有了踪影。

火小邪拍了拍手，说道："放了，有本事你自己再去抓。"

王孝先、胖好味都叹了一声。

胖好味牢骚道："刚才应该让我摸一下就好了，从来没有摸到过小鸡鸡呢。"

火小邪笑道："怪不得貂也不高兴，哈哈，乙大掌柜，起名的人才，人才啊！走了，先回屋吧！"

王孝先、胖好味只好颇为惆怅地随火小邪往回走。

火小邪抬脚进屋，耳边却听到吱的一声轻叫，顺声望去，正见到那只灵貂蹲在墙头，向他望来。灵貂与火小邪对视一眼，又低低地轻叫一声，嗖的一下跳下墙头，不见了踪影。

众人回到屋内，唏嘘一番，暂不多表。

胖好味出了院子，不多久取来一些茶点果品，请大家食用。众人也不客气，埋头便吃，火小邪心算了一下，真巧和大掌勺两人离去，已近小半个时辰，怎么还不见回来？不免有些担心，站起身来，从窗口向外张望。

火小邪问道："胖好味，大掌勺走了许久，连他们说话声音也听不见，而且我们刚才折腾的声响不小，难道他们去地下了？"

胖好味啃着一个桃子，支吾着说道："青云客栈没有地下建筑，那才是奇怪了。放心放心，我师父脾气是暴躁了点，却是个好人，只要不冒犯到他，他连只蚂蚁也不愿踩死。"再啃了一口桃子，又道，"真巧姑娘，那么讨我师父欢心，放心好了。我看，快回来了。"

说曹操曹操就到，就见大掌勺、真巧离去的房门一开，他们两人牵着手，笑吟吟地走了出来。

火小邪一见无恙，笑道："胖好味，托你的吉言，他们回来了！"

只听大掌勺叫道："胖好味！胖好味！啊有外儿？"

胖好味赶忙把桃子丢掉，忙不迭地跑出去，请了大掌勺、真巧两人进屋。

大掌勺一进屋，目光直落在王孝先身上，哈哈大笑，十分客气道："王孝先，哈哈，王先生！生怕你走了，你在就好，你在就好，这边坐，这边坐！请，请！"说着，连连招呼着王孝先，让他往厅堂主位上坐。

王孝先见大掌勺恭敬有加，也不好拒绝，硬着头皮便与大掌勺分坐两边。

大掌勺招手唤道："乖女儿，过来过来！"

真巧很是扭捏，磨磨蹭蹭走到大掌勺身边，轻唤道："爹……不如改日再说吧。"

大掌勺笑道:“改什么日子?我看今天就是挺好的日子。乖女儿,你听你爹的。”

真巧轻轻哎了一声,脸上一红,向火小邪偷瞟一眼,低下头去,拨弄自己衣角。

火小邪看在眼里,心里咯噔一下,暗想道:“不会这么快吧?”

大掌勺对王孝先说道:“王先生,哈,还是叫你孝先亲热,你乃木王高徒,逍遥枝仙主,与我平辈。孝先啊,多谢你收留我女儿,并收她为徒。你以后有事需要我帮忙,我在所不辞!”

王孝先尴尬一笑:“哦!不敢不敢!真巧聪慧得很,能收她为徒,是我的福分!”

大掌勺笑道:“我嘛,是个急性子,心里藏不住话。我有一事相商,有关我的女儿和你的徒弟。”

王孝先明知故问道:“请说请说。”

大掌勺牵过真巧,说道:“我这个乖女儿,失而复得,今年也有二十出头的年纪了,我问过她了,她尚未婚配,既然来到木盅寨青云客栈,我就想着,为她说个媒。”说着,向火小邪看去。

王孝先不知是真混还是故意气火小邪,忙道:“不敢不敢,师父哪有娶徒弟的道理。不过呢,我与真巧解除师徒关系,还是可以娶的。大掌勺的美意,岂敢有违啊。”

大掌勺倒是一愣,看着王孝先,说道:“孝先我兄,我可没说让我的女儿嫁给你。”

王孝先心里一凉,暗想道:“没蒙过去……唉,这老东西清楚得很,不行,还要试试。”

王孝先恍然大悟道:“不是我啊!哦哦哦!胖好味是大掌勺的高徒,门当户对!我看他们两个,天造地设很般配啊!我早就看出来他们两个是郎有情妹有意,这婚事,我觉得行!哈哈哈!”

胖好味本还在偷偷啃着半个桃子,听王孝先这么一说,一口气没喘上来,噎得直翻白眼,咕咚一下狠狠把桃子咽下去,指着自己鼻子说道:“我?我?师父,原来你的意思是把真巧妹妹嫁给我啊,谢师父成全,我一直想找个媳妇!”

大掌勺被这两人弄得有些发懵,转头看向真巧:“乖女儿,你原来喜欢的是我这个劣徒胖好味啊?呵呵,也成,也成啊!”

胖好味咕咚一下就跪在地上:“师父,您对我太好了!我这就给您磕头!”

真巧急道:“不是的,不是的!不是他!”

大掌勺问道:“那是谁啊?”

真巧丢了个眼神："是他，是他啊。是我的师哥，不是爹的弟子，爹你记错了！"

王孝先知道大掌勺的健忘症还是依旧，赶忙趁热打铁道："是我的弟子啊？哦哦！那就是他了，木呆！木呆！"

火小邪与田问站在一处，田问站着一动不动，眼珠子也不转一下。火小邪听着这一通胡搅蛮缠，又想气又想笑，可总不能自己站出来说真巧喜欢的是自己。

王孝先见田问毫无反应，张口骂道："木呆！说你呢！眼睛坏了，耳朵也坏了吗？过来！"

田问就是不动。

王孝先一把拉住大掌勺的手，说道："我这个徒弟长得一表人才，只是老实本分，不爱说话。别看他没有表情，心里其实高兴死了！"

大掌勺一看，喜道："果然是个英俊的男子！乖女儿，你眼光不错！"

王孝先嚷嚷道："大掌勺，那今天就成婚进洞房吧！我同意了！"

真巧急道："不是他，也不是他！"

王孝先也急道："就是他就是他！"

大掌勺喝了声："嗨！都别说了！你们把我弄糊涂了！"大掌勺扭头对真巧轻声道，"乖女儿，爹爹记性不好，你再说与爹爹说一次，你喜欢的是谁？"

真巧羞红了脸，低声道："爹，你好让我为难，我是有喜欢的，可我没有说，爹爹你要把我许配给他，也没说让您提亲。"这话说得虽轻，全是字字清晰，满屋子的人都可以听得真切。

大掌勺哈哈大笑，说道："乖女儿，是爹爹我自作主张，当爹的怎能不知道女儿的心思？"

王孝先插嘴道："大掌勺，说不定你真的弄错了，真巧若不想嫁人，你可别逼着她啊。人间多少不幸的婚姻，都是父母擅自做主，没有征求女儿的意见，最终造成惨祸。"

真巧偷偷看了王孝先一眼，王孝先脊背一凉，还是坚持道："大掌勺，慎重，慎重！"

大掌勺听完王孝先所说，面露犹豫之色，牵住真巧的手说道："乖女儿，你一直不置可否，那现在，你就给爹一个答复好吗？你是听爹的安排，还是有其他考虑？"

真巧说道："女儿愿意嫁人，但请爹爹不要强求他人。"

大掌勺说道："爹明白了！乖女儿，你放心吧，你喜欢的人若不想娶你，爹绝不强求！是这个意思吧？"

真巧点了点头。

大掌勺说道："乖女儿，那你指给爹爹看，你喜欢的到底是哪一个？一定指清楚了，爹记性不好。"

胖好味还是跪在地上，充满期待地看着真巧，说道："我？是我吗？"

王孝先直勾勾地看着火小邪。

田问面无表情。

火小邪心里吊桶打水七上八下。

真巧伸出手去，慢慢地去指，火小邪看着真巧的小手，觉得时间几乎要停滞了。

真巧指着火小邪，和火小邪四目相对，轻声道："爹，是他。木，小邪。"说着，娇羞无限地别过头去，但手一直指着，并不放下。

大掌勺总算是明确了，低喝了声"好"，站起身来，向火小邪走去。

火小邪冲着大掌勺尴尬一笑。

大掌勺走到火小邪面前，仔细打量了一下火小邪的面貌，说道："木小邪？"

火小邪答道："是我。"

大掌勺说道："你这小子，长得还不错，身子骨也硬朗！可看着有点狡猾，不像个老实人！"

王孝先站起身说道："我这个劣徒不是个好鸟，没做我弟子前，是出了名的花花公子，好色之人！他怎么勾搭上真巧了？害人害人，真是害人！都是我管教不严！"

大掌勺转身对真巧说道："乖女儿，你不用听你师父胡说，此人绝不是放荡之徒。但你确定是他？此人面相不好，有孤苦之命，且远不及他，他，叫什么来着……"说着指向田问。

田问哼道："木呆。"

大掌勺哼道："对，木呆！乖女儿，我刚才也以为，你喜欢的是这个木呆。"

真巧坚决道："可我只喜欢小邪！"

火小邪心头一暖，迎向大掌勺的目光。

大掌勺又端详着火小邪，哼了一声，说道："小子！你喜欢我闺女吗？"

火小邪斩钉截铁道："喜欢！"

大掌勺又道："你可愿娶我女儿为妻？"

所有人的目光向火小邪投来，火小邪向真巧微微一笑，眼中流露出幸福之色，看向大掌勺，未见任何犹豫地说道："愿意！"

王孝先暗骂一声："完了！火小邪是来真的！"

大掌勺见火小邪这般神情，面容慢慢地舒展开来，重重地拍了拍火小邪的肩膀，哈哈大笑道：“好！像个样子！我成全你们！”

火小邪欣慰一笑，向真巧看来，真巧羞花闭月，眼中泪水翻滚，轻轻嘤的一声，跑去侧房躲避。

大掌勺见真巧离去，反而笑得开心：“我女儿开心了！哈哈哈！孝先兄，你弟子木小邪无父无母，你是他的师父，本该你向我提亲，但我们五行世家中人，不用管这些规矩，今日我就向你提亲，望你的徒弟木小邪，做我的上门女婿！你答应吗？”

王孝先立即道：“我不答应！”

大掌勺几步上前，一把揪住王孝先的衣领，生生将他提了起来，骂道：“你敢不答应？”

王孝先叫道：“你答应你闺女不强求的！”

大掌勺骂道：“我对木小邪不强求，但我可以强求你！法克鱿！你敢扫老子的兴！你再敢说个不字，今天就弄死你！”

王孝先骂道：“你对未来亲家的态度就是这样吗？”

大掌勺骂道：“那你要怎样？”

王孝先还想纠缠，只听火小邪喝道：“我意已决！谁拦我娶真巧为妻，再无情分！”

大掌勺赞赏道：“好！是我女婿的样子！我喜欢！”

王孝先听火小邪这一喝，再也说不出话来，脑袋一垂，无力地说道：“我……同意这门亲事……”

大掌勺松了王孝先，一把抱住，拍着王孝先的后背喜道：“亲家好！亲家好！”

大掌勺转过身来，踹了一脚还在黯然失落的胖好味，骂道：“滚起来！你这个爱死猴！癞蛤蟆想吃天鹅肉的谢特！”

胖好味哎哟哎哟地站了起来，委屈道：“师父，我刚才以为真的能娶老婆，一时间高兴，一高兴就没脑子了，师父见谅，师父见谅！”

大掌勺喝道：“今儿个高兴，不骂你了！胖好味，你立即找你大师兄，安排下去，今天晚上，拜天地！办喜事！”

王孝先、胖好味叫道：“今天？”

大掌勺说道：“当然今天！再过两天就是斗蛊大会，木家势必剧变，赶早不赶晚！胖好味，还不去办！”

胖好味一乐，忙道：“好咧好咧，开心开心，真开心！”说着，连滚带爬地向外跑去。

田问抱拳冲火小邪说道："恭喜！"

火小邪抱拳回礼。

王孝先走过来，悻悻然说道："恭喜了！"

大掌勺哈哈大笑："洞房花烛夜，金榜题名时，快哉快哉！"

时间过得飞快。

转眼间夜幕低垂，大掌勺的私宅里张灯结彩，人来人往地异常热闹，忙碌着筹备婚事。

大掌勺身穿华服，领着胖大嘴、胖好味两人四处指挥，喜形于色。

私宅的厨房内，几个厨子也是忙得不亦乐乎，准备今晚的婚宴。大掌勺是青云客栈的总厨，菜肴自然是非比寻常，虽看不到主菜的模样，但从已经完成的工序就可见端倪。由各色食材雕刻拼就成的蟠龙飞凤，高达半人，活灵活现，若不细看，根本不知道这是食物做成；一个大紫砂罐，里面浓汤翻滚，一个厨子仍不时地向里面添加食材，香气四溢；一个油锅，正在烹炸面食，那些面食也是奇了，丢到锅里，竟自动变成一个生肖的图案。至于其他备好的小点，色香味俱全，一看就让人大快朵颐。常人不知，今晚所呈现的菜肴，全是稀世珍品，大掌勺称之为"十全十味汇珍宴"，什么满汉全席，与之相比，简直是猪糠与熊掌之别。

虽说热闹非常，规模隆重，却不见有宾客来道贺，实在奇怪。

真巧坐在一间侧屋内，一身新娘子的红装，秀发轻盘，着了淡妆，美艳得不可方物。屋内还有两个青衣女子，为真巧梳妆打扮，纷纷赞道："新娘子真是漂亮！""花枝的百艳仙主也比不上你呢。""大掌勺从来不与女子相处，这次也破例请我们来照顾，看来大掌勺真的用心了啊。""逍遥枝的弟子，有这等好福气，娶了这么如花似玉的娘子，上辈子修来的福气哦。"

真巧一直淡淡微笑，也不说话，等全部打扮妥当了，才轻声道："两位姐姐，我想自己待一会儿。"

一个稍微年长些的青衣女子说道："大婚前都有点紧张，妹妹你放宽心就好了。我们就在屋外，你一会儿记得叫我们啊。"

另一个女子说道："如果高兴得想哭，就哭好了，但不要使劲揉眼睛，眼睛会红的哦。"

两个女子便盈盈出了房门，将门掩上。

真巧见人走了，方才慢慢站起，退后一步，对着梳妆用的大镜子里的自己端详，轻飘飘地转了几圈，很是满意，笑面如花，十分幸福。但仅仅高兴了片刻，真巧便停了下来，默默看着镜子里的自己，一副十足的新娘子打扮，若有所思。

真巧眼神中千百种情绪翻滚，突然低低嘤的一声，掩着嘴无声地哭了起来。

真巧侧身坐下，任凭泪水在脸颊上淌过，低声自语道："我不是一直在等这一天吗？我为什么要哭？为什么要哭？臭猴子，你知道吗？我今生只为你一人穿上了这身衣服，只愿意为你这样梳妆打扮。如果这只是个梦，求菩萨让我们都不要醒来，永远不要醒来。可我是真巧，我不是水妖儿，我不是水妖儿，你喜欢上的只是真巧……"说着，真巧捂住脸颊，不住地抽泣起来……

在与真巧所在的房间遥相对望的厢房里，火小邪身穿礼服，头戴礼帽，胸前别着大红花，同样一副新郎官的打扮。可火小邪有些坐立不安，咬着黄铜烟嘴，一直在窗边走来走去，不时地向真巧所在的窗口看去。

王孝先、田问两人陪同在屋内，也是换了一身十足洋气的打扮。

王孝先看火小邪走来走去，不禁问道："你一副火烧屁股的模样干什么，你就不能踏实地坐一会儿？"

火小邪说道："坐不住，心里乱糟糟的。"

王孝先说道："你不会是猴急地想洞房吧？放心，我这里有延时金丹，保证你不会丢脸。"

火小邪骂道："病罐子，你有个正经好不好？"

王孝先说道："又急了，你要当新郎官了，高兴才对，总是急个什么？"

火小邪说道："我也不知道怎么回事，心里乱，心里乱。"

王孝先问道："这句话你说了几十遍了，你倒是说说，你心里乱个什么？"

火小邪说道："说不出来，就是，乱。"

"你后悔娶真巧啊？"

"不是。"

"你紧张啊？"

"有点。"

"你是不是想起什么了啊？"

"没有，什么都想不起来，唉，这感觉没法和你形容，你别问了行不行？"

"怪人！算了，你继续逛你的。"王孝先说道。

火小邪看向王孝先："我看你挺高兴，你不是反对我和真巧成亲吗？"

"我是反对啊，可现在已经这样了。我可不愿意扫兴，破坏别人的婚事，俗话说要生孩子没屁眼的。"

“你不急着去找木王和林婉禀报了？”

“我能出去我早就出去了，不过现在嘛，能出去我也不出去了。我等着你给我磕头呢！告诉你啊，你在大掌勺和其他人眼中，还是我的徒弟木小邪，你出去以后，对我客气点。还有你，田问，你是伴郎，别脸上一副死相。”

田问用两个手指把嘴角支了支，面容一锁，说道：“这样？”

王孝先一摆手：“算了，你还是别这样了，老妖精都能吓死了。”

田问脸一松，又恢复到面无表情的状态。

王孝先无奈道：“你是不是眼睛不瞎的时候，也是眼珠子一动不动的？”

田问答道：“大概是。”

“唉，要不是你的细微动作证明你的确瞎了，你瞎和不瞎还真是一个样。只可惜你看不到火小邪、真巧的打扮，看不到他和真巧三拜九叩了，火小邪的脸一直是红的哦，估计拜堂的时候，脸更红哦。这种红，又名潮红，说明他此刻混乱的内心里，依旧春心荡漾，想象着洞房花烛那一刻……对了，田问，我看你好像还是处男，你就没有个喜欢的？”

田问好像没有听见，不见有回答的意思。

火小邪沉声骂道：“病罐子，你能不能安静一会儿啊？不说废话会憋死吗？”

王孝先叹道：“又急了！”

……

夜色渐深，大掌勺的私宅内已经布置停当，主厅内火烛通明，硕大的红色喜字高悬正中。胖大嘴换了身礼服，作为主婚司仪，看起来还挺像一回事。

吉时已近，胖好味请了火小邪、王孝先、田问出来。厅堂内大掌勺的一众弟子和厨子们纷纷向火小邪道喜。火小邪面红耳赤，一路抱拳。

胖大嘴请了王孝先、大掌勺落座父母尊位，大掌勺神采奕奕，看着火小邪一直不停地呵呵憨笑，王孝先则是一身道袍，也看着火小邪连连点头，很是得意。

胖大嘴见新郎官火小邪就位，便派人去请真巧出来。

众人极为期待真巧到来，厅堂内一时间颇为安静。

火小邪看着真巧将走出来的位置，心跳极快，周身燥热，耳中似乎只能听见自己的心跳声。

“哈哈，我没来晚吧！”本是安静的气氛，突然被尖声尖气的说话声打破。

就见门外急冲冲走来一个消瘦男子，穿着绸缎长袍，胸前挂着金灿灿的怀表，戴着个青瓤瓜皮帽，留着老鼠胡，怎么看也是一个十足的不良商贩、土财主的打扮。

只是此人怀中抱着一只灰色的灵貂，那灵貂比他可爱得多。

火小邪扭头一看，一眼便认出此人怀中的灵貂，就是他早先抓住的那只。

火小邪心里念道："小小邪？此人是乙大掌柜？"

此人一来，就听暗叹声一片，许多人颇为不乐意。

大掌勺也面露不快，依旧起身抱拳道："乙大掌柜！你怎么来了？"

乙大掌柜捻了捻胡须，皮笑肉不笑地说道："不请自到，还请大掌勺见谅啊。我是想着，这么好的一个婚事，我怎么也要来看看新郎官和新娘子啊。哦哦，我备了一点薄礼，笑纳，笑纳。"说着，拎出一个油纸包来。

胖大嘴走上前去，将油纸包接过，鼻子一闻，说道："乙大掌柜，这腊肉还是你留着自己吃吧。"

乙大掌柜忙道："收下收下，这是我自己腌制的腊肉，一共就两三块，我挑最好最大的一块带来的，礼轻情意重啊。大掌勺，是我自己腌的，我自己。"

大掌勺道："收下吧。"

胖大嘴无可奈何地叹了一声，提着腊肉就走。乙大掌柜忙道："胖大嘴，记得登记一下，我送了我自己腌制的腊肉啊！不能忘了，可不能忘了！"

大掌勺招手道："既来之则安之！胖好味，给乙大掌柜上座！"

胖好味嘟嘟囔囔地挪了张凳子来，乙大掌柜嘻嘻笑道："你是胖好味啊，小胖子现在越长越壮实了，圆滚滚的真可爱。"

胖好味不与他答话，背过脸去，暗骂道："臭不要脸的孙子！"

乙大掌柜落座，抱着手中的灵貂说道："我的小鸡鸡非要跟我过来，它喜欢热闹，我就带它来了，它又憋不住，我只好把它拿出来。"

嗡的一片闷笑声。

火小邪使劲掐自己，才终于忍住，不至于笑得前仰后合。

乙大掌柜很是好奇地看了众人一眼，不知何意，说道："看来我的小鸡鸡很受欢迎啊！"说着看向火小邪，"这位一定就是新郎官了！嗯嗯，英俊、帅气、高大、人才！"

火小邪强忍着笑意，抱拳行礼道："见过乙大掌柜，乙大掌柜过奖了。"

乙大掌柜摸了摸手中的灵貂，说道："小鸡鸡，向新郎官问声好。"

火小邪忙道："不用不用！这可使不得。"

乙大掌柜说道："好，谦虚谨慎，的确是个人才。嗯嗯，听说你是逍遥枝王孝先的弟子？"

火小邪答道："正是，我名叫木小邪。"

乙大掌柜看向上座的王孝先，说道：“王孝先，你能和大掌勺攀上关系，不简单啊。”

王孝先为了压抑自己的笑意，正捧着茶碗喝茶，听乙大掌柜叫他，一口气憋不住，噗的一声喷出满嘴茶水。

乙大掌柜皱眉道：“你这个当师父的，也太不像样了嘛！噗噗乱喷，成何体统？咦，你的胡子呢？逍遥枝的仙主蓄须，你怎么会没胡子了？你退出逍遥枝了？”

王孝先抹了抹嘴，说道：“乙大掌柜，我求你，大喜的日子，你我之间没什么好说的。您要是真来道喜，就别问三问四的了。”

乙大掌柜捻了捻胡子，说道：“好吧，我和你也没有什么好说的，嗯嗯，我还是说句恭喜你吧。”

大掌勺问道：“乙大掌柜，你为何没有和甲大掌柜一起来？”

乙大掌柜说道：“甲大掌柜一直在斗蛊大会布置呢。嗯嗯，不提他。新娘子呢？什么时候出来啊，我看一眼新娘子美不美就走，我还有好多事要忙呢，新娘子好久没见到了，嗯嗯，不想错过。”

火小邪暗骂道：“果然是臭不要脸的，病罐子他们说得不错。这家伙除了看着猥琐，招人讨厌，惹人发笑以外，似乎没有什么本事，这种人怎么混成青云客栈总店的二掌柜的？靠他的小鸡鸡？哎呀，呸呸呸，说起来真脏。”

正想着，就听内厢里有女子叫道：“新娘子来喽！”

火小邪脸上一烫，暂忘了乙大掌柜，举目看去。只见真巧头盖红布，一身华美的红衣，脚步盈盈，由两位青衣女子扶着，缓步走来。

乙大掌柜伸直了脖子，努着嘴巴，瞪圆了眼睛观望，念道：“哎呀呀，盖着脸了。”

大掌勺闷声道：“乙大掌柜，你可以去忙你的了。”

乙大掌柜只顾着看，说道：“等会儿，等会儿，嗯嗯，肯定是个美人！”

大掌勺闷声骂道：“乙大掌柜，你再多说，别怪我和你翻脸！谢特！”

乙大掌柜还是有些惧怕大掌勺，只好脖子一缩，稍加收敛。

虽说有乙大掌柜这个不招人待见的，婚礼进行得依然十分顺利。

“一拜天地！”

“二拜高堂！”

“夫妻对拜！”

火小邪激动得一直脑子发蒙，只是听着胖大嘴的指令行事，看着红布下若隐若现的俏丽面孔，如痴如醉，只觉得人生有此经历，不枉来世间一趟。

所有人都欢呼雀跃，气氛十分地热闹，乙大掌柜怀中的灵貂，似乎也是被感染，半立着身子，吱吱欢叫不已。

这桩婚事，虽说过程并不烦琐，但火小邪、真巧两人结为夫妻，已是天地为证，日月为盟。

典礼完毕，真巧回了婚房，暂且不表。

乙大掌柜自始至终没看到真巧的模样，颇为遗憾，也不久留，悻悻然离去。等他一走，气氛更加轻松欢悦，酒席摆上，各色珍香，琳琅满目，更有百年陈酿的好酒，饮之不尽。

火小邪来来往往，喝了无数，他并不善饮酒，只是今天，似乎千杯不醉，喝得十分痛快，第一是酒确实是好酒，第二是火小邪忘乎所以，心情极好。

王孝先不胜酒力，中途便被大掌勺灌得醉倒在地，让人扶回去休息。

而田问虽呆，酒量却是无底洞一般，来者不拒，无论量大量小，一律一饮而尽，着实让人瞠目。

大掌勺最后和火小邪干了一碗，也承受不住，叫了声："女婿，你好酒量！"便趴倒在桌上，鼾声大作。

又也不知喝了多久，直至酒席上没有剩下几人，火小邪方才醉意上头，东倒西歪起来。田问上前将火小邪扶住，搀回房内，问道："清醒否？"

火小邪含糊道："还能喝一斤。"

田问不语，拿出一颗药丸，将火小邪嘴巴一捏，直塞进嘴，下巴一拉，这颗药丸便让火小邪咽进腹内。

火小邪嘀咕道："什么……什么东西让我……吃了？"

田问说道："解酒丸！"

"谁……谁给你的。"

"胖大嘴。"

"哦！哦！不是臭道长给的就行，替……替我谢谢他！"

田问架起火小邪，将一个蜡丸塞进火小邪手中，说道："略醒后含服！"

"什……什么东西？"

"强身丸！"

"又是胖……胖大嘴给你的？"

"是大掌勺。"

"哦！哦！是我岳父大人给的，好……好……一定吃。"

田问轻推婚房门，婚房门应手而开，拍了拍火小邪的脸，念道：“清醒？”

火小邪嘿嘿一笑，站直了身子，扶着田问肩头说道：“放心！我没事！你……你没事吧？”

田问答道：“甚好！”

火小邪笑了笑，跨入房门，慢慢地将门掩上。

田问在门外低念了声：“一刻值千金！”说罢转身就走，刚走到院中，突然站直了身子，直挺挺地后仰倒地，呼噜一声，竟这么睡着了。

火小邪关了房门，回望室内。两只红烛烧得炽烈，轻纱幔帐透着温暖暧昧，真巧一身红装，盖着红盖头，正俏生生地坐在床边，虽不言语也看不到盖头下的面孔，依旧美得动人心魄。

不知是体内醒酒丸的作用，还是意志使然，火小邪见了真巧，酒倒醒了几分，不禁站稳了身子，面颊滚烫地憨笑道：“真巧……不好意思，一高兴，喝多了些……”

真巧低声道：“酒喝多了伤身……桌上有凉茶，你若是渴了，喝一点吧。”

火小邪说道：“没事，没事，我不要紧。”说着，慢慢腾腾向真巧走来。

真巧听到脚步声，轻轻侧坐过身去，双手紧紧捏着手绢，不知所措，分外娇羞。

火小邪周身滚烫，松了松领口，他心里想着应该揭开真巧的盖头，却伸不出手去，只好在真巧床边的椅子上坐下，看着真巧有些发痴。

一片沉默，两人虽说都是一肚子话，可半晌竟谁也不知该先说什么。

火小邪搜肠刮肚了半天，方才借着酒性，厚着脸皮说道：“真巧……”

“嗯……”

“你……你真好看。”

“你还没看到我呢。”

“感觉得到。”

“那，那你就一直坐着？”真巧轻声道，话一出口，羞得赶忙低下头去。

火小邪轰的一下，热气上头，再不想如此矜持，双手一拍椅子扶手，立即站起，两步便跨到真巧面前，一屁股坐在真巧身边。

真巧身子微微一颤，并不躲避。

火小邪吞吞吐吐道：“真巧，那……那我揭了。”

真巧也不说话，只是微微点头。

火小邪伸出手去，缓缓将真巧头上的红盖头揭下。

真巧一双美目眨了两眨，先是羞涩躲避，但很快将目光迎来。

好一个美人！真巧平日里与火小邪几人四处颠簸，哪有工夫细细打扮，今日这般打点收拾下来，岂是往昔可比？端的是上天造化而成的美人，增之一分则太长，减之一分则太短；着粉则太白，施朱则太赤，眉如翠羽，肌如白雪，腰如束素，齿如含贝，含喜微笑，窃视流眄。如诗赞曰：寐春风兮发鲜荣，洁斋俟兮惠音声，赠我如此兮不如无生。

火小邪看着真巧，竟然呆了。

真巧轻声道："是不好看吗？"

火小邪忙道："不是不是！是我没想到……"

真巧问道："没想到什么？"

"没想到你今天这么漂亮……我火小邪何德何能，竟能娶到你。"

"火大哥，你是后悔娶了我吗？"

"不是不是，我是觉得，我能和你成亲，和做梦一样，美梦，美梦。真巧，你快掐我一下，我不是在做梦吧。"

真巧掩嘴轻笑道："喝多了酒净瞎说。"

火小邪心中情欲高涨，满身热腾腾的，手不听使唤地往真巧的细腰上搂过去。

真巧身子微颤，无须火小邪用力，顺势便靠在了火小邪怀中。

火小邪怀拥美人，含糊地低念道："真巧……巧……"

"嗯……"

"我……我想亲你，可不可以？"

真巧莞尔一笑道："我已经是你的人，你想亲就亲吧。"说着，美目半闭，仰头期待。

火小邪心里已经乱得炸了锅，全世界只剩下眼前的真巧，低头便深深吻下。

两人火热的双唇一触，便再难分开。

火小邪只觉得，此生所忆诸事，唯属现在最为美好。

干柴烈火，久旱逢甘霖，火小邪与真巧两人，紧紧化为一体，哪管世间有其他烦恼，只愿时间停留在此刻，所谓春宵一夜值千金，便是如此吧。

两人衣衫尽落，跌在床榻之上，寸寸肌肤，水乳交融。火小邪轻抚真巧滑如绸缎般的肌肤，不忍释手，眼睛更是看不过来，几欲把真巧糅入身体之内。而真巧低低呻吟，如夜莺晚唱，应和着火小邪的动作，紧紧纠缠在一起，不肯半刻分开。

火小邪的下体，滚烫欲炸，也许是天性使然，直往真巧的桃花源处探去。真巧双颊绯红，曲意迎合，低声呻吟道："慢一点……我怕……"

火小邪对真巧十分爱怜，听真巧这么一说，动作便轻缓了许多，脑海里也不再如刚才一般不知分寸，略略凉了一点。

可这么一停顿，事态发展却直转急下，火小邪脑海中腾然闪现诸多场景，颇为香艳。一是他与一女子在一处碧水清潭中亲昵，二是他与另一个女子在幽静的山间小屋内交媾，三是他唤一女子为妻，四是他与一女子在一破败的房内跪拜天地。如此几个场景，虽难辨具体细节，也看不清女子的相貌，但是情感真切，肌肤感受犹新，绝非臆想！

火小邪顿时冷汗直冒，暗叫道："这是我失去的记忆！我是有妻子的！"

想到此处，火小邪啊的一声闷叫，停下动作，翻身而起，狠狠地抱住自己的脑袋，大口大口地喘息，每喘息一下，就又有新的男女之事的场景浮现脑海。

火小邪满头冷汗，直道："真巧！对不起！对不起！"

真巧诧异不已地看着火小邪，慢慢坐了起来，拾起衣裳给火小邪披上，从身后抱住火小邪，低声道："火大哥，你怎么了？"

火小邪抓住真巧的小手，说道："我……我好像是有妻子的，我不能，我不能……"

真巧眼睛便湿润了，紧靠着火小邪的肩头说道："我不在乎。"

火小邪叹道："可我在乎……真巧，我不想做对不住你的事，我本以为，我本以为……"

真巧一滴泪已经涌出眼眶："火大哥，如果你真有妻子，我愿意为妾，我只想和你在一起，你怎么对我也好，你不会对不起我的。"

火小邪扭身过来，见真巧双目含泪，伤心道："真巧，你别哭，怪我怪我！"

真巧坚强道："那你亲我。"

火小邪心头一痛，低头要去亲吻真巧，可没能碰上真巧的唇，火小邪猛又抬起头，抱住脑袋低喝道："不行，我不行！"

真巧不解地看着火小邪，呢喃道："为什么？"

火小邪痛苦道："我一和你有肌肤之亲，心里就难受得像刀子割一样。我觉得我有罪！对很多人都有罪！我不行，我不知道为什么会这样？我心里还装着别人，别的女人！"

真巧说道："火大哥，你不喜欢我这样的女子吗？"

火小邪说道："不是，我喜欢你，非常非常喜欢你。"

真巧口气一硬，说道："你刚才和我亲热，现在说不要我就不要我，你对得住我吗？"

火小邪被真巧这似骂非骂的一句问得一愣，眼前的真巧似乎变了一个人似的，既熟悉又陌生，一下子无话可说。

真巧表情一柔，微微避开火小邪的眼神。

火小邪知道错在自己，返身搂住真巧，真巧挣了一挣，没有挣脱，便身子一软，让火小邪搂着。

火小邪怅然所失道："真巧，你我夫妻，日月为证，你既然已是我的妻子，我此生都不会负你。可我不是一个恣意妄为、不负责任的男子，不能只求自己快活。真巧，请你给我一点时间。"

真巧低声道："她是个什么样的人？"

火小邪轻叹一声，说道："我记得我好像有两个妻子，我最对不起的是第一个，她是个古灵精怪十分活泼的女子，但有的时候，好像又性格多变，让我又爱她又怕她……"

真巧看着火小邪的双眼："你为什么会怕她？"

火小邪说道："我不知道，我只是这么觉得。"

真巧眼睛眨了眨，问道："如果你再碰到她呢？"

火小邪遥望跳跃着的火烛，说道："我不知道，我想见到她又怕见到她。"

真巧说道："火大哥，你失忆了十一年，也许时间能改变一切的。"

火小邪应道："或许吧。"

两人说到此处，竟长久地沉默下来，只是彼此依偎在一起。

就这样，两人和衣而眠，火小邪一直抱着真巧，让她枕在自己的臂弯间，看着红色的喜烛慢慢熄灭。火小邪见真巧脸上又是苦涩又是甜蜜的表情，眼角挂着泪痕，已然睡着，便为真巧轻轻抹去之后，才松了松筋骨，轻叹一声，靠着床檐，闭眼睡去。

天色渐明，火小邪的新婚夜，便这样匆匆度过。

八、斗蛊大会

“呜……呜呜……呜呜呜”巨大的号角声响彻天宇，经久不息，火小邪一下子睁开眼睛，耳边听着这号角声，一丝莫名的紧张感顿时升起。

火小邪从真巧身上抽出手臂，迅速将衣裳穿好，快步走到门边，推门而出。

只见院子里已有四五个人呆立，仰头望着天空，似乎在聆听这悠长深厚的号角之声。

火小邪见其中一人是胖大嘴，快步上前，胖大嘴如同没有看到火小邪似的，只是呆望天空。

火小邪听了片刻，实在忍不住，问道：“胖大嘴，这号声是什么？”

胖大嘴一脸木然道：“斗蛊大会的召集号，斗蛊大会，提前开始了。”

火小邪见胖大嘴目光呆滞，如同中邪了一般，也不敢再问，急忙就往回赶，打算先唤真巧起来。

大掌勺迎面而来，差点与火小邪撞个满怀。

大掌勺没有与火小邪打招呼，好像忘了火小邪是他的女婿，只是拨开了火小邪，走出几步，仰望天空，表情严肃道：“提前了！竟然提前开始了！”

火小邪此刻也不愿与大掌勺多说，快步回屋，见真巧已经起床，赶忙走过去说道：“真巧，快起来！”

真巧也听到了号角声，一边穿戴，一边说道：“怎么有人吹号？”

火小邪说道：“是斗蛊大会，也就是斗药大会的召集号。真巧，快点，我们快点出去。”

等火小邪和真巧走出房间，院子里已经站满了人，都仰头听着号角。

火小邪见田问、王孝先也在，带着真巧快步走到他们身边。

田问听到火小邪他们来了，向他们点头示意。而王孝先如同大掌勺一般，如同中邪了一般，表情凝重，仰头看天，一动不动，口中喃喃自语：“提前了！提前了！”

真巧奇道：“他们都怎么了？”

火小邪说道：“可能这号声有蹊跷。”

田问也重重点头称是。

火小邪说道：“真巧，你要是觉得不适，把耳朵堵上，不要听。”

真巧紧张道：“还好，只是有些刺耳，不觉得难受。”

火小邪关切地看了几眼真巧，也不再说话，带着真巧站在田问身旁。

这号声在天宇间回响，洪亮之极，悠长深厚，并不像人能奏响，更似大地发出的长鸣之声，节奏一长两短，乍一听还显枯燥，但听得时间久了，这漫长的声音间，仍有音律存在，好像是一首歌曲，被放缓了千百倍所致。

约莫一盏茶的光景，号声才戛然停止。号声虽停，耳朵里依旧呜呜呜呜响成一片。

再过一会儿，院内诸人方才大梦初醒一般，纷纷活动起来。

只听大掌勺叫道：“斗蛊大会开始了！所有人等，换上木家法衣，速速在青云客栈大堂内集合！不可慢了，不可慢了！”

众人纷纷四散而去。

王孝先也恢复常态，盯着院门口，急得像热锅上的蚂蚁，一个劲嚷道：“怎么会提前开始了？我还出不去！怎么办？怎么办？怎么就提前开始了！”

火小邪拉住王孝先，说道：“别急！别急！”

王孝先哭丧着脸，说道：“能不着急吗？我出不去啊！”

此时大掌勺咚咚咚迈着大步走来，真巧、火小邪赶忙向大掌勺行礼，大掌勺一脸严肃，并不说洞房花烛之事，只是问道：“王孝先你还不快回逍遥枝去？”

王孝先愁道：“院外下了进不退蛊，我出不去啊！”

大掌勺一看，骂道：“定是乙大掌柜办得好事！这样吧，乖女儿，乖女婿，木呆，你们三个，暂时作为青云客栈的弟子，随我去斗蛊大会！”

真巧忙道：“爹爹，我们必须去吗？”

大掌勺说道：“斗蛊大会一开，木蛊寨内不得留人，此乃规矩。留在店内，反而凶多吉少。快，你们三个，随我来更衣焚香！”

王孝先愁道：“我怎么办？大掌勺，你我亲家，替我想想办法啊，我不能留在这里啊！”

大掌勺说道：“没有办法，进不退蛊是专门针对你们逍遥枝仙主的，你要是运气好，只管闯出院外！至于你的神志将会迷糊到什么程度，看你自己的造化吧！”

王孝先倒吸一口凉气，盯着院门，沉默不语。

大掌勺又招呼火小邪、真巧、田问三人速随他来，三人不敢怠慢，暂抛下王孝先，与大掌勺回屋。

等大掌勺、火小邪、真巧、田问四人换了青衣长褂出来，仍看着王孝先在院门口呆坐。

胖大嘴、胖好味从院外跑进来，看了眼王孝先，也不搭理他，直奔到大掌勺面前，说道：“师父，所有青云客栈的灶前弟子已经去大堂等候了！”

大掌勺念了声“好”，带着火小邪、真巧、田问便走，走过王孝先身边，大掌勺嚷道：“王孝先，你要么就闯过去，要么就留在这里，不要犹豫了！”

王孝先咬了咬牙，长身而起，说道：“今天就看我的造化了！走！”说着，竟先于大掌勺一步，向院外跑去。

并没有任何异状，王孝先顺顺利利地走出院外，神色如常。

火小邪等人紧跟着出了院外，火小邪问道：“你还好吧？”

王孝先伸了伸手，摸了摸脸，说道：“居然没事？不会吧！看来这个进不退蛊对我无效啊！哈哈！”王孝先开怀大笑，突然唱道：“小妹妹送哥哥啊，郎呀嘛郎有情，妹妹抓着哥哥的手，不呀嘛不松手。”一边唱，一边抓住了大掌勺的手。

大掌勺一把将王孝先甩开，吩咐道：“胖大嘴、胖好味，你们两个把王孝先架出去！他已经中了蛊，迷糊了！”

王孝先手舞足蹈唱道：“哥哥抓住了妹妹了手，哥哥也不松手啊，哥哥也不松手。”

胖大嘴、胖好味两人赶忙上前把王孝先架住，王孝先真是痴了，看着胖大嘴、胖好味嘿嘿嘿傻笑，嘴里依旧喋喋不休地唱个没完。

大掌勺不愿耽搁，带着众人便走。

火小邪见王孝先失了体统，低声问胖大嘴道：“打算一直这样带着他吗？”

胖大嘴摇头道：“出了青云客栈，见到逍遥枝的人，就把人还给他们，逍遥枝有处理的办法。”

火小邪又问道：“那我们三人怎么办？”

胖好味说道：“王孝先迷糊了，只怕说不清你们的身份，你们暂且留在我们身边，这样安全。”

王孝先依旧摇头晃脑地唱道：“哥哥天天想妹妹呀，天天都想妹妹，妹妹有没有想着哥，有没有想着哥呀？”

火小邪看着王孝先无奈一笑，说道：“也好！有劳两位了！”

众人穿厅过院，进了青云客栈的大堂，巨大的大堂中，分散几处，聚集了上百人，仍有人不断地从各个门厅间赶来，人数虽众，但无人高声喊叫，仅是窃窃私语。

大掌勺跨入大堂，立即有数十个青衣男子向大掌勺问好，火小邪一看，全是昨晚婚礼上的熟脸，心里踏实了不少。

王孝先尽管被两人架住，仍然满脸傻笑，手脚折腾个不停，很是显眼。

“嗯嗯，逍遥枝的王孝先仙主这是怎么了？”

众人扭头一看，只见乙大掌柜背着几个竹壳，快步走来，看着王孝先眨巴眼睛，看得出他十分得意，但强忍着不笑。

王孝先一见乙大掌柜，用手一指，叫道：“小鸡鸡来了！”接着唱道，“小呀么小鸡鸡，咦？小鸡鸡！”

乙大掌柜脸上登时不快，斥责道：“我的灵貂岂是你随便叫的？大掌勺，赶快把他拖下去，一会儿出行碰到逍遥枝，赶快还了，嗯嗯，在青云客栈里唱些歪歌，嗯嗯，胡闹！”

大掌勺一挥手，胖大嘴、胖好味两人连忙拖着哼唱不止的王孝先往后钻去。

乙大掌柜扫了几眼，对大掌勺说道：“大掌勺，清点好灶房的人数，嗯嗯，此次大会一开，黑枝青辰大仙主要用灵蛊船扫街，木蛊寨内严禁留人。”

大掌勺对乙大掌柜不冷不热地说道：“有劳乙大掌柜叮嘱！”

乙大掌柜哼了哼，扭头便走，继续四处巡视吩咐。

不过多时，就听悠长的号角声再度鸣响，一时间大堂内鸦雀无声。连痴傻了的王孝先，也闭嘴不唱，瞪着眼睛静听。

乙大掌柜快步走出，高声叫道：“二遍号响！青云客栈六房弟子听了！账房在前，前堂第二，后厅第三，案房第四，厢房第五，灶房居后，列好队伍，随我出去！嗯嗯，擅自离队者，生死不顾！”

青云客栈总店的两扇青木巨门缓缓打开，一众人等排成二列，相续而出。

出了青云客栈，号声更加嘹亮，若辨声源，乃是从这座小山的背面发出。

青云客栈百多人，循着号声，缓步而行，一路无人敢多说半句。

王孝先也是低眉顺眼，由胖好味拽着行走，不敢放肆，看来他傻是傻了，木家的本性不丢。

这第二遍号，比第一遍号响时间短了八成，很快就停止下来。

所有人身子一松，许多人可能没有参加过斗蛊大会，神情激动，兴奋起来，开始交头接耳。

王孝先眉头一展，情不自禁似的咧着嘴傻笑，嘴里又开始唱歌。

另一支队伍从街头走出，正好与青云客栈并行。这队伍人数不多，只有十余人，有男有女，大多道士打扮，男子均留着胡须，看起来和王孝先颇有几分神似。他们只与青云客栈的队伍并行了一小段，就绕往岔路，看来去后山的路线，各枝略有不同。

胖好味一见，赶忙拉着王孝先要赶过去，火小邪上前一步，扶住王孝先与胖好味同行。胖好味本有异议，见火小邪神色坚决，便也从了。

两人驾着又唱又跳的王孝先一路追赶，胖好味唤道："逍遥枝的各位师兄！稍等稍等！"

这一只队伍就是木家四枝中的逍遥枝，他们已看到胖好味、火小邪扶着一人赶来，于是停下等候。

胖好味将王孝先推到逍遥枝队伍前，嚷道："王孝先仙主，送你们了。"

逍遥枝中已经有人认出是王孝先，但见到王孝先这个模样，心里已经明白了几分，其中一个留着颇为潇洒的三缕长髯的中年男子上前一步，将王孝先拽住，极为不满地问胖好味道："他怎么会在青云客栈的队伍里？他又是怎么回事？你们对他做了什么？"

胖好味一见这脸色，就如同吃了顿大粪一样，堵得难受，当即不悦道："喂喂，好心没好报啊！要不是我们大掌勺好心，送他到这里，鬼知道他蹦跳到哪里去了？你不谢我们，还要骂人啊？"

中年男子不与胖好味作答，扭头对其他人道："王孝先应该是中了进不退蛊！青枝摆明是看我们的笑话！把王孝先带下去，给他服两颗归心丹再看。"

王孝先指着此人笑道："胡子胡子！你有胡子！"说着竟上手要去摸。

中年男子侧身避过，骂道："王孝先！疯得连胡子都剃掉了！你真是该死！带走！"

两个逍遥枝弟子赶忙将王孝先扶走。

胖好味说道："你们玩，我们回去了。"拉着火小邪便走。

火小邪轻念一声："保重……"便与胖好味返回。

而中年男子轻瞄了火小邪一眼，低喝道："请留步。"

胖好味不耐烦道："想打架啊？"

中年男子看都不看胖好味，只是似看非看地瞟着火小邪，问道："我乃逍遥枝林不笑仙主，木王大人的二徒弟，请问你叫什么名字？"

火小邪露出笑脸，十分诚恳地说道："我叫木小邪。"

林不笑说道："你是青云客栈六房中哪一房的弟子？"

胖好味叫道："干吗？查户口啊！"

林不笑说道："我只是问问！"

火小邪说道："我是灶房的弟子。"

林不笑似笑非笑道："哦！我就说怎么一身的火味，原来是灶房的弟子，呵呵！火头工，这便对了！"

胖好味骂道："火头工怎么了？做饭的怎么了？你是妒忌啊？有种你打我一下啊！"

火小邪连忙拉住胖好味，连连说："不打扰，不打扰了，我们回去了。"

林不笑哼道："不送。"

胖好味一路骂骂咧咧的："幸好你在，要不我非把林不笑这个逍遥枝的贱人骂个痛快！"

火小邪沉声道："这个林不笑，可比王孝先厉害多了，他只是不想说破我不是青云客栈的弟子这件事。我跟你来，本想看看逍遥枝的人是否好商量，毕竟王孝先有事情让我帮忙，可现在王孝先神志不清，说不出个所以然，林不笑又有杀我之心，我也不便与逍遥枝接触了，只望王孝先能够尽快清醒！"

"什么？林不笑想杀你？他敢！……嗯？你怎么会觉得他想杀你？"

"王孝先当着我的面杀过人，他杀人之前，和林不笑的眼神一样，只是这个林不笑，藏得更深。"

"你观察得还挺仔细啊！我一点都看不出来。"

"做贼做的，察言观色嘛。"

"我以前在四川的时候，也是偷菜谱的贼，只是现在偷得少了。"

"你是偷菜大盗，我是市井小贼嘛，荣行里我还是下五铃的辈分，见到老大脸色一变，就知道他要打人还是骂人，赶忙要溜，习惯了看人脸色而已。"

"那你察言观色的本领还挺厉害的，你还看出什么问题来？"

"哈哈，没有了没有了，快走快走，我们要掉队了。"

两人齐步快行，向青云客栈的队伍追去。

林不笑率领的逍遥枝队伍带着王孝先走了一段路，回头看已不见青云客栈队伍的人影。林不笑喝令一声，让队伍停下。

王孝先已经服了两粒归心丸，但效果不太明显，只是唱歌的速度放缓了许多。

一个逍遥枝弟子报道："仙主，王孝先仙主没有清醒的迹象。"

林不笑走至王孝先身边，翻了翻他的眼皮，说道："进不退乃我逍遥枝目前无解之蛊术，他不胡言乱语，已是万幸！我来问他，看他还能说出什么。"

林不笑扶住王孝先，问道："师弟，你是一个人来的？"

王孝先嘿嘿傻笑，唱道："哥哥想妹，泪花儿流啊，泪花儿留。"

林不笑伸手一抓，按住王孝先脖颈处的重穴，又问道："你为何与青云客栈的人在一起？"

王孝先难受地低叫一声，还是一脸傻笑，答道："小鸡鸡，小鸡鸡！来看小鸡鸡！"

林不笑眉头一皱，松了手，吩咐道："给他吃一颗封灵丸，让他睡下。"

有几个弟子惊讶道："仙主，用香就好，不必用药吧，一丸下去，不化解可就一直睡下去了。再说中了进不退蛊，用这么猛的药的话，可能醒来以后，会失忆啊。"

林不笑不悦道："住嘴，你想让黑枝、花枝、青枝的人看我们的笑话吗？一个逍遥枝仙主，在斗蛊大会前居然中了蛊，实在丢人！木王大人若在，一定也是用药镇住他，不容他放肆。"

弟子们答道："是，听仙主吩咐。"

林不笑走开几步，唤道："李自有仙主，来一下，我与你有话说。"

一个清瘦男子快步上前，与林不笑走至一旁。

林不笑见离众人已远，停下脚步，低声道："师弟，你觉得王孝先是什么情况？"

李自有摸了摸胡须，说道："我看他定不是一个人来的木蛊寨。"

"怎讲？"

"王孝先出外云游，为林婉寻找适合的人饵，此事极难，但也不是全无可能。以王孝先的脾气，不管事成与否，进了木蛊寨，一定会马不停蹄地先去木王大人那里，怎么会和青云客栈的人混在一起，还中了进不退蛊？进不退蛊在青云客栈内功效最烈，他刚才喊小鸡鸡，小鸡鸡，有可能是说乙大掌柜的九品灵貂。再说，王孝先进木蛊寨，自己一个人的话，走哪个关卡都可以，可我们居然不知道他来了，那他是怎么进来的？他不走关卡，定是因为他带了其他人，关卡上他根本过不去。"

"有道理！你刚才看到没有，送王孝先来的两个青云客栈灶房弟子，其中瘦的那个，不太像青云客栈的弟子，反而从表征来看，似乎有火家绝顶高手火行不动的境界，可又不像。而我对火家人，从来不会看错。莫非他就是王孝先带进来的人？可他又说自己是青云客栈的弟子，与青枝同行，我真是有点糊涂了！青枝这些人葫芦里卖的什么药？他们仍站在林木森这边？”

“师哥，也许你是多想了。他有可能真是刚刚下灶的火夫。”

“可能是吧！可刚才我看到他，立即心生杀意，若他敢来找王孝先，必不能留。”

“师哥，慎重，慎重，木王大人已经对我俩有所怀疑了，只要林婉不康复，木王之位此遭必定是黑枝青辰仙主的，这个局势明朗得很，我们犯不上现在轻举妄动。师哥，不管王孝先带没带林婉的人饵进来，他既然落在我们手中，我们只要压制住他，不让他清醒，无论他带来什么人，也接触不到木王和林婉的。”

“师弟，有你在，我踏实许多。好了，师弟，此事暂不谈了，先赶往会场吧。”

林不笑、李自有这两个逍遥枝的仙主，疑神疑鬼地回到队伍，催促队伍再度出发。

而此时，火小邪他们，已经绕过山脊，见到了后山的景象。

火小邪一看后山的情景，不由得倒吸一口凉气，一路上所有的想象，与眼前所见，简直是云泥之别！

整片后山，几乎被藤蔓淹没。那些藤蔓铺天盖地，密密匝匝挤在一起，纠结不清，从露出的砖石瓦砾、残垣断壁尚可看出，藤蔓摧毁了硕大的一片建筑，并将这片建筑如同绞肉一般，绞得支离破碎，然后吞噬下去。

这片藤蔓占据一方，并没有蔓延之势，只是与之相隔七八步的范围内，光秃秃一片，草木皆无，露出地面的土壤亦是赤灰色，毫无生机，似乎被胶结成一块。

火小邪尚不知道，这片被藤蔓掩盖住的后山，才是真正的木蛊寨。木蛊寨三十多年前毁于失控的木嫛，大有吞没整片山谷之势，后来木家人竭尽全力，将泥土注入毒素，死伤惨重，方才把木嫛压制在这片区域内。

可木家炼药的千年圣坛，也一同湮灭于藤蔓之下，再也无人能进，诸多心血，毁于一旦。

此事为木家奇耻大辱，轻易不让外人知道。

而木家的斗蛊大会，亦称斗药大会，仍然选择在木嫛的外围召开。其间用心，想来便知，不用多表。

火小邪见此情景，不免心惊，前山还是一派祥和安宁的小镇，后山却是如此狰狞险恶之地，美与丑、善与恶、吉与凶居然相隔如此之近。想那王孝先，平日里善良平和，爱怜生命，关怀体贴，杀起人来却像碾死几只蚂蚁般毫不在乎，如同恶魔一般。

木蛊寨的这种情况，一正一反，可能正如木家人的本性。

火小邪沉默不语，也不多问，真巧略显畏惧，与火小邪紧紧靠在一起，寸步不离。田问眼盲，虽面无表情，但眉头一直微微紧皱，想必能够感受到后山的情景。

青云客栈的队伍再往前行，便与从另一条路上走来的庞大队伍会集，人数已有三百人之多，想必这就是木家主脉青枝的队伍。

青枝不愧为木家主脉，人数多，携带的物品更多，更为离奇的是，队伍里缓步跟着几只高达二丈的“青牛”，仔细端详，才发现这不是动物，而是由青藤盘绕而成，形似青牛的植物。植物居然能随着队伍走动，也是奇观！若不亲见，无人敢信。

再看遥相对望的另一侧山脊，也走出一支人数众多的队伍，不过远远看去，这些人穿着的衣裳与青枝差别较大，主要是衣裳的颜色为深青发黑，除此以外，这支队伍一出现，便有一种难以名状的压抑之气涌来，似悲似苦似狂似躁，很是让人不适。若是细看，能发现队伍里有些物体根本不像活人，蹦跳着走路，极可能是受人驱动的干尸。

胖好味低声道：“是黑枝！”

火小邪听王孝先说过，黑枝以蛊术见长，大多蛊术均邪恶狠毒，炼化所用的物品多是用毒虫、尸体、骨骸等等污浊之物，在木家也不讨人喜欢，所以黑枝在民间也从不称自己为木家，而是黑蛊。但黑枝自木蛊寨陷落之后，妖人辈出，短短三十年，其实力大增，已是不争的事实。

黑枝、青枝既然出现，花枝、逍遥枝也不远了。

未过多久，就听天空中厉鸣一片，数百只飞鸟从山头掠出，盘旋着在山头不走，又听得有熊、虎、豹、狼等猛兽的吼叫之声闷响，一支人兽混杂的队伍出现。举目看去，兽比人多，而所见之人，多数是身材婀娜、面貌姣好的女子，衣裳更是五花八门，十分艳丽。

火小邪举目一看，便看到一个骑着斑纹巨虎的女子，怀中抱着只肥猫，脚边更是群猫环绕。此女满脸甜笑，眉目生情，一会儿看看黑枝方向，一会儿看看青枝方向，妩媚异常。此女火小邪绝不敢忘，正是与王孝先不清不楚，放过他们一条生路的花枝百艳仙主。

这支队伍便也明了，乃是木家花枝。

胖好味骂道：“花枝就喜欢炫耀！”

青、黑、花三枝既来，火小邪扭头一看，便见到从山下小道上走出一支略显单薄的队伍，人数不过三五十人，多为道士打扮。这便是木家逍遥枝，仅从气势上来讲，逍遥枝便已经落在下风。

青、黑、花、逍遥四枝队伍，各走各路，向后山木嫛藤蔓前的一片空地走来。

走得近了，方看到这片空地已有布置，一座矮木台搭建在藤蔓之下，木台两侧，有巨木数根，分别刻着“木青”“木黑”“木花”“木逍遥”几个大字。木台上摆着七八张藤椅，焚点着三个香烛，除此以外，别无他物，素淡得很。

木台左右侧后，各有十多间木质大屋，反倒修建得十分精致，古色古香。房屋有高有矮，彼此相连，错落有致地分布于木台两侧的缓坡之上。只有一间房屋与众不同，单独坐落在一块巨石之上，与其他建筑相隔甚远，茅草盖顶，略显简陋，茅屋门前则挂着一个牌匾“木王居”。

木台上站着一个白须老者，负手而立，神态严谨，正看着木家各枝到来。

此人火小邪也认得，就是木家粮队的主事，药王爷。看来药王爷在木家身份颇高，应属长老一级的人物。

围绕着这片空地，是一片环形缓坡，数道深沟，沟里泡着绿色的药水，药水里竖着二人高矮的木栅栏，将偌大的一片缓坡，分隔成四个区域，显然是避免各枝人等接触。

青枝一脉沿路而行，进了右侧，花枝与青枝相邻，进了左侧，黑枝则归入最靠近木台一端，与同样靠近木台的逍遥枝遥相对望。

火小邪、真巧、田问与胖好味等青云客栈弟子坐在缓坡上方，空地上的情景倒是一览无遗。只是奇怪，这片空地正中，有一个圆形古井，黑洞洞的，也不知是何用处。

胖大嘴从下方赶来，凑在火小邪等人面前，叮嘱道：“大掌勺吩咐，原话转达，乖女儿、乖女婿、木呆三人，不可乱走乱说，留在此地，可保安全。”

火小邪三人谢过，胖大嘴赶忙离去，端坐于下方。

只见药王爷环视一圈，手上一挥，号角声便从整个后山的地下升起，震得人耳膜轰响。好在此番号颇短，响了几声，便又停止。

偌大的会场，一时间鸦雀无声，连原本在上空盘旋的飞鸟，也都纷纷落入花枝身后的林中，没了声息。

药王爷朗声道：“木家斗药大会，今年乃第四百四十七次，小药不才，得木王林木森，青、黑、花、逍遥四枝总仙主，各位木家元老推荐，担任本次斗药大会司掌。斗药大会，意义非常，乃木家五年一届之盛会，木家四枝高手，齐聚于此地，以决新任木王之归属。斗药之法，循先祖之规定，文、武、药三斗，木家四枝，各显其能，旨在公平，三斗之后，胜出一枝，为木王枝，可推举新任木王。现第四百四十六任木王林木森，隶属逍遥，以逍遥枝身份斗药。木家弟子，可听明白？”

场下木家众人，嗡然应了。

药王爷拜了一拜，转过身去，面朝矮台后的无边藤蔓，此乃木家总坛方向，跪地三拜，念念有词，有青衣木家弟子取了三支香来，药王爷分三次敬了先祖，将香分别插入矮台上的香炉之内。

药王爷长身而起，高声念道：“斗药大会，已是吉时！请现任木王林木森入座！”

就见一只黑白相间的熊猫，驮着一人，从逍遥枝一侧走出。药王爷微微一拜，伸手做请状。

那只熊猫慢腾腾爬上矮台，去了正中座位，趴下了身子。

骑着熊猫之人，白面长须，身穿宽大的青色道袍，气质清雅脱俗，仙风道骨，一看就不是平凡之辈。只是他腿脚好像不太方便，双手抓着藤椅，慢慢从熊猫背上下来，挪动双脚，这才稳稳坐下。他脚下的熊猫，屁股动了动，打了个哈欠，竟闭上眼睛，睡了过去。

黑枝方向，立即有不怀好意的笑声隐隐传来。

此人正是木王林木森，他向药王爷抱了抱拳，便微闭双目养神。

药王爷又高声道：“请青枝总仙主青芽。”

青枝这边欢声雷动，鼓噪异常，就见一只青藤做成的牛缓步移动，向着木台走来，一直走至台前，方见到牛背上裂开了一个小口，一个青衣女子走出。青藤牛将头一低，搭上木台，那女子便轻飘飘地走了下来。

青枝众人还在欢呼，那女子背转身来，伸手一压，青枝众人顿时闭口不语。

只见这女子约莫四十岁的年纪，半老徐娘，面色威仪，大有巾帼不让须眉之势，正乃木家主脉青枝的总仙主青芽。

青芽向林木森微微点头，说道：“妹夫，许久不见了！”

林木森微睁双眼，念道：“确实难得一见。”

青芽不冷不热地一笑，说道：“妹夫身为木王，这几年过得太逍遥了，哪有工夫来木蛊寨见我？呵呵呵！”说着走向林木森一侧座位，端坐于上，再不看林木森一眼。

药王爷又道："请黑枝总仙主青辰！"

鸦雀无声。会场气氛竟顿时一滞。

安静了片刻，只见从黑枝所在地方，一大片黑漆漆的东西从地面翻滚而出，聚向空地。慢慢汇聚成团，凝目看去，不免让人咋舌。

那片黑乎乎的东西，竟是千百条黑蛇盘踞而成！

这团黑蛇聚起足足有二人高矮，便蠕动不前，似乎在等待什么。

台上已经就座的木王林木森和青芽仙主也不再闭目眼神，都牢牢地盯着这团邪物。

而缓坡之上，已经传来了呕吐之声，尤以青枝青云客栈方面为重。青枝所辖的青云客栈，是木家最弱的一部分，跑堂打扫、缝衣做饭可称高手，但精通木家药理之人不多。

胖好味面色铁青，紧捂着嘴巴，一个劲地反胃，勉强念道："黑死灵！是黑死灵！"

真巧也是脸色发白，双手抱在胸前，双眼紧闭，连喘粗气。

火小邪扶住真巧，又向身旁的胖好味问道："你怎么了？"

胖好味含糊不清说道："这是木家十毒阵……之首……之首，黑枝是想把我们都杀了，都杀了吗？"哇的一口，吐出满嘴酸水，又道，"你居然……居然没事，你不难受吗？"

火小邪并未觉得身上有不适之处，但答道："确实不舒服！"

台上的药王爷见此邪物，双眉紧皱，高声喝道："青辰总仙主，请速速上来！不可如此！"

蛇堆里有女子声音咯咯甜笑，只见群蛇哗啦一垮，一团黑风暴起，吹得人睁不开眼睛，同时黑雾浓浓，漫上木台。那团黑雾在一张藤椅上一聚，渐渐收拢，显出一个女人形状，再一会儿，黑雾尽数被收入人体。再看藤椅上坐着一个翠绿衣衫的少妇，不过三十出头的相貌，长得清秀甜美，嘴角含笑，云鬓高耸，秀发如墨，落落大方，一双明媚的大眼睛忽闪忽闪，很是淑女。看起来，不过是个嫁作人妇的贵族千金，可她居然是臭名昭著的黑枝总仙主青辰。难道蛇蝎美人，便是如此？

青辰笑着向林木森点头示意："木王好，姐夫好！很久不见姐夫了！"

林木森沉声道："有礼。"

青辰又对青芽招手道："姐姐，你也是老样子。"

青芽眉头微皱，说道："青辰妹妹，你一出来就放出黑死灵毒阵开道，是否不妥？"

青辰咯咯甜笑道："姐姐的藤青牛也很不错，连牛尾巴都长出来了，快成精了吧。"

青芽听得出青辰是冷嘲热讽，低哼一声，也不敢拿出气势，只是避开了青辰的眼神。

青辰继续咯咯笑个不停。

药王爷咳嗽两声，说道："青辰仙主，请暂时安静。我还要请花枝总仙主上台。"

青辰停住笑声，认真地看着药王爷，说道："药老头儿，规矩应该改一改，我请了我的客人来斗蛊大会观摩，不该怠慢了别人，还是先请我的客人就座吧。"

药王爷惊道："青辰仙主，斗药大会历来先主后客，不妥吧。"

青辰笑眯眯地看着药王爷，说道："药老头儿，你说说怎么不妥？"

"这个……"药王爷吸了一口凉气，干笑两声，说道，"也好，也好，先请青辰仙主的客人，也是可以的。"

药王爷转过身来，咳嗽两声，高声道："下面，有请金家少主金潘大人！"

缓坡上花枝一片哗然，不少原本乖乖趴在地上的猛兽亦低声呜咽起来。

青辰轻哼一声，向花枝方向看来，只是片刻，花枝众人又归为一片平静。

木台一侧，有男子高声大叫："hello，木家的朋友们，你们好啊！"说着，一个男子双手高举，四下招呼着，跑了出来。

只见他身穿深棕色空军夹克，脚蹬铮亮的皮靴，腰间左右挂着两把半尺长的金色短枪，头戴鸭舌帽，嘴里叼着一根粗大的雪茄，留着两撇精致的小胡子，十足的纨绔弟子风格。

他，正是金家少主金潘。

在金潘身后，乔大、乔二两人身穿笔挺的西服，乔大背着一个巨大的黑色皮包，乔二背的皮包稍小一号，同样是鼓鼓囊囊。在乔大、乔二身后，还有十几个全副武装、军人打扮的大汉，随着走出，驻足在木台一侧守卫。

金潘绕场一周，冲着黑枝叫道："hello，黑枝的妖怪们！你们好啊！"又冲花枝连连抛出飞吻："花枝的美女们！我爱你们！"

"青枝的木匠花匠厨子伙计们，你们好啊！"

"逍遥枝的道长道姑们！好啊！"

金潘戏谑一通，缓坡上木青四枝，却无人搭理他。

只有台上的青辰笑得花枝乱颤，娇声叫道：“金潘，你太帅了。”

胖好味抹了抹嘴，低声骂道：“金家的疯子！”

而火小邪从金潘一出场，眼睛便一刻没有离开过他，脑海中各种不连续的画面急速闪过，心头唯有一句话不断翻滚：“我认识他！我肯定认识他！”

没等火小邪向田问看来，田问已经转过头来，先向火小邪点了点头，好像知道了火小邪心中所想，表示认同。

火小邪不置可否，默默点了点头，继续看着空地上的金潘，眼中放电影一般画面滚动，但无法连续在一起，不知何意。

金潘跑了一圈，算是讨了个没趣，他也不生气，跳上木台。

已有木蛊寨人等，端了一把藤椅，放于木台旁侧，请金潘坐下，金潘大大咧咧坐下，冲林木森嚷道：“老木头，又见面了。”

林木森抱拳道：“金潘少主客气。”

金潘又冲青芽挥了挥手，笑道：“这位大仙，初次见面！幸会幸会！”

青芽冷着脸，只是点了点头，并不答话。

金潘冲青辰觍着脸一笑，说道：“大美妞，多谢你让我提前出来，等得快闷死了！”

青辰甜笑道：“谁叫你人见人爱呢。”

“哪里哪里，一般般，一般般。”

药王爷咳嗽两声，止住两人继续说下去，向青辰看来，问道：“其他客人，是否也请出来？”

青辰手指轻挥，表示不用。

药王爷高声道：“请花枝千鸟总仙主。”

只见花枝队伍中，一个穿着一件羽毛披风的老妇缓步走出，这老妇长得古怪，一对圆滚滚的小眼，一个鹰钩鼻，双颊消瘦，嘴唇前突，活像一只老鹰，引人注目，但长得实在不好看，能吓到小孩。花枝中女人居多，大多美艳，怎么领头的女子，竟这副天壤之别的尊荣？

这老妇死死地盯着金潘，一步步从空地上走来，上到台上，首先恨道：“金潘小儿，你要来就来，杀我的督鹰，是何道理？！”

金潘笑道：“哦！那些小鸟是你的啊？这事怪不得我，真怪不得我，你的小鸟可能在天上刁蛮惯了，见了我的飞机，也要耍耍狠，我不打它们，它们就要撕了我。我是自卫，可不是故意！”

青辰咯咯笑道：“怪不得千鸟仙主就这么走上来了，原来督鹰没了啊。”

千鸟仙主冷哼一声，只是向林木森、青芽两人点头示意，坐在了青芽身旁。

药王爷高声道："请逍遥枝总仙主林婉！"

全场再度无声无息，纷纷向一侧看去。

一个一头白发，脸色苍白的绝世美人，就默默地从逍遥枝方向缓步走出。她面带病容，双眼却依然清亮，眉目之间的温柔秀美，亦是让人看了就心生爱怜。

好一个病西施般的林婉！

林木森坐直了身子，眼中竟含了泪光，看着林婉，柔声道："女儿。"连林木森脚下的熊猫，也睁大了眼睛，微微抬头，憨态可掬地看着林婉到来。

林婉也不张望，只是缓步走上木台，向众人纷纷作揖问好，礼数十分周全。青芽、千鸟两位仙主，均是面带微笑，十分平和地还礼。金潘看着林婉，收了一副纨绔子弟的坏笑，口中轻叹，尴尬不已地向林婉轻笑。

只有青辰面目笑容，一双媚眼上下打量着林婉，说道："林婉，身子可好？"

林婉柔声道："青辰姨娘，多谢您的关心。"说着冲青辰微微一笑，又作了个揖，缓步走到林木森身边的藤椅上坐下。

火小邪见白发林婉出现，心中震撼更比金潘出场，不知怎的，火小邪觉得手腕伤痕处，血脉猛跳，半条胳膊滚烫，向身躯上蔓延开来。火小邪不由得一伸手，将手腕牢牢握紧，稳守心盘，暗想道："她就是林婉？看着十分眼熟，但为何什么都想不起来？只是血脉发烫？"

王孝先先前所说，如在耳边："林婉敢喝你的血，必然是她当年在你体内下过饵，林婉所下的饵，非常特殊，木家罕见，若检验出你的体质适合，就能与你心灵相通，知道你的心思，你也能偶尔感受到她的所见所闻，林婉这些年独善其身，并没有其他的男人与她交好，故而你一见到她，一触即发。"

回想到王孝先的话，火小邪暗暗惊道："我血脉滚烫，莫不会是真的与她感应？"

而林婉坐下之后，不知是有意还是无意，居然也向火小邪所在的方向看来。

火小邪赶忙低头，心脏激跳，十分憋闷。

胖好味则迎着林婉的目光，看得发痴，喃喃道："林婉林婉，病了还是这么美，比花枝的那些俗脂艳粉不知好到哪里去了！真想天天看到她啊。"

真巧见火小邪垂着头，关切地问道："火大哥，你怎么了？"

火小邪干笑一声，答道："没事！刚才见到金潘，好像回忆起一些事情。"

真巧瞟了眼台上的林婉，自言自语道："她就是林婉？"

胖好味似乎对林婉这个名字有顺风耳之能，立即答道："对，那白发如雪的女子，就是林婉。”

真巧喃喃自语道：“她确实好看，连生病了都这样温柔。”

胖好味又道：“只可惜她病了，唉……她在木家可是很受人喜爱的，本事又高，如果她能当上木王，我们一定服她。”

真巧低声道：“不知道她是姐姐还是妹妹……叫她声姐姐吧……火大哥，有机会的话，你救救她吧，这么温柔美丽的一个姐姐，她要死了，火大哥会后悔的吧。”

火小邪抬起头来，冲真巧微微一笑，说道：“真巧，她的生死，与我无关。”

田问一路上从头到尾，一言不发，来到会场，也是一直端坐在地，不动声色，听火小邪此话，方才闷声说了一个字：“是。”

火小邪听田问如此说，捉摸不透他的意思，便不细想，向青枝那边看去，心头暗念：“王孝先不知如何了？”

与青枝相隔的逍遥枝，林不笑和李自有两人端坐于前排，见林婉坐下，彼此对视了一眼。

林不笑低声道：“林婉还是命悬一线。”

李自有低声答道：“看来无药可救了。”

“王孝先呢？”

“在后面，已经装在袋子里，睡得死沉。”

“好，木王不问，就不说。”

两人又对视一眼，均微微挑了挑眼角，彼此心知肚明，而后继续道貌岸然地端坐，目不斜视。

药王爷见木王林木森、四枝仙主就座，清了清嗓子，高声道：“请木家各位长老。”依次念道：“请青枝滕牛仙主，请青云客栈甲大掌柜，请青云客栈大掌勺，请黑枝盘蛾仙主，请花枝百艳仙主。”如此念完，唯独逍遥枝没有长老。

以下五人，从各自队伍里站出，不敢卖弄，快步走上台来，各自入座。

滕牛仙主是一个青衣大汉，两道浓眉，臂膀浑圆，十分孔武有力；甲大掌柜一副标准的店掌柜形象，满脸富态，虽穿着青衣，剪裁用料仍是标准的富家老爷形象；盘蛾仙主是一个精瘦如柴的男子，细眉细眼，小鼻子小嘴，两道黑眉颇长，直到嘴边，下颌也留着盘成小辫的胡须，形象奇特。大掌勺、百艳仙主外貌，不必再表，只是百艳仙主上台，骑着猛虎，怀中抱着一只肥猫，其他百多只猫，则没有跟来。

一干人等坐定，木台上仍显空旷。

胖好味见大掌勺上台就座，激动不已地挤了挤火小邪，说道：“我师父原来是木家长老呢！第一次知道！师父从来没有说起过。”

火小邪看着场上诸多人等，深感木家的实力，比王孝先的描述更加惊人，只是木家高手多是深居简出之人，不易被人了解。火小邪微微一笑：“多亏了大掌勺岳父大人，我们才能进来……”话这么说着，目光仍然忍不住地被林婉吸引过去……可每每看到林婉那张秋水伊人般的脸孔，手腕和胸口都是一烫。

药王爷挥手示意，有木蛊寨人等再搬了几张藤椅上来，放于金潘所在的位置。

药王爷高声道：“木家斗药大会，为木家盛事。木家乃五行世家之一，每次斗药大会，均有其余四家贵宾受邀观摩，一同见证下任木王产生，今年之大会，火家缺席，金、水、土三家齐聚，实乃盛况！先请金家……哦，金家少主金潘已经落座……请水家水华子！”

一个相貌分外普通、教书先生打扮的中年男子快步从木台后绕出，向四面八方抱了抱拳，上台向木家众人行礼，快步落座。

金潘见了此人，哼道：“水华子，我当就我一家来了呢，你一直躲在哪里？我都没有看见你。”

水华子忙道：“青枝每次都会邀请水家，水家人喜欢凑热闹，但不喜欢张扬。”

金潘嗤之以鼻：“哦，我记得上次见你可不是这个模样，你们水家到底有几个水华子？”

水华子连忙客气道：“只我一人，只我一人。”

金潘说道：“但愿你不是其他人乔装打扮的。”

水华子笑道：“金潘大人多虑了。”

金潘说道：“与水家打交道，能不多想吗？”

药王爷高声道：“请土家田羽娘！”

话音一落，缓坡上的田问身子也是微微一震。

不过无人上来。

药王爷又高喊一遍，还是无人上来。药王爷眉头一皱，向台下接待的木蛊寨人士看去，颇为不悦，有人愁眉苦脸来报：“房内无人……不知道去哪里了。”

药王爷低喝道：“快去找！”

青辰小嘴一歪，不冷不热地笑道：“药老头儿，土家人从来就不愿意来斗蛊大会，谁把他们叫来的？”

药王爷忙道：“惭愧惭愧，是我给的药会令。粮队进寨之前，在山外遇见了田羽娘和土家发丘神官田遥、御岭道宗田观、摸金督尉田令、搬山尊者田迟一行五人，田羽娘与我算是旧相识，她恳请我赠予他们药会令，想来斗药大会看看。田羽娘从不求人，既然开口，我也不好拒绝，便答应了，走的是青枝青树关，昨晚到达木蛊寨，与我相会。”

青辰收了笑容，说道：“土家高人尽出啊！药老头儿，你真会请，一请就是土家最强横的五位！”

药王爷又道：“土家素来不干涉其他世家……”

青辰一张俏脸，泛起一丝黑气，厉声道：“药老头儿，你简直睁着眼睛说瞎话，三十年前的火王更替，土家没有干涉？”

药王爷长吁一声：“我老了，是我糊涂了……”

“你清醒得很！”

“啊，青辰仙主，依我看……”

药王爷话音未落，就听缓坡上一女子高声狂呼：“田问我的儿啊，你是不是在这里？木气太盛，为娘知道你在这里，却找不到你啊！田问我儿啊，娘找你找得好辛苦！你若是在，求你和娘说句话啊！”

全场一片哗然，所有人均向后方看去，只见一个穿着束身黄色短褂的半老徐娘，正站在花枝队伍中间的一块大石上，一边高喊，一边向四周张望，表情很是焦急。

花枝方面极为震惊，怎么毫无征兆的，混进一个人来？不由得纷纷站起，豺狼虎豹更是凶光四射，闷吼连连，作势欲扑。

药王爷在台上大叫道：“田羽娘，不可如此！请你过来！”

田羽娘再看几眼，哀叹一声，纵身跳下大石，竟无影无踪了。

花枝的人凑近一看，只见大石下一个仅仅容一人钻下的石缝，田羽娘必定是从此处离去。

田羽娘一走，就听轰隆隆几声响，空地靠近木台的一角，一个洞口赫然塌陷，随即一个巨汉穿着一身鳞甲装，从洞中跳出。

接着，又有三个穿着怪异的男子从洞中出来，这四人上了地面，用手在肩头一抹，似有一件衣裳从背后抖出，稍作休整，便都换上了一身土黄色的衣裳，丝毫看不出刚才的打扮。

四人抱拳恭迎，田羽娘方才从洞内缓步走出，亦是换了一身衣裳，显得十分雍容华贵。

药王爷见此模样，方才松了口气。

这五人，正是田羽娘和土家的发丘神官田遥、御岭道宗田观、摸金督尉田令、搬山尊者田迟。

药王爷沉声道："田羽娘，请上台来就座。"

田羽娘低念了声："刚才十分抱歉，请不要见怪！"

药王爷忙道："请，请。"

田羽娘向缓坡上再看一眼，叹了声，挥了挥手，说道："田遥，你随我来，其他人等，后面等候。"

土家四宗应了，御岭道宗田观、摸金督尉田令、搬山尊者田迟拜了一拜，向后走去，田遥则随着田羽娘缓步踏上木台。

田羽娘并不与金潘、水华子交谈，只是垂泪，一转身又站到木台边，大喊道："田问我的儿啊！你父亲知道你能从九生石下出来，高兴不已，已经仙去了！现在土家无主，为娘来找你，只想你能和你哥哥田遥决出土王！"

田羽娘此话一出，满场一片寂静，半晌后才哄然一片窃窃私语声。

田问在缓坡上眼睛一睁，嘴唇紧抿，双拳紧握，实属火小邪所能见到的最为夸张的心理反应。

火小邪、真巧、胖好味三人都微微向田问看来。

田问沉声道："不要看我！"

药王爷亦是吃惊不已，问道："田羽娘，土王田广大人已经去世了？"

不仅药王爷吃惊，金潘、水华子、木家台上众人，也是露出一副惋惜而又不敢相信的表情。

田羽娘哀声道："已然去了……药大哥，麻烦你帮我找一找我儿子田问吧，他一定就在这里，能否请你降低几分这里的木气……"

药王爷为难道："这个……"

青辰婀娜地站起来，说道："土家姐姐，可这里是木家的斗蛊大会，也是木家非常重要的大事，而且我们身后就是发了狂的木婴，可不是说降下木气，就能降下的。土家姐姐，听我一言，你暂且安坐，等决出木王之后，撤离此地，且不说谁是新任木王，我必会帮你找到你的儿子，你看如何？"

田羽娘看着青辰，叹道："想必你就是黑枝的青辰仙主吧。"

"正是小女。"

"也好……"田羽娘四下一拜，念道，"对不起各位，我思子心切，惊扰了大会，实在抱歉，还请木王大人、木家各位长老不要见怪。”

木王林木森说道：“无妨，请坐。”

田羽娘带着田遥，坐于水华子身边，田遥负手而立。金潘本想和他们说上两句，可看到田羽娘、田遥均不苟言笑，也就作罢。

青辰却还不坐，走到药王爷身边，说道：“既然药老头儿私下请了贵客，我也应该把我其他的客人请出来。”

药王爷诧异道：“青辰仙主还请了其他人？”

青辰咯咯笑道：“当然！”说罢向黑枝方向看去，高声道，“卓旺怒江大喇嘛，请你上座，真不好意思，委屈了你。”

只听一声法号，一个喇嘛从黑枝方面站出，缓步走下。

药王爷一见，脸色一沉，口气也极为不悦起来：“青辰仙主，卓旺怒江私自与藏地巫教炼魂，已被木家除名，木火两行届众也不容他，他怎么能来？”

木家台上各人均是神色复杂。

青辰娇笑道：“他不过是为了保他的那座小庙，没有大错，而且知错能改善莫大焉，药老头儿你还是宽容点吧。”

药王爷急道：“与藏地巫教炼魂，乃木家大忌，来人啊，毒杀此人！”

青辰一伸手，止住态势，眼中黑丝游动，阴森森地娇笑道：“谁敢？我请来的客人，谁敢动他？咯咯咯，藏地巫教怎么了？不过是所学药理与木家相违，善解木毒罢了！”

药王爷还是颇为惧怕青辰，口气一软，低声说道：“青辰仙主，木王之位你已是十拿九稳，何必如此……”

青辰咯咯笑道：“等我拿到两颗木广珠以后，你再说这话。还不请卓旺怒江上来，你想要别人一直站在下面吗？”

药王爷不禁向木王林木森、逍遥枝林婉、花枝千鸟、青枝青芽四人看去。

林木森眼睛微闭，只是默默点了点头，其余三人，则不置可否。

药王爷心中一叹，想道：“青辰这次可是做了十足的准备！卓旺怒江这种人在，木家的十毒阵，只怕奈何不了青辰了。也罢也罢，青辰势大，林木森也在低头，她说什么便是什么吧！”

药王爷于是念道：“请卓旺怒江大喇嘛就座。”

卓旺怒江念了声法号，缓步登台，青辰指点着让人把椅子放于自己身后一侧，不与金潘这些五行世家的人坐一起。

卓旺怒江是何许人？此人乃是与火小邪一起，同闯火门三关的一个高人，真实力很可能不亚于甲丁乙、苦灯和尚、郑则道，只可惜他第一关时大意失荆州，与王孝先比试时输了号牌，又羞又恨，一气之下退出火门三关。后来依旧被火王严烈劝服，归入当年的木火两行届众之下，在藏区受木家管束，建了座属于自己的庙宇，算是得偿心愿。

所谓木火两行届众，只是木家、火家表示友好的一种方式，并无既属于木家，又属于火家的说法。说得惭愧一些，就是后娘养的异类，火家不亲，木家不疼，土金水三家不收，摒弃在外又十分可惜，干脆划了个边缘地带，略做管控。

更早些年的明末时期，还有金生水（金水）两行、火生土（火土）两行、水生木（水木）两行、土生金（土金）两行，与木生火（木火）两行称为五行届众。从安排上来看，是属于两者相生，亦表示为五行世家友好。后来管起这些人来也麻烦，慢慢就只剩下木火两行届众名存实亡了。

至于卓旺怒江怎么不在庙里待着，倒与藏地巫教合作，让木家难容，另有一番原委，此处也不用细表。

不过药王爷所想确实正确，那藏地巫教，好听点说是巫医，擅长炼制藏药，很多原理与木家炼药的法门截然相反，甚至彼此冲突。比如巫医用水银、硫黄、硝石做药，这在木家乃是无稽之谈，可藏地巫医，偏偏能做，而且药效神奇，有些木家难解之病症，对巫医来说犹如治个伤风感冒一般容易。这可是动了木家根本的“大错”，木家为此打压了巫教千年，而巫教也是不争气的玩意儿，本来他们就是隶属宗教，讲究神鬼之力，渐渐有一部分人走上木家极恶的黑枝蛊术相同的套路，炼制一些效力耸人听闻的邪毒之巫药，也称巫毒。所谓巫教炼魂，就是巫毒的一种禁忌之术，据说大成之后能让死者复生，生者不死，炼魂炼到一定境界，木家的所有奇毒，都是隔靴搔痒一般，没什么用处。

虽说从没有出现过这种传说中的炼魂巫毒，木家仍然忌之如洪水猛兽，岂容枕边安榻？木家弟子，与巫教有染，特别是参与炼魂，一律逐出杀之。卓旺怒江能活到现在，出现在斗药大会现场，已是奇迹。

卓旺怒江到底有什么本事，无人知晓，也许他只是青辰用来恐吓的工具，暂不论真假，可炼魂的卓旺怒江一出现，无疑让其他木家人心头难安，本有与青辰竭力一斗的心思，也给打消掉几分。

青辰确实聪明。

这些与木家有关的旁支别系暂不多表，一干人坐定之后，药王爷向总坛方向再拜，嘴中念念有词，焚香数支，告慰先祖，以示斗药大会正式开始。

巨大的号角声短鸣片刻，号声一停，所有人均向药王爷看来。

药王爷高声道："木家斗药，第一斗，文斗！木家四枝，各自推举人来！"

场内一片兴奋的低呼声，逍遥枝众人似乎对文斗有把握，很是兴奋。

青辰不等众人说话，高声尖笑不已，花枝乱颤，按捺不住。

药王爷问道："青辰仙主为何发笑？"

青辰笑道："文斗？哈哈哈，每次听到就想笑啊！一些人彼此耍嘴皮子，争得面红耳赤，说得东倒西歪，简直是笑话！"

药王爷问道："青辰仙主言下何意？"

青辰站起身来，扭着腰肢走到台前，高声道："文斗耗时漫长，少说半天，多则一日，实在无聊得很，依我看，这种嘴皮子功夫，还是免了吧！"

数百人的场地上，为之一静，无人作答。

药王爷说道："青辰仙主，这怎能说免就免？免了这个环节，怎能让木家公平地决出木王之位？"

青辰高声说道："文、武、药三斗，决出木王之位不错，但木家数百次斗蛊，哪任木王在第三斗药斗的环节输了？输了药斗，谁敢自称木王？文、武两斗，不过是个过场罢了！依我看，"青辰四下环视，掩嘴娇笑几声，脸上却黑气隐现，尖声道："文、武两斗免了！直接三场药斗！最是公平！"

黑枝方面立即哄然叫好，一时间怪叫声连绵不绝。

逍遥枝的林不笑、李自有两位仙主似笑非笑对视一眼，依旧正襟危坐。

林不笑低声道："这次我俩不用故意输了。"

李自有亦低声道："毫无破绽。"

"青辰厉害。"

"佩服。"

逍遥枝弟子却有不服气的，站起来大叫道："怎么能免文、武两斗？不能免！"

马上就有同意的逍遥枝弟子跟着站出，也是赞同。

林不笑扭头喝止道："喧哗什么！成何体统！木家各长老在前，休要放肆！"

逍遥枝弟子听了林不笑训斥，只好闭嘴。

药王爷皱眉道："免文、武两斗，三场斗药？"

青辰笑道："这可是木家祖宗允许的，药老头儿，你别装糊涂。"

药王爷忙道："确实可行，木家有五十多任木王，都是免了文、武斗，仅靠三场斗药产生。不过此事，需要台上木家各位总仙主、长老半成以上同意方可。"

青辰笑道："这有何难，你问就是！"

不等药王爷发问，青枝总仙主青芽长身站起，高声道："文、武斗的确耗时颇巨！自木蛊寨毁于木嫛后，在此地文、武斗，看着就惭愧难安。青枝青芽同意三场药斗。"

甲大掌柜跟着站起："与青芽仙主同感！文、武没能救木蛊寨，全靠药力封死木嫛，才有我们在此。同意三场药斗！"

大掌勺跟着缓缓站起，瓮声瓮气说道："同意三场药斗。"

青枝还剩下一位滕牛仙主，他面色为难，但见青芽、甲大掌柜、大掌勺都同意，也只好站起说道："滕牛同意。"

花枝千鸟仙主嘎嘎嘎一通难听的笑声，站起说道："花枝最烦的便是文斗，免了好，免了好！"

花枝百艳仙主媚笑道："当然药斗最过瘾啊！每次都盼着文斗、武斗快点决出胜负呢！小女子同意药斗。"

黑枝盘蛾仙主当然是青辰这边。

这几位说完，局势已明，场上木家一共十人，除了林木森、林婉、药王爷没有表态外，其余七人全部赞同三场药斗。

药王爷向林木森看了一眼，也不再问他和林婉的意见，转身高声道："决议已明！木家斗药大会，文、武两斗免除，三场斗药，胜两场一枝，为木王枝，推举木王！"

除了逍遥枝以外，青、黑、花三枝均是一片欢悦激动之声，倒不是青、花两枝折服在黑枝之下，而是木家斗药大会，第三斗的斗药，才是最为精彩的部分，这回一次能看到三场斗药，实属难得。

甚至连药王爷，年岁最长，此生也仅仅是第二次见到连续三场斗药，时隔已近四十年，以至于药王爷宣布完，自己都莫名地呵呵笑了起来，很是期待。

木台之上，最被动的只有林木森、林婉两人，这对"苦命"的父女俩对视一眼，心头发苦。

林木森低声道："还是算错了一遭……"

无人听林木森说话，就见青芽上前一步，气势如虹地对青辰说道："妹妹，你舍了文武斗，是想让青枝出全力吗？"

青辰娇声道："姐姐承让！"

青芽哈哈笑道："好妹妹，青枝文不如逍遥，武更是四枝末流，唯有药，还能拿得出手，妹妹，三场斗药，姐姐是不会和你客气的。"

青辰娇声道：“姐姐尽管全力而为，妹妹最喜欢的就是姐姐这么直爽的脾气，不遮不掩。”

斗药大会规矩既定，众人归位，纷纷坐定，表情一敛，各自苦思。

药王爷宣布道：“斗药大会，经长老会商议，舍文、武斗，改为三场斗药，木家四枝，各显其能，三场胜两场，为木王枝，若三场均胜，三家再斗一场，分出胜负。拿纸笔来！”

木蛊寨的人取了纸笔，分与林婉、青芽、青辰、千鸟四人。

这是木家斗药的规矩，各枝将三场所遣人或物先后顺序写于纸上，再由药王爷宣布。

木家四枝纷纷走离木台，各回自家方面细细相商。其余金潘、水华子、田羽娘三家，也被请去后台休息。

斗蛊大会会场上一片安静，气氛骤然紧张起来，所有人各自向自家仙主看去，无人敢大声喧哗。

火小邪见林婉和林木森父女两人离去，不由得暗念道：“王孝先到底去哪里了？眼看着就要斗药，怎么石沉大海了一样？莫非王孝先被藏起来，根本没有见到林婉他们？这样不行啊，我一直在这里等，只怕是救不了林婉！王孝先一番苦心，岂不是白费了？”

火小邪眼见着大掌勺等青枝长老回来商议，不禁低声问胖好味道：“胖好味，能不能给大掌勺传句话？”

胖好味不可思议地看着火小邪，说道：“我可不敢！你看他们几个一脸严肃，我这时去传话和找死差不多。”

火小邪说了声：“这样啊！”回头向后望去，他们所在位置已是青枝的最后方，除了他们以外，剩余的全是这次粮队里青云客栈的人，听从胖好味的指示。

火小邪说道：“胖好味，那麻烦你和你的师弟们说一声，我想离开一会儿，去逍遥枝那边看看王孝先的情况，请他们不要声张。”

胖好味说道：“啊？你怎么过得去？你没看到吗？要想过去，翻篱笆肯定不行，这么多双眼睛看着呢，你必须从山顶上绕行，可山顶是禁区，别遇到灵蛊船了！那邪门玩意，你应付不来的。”

火小邪想了想，说道：“确实是个问题。”

胖好味说道：“你还是想救林婉吧？”

火小邪尴尬一笑，并不作答。

胖好味说道：“她只要三场斗药死不了，再救不迟，何必现在？”

火小邪说道：“如果是这样，王孝先也犯不着冒着这么大的风险，急急忙忙带我们来斗药大会了。”

胖好味说道：“好像是这么个理……那，那怎么办？你要是被人发现，擅闯斗药大会，谁都保不了你，必死无疑啊。”

火小邪心里的想法是，寻找王孝先的下落是其一，其二是如果能直接拜会到木王林木森或林婉，只需一两句，他们便能明白。可眼下的困难不仅仅是如何到逍遥枝那边，而且林不笑这些逍遥枝弟子，对他心怀杀机，不见得能帮忙传话给林木森。

真巧关切地低声问道：“火大哥，你一定要去吗？”

火小邪轻轻握了握真巧的小手，说道：“我实在不能装成没事人一样坐在这里，林婉的生死虽与我无关，但我承诺了王孝先……”

真巧不等火小邪说完，只是点了点头，说道：“是，火大哥，那你去吧，我能照顾好自己。”

火小邪心头一酸，说道：“真巧，你放心，我点到即止，不会勉强的。”转头对田问说道，“田问兄，你稍坐，我去去就来。”

田问摇了摇头，说道：“我陪你去。”

火小邪感激道：“谢谢你的好意，但此行凶险，我还没有妥当的办法，所以我一个就可以了。”

田问还是摇头，说道：“我有办法。”

“你有办法？”

田问指了指脚下。

在青枝队伍最后，田问、火小邪两人埋身于石隙之间，田问深吸一口气，使了使劲，一块大石硬生生让他用手拔起，这种爆发的力道之劲，火小邪断然是做不到。

因为场地上所有人的注意力均在几位商议斗药的仙主身上，无人向僻静处张望，木家人药物厉害，观察巡视这种工作，差了许多。

石头一移开，露出半层岩土，田问低喝一声，直跃潜坑中，一套衣裳瞬间收于身后的细甲中，人如同陀螺一般凭空转了两圈，噗的一声，直没地下。

火小邪心头一震，再看地面，已有一个刚好能容一人钻下的洞口，赫然打通，是山体的一道缝隙。怪不得田羽娘能够突然出现在花枝中间！

火小邪不敢犹豫，头朝下便直往里钻，刺溜一下，也如同一条泥鳅，直入洞内。

田问在洞底接着火小邪，两人站稳，田问紧闭双眼，伸手在脸颊上微微轻点，掐指细想，便已经弄清了方位，身子一侧，倾斜着向前钻去。石缝狭窄阴暗，正常人手足并用也不见能前行多块，而田问几乎不用手脚，身子和一条大蛇似的，钻行如飞。

火小邪是第一次见到田问施展出入地钻行的本事，确实是匪夷所思，田问平日里身子硬邦邦的，石头一块，到了这种地方，竟是这般灵巧。

火小邪抖擞精神，学着田问的模样，侧身拱进石缝，手足乱点乱扒，样子虽不如田问那般潇洒，倒也着实不慢。

越往里钻，越是漆黑一片，伸手不见五指，火小邪只能辨着田问的声音蠕动前行，石缝里空气也稀薄得很，让人喘不上气，真要一直这样爬行下去，恐有窒息的危险。

而田问好像习以为常，他进了地下，十足就是一只穿山甲，根本无须用眼睛。

田问也十分照顾火小邪，走走停停，每每到宽敞的地方，就会给火小邪喘息的时间，如此这般曲曲折折，走走停停，暂时不见有出去的意思。

火小邪好生佩服。都说田问是土家三修的奇人，今日一行，确实让人折服，毫无线索，乱如迷宫般的地下孔隙，暗无天日，田问竟能在里面寻出一条路，直通到逍遥枝所在的缓坡下方。在地面上田问可能还有劣势，若进了地下，恐怕没有几个人是田问的对手。

火小邪、田问两人正在地下游走，地面上木家四枝所写的名单，也已经交到了药王爷的手中。

木台上众人归座，各自不言不语，原本一直脸上挂着微笑的青辰，也是表情肃然。

药王爷走至旁侧，避开众人，把四枝所写的名单看完，不禁暗吸了一口凉气，这三局之诡谲，已是超乎他的想象。

药王爷把纸张放入怀中，走至木台前，高声道：“斗药第一场，逍遥枝推举，现任木王林木森！”

全场人嗡的一声，齐声低呼。

青辰与盘蛾仙主对视一眼，脸上隐隐一笑。

药王爷继续高声道：“青枝推举，青云客栈甲大掌柜。”

“花枝推举，百艳仙主！”

“黑枝推举，青辰总仙主！”

全场又是一片哗然。

斗药第一场，逍遥枝和黑枝竟然都派出了绝顶的人物！这两枝看来对第一场都极为重视，志在必得。

药王爷所念四人，林木森骑着熊猫下到空地，甲大掌柜、百艳、青辰三人则是缓步下来，四人在空地中央的枯井边，按方位站定，彼此拜了一拜，各自后撤几步，以枯井作为中心，四人要一起混战。

林婉见林木森下去，满眼是关切之色，泪光晶莹。

青辰娇声笑道：“姐夫，你没想到第一场就会碰到我吧？”

林木森面色平静，稳坐在熊猫背上，念道：“且当此战是最后一战吧！”

青辰笑道：“姐夫，是你没想到会变成三场斗药吧！而且，你今天的撒手锏，应该不是你吧。”

林木森嘴角微动，依旧平静道：“领教，领教！”

百艳仙主在一旁叹道：“我真是个苦命的女人，本来想凑个热闹，怎么是青辰姐姐和木王大人一起来？”

甲大掌柜一副商家的嘴脸，呵呵笑道：“那我更是打打酱油，走走过场好了。”

百艳仙主媚笑道：“甲大掌柜，看这个局面，可不是田忌赛马啊。”

药王爷台上高声道：“台下四位，时候无多，还请各自准备。”

林木森首先念了声好，双手在胸前相对，如抱一无形球体，运了运气力，双手一展，忽见林木森背后五彩齐放，熊猫背上本放置着林木森的皮质靠背，齐齐开裂，盛开了一个一人大小的孔雀屏。这孔雀屏由数百根不同颜色的华丽的孔雀翎组成，一展开来，孔雀翎好像会生长似的，越开越大，逐渐竟绽放到二人高矮，五彩纷呈，华美得让人不忍眨眼。

药王爷、青辰、青芽等人齐齐低呼：“仙白孔雀翎阵。”

缓坡上的胖好味也已经看到傻眼，嘴里喃喃自语道：“这是孔雀什么阵？我的天老爷，今天我开眼了。真巧，你看，最高的那根纯白的羽毛，是早已绝种的云南凤白孔雀的翎毛。”

胖好味唤了声，却听不到真巧回应，扭头一看，竟不见了真巧。

胖好味心头一惊，四处张望，哪有真巧的人影在！赶忙推了推其他青云客栈的灶房弟子，骂道：“看到真巧了吗？”

其他灶房弟子正伸长着脖子，聚精会神地看林木森放出的大孔雀翎阵，听胖好味这么一叫，才回过神来，纷纷说道：“咦，刚才还坐在那儿的。”“没看到她离开啊？”“怎么会突然不见了？”

胖好味急道：“火小邪托我照顾真巧！怎么眼睁睁地把真巧弄丢了！你们眼睛长着吃屎的吗？完了完了，千万别出什么岔子！要是找不回真巧，我就完蛋了！”

胖好味的一众师弟忙道：“那赶快找找吧。”

胖好味捶胸顿足道：“怎么找？你说怎么找？菩萨保佑，保佑她只是想尿个尿……”

乙大掌柜一直在青枝最前面端坐，此时也听到胖好味等人在最后喧哗，很不高兴地转头回来，向胖好味等人瞪了过去。

胖好味等人一见到乙大掌柜那副欠他几千万的尊荣，赶忙屁股坐住，不敢再嚷嚷。

青辰眼睛一眨不眨地看着林木森的仙白孔雀翎阵施展开了，表情尤为兴奋，尖声道：“姐夫，你的孔雀羽毛阵玩得越来越妖艳了！姐夫啊姐夫，你五年前用这招赢了我，五年后还是这一招吗？”

青辰话音一落，粉白的脸上黑气腾腾，一股子黑雾从身上涌起，骤然间便覆盖了全身，那团黑雾浓黑不散，更似凝胶一般，牢牢聚在一起。

青辰的声音也异常地诡异起来：“姐夫，那我也用五年前败给你的黑婴降来对付你！看看是谁更有长进吧！”

甲大掌柜见状，忙叫道：“我输了！我输了！”说罢要跑。

青枝总仙主青芽站起来大骂道：“甲大！摆出你的本事来！你就算输，也不要这么丢脸。”

甲大掌柜一听，只好站住，哆哆嗦嗦从怀中摸出一个银白的皮袋子，从里面抓出一把老旧的铜板，四处丢撒，嘴里念道：“有钱能使鬼推磨，有钱能使鬼推磨。”

青芽见了，这才满意地坐下，说道：“死老甲，炼了一袋子逗鬼钱！不逼你你还舍不得啊？”

百艳仙主见林木森、青辰、甲大掌柜已经施展开来，再不敢耽搁，摸了摸怀中的大肥猫，说道：“宝贝，我伺候了你五年，你今天多少为我挣点气啊。”说着把大肥猫放到地上。

那只大肥猫在地上滚了一滚，喵的一声站起，动作再不是懒洋洋，而是猫毛倒竖，四爪齐张，如同一只豹子一样，满面杀气地来回行走，张开嘴发出吱吱的吼声，紧紧盯着林木森、青辰和甲大掌柜三人方位，更为奇异的是，两只猫眼，一只变成碧绿碧绿，另一只则是赤红赤红。

青辰在黑雾中尖声笑道："百艳妹妹，你真的养出阎王猫了！恭喜恭喜！"

青辰话音刚落，只听这只妖异的阎王猫惨叫一声，翻倒在地，舌头一吐，蹬了蹬腿，便死了。

果然是阎王猫……

这只阎王猫一死，反而气氛一滞。

木王林木森和甲大掌柜均向百艳仙主看来，青辰身上的那团黑雾也越发浓烈。

药王爷目不转睛，盯着地上的死猫，低喝道："第一场，各位请。"

就听得凄厉的猫叫声凭空而起，散在空中，竟辨不出声音来源。

甲大掌柜直吹冷气，一边摆手，一边畏惧不堪地喝道："别找我别找我！"说话间，他脚下的几十枚铜板如同跳豆一般，一个个跳将起来，四处乱滚，竟没有停顿的意思。

似有无形无色的东西冲到铜板之前，嚓的一声利爪抓挠的锐响，一枚铜板被击飞，同时地面上坚硬的青石，显出四道乌黑的抓痕。

喵呜一声极为不甘的厉叫，再度跳上半空，而甲大掌柜脚下滚动的铜板，从地面上飞起数枚，直向空中射去。空中猫儿的厉叫声连连，隐隐升得更高。

甲大掌柜一头冷汗，盘腿扑通一下坐在地上，闭目叫道："别找我！千万别找我！"

黑雾中的青辰咯咯娇笑道："百艳妹妹，这么容易就被逗鬼钱化了一命，你的阎王猫还是不成气候啊！"

百艳仙主媚脸上有红似白，说道："青辰姐姐见笑了。"

青辰笑道："甲大掌柜，麻烦你老实坐着，不要动什么鬼心思，好好看着。"

甲大掌柜忙道："我一定好好看着，老实坐着。"

青辰咯咯一笑，声音猛然一厉："姐夫！讨教！"

围绕在青辰身上的黑雾，猛然分作四股，一齐向林木森射来。

林木森沉声喝道："来得好。"双手一挥，身后的孔雀屏随手而动，撒出大团的亮粉来，直向黑雾迎去。

未见两者接触，黑雾骤然一停，向后退去，似乎不愿触碰到这片亮粉。

林木森见黑雾一退，念道："漫卷扬尘。"双手再挥，孔雀屏簌簌抖动，好像活了一般，源源不断地撒下亮粉，随着林木森的手臂挥舞，逐渐扩散开来。

林木森高声道："无修默药术者，还请败下！"

青辰见黑雾退回，咯咯一笑，手中一攥，悄然一展，那团黑雾便直坠而下，隐入土地中不见。青辰俏生生看着林木森，用手指轻拈自己发髻，满面含笑，根本没有离开的意思。

甲大掌柜见亮粉飘来，大叫道：“我输了！我输了！”说着跳将起来，作势欲逃。

台上的青枝总仙主青芽见状，又是站起来气得大喊：“甲大，你能不能有点羞臊！修默药术，你不会吗？把你的逗鬼钱全拿出来！你这时候不用，是想带进棺材里啊！”

甲大掌柜唉声长叹，只好站住，从衣袖里摸出一个锦袋，抖出两枚硕大的方孔铜钱，丢在地上，双足往上一踏，怅然道：“我的心肝啊！”

青芽依旧骂道：“你这个吝啬鬼！”

亮粉已经弥漫过来，甲大掌柜长吸一口气，双手食指将鼻孔一压，半睁着眼睛站立不动，形态颇为好笑。

大片亮粉，在甲大掌柜周围飘浮不定，却近不到甲大掌柜身前。

另一边百艳仙主则有些手足无措，看着亮粉飘来，几次作势欲退，但见甲大掌柜站定，方才咬了咬银牙，冲天高叫道：“猫儿，来护我！”

就听空中厉叫几声，似有东西从天上掠下，飞绕在百艳仙主身旁，叫声极为凄厉。

百艳仙主伸手在脸前摆了个手法令，二指顶住眉角，低头轻念。

这些亮粉也是神奇，看着漫无目的，四下扩散，其实全是向人体涌来，如被吸引一般，越靠近人身，亮粉浓度越大。

很快，百艳仙主笼罩在一片亮粉中，猫叫声持续不断，经久不绝，异常刺耳。若是近看，这些亮粉紧紧贴着百艳仙主的肌肤，却粘连不上，其实是约有一指的距离时，就会弹开。

青辰咯咯娇笑，缓步向这片亮粉走来，也不见她有何动作，亮粉距离她一人远的时候，便会自动退后，保持着这段距离，前进不得。

青辰就这样若无其事地在漫天亮粉中向林木森走来。

林木森见状，暗惊道：“青辰的修默药术居然到这种程度了？还是她配合了黑婴降，用地尸浊气把雀翎粉逼退？这不可能！就算她五年间黑蛊药力大涨，这么大摇大摆地把雀翎粉这种木圣之毒逼退到一步以外，也有违常理！莫非？”

林木森不禁向台上的金潘飞快看去，金潘正满脸笑容地看着场下的斗药。

林木森心头一惊，暗念道：“莫非是金家的金磁之力附加在青辰身上？青辰与金家金潘难道有非同一般的关系？”

台上的金潘并未注意林木森的目光，只是看着青辰在亮粉中悠然自得。金潘呵呵笑了两声，扭头对身旁的水华子说道：“水华子，斗药很是好看啊！你看青辰仙主在那么一大片金光闪闪的东西里散步，很有点仙女下凡的感觉啊。”

水华子抱拳笑道：“若我没有记错，这片亮粉是木家的仙白孔雀翎阵，又称圣毒之阵，不仅能杀人，也能救人，结果只存于施阵者的心思，一善一恶，分化两极，只有修默药术大成者，方可不让圣毒近身。”

金潘笑道：“水华子，你怎么这么清楚？”

水华子会心一笑：“水家在清朝时候，和木家关系一直不错，故而知道点。”

金潘又笑：“那你还知道这个孔雀阵什么情况？”

水华子说道：“我只知道，金家的金磁之力，克木，木越盛，金越克。”

金潘哈哈乐道：“你真厉害，知道这么多，我都不知道什么是金磁之力呢，回去我问问我老爹和老叔去。哎，水华子，那我问你，你觉得这一场谁能赢？”

水华子抱拳笑道：“金潘大人希望谁赢？”

金潘笑着拍了拍藤椅扶手：“水家啊，水家啊，真会说话啊。”

场地下，青辰已经缓步走到林木森身前，相隔不过数米，方才站住。

两人默默对视片刻，青辰才笑道：“姐夫，你何不用你的凤白雀翎？”

林木森说道：“还不到用的时候。”

“是吗？”青辰手一扬，地下骤然升起一圈黑雾，将林木森、青辰两人围在其间，吱吱的呜呀之声不绝，听着极为烦闷。这么一围，两人说话，外面再也无人听得见。

“姐夫！”青辰脸色一沉，说道，“你要是知趣，乖乖地让出木王之位，我保证送你安安静静、舒舒服服地陪我姐姐去。”

“呵呵！青辰，三十年前，你迷恋那位邪盗之人炎火驰，请他进了木蛊寨游玩，造成木家重宝木婴之眼被炎火驰偷去，你因此险些被逐出木家，最终堕入黑枝！你不仅不思悔改，还苦修黑蛊之术，你哪有资格来争你姐姐留下的木王之位？”

“你闭嘴！林木森，你这个无赖！我姐姐若不是你这个醋坛子使坏，不让她采饵，她怎么会死！”

“我与你姃姐彼此深爱，情之所在。”

“一派胡言！林木森，你三十多年前，不过是个采药的臭道士！处心积虑骗了我姐姐爱你，混成木家弟子，又从我姐姐身上采炼丹元，盗学我姐姐的木家圣毒药术，十年前，都怪我师父黑苗心软，没让你死成，你才侥幸赢了我师父。让你这个瘸子霸占了十年木王之位！”

“呵呵！青辰，你在黑枝时间太久，心里已经脏了！”

“林木森，我今天杀你之前，问你一句话，你要是良心尚安，就老实地回答我！”

“你问吧。”

“林木森，炎火驰与我偶遇，到底是不是你安排的？你到底认不认识炎火驰！”

林木森紧闭双眼，思绪翻飞，半晌后才低声答道：“我与炎火驰，只是一面之缘，你痴迷上炎火驰，与我毫无关系。炎火驰已经死了，你不用再惦记他了，他是个邪盗，你只是他偷盗的工具罢了，他的心里，只有珍丽这一个女人。”

青辰两颗透亮的泪珠翻滚而下，眼中骤然黑气腾腾，再流出的眼泪，已是黑色。

青辰尖叫道：“好！”脚尖在地上一点，嗡的一声，整片地面，黑雾滚滚而起。

这片黑雾好生厉害。黑雾中拌杂着婴儿的隐隐啼哭之声，在地上腾起两人多高，片刻便把所有亮粉绞入其中，吞没得无影无踪。

甲大掌柜眼睛一睁，就见黑雾劈头盖脸地笼罩过来，大叫道：“完蛋了！我真的输了！这次命也要输掉了！我太亏了！”话音刚落，已经卷入到黑雾中，没了人影。

百艳仙主也被浸入黑雾中，尚有围绕在身边的阎王猫蛊灵护住她的面貌，渐渐喵叫声越发凄惨，却已无力。百艳仙主惊叫道：“青辰姐姐，不要杀我！”可猫叫声骤然一停，黑雾毫不客气地将百艳仙主吞没其间。

硕大的一片空地，黑雾如浪涛般翻滚不休，好在并不扩散。但原本在场地上的四人，却已被黑雾罩住，看不见一丝一毫的踪影。

满场一片安静。大气都不敢出。

药王爷、林婉、青芽、千鸟、滕牛、黑蛾、大掌勺几人默默站起，均是面色凝重。如此威力的黑婴降，所有人都没有想到。

林婉意识到事态严重，眼中含泪，低叫道：“爹爹！爹爹！”

而青芽明显慌了，拉住药王爷叫道：“老药，让青辰停下，她赢了，她赢了，不要杀甲大掌柜！”

药王爷也是面色焦虑，但低吟道：“尚不可知胜负，不可叫停。”

金潘、水华子、田羽娘等贵客也情不自禁地站起身来，场地中的异象，实在让人心惊肉跳。

田羽娘、田遥两人，一言不发，只是聚精会神地看着。

金潘喃喃道：“这是什么鬼玩意？黑云落地啊！”

水华子也道：“好霸道的黑婴降，百婴啼哭，黑若腹内，这是世间登峰造极的极恶蛊术了。”

此时，却见到黑雾中白光泛起，一根洁白雀翎带着黑雾冲天而起，洒下片片白尘，白尘一触到黑雾，立即化开一片。这根雀翎，正是凤白雀翎，仙白孔雀翎阵的定阵之物，可白翎稍加施展，虽见成效，却又被不断涌来的黑雾卷下。

黑雾中婴儿的哭声越发响亮，白光在黑雾中如同乌云里的闷雷一般，四下闪动，隆隆作响。

谁也看不清黑雾内发生了什么，而战局也僵持不下，一时间竟无终止的迹象。

就在形势不明之时，在逍遥枝弟子所在的缓坡后面，却有两个人影从地下钻出，一掠身，便隐藏于大石之后。

逍遥枝众人全部死盯着场内，屁都放不出一个，扎根针都不知道疼，更别说察觉身后多了两人。

来人正是火小邪、田问。

火小邪见到场地上“黑云压阵”，也是倒吸了一口凉气，低声道：“好邪门的东西！可惜你看不到！”

田问沉声道：“先找人。”

火小邪定了定心神，一点点地看去，哪有王孝先这个大活人在？火小邪绝不甘心，继续飞快扫视，不一会儿眼睛微亮，说道：“有个麻袋！好像装着人。”

田问伸出手指，说道：“哪个方位？”

火小邪拉着田问的手指，指将过去。

田问眼睛一闭，微吸几口气，说道：“是王孝先。”

火小邪问道：“你确定？”

田问又微吸几口气，点头道：“不会错！”

火小邪低骂道：“逍遥枝的人怎么把王孝先装麻袋里了？他就算疯了也不该这么对他！只怕逍遥枝这些人有问题，压根不想让王孝先清醒过来！”

田问说道：“有何高见？”

火小邪说道：“直接找逍遥枝的人商量恐怕不行了，眼下只有把王孝先偷回来。”

“偷回来？”

火小邪望了望远处的木台之上，只见林婉，未见木王林木森，台下一圈，还有数十个木蛊寨的青衣徒众守护，绝不是能轻易靠近的，若无人带领，擅闯近乎找死。

火小邪说道："是！只有先把他偷回来，再做商议。"

火小邪观察了一下形势，那个装人的麻袋，放在两个逍遥枝弟子的身边，虽说四周再无别人，也无人刻意地盯着，可要在逍遥枝弟子的眼皮子底下，把这么大一个麻袋偷走，绝非易事。

田问指了指嘴，抹了把脸，意思是王孝先定是被药物制住，昏迷不醒才会这样装在麻袋里，说道："盗回何用？"

火小邪说道："大有用处，我有办法让王孝先清醒！"

"嗯？"田问虽说毫无表情，但眉毛微动，证明他有些糊涂了。

火小邪坏笑一声，指了指自己，念道："等着。"随即身子一弯，耗子一般窜出去，向装着王孝先的麻袋接近。

若只凭火小邪记忆中自己下五铃的身手，这样前去把一个大活人偷过来，他是万万不敢的，主要原因不是自己不够胆大，而是唯恐身手不行。在盗行里，同样偷一件难得的东西，身手差一分，输赢差万分。就拿最简单的小偷伎俩来说，比如徒手二指钳，即是二根手指夹人钱包，都是上去那么一下，身手好的眼疾手快，快到几乎看不见；身手差的呢，指力不稳，发力不劲，刚夹起来，物品沉重，吧嗒一下掉了，被人发现，跑又跑不掉，挨顿胖揍。

火小邪记忆里自己是下五铃的微末盗行，可是一路上发生的种种事情，加上许多身体上天翻地覆的变化，火小邪尽管没有按荣行的规矩再测试一下自己的身手，却实实在在地感受到自己的能力绝非昔日，那些所谓的拿盘儿、单挂、摸背等等的荣行升铃技巧，甚至觉得不值得一试，拿盘儿这种盗术测试，记忆中最多玩十几个珠子，可现在脑子一想，觉得二百个珠子一起，也不在话下。

所以，火小邪单身一人出去偷王孝先回来，并不是逞能之举，而是心里默想了一遍，确有把握。

田问何许人？土行大盗也。对火小邪拥有的能耐，了解程度只怕比现在的火小邪更甚，见火小邪自己出去，毫无疑虑，绝不阻止。

火小邪用自己最为简陋的伏行术，却动若狡鼠，哧溜哧溜几下，便钻到装着王孝先的麻袋旁边，与看守王孝先的逍遥枝弟子不过一尺之遥。

木家人听觉触觉耳力目力远不及火家盗术，可鼻子、味觉的灵敏程度，堪称第一。火小邪近到身边，逍遥枝弟子居然闻不到火小邪的气味，理应不该。

而火小邪敢贴得如此之近，绝非他的运气，火小邪想得周密。逍遥枝的弟子理应有王孝先一般狗一样的嗅觉，但场地上正是黑雾盘绕、酸腥之气弥漫的时候，连火小邪也闻得出来，狗鼻子再灵，这时候也被塞满，加上逍遥枝弟子一个个聚精会神，哪有心思去闻更多的味道？火小邪几乎可以确定，就算在这两个逍遥枝弟子鼻子边上放个臭屁，他们也不见得闻得出来。

以上判断，全部来自火小邪对王孝先的了解，举一反三，无往不利。

火小邪缩成一团，侧耳听了听麻袋里的声音，果然有微弱的呼吸之声，又伸出手指在王孝先脑袋的位置上捅了一捅，动也不动。

火小邪暗想道："昏死了！嘿嘿，也好，他不动弹，反而容易。"

火小邪身子一伏，紧紧贴住麻袋，用单手绕过脖颈发力，将麻袋拽起，一挤身子，将麻袋压在背上，再侧过脸去，用嘴将麻袋一头咬住，不容他动弹。接着，后腰微微拱起，将王孝先身下孔隙抬出，两只脚随之插入身子，这样一来二往，装着王孝先的麻袋，就整个的让火小邪背在背上。

这一系列复杂的动作，毫无声响，没有极为过硬的身手和稳健平静的心态，断无可能。

火小邪松了一口气，暗骂道："这死鬼看着瘦，着实不轻。"

这般静静伏了片刻，就听逍遥枝弟子低声哇的惊叹成一片，正是好时机！

火小邪身子一撑，将王孝先整个驮起，加紧便逃。

火小邪整个体态，乃是乌龟驮麻袋一般，在荣行里另有个"美称"——耗子背粮。火小邪幼年时干过这事，从货栈里驮着麻袋，从柜台下看守的伙计脚边，爬行出来。

样子虽不雅，确实管用。俗法亦有妙用之时。

火小邪爬了一段，很是吃力，没等他向田问打招呼求助，已见到田问闪身而出，双手将麻袋一抓，抱在胸前，拔腿就跑。时机把握得甚好。

火小邪心中一乐："田问到底还是个贼，偷到了东西，分赃的速度真快。"

田问抱着麻袋，火小邪紧随，退入后方，藏于大石之后。

火小邪探头一看，逍遥枝弟子依旧浑然不觉，连扭头看一下的动作也没有。这便是说，偷王孝先这件事，算是有惊无险的成了。

九、火性本邪

火小邪、田问七手八脚将昏迷不醒的王孝先从麻袋里拖出，一探鼻息，呼吸异常微弱，脉象更是若有所无。田问伸手在王孝先脖颈、腰腹等处重穴按压，丝毫不见他有清醒的迹象。

田问低吟道：“三焦俱散。”

火小邪听不懂此话，问道：“是昏迷得很厉害？”

田问说道：“是！”说着指了指王孝先，又看着火小邪，乃是说“你不是有办法让他清醒吗”？

火小邪摸了摸下巴，情不自禁地又把黄铜烟嘴叼了起来，略作思考，说道：“让他醒来，需要天时地利人和。”

火小邪正要解释，就听到满场惊讶之声大起。

两人不禁向场地中间斗药的空地上看去。

只见黑如浓墨一般的黑婴降阵中，黑雾骤然消退，逐渐腾出一片空地。

林木森一手持凤白雀翎，一手持一把深青色的木扇，骑在熊猫背上，一边跑一边挥动手中的物品，黑雾便也随之退开，近不到身前。那只熊猫，本是黑白分明的皮毛，此时完全变成一只黑熊，看不出身上有一点白色。熊猫呼哧呼哧直喘粗气，随着林木森挥动雀翎和木扇的速度，绕着场子跑动。

林木森面色惨白，病态十足，动作十分吃力，唯有目光中尚有一丝坚毅之气。

就听青辰在黑雾中尖声笑道：“姐夫！姐夫！我在这里！你好大的本事！你来抓我啊！呵呵呵呵！哈哈哈哈！”

林木森如同没有听见，依旧骑着熊猫，化开黑雾，不住奔跑。

青辰厉声笑道：“我玩够了！林木森，你死吧！”

黑雾猛然暴涨半分，随即急速收缩，恍如数只大手，齐齐向林木森挤压过去，婴儿啼哭声惊天动地，黑雾里泛出整片整片的血红之色。

林木森持木扇和雀翎猛挥，却是抵挡不住，坐下的熊猫哀吼一声，伏在地上，再也跑不动了。泛着血色的黑雾，渐渐将林木森挤压住，淹没其内。

台上药王爷低叹一声："林木森输了……"

空地上原本硕大的一团黑雾，全部向林木森涌来，渐渐以他为中心，汇成一个半球形，嘶嘶几声婴儿的尖笑，黑雾猛然一红，全无黑色。

红雾呜呜呜地翻滚一番，随即坠入地面，再无踪迹。

只见地面上一个一丈大小的暗红圈内，林木森滚倒在熊猫身下，双目紧密，微微抽搐不止。而他手中的凤白雀翎，已是全部黑色，木扇亦断成几截，丢在身侧。

红圈内最后一丝黑雾散去，青辰在林木森面前，现出身形。

青辰看起来也不太舒坦，面色发青，不住娇喘，从袖中抓出一把丹药，塞入嘴里嚼下，方才神色恢复了一点。

青辰看了眼地上微微抽搐的林木森，骂道："林木森，你还能活着！"伸手便要上前去摸林木森。

药王爷在木台上大叫道："手下留情！林木森已经输了！"

青辰不管不顾地大叫道："留不得他！"

药王爷高声大叫："青辰仙主，你当着木家四枝的面，杀一个垂死之人，怎能服众啊？青辰仙主三思！"

青辰手上一顿，冷哼一声，咬牙瞪了林木森几眼，退了开去。

空地一角，百艳仙主抱着死猫，哆哆嗦嗦从地上爬起，脸上黑紫，嘴角挂着鲜血，不住地咳出几口血来，瘫软在地，低声唤道："青辰姐姐，谢谢你，不杀我，还……还求姐姐赐解药。"

青辰低哼一声，走上几步，丢出两粒黑丸，说道："嚼碎服下，回去后再帮你恢复。"

百艳仙主顾不得肮脏，从地上把黑丸捡起，擦也不擦，放入嘴中，赶忙吃了，脸上黑气方才退去一些，侧躺在地上不住喘息。

又听得一声叫："吓死了吓死了！"

青辰转身一看，只见自己身后不远处，一团破布下，钻出一个人来，正是甲大掌柜。

甲大掌柜倒是面色如常，晃晃悠悠站起，嘴里噗噗噗吐出几个铜钱，又一个屁股墩坐倒在地，喘道："好厉害的黑婴降！差点没命了！"

青辰见甲大掌柜这个样子，心头一惊，略略后退两步，看着甲大掌柜闭嘴不语。

木台上的青枝青芽见甲大掌柜不似中毒，站起来大喜道：“甲大！黑婴降已让林木森化去了！青辰体虚，你快快发力！此战能胜！”

青辰面色更紧，暗惊道：“怎么把甲大掌柜忘了？糟糕！应该先对付他，再收拾林木森！这个故意示弱的人，好阴险！”

甲大掌柜看了眼青辰，竟让青辰又微退了半步。

青辰厉声道：“甲大掌柜！你敢吗？”

“我……”甲大掌柜站直了身子，和青辰遥相对望，睁大了眼睛，慢慢说道：“我，不敢……”说着竟双腿一软，扑通一下跪了下来，一拜到低，高声大叫道，“我输了，我输了！”

青芽一见，气得柳眉倒竖，大骂道：“甲大！你！你要不要脸！”

甲大掌柜委屈道：“青芽，我身上三套逗鬼钱全部用光了，我只能认输啊。”

青芽大叫：“我送你的寄断蛊呢？”

甲大掌柜说道：“我……我……我……昨天忍不住，让小乙给我炒了炒，吃了……”

青芽骂道：“什么？你……你……你……你吃了？你这个吃货！”

“我，我实在馋得受不了，它……它……它太香了……吃了就后悔了，原来没什么味道。”

“我怎么和你这个男人……唉！”青芽气得无话可说，愤然坐下。

青辰看着跪在地上的甲大掌柜，还是不放心，咯咯娇笑道：“甲大掌柜，你输了？”

甲大掌柜忙道：“输了输了，我绝对输了！请药王爷宣布吧！”

药王爷见状，清了清嗓子，高声道：“好！斗药第一场，黑枝青辰仙主胜！”

黑枝方面立即欢呼一片。

青辰又恢复到一副娇滴滴的模样，盈盈拜了几拜，缓步向木台上走来。

药王爷向已经泪洒衣裳的林婉惭愧道：“林婉，快去看看林木森吧。”

林婉低唤了声“爹”，快步走下木台，来到林木森身边，将他扶起，摸出几根竹针，在林木森面孔上刺下。

林木森呃的一声，微微转醒。

林婉哭道：“爹爹，爹爹，我们不要斗了，逍遥枝认输了吧！”

林木森勉强一笑，柔声说道：“婉儿，爹爹这两年荒废了，没想到青辰的黑婴降竟如此厉害，爹爹是输了，但青辰也暂时缓不过劲，我们还有机会……”林木森嘴里黑血翻滚，让他强行咽下：“婉儿，我的生死无所谓，可我们要是不胜，你的青辰姨娘，便会逼你去采饵，你要不从，她一定会用尽手段，让你破戒。我不愿意婉儿你做你不愿意的事情。”

林婉低声涕道：“爹爹，若有那天，婉儿会和娘亲一样的。”

林木森惭愧道：“婉儿，你太像你娘了……婉儿，不要灰心，打起精神来，继续第二斗，爹爹我……”林木森喉头一苦，吐出一口黑血，昏了过去。

林婉倒是没有哭天抢地，微微抽泣，伸手捻转竹针，看着林木森神情略展，才将林木森面上的竹针拔去。

已有逍遥枝林木森身旁的闭门弟子上前，与林婉一起，扶了林木森下去，退入木台后侧的房间内。片刻之后，林婉缓步走出，又上了木台，点头向药王爷示意，面含忧伤地温婉一笑，反倒比哭哭啼啼更让人心中一酸，颇生爱怜。

金潘本想与林婉打个招呼，安慰两句，但见林婉的模样，暗叹一声，也不再起身。

乔大、乔二虽一直不吭声地站在金潘身后，此时也有些难过，两人身子微动，看向林婉，似要说话。金潘低骂道：“站稳了！你们两个蠢材！”

乔大、乔二只好闷声叹了口气，不敢再动弹。

水华子呵呵一笑，摸出把小折扇来，微微扇风，念道：“木家斗蛊，果然精彩，不虚此行啊。”

田羽娘、田遥保持土家的态度，几乎目不斜视，所有发生的事情，似乎都与他们无关。

青芽正背着手，揪着坐在她身后的甲大掌柜的大腿内侧发力，甲大掌柜疼得龇牙咧嘴，却不敢叫出声。林婉走过来坐下，青芽方才松了手，侧头骂道：“甲大，你给我等着瞧，还有你好受的。”青枝滕牛仙主和大掌勺，各自翻着白眼，看向别处，就当没有看见也没有听见。

青辰则娇滴滴地唤道：“林婉，姐夫还好吧？”

林婉并无怒气，只是答道：“他恐怕终身不能离开床榻了。”

青辰咯咯笑道：“林婉，没事，有你青辰姨娘、青芽姨娘疼你。”

林婉微微一笑，说道：“谢谢姨娘关心。”

百艳仙主中毒甚重，被扶到场边黑枝、花枝的交界处，由一名黑枝的炼蛊术士疗治；林木森的坐骑，那只懒兮兮的熊猫已死，也被抬下。

药王爷见场地上收拾停当，众人归位，平静了一下心情，缓步上前，高声道：“斗药第二场……”

“我是，我是一只小鸭子，咿呀咿呀呀！我是小鸭子，我是小鸭子！啦啦啦啦！”药王爷正在宣布第二场名单，全场无人敢说话，一片安静之时，却有一人高声唱起儿歌来。

唰的一下，所有人的目光均向歌声处看去。

王孝先正站在逍遥枝所在的缓坡后方，手舞足蹈，连蹦带跳，高兴得忘乎所以。

“飞到东来飞到西，我飞啊飞啊飞！”王孝先还是蹦蹦跳跳地唱个不停。

青枝的乙大掌柜坐在前排，等瞪眼看清了是王孝先，顿时哈哈哈大笑不止！

除了逍遥枝弟子瞠目结舌，尴尬不已外，青、黑、花三枝弟子，被乙大掌柜的笑声点燃，随之哄堂大笑，就如同本来安静的教室里，突然有人放了个拐了几道弯的响屁，最开始谁也不笑，一人笑出了声，则立即引爆，谁也控制不了。

刚才压抑的气氛反而一扫而空。

可药王爷气得脸上发涨，他正在严肃地宣布第二场的斗药名单，被这个不怕死不要脸的浑球唱歌打断，颜面尽失，不禁指着王孝先大骂道：“闭嘴！不准唱！把他抓起来！”

王孝先在逍遥枝所在的缓坡后方，其他人也过不去，这个任务自然是交给逍遥枝来完成。

本来看管王孝先的两个逍遥枝弟子，见王孝先在不远处蹦来蹦去，返身一摸，麻袋哪里还在？这两人吓得面如纸色，知道闯了祸，一听药王爷的吆喝，不经请示，直接跳将起来，就去追王孝先。

林婉站了起来，见果然是没了胡子的王孝先，不禁吃惊道：“王孝先？他回来了？怎么癫狂了？”

至于坐在前排的逍遥枝林不笑和李自有两位仙主，这两位木王“高徒”，回头见了是王孝先在唱歌，惊得是大眼瞪小眼，心里一个劲地对骂：“这怎么可能？不服解药是绝对醒不过来的！你这个畜生好歹毒，是要害我！”恨不得当场就互相掐住对方的脖子质问，对药王爷的吩咐置若罔闻。

所以药王爷一声令下之后，逍遥枝几十个人，只有两个犯错的弟子起身去追，其他人全部站在原地，一会儿看看王孝先，一会儿看看林不笑和李自有，云山雾罩。

王孝先见两个逍遥枝弟子来抓他，一边高声唱歌，一边向后倒退，速度竟然不慢，一闪身，便消失在大石之后。两名弟子追上，一看大石后，哪有王孝先的影子，可刚一抬头，却看到王孝先在不远处的大石后又跳将出来，继续又唱又叫。两名弟子只好拔腿又追。

药王爷见到如此愚蠢的行为，动了真怒，一转头对着林婉劈头盖脸叫道：“林婉，逍遥枝怎么回事？实在太缺乏管教了！这样大闹会场，是要我下不来台吗？”

林婉一脸愧意，快步向逍遥枝方向赶去，一边急促地喊道：“王孝先！你不要闹了！”

王孝先应该听见林婉的声音，身子一顿，高声唱道：“林婉你来！啦啦啦！”

林婉答道：“王孝先，你不要唱了，我来就是。”

王孝先真就把嘴巴一闭，头一低，不再后退。

两个逍遥枝弟子想趁机上前，可他们脚步一动，王孝先就一退，一边高唱：“啦啦啦！”

两个逍遥枝弟子向林婉看去，林婉连连摆手，示意站住不追。

王孝先这才安静下来，半倚在大石上胡乱摆手。

林不笑、李自有两人见林婉亲自下来，林不笑压低了声音急骂道：“李师弟！你还不去！”

李自有同样低骂道：“师哥，应该你去！”

“你！药是你的！”

“你！主意是你的！”

两人均大怒，眼冒杀气，彼此抓着对方手腕，死死对视，依旧僵持不动，直到林婉走到身前，这两个人才连忙抱拳请示。

林婉轻轻看了他俩一言，并不说话，也无任何示意，自己向王孝先追去。

林不笑、李自有彼此再瞪了一眼，跟着林婉要走。

林婉一侧身，摆了摆手，低声道：“两位仙主留步，我一人去即可。”

林不笑、李自有两个浑球，只得停步，彼此暗暗咒骂不休。

药王爷见林婉一出场，便稳住了王孝先的狂呼乱唱，心头少安，高声道：“林婉仙主，此等劣徒扰乱会场，还请你严加惩处！速去速回！”

林婉并不答话，只是盯着王孝先快步赶去。

木台上金潘一直在呵呵闷笑，自言自语道：“木家斗药，还有这么一出喜剧啊……”金潘摸了摸胡须，又道，“乔大、乔二，你们有没有觉得此人唱歌的声音有点耳熟？”

乔大傻笑道：“是啊，他唱得还不错啊，可惜不唱了。”

乔二立即一掌拍过去：“大西瓜！你脑子进水了？狼哭鬼叫，什么唱得不错！”

乔大委屈道：“二子，是你妒忌！”

两人就要纠缠，金潘骂道：“你们这两头猪，闭嘴！什么好话在你们两张猪嘴里，都说跑题了！”

乔大、乔二赶忙夹紧双腿，闭口不语。

坐在金潘身边的水华子摇着小纸扇，轻轻笑道：“金潘大人，此人的动作，才真的是特殊啊。”

声音不大不小，刚好传到金潘耳朵里。

金潘一扭头，笑道：“水华子，听听你的高见。”

水华子摇扇笑道：“木家内部的事情，我本不该多说，但又忍不住。呵呵，金潘大人，此人的身手异常奇怪，长袍盖住了脚面，看着像是他在动，我看不然啊。”

“哦？有趣！水华子你多说说。”

“此人后退而行，一直用正面对着我们，一蹦一跳，手舞足蹈，实际小腿无力，双掌低垂，脑袋乱晃，嘴巴张着，嘴唇却不见动，若我猜得不错，此人是个傀儡，他身后的衣服下有人操纵着他，而且，应该是有两个人，一个人在身后操纵，歌也是他在唱，等他一退到大石后，还有另一个人扛着他们贴地疾行，运至另一边再出现。呵呵，这样的话，两个道遥枝的小弟子，是根本追不上他们的。”

金潘听得眼睛一眨不眨，直到水华子说完方才轻轻鼓掌道：“佩服佩服，水家这么一分析，确实像模像样的！可木家有这么强横身手之人吗？我光想想，就很难做到啊。”

水华子笑道：“木家上上下下，无人能完成这种事情，但有几种人可以做到。一是火家人，二是土家人，做这种事，最像的是第三……呵呵。”

“水家人？”

“哈哈，此等蛮力，水家人可做不到。”

“那是？”

“忍者……”

“忍者？”金潘心头一震，“怎么会是忍者？”

“呵呵，忍者最喜自称忍术是五行交融之技，但许多用途有些无聊，忍术里有一叫傀儡计的杂学，就是这般，死人在前，真人在背后的衣服下藏着，操弄行走唱歌，装神弄鬼。呵呵，这是笑谈，此人不太像被忍术的傀儡计操纵，反而有点不伦不类之感。就算如此，糊弄木家众人，还是没问题的。”

金潘面色渐渐一沉，心头微跳，低声道：“我宁肯相信是火家和土家做的。”

水华子收了纸扇，与金潘一起往王孝先方向看去，笑道：“只怕好戏还在后头。”

王孝先醒来了吗？当然不是。而火小邪、田问在哪？却被水华子猜了个八九不离十。

火小邪正是在王孝先宽大的道袍后面，他用一根树枝，插入王孝先脑后盘起的头发里，用正面紧紧贴着王孝先的身体，双手握着王孝先的手腕，腰间、脚踝、手臂，全用衣裳撕成的布条绑紧。火小邪一动，王孝先就跟着动，很是神奇。

王孝先嘴里，塞着两块圆石，所以远远看去，王孝先是张着嘴，而且随着人体振动，两块石头在嘴里滚动，以至于嘴巴一张一合，很像唱歌。

火小邪便是这样直直地“抱着”王孝先，双膝微屈，恍如附身一般，带着王孝先又唱又跳。

若是在平地里或是人群近处，火小邪这么做很容易被人识破，但是正如火小邪所说，想让王孝先“清醒”，须天时地利人和。天时，要的就是药王爷正在宣布第二轮斗药名单，全场鸦雀无声的时候，这时候唱歌，极少人会往王孝先是不是被人在身后操纵上想；地利，所处环境，脚下多有草木石块遮挡，看不到王孝先的脚底，便不易识破；人和，光有火小邪自己还不行，田问必须帮忙替他捆扎穿戴，扛着他逃跑，且木家不能派出高手追赶。

如此复杂的行动，火小邪居然是一念之间便已拿定了主意。

火小邪自己只当是灵机一动，其实火小邪在日本所学的忍术中，确实有傀儡计一项，本是纯当娱乐，火小邪学得却颇为精通，在日本修习时，生活枯燥，难得赶上一年一次的聚会，火小邪以宫本雅子做“傀儡”，为忍军高手表演，当作玩乐之术。

所以，说是火小邪一念之间，还不如说是火小邪自然而然的想法。就如同驾驶汽车、骑自行车，会了就是会了，失忆得再厉害，此项技能也不会忘。

其实，火小邪一番“傀儡计”做下来，自己也觉得吃惊。

不过，此事确有奇效，这般一吵二闹，竟能把正主林婉，从木台上引了过来。

火小邪不容林婉追得太近，听着只有林婉一人近前的脚步声，再往后方退去，直到估摸着离开逍遥枝的人，已有几分距离，低声与林婉讲话，不会有木家人听见，方才停下，藏在大石后，让王孝先露出半个身子，只等林婉过来。

林婉与王孝先追追赶赶，走得远了，心里更是奇怪，见王孝先终于停下，加快两步走上前去，保持几步距离，问道：“王孝先，你是中了进不退蛊吗？”

火小邪在王孝先身后压低声音说道：“是！林婉，你尽快想办法带我们离开！”

林婉微微一怔，略退半步：“你是谁？”

火小邪忙道：“我是王孝先千辛万苦带进来救你的人，不要多问了，快带我们走。”

林婉惊道：“你来救我？”

火小邪又道：“其他人信不过，就你自己，快点！”

林婉嘴唇微抿，略作思量，低念道：“好！你们别动，我过来。”

林婉莲步轻抬，几步走到王孝先身旁，果然见王孝先身后滑出一个人来，扶着王孝先的后腰，保持他站立不倒。此人蹲在地上，冲林婉露齿一笑。

林婉当然认得此人，未等她开口，火小邪已经丢了个眼色过去，低喝道：“不要出声！小心被人看见了！”

林婉何等聪明的人儿，见是火小邪，心里已经明白了大半。

林婉装作无事一般，假装抓住王孝先的手腕号了号脉，火小邪手一松，王孝先顺势仰倒在地，火小邪又使了使劲，使得王孝先看着像是哆嗦了一番。

林婉转过身来，对木王上的药王爷等人高声道：“药王爷，他是逍遥枝仙主王孝先，中了蛊，故而癫狂，只认得我是谁，还请药王爷稍缓片刻，我带他去木王居服一帖药剂，以免他再度喧哗。”

药王爷见林婉“治住”了王孝先，心中怒气稍减，对台上众人说道：“逍遥枝的事情，我等不便参与，让林婉速去速回吧！”

黑枝青辰一听，显然不乐意，站起身来娇笑道：“药老头儿，你对逍遥枝真是网开一面啊，怎么从不见你对黑枝如此宽容？”

药王爷尴尬道：“不然不然，尽快解决，尽快解决才好，先让林婉带王孝先下去，免得节外生枝。”

青辰娇笑道：“好端端的中了蛊，很是奇怪呢，不如把王孝先带上来，我给他看一看？”

青枝青芽从见了王孝先开始，又听到乙大掌柜率先大笑，便猜到王孝先很可能是中了乙大掌柜的进不退蛊，不禁暗骂道：“小乙，你这个浑球，又给我惹事！”一边向乙大掌柜狠狠瞪了过去，乙大掌柜惧怕青芽，见青芽脸色不好，赶忙闭嘴不笑。

青芽巴不得王孝先现在滚得越远越好，听青辰阻止带走王孝先，站起来身来笑道：“青辰妹妹，何必为逍遥枝的破烂事计较？快让林婉带王孝先走吧。王孝先扰乱会场，事后再做处罚。”

青辰见青芽说话，青枝在座的长老为数最多，犯不着为这点事争执，便娇笑一声，说道：“姐姐既然说了，就听姐姐的吧。”

药王爷这才松了口气，冲林婉唤道：“林婉，你快带他走！安顿后速速回来，此人死罪暂免，活罪难逃！”

青辰哼道：“药老头儿，林婉要是半炷香的时间还不回来，我可要去木王居探访探访了！”

药王爷只好高声再道：“林婉，半炷香之内，务必回来。”

林婉已经唤了陪同木王身边，逍遥枝的两名心腹弟子前来，架起王孝先，并嘱咐他们一会儿看到陌生人切不可声张，方才叫了火小邪出来。

两名心腹弟子大略知道了火小邪是王孝先带进木蛊寨的，面露惊喜，不住地打量火小邪，可能他们两个，对王孝先云游的目的更为清楚，知道火小邪是林婉的救命之人。

火小邪刚才躲避之余，却找不见了田问，略有些心急，好端端的田问，怎么突然不见了？难道他不愿意见林婉，钻到地下藏起来了？

回想一路上田问对木家的态度一直是不冷不热的，仅仅是为了与自己同行，避开土家的追踪，此时终于见到林婉，田问退避三舍，也不算奇怪。

林婉塞给火小邪一粒绿丸，边走边低声说道：“木王居就是悬崖边的那座草房，你从避人眼目的地方攀上，将这颗绿丸丢进院墙外的一个竹筒里，这是解开木王居外围药障的，见竹筒内清水翻腾，再进屋内，不要忘记。”

火小邪点头应了，猫着腰钻进低洼之处，哧溜不见了踪影。

两名心腹弟子哪里见过火小邪的身手，彼此暗惊道：“好快！”

林婉早在几年前，便知道火小邪异乎常人，所以对火小邪的急速离去并不奇怪。她带王孝先往木王居去，不忘向下方的林不笑、李自有两人叮嘱道：“林不笑仙主、李自有仙主，请你们两位安顿其他弟子，不要再喧哗了。”

林不笑、李自有两人听命，招呼逍遥枝弟子坐下，两人心中忐忑不安，虽然靠在一起坐下，面容平静，嘴里实际不住地低声对骂。

“李自有，是不是你玩阴的？”

“林不笑，恐怕是说你自己吧。”

“你以为你有好果子吃？”

“我没有，你也别想有。”

“就不该信你，你这个狡猾的畜生！”

“妖言蛊惑，害我不浅！你这个无耻的叛徒！”

“小畜生，你走着瞧吧！”

“狗叛徒，你也走着瞧吧！”

两人亲兄弟一样对视一眼，彼此微笑，嘴里却又都暗哼一声，再不搭理。

火小邪不敢耽搁，便没有时间再去找田问，钻沟越渠，向着木王居潜行而去。

木王居位置险要，是在整个斗药大会会场最边缘，靠近逍遥枝位置的一道四面不接山梁的孤崖之上，只有一道浑然天成的石桥与外界相连。火小邪须从会场一边的崖壁，跳将到木王居的孤崖上去，好在两面悬崖，中间仅一人宽窄，火小邪从一侧攀下一丈，找个机会，便一跃而过，如同壁虎一般，紧紧贴住崖壁，继续向上攀爬。

火小邪低头一看，距离地面高达数十丈，若是跌下，必然粉身碎骨。说来奇怪，火小邪对在这种险恶之地攀爬，尽管记忆里从未有过，却丝毫不觉得害怕，只觉得全身有使不完的力道，心中所想，行动即能完整体现，绝无心有余而力不足的状态，如履平地一般。

火小邪明白现在自己身上的能力，与记忆中决然不同，每每碰到记忆中未曾有过的事情，都能唤醒自己潜在的本事。依旧如同你是个非常赛车手，失去了记忆后，若不钻到赛车里发动汽车，就绝对想不到自己能够如此熟练地驾驶。

火小邪爬得兴起，爬到木王居，靠近了房屋，方才看到林婉他们扶着王孝先，还没有走过石桥。火小邪心头一乐，暗想："也不妨先进去等着，免得让林婉小瞧了我。"

火小邪既然这么想，动作也快，几眼便看到有几根手臂粗细的竹筒，孤零零地插在木王居房间侧旁的空地上。

火小邪依林婉所示，把绿色药丸投入其中，片刻工夫，就见竹筒里清水涌起，不住翻腾，想必是药障解了，便一扭身，靠近半掩着的侧窗，听了听屋内没人，便一个鹞子钻，翻入室内。

木王居，乃是一二层小楼，名字虽大气，屋内却显得十分素淡。火小邪所进房屋，除了一张整洁的床榻，只有一面墙的瓶瓶罐罐，多是瓷瓶，大大小小，花色各异。想必这些都是木家的药物，火小邪不敢擅动。

快步出了此屋，即是客厅，一桌四椅，两套木柜，再无其他家具，唯有满地的瓶瓶罐罐。

这间屋子也没有什么稀奇，火小邪看还有一间房大门紧闭，按捺不住地凑上前去，门已落锁，火小邪不便硬开，从门缝内向里看去。奇怪得很，这间紧锁的房屋中间，孤零零地摆着一个大缸，缸口用细密的草垫封了个严实，看不到缸内有什么东西。

火小邪心想，这是个什么玩意？本想再看几眼，就听到缸内咚咚闷响两声，惊得火小邪连忙跳开，暗骂道："木家老儿在缸里养着什么怪物？算了，还是不要这么好奇，别沾了晦气。"

火小邪后退几步，刚寻个椅子坐下，就听到门外林婉他们的脚步声传来。

林婉带着两个亲信弟子，扛着王孝先推门进入，火小邪连忙起身相应，倒把林婉三人吓得一愣。

火小邪忙道："我来得快，先翻进来了，得罪得罪。"

林婉轻轻一笑，柔声道："火小邪，你的身手又长进了。"一边招呼着其他人，将王孝先放在椅子上坐下。

火小邪听林婉夸奖，面上微烫，不敢直视林婉那荡人心魄的容颜。

林婉浅浅一笑，分外温柔，暂不与火小邪说话，而是来到王孝先身边，翻开他的眼皮，又在他脖颈处的几处穴道轻轻按压。

林婉轻叹一声，说道："王孝先不仅仅中了进不退蛊，还服了封灵丸，林不笑和李自有就算为了止住王孝先，也不该用封灵丸这么烈性的眠药啊。"

一名消瘦的亲信弟子抱怨道："林不笑和李自有两个人，我就是觉得他们有问题！"

另一名亲信弟子也嘟囔道："两个人一直鬼鬼祟祟的，来木蛊寨也故意不与我们同路。"

林婉柔声道："不要背地里说人坏话。"

消瘦的亲信弟子心有不甘地说道："王孝先仙主带着人回来，这么大的事情，他们居然不及时通知我们！就算王仙主中了进不退蛊，也该及时带来向少主您和木王大人请示，怎能偷偷地用封灵丸镇住他？少主，不是我想背地里说他们坏话，而是他们实在太过分了！"

另一名弟子嘟囔道："我看他们根本不想逍遥枝赢。"

火小邪上前一步，伸出手腕，说道："林婉，先不用多说了，王孝先千辛万苦带我进木蛊寨，就是为了救你，我的血，你快来取去。"

林婉平静地看着火小邪，说道："火小邪，你是失忆了吗？"

火小邪微微一愣，说道："是！我忘了整整十一年的事。"

林婉微笑道："我能感受到你的想法，你现在对我又熟悉又陌生是吧，你只想尽快离开，不愿与我久处。"

火小邪心想："这个林婉莫非真能与我心意相通？真让她说对了。"

火小邪嘴上说道：“咳，我答应了王孝先，一定要救你，你不用客气，需要多少血，尽快取了去。”

林婉避开火小邪的目光，侧过身去，说道：“既然是王孝先带你来的，想必他已经和你说过，必须是你对我心怀炽烈爱意之时，你的血才有用。火小邪，此时你心里是否喜欢我？”

火小邪眉头紧皱，说道：“这不可能！而且我有妻子！心无二意！”

林婉柔声道：“火小邪，谢谢你冒着被人发现的危险，想方设法与我相见，林婉终生不会忘记你的恩情，可现在……我看你穿着青云客栈的衣服，想必你在那有熟人，斗药大会一结束，尽快离开木蛊寨。”

火小邪哼了一声，说道：“好，这可是你说的！我已经履行了我对王孝先的承诺，等他醒来，麻烦你转告给他。告辞！”

火小邪心中一横，扭身就走。

林婉低唤道：“火小邪，稍等。”

火小邪站住身子，头也不回地问道：“还有什么事？”

林婉柔声道：“请问，是否有与你同行的人？”

火小邪哈哈笑道：“有啊，不过此人应该与你无关。”

林婉低声道：“是吗？”

火小邪念道：“正是！后会有期！”大步就向侧屋走去，打算沿原路翻出屋外，设法回到青枝青云客栈的队伍中去，心头更是暗想，真巧，事情了结，我回来了。

没等火小邪跨入屋内，却有一个男子无声无息地稳步走出，火小邪差点与他撞个满怀。

此人竟是刚才连个招呼也不打就消失无踪的田问！

火小邪见是田问，又惊又喜：“田问兄，你来了！嗨，你下次别搞这种突然消失的事情，差点急死我！”

田问沉声道：“抱歉！”

火小邪正要再说，却见林婉满眼含泪，一下子跑上来，扑在田问怀中，激动不已地哭道：“田问！我知道是你，我知道你一定会来找我的！”

田问任凭林婉紧紧抱着，不苟言笑的脸上竟泛出一丝羞涩，沉声道：“惭愧！”

火小邪吃惊不已，林婉竟然与田问如此亲昵，田问也没有拒绝的意思，难道这两人的关系，并不简单？可为什么田问从来不说？

火小邪心头一酸，居然有说不出的难受，好像心里的一根弦被狠狠地拉紧，默默后退两步，侧过头不看林婉、田问两人。

林婉哭得是梨花带雨："你娘来斗药大会，说你在这里，我差点按捺不住地想离开找你，可我又一时间做不到。你在九生石下受罪，我一想到便会落泪，能再见到你，真像做梦一样！"林婉抬头看向田问那张刚毅的脸庞，心疼道："田问，你的眼睛，久不见光，盲了吗？"

田问声音也柔和许多："请容我跪谢。"

田问微微撤开身子，单膝跪下，毕恭毕敬地向林婉一拜。

林婉带来的两名亲信弟子，也是伤怀不已，纷纷抹泪，说道："田问大人，我家少主这么多年，为了救你出来，真是受了不少苦。"

林婉掩着嘴，泪珠不断洒落，伸出纤纤玉手，把田问扶起，说道："你能安然无恙地从九生石下出来，来到这里与我相见，已是对我最大的奖励了。"

田问紧握着林婉的小手，异常诚恳地说道："我愿为人饵！"

林婉含泪喜道："有你这句话，我今生也知足了，但是，现在来不及，我那两个姨娘，是绝对不能容我久留在木王居的。如果三场斗药，逍遥枝输了，你尽快走吧，千万不要管我，青辰姨娘善妒，是容不得我与你在一起的。"

田问沉声道："现在，跟我走！"

林婉满面欣喜，但又摇头道："不可以的，我不能抛下我可怜的爹爹，而且，我是逍遥枝总仙主，我一旦这么走了，逍遥枝几十人必会以大逆不道之名，惨遭荼毒之刑，逐出木家，生死难保。我不能只为了我自己……"

田问面色凝重之极，心里却已打定了主意，沉声念道："好！"

田问说完，便一转头，向门外"看去"。

只听到门外有女子高呼："田问，我的儿！你在这里！我知道你在这里！不要再躲着娘了！儿啊！"

木王居外，已有一众人等赶到，乃是土家田羽娘、田遥等四门宗主、黑枝青辰、青枝青芽、药王爷、金家少主金潘、乔大、乔二、水家水华子。

原来就在田问在木王居里出现之时，木台上的田羽娘就已经感觉到了田问的气息。土家发丘一宗的辨气之术，十分玄妙，田羽娘能一直追到木蛊寨，靠的就是此门绝技。只不过木蛊寨方圆广大，斗药大会上更是人数近千，木气极盛，辅以火小邪这等邪火在田问身旁，田羽娘根本无法锁定田问的位置。但田问到了木王居，情况却大为不同。木王居隔山寡处，乃是一座四面不接山体的独崖，斗药大会会场的木气不能连贯到木王居，加之方寸之大的位置，更易锁定。

田羽娘辨出田问所在，此等机会哪里敢放，不容分说地起身便去寻找。药王爷劝是劝不住的，只好随同而来，青辰、青芽两位仙主，乃是木家重量级人物，田羽娘要闯去木王居，怎能当作没看见？便也跟来。

至于金潘、水华子，两人说是凑个热闹，实际各有目的，而且田羽娘要来，他们跟来看看，亦是合情合理，无人拦着他们。

田羽娘高喊数声，却不见有人应答，眉头一皱，便要往木王居硬闯。

药王爷赶忙拦住，说道：“田羽娘，不可这样进去，木王居的药障，乃是木家先祖留下的，药力极强！”

田羽娘停下脚步，哼道：“这个房间地下，全是漏洞，我儿田问能进去，我自然也有办法进去。药王爷，你要么帮我唤我儿出来，要么我就毁了这座孤崖，逼我儿田问出来！田观、田迟！”

已有御岭道宗、搬山尊者两门宗主上前一步，沉喝道：“师娘请吩咐！”

“去此崖的岩脉守着，听我号令，若田问不出来，移毁此崖。”

“是！”两人应了，转头就走。

两人之力就能将这座孤崖毁掉？听起来耸人听闻，但知道土家厉害的人，则完全相信此事在田羽娘眼中，并非难事。

药王爷当然清楚田羽娘绝不是开玩笑，忙道：“稍等稍等！田羽娘，你可不要弄错了！”

“绝不会弄错！”

“田问与林婉认识，我叫林婉出来，一切必然清楚。”

“好！”

药王爷只好喊道：“林婉，你在吗？请出来一见！”

药王爷话音刚落，木王居的木门咯吱一下打开，林婉与两名亲信弟子走出。

田羽娘立即高声叫道：“林婉！我儿田问在不在里面？”

林婉向众人盈盈一拜，不急不慌地说道：“对不起各位，来迟了。”

田羽娘还是叫道：“我儿田问呢？”

林婉微微一笑，不失礼数地柔声道：“他在里面。”

田羽娘心头一缓，又是欣喜又是焦急地说道：“为什么我儿不出来见我？”

林婉答道：“田问想问您一句，土王信物土盘珠是否在您身上？”

田羽娘一愣，沉声道：“是在我身上！”

林婉柔声道：“田问让我转达，他与您相见的条件是，在木蛊寨内定夺出土王人选，否则他断然不会跟您走的，从此恩断义绝，再不是土家人。”

田羽娘一时间竟无法作答。

林婉此话一出，本站在一旁观望的青辰、青芽、药王爷三人都瞪大了眼睛，只觉得不可思议。有史以来，土家决出土王，从来都是秘而不宣之事，无人能见到，这次居然作为条件，要在木蛊寨完成！

站在田羽娘身边的田遥低声道："娘，土王之位，乃是土家大事，怎能在木家的地方决出？"

田羽娘一挥手，止住田遥说话，盯着林婉问道："我那儿子田问少言寡语，可是他亲口说出的？你要是瞎编，我不会轻易饶了你。"

林婉答道："这就是田问的意思，我不会骗人。"

田羽娘哼哼笑了两声，说道："林婉，九生石下方，从一里外长出十余条穿山根，可是你种下的？"

林婉轻声道："是。"

田羽娘哈哈大笑："林婉，果然是你！我儿在九生石下受刑，本应该九年大成，成为有史以来土家第一人，可你的穿山根，坏了九生石的土气，破了我培养田问的好局！林婉啊林婉，你耗费数年光景来救田问，就是因为喜欢田问吗？"

林婉柔声道："是的，仅此而已。而且，田羽娘大人，如果我是一个母亲，怎能忍受自己的亲生儿子，在九生石下受此等非人之苦，你难道不心疼自己的儿子吗？"

田羽娘看着林婉，半晌才说道："好个丫头……怪不得田问要来木蛊寨，原来是为了谢你！"

林婉说道："田问不是仅仅来谢我，他也喜欢我。"这句话说出口，林婉也像个小女子般，不胜娇羞。

"你……"田羽娘看着眼前这个温婉清秀、略带病容、惹人爱怜的林婉，一时间无话可说，闭目摇头，脑海里涌出无数温暖、伤怀、幸福之事，万吨巨石般的心锁骤然土崩瓦解，长叹一声："罢了！丫头，你赢了……让田问出来吧，我答应他的条件，在木蛊寨决出土王之位。"

田遥惊道："娘！慎重啊！"

田羽娘骂道："慎重什么？田遥，你是怕你弟弟赢了你？我看在木蛊寨决出土王，对你们都很公平！我意已决，不必再说！"

田遥哑然，不敢再言语。

田羽娘从木王居高声道："田问，我都答应了，你出来见娘！"

就见屋内稳步走出一人，身子挺拔，很是干练，站于林婉身旁。

此人正是田问。

田羽娘鼻子一酸，张口就叫：“儿啊！”

田问脸上微微动了动，亦是有些激动，但立即恢复平静，伸出手来，将林婉僵硬地搂入怀中。林婉虽是娇羞，也小鸟依人一般，十分大方地让田问搂住，毫无拒绝之意。

田问看着田羽娘的方向，沉声道：“娘……一言为定！”

田羽娘潸然泪下，哀声道：“娘对不起你，娘在此发誓，决不会再对你说一句假话。”

青辰在一旁看着，心里又酸又苦，如同猫爪子抓挠一般，只是暗恨道：“林婉你这个小骚货，你算是找到强援了！在我面前大秀恩爱，我呸！逍遥枝只要落败，我当上木王，你还在木家一天，我就决不会饶了你，定把你逐出木家！恩爱吧，你们就恩爱吧！”

青芽看出青辰醋意横流，她清楚青辰与炎火驰的旧情，知道青辰睹物思人，心中怨恨万分，见林婉又有了归属，必然不会放过林婉，心中也想道：“逍遥枝若是落败，土家护不住林婉的话，林婉要么死，要么被废掉药身，逐出木家。唉，林婉这个孩子，怎么这么像她死去的娘……”

田问听田羽娘发了重誓，也就缓步走上前来，出了木王居的药障范围。田羽娘哇的一声，扑上前抱住田问痛哭失声，不住地喊道：“我的儿，不是娘要把你压在九生石下，娘是想你好，娘是想你成为我的骄傲，儿啊，你不要恨你娘，娘是不能说破。娘想着你在九生石下受苦，娘心里天天也疼啊！求你原谅为娘吧！”可能是林婉之前一番话刺到了田羽娘的痛处，所以平日里严肃霸道的田羽娘，抱着自己的孩子，也不顾旁人有什么意见，狠狠哭了个尽兴。

田问如此死板一人，也有些动容，眼中泛起泪光。

田羽娘哭着哭着，又一把将林婉拉过来，三人抱在一起，田羽娘又笑又哭道：“好你个丫头，好你个丫头！我恨死你了，又爱死你了！我这是何必啊！何必啊！”

金潘当然认得田问，可递过眼神去，田问好像并没有注意到他，嘴里的话打了个卷，暂时咽回肚子里去。金潘心想道：“这是田问吗？唉！现在他们又哭又闹的，我也不方便问他。先忍忍吧。”

药王爷呵呵直笑，凑过来庆祝道：“恭喜田羽娘找到爱子，一解烦扰。”

青芽也笑道：“斗蛊大会还能帮到羽娘姐姐，真是可喜可贺。”

青辰似笑非笑道：“恭喜啊！土家大团圆了。只不过……”青辰看向药王爷，“木家斗蛊大会，总得有些斗蛊大会的规矩，有羽娘姐姐在，田问虽没有药会令，怎么来的，我就不追究他了，但是偷偷带田问进来的木家弟人，实属大罪！必须家法惩处，否则成何体统？”

青芽见田问穿的是青云客栈的衣裳，顿时脸色一沉，避开青辰的眼神。

青辰又看着药王爷，说道：“药王爷，你主管粮队，不会是跟随粮队的青云客栈弟子，有人胡来吧！”

药王爷一听，也是脸色微变，皱眉不语。

青辰咯咯娇笑，指着木王居，说道：“而且，木王居里除了王孝先，还有一个陌生的魂魄之气，绝不是木家人，更不是土家人，不属五行世家任何一家，说不出的邪气，此人怎么不一起出来？林婉啊，你让姨娘很为难啊！他是谁啊？躲起来干什么啊？我最讨厌这种偷偷摸摸的事情！”

好厉害的青辰。林婉就是担心青辰黑蛊术中的识魂之术，所以让火小邪服了两颗枯死丸，枯死丸王孝先在带着火小邪等进木蛊寨之时，路遇灵蛊船，便是用此药躲过一劫。林婉给火小邪的枯死丸，药力更重，本以为这样，青辰、青芽、药王爷均辨不出来，没想到青辰的识魂之术这般高明！

其实以林婉的聪明，她并没有低估青辰的水平，若不是火小邪，换作其他人，青辰也辨不出来，只怪林婉不知道青辰与火小邪生父炎火驰的关系。

青辰见林婉无话可说，逍遥枝的两个亲信弟子也是目光游移，心里更是确定了几分。

青辰笑道：“药王爷、青芽姐姐、林婉，若不是五行世家之人，擅闯木蛊寨斗蛊大会，该当何罪？是不是死罪？”

药王爷嗯了一声，只好答道：“确实是死罪……”

青芽无话可说，也只能点头默认。

青辰呵呵娇笑，上前一步，在木王居外叫道：“躲在木王居里的耗子，滚出来吧！我数三声！”

林婉猜到青辰将要发难，田问亦觉得情况不妙，两人急急思考，只想青辰在喊出“一二三时”，加以阻止。

可青辰不是个按常理出牌的人，她话音刚落，未喊出“一二三”，反而娇喝一声：“去！”一团盘绕着的黑影从她脚底猛然展开，好似一条黑蛇，无声无息地飞速向木王居滑去。

青辰咯咯大笑道：“我的性子真是太急了啊！等不了了啊！”

这团黑影直冲木王居，在药障的竹筒处顿了顿，立即见所有木王居周围的竹筒中清水噗的喷出数尺，此药障居然就被破解了。

青辰突然发难，林婉、田问根本无法阻止，眼睁睁地看着“黑蛇”如同一道黑色闪电，直没入木王居里！

药王爷、青芽、林婉齐声暗呼："黑死灵蛊的黑灵蛇！"

黑死灵蛊本就是木家十毒阵之首，黑灵蛇又是黑死灵蛊中的撒手锏，在木家眼中，黑死灵蛊的黑灵蛇只可阻止、隔断、避开，根本没有破解的法门。

青辰一上来就放出此蛊，是下定决心让她说的屋内陌生人死在当场。而青辰口中的陌生人，就是火小邪！

只听到青辰的咯咯尖笑声，其他人一片沉默，这时候哪还来得及说上什么？

短暂的寂静之后，只听破窗之声，轰的一下，从房内撞出两人。

正是火小邪和王孝先，火小邪抱着王孝先破窗而出，一把将王孝先丢开一边，而从窗口掠出的黑灵蛇，快如闪电，一下子将火小邪团团缠住。

火小邪抓着咽喉处的无形之物，瞪圆了双眼，滚倒在地，啊啊闷喝不绝。

林婉、田问几乎同时大喊道："手下留情！"

青辰娇笑道："留不了情！"

田问身子一动，就要扑上，让田羽娘牢牢抱住，田遥也跟着，死死抓着田问的胳膊不放。

林婉也扑上抓着田问，哀声道："不能去！真的不能去！"

火小邪滚了一圈，半跪在地，脸色已经发黑，依旧死死与并不存在的物体搏斗不止。

"火小邪！"一声大喝响起。

众人侧身一看，竟是金潘在大吼，金潘面如纸色，五官全部扭曲，目眦尽裂，已然认出了火小邪。

乔大、乔二随即认出，纷纷狂吼，冲出去便要施救。

金潘大吼一声："站住！"

乔大、乔二见火小邪生死攸关，急得眼泪乱滚，但听了金潘吩咐，生生止住了脚步。

金潘一扭头看向青辰，声音一厉："青辰，放开我兄弟！"

青辰也颇为吃惊："金潘，你认识他？"

金潘厉声道："何止认识！他是我的生死兄弟！他的命就是我的命！快放开他！"

青辰啊了一声，也不再有笑容，说道："黑灵蛇一旦放出，对方不死，是收不回来的！"

金潘脸色一冷，双手一抬，两杆金枪枪口已经对准了青辰的脑门。

青辰俏脸惨白，冷冷道："金潘，你要对付我？"

金潘厉哼道："打死你，是不是就能救我兄弟了？"

青辰尖声道："你敢！"

金潘歪着头叫道："你看我敢不敢！我告诉你，我兄弟要是死了，打爆你的头！救人！我耐心比你还差！"

青辰脸上黑气翻滚，尖声道："金家无情，果然如此！没想到啊金潘，这个人居然能让你翻脸！"

"救不救？"金潘低喝一声，已经扣动扳机，一颗子弹突然射出，青辰哪能避开，头发上的一个木簪子瞬间击飞，青辰一头秀发，当即披散下来。

青辰脸色大变，叫道："金潘，我说过了，我救不了他，黑灵蛇一旦放出，不死不归！打死我也没有用！只会让黑灵蛇杀了这里所有人！"

如此突变，许多人方才反应过来，药王爷冲上前，拦在金潘身边，高声道："金潘大人，青辰仙主说得不错！黑灵蛇是万蛇之蛊，黑灵之煞，没有破解之法，你要信青辰仙主！"

金潘瞪着药王爷，大叫道："好！火小邪要是死了！金家与木家势不两立，改日我必然把木家人全部杀了，给我兄弟血祭！"

青芽仙主比药王爷性格更为泼辣些，听金潘这么一说，站了出来，骂道："此人就算死，你若敢放肆，保证你离不开此崖，烂成腐肉！"

金潘哈哈大笑，喝道："乔大、乔二！"

乔大、乔二早就怒气翻滚，一听吩咐，从背后的大包里抽出机枪，对准了青芽、药王爷、青辰等人。乔大手持一把机枪，狂吼道："看你们的药毒，还是老子的子弹厉害！"

乔二一手持着一把长柄短机枪，也是叫道："告诉你们，老子手指一动，几百发子弹把你们打成蜂窝！"

气氛剑拔弩张，一触即发。若火小邪真的被黑灵蛇杀死，只怕在场之人，金木两家，无一个能够活命！

林婉见形势危急，猱身上前，拦在金木两家之间，焦急道："大家不要吵了！现在事已至此，还求各位祈祷火小邪能够摆脱黑灵蛇吧！"

林婉话音刚落，就听火小邪狂叫一声，在地上玩命地翻滚起来，闷哼连连，竟然有越斗越勇的劲头！

金潘一边，青辰一边，田羽娘一边纷纷后撤，保持距离，看向火小邪。

青辰虽被金潘打了一枪，心惊不已，可见了火小邪这个样子，却更为吃惊，要是按照常理，和黑灵蛇纠缠，大罗神仙也折腾不了多久，怎么火小邪还能够如此虎虎生风，丝毫没有委顿的迹象？

不仅是青辰，药王爷、青芽、林婉见到火小邪这个样子，也是深感不可思议。

而火小邪早已神志不清，全凭一丝求生的本能挣扎，他身上只有几道黑影，并无实物，而火小邪却觉得有巨蛇缠身，勒紧了咽喉，并且血盆大口，正咬着他的脑袋，要把他生吞下去。

逐渐地，火小邪最后一丝神志也消失了。

但众人看来，火小邪还在与黑灵蛇苦苦搏斗。

青辰越看越是心惊，竟顾不上许多，站出一步，大叫道："他是朱雀之身！"

已经没有意识的火小邪，此时居然有占了上风的趋势，扎着马步，纹丝不动，眼睛已经全部发白，透出隐隐血丝，面容煞是恐怖，如同换了一个人似的。看他的动作，竟有把黑灵蛇拽离身子的意思。

而黑灵蛇也是厉害，黑影唰地一变，好像又分出一条蛇来，两蛇齐动，再次把火小邪"缠紧"！

火小邪双眼越发血红，闷哼不止，身子的动作也开始有违常理，常人绝对无法完成。

青辰全身颤抖，唰的一下涕泪长流，惨呼道："双头朱雀！炎火驰！"接着跪倒在地，掩面痛哭。

青辰此等"癫狂"之举，实在不是她的风格，连杀气腾腾的金潘，也垂下双枪，看着眼前难以理解的一幕。

药王爷、青芽见青辰跪下，似乎明白了几分，忘乎所以地缓步上前，看着火小邪，喃喃道："炎火驰……他是炎火驰的孩子……双头朱雀，火盗双脉……"

朱雀本就是蛇类的天敌，更何况双头朱雀？就算黑灵蛇化为两条，既有此论，胜负也有征兆了。

火小邪，已不是平常的火小邪，两条黑灵蛇也奈何不了他。火小邪的闷哼之声，逐渐转为邪气十足的嘲笑，嘿嘿嘿冷笑之际，一口咬住"黑灵蛇"，张嘴猛吸。

就觉得寒风暴起，腥臭扑鼻，一阵撕裂般的声音从火小邪身上传来，那两道黑影，居然慢慢被火小邪吸入口中。

等黑影完全消失以后，火小邪慢慢抬起头来，双眼已是墨黑一片。

火小邪邪笑一声，一双冷冰冰黑漆漆的眼睛，扫视一圈，嘿嘿说道："好味道！"

这笑声和话语，竟让所有人心头一寒，背脊发凉。

火小邪向众人走来，“满面笑容”，可怎么看也是透着一股子浓浓的邪气。无人喊火小邪的名字，火小邪前进一步，大部分人便情不自禁地后退一步，只留青辰依旧跪在地上哭啼。

火小邪几步走到青辰面前，竟一伸手挑起青辰的下巴，说道：“小妞，你哭什么？”

木家女子驻颜有术，青辰看着年轻，实际年纪比火小邪大了近二十岁，居然被火小邪直呼小妞，知道青辰年龄底细的人，全部心里一阵阵别扭。

只有金潘、乔大、乔二三人哧哧地坏笑起来，他们笑归笑，对这时的火小邪依旧保持着高度的警惕。

青辰直视火小邪，毫不避让，喃喃道：“炎火驰，炎火驰，你是炎火驰的儿子？”

火小邪嘿嘿笑道：“我像吗？小妞！”

青枝青芽仙主是青辰的亲姐姐，虽心头惧怕吸入“黑灵蛇”的火小邪，但听火小邪如此出言不逊，再也按捺不住怒火，脸色铁青地骂道：“好个孽畜！叫谁小妞？住嘴！你以为你是谁！”

火小邪嘿嗯冷笑，松了青辰，身子如闪电一般，毫无征兆地向着青芽直冲而去。

青芽也是见多识广之人，可火小邪之快，还是超出了她的想象，没等她展开药阵，火小邪已经直扑上来，黑漆漆的一双眼睛瞪了她一眼，骂道：“丑货！”接着身子侧闪开去，居然舍下了青芽，直向田问方向扑过去。

此番连续动作，打了个田问措手不及，土家可是有田羽娘、四门宗主、田问六人，惊讶之余，身手虽慢了一分，仍是阻挡之势。

可火小邪的动作，绝不是正常人可以做得出来的，明明是左脚发力身子向右，实际却是右脚行动身子向左，完全硬生生地扭过来，好像体内还有另外一番力道，可以强行改变。这般虚虚实实，忽正忽反，根本判断不出火小邪的动作。要想抓住火小邪，更是无从下手，明明可以抓住胳膊，胳膊却突然反转过去！不只是胳膊，火小邪全身所有关节，都有凭空颠倒的本事！

这便是火盗双脉的实力！

土家数人大惊。他们乃是土家实力至高至圣之人，若要封住人前行之势，犹如大地翻转，堵塞寰宇，纵然是身法如流水一般无孔不入的水家，也万万突破不得。

可土家这些强人，就是拦不住火小邪！

火小邪的怪异身法，居然快得看不清他怎么运动的，只觉得火小邪身子如同一把折了几道的铁尺，不合逻辑地直破进去。

众人眼前一花，火小邪已经来到了田问身后，伸手一捞，便掐住了田问的咽喉。

田问深知，如果这样被擒住，火小邪只要手指发力，自己根本没有活命的可能。以田问之能，本不该被火小邪一下子置于死地，只怪田问根本没有想到邪性大发的火小邪，居然是要掐住自己的咽喉，下此等杀手。盖世英雄关羽，也会大意失荆州，身首异处，用来形容田问此时的心情，恰如其分。

火小邪一双黑眼中连光芒也没有，黑得深不见底，他制住了田问，只是在田问耳边冷笑道："田问，你和我抢女人？"

田羽娘、田遥等人见火小邪如此快地便擒住了田问，再好的土家定力也惊得面色惨白，田羽娘厉喝道："放开他！"哗啦一下，几人将火小邪团团围住，可田问形势危急，谁也不敢贸然行事。

田问却面不改色，高声道："不错！"

火小邪冷笑道："你要是敢说你喜欢林婉，我就杀了你！"

田问鼻子一哼，哈哈笑道："你杀吧！"

林婉惊声叫道："不要杀他！火小邪，你醒醒！"

火小邪冲林婉坏笑一声，说道："小妞，我现在很清醒，感觉好极了。嘿嘿，小妞，你只要说你不喜欢田问，并发誓此生若再见他，他就五雷轰顶而死，你这样做了，我就饶他一命，怎么样？"

林婉银牙紧咬，说道："你杀了他，我也不会独活！"

田羽娘高声道："林婉！我儿不能死！你还不救他？"

林婉含泪道："可我做不到。"

田羽娘急得眼冒金星，骂道："林婉你这个妖女！你就是想害死我儿子！"

"嘿嘿嘿！"火小邪突然笑道，"老婆娘，你闭嘴。"

田羽娘一听，顾不上自己的脸面，对火小邪哀求道："火小邪，我儿田问一心一意帮你，刚才还舍身要救你，你怎么能这样对他？求你放开他！你要什么，我都可以答应！"

火小邪嘿嘿笑道："你这个土家的老婆娘，这点操行，真没意思。好吧……"随后在田问耳边说道，"既然你们两人是真心的，这个小妞就让给你了，哈哈！"

火小邪说完，将手一松，唰唰唰退了开去。

土家四门宗主谁人敢拦，不加阻挡，只是抢上一步，赶忙把田问再度护住。

林婉哎呀一声，扑到田问怀中。

田问抱住林婉，冲火小邪叫道："谢了！"

火小邪退到外围，与木、土、金、水四家人遥相对视，双手一叉，嘿嘿笑道：

"虽说我有点不甘心，但考验了一对真心鸳鸯，十分过瘾！"

青芽一直在暗暗准备，终于见火小邪脱离了人群，一人独处，跳出来又大叫道："你这个邪魔外道！情爱之事，岂容你这样玩耍！我看看你有什么能耐！风草蝶，去！"

青芽双手一挥，两支"绿箭"从袖子里飞出，直向火小邪射来，火小邪丝毫没有避开的意思，那两支"绿箭"到了火小邪面前，嗵的一下展开，竟是两片绿得发亮的叶片卷成。

两片绿叶并不坠落，反而有如生命一样，扑腾扑腾像两只绿色蝴蝶，向火小邪脸上罩来。

啪的一下，居然将火小邪面门包了个结实。

青芽见状，喜不自胜地大叫道："我看你还猖狂！"

青芽身后的乔大、乔二见状，又把手中机枪一提，想要对青芽，金潘挥枪一晃，止住两人，似笑非笑道："不用，没看你们火小邪师父躲都懒得躲吗？"

果不其然，火小邪伸手一抹，便把两张敷在脸上的绿叶拽下，双手搓了搓，把两片叶子揉成一团，用嘴咬了一口，嚼了两下，呸一下吐掉，说道："真难吃！"

这下子，轮到青芽目瞪口呆了。

火小邪玩耍一般，把两片叶子拽掉、搓成一团、啃上一口、随手丢掉，这些举动看着轻松，可青芽看来，是她从来没有想象过的事情。

两片叶子是何物？乃是青枝青芽的绝技之一风草蝶，此物为食蝇草之类的植物蛊化而成，不惧刀砍，不管砍得再碎，每一片都像活的一样能够迎风飞舞，专门往活人身上贴，一旦沾上，就会中毒。火小邪的面门本是最致命之处，火小邪不仅不管，还用手揉了咬上一口，在嘴里咀嚼，照常理应该死了千百遍才对。

青芽连退数步，叫道："好胆！"

火小邪啐了几口，嘿嘿笑道："换点好吃的来，我饿了！"

青芽脸色发青，看向药王爷，叫道："老药！还不布阵！"

"不要惹他！"只听青辰叫着，冲将上来，拉住青芽哭道，"他能吸了黑灵蛇不死，除非有能治住黑灵蛇的蛊药，才可胜他！黑灵蛇是用炎火驰的血炼化而成的，火小邪是炎火驰的儿子，黑灵蛇已成为他的一部分！火小邪现在是极邪之人，全是他的本性施为，不要再惹他，他要是发疯了，我们谁也离不开这里！"

青辰正声嘶力竭地说着，木王居外涌来更多木家人士，原来药王爷等人去了木王居，久未下来，又听到枪声作响，甲大掌柜、大掌勺、滕牛仙主、千鸟仙主、盘蛾仙主等木家长老按捺不住，急急驰援。

木王居的石桥之外，围了个水泄不通，近百人齐齐盯着火小邪，而火小邪一脸邪笑，浑然不惧地与木家全体高手、土家最高级别的六人、金家少主金潘、水家水华子对峙。大有一支邪火，独战木、土、金、水四行的架势。

青辰见围了如此多人，竭力大叫道："全部让开！让火小邪离开！谁也不要阻拦！"

药王爷低声道："青辰仙主，火小邪就算厉害，能比得过木婴？木婴也被我们压制住。只要我们木家发力，火小邪是断然离不开木蛊寨的！"

青辰尖叫道："不行！让他走！"

药王爷干笑道："青辰仙主，你是睹物思人吧！炎火驰盗走我木家圣物，是木家罪人，我们抓不到炎火驰，有他的儿子来，刚好子偿父过！"

未等青辰再说，药王爷伸手在唇边一吹，哨声一起，就听到木蛊寨的牛角号声漫山遍野响了起来，不同之前，此次号响极为凄厉。

青辰一听，叫道："老药头，你也疯了吗？"

药王爷高声道："火小邪擅闯木蛊寨，扰乱木家斗药大会，又是木家世仇之子，怎能容他想来就来想走就走？木家脸面何在？就算杀不死他，也让他休想离开木蛊寨！木婴药锁，今日全开，迎战此邪人！"

青芽大笑道："老药，这才像你！"

火小邪听了号角嗡嗡作响，终于将脸上的邪笑收起，眼中黑色更浓，眉头微微一皱，冷笑道："好难听的声音，不陪你们玩了！"转身就往悬崖边退去。

药王爷见火小邪要走，又将手放在唇边，加紧吹动，牛角号声更是一阵响过一阵。

青辰大叫道："老药头，你再吹下去，木婴要异动了！"

药王爷如同没有听见，只是加紧催动木蛊寨的巨阵。

青芽拦住青辰，喝道："困住炎火驰之子！不是能解你心头之恨吗？"

青辰一听此话，醍醐灌顶，眼中厉光一闪，再不是一副失恋小女子的形象，恢复了常态。

青辰娇笑一声："对啊！谢姐姐提醒！"说着娇声长笑，向后退开去，再不搅局。

金潘见状，再也不敢耽搁，冲出人群，指着火小邪大叫道："火小邪，你不认得我了吗？"

火小邪侧头一看，邪笑道："认得！"

金潘心头一喜，本想再说两句，但知道木家正在发动木蛊寨的巨阵，不敢耽搁火小邪，只好叫道："小邪！你快走吧！我会帮你脱困！"

田问也高声叫道："快走！保重！"

火小邪嘿嘿笑道："管好你们自己吧！"就要往悬崖下跳去。

药王爷心中暗乐："好得很，下去吧，快下去吧！正合我意！你这小子再邪，也一定不知道木王居下悬崖下，就是木蛊寨药锁的核心所在！呵呵呵，活该你今生困死在崖下！"

"不要下去！"只听一声娇呼，一道灰蒙蒙的影子从石桥下方腾出，几乎贴着悬崖边，向火小邪疾奔而来，半路上灰影一晃，似有一道灰色轻纱抖开，显出一个女子身形来。

这女子叫道："火小邪！"

火小邪脚步一顿，只差一点便跳到崖下，回头一望，那女子已经来到面前。

火小邪身子微动，本要避开此女，可黑色的眼睛与此女一对视，唰的一下白气泛起，将眼中的黑色冲淡几分，惊讶道："真巧！"

来人正是真巧。

真巧一把抓住火小邪的手，叫道："火小邪，你不能下去！"

火小邪有些发呆，眼中黑色正在逐渐退去，口气也平缓了许多："真巧，是你！你怎么来了？"

真巧紧紧拽着火小邪，眼中热泪翻滚，抿着嘴连连摇头："不要问了，不要问了。"

火小邪一直看着真巧，喃喃道："真巧，你就算骗我，为何不一直骗下去？"

火小邪眼睛一闭，脑海中本一片暗黑，突然光芒四射，骤然恢复了神志，可神志一复，全身经脉涨得像要爆炸似的，血脉激荡，冲得头脑中嗡嗡乱响，五光十色，不由得哎呀一声低叫，咕咚一下跌倒在真巧怀中，彻彻底底地昏迷不醒。

真巧见火小邪居然见到她后破了邪性，昏倒在地，也是花容失色，心生悔意。她一直藏在桥下，看着火小邪发生的一切，本来为火小邪暗暗欣喜，可药王爷催动木蛊寨药锁，火小邪又要跳崖脱困，真巧知道一旦火小邪下去，就会陷入药锁核心，今生都有可能无法逃脱，真巧实在不能再等，只得出面相助。谁知结果竟是止住了火小邪，却让火小邪丧失行动能力，而自己又无法凭空将火小邪带离此地，只能坐以待毙。

但转念一想，有田问、金潘在此，火小邪有这两人护着，兴许还有转机，总比陷入木蛊寨药锁中，受困终身要好。

真巧既然对火小邪用了水家身法，便无须再以"真巧"此名代替，她，就是水妖儿。

水妖儿涕泪长流，跪下身子，抱住火小邪，有苦难言，冲着药王爷等人哭喊道：“他输了！你们放过他吧！”

药王爷倒吸一口凉气，将手拿开唇边，暗暗惊道：“怎么又冒出来个水家身法的女子？居然喊了声火小邪，就制住了他！万幸万幸！再发动药锁，木嫛真要异动了！”

药王爷停止吹动，那牛角号声便也逐渐停止，木王居一片方圆，再度无声无息，所有人的目光，全部落在水妖儿和昏倒在地的火小邪身上。

青辰、青芽都不敢相信，异口同声道：“他昏了？不会吧！”

药王爷盯着水妖儿，质问道：“你这女子，是何人？”

水妖儿仍是真巧的形象，却也坚强地答道：“我叫真巧，我是火小邪的妻子！”

又听后方有人大吼道：“乖女儿，你怎么在这里？爹爹来了！”

咚咚咚脚步声直响，大掌勺如同一只大象般，横冲直撞地闯了进来，直朝水妖儿奔去。

大掌勺冲将过去，焦急道：“乖女儿，你不该在这里啊！”

水妖儿含泪低唤了声：“爹爹！”

一直不露声色、若有若无的水华子，终于脸色浮出一丝不悦，目光一闪，眼中深不可测。

药王爷见火小邪还是毫无反应，心中总算踏实了，见木家人众多，便吩咐道：“来人啊，把火小邪这个邪人与女子擒下，听候发落！”

大掌勺顿时跳起暴吼道：“谁是邪人？这是老子的女儿和女婿！谁敢抓他们？法克！动我女儿女婿一根寒毛，老子就玩命！法克！”

药王爷本就纳闷大掌勺怎么跑出来了，听了这番话，不禁怒道：“大掌勺，你的健忘症简直不可理喻！你难道忘了，你根本没有女儿！”

大掌勺暴跳如雷，指着药王爷大骂道：“这就是老子的女儿、女婿，法克鱿爱死猴你个药王八！”

药王爷脸上有红似白，看向青芽说道：“青芽仙主，青云客栈的大掌勺如此护着外人，是否有些不妥？”

青芽脸色也不好看，冲大掌勺骂道：“大掌勺！你再这样乱来，就把你一起擒下！”

大掌勺浑然不惧，吼道：“有胆子的就来抓我！法克你们全部！”

甲大掌柜和大掌勺关系不错，见大掌勺有些狂躁，站出来说道：“大勺，我说大勺啊，自家兄弟，你听哥哥我说句。”

大掌勺骂道：“谢特！法克鱿！”

甲大掌柜还是和颜悦色说道：“大勺，如果这个女孩真是你的亲生女儿，我们保证不会为难她啊。大勺你不要固执了，好不好啊？”

青芽骂道：“老甲，滚一边去！”

“哎，好的好的！”甲大掌柜立即灰溜溜地退下。

青芽叫道：“滕牛仙主，把他们三人抓起来！若敢反抗，生死不论！”

人群里身材最为高大的青枝滕牛仙主站出，用手一抹，头上便戴上了一个藤蔓做成的头套，向着大掌勺走来，喝道：“大掌勺！滕牛得罪了！”

啪啪两声枪响，振聋发聩！

两颗子弹打在滕牛仙主脚前，直冒青烟。

滕牛仙主吓得一退，随着其他人向枪声处看去。

只见金潘吹了吹手里的枪管，复又用枪口指着众人，带着杀气腾腾的乔大、乔二从一侧快步走出，横在火小邪、水妖儿、大掌勺身前。

金潘干笑道：“想抓他们可以，先过了我这一关！”

青芽不悦道：“金潘，你是铁了心为他们出头吗？”

金潘笑道：“当然！”

“还有我。”一声沉吟，只见田问缓步从土家人中走出，林婉紧紧跟随。田羽娘犹豫了一下，还是一挥手，土家五人皆上前来。

金潘笑道：“田问，够兄弟！”

田问抱了抱拳，并不答话。

局势直转直下，滕牛仙主也没了主意，只好向青芽看来。

青芽无奈叫道：“羽娘姐姐，你也要护着他们吗？刚才那个火小邪，可是想杀了田问！”

田羽娘面无表情地说道：“我只和我儿站在一边。”

青芽彻底没了主意，向药王爷递来求助的目光。

药王爷避了避青芽的眼神，嗓子里只是嗯嗯两声，根本没有出手的意思。

青芽暗骂道：“老药头，避祸你真是一流！林木森尽管讨厌，可他若是在，至少有个主心骨，也不至于这样尴尬！哎！”青芽又向青辰看去，却见青辰魂不守舍，双眼发痴，好像眼前的一切，视若无睹一般。

青芽又暗骂道：“青辰你这个情痴！一个炎火驰的儿子，就成了你的克星，真是可笑！可，可现在我该如何是好？我管管青枝也就罢了，还真不是当木王的材料！”

金潘看出木家进退不得，这样僵持下去，绝不是个办法，于是哈哈笑道：“亲爱的青辰仙主！”

青辰一直低着头，听了金潘叫她，方才抬起头来，似笑非笑地说道：“金潘大人，你还好意思叫我？”

金潘说道：“亲爱的青辰仙主，我打你一枪是我不对，呵呵，我也是情急所致，就这个脾气，我给你道个歉，你别往心里去。”金潘嬉皮笑脸地向青辰鞠了一躬，站起来又说道，“另外，你我约定的事情，不受此事影响啊，生意归生意！”

青辰无力地娇笑道：“知道你就会这么说！金潘，你想说什么就直说吧。”

金潘说道：“木家各位仙主，各位长老，这位火小邪是我过命的兄弟，你们都看到了我为他可以不惜一切代价。火小邪现在已经昏迷了，没有抵抗能力，而且是木家先要杀他，才逼得他邪性大发，可他一没伤人，二没拆了木王居，三没干扰木家决出木王，所以，各位，不看僧面看佛面，就算金潘面子不够大，还有土家田羽娘、四门宗主的面子在，请各位放过火小邪和这位真巧姑娘，由金家、土家、水家看管他们，保证不让火小邪再添麻烦，这样大事化小、小事化无，就当火小邪和真巧是金家、木家请来观摩斗蛊大会的，大家看如何啊？青辰仙主，你觉得我这个提议如何？”

青辰娇笑一声，拉下脸来，依旧赞同地说道：“金潘大人真是会做生意，说得让人心服口服啊。我看就这么办了吧！”

药王爷忙道：“确实确实，就当是一场小插曲！太过计较反而伤了和气！”

甲大掌柜立即跟随道：“药王爷高见啊！风波过后，又是朗朗晴空。”

药王爷生怕再闹大，赶忙对青芽说道：“青芽仙主，不如按金潘大人的意见来吧。”

青芽咬牙低骂道：“木家无人，木家无人啊！唉……还能如何……老药头，你看着办吧。”说着再也不管，掉头就走。

甲大掌柜赶忙跟上巴结道：“青芽，别不高兴了，我心疼你。”

青芽骂道：“滚，有多远你就滚多远！”

甲大掌柜还是会心一笑，灰溜溜避开一边。

很快，青枝滕牛仙主、甲大掌柜等青枝人众，一齐跟着，走了个干净。

青辰看了几眼金潘，说道：“金潘，你我言出必行！”

金潘答道：“谢过谢过！青辰你大可放心，一事归一事，你还不了解我？”

青辰哼了声，一挥手，带着黑枝众人，也快步离去。

花村千鸟仙主，本就是来看热闹的，见没了热闹看，咯咯怪笑两声，也就离去。

原本热闹的木王居，木家只剩下道遥枝和药王爷管辖的木蛊寨弟子。

药王爷如释重负，说道："金潘大人，这可是你说的，你们保证火小邪不再闹腾。"

金潘答道："当然！"

药王爷说道："那好！"又对林婉说道，"林婉仙主，斗药大会耽搁了不少时间，还请你一会儿请三家贵客，速速来会场就座，木家不可一日无主！"

林婉也总算松了口气，盈盈一拜，说道："药王爷费心了。"

药王爷说道："千万不要再出乱子，我这张老脸，快挂不住了。先走一步。"药王爷抱了抱拳，也带着木蛊寨一众弟子离去。

大掌勺虽说人糙，但也明白若不是金潘等人，他今天绝对讨不到好，于是起身谢过了诸人，说道："我毕竟是木家长老，犯了木家家法，要去领罪，恐怕暂时不能陪我的女儿和女婿了，还请各位多多照顾他俩。有你们在，我就放心了！"

水妖儿唤道："爹爹，你不要去。"

大掌勺摸了摸水妖儿的脑袋，慈爱道："乖女儿，我现在自己回去，他们最多关我三年，但和你们一块回去，就不好说了。爹爹可不想让你们为难，乖女儿，你听爹爹的没错。"

水妖儿只好含泪点头。

大掌勺拜了再拜，露出一丝宽慰的笑容，疾奔而去。

五大贼王 7

下·五行合纵

目录

十、木婴异动

众人围在火小邪身边，乔大、乔二跪地哭号道：“大师父，这次是真的大师父！大师父，你受苦了！我们找你找得好苦啊！”

金潘眼中虽隐含泪光，但一掌连抽两人，骂道：“别哭了，两个败兴的蠢货！”

乔大、乔二赶忙闭嘴，只是抹泪，乔大嚷道：“这次应该是真的了，上次我们被……”

“闭上你的狗嘴！”金潘骂道。

金潘说道：“林婉，麻烦你看看火小邪怎么样了。”

林婉应了声，俯身检视。

金潘笑了一声，看向水妖儿，说道：“这位小姐，你叫真巧？是火小邪的妻子？”

水妖儿低声道：“是。”

金潘呵呵笑道：“小姐，你是水家人吧，很眼熟啊。”

水妖儿仍旧低声答道：“我不是。”

金潘“哦”了一声，转头对站在一侧的水华子嚷道：“水华子，别光看着，说句话。”

水华子抱了抱拳，笑眯眯地说道：“她说了她不是水家人，我还能说什么？”

金潘晃了晃头，笑道：“好啊。”又对水妖儿说道，“嫂子，你放心，我是火小邪的生死兄弟，我叫金潘，以前火小邪叫我声潘子，有我在，决不让任何人伤他。”

水妖儿微微避开金潘的眼神，略有羞涩道：“金潘你好，那，那烦劳你了。”

金潘暗叹道：“这个女子，若不是刚才显露身法，真是毫无破绽。怎么看也是一个平常的女子。她八成就是水妖儿！可若是水妖儿，她为什么自称真巧？而且水华子也不认她？”

林婉此时抬头说道：“火小邪的脉象异常强健，但有些古怪，他体内正反两弦交替，互相侵扰，若不平复下来，只怕药物也不能让他醒来。”

金潘问道：“他醒来，还会是双眼黑乎乎的邪性吗？”

林婉说道：“这种情况我也是头一次遇见，说不好呢。”

金潘点了点头，说道：“那有点麻烦……以防万一……乔大、乔二，先把他捆起来。”

田问沉声道：“为何？”

金潘说道：“田问，你了解火小邪还是我了解？他如果苏醒，还是邪性大发，我保证他什么事都干得出来，真惹到你我与木家兵戎相见，是你田问负责擦屁股还是我负责？眼下我们要做的，就是安抚一下木家，捆起来只是做给木家看的，等斗蛊大会一结束，立即带他走！这样做生意，才能稳赚不赔，明白？”

田问微微点头，退开不说。

金潘又对水妖儿说道：“嫂子，我这是为我兄弟好，你原谅啊。”

水妖儿便也点头默认。

乔大、乔二问道：“师父，真绑假绑？”

金潘骂道：“当然是真绑！不过，用老子特制的绳索！”

乔大、乔二一乐，从背包里翻出一些绳索用具，抱起火小邪，把火小邪从头到脚绑了个结实，看起来异常牢固，根本无法挣脱。

水华子一旁笑道：“妙啊！这可是金家的铁腕绳？”

金潘笑道：“呦，水华子你又认得。”

水华子说道：“金潘大人这些年的发明无数，水家仰慕得很，铁腕绳听说只要金潘大人打个响指，就能断成数截，随意逃走，否则再大的本事，也挣脱不出去。铁腕，铁腕，绳如其名啊。”

金潘得意道：“哪天租给你们水家几套使使？”

水华子笑道：“金潘大人的东西，水家穷得很，可是租不起。”

金潘嘿嘿笑了几声，吩咐道：“乔大、乔二，把火小邪师父背好，我们下去，木家斗蛊，还有两场好戏看呢！”

金潘看向林婉，问道：“林婉，你是怎么安排？”

林婉柔声道：“我和你们一起回去。”便吩咐逍遥枝弟子道：“你们把王孝先也带下去吧。”

逍遥枝一众弟子中，林不笑、李自有当然在列，两人听林婉一说，争先恐后赶上前，去扶王孝先，彼此暗地里拉扯。

林不笑脸上挂着关切的神情，嘴里却低骂道："师弟，我来照看王孝先，你退下。"

李自有几乎是同样表情，低骂道："师哥，还是我来吧，你太辛苦了！"

"小畜生，你不识趣！滚开！"

"老王八，你别太过分！"

两人不管怎样，最后还是一左一右，把王孝先搀扶起来。

面对这样两个逍遥枝的"浑球"，林婉虽看在眼里，却只是淡淡一笑，抬步要走。

田问略作阻止，沉声道："你的病……"

林婉柔声道："如果斗药大会不提前，见到你们可能还有时间治，可现在来不及了，斗药大会还有两场，我是逍遥枝的总仙主，必须去啊。"

田问轻叹一声，默默点头。

林婉又对两位亲信弟子吩咐道："木王居药障已经毁了，你们去把屋内的大药缸搬下来吧。"

两名亲信弟子抱拳称是，回木王居安排。

一行人再不耽搁，向斗药大会会场行去。

水妖儿与金潘同路，水华子则不远不近地跟着，水华子、水妖儿虽没有眼神交流，甚至没有说话的意思，但两人目光均不时地闪烁不定。

林婉等人带着绑成"粽子"一样的火小邪复又登台，会场木家众人，微微议论了一番，便恢复平静。

胖好味没有资格去木王居，所以之前发生了什么，一概不知，见火小邪、水妖儿、田问三人归来，总算是踏实了一些，默默祈祷几位的安全。

金潘笑哈哈地说道："木家各位长老，火小邪虽说是我兄弟，但我也怕他醒来后再闹，所以绑了个结实！各位放心，各位放心！"

药王爷、青辰、青芽、千鸟等人见状，心里总算顺畅了一些。

金潘又说道："药王爷，给两把椅子，让火小邪和他老婆坐我身后，我好看管着！有劳有劳！"

药王爷招了招手，木蛊寨弟子便安排下去，众人依原先的位置，纷纷就座。木台上只是少了大掌勺，确如大掌勺所说，他提前回来请罪，已被勒令退场，关在木台后的房屋中，等候大会结束后受罚。

场下依旧昏迷不醒的王孝先，也由林不笑、李自有扶着，安置在两人中间坐下。

药王爷清了清嗓子，上前高声道：“刚才有些小意外，现已解决！重回正轨！斗药大会亦有一些新朋友来此观摩！可喜可贺！话不多表，现在，宣布第二场斗药四枝名单！”

药王爷生怕记错，取出木家四枝提交的名单纸张，再看了一遍，揣回怀中，高声道：“青枝，青芽仙主！黑枝，蛰木人尸！花枝，千鸟仙主！逍遥枝，木王病人……嗯，木王病人。”

“木王病人？”木家台上台下许多人都大感吃惊，这是个什么玩意？是蛊物还是指林婉？一时间场下窃窃私语声一片。

药王爷高声道：“安静！请四枝尽快上场！”

黑枝方面率先动作，有七八个穿着深青色长袍，眼中毫无光芒，行尸走肉一般的男子，抬着一个笨重的古旧木箱，步入场中。

青辰随后走下，看着几名男子将木箱揭开以后，嘴里念念有词，洒入一些药粉入内。就听啊啊啊，撕裂一般的人声从木箱中响起，青辰用手凭空牵引着，渐渐从木箱里站起一“人”。

说此物是人，还不如说是个人形怪物。此物四肢俱全，全身包裹着重重黑纱，不见面目，也不像有脖子，双手垂地，两腿短粗，佝偻着身子，只是啊啊啊不停地怪叫。怪叫声竟不像从“头部”发出，而是腹内。

药王爷心惊道：“蛰木人尸……百年前应该毁掉了，青辰竟有办法把它重新拼接起来，蛊化活动。怪不得青辰愿意自己斗第一场！只怕第二场黑枝又要赢了！”

金潘看得过瘾，忍不住又问身旁的水华子道：“水华子，这是个什么玩意？僵尸？”

水华子轻笑道：“蛰木人尸，与尸体有关，但肯定不是僵尸，具体是什么，我也不太清楚。金潘大人慢慢看着吧。”

蛰木人尸缓缓爬出木箱，站在空地上，怪叫连连，前后微晃，并无其他动作。

青辰娇笑道：“青芽姐姐，百多年前蛰木人尸毁在青枝手中，看看这次如何？”

青芽眉头紧皱，缓步走下木台，说道：“青辰，你真是用心了！那我也不好客气！”

青芽向青枝方位拍了拍手，就见一大团藤蔓贴地涌来，逐渐汇集，慢慢变化，生出形状。青芽走上前去，踏入藤蔓之中，低念了声，便见这团藤蔓变化更快，将青芽笼罩其中，呼呼伸展，最后竟变作大象形状。

青芽在藤象体内叫道：“来吧，今天斗个痛快！”

青辰娇笑道：“青芽姐姐真是厉害，最难的象形也练出来了！”

青芽高声笑道：“千鸟仙主，林婉，快拿出你们的手段来！我等得心急！”

千鸟仙主长得本来就是鸟形，身上又穿着一件羽毛编织而成的衣服，上身一弓，两腿发力，像是一只“母鸡”般，从木台上“飞”下，咯咯咯地叫着，奔到自己的位置。

木家花枝，美女如云，仪态万千，偏偏总仙主千鸟如此丑陋不堪，行为亦是难登大雅之堂，不免让人叹上一声，不知千鸟是怎么当上花枝总仙主的。

千鸟仙主就位，只剩逍遥枝所派的“木王病人”还未见到，青辰娇笑道：“林婉，木王的病人呢？”

林婉早已站起，向木王居一侧看去，听青辰冷嘲热讽，表情淡然道：“这就来了！”

只见逍遥枝两名弟子，气喘吁吁地用挑担抬了一口大缸上来，放于逍遥枝位置上。

林婉吩咐道：“揭开草盖！”

草盖虽一揭开，药味浓郁，缸内满满装的全是药草，可毫无动静，不见有东西出来。

青辰娇笑道：“林婉，病人呢？在大缸里躲着吗？要是没有人在里面，我们空对一坛子草药，胜负怎么个算法？”

林婉说道：“青辰姨娘不用着急，斗局一开，自有分晓。”

台上水华子见了此缸，不住地低声冷笑，金潘问道：“水华子，你笑什么？”

水华子说道：“我笑木王林木森看着老实。”

金潘又问：“此话怎讲？”

水华子说道：“金潘大人，你这么聪明，木王病人，想想便知。”

金潘哼了一声，顿时明白，说道：“林木森确实看着老实。”

两人心知肚明，不再点破。

台下逍遥枝一侧，林不笑和李自有也在偷偷议论。

林不笑低声道：“最近木王大人近一个月来，一直闭门谢客，不让我们拜访，莫非就是因为此缸？”

李自有也低声道：“听闻木王大人带了一口缸来木蛊寨，还以为是炼的药物，真没想到会拿来斗药！”

“师弟，你说是里面是人是鬼？”

“师哥，看来师父早就不信任你了，这么大的事情，你一无所知。”

“小畜生！难道你知道？你以为师父信得过你？”

“老王八！你是大师哥，居然不知道，丢人现眼！”

“你这个小畜生！”

“你这个老王八！”

两人自从王孝先被人发现，就开始狗咬狗，不亦乐乎，也不多表。

药王爷见青、黑、花、逍遥四枝，均已在场下，上前一步，便要宣布开局。

可就在这时，整个斗药大会地下骤然巨震，差点让药王爷跌下木台。

巨震之后，就听嘎嘎嘎的树木弯折之声，刺破地面，猛然而起！

好在震动和声响，均只有短短一瞬，立即平复。

木家全体人员，却一片哗然，不由自主地纷纷站起，许多人知道木嫛异动，非同小可，均是直吸凉气，坐立难安！

药王爷站稳了身子，已是神色大变，暗喝道：“木嫛真的异动了吗？糟糕，我好心为木家挽回脸面，却办了坏事！”

一个木家弟子连滚带爬地跑来，脸色惨白，灰头土脸地跪拜在药王爷面前，惊慌失措地叫道：“木王大人，啊，没有木王大人！药王爷！药王爷！木嫛要异动了，木嫛要异动了，它看样子想突破药锁！我赶来的路上，木嫛，木嫛应该已经动了！怎么办？怎么办啊药王爷！”

药王爷大骂道：“浑蛋，急什么！药锁说能破就能破的？木嫛又不是没有异动过！”

“是！是！可是，可是，这次有点不一样啊！药王爷！”

“闭嘴，你闭嘴！我问你，若按法推测，木嫛若真能冲破药锁，需要多久？”

“最多，最多三个时辰！不是，不是，这次不一样啊，药王爷！”

青芽在“大象”中高声骂道：“老药头，看你办的好事！我说了不能随便催动药锁抓人，必会造成木嫛异动！我看你怎么收场！”

青辰反而高声笑道：“木嫛异动了好啊！多热闹！药老头儿，你说该怎么办啊？”

药王爷大叫道：“我只是粮队的管事！斗药大会的司掌！木嫛药锁的监管之一！我不是木王，你们不要为难我！现在无论如何，必须决出木王！由新任木王决定如何处理木嫛异动！”

青辰一边走回木台，一边笑道：“这就对了！药老头儿，还不开始第二场？”

药王爷连忙高声道：“对对！斗药第二场！开始！”

药王爷话音一落，就听千鸟仙主咯咯咯大叫，身子一抖，那件羽毛披风上的羽毛已经根根直立，看起来，如同一只发怒的母鸡。

青芽在“大象”中大笑道：“千鸟，你比我们还急啊，来来来，与我一起先把蛰木人尸拆成碎片！”

千鸟仙主尖声道：“青芽，还是你自己来吧！我先求自保！”

青芽哈哈大笑：“千鸟，你越来越没志气了！”便再不作声，那头藤蔓组成的大象，浑身嘎嘎草木拉扯着作响，巨大的身躯抖了抖，便一步步向着蛰木人尸走来。

而蛰木人尸，几乎与青芽同时行动，也向着青芽操纵的藤象笨拙地走去。

藤象还没有接近蛰木人尸，突然长鼻一收，再狠狠地甩将去，足足长了数倍有余，啪的一声响，便抽在蛰木人尸脑袋上。

这一抽相当有劲，一击之下，蛰木人尸飞出数米开外，在地上滚了两滚，便又慢腾腾地站起，无所事事一般继续向前挪动。它的“脑袋”，虽已被抽得明显变形，却在缓缓地复原，没走三两步，竟完好如初。

青芽叫道：“好个妖孽！”继续催动藤象甩出长鼻，一记一记狠狠抽打在蛰木人尸身上。藤蔓上带着细刺，坚韧无比，蛰木人尸被抽得黑纱绽开，露出黑纱下淡黄色的皮肉，虽是东倒西歪，却一直浑然无事，凡是被抽打的变形之处，也是眼睁睁地看着复原。

青芽心头惊道：“这不是蛰木人尸！难道是……太荒诞了！绝不可能！”

青辰在木台上大声笑道：“姐姐，我的宝贝还没有还手哦，姐姐可要加油！”

青芽低喝一声：“再来！”

藤象的长鼻一分，化作三股，拉得更长，不再抽击，而是唰的一下，将蛰木人尸头、手臂、腰间卷住。

青芽叫道：“三藤割裂！”藤象长鼻一紧，牢牢将蛰木人尸缠住，越勒越紧，随后唰唰齐收，这等速度，使得藤条如同锯子一般，一下子把蛰木人尸割成数块，分散开来。

可蛰木人尸的碎块落在地上，在地上一弹之后，立即跳将起来，如同有强力吸引一般，啪啪几声，再度汇集到一块。虽组合起来不是原来的样子，但是慢慢融入，再度长出腿脚头颅，依旧向前缓缓前进。

黑纱层层脱落，露出大部分蛰木人尸的肌体。

肌体淡黄发亮，似肉而非肉，更像是一种胶状物质黏结而成。

青芽一见，失声叫道：“果然是肉灵芝！不是蛰木人尸！青辰，你拿肉灵芝来斗蛊，实属作弊！”

青辰高声答道：“姐姐，你赢不了就是赢不了！你见过会走动的肉灵芝吗？这就是蛰木人尸，我能将它与肉灵芝炼化在一起，是我黑枝的本事！不要以为只有青枝会草木蛊动之术！黑枝也有黑枝的法门！怎样，比你的藤象如何？”

青芽被挤对得无言以对，愤愤然叫道：“青辰，算你狠！我倒想看看，你这个肉灵芝做成的蛰木人尸，除了不怕打之外，还有什么本事？”

青辰、青芽口中所说的肉灵芝是为何物？说出此物的官名，大多数人应该知晓，肉灵芝，即是“太岁”！又称为“视肉”“聚肉”“肉芝”“土肉”等等！

太岁，在古时一是指天上的木星之神，乃是个凶神，在民间，俗语中就有“竟敢在太岁头上动土”、“犯太岁”等说法。二是说太岁乃一种离奇的生物，而这种生物，古时更将其作为长生不老的仙药使用，比如秦始皇曾认定“太岁”为长生不老的灵药，命令徐福率部下千方百计找寻。

太岁，在民间被发现得极少，而且至少一大半是以讹传讹的假货。就算如此，凡是被暂时认定为太岁之物，均是引得好事者蜂拥而至，争相目睹。据《山海经》记载，“肉灵芝”最早是作为古代帝王生前喜欢食用的物品出现在古帝陵前的。具有“食之尽，寻复更生如故”“食一片复一片” 的特点，也就是说吃一片，它自己可以再次生长。晋代著名学者郭璞在注释《山海经》时，对“肉灵芝”做的解释是：“聚肉形，如牛肝，有两目。食之无尽，寻复更生如故。”唐代著名学者虞世南的《北堂书抄》中也有一条关于“土肉”的记载，“土肉，正黑，大如小儿，臂长五寸，中有腹，无口目，有三十足，大如钗股，涘克食。”

至民国，西方生物科学东进，亦无法对太岁这种不合常理的东西做出归类，既不是动物，也不是植物，像是菌类，却无法说通，最后只好将其定义为第四种生物形式，乃是自然界一个不解之谜。

要论世界上谁拥有的太岁最多，便是木家。

可木家这等精通药理物性的大行家，对太岁如何妙用，也并无太好的办法。只知道太岁百毒不侵，甚至毒药也是食物，分而又长，聚亦融合，可吸纳任何一种形式的能量，除非用烈火灼烤成灰烬，几乎是不死之物。青芽说青辰用肉灵芝斗蛊，是作弊，便是这个原因。

可太岁虽是活物，但生长缓慢，不能活动，怎么到了青辰手中，与蛰木人尸炼化在一起，竟能走动、出声、速长、分合，实在让人无法相信！

青辰娇笑道：“如果只是肉灵芝，你赢不了它，它也赢不了你，这有什么意思？姐姐，它仍然是蛰木人尸啊！”

青辰话音刚落，只听蛰木人尸啊啊闷叫了几声，似乎抬起头来，向千鸟仙主看去，随即步子一转，竟舍了青芽，向着千鸟仙主缓缓走来。

千鸟仙主大惊失色，叫道：“柿子先找软的捏吗？”

蛰木人尸似乎听见了千鸟的声音，啊啊闷叫，前行速度骤然加快了几分。

千鸟大叫道：“青芽仙主！我若是输了，对你不利！你快来助我！”

青芽笑道：“千鸟，刚才我约你联手，你不是要自保吗？你还是先自保吧！刚好让我想想对策。”

千鸟低骂一声，后退了几步，全身羽毛嗦嗦作响，根根直立，千鸟伸手一直蛰木人尸，叫道：“看我定住你！去！”

数十根白色羽毛顿时从千鸟身上飞出，向着蛰木人尸电射而去，一根不落地全部扎在蛰木人尸身上。蛰木人尸闷叫一声，竟停止了动作。

千鸟一见，心头一喜，咯咯尖笑道：“到底是个没有脑子的东西！”

话刚说完，却见蛰木人尸抖了两抖，竟又缓缓地移动起来，而扎在它身上的羽毛，已是逐渐发黑，失去了生气。

千鸟赶忙掩住口鼻，骂道：“尸毒！”

青辰在木台上拍手大笑：“千鸟姐姐，你老糊涂了吗？我刚才说了，他依旧是蛰木人尸啊！你不会以为它没有毒吧？”

千鸟脸上涨得通红，叫道：“我也不是木头桩子，等它来找我的！”说完身子一弯，居然绕着圈奔跑起来，别看千鸟是个老妇，跑起来虎虎生风，劲头十足，活像一只参加赛跑比赛的母鸡。

蛰木人尸已经行动无恙，可它再快，也无法追上千鸟，啊啊两声，站住不动。

千鸟边跑边笑道：“我看你能奈我何？去找大象玩去吧！”

蛰木人尸却又起了变化，只见它晃了一晃，一条胳膊啪的一声脱落在地，这胳膊在地上颤了两颤，滴溜溜缩成一个圆球，居然滚动起来，连蹦带跳地向千鸟追去，速度丝毫不亚于千鸟。

千鸟本还得意，见蛰木人尸分出一物，向自己追来，心头巨震，暗骂了声“糟糕”，腿上发力，跑得更快。

那圆球便也滚动得更快，如影随行着千鸟，半分不落。一人一球，眨眼间便绕着场地跑了一圈，圆球每每要追上，都被千鸟发力逃开。可千鸟已经奔跑到了疾速，圆球却仍有余力，这样僵持下去，千鸟只有等着被追上的后果。

千鸟大呼道：“青芽，你不能光看着！”

青芽叫道：“你难道叫我和你一起跑步吗？你干脆认输算了！”

千鸟骂道："绝不！"反手一挥，身上又是一把黑白相间的羽毛，向圆球射去。

圆球被扎了个满堂彩，却没有减速，反而滚得更快，腾的一下从地下弹起，冲着千鸟便撞了过去！

千鸟狼狈一避，总算避开，而圆球在地上一砸，再又蹦得老高，继续撞来。

千鸟大叫一声，身上密密麻麻，眼色各异的羽毛半数射出，激得圆球一歪，又未砸中！

千鸟此时已明白，她是遇见克星了，能避过两下，第三下必然是躲不过了。千鸟黯然想道："罢了罢了！如果废掉我这件羽衣，还是没半点用，我就认输！"既有此想，千鸟竭力狂奔，一边跑，身上的羽毛一边脱落，凡是羽毛落下之处，却见着有一层油光发亮的绒毛再度长出，直立起来，细如钢刺。

那蛰木人尸胳膊变成的圆球，也追赶而来，向着千鸟的背部砸去，只有咫尺之遥，眼看着就要砸中！

可就在刹那之间，忽然噗的一声响，逍遥枝抬上来的大缸内，跳出一条灰影，无人能看清这是个什么东西，灰影便向千鸟仙主侧面追来，速度比圆球更快了几分。

千鸟哪里反应得过来，一把便被此灰影拽到一边，身子被拉扯得一转，身上穿着的那件羽毛披风便被除去！自然圆球去势难改，又未能砸中千鸟。

千鸟恍如被雷劈中，目瞪口呆，傻站原地，她身上的羽毛披风，从她当了花枝总仙主后，连睡觉、洗浴都不离身，今日居然被"偷"了去！就算她活了三生三世，也绝对没有想过此事会发生在自己身上。

"痒啊！痒啊！痒死我了！"

就见千鸟身上的那件羽毛披风，被那道灰影裹在身上，奔出老远方才站住。那灰影满身涂着青色药膏，粘满了各色药草，但确确实实是一个男人！

此人把羽毛披风刺啦一下，撕成两段，在身上狠狠擦拭，一边叫道："痒死了！痒死了！管不管用！管不管用！"

偌大的场地上，又是一片沉默。

从蛰木人尸身上分出的圆球，在地上滚了两滚，竟不再追袭任何人，滴溜溜滚回到蛰木人尸身边，再度融为一体。

那人把羽毛披风揉了个稀烂，丢在地上，两脚踹开，大骂道："不顶用！还是不顶用！"

千鸟再也控制不住，惊叫道："我的羽衣！你！还我羽衣！"说着竟不顾生死地向此人冲了过去。

啪的一道藤鞭，挥在千鸟身前，击得地面一声脆响，阻住了千鸟。

青芽叫道："千鸟！你已经输了！别管你的羽衣了，你快退下，这个木王病人，你惹不起！"

木王病人一脸是药膏，只看到一对鬼气森森的眼睛，也不知他是何表情，冷冷地骂道："快点快点！拿出你的手段来！痒死我了！"说着，竟然身子一退，唰的一下跑回到大缸处，一头钻了进去，又无声息。

千鸟仙主恨恨不已地看了几眼大缸，心头泄气，头一低，说道："输了……是输了……"说着默默向一旁退去，回到木台之上，心如死灰，闷声就座。

林婉十分歉意地向千鸟看来，千鸟无精打采，视若无见，林婉也只好作罢。

青辰不再是一副幸灾乐祸的表情，斜着眼瞟向林婉，心里骂道："林婉，还小瞧了你和你爹，学会借用外力了！"青辰低哼一声，转头与坐在她身后的卓旺怒江大喇嘛耳语，神情略显焦虑。

一旁金潘低声对水华子问道："这符合规矩吗？"

水华子原本一直目不转睛地看着木王病人的一举一动，直到他重新回到大缸内，表情才松弛了一些，听金潘问他，又是微微一笑，说道："木家斗药，比的是药力蛊术，所有外物，只要作为药力依托承载之用，所以，呵呵，也是说得过去的。"

金潘笑道："就是一个愿打一个愿挨呗。"

水华子轻声道："虽说有点丢脸，呵呵，真是难为了林木森，让他想出这样的法子，还没法说他什么。"

金潘笑道："那是。"

木王病人一出现，就使出手段，把羽衣撕毁，造成千鸟认输，技惊四座，最关键的"技"字，并不是木王病人将羽衣夺走，而是他能够用羽衣擦拭身体还浑然无事，在木家人眼里，千鸟输在此事，而并非羽衣被夺。要知道千鸟的羽衣，刚刚已达到最为"毒辣"的境地，连青芽、青辰这些木家高人，都不敢用手去碰，更别说在赤裸的身上擦拭了。

木王病人回到大缸内再度隐藏，木家四枝弟子，便再也按捺不住，议论纷纷，都觉得逍遥枝还有此等手段，不能轻视。逍遥枝弟子内部不知情者，当然也是又惊又喜。

林不笑赞道："逍遥枝万岁！"

李自有也喜道："撕毁千鸟的羽衣，赢得漂亮！"

林不笑转头低骂："小畜生，你高兴什么！关你什么事！"

李自有笑容一收，也低骂道："老王八，是你失算了吧！喊万岁也洗不掉你身上的叛逆之味！"

"小畜生！我是为了保住逍遥枝，你才是叛徒！"

"老王八！逍遥枝总仙主轮不到你！"

"你等着瞧吧！"

"你也等着瞧吧！"

药王爷见败下千鸟仙主，场地上青芽、蛰木人尸、木王病人僵持不动，不禁喊道："花枝已败！青、黑、逍遥三枝，请速战速决！不要延误！"

青芽利用这会儿时间，已经打定了主意，听药王爷一喊，心头喝道："好！"

只见藤象长鼻一挥，啪的一下将木王病人的大缸卷住，唰地一拉，引得大缸离地旋转起来。

青芽喝道："去！"竭力操纵藤象，藤象挥长鼻向大缸连连抽击，竟让大缸凭空向蛰木人尸砸来。

蛰木人尸避也不避，生生让大缸砸了个正着，也不知蛰木人尸是否有黏性，居然抱着大缸在地上咕噜噜连滚几圈，方才停下。

青芽叫道："正合我意！"

藤象长鼻一伸，呼啦啦便将蛰木人尸和大缸紧紧缠住，而且越缠越多！藤象好似一个线团一样，不断地从身体上抽出藤蔓，身形虽不见小，却也越来越薄，而缠着蛰木人尸和大缸的藤蔓，则很快堆积起来，汇成一个大藤团，看着密不透风，点水难进，再也看不到里面的景象。

足有七成的藤蔓，均用来裹住蛰木人尸和大缸，藤象身上的藤蔓稀薄，青芽站在藤象"腹中"，已经可以直接从外面看到。

藤团缠得无比紧密，还在不住地收紧，吱呀吱呀的扭曲收紧之声，清晰可辨！

青芽看着蛰木人尸和大缸被困住，没有挣脱出来的迹象，不禁大声叫道："老药头，按照斗药规矩，我若能困住他们半个时辰，算不算我赢？"

药王爷忙道："若能困住半个时辰，当然算赢！木家斗药，以药力囚困胜出，乃是一等一的胜局！"

青芽叫道："好！请焚香计时！"

青芽此时心里打着算盘："想将蛰木人尸完全打散，必然不能，何况还有一个木王病人。我用毒用药赢不了，但我青枝的藤象囚困之术，木家无人能及！我将这两个鬼东西困在一起，先由着它们乱斗，一举两得，妙哉快哉！青芽，你真是太聪明了！想出这么好的办法！”

可能真如青芽所想，焚香点上，足足有一盏茶的时间，藤团内毫无动静。

药王爷逐渐心焦，高声问青辰和林婉道：“是否已有胜负了？两位要等半个时辰？木嫛异动，这个，不好耽搁……”

青辰骂道：“药老头儿，少废话！青芽的箩筐能闷死蛰木人尸吗？简直笑话！”

林婉虽面上隐含忧虑，却也答道：“还是再等等。”

青芽心想：“没有反应？难道蛰木人尸和木王病人一起完蛋了？我再收紧点试试！”

青芽心随意动，沉喝一声，沙沙作响，藤团再度收紧，只听到咔咔几下碎裂之声，听起来像是藤团内的大缸，已被巨大的缠绕之力拧裂。

就听藤团内有人大笑道：“哈哈！舒服！谢了谢了！”

青芽心头一紧，冷汗直冒，念了声不好，再度催力，藤团更是紧缠。

而此次却不同以往，只听到藤团内嗷嗷嗷怪叫连连，一阵剧烈的摇晃，整个藤团居然原地跳将起来，不住滚动。啪啪啪断裂之声传来，藤团上的藤蔓似被割断。

水华子在木台上看着，轻轻一笑，说道：“等的就是大缸开裂那一刻。”

金潘会意，低声道：“妙用大缸开裂啊，天然利器！好心思！”

这两人低声评价之时，藤团果然起了变化，一块瓷片尖角从藤团里冒出，藤蔓缠得太紧，被瓷片边缘一切，纷纷断开。这一断如同水银泻地，一发而不可收拾，顿时豁了一角，没能等藤蔓再度缠上，几团黑影已从藤团里挤出，飞跳至一边，刚一稳住，便齐刷刷地向青芽的藤象袭来。

藤团还在发力，收势不停，噗啦啦几声，干瘪下去。

青芽大叫一声“不好”，哪里来得及收回藤蔓护身，只好发力叫道：“青藤障！”

沙沙沙，就见藤象单薄的身上，暴长出一层青芽，其实并不是长出，而是藤蔓上本就有一些细小的茎叶，随着青芽一喝，便齐齐张开，如同瞬间长出了东西。

这层青芽一长出，绿气也隐隐透出，片刻之内，便把藤象内部充满，再看不到里面的人物。

从藤团中脱身而出的几团黑影丝毫没有停止的迹象，直扑而来，根本不惧绿气，从藤象身上的空隙处直钻进入。

只听到青芽在藤象内惊叫道：“不要过来！”便没有了声音。

那只身形巨大的藤象，也不受控制，扭曲着身子，开始横冲直撞，眼看着向场地中央的那口枯井撞去。

药王爷一见，惊得大叫：“不要去！不要冲击药锁边缘！”

木台上所有木家人，已经吓得全部站起。

可是，已经来不及了，扭曲的已经不成形状的藤象，咕咚一声，一头栽进枯井之内。

只闻到一股子浓烈的酸气扑鼻而来，那只藤象，大半个身子都堵住了枯井井口，未能全部坠入，如同被无形之力阻挡，卸去了劲力，窸窸窣窣，瘫软成一团，满身的绿气，也呼的一声，被吸入井内。

一人拨开藤蔓，手中拽着青芽仙主，从萎靡的藤蔓中爬出。

此人全身覆盖着淡黄的黏物，不见口鼻，一边拖着青芽出来，一边嘴里咔咔咔嚼着什么东西。他将青芽一甩，丢开一边。青芽显然没死，滚倒在地，勉强支撑起来，面如纸色，不住咯血。

此人嘿嘿闷笑，一伸脖子，把嘴里的东西咽了下去，抬手一抹，露出脸庞，哈哈大笑道：“这下终于不痒了！哈哈哈！”

随着他说话，他身上的那层淡黄的黏物也逐渐硬化，簌簌地不住脱落。

青辰惊声大叫道：“你吃了什么？”

此人大笑道：“肉灵芝的心肝！极品，极品！可惜只够一口，吃得不过瘾！哈哈哈！嘿嘿嘿！”

青辰骂道：“你是谁？毁了我的人尸，你拿命来还！”

此人目光一厉，口气冰冷，说道：“丫头，不要狂言，我杀你易如反掌！你有胆再说一遍！”

青辰和此人目光一碰，不禁倒吸一口凉气，手脚冰凉，再不敢大话，暗恨道：“他是？他不会是……”

此人将身上的淡黄色的硬壳抠下，冷言冷语道：“我是代表逍遥枝斗药的木王病人，赢你们靠的是木家本事，非我之能！此战我为林木森赢了，光明正大，你们无话可说！我能赢最后一场，说明木王还是逍遥枝的！林木森人呢！快来见我！”

此人扫视一遍木台上诸人，眼神却一下子落在金潘身后的水妖儿、火小邪身上，目光猛然一厉，嘴里低哼道：“你……”

水华子并不答话，而是笑吟吟地向此人微微抱拳。

此人便收了目光，眼中如一潭深水，无法捉摸。

药王爷忙道：“林木森上一场落败，受了重伤，在内室调养。木王病人啊，木家大会规矩已经改为三场斗药，免了文斗、武斗两项，所以你虽然代表逍遥枝赢了，还剩一场，才可分出高下。”

林婉也起身说道：“木王病人，确实如此。”

此人皱了皱眉，说道：“反正我的事已经办完，从此木家与我无关！林木森在哪里，我要见他。”

林婉连忙转身，吩咐台下的逍遥枝弟子，去请木王病人。

药王爷也高声道：“斗药第二战，逍遥枝胜！青枝、黑枝，请速速清理！我要宣布第三战！”

可话音刚落，突然地面巨震不止，极为激烈，那口枯井中，嘎嘎嘎之声如同撕裂大地一般，振聋发聩。

木台上无人站得稳，被震得东倒西歪，药王爷声音发颤，叫道：“药锁……要被冲破了！”

轰的一声巨响，枯井内一股浊气喷涌而起，将堵住井口的藤象藤蔓冲得飞起老高，无数条裂缝伴随着这股浊气骤然在地面开裂，凡是裂缝之处，均是大股大股的浊气喷出。

轰隆隆，轰隆隆，地动山摇，这场巨变来得如此突然，几乎没有给人思考的机会。

药王爷大叫道：“后撤！所有人后撤！”可他的声音，完全淹没在惊天动地的轰响中。

斗药大会的会场，占据了小半片后山，可随着山体震动，整块地面，居然在巨响中被撕裂成无数块，向下沉去！

木家四枝，近千人之众，包括金潘、水华子、水妖儿、火小邪、田问等等，如此突然的惊天变化，无一人来得及逃出这片范围广大的地陷。

灰尘漫天！丈许之外不可见物。

木台周围，震动最为激烈，看着结实的木台，生生被扯得稀烂，地面翻滚不休，以至于台上的众人，早被颠得四散开去。

木家人虽说用药施毒绝伦，可碰到这种大地沉陷之力，什么药蛊之术也没有作用，如同筛子里的蚕豆，狼狈不堪地东倒西歪，稍有不慎，便会被地面的裂缝吞没。

而土家众人，对这种情况倒是游刃有余，在灰尘中四处跳跃游走，施救木家各位长老，多亏了土家伸出援手，要不然木家各位长老，只怕难保有命。水家水华子，按理说身手也好，但遇到这种情况，反而行为迟缓，低伏在地面爬行，似乎唯能自保。

田问将林婉拦腰抱起，四处躲避，仍有余力，可灰尘扑面，已看不到金潘、火小邪等人身在何处，只好抱起林婉，尽快向震动较缓的地方奔去。

林婉急叫道：“田问，救我爹爹！他还在屋里！”

田问喝道：“好！”几个腾挪，依林婉所指，向木王林木森养伤的房舍赶去。

金潘和乔大、乔二都有火家身法，虽说做不到土家人那样如履平地，但自己前后躲避，逃到安全处，尚可应付。只是火小邪被绑，水妖儿没有力气，只能由最为笨拙但力气最大的乔大抱着火小邪前进，金潘、乔二虽在一旁协助，仍是惊险万状。

几人刚刚跳过一道裂缝，咔的一声巨响，脚下的地面骤然倾斜，乔大抱着火小邪，无力抓扶，他又绝对不肯丢下火小邪，所以瞪着眼睛，啊啊大叫，往下坠去！

金潘、乔二、水妖儿三人大惊，伸手去抓，可乔大下坠速度颇快，三人只抓到乔大一只手的衣袖，地面已近垂直，下方碎石翻滚倾轧，隆隆作响，绞肉机一般，若是乔大抱着火小邪掉下去，只怕要被挤成肉末。

乔大加火小邪的体重，怎是金潘、乔二、水妖儿三人靠抓着衣袖能提得起？

那块地面从垂直，被挤得翻转过来，原本的正面变成了反面，使得乔大完全悬空。

乔大若是丢下火小邪，还有生机，可乔大单臂紧紧抱着火小邪，看样子已下定决心和火小邪同生共死。

金潘、乔二、水妖儿三人均很清楚，如果继续抓着乔大不放，这块隆起的地面若是翻覆或者沉没，全部人都要命丧黄泉。可为了火小邪，谁也不说话。

金潘心中苦笑道：“今天倒霉的话，可能陪火小邪一起埋了！老子这么年轻英俊，只好下辈子再做兄弟了！真他 × 的不服气啊！”

“解开我！潘子！嘿嘿！”只听乔大怀中的火小邪哈哈笑道，笑着笑着，眼睛猛然一睁，双眼黑漆漆一片。

“你醒了？”金潘大叫道，马上又玩命地叫道，“断！断！断！断啊！断啊！”

可绑着火小邪的铁腕绳，只断了一根，其他的仍然绑得十分结实。

金潘急得汗如雨下，又骂又叫：“断！断啊！”

乔大见有机会，低头张开大嘴，就向铁腕绳上撕咬，咬得满口鲜血。

火小邪嘿嘿笑道：“行了！”说着身子一缩，不知道用了个什么手段，只觉得他好像一条泥鳅似的，从绳索中挤了出来，一腾出双手，便单手猛插，左手半条胳膊都没入到垂直的地面里。

火小邪嘿嘿笑道："乔大，上去！"抓着乔大的腰带，便向上送。

得此力道，金潘、乔二、水妖儿三人立即换手抓住了乔大的手腕，将乔大拉了起来。

火小邪邪笑道："你们为我而死，不是让我欠人情吗，还是都活着吧！嘿嘿嘿！"

火小邪清醒过来，虽说仍然是邪性，但这种状态，身手之强横毋庸置疑，只见他身子横向移动，如同壁虎游墙一般，只是几个动作，便从这块地面的一侧横着翻了上来。

火小邪嘿嘿笑道："还不快走？"说着上前来，一把将水妖儿搂住，念道："娘子，跟你相公一起走，哈哈哈！"

四人刚刚跳离此处，这块地面便轰的一声，崩塌陷落，激得灰土冲天！真是万幸，要是再晚了一步，火小邪等四人必然被吞没入内！

说来话长，实际从巨震开始，到火小邪等人逃出困局，不过一盏茶的时间。

巨震逐渐平静，尘埃落定，再显出斗药大会的会场时，已是与之前判若云泥。

原本有半个足球场大小的斗药大会会场，足足陷落了近二丈，地面如同被巨大的耙子耙过数遍，见不到任何一处完整、平坦的地方。原先的木台周围，最为严重，整块地面，如同被大锤子砸碎之后，又用大锅翻炒过一遍，烂乎乎的一团，连形状都看不出。

整片地区，唯一一个特异之处，那就是原本枯井的位置，井壁的石头早就不见了，在地面上剩下一个黑乎乎的大洞，里面有一股浊气，仍然在不断地喷出。

逐渐有人影从乱石坑中、泥巴地里冒了出来，逐渐越来越多，灰头土脸，衣衫不整，这些人一看便知，全是木家弟子。他们很是狼狈，有的血流满面，有的步履蹒跚，有的默然不语闷坐在地，有的彼此搀扶，有的在大声呼喊同门师兄弟的名字，有的在地上挖掘翻找同伴，有的捶胸顿足号啕大哭。木家人本就是情感丰富而又脆弱外露之人，经历这番惨祸，深感木婴之凶狠，木婴本是木家千百年的骄傲，却变成危害木家、无法除去的失控"怪物"，这次冲破药锁，只怕木蛊寨难以保住了，所以许多木家人，也不分男女老幼，竟像小孩子一样不知所措，哇哇哭喊。

有在地陷最边缘的木家弟子，哭喊着要向外走，可走到边缘，吓得瘫倒在地，指着边缘哭道："我们被木婴困住了！"

原来地陷笔直沉下近两丈，边缘的土石上，爬满了正在缓缓生长的暗青色藤蔓，更在向更外围蔓延而去。一有人靠近这些藤蔓，藤蔓上的一些细枝，就像被吸引住，向人所在的方向探来，沙沙作响。木家人知道木嫛的厉害，这些探出的细枝，不仅有难解的剧毒，而且一旦触碰上，就引来木嫛藤蔓群起而攻之，若被缠住，难以脱身。

四面八方，均是如此，木嫛藤蔓，已经合围成一个巨桶，将木家所有人困在其中。

更多人哭喊起来：“出不去了！我们出不去了！”“我们困住木嫛，木嫛现在又困住我们，报应，报应啊！”“怎么办，怎么办啊，谁想想办法啊，我不想死啊！”

“不要吵了！烦死了！”一个女子尖声高叫道。

这一声高喊，真把所有人的哭喊声止住，纷纷看去。

只见青辰披头散发，由卓旺怒江大喇嘛扶着，坐在一块大石上，不知是惊是怕还是愤怒，全身颤抖，紧咬牙关，脸色一阵阵地黑气翻滚。

有黑枝的弟子见是青辰，纷纷涌上来，唤道：“青辰仙主为我们做主！青辰仙主为木家做主！”

青辰大口喘了几声，突然歇斯底里地尖叫道：“药老头儿！青芽！千鸟！林婉！你们滚出来！炎火驰，火小邪，你们全部滚出来！看看你们干的好事！看看！”

“青辰仙主，事已至此，请少安，请少安吧……”药王爷虚弱的声音，从一侧传来。

从崩烂的木台一角，药王爷被搬山尊者田迟搀扶着，头破血流，一条腿好像断了，艰难地走出，在药王爷身后，还有田羽娘、田遥，田观、田令，陪着千鸟仙主，青芽仙主，滕牛仙主、甲大掌柜等人，从四下缓缓走出。青芽应该还未恢复，由滕牛仙主背在背上，脸色苍白，甲大掌柜可能是一只胳膊折了，吊着一只手，陪在滕牛仙主身边，十分关切地看护着青芽，不时将药丸塞进青芽的嘴中，青芽十分温顺，一律服下。

田问、林婉两人，带着几个满头满脸全是血和灰的逍遥枝弟子，担着一张躺椅，慢慢绕行而来。躺椅上的林木森虽睁着双眼，却毫无神采，好像神志不清，嘴唇微颤，也说不出话。

水华子、木王病人，两人并肩而行，从药王爷他们相反的方向走出，木王病人本是赤裸身体，这时候不知怎么，换上了一身木家的青衣。两个人看着有几分神似，衣着整洁，表情冷漠，好像没有经历过刚才的剧变，他们也不说话，默默行走，分别站于两块邻近的大石上，垂手静立。水华子似笑非笑，扫视全场，犹自摇着手中的小折扇。木王病人则是满脸冰凉，眼睛似闭非闭，一副漠视一切的神态。

黑枝盘蛾仙主，花枝百艳仙主，亦从不同的位置，步履艰难地走来。

木家诸位长老，虽说都有或轻或重的伤势，却都逃过此劫，不至于死，算是木家不幸中的万幸。

青辰见诸人到齐，冷笑连连，忽又尖叫道："火小邪呢？还有火小邪呢？都怪他！都怪他是炎火驰的儿子！这个邪盗之子！今天所有一切，全要他来偿还！"

"嘿嘿嘿！小妞！随便叫你爷爷名字，很过瘾是吗？"邪气森森的冷笑之下，火小邪的身影一跃而出，唰唰唰几次攀爬跳跃，便站到最高的一块大石之上，盘坐在地，用手撑着脸，嘴里咬着黄铜烟嘴，微睁着一双黑漆漆的眼睛，居高临下地看着青辰，满脸邪气。

在火小邪下方，金潘、乔大、乔二三人，一队荷枪实弹的护卫，护着水妖儿和大掌勺，或坐或立于大石周围。原来火小邪带着金潘等人脱困后，水妖儿请求火小邪等人救出大掌勺，众人便就去救了，过程十分容易，不再细表。

水妖儿挽着大掌勺的胳膊，仍是一副邻家少女的寻常神态，不显山不露水地待在人群之中。

不远处，木王病人低哼道："你的好女儿。"

水华子一笑，也低哼道："也是你的。"

两人嘴唇微动，根本听不到他们在说什么，可他们两人却都心领神会，如同心意相通。

木王病人暗语道："她确实是下任水王的不二人选。"

水华子暗语答道："可惜她为情所苦。"

"三弟的杰作！若她再不回头，只有废掉她。"

"呵呵，你的毒真的解了？"

"你千里迢迢来这里，是想看我死了没有？"

"你能找到肉灵芝的内核，真是不易，可是只有拇指大小？"

"林木森没有骗我，只有等到在斗药大会上，黑枝必会放出肉灵芝做成的蛰木人尸，与之一战，贴身近探，才能发现内核，挖出服下后完全解毒。"

"林木森情报如此精通？"

"不是，是我告诉他黑枝炼化出这种肉灵芝的。"

"哦！呵呵，没事了就好，木王病人。"

"嘿嘿，值得庆祝，水华子。"

“我们不都一样，不肯承认自己的身份。”

“该承认的时候必会承认，但想要完全否决水家的身份，由她自生自灭！”

“大哥，你肯定？”

“我对三弟的下场，也是这么肯定。”

两人均无声一笑，不再言语，把目光投向火小邪和水妖儿。

火小邪坐在大石之上，又把大叫大嚷的青辰嘲弄了一番，青辰不怒反笑，竟冷静了下来，尖声道：“火小邪，你敢跑吗？”

火小邪邪笑道：“小妞，你们的什么狗屁药锁是完蛋了吧？只要你们不惹我，我就不惹你们，我在这儿看热闹，也不给潘子添麻烦。你们随便玩你们的！跑什么跑！”

青辰尖声笑道：“你以为你还能像你那该死的爹一样，跑得掉吗？哈哈哈！报应！报应！全是报应！父债子偿，天经地义！哈哈哈！”

青辰尖声笑着，突然又掩面哭了起来，哭骂道：“炎火驰，你好狠的心！我恨你，我恨你！我恨死你了！你玩够了就跑，把我丢下，三十年后，又让你儿子来这里戏弄我，让我们木家再度深陷危局！炎火驰，你不得好死，你不得好死！我要死了，也会去地狱纠缠你的！”说着说着，只是掩面抽泣，再无动静，看她痛苦不堪的模样，倒让人生出几分同情。

药王爷等木家长老也不知怎么去劝青辰，只好将她暂且撇在一边。

药王爷长声道：“现在看来，显然是木嫛把四面全围了，我们脚下的药锁残力也维持不了多久，不须多时，木嫛就会攻进来，除非我们能上到天上，否则恐怕谁也无法独自脱身了！眼下之计，只有大家齐心合力，尽快再重启药锁，逼木嫛退后，我们才都有脱身的机会。”

青芽、甲大掌柜、滕牛、千鸟等人，均点头称是。

金潘笑道：“我这就电报，送大部队空降过来，轰开一条道路！”

药王爷忙道：“多谢金潘大人好意！但这样做，第一来不及，第二，若是激怒了木嫛，更加危险。木家的事情，还是得用木家的办法。”

金潘皱眉道：“如果木家的药锁无法重启，我们这么多人，就在这里坐以待毙？”

药王爷说道：“药锁重启，关键在于两颗木广珠，也就是需要木王持珠，号令木家四枝，所以，眼下当务之急，还是要先决出新任木王！”

青芽、千鸟两位总仙主，齐声称是。连青辰也止住了哭啼，向药王爷看来。

林婉也说道：“药王爷说得对！”

药王爷叹道：“但愿新任木王，能带领木家四枝，破此危难。青辰、青芽、千鸟、林婉，还请你们尽速将木家四枝清点人数，聚集过来，每一个活着的人，都很重要。”

木家四枝听了，各自安排，无须多时，便见到分散在各处的木家弟子，聚拢过来。

青云客栈乙大掌柜，头破血流地上前哭道：“青芽总仙主，青云客栈这次完蛋了！太惨了，太惨了啊！特别是灶房，坐在最后，地陷的时候，刚好是开裂之处，一半人全被埋土里了。”

大掌勺一听，哇哇大叫，跳将出来，大吼道：“胖大嘴，胖好味！”

胖好味从人群中挤出，瘸着一条腿，跪地哭号道：“师父，大师兄死了……哇……大师兄是为了救我……呜呜呜呜……”

大掌勺哎呀一声号，一拳将身旁的泥块打得粉碎，咕咚一下瘫坐在地，满嘴骂道：“法克！法克！法克！”

水妖儿上前搂住大掌勺，哀声道：“爹爹，不要太伤心了。”

大掌勺目光呆滞，喃喃道：“胖大嘴跟了我十多年，说死就死了，这个不孝的徒弟啊，法克，法克……为什么是这样……是我做错了什么？是我做错了什么吗……”

甲大掌柜和其他青云客栈弟子，上前把乙大掌柜、胖好味扶下。

青枝的确死伤惨重，各仙主纷纷来报青芽知晓，最后哭成一片。青芽喝了数声不要哭了，还是不止，连她也忍受不住，抱住甲大掌柜，哭了个稀里哗啦。

不止青枝，花枝活下的弟子，多是娇媚的女性，悲伤涌起，更是哭得地动山摇，人兽齐悲。千鸟、百艳两位长老，四处安慰，最后也是失声痛哭。

黑枝方面，则略显安静，更多的是沉默不语，呆呆站立。却有三个血淋淋的黑枝弟子，大叫着奔出，喊道：“师父死了，我们也不想活了！”然后集体服毒自尽，很是惨烈。原来他们三人是黑枝某仙主唯一的三个徒弟，修的是尸蛊之术，生死同脉，但决不至于师父一死，弟子必须陪葬，说到底还是情之所至的缘故。

再说逍遥枝这边，情况比较奇特，林不笑作为仅次于林婉的仙主，虽不能位列长老，在逍遥枝内也是位高权重，结果重伤，他被两块大石夹中，内脏出血，躺在地上奄奄一息，只是眼睛死瞪着李自有。李自有断了一条腿和一只胳膊，也是重伤，坐倒在地，虽服了药，还是疼得面无人色，也是死死地盯着林不笑。唯独王孝先走了“狗屎运”，一个昏迷不醒之人，除了灰头土脸，却毫发无伤。

若论原因，说起来好笑，巨震袭来之时，林不笑、李自有舍了王孝先，各自奔逃，还是迎头撞在了一起，两人都恨不得对方去死，彼此拉扯推搡，结果双双踏空，抱在一起滚入险境。两人仍在胡骂，一个要逃一个抓着，结果彼此牵制，双双重伤，侥幸都没死成。

所以两人身负重伤还彼此瞪视，就是如此。

好在逍遥枝还有木王林木森和林婉亲信的弟子无恙，将逍遥枝弟子收拢，向林婉汇报了损失。林婉也是伤心之极，与逍遥枝众人无声垂泪。

人数一清点，木家确实伤亡甚重。

粗略统计，黑枝死十人，重伤七人，伤者五成；青枝死三十三人，重伤三十一人，伤者五成；花枝死十四人，重伤十七人，伤者六成，所携飞禽走兽，飞禽无恙，走兽死八成，大部分是向外围乱闯时，被木婴藤蔓捕获而死；逍遥枝人数最少，也死五人，重伤三人，伤者近六成。

也就是说，木家有五成人受伤，重伤者一成，死亡者一成，只有三成人完好无恙。

哀伤片刻之后，木家各枝长老归位，等待药王爷宣布重开斗药大会最后一场，以便尽快决出木王，好重设药锁。

药王爷双眼红肿，哽咽几句，还是说不出话来。他渐渐把头转向火小邪，深深看了一眼，火小邪此时依旧一脸邪笑。

药王爷突然间勃然大怒，冲上几步，指着火小邪大骂道："火小邪，你是邪盗炎火驰之子！你乃罪魁祸首！若不是你来木蛊寨，哪有这些惨祸！混账小儿，你爱看热闹，就容你看着，待木王选出，药锁重开，不杀你祭祖，木家哪有脸存活于世间！"

药王爷本来一直是好脾气，唯唯诺诺，突然爆发，极有气势。他话一出，顿时点燃了木家其他长老的怒火，青芽、青辰、滕牛、千鸟、百艳、黑蛾等等，甚至和稀泥的甲大掌柜，品位极差的乙大掌柜，全部向火小邪恶狠狠地看来，脸上虽无杀气，但已是动了杀心！

木家所有弟子，甚至事先与火小邪同处木王居的两位逍遥枝亲信弟子，也拉下脸来，向火小邪投来恨之入骨的眼神。

金潘见状，心念一声"不好"，这回木家是群情激奋，逼上绝路了。

金潘不敢火上浇油，不摆一味护着火小邪的强横姿态，口气软道："且慢且慢，木家各位先生暂且息怒！火小邪是被动而为，他并没有故意让木婴异动，更不愿意见大家被困！"

青辰厉声骂道："金潘，你打我一枪，我不怪你，但你再敢护着火小邪这个孽畜，黑枝豁出所有人的性命，也要把你一并宰掉！”

青芽也厉声道：“谁敢护着火小邪，青枝所有弟子，以命相搏！”

千鸟也怪声尖叫道：“花枝必杀此人！不计生死！”

林婉虽不言语，但逍遥枝的弟子已经群起而呼：“杀了此人！杀了此人！”连重伤的李自有，也撑起半个身子，大叫：“杀！杀！”

一时间，杀声一片。已有不少弟子，双眼通红的向火小邪这边围来。看来，火小邪犯了众怒，已是无法回转。

金潘见情况不妙，侧头对高坐在上方无动于衷的火小邪叫道：“火小邪，你能跑就跑吧！”

火小邪嘿嘿邪笑道：“我为何要跑？”

“兄弟，你坚持不走，玉石俱焚！走为上策！”金潘也有些急了。

连乔大、乔二这两块顽石，也知道形势紧急，纷纷叫道：“大师父，你快跑吧！我们给你顶着！”

火小邪哈哈大笑，长身而起，伸手向下方一指，突然大叫道：“统统闭嘴！”

这一喝，如雷贯耳，竟让场中一静。

火小邪大笑道：“你们想逼我逃走，被木婴宰掉？想得容易！老子能顺了你们的心？你们，几个老头儿，还有几个小妞，几百个活着的猪头，老子告诉你们，老子不仅不走，还要看看木婴是个什么鬼玩意儿！如果木婴是老子的亲爹弄坏了，那我就去替我爹收拾残局！怎么样？你们是选择杀老子，还是让老子去看看木婴，救你们这帮猪头的命！”

火小邪这一席话，又是狂傲又是自信，不像是随口说说的。

木家数百人，一下子无人作答，都死死地盯着火小邪！

半晌之后，药王爷才率先喊道：“火小邪！你不要说大话想出去，你去见木婴，我等求之不得！你要真想去，就从这个洞口跳下去，自然会见到！”说着一指场地中间那个黑漆漆的大洞。

青芽骂道：“孽畜，你只要跳下去，青枝便不再追究你！”

青辰哈哈哈高声娇笑：“好啊！有胆色！你有胆就来跳吧！”

千鸟也叫道：“你跳下去！少废话！”

火小邪嘿嘿邪笑，又高声道：“我要是毁掉了木婴，你们如何谢我？”

药王爷喝道：“你要能毁掉木婴，既往不咎！”

火小邪叫道：“哪有那么便宜的事？”

青芽骂道：“你想如何？孽畜你休想拖延时间！”

火小邪哈哈笑道："我要是能毁掉木婴，我要当木王！"

此话石破天惊，所有人又是一愣。

药王爷脸颊发烫，厉骂道："无稽之谈！就凭你？想当木王？你有何资历？大言不惭！休要再胡言！"

青辰咯咯咯咯笑了起来："火小邪，好个邪性！你不是木家弟子，还想图谋木王之位？"

千鸟也骂道："木王可是你这个邪魔外道可以当的？"

只有青芽反而眼神闪烁，沉默不语。

火小邪眼睛一扫，瞄到地上躺着的王孝先，嘿嘿笑道："我是逍遥枝王孝先的徒弟！木家规矩，仙主所收弟子，若能来木蛊寨，自动列为木家弟子！你们不信，可以把王孝先叫起来问问！"

药王爷又要指责，被青芽一把拉住。

青芽环视一圈，拜了一拜，说道："我父亲，即是先王起初为困住木婴，以命相抵，临死前约定，若有木家弟子能毁掉木婴，可为木王。这些嘱咐，以血盟誓，相信各位长老还记得。"

木家众长老一听，确有此事。

药王爷哦了一声，皱眉道："确实如此……可是，怎么能听火小邪这个邪性的，万一他……"

青芽说道："老药头，莫非你认为火小邪能毁掉木婴？"

药王爷说道："这……他是双头朱雀之身……我们见识过他的厉害。"

青辰娇笑上前，说道："他有这个本事，我把木王之位拱手让他，呵呵呵，他为他爹赎罪，我高兴死了！让他去！"

千鸟说道："既有木王遗嘱，我看不如答应他，让他尽快跳下去。"

青芽说道："我也是这个意思！"转头问林婉道，"林婉，你意下如何？"

林婉一直在为火小邪的安全担心，如果木家决心对付火小邪，她实在左右为难，帮火小邪无异于叛出木家，但是不帮，又不忍心。林婉知道火小邪若是跳下坑中，寻找木婴，属于万死一生，但总比木家与火小邪斗个你死我活，还要搭上金潘、田问等人的性命要好，权衡再三，不如依火小邪所说。

林婉说道："若火小邪真是木家弟子，又能毁掉木婴，当请他为木王。"

青辰娇笑道："林婉，王孝先是逍遥枝的，火小邪能当木王，逍遥枝可又占了便宜！呵呵，我看不如这样，你是逍遥枝总仙主，要么你陪着火小邪一起下去，还能帮帮他。"

青芽不悦道：“青辰，林婉可是你的亲外甥女！”

青辰不以为然道：“第三场斗药，必是黑枝的胜局，我让林婉帮一下火小邪，有什么错？”

林婉柔声一笑：“青辰姨娘说得对，而且火小邪也需要人协助！就算姨娘不这么说，我也会与火小邪一起下去的。”

青辰娇笑道：“好！林婉，可不能怪姨娘狠心！青芽姐姐，我还是不信火小邪是王孝先的徒弟，你让人把王孝先弄醒。”

青芽点了点头，唤道：“乙大掌柜，把王孝先的进不退蛊解掉！让他醒来！”

乙大掌柜就在附近，一听忙道：“我没下进不退蛊！”

“解掉！快点！”

乙大掌柜哎呀一声，不敢再抵赖，从怀中拿出竹筒，打开盖子，那只叫小鸡鸡的九品灵貂一跃而出，攀于乙大掌柜胳膊上。

乙大掌柜在灵貂耳边低语两声，灵貂如同听懂，点了点头，从乙大掌柜胳膊上跃下，向王孝先飞奔而去。

逍遥枝弟子见灵貂跑来，让开道路，灵貂跳到王孝先身上，刺溜一下钻进衣裳中，不见了踪影。

药王爷见状，抬头对火小邪喝道：“火小邪，一会儿我们唤醒王孝先，若王孝先亲口承认，你是木家弟子，可以答应你让你当木王！”

火小邪嘿嘿笑道：“嘿嘿嘿，我当了木王，可是我说什么，木家都要做的？”

药王爷说道：“也不是所有事情，木王说了就算的，必须木家四枝总仙主同时认可！”

火小邪问道：“比如说？”

药王爷说道：“一些五行世家忌讳的事情。”

火小邪嘿嘿嘿笑了半天，一收笑容，黑漆漆的眼中寒光直冒，脸色一沉，说道：“既然如此，木王无论我当还是不当，只要我毁掉木婴，木家必须再答应我做一件事情。”

药王爷叫道：“但说无妨！”

火小邪说道：“五行合纵，破万年镇，破罗刹阵！”

“五行合纵？”这回所有在场之人，全部惊讶默念。

青芽不怒反笑，说道：“好啊，你如果能说服其他四家五行合纵，木家必然同意！至少青枝可以陪你玩一趟！在此立誓！”

青辰低笑道：“姐姐高明！”也抬头道，“只要其实四家愿意，黑枝也可以参与，呵呵呵呵！我也在此立誓！”

千鸟说道：“同意两位仙主！”

林婉有些不可思议地看着火小邪，她万万没想到火小邪会提出五行合纵这样的条件，此事之重大，乃是五行世家的忌讳。表面上青芽等人说同意，其实说服其他四家同意合纵，难如登天。青芽等人立誓，就和立誓说，如果有一天月亮掉地上了，如何如何一样。

林婉千思万想，说道：“我觉得只要其他两家同意，木家必会同意！两位姨娘、千鸟仙主、药王爷，这样可否？”

青芽笑道：“可以。缺两家不同意，就不是五行合纵。哈哈！火小邪这小子邪得脑子出问题了。”

青辰娇笑道：“五行合纵，倒真是五百年难得一见的盛况，我还有点期待了。”

千鸟道：“好吧好吧，林婉，你自己保重吧，能活着回来，一切都可以。”

药王爷问询一下，见各位仙主均同意“五行合纵”，心里想这实在是一个稳赢不输的赌局，便也应了，抬头对火小邪说道：“好！只要你说服其他两家，木家愿意五行合纵！此话有木家所有长老，金家、水家、土家做证，一言既出驷马难追！”

火小邪喝了声好，从大石上跳下，哼道：“王孝先！醒来！”

很是应景，火小邪话音刚落，就听到王孝先哎呀哎呀两声，直挺挺地站了起来，手舞足蹈，从人群中跑出来，嘴里唱道：“朗格里格朗，朗格里格朗！朗格里格朗朗朗！”

青芽骂道：“小乙！还不解掉！”

乙大掌柜委屈道：“王孝先服了昏药，我的小鸡鸡刚唤醒他，还没有来得及解蛊啊！小鸡鸡正在解，稍等稍等！”

地面不平，王孝先哐哐摔了两跤，歌声渐停，开始眨巴眼睛，似有清醒的迹象。

那只灵貂从王孝先衣领处钻出来，趴在王孝先耳边不住低叫，叫了几声后，又刺溜一下钻到王孝先怀中去了。

王孝先如梦初醒，一看周围，倒吸一口凉气，嘴里嘟囔道：“这……这是……这里是……”

乙大掌柜唤道：“王孝先，你好点没有？”

王孝先不敢相信眼前的景象，还是异常吃惊，来回踱步观望，一步一步向场地中央的洞口走来。

乙大掌柜见状，忙道：“解了一半了！现在最好问话，他这时候不说假话。”

青芽叫道："王孝先，站住！我问你话！"

王孝先一个激灵，猛然站定，看着青芽，说道："你，你叫我？啊，你是青芽仙主！"

青芽高声问道："王孝先，火小邪是不是你的徒弟，如实回答！"

王孝先还是有点迷糊，转了一圈，好像在寻找火小邪，说道："火小邪，他，他在哪？哎！我衣服里有东西在爬！老鼠！老鼠！是老鼠！"

青芽又高声质问道："王孝先，快说！"

王孝先当胸一抱，将灵貂抱在怀中，哼哼道："火小邪，他，他当然……"

王孝先当然两个字出口，还没有往下说，突然离他不远的地面洞口中，唰的一声巨响，几道卷成一条的藤蔓冲出洞口老高，如同一条青色巨蛇，在空中打了个弯折，啪的一下，把王孝先凭空卷住，轻而易举地带入半空，嗖的一下，笔直地拽入洞中。

火小邪动若脱兔，第一时间便反应过来，急奔上几步，跳将起来，在半空中一把抱住王孝先，竟跟着一起落入洞内。

王孝先啊的惊叫声从洞中传出，但马上没了声息。

其势突然，眨眼两人便没有了踪影，所有人一时间还没有回过神来。

半晌之后，才有人惊声叫道："王孝先！他……他们被抓走了！"

一片哗然，无人敢上前去，反而都往后微退，生怕洞口里再喷出藤蔓来。

乙大掌柜不见了灵貂，知道灵貂也随着王孝先一起，被卷入地下，能不能回得来可就说不好了，他是个养貂的痴人，最为心爱之物丢失，几乎和要了他的命一般，啊啊叫了几声，扑通跪倒，哭天抢地道："我的小鸡鸡！我的小鸡鸡！我的小鸡鸡没了！"

本来十分悲哀、严肃、紧张的场面，让乙大掌柜这样一喊，极为不雅。

青芽怒道："小乙！你给我闭嘴！"

乙大掌柜鼻涕直流入嘴，确实伤心之极，但听了青芽喊叫，也只好用嘴接着鼻涕，忍住不叫。

青芽暗哼了声，低声问药王爷道："木婴不会贸然从此洞出击，只怕是因为小乙的九品灵貂。"

药王爷点头道："木婴最喜有灵性的动物，在木婴之眼没有丢失之前，就是多用这些动物侍养，也不奇怪！只是火小邪跟着一起下去，倒不知道他是否是王孝先的弟子了。"

青辰娇笑道："他下去就好，是不是已经无所谓了！我祝他能够活的时间长点！”

另一边的金潘、乔大、乔二见火小邪与王孝先骤然间落入坑中，惊得目瞪口呆，好一会儿才回过神来。

金潘低骂道：“他奶奶的，火小邪这个浑球说走就走了！我真服了他！”说着大步迈出，招呼道，“金家所有人随我来！我们也下去！”

金家一行，除了金潘、乔大、乔二以外，还有十多个武装卫士，听了金潘吩咐，毫不犹豫地跟着金潘上前。一行人快步来到洞口，金潘向下望去，黑洞洞地看不到底，洞内气流鼓动，嗡嗡轻响，如同地狱入口一般，绝不是一个好去处。

金潘低骂道：“不知道是我傻还是火小邪愣！要不是他这个浑球，打死我也不愿下去！没办法，没办法，谁叫火小邪是我兄弟呢！唉！”金潘喘了几喘，镇定心神，高声道：“来人啊！打桩！放绳索下去！”

几个卫士便上前来，取出背囊中的绳索，投入洞中。

青辰在不远处冷嘲热讽道：“金潘大人，你可是金家少主，富可敌国，冒此风险，一旦出事，你的雄才大略无处施展，可不值当啊！”

金潘回头笑道：“我看着我兄弟死，却不伸手去救，苟且活着也落个无解的心病！”

青辰唤道：“火小邪对你有这么重要？金家素来无情，怎么变了？”

金潘笑道：“当然！你是个女子，哪能理解爷们儿之间的生死交情！咱们后会有期！”说着，金潘带着皮质手套，拉起绳索，准备一跃而下。

“等等！金潘大人，我和你一起下去！”只见林婉与田问快步走出，林婉平静道，“我对木婴的特性比较了解，能帮到你和火小邪！”

金潘哈哈直乐：“又想起我们在五行地宫的事情了！好啊！林婉，你来吧！”

田问沉声道：“我也同去！”

金潘又笑道：“同去同去！咱们几个再现当年辉煌！痛快啊！”

“田问！你不能去！”田羽娘大叫着，快步赶上前来，拦在田问身前，急促道，“儿啊，你切不可下去！木婴这种木气滔天的怪物，我们土家很难应对！”

田问沉声道：“娘，别拦我。”说着绕开田羽娘，仍要前行。

田羽娘了解田问的脾气，他若这样说，十头牛也拉不回来，转念一想，不禁叫道：“田问我儿，你要下去，为娘和你哥哥等人，也陪你一起下去！”

田问站住脚步，眉头微皱，倒显得有些为难，不过片刻，他眉头一展，毫无表情地重重说道：“好！”

金潘笑道：“哈！土家高手全部出动，这次更有戏了！我先下去了，别晚了，你们随后下来吧！”金潘十分自在地打了个响指，牵绳急坠而下，乔大、乔二紧跟一侧，也降了下去。

随后，林婉、田问，以及田羽娘、田遥、田观、田令、田迟数人，也借着绳索，下到洞中。

一群人眨眼间走了个干净。

“王孝先，你这个蠢货啊！等我来救你啊！”忽听一声娇喝，一个娇滴滴的性感女子，向洞口跑来。

千鸟仙主一见，惊声大叫道：“百艳！你干什么？停下！”

那女子正是木家长老之一，花枝的百艳仙主。

百艳仙主一抓绳索，娇声道：“王孝先说好了陪我一个月，我不能让他死。”

千鸟仙主大骂：“你这个浪蹄子！你还缺……”话音未落，百艳仙主已经拉住绳索，一跃而下。

千鸟仙主气得跺脚，但也不敢追入，只是骂道：“花枝败类！花枝败类！你愿意去死，就去死吧！”

青芽说道：“千鸟，不用骂百艳了，她阅男无数，能专心王孝先，也是她的造化。”

青辰嘲笑道：“又是一对奸夫淫妇！死了倒干净！”

药王爷感叹一声，低声说道：“木家危局，竟是其他人打前锋，邪火之人领头，金家、土家悉数跟随，而木家下洞的两人，一个病入膏肓，一个只为私情……何谓盗也，必是盗亦有道，木家显得小气了……也罢，也罢……唯愿他们真能毁掉木婴……”

木家各长老各怀心事，一片沉默，再无言语。

正当木家众人感慨之余，却见水华子幽魂一样闪至洞边，伸手一按，竟从地面上揭起了一块几乎透明的轻纱，一个女子的身形顿时显现。

那女子好生灵巧，贴着地面滑动几下，仍然要往洞口中去。

水华子连抓几把，竟没有抓住，不禁叫道：“哪里去？”

地面那女子根本不停，眼看着就要滑入洞中，可说时迟那时快，又一道人影从洞口外无缘无故地冒了出来，比那女子更快了几分，一把便将她抓住，拽离洞边。

水华子猱身上前，配合着将此女子擒获，两人捏住此女的关节穴道，使她动弹不得。

这女子尖声叫道：“你们放开我！”她不是别人，正是水妖儿。

水华子冷哼道："你是谁？说出你的名字！"

另外一个抓住水妖儿的人，便是木王病人。

木王病人冷笑道："丫头，你说你是谁？"

水妖儿尖声道："我名叫真巧！我是火小邪的妻子！"

水华子呵呵笑道："真巧？名字倒好，不过你想清楚，你到底是谁？"

水妖儿紧咬牙关，坚定不已地说道："我是真巧！"

木王病人骂道："你真是不可救药了！我也最后问你一次，你是谁？你最好想清楚！"

"我是真巧！"水妖儿想也不想，便大声说道。

"好啊！"木王病人一把将水妖儿的小脸掐住，要与水妖儿对视。

水妖儿双眼紧闭，扭过头去。

水华子呵呵冷笑，凑过脸去，在水妖儿耳边低低细语，仿似念咒一般。

水妖儿浑身微颤，极力挣扎还是不能脱身，只好竭力尖叫道："放开我！你们放开我！"

"法克鱿！你们两个爱死猴！放开我女儿！"一声大吼传来，只见大掌勺跛着一条腿，蹦跳着冲将过来。

大掌勺满面怒容，目眦尽裂，气得几乎七窍生烟。

水华子、木王病人拉着水妖儿移开，不与大掌勺正面接触，保持着足够的距离。

大掌勺腿脚不便，追也追不上，只好停步，破口大骂道："法克！法克！放开她！"

水华子高声笑道："大掌勺，你糊涂了，你看清楚，此人怎么会是你的女儿？"

木王病人和水华子如出一辙地笑道："大掌勺，你看不出她的身手，她根本不是木家人吗？你是不是被她迷惑了？"

"你放屁！"大掌勺瞪着眼睛大骂道。

没等水华子和木王病人说话，却听噗的一声闷响，地面微震，随即一大团藤蔓从洞口中冲上半空，旋即落回洞中，沙沙沙沙之声大作，再看洞口，已被层层藤蔓堵了个结实。

水华子、木王病人连忙架着水妖儿速速退开，大掌勺也连连后退。

好在这些藤蔓与卷走王孝先的那股藤蔓并不相同，只是盘踞在洞口，将洞口封死，枝蔓虽在不断运动，却没有冲击出来的迹象。

药王爷惊道："莫非木嫈已经察觉到有人从药锁锁眼里侵入，故而把锁眼堵住？"

青芽说道："说不好！这也可能是木魃打算袭击此地的前兆！"

青辰也是脸色一沉，说道："这不是好兆头！眼下我们应该尽快在锁眼处布下毒阵，延缓木魃从锁眼冲出！"

千鸟附和道："青辰仙主说得有理！"

药王爷急思片刻，说道："确实是现在最好的应变之法！"

青芽也点了点头，冲水华子、木王病人、大掌勺高声叫道："大掌勺，不要再纠缠了！水华子、木王病人，也请你们带着这个丫头暂时退后！木家要施药封住此洞口！"

青芽话音刚落，水妖儿就厉声叫道："放开我！再不放开我，我就立即死在你们两人手中！"

水华子低骂道："混账！你还想下去不成？"

水妖儿厉声道："放不放手，一！二！"

水华子、木王病人齐齐低哼一声，一起把手放开，水妖儿就地一个后翻，向着洞口跑去。

可水妖儿刚一接近洞口，堵在洞口的无数藤蔓，如同响尾蛇一般沙沙鸣响起来，一些细小的枝丫，向着水妖儿探出。

水妖儿跑了小半圈，仍找不到可以下去的地方，急得轻轻低怨："难道真的晚了吗？火小邪，你千万不要死，你等我！"

水华子、木王病人在不远处垂手肃立，木王病人低骂道："算了，由她自生自灭！"说罢转身就走。

水华子幽幽看了水妖儿几眼，低哼一声，也掉头离开。

水妖儿心急难耐，仗着自己水家的身法，避过藤蔓的锋芒，寻到一个破绽之处，就要强行钻入藤蔓之中。天地造化了木魃这种怪物，果然不是寻常之物，似乎能预判到水妖儿的行动，沙沙巨响，庞大的藤蔓团竟扭曲起来，将水妖儿要钻入的空隙之处瞬间堵死，数道青蛇般的藤索从不同方位电射而出，向水妖儿袭来，要将水妖儿缠住。

水妖儿左支右绌，如同水做的人似的，毫无定态，四处游移，几乎是贴着藤索，堪堪避过，而藤索何止数根，而是越来越多！若水妖儿不后退，只怕不须多时，必被缠住。水妖儿何苦啊！以她的身手，要想全身而退，绝不是难事，可她偏偏固执己见，手无寸铁地与封住洞口的藤蔓硬碰硬地对抗。这种局面，只怕连盗走木魃之眼的炎火驰，拥有火盗双脉的天纵奇才，也不敢言胜。

其实水妖儿心里想得清楚，若此时不能下去，就别想再下去了，只能搏命一试。

水妖儿娇喝连连，就是不退，不仅不退，还在与藤索纠缠的过程中，仍然在苦苦寻找可以下去的空隙。

啪的一声，一根藤蔓破土而出，极为突然，水妖儿避开半分，还是被牢牢卷住了脚踝。

凡是明眼人，都知道水妖儿恐怕要失手了。果不其然，水妖儿被缠住脚踝，无法施展，立即有两根粗藤卷来，缠住了水妖儿的腰腹间，其力巨大，水妖儿呀的一声轻叫，一口鲜血喷出。

“乖女儿，爹救你来了！”只听一声大吼，大掌勺瞪着通红的眼睛，狂奔上前，声嘶力竭地大喝：“悲苦菜毒！”

随着大掌勺的怒吼，这些藤索竟有松动的迹象，本来已经蜂拥上前的其余藤索，也停滞不前。

大掌勺冲到水妖儿身边，大力握住缠在水妖儿身上的藤索，骂道：“还不去死！”那几根藤索本是暗青色，让大掌勺一握，所握之处泛起一丝血红，顿时委顿下来，解了水妖儿的危局。

而其他藤蔓并不退缩，而是垂落在地，将大掌勺和水妖儿团团围住，仍是伺机而动。

大掌勺抱住水妖儿，半笑半哭地说道：“乖女儿，你下不去的！”

水妖儿眼泪长流，哭道：“爹！我要去找火小邪！”

大掌勺两道老泪长流，说道：“爹支持你去，可爹不能看着你死！乖女儿，爹爹用这条命来保你不死。”

大掌勺松了水妖儿，盘坐在地，高声念道：“以我悲苦之命！换万物难侵！”说着面色一灰，脸色惨白，一下子苍老了许多。

水妖儿大惊失色，跪地扶住大掌勺，哭道：“爹，你要做什么？”

大掌勺惨笑道：“我的悲苦菜毒阵，虽在木家十毒中排名只是居中，但我只要用性命来换毒效，就算是木婴，也不能随便侵入这个圈中！乖女儿，你要好好活着。”

水妖儿动情道：“爹，你这是何必？我，我……”

大掌勺眼中已经失去光彩，已是一副老态龙钟的垂死模样，但他依旧笑道：“乖女儿，其实我知道，你不是我的女儿，我的女儿，确实是死了，但你叫我爹，我很高兴，很高兴，我是真心诚意，想让你一直当我的女儿……我能为保护我的女儿而死，这才像个当爹的样子，此生无憾，此生无憾了……哈哈，哈哈……”大掌勺头一低，安然离世。

而大掌勺的悲苦菜剧毒，也达到极致，大掌勺身下的地面，皆被染成暗红，蔓延出一个红圈，逼得木嫛藤蔓沙沙后退。

水妖儿哇的一声，痛哭失声，抱住了大掌勺的身躯，哭道："爹，是我对不起你啊，是我对不起你！"

木家青云客栈灶房一门，见大掌勺以命催毒，死在水妖儿怀中，纷纷跪地，呼喊师父。胖好味更是惨号一声，昏倒在地。

青云客栈其他人忙去安抚，这才平静了些，退下不表。

可水妖儿就这样被困在洞口边，进退不得。

十一、善恶正反

药王爷等人见大掌勺已死，也是不忍，扭头叹道：“大掌勺啊……”

青芽一脸肃穆，低声道：“大掌勺的悲苦菜毒，果然恰如其名，只是太过悲苦了……”

青辰虽不笑，但对大掌勺的死并不在乎，反而说道：“用十毒阵的剧毒封住药锁锁眼，果然有效，大掌勺倒是为我们验证了一番，死得值当。话无须多说，老药头，姐姐，千鸟，黑蛾、甲大、滕牛，咱们尽快各自施出毒阵！”

青芽皱眉道：“青辰，那个被大掌勺误认为女儿的女子，分明就是水家人，甚至有可能就是水王流川的千金水妖儿或水媚儿，我们现在放出毒阵，只怕这个女子难以活命。有水家水华子在，他和木王病人，我觉得有一个就是水王流川，我们当着他的面毒杀水家人，说不过去，还是先想办法救这个女子脱困吧！”

青辰说道：“就算是流川，我却觉得他们不打算救这个小骚货！”

药王爷插话说道：“除非他们默许，那我们就不管了！青辰，你还是问一问吧！”

青辰想了想，此事的确不能含糊着办，看了眼站在一旁静默无声、毫无情绪的水华子、木王病人两位，娇笑一声，问道：“水家两位大人，真不容易啊，敢问困在洞口边的女子，是不是水王千金水妖儿啊？如果是，我们赶快想办法救她脱困。”

水华子打出纸扇轻摇，故意看着水妖儿，高声答道：“谢木家各位长老关心，她是不是水家人，请你亲口问她，她若说是，就是，若说不是，那就不是了。是就救，不是就不救。”

青辰干笑一声，扭头对水妖儿高声叫道：“真巧姑娘，你是不是水家人啊，你若是，我们想办法救你啊。”

水妖儿靠着大掌勺的尸身，已是无泪，听青辰问她，漠然答道：“我是真巧，我不是水家人，我根本不知道什么是水家。”

青辰无话找话，还是问道：“真巧姑娘，你要不是水家人，可是会死的！你不说你是水家人也行，你说你是不是水妖儿啊？”

水妖儿摇了摇头，说道：“我是真巧，不是水妖儿，谁是水妖儿，我不认识她。”

青辰哼笑一声，说道：“那随便你了！”向水华子示意道，“我都问了，你也听到了，两位水家大人，想如何处理，我们还是可以尊重你们的意见。”

水华子、木王病人对视一眼，又是心意相通。

木王病人意语道：“水妖儿如此执迷不悟，留着何用！”

水华子意语道：“水妖儿若能度过此劫，仍是水王的不二人选，大哥你确定吗？”

“我们已经给她很多次机会了！水家怎能交在她手中？死了倒好，省得再与她费劲！”

“那好，大哥，我也不犹犹豫豫了。”

于是水华子哈哈大笑：“她都说了不是，那就是不是！既然不是，那她的性命，与水家无关！”

青辰娇笑道：“那好，水华子既然说了，那我们就不客气了！”青辰看向水妖儿，掩嘴得意地笑了一番，说道：“真巧姑娘，你是火小邪的妻子，那就看你是否有运气，等到火小邪出来救你了！呵呵呵呵！”

青辰话音一落，脸上黑气纵横，眼中也是黑丝翻滚，低喝一声：“黑死灵蛊，布阵！”

只见从黑枝弟子聚集之处，地面上无数条黑蛇钻出，聚成一个大团，翻翻滚滚地向水妖儿方向爬来，未与洞口的木婴藤蔓接触，便散了开去，逐渐把洞口围成一圈，亦将水妖儿围在圈内。

那些黑蛇嘴中红信子喷喷吐吐，如同浓墨中洒入一丝丝鲜血般，煞是诡异。蛇群渐渐钻入泥土中，地上一个约半人宽的浓粗黑圈，便也形成。

木婴的藤蔓微微一退，不再向前伸展，似乎对地上的黑圈，颇为忌讳。

而黑圈形成，正从大掌勺的悲苦莱毒阵的边缘经过，逼得大掌勺身下的红圈，颜色褪去了几分，可能是边缘失了毒效，藤蔓沙沙后退避开黑死灵蛊时，挤压得悲苦莱毒阵覆盖范围小了两成。

青辰叫了声“好”，对药王爷说道：“老药头，该你了！你的木行天离药阵，不会没有准备吧？”

药王爷沉声道：“木行天离药阵，本是木家粮队的守护药阵，今天便也用上吧！”说着从怀中拿出一根光亮的木棍，在手中啪地一抖，那根光亮的木棍骤然间变成亮蓝色，极为显眼。

药王爷喝道：“木行天离！擅闯者死！布阵！”拿着木棍，向洞口外围指去。

浓香扑鼻，木棍尖端射出一个蓝色雾球，带着一丝蓝烟，飞行了数丈之远，好似被黑死灵蛊形成的黑圈吸引住一般，飘飘忽忽地飞将过去。

药王爷念了声：“降！”挥棍下压，那蓝色雾球便立即下坠，一碰地面便一声炸开来，激起一圈蓝烟，蓝烟一腾，马上被地面尽数吸入。随即地面上一道亮蓝色的印记展开，紧贴着黑死灵蛊的黑圈，又形成了一道蓝色的圆环，把洞口围住。

青芽见状，上前一步，喝道：“青坠八重药阵！布阵！”

且不说地面上木家各位长老施展开来，在洞口布下木家十毒，用来压制木婴从药锁的药眼冲出，同时把水妖儿深困其间，进退不得，危在旦夕的事情。说到金潘、田问、林婉、田羽娘等人为救火小邪，下到洞中，那地下世界，完完全全超出了众人的想象。

此洞看着深不见底，其实真的下来，也就二三十丈，一条绳索，已能到底。

金潘等人下到半空，金潘已命令金家卫士拿出头灯，点亮了灯光，照得四处雪亮。

等下到洞底，众人踏上地面，才发现洞底根本没有泥土，全是粗大的根茎缠绕得密密麻麻，脚踩上去，十分有弹性，显然这些根茎，全是活的。

而洞底乾坤，远比想象的广大，因为地下被这些根茎掏空了一层，举目看去，乃是一个根茎组成的世界，能容人钻过的孔隙无数，根本看不到尽头。这种地方，哪里看得见火小邪的踪影？

金潘见状，吩咐乔大、乔二带着金家卫士，四处勘察，看有没有火小邪留下的蛛丝马迹。

田问、田羽娘、土家四门下到此处，均是眉头紧锁，有些不知该何去何从之感，这里木气强盛到了极致，土家高手虽然全数到此，仍觉得被这里的木气牢牢压制，连话都说不出来，更不知该往何处去。

林婉见此情景，不禁叹道：“原来木婴早就把地下掏空了，木家药锁迟早会被冲破，就算再度结成药锁，只怕也控制不住。”

百艳仙主随后到达，见地下如此光景，也是大为吃惊。

林婉连忙上前一拜，说道：“百艳仙主，你怎么下来了？”

百艳妩媚之极，不胜娇羞地说道：“哎，林婉，我来帮帮你……这个，有王孝先的下落吗？”

林婉何等聪明，立即明白百艳下来的目的，她也不说破，只是说道：“金潘大人正在寻找。百艳仙主，木家还有人会下来吗？”

百艳说道：“啊？可能，可能会吧。也许等等，还有人下来。”说着赶到金潘身边，娇媚道，“金潘大人，辛苦你了，救火小邪，也一定要救救王孝先。”

金潘对百艳仙主这种女人并不感冒，只是假笑了一下，说道：“当然！火小邪的师父，就是我的师父，放心好了！”

百艳再三谢过，只差扑到金潘的怀中亲昵一番，金潘避开了这个艳女几分，问林婉道：“林婉，这里会不会有毒？”

林婉说道：“你还记得在五行地宫的青蔓桡虚宫吗？”

金潘答道：“当然记得。”

林婉说道：“木婴本身无毒，甚至能够提供空气，供人呼吸，提供食物，供人生存，发光发亮，为人照明，木婴本是大善之物，可大善之物，也有大恶之处，木婴一旦失控，就是大恶。”

金潘激灵了一下，哼道：“把你缠住，无边无尽的幻觉，直到你化为臭狗屎一摊，变成养料……”

“是。”林婉低声答道，“青蔓桡虚宫由裂山根组成，而裂山根其实就是木婴的一部分根茎培育而成的。我们在青蔓桡虚宫中碰见的那个木婴，与这里的比，属于小巫见大巫了。”

金潘喃喃道：“× 的，这里的是木婴的祖宗，木婴到底是什么鬼玩意？”

林婉说道：“木婴，据木家先祖描述，乃是天外之物，随陨石坠落到地面，曾经为祸一方，木家的创始之祖，便是奇巧的境遇，将木婴掌控住，从此招纳弟子，才有了起初的木家。”

百艳不知是故意装傻还是示弱，娇呼道：“啊？原来是这样吗？我都不知道这些！”

金潘说道：“原来木婴是木家的亲娘啊！”

林婉答道：“你要这么理解，也不是不可以。”

金潘低骂道：“该死的火小邪，又要老子遭第二遍罪，真想抽他两嘴巴！”话虽这么说，金潘仍然转头喝道，“乔大、乔二，你们两个猪头，找到你们大师父的踪迹没？”

不远处乔二应声叫道：“有，有，有！师父，这里好像有拖拽的痕迹，好像，这些树根上还有刀伤！”乔二顶着头灯，边说边走，抬头指了指一个黑乎乎的根茎间的孔隙，又叫道，“好像被拖进这里面了！”

金潘念了声好，快步上前，果然如乔二所说，根茎上几道崭新的刀伤，又有几处摔跌的痕迹，指向这处孔隙之内。

金潘喜道：“应该就是这里了！我们进去！田问、林婉，来！”

百艳急不可耐，扑上来冲着里面喊道：“孝先哥哥，我来救你了，你听到一定要大声喊啊。孝先哥哥，你可不能死啊。”

林婉上前劝道：“百艳仙主，请你不要着急，这样大声说话，可能会惊动木婴攻击此处的。”

百艳只好不再叫喊，娇躯一扭，搂住林婉，一双杏眼含泪，低声道：“林婉妹妹，我确实喜欢上了王孝先……”

林婉只好安抚。金潘也不迟疑，指派一组金家卫士进去先探探路径。

而一侧原本一直静立不动的土家几人，田羽娘突然说道：“田问，没想到这里木气如此之盛，极为克制土行，我们在这里，土家功力完全施展不了，儿啊，考虑一下，我们还是上去吧。”

田问并不答话，只是迈步前行，向金潘这边走来。

可田问刚走了几步，突然站住，冲田羽娘大叫道：“娘，快过来！”

田羽娘一听田问此话，也立即觉得不对劲，不敢再问，抬腿便跑，田遥等四人赶忙跟上。

几人刚跑开几步，就听啪啪几声沉闷的脆响，原本他们站立的地面骤然隆起，紧接着无数藤蔓喷涌而出，向地面上垂直冲去，眨眼间将金潘他们下来的地洞，木家的药锁锁眼堵了个结实！

这便是将洞口堵住，使得水妖儿错失良机，无法跟随下来，后又逼得木家布毒阵压制的那一大团藤蔓。

多亏田问喊了一声，如果田羽娘他们不跑，恐怕要全军覆灭。

林婉花容失色，叫道：“这些是木婴直接操控的藤蔓，非常厉害！我们不可在此地久留！”

金潘骂道：“好嘛！洞口堵死了，我们这下可是王八吃秤砣，铁了心了！走啊，不想死就快走！”

众人哪敢在此地耽搁，纷纷向火小邪被拖走的根茎孔隙间钻去。

根茎之间，其乱如麻，乃是一个天然的迷宫。人在其中，备感渺小，只觉得自己是一只蚂蚁一般，爬进了一颗大树下庞杂迷乱的根须之中，真不知该往哪里去。

好在此处多年无人下来，火小邪跟着王孝先被拖入，一路都可以见到若隐若现的人为痕迹，甚至有的刀伤痕迹，被刻意剜成一个圆形，似乎火小邪一路上，并不匆忙，深入其内的速度也不是很快，为后面跟上来的人，留下记号。

有这些痕迹引导，让金潘等人的前行较为顺畅，不知不觉走得深了，已有二三里之远。

和五行地宫里的青蔓橈虚宫不同，越往里走，根茎的走向便越发齐整，最后竟规规矩矩地紧贴排列，留出一条条不规则的“管道”空间。如同青蔓橈虚宫一样，巨大的根茎上附着许多发光的球茎，将前后左右照得微亮，这等亮度，已不需要金家的电力照明。

金潘等人再也不必爬行，管道宽敞，足够容两人并行前进。可是走到这里，再也发现不了火小邪留下的任何痕迹。

金潘喝令停下，摸出指南针来一看，指针正在东西乱指，很不规则，根本不知东西南北。

金潘啪的一下把指南针关上，问身后的田问道：“田问，你看我们大概走了多远？”

田问掐指微算，答道：“横向一里。”

金潘问道：“是离我们下来的洞口横着算一里吗？”

“正是！”

“哦！那深又是多少？”

“纵向一里。”

“方位呢？我们在洞口的哪个方位？”

“不知。”

“土家人也有不知道方位的时候？哎呀，这下可如何是好？”

田羽娘颇不服气地站出来，说道：“金潘，这里的地磁之力已被扰乱，田问能记下距离，已是不易了。”

金潘笑道：“田大娘，我可没有责怪土家的意思，现在火小邪踪迹全无，我们不知道方位，如果沿着这个树洞一直走，鬼知道是不是走到天涯海角去了。”

田羽娘还是哼道：“那能有什么办法？”

林婉接过话去，说道：“火小邪抱着王孝先下来，想必是他认为，王孝先会被拖到木婴中心去，不然他不会这么草率。我看这里根茎排布已见规整，倒让我想起我父亲林木森说的一句话，他说木婴中心，浑然天成，根茎排列规整，形成无数空巢，四通八达，适宜居住。我虽未亲眼见过，但看这里的景象，也许我们沿路走下去，能够到达木婴中央。”林婉又问百艳仙主道，“百艳仙主，你比我年长，可到过木家圣堂，木婴中央？”

百艳扭着细腰，说道：“林婉，我比你大不了几岁，木婴之眼被盗的时候，我也没有多大，而且当年我修为很低，根本不准我进木家圣堂呢，所以，我不知道啊。”

金潘点头道：“这个木婴，在地下修房子供人居住，是个好苗子，可失控起来，却又这么暴躁，说它是天外之物，一点没错。那好吧，我们继续沿路前进，如果再走一里路，还没有个尽头，再想别的办法！”

众人都点头应了，继续启程。

可没走出三五十步，忽听前方沙沙作响，从根茎的各处钻出一大片黑乎乎的东西，似乎是某种巴掌大小的甲虫。

众人连忙止步，却听到耳边嗡的一声，一种并不尖锐的声音直刺耳中，激得后脑剧痛，眼冒金星，全身的经脉都像被拉扯住一般，分外难受。

乔大、乔二连忙把耳朵捂住，但根本不管用，这种声音根本阻挡不住。田问等土家人也是绷紧了面孔，不住倒吸凉气，缓步向后退去。

金潘抱着脑袋大骂道：“什么鬼声音？后退！后退！”跟着土家人便往后退，可那些涌出的甲虫，也紧紧跟着，却不靠近，不仅前方有，后退之路，也是布满了甲虫，呈围困之势。

已有耐受力较差的金家卫士难受得翻倒在地，口吐白沫，不住地抽搐起来，金潘见状大叫道：“开枪！开枪！把这些虫子全部打烂！”说着双手一摸，持两把金枪在手。

“不要打！”林婉高声叫道，“这些是野生的秋日虫，它们被我们惊扰，故而集体虫鸣！越打它们，它们叫得越厉害！”

金潘已经难受得嘴角歪斜，乱叫道：“难道我们等死吗？”扑通一下，半跪在地，难受得涕泪长流。

土家人也知危险，但无计可施，纷纷盘坐在地，闭目入定，强行清出脑海里的狂躁之声。

林婉和百艳仙主有木家本事，耐受力远胜他人，还算清醒。

林婉唤道：“百艳仙主，请你帮我！”

百艳仙主忙道：“你说。”

林婉从腰间解下一个小包，也开始难受不已，急促道：“我已经丧失了药力辨别能力，百艳仙主，请你速速帮我调配一剂无心粉，竹耳只能用半丝，味辅三分即可，不可多也不可少！快！快！”

百艳仙主赶忙解开林婉的药包，倒出数味药粉，开始调配。

金潘已经滚倒在地，抱着脑袋开始抽搐，虽说难受，但神志却分外清楚，眼巴巴地看着百艳仙主，心中苦道：“老子们的命交给你了！”别说金潘，乔大、乔二和全部金家卫士，已经口吐白沫，四肢激烈地抽搐起来。

百艳仙主忙得香汗淋漓，一边用指尖尝味，一边调制，在金潘眼中看来，简直是度秒如年。

百艳仙主终于娇喝一声，瘫倒在地，颤声道：“好了！”

林婉已经伏倒在地，低声唤道：“撒……撒开来……”

可百艳仙主已到忍耐的极限，眼看着药粉就在眼前，却伸不出手去，啊的一声娇嗔，也难受地滚倒在地。

此时，却有一人抢到林婉身前，摸索两下，一把将药粉抓起，哗的一下挥撒开去。

林婉面色一喜，低声道：“田问哥哥……”

田问撒出药粉，嗯的一声闷叫，跪倒在地，七窍流血。他刚才行土家龟定之术，本不宜突然发力急速运动，但眼见危局，怎能旁观？这番妄动，五感开启得太快，就如久不见天日之人，突然被看到强光，伤害有平时的千百倍之多，耳力亦然。故而此等惨状。

药粉撒将出去，秋日虫鸣逐渐减弱，最后归于寂静。

那些巴掌大的秋日虫沙沙移动，竟都爬了过来，在众人身躯旁四处穿行。

虫鸣一止，身上的难受顿时一消，只是一时间谁也爬不起来。

金潘猛喘粗气，一只硕大的秋日虫直奔过来，停在金潘脸边，一双俏皮的小眼睛瞅了瞅金潘，伸出触角在金潘的脸上探了探，便转了个身，抬起屁股，拉了一泡虫屎在金潘鼻子下面，大摇大摆而去，似乎根本不怕人。这种甲虫，看着巴掌大，但圆滚滚的，行动一摇一摆，很是笨拙，倒很是可爱。

金潘低骂道：“你大爷的！刚才把我整得要死，现在是来嘲笑我吗？你等老子恢复，把你屁股切掉。”

林婉勉强起身，把田问扶住，含泪道：“田问，你还好吗？”

田问长吁几声，答道：“尚可。”

林婉含泪点了点头，倚住田问，冲众人说道：“秋日虫已经不怕我们了，大家不要急着站起来，等身体完全舒坦后，再坐起来休息一会儿，就不会有事了。”

金潘支吾道：“林婉，这些秋日虫是你亲戚啊，下手真够狠的。”

林婉说道：“千万不要驱赶击打它们，随它们活动，它们现在温顺老实，不会伤害我们。我侍养过许多秋日虫，这些虫子生性胆小，稍微惊动了他们，就会鸣叫，它们的鸣叫之声是一种防盗利器，木家又称之为秋日虫鸣术。它们喜欢刚才我调配的药粉味道，闻到味道，就会老实下来，上前嗅食，所以也不怕我们了。这里足足有几百只野生的秋日虫，一只鸣叫就足以致常人死命，这么多一起鸣叫，如果不阻止，我们真就全部死在这里了。唉！原来木嫛之中，是野生秋日虫的巢穴，实在没有想到。”林婉看向百艳仙主，“多亏今天百艳仙主在，能够替我配药，多谢你了。”

百艳仙主半坐起来，叹了口气，说道：“林婉，你的病已经严重到连配药都不行了吗？”

林婉柔声道：“是啊，我除了还能行走之外，一切木家的本事都没了，还好头脑明白，能够记得清药理。”

土家人除了田问以外，受虫鸣侵扰最少，很快便恢复过来。田羽娘知道田问刚才的举动，实属玩命之举，急急跑来，关切不已地责怪道：“儿啊，你又在玩命啊，你还好吧？”

田问摆了摆手，示意没事，沉声道：“应当如此。”

田羽娘心酸道：“儿啊，是你救了我们一命，要不是你舍命冲出，土家也不可能自保，是我，太自私了。为娘，渐渐有些理解你了。”

田问露出一丝丝笑意，不过只是一闪而过，说道：“我为人人。”

田羽娘叹道：“儿啊，眼下如此乱世，你可为人人，可人人却不一定为你。”

田问说道：“问心无愧。”

此难既过，不多时金家金潘等人，也尽皆恢复，但仍有两名身体最弱的金家卫士，被秋日虫鸣震死。乔大、乔二和其他金家卫士多少伤心，金潘却不以为然，表现冷漠，念了声可惜，也就作罢，反而盯着满地的秋日虫，显得分外有兴趣。

金潘看了一会儿，兴奋道：“林婉，田问，这些秋日虫好像在给这些根茎疗伤啊！”

田问暂由田羽娘照顾，林婉缓步走来，依金潘所指之处一看，果然见到一只秋日虫，用腿脚沾着嘴中分泌的黏液，在根茎上涂抹。再仔细一看，原来是根茎上有十分新鲜的伤痕，乃是金潘等人倒地时，身上的铁器所致，秋日虫涂抹一番，这些伤痕便渐渐愈合，直至不见。

林婉说道：“看来秋日虫也为木婴做一些工作，不仅仅是寄生，而是双生。”

金潘笑道：“怪不得进到这里，再找不到火小邪刻下的记号，原来都被这些甲虫掩去了。这个木婴，还真是有趣，看着凶猛得很，却在内部养些长得傻乎乎的甲虫，我最初没见到这些甲虫的长相时，还以为十分丑陋凶残，没想到是这个样子。”

林婉说道：“可能木婴便是木家的本质吧。”

金潘自言自语道：“极恶却也极善，极美却也极丑，能救人也能杀人，爱也浓烈恨也极致。呵！呵呵！”金潘抬头道，“林婉，你的另一面会是怎样的？”

林婉垂头不语。

金潘呵呵笑了两声，站起身来，说道：“我们这条路走得没错，打起精神，继续前进吧！”

卸下金家两位死去卫士的行囊，安放了他们的尸体，众人打起精神，再往前行。

身后一大片秋日虫再不跟随，非常欢实地在药粉洒下的范围内翻来滚去，如同开了一场难得的联欢会。

谁都知道这些秋日虫鸣叫起来厉害，就算气恼它们，也不能再招惹，所以速速向前，不一会儿便把秋日虫们甩得看不见了。

再走一段，管道渐宽，恰似一个长喇叭形状，而前面赫然显出三个“路口”，形状大小几乎别无二致。

金潘正想骂娘，耳边却隐隐听到沙沙声从四面八方传来，“地面”也开始微微起伏。此等动静，所有人都有所察觉，均知绝非好事。

金潘暗骂了声“不好”，几乎所有人同时回头看去，无不惊出一身冷汗，只见他们走过的地方，从上到下，密密麻麻无计其数的细小藤蔓已经从根茎之间探出，已然结成了一张藤网，将退路完全罩住！

未等有人说话，嗡的一声巨响，地面如同波浪翻滚，数量惊人的藤蔓冲开根茎，暴风骤雨一般地向金潘等人席卷而来。

金潘哇哇大叫：“开枪！开枪！”两柄金枪已经持在手中，向着涌来的藤蔓不住开火。

乔大、乔二等金家众卫士，也是眼疾手快，掏出机枪，向着藤蔓不住地扫射。

枪口喷出的火光，霎时间连成一片。

虽有无数藤蔓被打断，但这些子弹还是如同一把石子投向广大的湖面，掀起层层波澜，但并不顶用。这些藤蔓的前锋，只被打得略略一退，却引来了更多！

林婉等人躲在金潘的火力圈后，田羽娘大叫道："快往前走！不要缠斗！"

金潘边开枪边大叫道："三条路，你说去哪里？你们土家不去寻路，还要金家来决定吗？快啊，你们土家快去找找火小邪的踪迹啊！我们还能支撑一会儿！"

但土家人有苦难言，在这个由根茎、藤蔓组成的地下世界中，他们辨气寻路的本事根本施展不出来。

田羽娘只好大声吩咐道："田遥、田观，去中间；田令、田迟，右边；田问，你和林婉、百艳随我来左边！"

土家人带着林婉、百艳分三路探寻，金家人独力支撑，不让藤蔓过早冲击过来。

金潘杀红了眼，叫道："炸它们！"

金家卫士训练有素，一听命令，立即分两组，掏出微型手雷，先后向藤蔓中投出。轰隆隆连声爆炸，浓烟之中，藤蔓被炸得支离破碎，青色的汁液四溅，一时没有攻来。

金潘知道木婴绝不会停止，更猛烈的攻势还在后面，一边指挥着金家人略退，护住三个洞口，一边喝道："上电锯刀！"

这电锯刀是何物？等乔大、乔二等人组装起来，方才知晓，原来几段拼接上的钢条边缘，带着异常锋利的锯齿链条，长约一米，以电力驱动链条飞速转动，嗡嗡作响。由于链条十分细，紧贴着刀身，如同刀锋一般，所以远远看去，只像是一柄会震动的双刃直剑。

可这种刀，挨上一下，就会知道它的厉害。寻常的刀，就算再锋利，如果不发力挥砍，伤人能力有限，而这种电锯刀，根本无须发力，轻轻往上一贴，滚动的尖利锯齿，便会造成巨大的破坏。好比用菜刀和电锯刀，同样砍骨头，菜刀必须挥舞起来，用力下剁才可，电锯刀只需轻轻放下即可。

金潘自从去了金家，他的奇思妙想，在金家雄厚的财力支持和器械制造经验下，造出许多前所未见的杀人利器，电锯刀只是其一，但其杀伤力，已经让人瞠目。

而金潘、乔大、乔二、金家卫士腰间，自始至终挂着许多方形的皮盒子，这些并不是盛物所用，而是装着浓缩电池，用以提供电力！

金家人手一把电锯刀，被驱动起来，寒光直冒，嗡嗡作响，煞是惊人。其中尤以金潘手中的电锯刀最为特别，刀锋的锯齿带着一层彩光。原来是金潘所持的电锯刀，锯齿尖端全部焊着钻石。钻石是世界上最为坚硬之物，被附在飞速转动的锯齿之上，就连钢铁也是一触即断。

金潘手握电锯刀，嘿嘿直笑，手上轻轻一个下摆，电锯刀划过地面，地面虽是由坚韧的根茎组成，也如同豆腐一样，被划了开来。

金潘哼道：“好啊！看看是我的刀利，还是这些藤蔓硬！金克木，就当如此！”

金潘话音刚落，数道粗大的藤索便从烟雾中向他扫来，金潘根本不惧，随手一挥，在空中画了两个圆圈，那些扑上来的藤索便在两道电锯刀的彩弧中应声而断，根本不用费劲，比切菜还容易。

要知道这些藤索，又韧又硬，如同牛皮筋一样，用再锋利的刀在空中猛砍，最多被划开一道口子，哪能这般轻易地被切断？可藤索碰上的是金家电锯刀，实乃天生的克星。

几道袭来的藤索，顷刻间便被切断，只能灰溜溜地垂落下地，缩了回去。

金潘虽胜，但并不狂傲，回头大叫道：“田羽娘、田问、林婉，土家人，你们快点确定走哪个洞口！我们尽量争取时间！”

田羽娘等人听了，更是竭力寻找蛛丝马迹！

炸弹腾起的烟雾逐渐散开，沙沙之声更盛，就见千百条藤索将最后的一丝猛然冲散，向着金家众人卷来。

好一场金木交战！电锯刀的光芒在空中乱窜，拉出一道道的光线，凡是接触到光线的藤索，尽皆断落，藤索里溅出的青汁，洋洋洒洒，如同下着一场青雨，将金家人淋得满身都是。上千条藤索均无功而返，可后续袭来的藤索还是源源不断，数量一次比一次庞大。

再犀利的电锯刀，也是要不断挥动的，总有破绽之处。

面对永无止境一般袭来的木甇藤蔓，一两个金家卫士身心俱疲，一个不留神，露出破绽，就被藤索缠住，没等他们抬手，已被凭空拉起，大叫着被拽进藤蔓中，再吼了几声，便无声息了。

这场缠斗足足持续了有五六分钟，木甇还没有停止的迹象，鬼知道还有多少藤索蠢蠢欲动，正在争先恐后地赶来。

已先后有四个金家卫士被藤索拖走，金潘、乔大、乔二也是越战越心寒，逐渐向后退去，最后被压迫在三个洞口前，再能支撑多久，金潘也没有把握。

金潘急得大叫：“田羽娘，田问，你们确定了没有？”

却无人回答。

金潘让乔大、乔二顶住自己的位置，跑到三个洞口前，向里观望，哪里看得到土家人的踪影？金潘逐一洞口大叫，仍是听不到丝毫回应。

金潘心头一惊，暗骂道：“莫非土家人把我们甩了？”但马上一想，“不会不会！绝不可能！田羽娘这个老女人就算不够义气，田问、林婉是绝对不会把我们甩了的。难道他们全部出事了？嗨！刚才只顾着割草，身后的事情什么都没有注意。这下怎么办才好？”

又是一轮更为密集的藤索袭击，乔大、乔二等金家人再度被逼得后退，一个金家卫士又被卷走。

乔大猛挥电锯刀，吃力叫道：“师父，再有一分钟，电池就要没电了！”

乔二也气喘吁吁地叫道：“师父，如果没电了，我们是继续顶住，还是撤退？”

金潘挥着电锯刀乱砍一气，气得大叫道：“现在就撤！跟着我！”说着，再也不管不顾地向中间一个洞口中退去。

金家众人边打边退，全数进洞。

洞口一窄，藤索的攻击便不是铺天盖地，顿时压力一缓，还剩下八个金家卫士在后掩护，金潘、乔大、乔二步步为营，向洞内深处退去。

大约走了一两百米的距离，金潘突然觉得脚下一凉，低头一看，竟有水飞速地升起，瞬间便没到腰间。

金潘大叫道：“有水！”可喊出来的话，却不像平时，一出口便慢了几分，连自己听着也觉得别扭。

金潘心中一乱，一看乔大、乔二，两人还是好端端的，脚下也没有水，但他们的动作，却慢如蜗牛，一格一格地移动。

金潘大叫：“乔大、乔二，我……”

呼的一下，水势无端暴涨三尺，一下子把金潘淹没。金潘拼命乱刨，想往上浮，可就是浮不上去，透过水面，金潘仍然能看到乔大、乔二在慢腾腾地后退，好像与他是两个世界，根本没有察觉到金潘的异状。

金潘直吐水泡，挣扎道：“老子要淹死了！”

一阵巨大的吸力从水中传来，金潘只觉得水力带着自己，向更深处滚去，如同一只长着大嘴的怪兽，正在把这股水连同他，一同吸入腹中。

眼见着离乔大、乔二越来越远，金潘暗吼一声，眼前一片漆黑，再无知觉。

也不知过了多久，渐渐有光芒投入眼睛，金潘一个激灵，立即醒了过来。他居然坐在地上，全身干燥，并没有被浸湿。

金潘想睁开眼睛，却无论如何睁不开，全身无力，连指头也动弹不得。

金潘暗想：“我一定是死了，现在在地狱，牛头马面正站在我身边。唉！我短暂而辉煌的一生啊，怎么就死了呢？而且是被水淹死的，太过分了！金生水金生水，金家人被水淹死了，这和儿子谋杀亲爹有什么不同？怎么办？太被动了！不知道阎王老子能不能讨价还价啊。”

“潘子，你能听到我说话吗？”有人说话的声音遥远地传来，迷迷糊糊，听不出是谁。

金潘动弹不得，更说不出话，只能拼命地挤眼睛，动一动脸上的皮肉。

“好，你能听见我说话，那就好办了，现在，我数到三，你就能把眼睛睁开。听好了，一、二、三！”

金潘言听计从，对这个声音不敢不信，一听到三，就猛然睁眼，果然一下子睁开了。

眼前一片蒙蒙亮，看不清东西，但金潘坚决不肯闭眼，缓了一缓以后，终于一切清晰。

等看清一切的时候，金潘更是把眼睛瞪得滚圆，连眨也不愿意眨一下。

这里是一个四面、头顶由根茎组成的巨大空洞。浑然一体，只有地面高低不平，既有碎裂的砖石四散，也有许多露出半截的粗大根茎，如同一个被破坏殆尽的大殿。最令金潘惊奇的，是他的正前方，端坐着一个人，正是火小邪。

火小邪双眼如墨，只有黑没有白，手里抱着一只灵貂，轻轻抚摸，看着金潘，邪邪地笑着，似妖而不似人。

金潘一肚子问题，极力想张嘴说话，可嗓子眼似乎被锁死了，连呜呜声也发不出来，当然，全身更是动弹不得。

火小邪换了个姿势，依旧坐着，嘿嘿笑道：“潘子，你现在动不了，也说不了话，先给你吃颗定心丸吧。乔大、乔二和你的卫士都没死，在你身后坐着。还有田问、林婉、百艳，土家的几个人，也都没死，在你一侧坐着。”

金潘拼命用余光去看，果然看到田问、林婉等人的身影。

至于王孝先，就在火小邪脚下，坐在一个坑里面，只露出半个身子，如同金潘一样圆睁着眼睛，动弹不得，也说不了话。

金潘松了口气，心里问道：“你这个家伙怎么能动能说话？”

火小邪似乎看穿了金潘的心思，邪笑道：“至于我为什么能动能说话，我也搞不明白，你别羡慕，我在想办法救你们。”

金潘心里骂道：“我看你在吹牛，你能动早就该下来了，坐着等死啊？”

火小邪说道：“潘子，你别骂骂咧咧的，我要是随便走动，估计谁都活不成！”说着把手向外伸出。

火小邪刚刚把手伸直，就听沙沙沙之声涌起，噗的一声，一道藤索从地上钻出，向火小邪手臂上卷来。火小邪把手一缩，避开了这次袭击，那条藤索在空中晃了晃，便又缩回到地下去了。

火小邪嘿嘿笑道："潘子，看到了吧！一触即发，一发就不可收拾，木嫳的防盗术，厉害得很！"火小邪再不看潘子，转头问向另一边，"田问，林婉，百艳，你们能说话了吗？"

坐在金潘不远处的田问，喉头咯地一响，还是不能言语。

林婉、百艳自然更不能。

火小邪嘿嘿一笑，说道："没办法，再等等吧！"

原来金潘感觉到被水淹没之后，乔大、乔二、金家卫士也随后一个个地出现同样的幻觉，无法控制地失去意识。至于他们为何在此，绝非被水吸入，而是自己走进来的。

与金潘他们同样，田问、林婉、百艳、田羽娘、田遥、田观、田令、田迟，虽说是分头进洞寻找，但无一例外地出现自己无法抗拒的幻觉，失去意识后，走到这里。

那三个洞口，竟全是通向这里的。

不仅是这三个洞口，他们所在的这座被木嫳侵占的大殿，四周一圈，大大小小，高低错落的洞口多达百十个！

这样看来，众人所在的地方，正是木嫳的核心所在。这座大殿，就是原先的木家圣坛。

金潘他们站不起身，视线被凹凸不平的地面挡住，看不到远处，而火小邪居于高处，看得明白。这座大殿的中央，有一座完好无损的古祭台，立有九根木墩，托着一个圆形的木槃，木槃内满满地盛有一汪碧绿的液体，沿着木槃边缘的几个缺口，缓缓流下，一直渗入到木墩之中。这种摆设，不知道是何用处。木槃中的绿色液体，又是从何而来？一切不得而知。

田问、林婉、百艳、田羽娘最先到达这里，如同金潘一样，动弹不得。

火小邪便一个个地像对金潘那样去唤，田问、林婉、百艳先后清醒，睁开了眼睛，唯独田羽娘怎么都睁不开眼睛。接着田遥、田令、田迟、田观四人也来，火小邪依旧去喊他们，结果和田羽娘一样，只是清醒，却睁不开眼。

金潘被火小邪唤得睁开眼睛后，火小邪心里倒明白了几分，见乔大、乔二也有清醒的迹象，便也去喊他们。乔大、乔二照样睁眼，惊得双目圆睁。

至于剩余的七个金家卫士，也都很顺利地睁开了双眼。

火小邪嘿嘿笑道："原来是相信我的，可以睁眼，不信者没门。木嫳的设计倒很奇特。田羽娘，土家四门宗主，要怪就怪你们自己啊！"

其实田羽娘和土家四门，个个心急如焚，用尽了各种方法想把眼睛睁开，但无济于事。听火小邪这样一番嘲弄，又恨又悔。土家素来自视甚高，对火小邪也心存芥蒂，再加上土家人事不关己高高挂起，教条分明，固执己见，顽冥不化，说白了就是有些土财主自私自利的恶习，今日在木檠深处，终于尝到了木克土的教训。

火小邪唤了众人睁眼，嘿嘿笑道："好！能睁眼的全部看到了。现在，我累得很，想睡一会儿。你们谁能说话了，就叫我。"伸了个懒腰，便抱着灵貂躺下，又对灵貂笑道，"小小邪，你老子我睡一会儿，你别乱跑。"

这只九品灵貂十分听话，双眼贼光发亮，听火小邪一说，吱吱叫了声，便钻到火小邪怀中躺好，打了个哈欠，似乎要陪着火小邪睡去。

金潘瞪着眼睛暗骂："火小邪，你这个畜生啊！你还有心思睡觉！你快想办法啊！你大爷的啊！"

火小邪可不理这一套，翻了个身，用屁股对着金潘等人，真的呼哧呼哧睡了过去。

金潘继续暗骂："睡！你睡！还用屁股对着我们睡！我恨死你了！"

其实金潘不知道，火小邪一路上经历的事情，特别是到了木檠核心，经历的事情，比金潘等人遭遇的不知惊险多少倍，确实是累得身心俱疲。

随着火小邪睡去，大殿中，立即万籁俱寂……静得每个人都能听到体内血液的流动之声。

如果有神志清醒的外人看到眼前的情景，恐怕不能相信，一群土、木、金的顶级大盗，数个贼王级的人物，纹丝不动地坐在地上，都眼巴巴地看着，看着火小邪的屁股，奈何不得，又无比期待火小邪的屁股能动上一动。

而火小邪，一睡就是一个时辰，而且不是装的，他确实睡得很香甜。

天知道他怎么能在这种鬼见愁一样的地方睡着的，至少金潘觉得，火小邪已经邪门到无法理解的程度了。

这一个时辰，对金潘等人来说，如同过了两年。

只有王孝先和百艳仙主两人，一直深情对望了整整一个时辰，所有痴男怨女的话语，全在眼中。

金潘骂了上万遍："火小邪你还不醒？你是只猪吗？"之后，终于有了效果，火小邪微微一动，终于翻了个身，看着醒了过来。

金潘心中又激动不已，暗自狂叫："爷爷，爷爷，你终于醒了！万岁，万岁！"

而火小邪咂巴了一下嘴，呼的一声，又仰面朝天地睡了过去。

金潘心中一凉，继续不着调地暗骂："畜生！你是我孙子！你这个畜生！"

睡梦中的火小邪闭着眼睛张口骂道："潘子，你骂我畜生？我是畜生，那你也是，你叫我爷爷，这才像样，嘿嘿嘿，孙子。"接着又呼呼大睡，只像是梦话。

金潘一愣："莫非火小邪睡着了，反而能梦到我们在想什么？简直没有天理！这他 × 的是个什么怪地方！"不过金潘马上止骂，柔情蜜意地看着火小邪，心里万般赞美道："爷爷，你快醒来！爷爷，亲爱的爷爷，你孙子等你醒来救命啊，亲爱的爷爷。爷爷，你念着我们不顾性命地来救你，别睡了啊，爷爷。"

火小邪睡梦中张着嘴哈哈直乐，金潘内心里发力赞颂，终于等到火小邪伸了个懒腰，坐了起来。

金潘心里山呼万岁，眼巴巴地看着火小邪。

火小邪眼睛一睁，浓黑依旧，却向田问看来，说道："田问，你能看见了？"

田问缓缓说道："模糊能见。"

火小邪嘿嘿直笑："你也能说话了？"

"能。"

"那你怎么不叫我起来？"

"让你休息。"

"嘿嘿！"火小邪仰头看了看，"木婴啊木婴，你使人看到幻觉，如同身临其境，却治了田问的青盲眼，多谢了啊！"

大殿里嗡的一声长响，竟似回应。

火小邪大叫道："喂，木婴，你打算把我们困到什么时候？"

可并无回应。

火小邪还是大叫道："什么？永远？你很孤独？"

嗡的一声长响。

"那你让我们走动走动啊！我们一直坐在这里，木头人一样，怎么陪你？"

又是没有回应。

"喂！听到没有？"

可火小邪话音刚落，木婴似乎暴怒起来，嗡嗡声大作，地面、四周的藤蔓翻滚起来，嘎嘎作响，嘭嘭嘭三声巨响，从火小邪头顶、左右两侧，三根数人粗的藤索喷出，直向火小邪袭来。

火小邪并不避让，直勾勾地看着藤索尖端袭来。而藤索尖端在火小邪面前一停，上下摆动不止，看样子没有把火小邪立即缠住的意思。

火小邪嘿嘿邪笑，说道：“你被人偷走了重要的东西，所以绝对不让我们走动，好，明白了！”

嗡嗡声不绝于耳，那三根粗大的藤索，便慢慢退了回去。

再度一片寂然。

“火……火……小……邪。”有轻微而嘶哑的声音传来。

火小邪一见，竟是林婉在奋力说话，嘿嘿笑道：“林婉，你能说话了？太好了，不少事情要问你！嗯？你看起来很不舒服。”

果然，林婉脸色惨白，双目发红，嘴唇也呈现出青紫之色，看起来竟似中毒的征兆。

“我……快要……死了。”林婉沙哑道。

“嗯？”火小邪眉头一皱。

而田问一听，身子微震，他虽能说话，动弹不得，只见他手指微微颤抖，居然慢慢将手臂抬起了几分，但马上又跌下。

田问低吼道：“林婉！”

林婉僵硬的脸上，挤出一丝温柔的笑容，说道：“我……能活到……今天，已经是奇迹。田问……哥哥，没办法，没用了。能死在你的……身边，我……很开心……很开心啊……”说着，一双眼睛渐渐发红，已是无神，向火小邪看来，“火……小邪，木婴……通人性……知人心……它没了眼睛……不知善恶……它也很可怜……你……能和木婴，沟通，你……也救救它。

林婉两行血泪流下，极力向田问看来：“田问哥哥，田问哥哥，你会……记得我吗？很多年前，我一直……一直跟着……跟着你，是因为，我一直……喜欢你，我好喜欢你的，哥哥。婉儿，要去了，哥哥，婉儿，好想……好想……死在你怀里，哥哥，哥哥……”林婉声音渐低，眼中光芒一闪，随即熄灭，慢慢闭上了眼睛。

百艳、王孝先无不潸然泪下，金潘、乔大、乔二也是眼眶中满是泪水，所有人都明白，林婉死了。

火小邪一双黑眼中，也是微光闪烁不定。

而田问，目光呆了一呆，直到听不见林婉的声音之后，他突然惊天动地地暴吼一声，身子半跪了起来。田问疯了一样怒吼连连，每吼一声，身子便能动一下，直向林婉爬去。

火小邪大喝道：“田问，不要动！你在找死！”

田问哪管那许多，依旧大吼不止，终于爬至林婉身边，一把将林婉搂在怀中，闭目大叫：“我来了！”

藤蔓早就蠢蠢欲动，纷纷从地下钻出，田问刚刚抱住了林婉，大把藤蔓已经席卷上来，将两人缠了个结实，噗的一声响，田问、林婉坐下的地面，生生被藤蔓撕出一个大坑，将两人急拽入内。

“你 × 的！”火小邪大喝一声，身子一动，已如一道闪电般地飞扑上前，赶在从地上钻出的藤索袭击之前，已扑到田问和林婉身边，双手一抓，大喝一声，用力甚巨，竟把两人硬生生从坑中拖了出来。

缠住田问、林婉的藤索崩得笔直，和火小邪较力。火小邪哪肯久耗，一手抽刀，精准无比地连续挑刺，刹那间断掉几根藤索，将田问和林婉分了开来。

那些藤索显然对林婉更感兴趣，啪啪几响，又将林婉缠住，继续往下拖去。

田问大叫一声：“不！”可他根本没有行动能力，无法施救。

火小邪管不了林婉，只是死死抱住了田问，向外侧翻滚，脱离了最为危险的地方。

而追逐火小邪的藤索也不罢休，几乎遍地都是，纷纷卷来。

火小邪把田问往地下一放，自己也不再逃，咕咚一下坐在地上，僵立不动，他体内两套经脉，即刻把常用的一套停用，另一套隐而待发，僵硬程度比所有人更甚。

百十根藤索已经碰到了火小邪的身子，却见火小邪纹丝不动，探了几探，居然将火小邪放过，慢慢向回退去。

很快，一切归于平静。

半晌之后，只听田问沉声道：“何必救我？”

火小邪松了松脸部肌肉，骂道：“你死了不值当！阎王老子查生死簿，又要把你的死算在我的头上！田问，你最好清醒点！他 × 的第一次谈情说爱，都是要死要活的，一起去喝孟婆汤，很开心很洒脱是不是？你这个老处男，就算要死，也不必现在为女人去死！”

田问低声道：“为何是林婉？”

火小邪骂道：“你问我，我问谁啊？你觉得木婴会告诉我？这个鬼地方，根本没有道理可讲。田问，不要再发痴了，林婉已经死了，你要好好活着，你还有大事要做！”

田问口气一泄，怅然道：“何为大事？”

火小邪骂道：“田问！我真要瞧不起你了！毁掉五行至尊圣王鼎，不就是你毕生追求的头等大事？你爱上个小妞，就忘光了吗？就要和小妞一起殉情？”

田问听了火小邪此言，长长地啊了一声，慢慢把眼睛一闭，再不言语。

火小邪骂道：“土呆子！想起来了？你干的好事，刚才木婴放过了我，已经是第三次，而且看趋势，木婴发作的程度愈演愈烈。我本来养精蓄锐，能接近中央的祭坛，这下可好，我也得和你们一样傻坐着了！”

火小邪见田问再没有说话的意思，又骂道：“你还不如不说话！”

有吱吱轻叫，那只九品灵貂从地面钻出，一路向火小邪跑来，跳入火小邪怀中，它居然可以四处活动，没有藤蔓纠缠。

火小邪轻轻动了动，把灵貂抱住，说道：“咦？小小邪，木婴怎么不抓你了？让你乱跑？”

灵貂看着火小邪，吱吱叫了几声，眼神中也如同人一样透出疑惑不解的神态。

火小邪低声自语：“莫非……嗯？”邪笑两声，闭目思索，也不再说。

大殿再度一静，最了解木婴的林婉刚能说话便毒发毙命，实在太过不幸。眼下，这片木婴核心，当真没有一丝希望了吗？

不知多了多久，一阵抽泣声传来，火小邪不耐烦地睁眼一看，这哭声乃是不远处的王孝先发出的。

火小邪喝道：“王孝先，你是能说话了，还是只能哭？”

王孝先哭道：“能哭，就能说话。”

火小邪骂道：“别哭了，先说话！你哭什么？”

“我千辛万苦，把火小邪你和田问带到木蛊寨救少主林婉，你们都见面了，林婉还是死了，一番心血付诸东流，被困在这里，不能动弹，随时等死，还连累了百艳仙主，越想越难过，便忍不住哭了。”

“你说话怎么这么利落？”

“我和你一起来的这里，也该轮到我能说话了吧。”

“烦死人，你老实点说。”

“唉，刚才我想哭，但哭不出声，结果突然间嗓子就开了，便能哭能说话了，可能是时间到了吧。”

“时间到了？”

“就和哑药一个道理，时间一到，哑药便失效了。”

“我看不是吧。”

王孝先却并不接话，看向百艳仙主，叫道：“小猫，我爱你啊！如果我们死在这里，来世我们再做夫妻！小猫，我一直不敢对你说，我怕你只是玩玩我而已，见你下来找我，我就清楚了。小猫，我爱你！我成为木家弟子后，第一次见到你，你就亲了我，当时我还是处子之身，吓得几日没有合眼，现在想起来，很是甜蜜。

第二次见到你……”王孝先一旦说起肉麻的情爱之话，也是滔滔不绝，但听得出句句都是真心。

百艳仙主涕泪长流，努力地一直想说话，终于在王孝先说到第十次见你的时候，百艳仙主呀的一声，说出话来：“乖宝！羞死我了！”百艳仙主大惊，又道，“我也能说话了？”

这两人一旦能说话，后果可想而知，两人虽不能动，但话语连绵不断，互吐衷肠，言语也开始肆无忌惮，很快便讲到床榻之事，好像两人认定不能活着出去，想把一切当说未说之事全部讲个明白，死而无憾。

火小邪是个邪人，也不阻止，任由他们两人使劲乱说。

“我受不了了！”一人高声大骂，“我听得要吐了！你们两人能不能不这么肉麻？不要说得这么淫秽？木家人都是色鬼投胎吗？你们可以去写春宫了！咦？是我在骂人？我怎么也能说话了？啊？哈哈哈，哈哈哈！”

大骂的这人，正是金潘。

又听二人齐声叫道：“师父！哎呀！哎呀呀！能说话了！”

“大西瓜！”

“二子！”

“大师父！”

“天啊！”

乔大、乔二两人也能说出话来。

金家七名卫士，随后也啊啊啊叫着，纷纷可以说话。

人人憋了许久，终能开口，顿时如同一大锅麻雀炸了窝，吵闹成一片。

只有田羽娘、土家四宗依旧不能说话，也不能睁眼，恨得冷汗直冒，他们想不明白，连金家的卫士都可以说话了，为什么他们不行？简直比杀了他们还难受！

可火小邪并不轻松，反而眉头越皱越紧，突然大吼道：“统统闭嘴！”

立即一片哑然。

火小邪目视前方，喝道：“是谁让他们说话的？”

金潘大叫：“是我们自己能说话的！”

哄的一声，又说成一片。

“闭嘴！”火小邪大喝道。

又是哑然。

“是谁？”火小邪对着远处叫道。

“是……我……”幽幽的，嘶哑而刺耳的声音，隐约传来。

听到这个声音，谁也说不出一句来，均是心头一紧。

“呃，呃呃，呃呃呃……”这不知是哭还是笑的声音，听得人鸡皮疙瘩直冒。

就见一个白发飘飘，遮住面目，佝偻着身子的女子，从不远处慢慢升起，摇晃着身子站了出来，正对众人。

田问厉喝一声：“林婉！”从此女的衣着来看，分明就是林婉。

百艳、金潘、王孝先几乎同时叫道：“林婉，你还活着？”

“呃，呃呃，呃呃呃。”此女只是怪笑，并不作答。

怪笑声中，火小邪眼中黑光乱冒，唰的一下，便电射而出，直直地向此女冲去。

火小邪一动，本该立即有藤蔓追出，可火小邪跑了数步，却毫无动静。

眼见着火小邪就要冲到此女面前，她的身下却轰地一响，大团藤蔓破土而出，连架带托的，把她举上半空。百十道藤索四周游弋而起，直指着火小邪的方向。

火小邪知道这种情况，他再好的身手，也硬闯不得，脚步一停，猛然站住，大喝道：“林婉！不要被木婴迷惑！”

“呃呃呃，你看我是林婉吗？”被举上半空的女子，将白发一收，露出真容。

火小邪如此邪性之人，看到此女的真面目，也是身子一颤，后退一步。

此女的丑陋，绝非寻常言语可以形容。一双血红的眼睛，泛着青丝；面如揉皱了的草纸，黑紫色的斑点无数；几个暗青色的大包，挤得五官全部变形；乌黑的双唇，嘴角挂着黏稠的绿色汁液，实在是丑陋得让人无法直视。

若她是林婉，美丑之差别，怎能让人接受？

可这样丑陋的女子，偏偏就是曾经美得让人心醉、温柔端庄的林婉！

林婉的相貌，也让其他人看了个真切，金潘不能动弹，多看了几眼之后，这种美丑的天壤之别，逼得他胃部翻腾不已，咕的一口，吐出满嘴酸水。

“呃呃呃，我长得美丽之时，谁都视我如掌上明珠，怜爱有加，现在我变得丑了，你们都巴不得我立即去死，滚得越远越好！呃呃呃，火小邪，你退后干什么？你不是也喜欢过我吗？看到我现在这个样子，你还会喜欢我，还会想救我吗？呃呃呃！”林婉再不遮盖自己丑陋的容貌，直视众人。

火小邪骂道：“林婉，你就算再丑，我也可以救你，但你现在又丑又恶，你安静下来，不要受木婴操纵！”

“呃呃呃！火小邪，你在回避我说的话，我这个样子，你还喜欢我吗？”

“喜欢你才见了鬼！林婉，你还不守住神志？”

“呃呃呃，谁是林婉？我现在就是木婴，木婴就是我。火小邪，你知道我为什么三番五次放过你吗？因为我知道你是炎火驰之子，他盗走我的眼睛，我就让他的儿子，永远在这里陪着我！我不会让你这么容易死的！你们所有人，我都不会让你们死的，永远在这里陪着我！直到烂成一堆腐肉，呃呃呃，呃呃呃！”

“林婉！”只听田问大叫道。

林婉血红的眼睛向田问看来，呃呃呃怪笑几声，说道：“田问，我十多年前，就喜欢上你，可你这个土家怪物，偏偏认为我是木家魔女，淫荡成性，根本就不搭理我，害我苦苦跟随你去五行地宫寻死，临走时连句谢也不说！你当初为何不喜欢我？为何拒我于千里之外？当初你要和我在一起，我哪会七年毒发，哪会有今天这个丑陋的模样！田问，这一切都是你造成的！你也要受到惩罚！呃呃呃，你们动起来吧，开始跑吧，开始逃吧，开始惨叫吧，我很久没有这么开心了！”

林婉话音一落，金潘等人身上顿时一松，连田羽娘等土家人，也睁开了眼睛。

所有人的行动能力，立即恢复。

金潘等人就座于此，血脉淤塞，手脚酸麻，一恢复过来，并不能立即站起，而是纷纷跌倒在地，翻滚压捏一番，才算好了一点，已能勉强站立。

金潘等人的电锯刀，早就没电，金潘抽出双枪在手，直指林婉，喝道：“林婉，你想怎么样？我照样敢杀了你！”

乔大、乔二、金家卫士见少主金潘发威，也不犹豫，纷纷拔枪相向。

田羽娘等土家人好不容易恢复，第一时间便向田问围来，田羽娘抓住田问的胳膊，厉声道：“儿啊！她已不是林婉了，杀了她吧，我们还有救！”

只有百艳仙主和王孝先管不了许多，跌跌撞撞地向彼此跑来，呼唤对方的昵称“乖宝”“小猫”。

林婉怪笑道：“杀了我？呃呃呃，看你们怎么能杀了我？”

金潘等人脚下，骤然间波浪一般翻滚，嘭的一声巨响，大团藤蔓疯也似的冲出地面，其势之猛，金潘、乔大、乔二和金家卫士，哪能站立得住，人如同小虫一般，瞬间被冲飞起，七零八落地四下跌去。

金潘很是厉害，飞在半空中，还向林婉连开三枪，可惜他手感未恢复，三枪均未射中。

林婉尖叫道：“可惜没打中！呃呃呃！”

嗡嗡嗡之声不绝于耳，这座大殿，从上方、四周、地面，均涌出无数藤蔓，哪里还能看到一丝逃生的道路？

田羽娘见势不妙，大喝道：“土家四门，破地潜行！”

土家搬山尊者田迟，暴吼一声，将身上衣服撕毁，双手一叉，套上一对扁平的铁制“鹅掌”，双臂、手肘、双脚、膝盖，迸出千百根钢刺，身子一弓，便向地上猛挖。其速之快，根本无法看清他的动作，眨眼之间，土石混着藤蔓乱飞，生生让他钻出一个大洞。

发丘神官田遥、摸金督尉田令、御岭道宗田观，也是飞速褪去外衣，露出一身与田问相仿的鳞甲装，罩住了面部，居于田迟的三个方位，借势也往下猛钻。

这四人合力，好生厉害，逢石裂石，逢土即入，逢木则断，电光火石地挖出一个坑洞来，四人均已没入。

田羽娘拉紧田问，大叫道：“儿啊，快随我走！”

田问却不动弹，沉声道：“走不了的。”

此话既出，当真不假，没等田羽娘强行拉走田问，刚挖好的洞口下一声爆响，数道一人粗的藤索顶着田遥四人，直冲半空，逼得田羽娘、田问连连后退。

在空中的田遥四人，虽被藤索卷住，也无败象，身子一转，便断了藤索，凌空跳下。可四人还未能落地，两道墙一般浓密的藤团从两侧袭来，半空中轰的一声相撞，把四人牢牢夹在中央，纵有天大的本事，也不是能迅速挣脱的。

四人闷叫几声，已被缠成粽子一般，再度被密密麻麻的藤索拎到高空，好似蛛网上被蛛丝缠死的四只小虫，奋力挣扎，却无济于事。

土家四门宗主从掘地寻求脱困，到被束缚于高空，要论时间长短，不过二十多秒，木婴的威力，确实远超五行地宫的木家青蔓桡虚宫百倍。

田羽娘惊声大叫，也知无力回天，拉着田问就要向外围硬闯。

田问面无表情地随着田羽娘跑了几步，密密麻麻，四面八方涌来的藤蔓已把两人缠住，田羽娘强行挣脱数次，还是被困，缠成粽子，急速被提至半空中。田问根本没有准备反抗，反而比田羽娘晚了半分，才被藤蔓缠死，同样囚在空中。

地面上百艳仙主、王孝先终于抱在了一起，刚刚感触到对方体温，连话也没有说出，两人便被藤蔓硬生生地分开，越拖越远。百艳仙主和王孝先哀叫“乖宝、小猫”两声，连嘴巴也被缠死，说不出话，只剩呜咽，很快两人被层层藤蔓拦住，连看都看不到对方了。

金潘、乔大、乔二、金家卫士等一众人，更不用说，在田羽娘、田问被缠之前，就已经被卷成一团，不露口鼻地挂在空中各处。

唯独火小邪没被藤蔓袭击，但四周的藤蔓已经把火小邪，连同林婉在内，围成一个密不透风的半球形状。

火小邪自始至终没有回头看田问、金潘等人的状况，一双黑眼只是牢牢盯着林婉的丑陋面目，闭口不语。

林婉怪笑道：“火小邪，呃呃呃，你还不跑？跑啊！”

火小邪骂道：“跑你 × 的跑！这阵势，一百个炎火驰也要被抓住。我倒是奇怪了，我这个该死的爹炎火驰，怎么能从这种地方，把木婴之眼偷走的？”

“呃呃呃，在炎火驰没有偷走木婴之眼前，木婴也不会这样做！”

“便宜全让我爹占了，剩下我们给他擦屁股！真他 × 的晦气！林婉，我问你，你现在到底是活着还是死了？”

“呃呃呃，关你什么事？”

“你这个丑八怪样子，比五行地宫里更丑了一千倍。我就说奇怪，你七年毒发，应该先是变丑，然后再死，怎么这次先死，再变丑？嘿嘿嘿，要么是木婴操纵了你，要么是你操纵了木婴，你一身木毒，说不定木婴很喜欢，你是故意先死，好让木婴把你弄走的吧。林婉，所有的一切，都是你算计好了的！你不是想当木王，而是想把木家从这个世界上消灭掉！”

“呃呃呃，火小邪，你真会猜，不过，你猜对了一点点。”

“田问再固执，也只想毁鼎，不想让土家消亡，林婉，毁掉木家，对你有什么好处吗？”

“我从小就以身试毒，炼成毒身，所受折磨，你一万辈子也体会不到。木家女子为求活命，遍寻男饵，人尽可夫，千百年来多少木家女子被人称为妖女，淫邪之妇。木家女子花容月貌，偏偏让你蛇蝎心肠，可滥爱而不得专情，明明情有所属，偏要背弃爱人，与其他男子苟合。我当年追求不上田问，只好拿你炼饵，色诱于你，只求多活几日，能让田问对我动情，你当我乐意吗？开心吗？我母亲便是被木家这样恶毒的规矩害死，我父亲林木森，为求毁掉木家，三十年如一日苦思，终于有了让我完成使命的机会！实话告诉你，药锁不是因你而失效，使得木婴异动，而是我父亲的杰作，就为了斗药大会上，用我的木毒之身，控制异动的木婴，把木家精英一网打尽，全数杀掉！呃呃呃！就算木家其他人手段用尽，药锁是不可能恢复的！而炼成新的药锁，也是不可能的。木家完蛋了！这次真的完蛋了！火小邪，我佩服你的想象力，同时也要谢谢你，要不是你和田问来到这里，恐怕还没有这么顺利！”

“原来是这样，你宁肯丑陋到极点，也打算与木家同归于尽，杀了地面上的近千人，把木蛊寨连根拔掉，说你是正义，对，说你是邪恶，也对。你未达目的，连与你朝夕相处的逍遥枝弟子，也要全部杀掉，而且你爹还活着。”

“呃呃呃！木家四枝，无不是守卫木家的虚假道义，一枝不除，木家就不会消亡！”

火小邪邪笑一声，问道，“林婉，那你到底爱不爱田问？”

林婉沉默片刻，呃呃呃怪笑道：“我这个样子，田问还能爱我吗？再说我爱不爱他，与你有关系吗？”

“没有。”

“那你可以闭嘴了！”

林婉哇的一声叫，层层藤蔓席卷而来，立即把火小邪包裹得严严实实，拽到半空。

十二、土情之坚

地面之上，木家各位长老已经布上七道毒阵，一圈一圈花花绿绿的，颇有些彩虹落地的感觉，竟很是好看。

木家众人总算踏实了一些，数百人分成四枝格局，团团围坐，各自治疗伤患。

青辰看了困在中央，眼插翅难飞的水妖儿，低哼一声，转头对药王爷说道：“药老头儿，现在就开始第三场斗药，决出木王吧！”

药王爷一愣，说道：“我们不是承诺了火小邪，如能毁掉木婴……”

“你老糊涂了吧，药老头儿！我们还等着火小邪出来不成？现在没有木王，药锁怎么再度启动？”青辰骂道。

青芽也道：“老药头，青辰说得对。”

千鸟也随声附和。

药王爷哦了几声，说道：“那好那好，我这就宣告。”

青芽又阻止道：“第三战青枝认输了，愿黑枝获胜。”

千鸟一听，犹豫了一下，也说道：“花枝也认输了。”

青辰呵呵娇笑，拜倒：“谢两位姐姐。”

药王爷一见这种情况，说道：“也好也好，可现在逍遥枝的总仙主林婉不在，前任木王林木森神志不清，逍遥枝若不表态，还是有违木家规矩。”

青辰眉头一皱，不悦道：“林婉不在，难道逍遥枝就不能再定出一个总仙主来吗？”

“哦！所言极是，极是！”药王爷忙道，看向逍遥枝方向，问道，“逍遥枝各位，你们可否推举一位总仙主出来，主持大局？”

药王爷刚刚问完，就见逍遥枝李自有“拔地而起”，没有一点病态，大叫道：“药王爷，各位仙主！我乃逍遥枝仙主李自有，乃林木森的二徒弟，现在我师父林木森不能行动，大师兄林不笑重伤，我自荐成为逍遥枝总仙主！”李自有自说自话，

回头对逍遥枝众人叫道，“大家可有意见？没有意见，好，那我恭敬不如从命！”

“你个小畜生！”有人含糊地大骂，正是躺在地上的林不笑。

“哎呀，林仙主！你气血瘀滞，千万不能大声吆喝，多多休息，多多休息！你要是伤好了，我可以把总仙主的位置让给你。”李自有十分自在，脸皮之厚，也是可以称奇。

“逍遥枝总仙主再怎么也轮不到你，你这个小畜生！”

“林仙主，虽然你是我师哥，但总仙主要能服众，也不是你说了就算的。我李自有，素来紧守木家本分，林婉仙主不采人饵一事，我也多次言辞劝解！青辰仙主，各位长老，木家之祖训，家法规章，有我当逍遥枝总仙主，必能把木家传统发扬光大，就算林婉仙主能回来，我也决不留情，该处罚之处，必然处罚！”

青辰娇笑道：“不错不错！说得不错！”

李自有得了青辰撑腰，胆气立即壮了数倍，高喝道：“逍遥枝谁有意见？站出来当面说说！”

这等局面，逍遥枝谁人敢质疑？一个个全部哑口无言，林不笑只好暗叹一声，心里问候了李自有祖宗十八代千百遍，只能作罢。

青辰娇笑道：“药老头儿，我看就是李自有当逍遥枝总仙主了吧。”

药王爷说道：“用人之际，既然逍遥枝没人反对，便就是李自有仙主荣登逍遥枝总仙主之位。”

青芽等人，懒得管这等闲事，便跟着点头。

“谢药王爷！谢各位长老！”李自有喜出望外。

药王爷说道：“李自有总仙主，请来长老位置。”

李自有本是瘸着一条腿，这下虎虎生风，根本顾不上疼痛，径直便上前来。

药王爷说道：“李自有总仙主，木家第三场斗药，已经有青枝、花枝两家认输，逍遥枝有何意见？”

李自有沉吟一声，故作思考状，抬头抱拳道：“木家危难之际，多亏黑枝总仙主青辰英明神武，独挑重任，逍遥枝哪敢放肆，做虚妄之争，逍遥枝也认输，愿青辰仙主为木王！”

青辰呵呵娇笑连连，说道：“哎呀，李自有总仙主客气了啊！”

“没有没有，绝对没有！”李自有立即恭敬道。

青芽、千鸟等其他长老，纷纷暗哼一声，对李自有这副巴结的嘴脸，很是不屑。

药王爷暗念道：“逍遥枝几十年前，还是木家实力最强的一枝，现在已经堕落至此，林木森、林婉，也怨不得我不照顾你们。”

药王爷说道：“既然青枝、花枝、逍遥枝，三位总仙主自愿认输，那斗药第三场也不必再战，归论三战结果，黑枝胜两战，可在黑枝内推举木王。青辰仙主，请问黑枝推举哪位荣任木王之位？”

黑枝盘蛾仙主立即叫道：“自然是青辰总仙主为新木王！”

黑枝其他弟子，一片山呼海啸：“木王青辰，木王青辰！”

青辰毫不客气，娇笑几声，得意扬扬道：“那我就不推辞了！呵呵呵！”

新任木王之位既已落定，也就释然，青芽、千鸟、李自有，其他长老纷纷恭贺青辰，倒也谦卑得很，显得心服口服。

青辰一一谢过，口气一粗，大声道：“谢谢各位！药王爷，现在木家危急，繁冗细节的礼仪暂且免了，快将两颗木广珠给我，我好率领各位，重启药锁。”

药王爷忙道：“木王大人英明！”说着从怀中小心翼翼摸出一个古色古香的木质方盒，在手中轻轻搓弄一番后，方才毕恭毕敬递上前去，“木王大人，这是前任木王林木森的木广珠，木家千年传承的木王信物，现交予你，请收纳，妥善保管，切勿遗失。木盒内外的剧毒，我已经依木家典法解了，请过目。”

青辰也不客气，伸手接过，迫不及待地打开木盒一看。呲的一声响，一阵青烟腾起，其味清甜，很快消散，只见盒内一堆细绒草上，安躺着一颗浅绿色的透明珠子，嵌在一个似木非木的戒指中，而珠子里隐约有一条青鱼似的“活物”游动，不断发出柔和的微光，很是神奇。

青辰大悦，赶忙将木盒盖住，又问道：“还有一颗圣王鼎上的木广珠呢？”

药王爷早有安排，已派人带了特制的皮手套，蒙了口鼻，去林木森的身上寻找，林木森睁着眼睛，动弹不得，只能任由人在身上摸索，境遇今非昔比。

药王爷惭愧道：“林木森，实在抱歉，得罪了。”

不多久，药王爷的弟子便从林木森身上取出一个与刚才交予青辰的一模一样的木盒，火速捧在手中呈上。

药王爷转了道手，递予青辰，说道：“木广珠有一对，一颗木家祖传，是主持，一颗是放于圣王鼎中，是副持，一对珠子若同时在手，丢了任何一颗，都是弥天大罪……”

“好了，这些我都知道了。”青辰不耐烦道，挥手制止药王爷继续讲下去，将木盒托于手掌，小心打开。

青烟散去后，青辰低头一看，直直愣住，神色大变，所有人看到了青辰的脸色变化，心头均咯噔一跳，已猜到七八分。

盒子里空无一物，哪有木广珠在？

刹那间无人敢说话，一片死静。

“珠子呢？木广珠呢？怎么回事！”青辰惊声尖叫道，目光立即向林木森射来，极为怨毒。

药王爷全身虚汗直冒，脚底发凉，他自幼来到木家，活了近七十个年头，记忆中两颗木广珠一直在木家手中，历代木王相传，从来没有听说过，也更没有想过，一颗木广珠在斗药大会上丢失的情况。木家斗药大会规矩，前任木王将主持的木广珠交予大会司掌保管，自己保留副持木广珠，随身携带，其实是木家尊敬前任木王之意，若新任木王选出，则立即交出副持，多少年来，从未出现意外。就算前任木王斗药时不幸当场身亡，也是转为所属四枝之一的总仙主代为保管。

谁敢在木家斗药大会上妄动木广珠？再说装木广珠的盒子，内外两层剧毒，密码一般，共九十九味，乱碰乱摸这个木盒，就算不被毒死，身上留下的特殊气味，也是经年不散，易于木家追索。除了林木森和药王爷知道解毒之法，想在不损伤木盒的情况下，把里面的木广珠取出，再归为原状，难如登天。

刚才几个从林木森身上取来木盒的几个木家弟子，吓得全身哆嗦，扑通通跪了一地，说话也说不清：“不知道，我……我我……我不知道。”

药王爷顾不上身躯老迈，连蹦带跳地跑到林木森跟前，俯身大叫道：“林木森！副持的木广珠呢？你……你……你把木广珠弄哪里去了？”药王爷分明记得，斗药大会之前，林木森当着他的面，把两颗木广珠安置好，如果林木森身上的那颗丢了，只可能与林木森有关。

林木森只是看着药王爷，眼神凝滞，虽有意识，却不能说话。

药王爷急得有些发狂，双手抓住林木森的衣襟，大骂道：“林木森，你是前任木王，你……你……你做了什么？”

青辰、青芽、千鸟、李自有等人深知此事重大，纷纷围了上来。

青辰冷哼道：“药老头儿，他现在说不出话，我给他解上一剂，让他开口。”

药王爷忙松开林木森，退开一旁，不住说道：“请木王大人做主！”

青辰上前一步，瞟了几眼林木森，哼道：“姐夫，你自作孽，怪不得我。”说着伸手在林木森额头上猛击一掌，就见过掌之处，皮肤由红转黑，血管暴起，林木森身子巨颤，咳了一声，满口鲜血不说，七窍也是鲜血直流。

木家人看得明白，青辰是再施“毒手”，毒上加毒，把林木森逼到回光返照的濒死境地。

林木森受了这一下，果然清醒了些，面目一展，眼中再有神采，咕咕咕把嘴里的鲜血咽下，张嘴哈哈笑了起来。

青辰喝道："副持的木广珠呢？快说！虽然你是前任木王，但无故丢失木广珠，也要受灼皮洗髓之刑！说出木广珠的下落，还可饶你一死。"

林木森哈哈笑道："木家，真是狠毒啊！灼皮洗髓，这种天地人三道难存的刑罚，五行世家中，木家已是登峰造极！"

"怕了吗？那就快说！"

"木家美丑混为一谈，善恶不分黑白，到如今已是极致，今日终于有你这黑枝青辰做了木王，木家的确该亡了！哈哈哈！"

一旁青芽，显得比青辰更为恼怒，愤然叫道："林木森！休要胡言！你害死我妹妹，还想害了木家？我忍了你几十年，已经够了！你不说也行，你以为木家没有办法让你开口说出实情吗？木广珠在哪里？说！"

"哈哈，哈哈哈，青芽，是谁害死你的妹妹？不是我，而是木家，是你们木家各位。青芽，你就是木家最不守妇道之人！木家女子不能生育，所以你妒忌你妹妹生下林婉，逼着林婉从小修习毒身，加倍用毒，让林婉小时候无时无刻痛苦不堪，尝遍人间苦毒，所幸林婉不死，你还夸耀林婉是木家奇女，自己大大地有功。林婉十五岁之前，夜夜疼得尖叫，我抱着她默默痛哭，一个父亲，看着自己的骨肉受难，却无能为力，虽说我是木王，第二天还要依着木家规矩，继续让她受苦。你受不了了，我更是早就忍不了了！"

林木森一气说下来，青芽脸上有红似白，其他人也意欲阻止，全被青辰拦住。

林木森咽下一口污血，扫视一圈，哈哈又笑道："大掌勺与木家初入门的女弟子私通，生下一女，你们以扶正家规之名，背地里将母女毒杀，青芽本以为大掌勺成为你御用男宠，谁知大掌勺痛失妻女，得了疯癫症，苦研药理，不喜女色。还有，药王爷、千鸟、滕牛、甲大，你们几个，全都是道貌岸然，助纣为虐，哪件事情少了你们的赞同？青辰堕入黑枝，修木家极丑极恶之力，你们口口声声反对，时至今日，你们却拥青辰为木王。活该你们没有子嗣！如此木家，还不该亡吗？"

青辰脸上挂着一丝笑意，认真把林木森所有话听完，方才说道："姐夫，你把副持的木广珠给林婉了？"

"哈哈哈，不错！你们有本事，去木鏊里拿吧！你们完了，你们全部完了！"

药王爷摇头叹道："林木森疯了，开始胡言乱语。木家长老不能有子女，乃是博爱之举，天下的孩子，只要愿入木家，均当作亲生孩子一样抚养，并无差异，林木森，你是成年后才成了木家弟子，许多事，你还糊涂。"

"我糊涂？哈哈哈！我糊涂！好啊，就算我糊涂！我看你们谁能逃出我女儿林婉手中！女儿啊，不用客气，杀，杀，杀！”林木森歇斯底里道。

青辰眉头一皱，再听不下去，上前就是一掌，再拍在林木森额头上。

林木森惨笑一声，头一歪再度昏死过去，呼吸微弱，有进无出，已近气绝。

青辰骂道：“不想再听你废话了！林木森，不管林婉想干什么，暂时留你一条贱命！要重启药锁，一颗木广珠就够了！”

逍遥枝众多弟子，包括李自有在内，大都是林木森的徒子徒孙，本来眼见林木森毒上加毒，颇有些不忍，但听了林木森一席话，全是一头冷汗，难道林木森想要把所有人都杀了？包括自己的弟子？想到此处，再无人敢同情林木森。

李自有恨恨道：“林木森，你是我师父，怎么心肠如此狠毒！说出这些大逆不道的话……罢罢，你我师徒名分，从此一笔勾销！”一把将长袍撕断一截，愤然丢到林木森身上，冲地上狠狠啐了一口，表示他与林木森恩断义绝。李自有欺师判道，却在众人面前显得正义凌然，划清与林木森的界限，说起来真是笑话。

药王爷很是不安，林木森最后说的几句，让他隐约感到真的要大祸临头，赶忙上前对青辰等人说道：“木王大人，青芽、千鸟，各位长老，木婴对木广珠感受极为灵敏，如果副持的木广珠真的在林婉手中，林婉又是烈毒之身，莫不会，林婉想……”

青芽紧锁眉头，心惊不已道：“林婉确实有驱木、融木、人木共通的本事，她炼制的人饵药剂，便有与人饵心意相通的奇特药效。”

药王爷倒吸一口凉气，说道：“莫非林婉想操纵木婴？这想法简直……”

“都别说了！”青辰脸上黑气沉浮不定，“药老头儿，各位仙主，先不管另一颗木广珠了，尽速将四枝每个人携带的药草、蛊物、丹丸、粉剂等等木家药力汇拢，分门别类，以便重启药锁！快点！”

“尊木王法旨。”众人齐声应了，四散而去。

木家刚忙了片刻，就听到外围有人惊声高喊：“木婴！木婴的藤蔓过来了！”

抬头看去，果不其然，四周高墙耸立一般的藤蔓，本一直向外蔓延，可不知何时，已有大股大股的藤蔓，转了方向，向中间缓慢移动起来，一层一层缓缓堆积，如同一圈藤墙，逐渐收拢包围圈。

青辰心头也微微一晃，惊声大叫道：“快！把药物收集起来！”

一直静静站在一边的水华子和木王病人，两人表情都轻轻一动，暗暗沟通。

“木婴要把我们都杀了。”

“是林木森和林婉要把我们都杀了。”

“林木森和林婉的心机很深啊！”

“林木森本就是个怪人，只是没想到他女儿林婉，能答应他，灭了木家。”

“林婉我观察过她，此女有极恶的一面，但就算她变得极恶，还是阴阳鱼一般，再恶的时候，也有一丝不灭的善念。”

“嘿嘿，木嫛如果袭来，你有把握逃走吗？”

“我只有五成把握。”

“那我倒有八成把握。”

“多余三成何来？”

“嘿嘿，因为你只有五成。”

“嗯！言之有理！如果加上水妖儿，我们三人，只逃出一个人，该有十成把握。”

“此事十分有趣。”

“相当有趣。”

“嘿嘿。”

“呵呵。”

木嫛虽说移动得缓慢，却也有不可抵挡之势，步步为营，稳扎稳打，好像看着木家众人慌乱的样子，很是开心，绝不急于一时。

可对于木家人来说，时间过得飞快，原本十分广大的一片地陷之地，只觉得转眼间就被木嫛侵占了一半面积。

费尽心机得到木王之位的青辰，焦头烂额，此时她才觉得，木王真不是好当的，木家四枝加上木蛊寨、粮队，各有各的毛病，木家擅长打有准备的仗，如同施药放蛊，而重启药锁这种临时遭遇战，看着胸有成竹，其实手忙脚乱，远不及火家、金家、水家、土家精干。青辰深感自己被架到了一个她目前根本无法胜任的位置上。可事已如此，唯有硬着头皮，自吞这枚苦果，有苦难言。

暂不表地面上仓促慌乱，说回到地下木嫛占据的木家大殿，此地一片死寂，毫无声息。

密密麻麻不见天日的大量藤蔓已经退去大半，但整个空间，依旧被剩余藤蔓横七竖八地占据着，极像一种钻地蜘蛛织成的蛛网。

这片藤网中，又有十几藤团挂在空中，仔细一看，藤团里缠着的全是人，藤团又紧又密，里面的人连根手指也动弹不得。

这些被囚住的人，便是火小邪、田问、金潘、乔大、乔二、金家卫士、田羽娘、土家四门、王孝先、百艳仙主。

而林婉，则毫无踪迹，也不知是躲了起来，还是去往别处了。

就听一个藤团里，有人支支吾吾地骂道："林婉！我们动不了了，这样不好玩，放了我们，让你再玩一次。"听得出乃是火小邪的声音。

很远处一个藤团里也有人用嗓子眼发声骂道："火小邪，你是猪！她走了，听不见！"

"我是林婉的人饵，能与她心意相通，她肯定能听见。"

"你这个猪啊，听见了，也不会答应你的条件，她不是猫，我们不是耗子！"

"潘子，打个赌吧！她如果放了我们下来，你赌什么？"

"鬼才和你打赌，火小邪，你是个穷鬼，你有赌注吗？"

"谁输了，就叫谁三声爷爷吧。"

"好！一言为定，希望我能叫你爷爷！"

"那你输定了！"火小邪高声喊道。

火小邪话音刚落，所有藤团便有松弛的迹象，竟真要松开众人。火小邪并非能占卜先知，而是他体感敏锐，极细微的藤蔓力道变化，他也能顺藤感知，这项本事，金潘可差了太多，所以后知后觉。

藤蔓越松越快，眨眼间众人便能活动，火小邪就是一条混世泥鳅，脚尖发力，身子一拧，借着松解的力道，便直接钻出藤蔓，三攀两抓，就下到地面。

说是地面，其实早已看不见任何泥土砖石，厚厚的一层藤蔓，也不知覆盖了原先的地面多高。

土家人当然不会迟钝，他们不及火小邪这么油滑，但借着身上的尖锐铁器，断开藤蔓，纷纷落下。

金潘慢了半分，但从藤蔓缝隙中，已经看到火小邪落地，不禁大叫道："爷爷，你还不快跑啊！"

火小邪抬头邪笑道："还差两声！"

金潘暗骂了一声"王八蛋"，心头也急，发了狠嗷嗷大叫，挣开藤团，从高空中连抓带拽地落到地面。一落地就骂道："你能正经点吗？都要死了的人，跑啊！"

火小邪嘿嘿一笑，大叫道："好！大家跟着我跑！一、二、三！跑！"

凡是在场之人，都知道火小邪喊"一二三"睁眼很是管用，不由自主地跟着火小邪奔跑起来。

可这种藤蔓覆盖的地面，软塌塌的，处处绊脚，奔跑很是不易，而且忽高忽低，无数粗粗细细蛛网似的藤蔓横竖斜挂，前行必须左钻右突，更是跑不了多快，连方向也完全不知。

所以火小邪等人不过跑了七八米，沙沙沙巨响，铺天盖地的藤蔓再度袭来，无孔不入，火小邪也不抵抗，仍被藤蔓缠了个结实。土家人、金家人虽有挣扎，同样无济于事，再度被缠了个结结实实。

多余的藤蔓很快退去，剩余地上十几个藤团，彼此接近了许多。

又是漫长的一片安静。

火小邪支吾道："抓住了！再放了我们吧！"

潘子还是嗓子里乱骂："放个屁啊。"

"放了我们还要跑啊。"

"那不是有病吗？"

"如果不跑就没意思了。"

"哦？哦……"金潘有些醒悟过来，大叫道，"我不信还能放了我们，有本事再打个赌吧！"

这次打赌，还是金潘输了。

火小邪等人再被释放出来，这次火小邪等见到所有人都解了围，才大声叫道："大家跟着我，一、二、三，跑啊！"

没过一会儿，火小邪等人再度被缠得结结实实。

略微安静了一会，又听金潘嗓子里嚷道："火小邪你这个猪，有本事再赌一次吧。"

于是这般反反复复，放了抓，抓了放，足足有十余次，木婴并无疲弱之势，而许多人却已经累得跌跌撞撞，尤以王孝先、百艳仙主为甚，落在最后，金家卫士次之，接着是金潘、乔大、乔二，土家人不分男女，都是体力持久绵长之人，紧随着火小邪，只落半分。

王孝先、百艳仙主再度解困，又听火小邪叫跑，却实在跑不动了，干脆抱在一起，喊道："火小邪，我们跑不动了。"

火小邪并不搭理，还是很有规律地向前跑去，看着毫无目的，其实火小邪心里清楚，前方有个"小家伙"，不停地为他带路，正是那只九品灵貂。

九品灵貂，木婴居然能容它到处乱窜，可能九品灵貂如同金潘等人路遇的秋日虫一样，木婴把灵貂抓来，只是共生，并不伤害。九品灵貂身材瘦长娇小，可不比人类这样"巨大"，在这种蛛网一样的藤蔓间，依旧能上蹿下跳，行动如飞，前后钻行，游刃有余。火小邪在木蛊寨青云客栈总店里，亲手逮住过这只九品灵貂，给它起了个"小小邪"的名字，并将它放归，九品灵貂通人性，便记得火小邪的好处，认火小邪当它的新主子。

火小邪第一次被缠住时，这只九品灵貂便偷摸着想去营救，钻进藤团里要咬断藤蔓，却让火小邪阻止，反叫它去找大殿中央的祭坛，并偷偷引路。这样复杂的指令，火小邪只凭贴着灵貂的脑袋嗓子眼里哼哼了数遍，本以为灵貂不会明白，谁料它真的听懂了。

有些动物的灵性，远超凡人，九品灵貂又是灵中之灵，世所罕见。九品灵貂辨识人心，这种说起来玄异的能力，却只怪我们绝大多数人孤陋寡闻，不解世间奇妙，便要口口声声说绝不可能。

九品灵貂更聪明的举动还在后面，它找到祭坛，返身回来引路，果真按火小邪的要求，“偷偷”进行。它不叫不嚷，并不出来现身，而是躲在不远处，靠不断地摇动藤蔓，振动身体，为火小邪引路。

火小邪一群人中，唯有火小邪具有十成十的火家本事，耳力、视觉、体感、知觉敏锐异常，能辨出前方是九品灵貂在引导前进的方向。

所以，火小邪率领众人，看似痴傻癫狂一般地胡乱奔跑，挑逗木嫛抓了放放了抓，其实极具深意，只是谁也猜不到，火小邪也绝不会说罢了。

十几次逃跑之后，火小邪基本达到目标，他已经知道那个不受侵扰的木家祭坛，就在右前方不远处的一片低洼之地。

要不是此等手段，想在这片蛛网一样不知方向的空间里，找到祭坛位置，如同伸手不见五指的黑屋中，找到地下的一根针，难度可想而知。

再度被囚放之后，火小邪刚跑一步，就突然转向，冲着田问等土家人大喝道：“这里！”

火小邪身子一抖，平白快了数倍，泥鳅一样往藤蔓里直钻而去，好像全身每块肌肉都能活动一样，刺溜一下连人影都看不到了，只听在藤蔓间大叫：“土家开路，速速随我来！”

田羽娘等人微微一愣，但马上明白，田羽娘大喝道：“四门开山！田问也去！”

土家四门，平时最讨厌钻来钻去，都是逢山开山逢石裂石逢土掘土，早有憋闷，一听招呼，精神一振，加之有田问在，五人发力，向着火小邪所指之处冲去。手中利器翻滚，并不是边砍边走，而是先向前冲，藤蔓一绷直，就反手切断。

虽说沙沙声迅速传来，但离大殿藤索袭来，还有些许工夫，这一点时间，火小邪已经足够。

火小邪从藤蔓中钻出，身旁再无他物，一阵轻松之余，定睛一看，所处之地，正是那座木家祭坛。虽说祭坛周围，藤蔓围成了半球形，但在半球空间之内，见不到一根藤蔓侵扰的迹象。

按理说，此处应该是绝无仅有的安全之地。

火小邪站定之后，土家田问等人也随后赶到，四处藤蔓已经四处疯涌，金潘、乔大、乔二等人尾随在土家之后，玩命抵抗，毕竟人多，落在队尾的几名金家卫士先后被缠。

乔大、乔二舍命护住金潘，眼见着已到了祭坛边缘，却已被缠得寸步难行，再难前进。

好在有火小邪，田问等土家人，无须多说，纷纷上前相助，斩断金潘、乔大、乔二身上藤索。可惜藤索数量实在太大，只救下了金潘、乔二二人进了祭坛，眼睁睁地看着乔大被藤索拖走。

乔二刚一安全，却不见了乔大，放声大哭道："大西瓜！"竟要往回冲去。

金潘将乔二一把拽住，与火小邪一道，把乔二拖到祭坛中央位置。

乔二哭喊道："大西瓜，大西瓜，你别死，别死啊！"

金潘骂道："别叫了！乌鸦嘴！他死不了！"

乔二方才止住，瘫坐在地，近乎呆滞。

乔大、乔二这俩兄弟，从小生活在一起，别看天天没事就斗嘴，像一对冤家似的，但两人从未分开过，手足情深。

藤蔓果然避开这座祭坛，不再攻入，只是密密麻麻围在外面，但短时间没有退去的迹象。

土家人全身而退，镇定得多，已在四处打量，缓步绕着祭坛中央行走。

火小邪则抱起九品灵貂，抚摸一番，邪笑道："小小邪，乖儿子表现得不错！"

九品灵貂听了夸奖，乐得吱吱直叫，直往火小邪怀里钻，只从衣领处露出小脑袋。

火小邪由着灵貂钻入怀中，摸了摸灵貂的脑袋，说道："好，先跟着你爹。"

金潘走过身来，意欲狠狠给火小邪一拳，火小邪看也不看，唰地退开几步，冷哼道："孙子，还差几十声爷爷没叫，还想报复？"

金潘一愣，本以为终于有机会和火小邪叙旧亲热，结果却是热脸贴了冷屁股，心头一凉，酸溜溜地说道："好，好，我欠你的，是我欠你的。"转身就走。

"潘子，好久不见了，谢谢你。"忽听火小邪口气一缓。

金潘一听，顿时站住，热泪不受控制地滚滚而出。金潘怕火小邪小看了他，不敢抬手擦泪，只是站直了身子，硬气不已却又有些哽咽地说道："是啊，很多年不见了！”

火小邪慢慢走上前来，伸手搭上金潘的肩头，说道：“我，绝对不会让你为我而死的。”

金潘还是不敢转身看火小邪，但情难自已，嘴巴一咧，无声无息地哭了个稀里哗啦，两行泪水直入嘴中，又咸又苦，心中的所有委屈，也随之一扫而空。

何为兄弟？不是靠请客吃饭，不是靠勾肩搭背，不是靠言语宣誓，久别重逢相拥痛哭，亦不能证明你我是生死兄弟。真正的兄弟，其淡如雪山融水，其浓如百年陈酿，何须肉麻动情之言语，只是毫厘举动，便能彼此明白。

乔二见火小邪、金潘相认，从地上爬起，跪倒在地，悲道：“大师父，二师父他找你找了七年，大师父你为何从来不给我们消息？”

火小邪放下手，垂手肃立，一双黑眼中极深极暗，低声道：“当了七年汉奸，又认倭寇作父，羞于见人！”

田问走至火小邪一侧，沉声道：“记忆已复？”

火小邪嘿嘿笑了声，说道：“该记得总是记得，不该记得的也不记得，我是火小邪，却又不全是，那个火小邪，十分地窝囊，不清不楚，不明不白，邪不是邪，正不是正，无头无脑，草率愚昧，嘿嘿，火小邪，应该是我现在这个样子才对！”

田问说道：“之前的，也好。”

火小邪嘿嘿邪笑连连，说道：“好什么好，之前我只是一枚棋子而已！而现在，我是下棋的人。五行合纵，就是我要下的一盘大棋，如此才能显出我的本事！田问，你可以选择和我一起下棋，还是当我的棋子？”

田问闷声沉默片刻，慢慢说道：“我会帮你。”说着退离火小邪身边。

金潘狠狠抽了半天鼻涕，止住眼泪，反而开心不已道：“火小邪，你这样好，是个当皇帝的料！等我们出去，小小中华，只要你我同心，早晚是囊中之物！”

田羽娘一直冷眼旁观，听金潘此言，终于忍不住，站出说道：“金潘，你们金家想称皇帝？”

金潘笑道：“皇帝不过是个虚名！田羽娘，土家当了几千年皇帝的奴才，想不明白什么叫金钱，我也懒得和你解释。”

田羽娘低哼一声，不愿再与金潘口舌，问火小邪道：“火小邪，我不知道你还有多少能耐，我们现在虽说安全，但也逃不出去，你可有什么办法？”

火小邪嘿嘿笑道：“如果我没有猜错，这个祭坛的木盘之中，原先就盛放着木婴之眼，所以我们不用做任何事，只要等着，马上就有人来找我们。”

田羽娘惊道：“有人能来找我们？”

火小邪看着密集的藤蔓，说道："就要来了。"

不需片刻，只听得四面八方沙沙声响成一片，围住祭坛的藤蔓居然慢慢向后退去，更大的沙沙声由远及近，声势异常惊人。

无人说话，都是全神贯注地戒备，紧盯着声音传来之处。

沙沙声骤然一停，就听有人极其难听地说道："呃呃呃，火小邪，你们竟能玩小把戏，找到祭坛，把我逼回来收拾你们！算你的本事！呃呃呃！"

火小邪大叫道："林婉！你要来就来，废话什么！"

"呃呃呃！"话音一落，沙沙声再度暴起，轰的一声，大团藤索冲破藤蔓，黑压压的一片，将祭坛死死围住，翻滚不止。

从藤索中，一个身影缓缓透出，直近前来，依旧是那身衣裳，那副奇丑的容貌，不是林婉是谁？她并不显露真身，而是躲在几层藤蔓之后，加以防备。

林婉尖声道："呃呃呃，你们若不乱来，我可以不杀你们，让你们永困在此，可现在看来，留不得你们！"

火小邪大喝道："你是要毁掉此处吗？"

"呃呃呃，我不用毁掉这里，也能让你们生不如死！收！"林婉伸手一攥拳头。

不见任何一支藤索袭来，却有空气加速流动，好像被藤蔓吸走似的。

林婉怪笑道："呃呃呃，看我把你们呼吸之用的空气换掉，你们要么憋死在祭坛上，要么冲过来，被藤蔓缠住，不痛不痒地慢慢化成肥料，你们选吧！呃呃呃！"

此话一出，众人无不心惊，这招确实厉害，而且很快，所有人便觉得呼吸困难，喘不上气。

金潘大口喘气，喊道："林婉，有话好商量！我们憋死了，你不就……没得玩了……"越是说话，耗气越多，金潘话没说完，已经憋得脸上通红，扑通一下，伏倒在地。

林婉说道："没什么好玩的了！你们死吧！"

田羽娘等人也知形势危急，唯有自救一途，纷纷坐下，各自入定，以减少对空气的需求，这是土家的一门绝技，称为地石眠术，乃土家必修之术，最强之人，可以用极快的速度进入动物的冬眠状态，在没有任何空气的地方，存活十余天之久。土家对于身体的修炼，力求能够渐至五感不存的假死状态，与火家追求感官的极致敏锐，特别是听觉、触觉、视觉、知觉四感，火、土截然相反。木家也重视感官的修炼，比火家强在嗅觉和味觉上，其他与常人高不出太多。水家则最为均衡，但知觉能力为五行之首，大凡水家高手，均是极度聪慧，精于预判、推测、计算，顺势而动，强占先机。金家则是身体修为上最差，重视利用非自身的外力，倒也有很多其他四家无法企及的优势。

其实田羽娘等人身上，还有一物，称之为“石励子”，乃是两个用羊肠做成的皮囊，平时卷成一团，藏在身上，需要用时，将两个羊肠彼此连接，有药粉和药水混合，便能生出氧气，置于鼻下，从气孔中猛吸，还能维持近一天生命。

可这是土家最终手段，轻易不用。

田羽娘等土家人也清楚木婴不愿攻击进来，只要长久坚持，便能期待转机。

田问的地石眠术，经过九生石下的锻炼，远胜田羽娘等人，达到身土不二的境界，所以暂时不必坐下，也不用闭眼，依旧站着，直视着林婉。有人会问，田问有身土不二的能耐，怎么碰见秋日虫鸣，弱化听力便是，怎么还是狼狈？其实秋日虫鸣，听到声音只是表征，厉害的是其他听不见的声频，所以就算是个天生的聋子，也能在脑海中直接听到。故而田问会十分狼狈。

火小邪轻咳一声，似乎也耐受不住，半跪在地，捏紧了咽喉。

林婉呃呃呃念了几声，觉得无人再能轻易动弹，从几层藤蔓中探出了身子，说道：“没用的，没用的，你们全部死定了。”

可就在电光石火之间，林婉只觉得眼前一花，已不见了火小邪，等再察觉到火小邪的身影时，火小邪已经鬼魅一般扑面而来，一柄匕首直刺林婉咽喉。

林婉呃的一声叫，身子向后猛退，一边催动身边无数藤蔓，劈头盖脸地向火小邪卷来。

火小邪黑眼中冷光直冒，杀气腾腾，根本没有躲避的意思，虽然瞬间被藤蔓止住去势，但刀尖追着林婉的咽喉，脱手而出，飞刺而来。

林婉周围有藤蔓护身，可换过来说，却也是一种禁锢，使得人行动不便，林婉根本无力躲过。可林婉也是运气奇佳，该她不死，一根藤索的中段，无意之间，刚好在林婉面前经过，不偏不倚地轻触了刀尾，使得刀身微微一偏，贴着林婉的咽喉划过，割出一道血槽。

火小邪大骂一声：“×！”他算得精准，乘林婉大意之时，飞身而上，一刀杀死林婉的机会足有九成九，可藤索恰好经过，就是那百分之一的不足，竟然碰上了。

林婉惊魂难定，呀的尖声大叫，就在刀身划破她皮肤之时，拦住火小邪的藤索也已发动，将火小邪卷着，抛向远处。

火小邪一声骂后，马上又大吼：“田问！”

一个高大的身影，便在火小邪刚刚失手之时，向林婉扑来，藤索正在抛开火小邪，大部分来不及回收护主，使得林婉面门大开。此人正是田问。

田问力道雄浑，一只大手从几层前来阻挡的藤索中直破而入，咔的一下，牢牢掐住了林婉的脖子，只要再度发力，林婉的脖子立断！

火小邪被重重抛落在祭坛上，翻身而起，不顾空气稀薄，大叫道：“杀了她！”

守护林婉的藤索疯狂回击，眨眼便把田问缠死，接着围成一大团，连同林婉也一并包裹了起来，形成一个几人高矮的巨蛋状，外人难以攻破。

田问虽然听见了火小邪高喊“杀了她”，却没有下手，只是盯着林婉的双眼。

林婉双手抓着田问的手腕，厉声道：“杀吧！杀了我也没用的，木嫛已经接受了我的意志！”

田问却说道：“我，为人饵！”

“什么？”

“给我下饵！”

田问一双明亮而执着的眼睛，如有一股无形的力量，从林婉浑浊的双眼中透入，直刺林婉内心深处，激起一阵光亮。

林婉两行淡绿色的眼泪从眼角流下，厉声道：“田问，你，你疯了吗？我现在这个模样，你还要救我？你救不了我的，救不了的！”

田问坚定道：“能救！下饵！”

火小邪在祭坛上听了，心焦似火，空气已近消失，每说一个字都艰难无比，火小邪拼力叫道：“田问，杀啊……机会……”缺氧所致，脑中一黑，几欲跌倒。

田羽娘不知是何时起身，一把将火小邪扶住，也是声嘶力竭地喊道：“儿啊！杀了林婉这个妖女！”

巨大藤球之中，林婉依旧垂泪，但面目之丑陋，竟然好转了许多，声音虽柔了几分，仍是凄厉：“田问，你难道，还会喜欢现在的我吗？我这个样子，这种心肠，你怎么能再喜欢我？”

田问低声道：“我喜欢！”

林婉松了田问的手腕，捂住脸惨叫数声，沙哑地哭道：“好，那我成全你，可是，你会后悔的，我也会后悔的！你就算能解了我的毒身，也极有可能和木嫛化为一体的。”

田问淡然一笑：“夫复何求？”竟慢慢松了掐住林婉脖子的手，面孔向林婉靠了过去。

林婉泪流满面，容貌竟恢复到平日的五成，另有一种凄然之美，躲了一躲之后，也向田问迎来。

两人双唇一触，便没有分开，原本缠住田问的藤索纷纷脱落，使得田问张开双臂，将林婉紧紧地搂在怀中。

林婉紧闭双眼，与田问深深拥吻，一只手的手心中一亮，腾起一团红色的光饵，轻轻按在田问的胸口，那团光饵便直透田问体内。

沙沙巨响，保护着林婉、田问两人的藤蔓巨蛋，便渐渐向后退去，没入到无边无际的木婴森林中，再无踪影。只是密集的藤蔓，还是死死围着祭坛，不见有退去的迹象。

随着林婉、田问离去，紧紧围绕着祭坛的藤蔓也渐渐退了开去，空气一畅，数股凉风吹来，霎时间，便解了火小邪等人窒息而死的险境。

金潘、乔二连喘数声，终于从鬼门关里捡回一条命，坐了起来，粗气连连，还是说不得话。

田羽娘伤心欲绝，却又无法追出去，身子一软，瘫坐在地，掩面哭道："儿啊，田问我的儿啊。"发丘神官田遥，是田羽娘的大儿子，见母亲如此难过，赶忙上前，跪在田羽娘身边，低声安慰道："娘，田问吉人自有天相，娘，不要太伤心了。"

田羽娘反而哭得更加厉害："儿啊，娘刚刚找到你，才待在一起多久，你又离开我了，为何我的命这么苦啊！"突然一呆，恶狠狠地向火小邪看来，厉声骂道："火小邪，我儿的灾祸全是因你而起！我如此苦命，也全怪你爹炎火驰！要不是炎火驰偷走土家重宝地一迷藏，我夫君土王田广也不会把腿摔断，落得终身残疾，我也不会逼着田问苦修！火小邪！你这个邪火！和你爹一样，五行难容！天生的害人精！"

火小邪冷哼一声，看也不看田羽娘，只是站在祭坛边缘，向林婉、田问离开的方向凝望。

金潘听田羽娘咒骂，沉不住气，回骂道："田羽娘，你虽不是土王，实际也是土家一家之主，骂人怎么不分青红皂白，泼妇一样不讲道理！"

田羽娘厉声道："金潘，我知道你和火小邪穿一条裤子，但我今天明白地告诉你们，我儿田问要是一个时辰内回不来，我土家五人，就把火小邪、你和你那尖嘴猴腮的徒弟全宰了！为我儿田问祭旗！"

田羽娘话语一落，土家田遥、田令、田观、田迟四门宗主，均慢慢站起，结成阵势，向火小邪、金潘、乔二看来。

金潘一见，知道田羽娘说话不是在开玩笑，也不是说的气话，土家人素来丁是丁卯是卯，话既然出口，很少有回旋的余地。如果土家四门和田羽娘一起动手，火小邪、金潘、乔二又无路可逃，想胜过土家五人，概率不足一成。

金潘忙道："慢着！田羽娘，不要意气用事，你杀了火小邪，更没有办法离开这里。"

田羽娘骂道："他有办法？他有办法，就不会失手之后，还拉上我儿，去刺杀林婉！"

金潘叫道："可是田问的确得手了，是他不肯杀林婉的！"

田羽娘这个老女人，激动起来和天下所有位高权重的女人一样，根本听不进任何道理，还是骂道："我不管！你，金潘，还有你，火小邪，要不是我儿田问，你们刚才就窒息而死了！凭什么你们活着，我儿却被卷走？"

金潘也怒道："田羽娘，要不是火小邪，你们几个根本活不到这里来说些屁话！"

"你们不必说了。"火小邪总算开口说话，嘿嘿冷笑几声，看向田羽娘，说道，"田羽娘，你是田问的娘，我不与你计较，你说你要杀我，嘿嘿，完全可以。但我不会等到一个时辰后，让你来杀我。"

田羽娘厉声道："现在你想动手，也可以！"

火小邪说道："老娘们儿，听我把话说完，急什么急？如果田问半个时辰内回不来，我就离开这个祭坛，去找田问和林婉。"

金潘比田羽娘更为吃惊，叫道："火小邪，这些藤蔓没有离开的迹象，你去找田问，是自寻死路啊。我见过你的本事，我们三个和土家搏命一战，胜算足有八成！"金潘心里认为只有一成胜算，但嘴上绝不示弱，并用此来吓唬田羽娘。

乔二从腰间取了尖爪出来，套在手上，叫道："大师父，我们和土家这五个杂种拼了！那个长得像大地瓜的蠢汉，直接交给我，我有二十成把握秒杀了他！"乔二和金潘一样，嘴里说话能有多满就多满，绝不露怯，全靠金潘教导有方。乔二嘴里说的那个蠢汉，正是土家搬山尊者田迟，别看他高大笨重，若只论杀人的本事，他却是土家中最强的。

田迟瞪着铜铃大的眼睛，打量了乔二几眼，心里想到："你个耗子一样的家伙，好大的口气！一会儿真要打起来，看我不把你拍成肉饼！"

田羽娘冷哼道："金家吹牛的本事，不只是五行之首，更是天下第一。"懒得与金潘、乔二对呛，对火小邪说道："火小邪，你半个时辰后，就去找我儿田问！你要去了，土家和金家就免了一战。"

火小邪嘿嘿笑道："当然要去！现在你们所有人闭嘴，谁也不要打扰我！"说着，火小邪盘腿端坐在祭坛边缘，微闭双眼。

金潘、田羽娘虽不解火小邪其意，但彼此话已说死，无须再争论什么，便各去了一边，遥相对望，静候火小邪。

他们无人可以察觉到，火小邪衣服下面，胸口前的肌肤上，有一小片淡淡的红色，渐渐显出。这正是火小邪与田问同为林婉人饵的迹象。

按王孝先所说："林婉所下的饵，非常特殊，木家罕见，若检验出你的体质适合，就能与你心灵相通，知道你的心思，你也能偶尔感受到她的所见所闻，林婉这些年独善其身，并没有其他的男人与她交好，故而你一见到她，一触即发。"

半个时辰，转瞬即逝。

田羽娘一直在心里默数时间，只差几分钟，便是半个时辰。

田羽娘慢慢站起，看向一直稳坐在地的火小邪，打算告之火小邪时间已近。金潘戴着手表，从火小邪坐下开始，就不停地看时间，也知道时间将近，与田羽娘一前一后地站起。

田羽娘闷声道："火小邪，马上就半个时辰了，你还要坐着吗？"

只见火小邪嗖的一下，从地上跳起来，既不说话，也不回头，直冲着紧紧围住祭坛的藤蔓跑去。

金潘惊得大叫："火小邪！"跟着追去，乔二紧紧追随着金潘。

可是奇怪，火小邪向藤蔓冲来，按理说藤蔓应该很快就有反应，卷住火小邪拖走，可是这次，藤蔓不仅不攻击火小邪，反而随着火小邪的接近，沙沙沙地退开，给火小邪让路。

火小邪其速飞快，一低头便钻了进去，藤蔓随即合拢，掩住刚才让出的空口。

金潘、乔二也已追至，可境遇却与火小邪不同，刚踏下祭坛一步，轰的一声，数量庞大到密不透风的藤蔓便向金潘和乔二袭来。

金潘、乔二被逼得连退，滚倒在祭坛之上，方才没被藤蔓卷走。

金潘大惑不解，冲着火小邪离去之处大吼道："火小邪，这不公平，为什么不抓你？火小邪，听到没有，你去哪里？"

田羽娘反而略解愁容，颇为欣喜地上前几步，呆呆看着藤蔓，半笑半痴地说道："藤蔓避开了火小邪？怎么回事？火小邪真有办法找到田问？哎呀，火小邪确实有非凡之能！这……这……这，火小邪一定要找到我儿。"

金潘嘲讽道："田羽娘，丢了孩子的女人是不是都像你这样神道道的？"

田羽娘十分认真地答道："金潘，既然火小邪离开了，土家和金家也不必针锋相对，你我相安无事，精诚合作，共同祈祷火小邪找到田问，平安归来吧。"

金潘暗骂道："土家人脑瓜里都是什么？"

火小邪突然离去，还能不受藤蔓的攻击，金潘、乔二、田羽娘等人，无不觉得神奇，虽然更多的还是担心、忧虑，但也无法抑制地期待着奇迹发生。

地面之上，木家人依旧是手忙脚乱，青辰虽然四处奔走，但看起来作用不大。

有木家人不住报道：“木王大人！药力刚打入地下，便被化掉。”

“木王大人！没有工具，新药眼下不去了！”

“木王大人！有人不慎中毒，吐血把药粉染污了。”

“木王大人！这边……”

“木王大人！那边……”

青辰从刚开始的志得意满，到逐渐焦头烂额，目前的状况，更让青辰歇斯底里，再顾不上木王身份，劈头盖脸地怒骂连连。

虽然木婴的合围之势已停，但木家如此乱象，真让人担心木婴还没有攻来，木家就把自己整死了。

好不容易打下第一个药桩，由青辰使木广珠发动，虽距离整个药锁重新启动，还差了十万八千里，但木家人无不欢欣鼓舞，好像已经成功了似的。

青辰抹了一把汗水，也是得意，娇笑连连地叫道：“木婴又能把木家怎么样？”

乌鸦嘴便是如此，青辰话音刚落，轰的一声，地面巨震，而且经久不绝。

这一震，给青辰和木家人当头一瓢冷水，本以为合围的木婴藤蔓墙又要攻来，可仔细辨别，震动并不是从脚下而来。

青辰抬头一看，眼前景象惊得她花容失色，脚下一软，几欲跌倒在地。

暂不说青辰看到了什么，还是说回到地面之下，火小邪等人的情况。

火小邪钻进藤蔓中，走了已有一袋烟的工夫。

田羽娘一直跪地祈祷，而金潘则抓耳挠腮，坐立不安。金潘心里清楚，火小邪能突然离去，绝对不是被田羽娘激将所致，而是有他的主意，只是走得太突然，连声招呼都不打，就算金潘笃信火小邪命硬，未必会死，也是忐忑不安。

乔二看着金潘来回踱步，忍不住说道：“师父，要么坐下休息一会儿吧。”

金潘立即破口大骂道：“坐个屁啊！我坐得住吗？”边骂边要往祭坛下冲去。

乔二死死拽着，叫道：“师父，你不要想不通啊。”

金潘狠狠一甩手，挣脱了乔二，骂道：“我没那么轴！”转过脸冲着藤蔓又骂：“火小邪，你死哪里去了？是死是活都说个话啊！”

当然无人回答。

金潘再骂了几声，气得心口一堵，从腰间再拔出一把短枪来，一拉枪簧，冲着藤蔓啪啪啪啪啪，将一匣子子弹打光。藤蔓沙沙抖了一阵，浑然无事。

田羽娘低哼道：“金潘，还是省省吧，留着子弹，关键时刻可以自杀。”

金潘骂了声，一甩手，把短枪砸向藤蔓之间，藤蔓将短枪一卷，拖入其内不见。

金潘重重叹了一声，转身回头，刚走一步，就听乔大号叫道：“师父！师父！动了！动了！”

金潘一边骂一边回头：“什么动了？”可回头一看，果然见到原本堵得水泄不通的藤蔓，沙沙沙沙地移动起来，并且越来越快，竟有开合之势。

金潘见势不妙，连连后退，田羽娘也赶忙起身回撤，避开祭坛边缘。所有人眼睛一眨不眨地看着加速运动的藤蔓。

呼的一声，藤蔓洞开，紧接着一个巨型藤蛋从开口处挤进来。

藤蛋上的藤蔓稀疏得很，一眼便能看到其内，里面有三个人赫然入目。其中一个是火小邪，另外两个正是林婉和田问。火小邪正在用匕首奋力切割着身上的藤条，那只九品灵貂，也是上蹿下跳，帮着火小邪撕咬。而田问、林婉半裸着身子，被藤蔓缠住，半挂在火小邪身旁。林婉已恢复了容貌，国色天香，没有一丝一毫的丑态，但看着面容焦虑，一双泪眼，看看田问奋力挣扎，却力有不逮，无法将身上的藤蔓除去。田问则低垂着面目，貌似昏迷不醒，一动不动。

金潘一眼便认出了火小邪，大叫一声火小邪，就想上前相助，可是藤蛋周围的藤索却不依不饶地前来攻击。

只听火小邪大叫道：“不要过来！后退！”

田羽娘爱子心切，哪里听得进火小邪的话，厉叫一声儿啊，便从袖中抖出两把黄灿灿的锐铲，扑身上来。土家其余人，也不怠慢，紧随着田羽娘就上，来势凶猛，一下子就断开数十道藤索，近到藤蛋之前。

田羽娘等人合力直击，便把藤蛋断开一洞，挤进身去，就要将田问救下。

火小邪也已脱身，劈头盖脸地骂道：“田羽娘！你这泼妇！”

田羽娘听而不闻，只是叫着“儿啊娘来救你”，为田问割断身上的藤蔓。

火小邪奈何不得，跳到林婉面前，欲将林婉也救下。

林婉哭喊道：“不要管我，快救田问出去。”可是话刚出口，藤蛋外已有无数藤蔓钻了进来，将火小邪、田羽娘再度纠缠住。火小邪四处乱钻，而田羽娘则认了死理，不顾自己，很快被缠得动弹不得。

火小邪挥刀斩断几道刚刚缠上自己的藤索，怒骂道：“田羽娘，你办的好事！”

田羽娘拼死挣扎，厉声叫道：“救我儿子！救我儿子！”

可是已经晚了，本守在外围的土家四门宗主四人，也已无法抵挡，别说来救，自保都成问题，刚一分神，就瞬间被缠紧。而那藤蛋，也慢慢向回退去，土家四门，用尽最后之力，护住藤蛋的裂缝，任由藤蔓越缠越多，越缠越紧。

林婉急得涕泪长流，呀的一声大叫，将舌尖咬破，噗的喷出一口鲜血，惨声道："木媻，放我们走吧！"

这一口血确有奇效，遍布的藤蔓攻势一缓，停止了运动，有的居然向回退去，但已经缠住人的藤索，并不放松。

林婉一见，面露喜色，叫道："有效！火小邪，快！不要管我，快点救田问！木媻暂时不会攻击你们！"

火小邪猱身上前，一边为田问割开藤条，一边叫道："潘子，傻愣着干什么，来帮忙！"

金潘、乔二两人一直蠢蠢欲动，一听招呼，哪管三七二十一，飞身上前，从缝隙中钻入藤蛋，取出藏在腋下的手指长短的利刀，玩命切割。

火小邪解下田问，喊道："潘子，乔二，把田问弄出去！快！"

金潘犹豫了一下，火小邪又骂："快啊！"金潘这才急急忙忙动手，与乔二一起，将田问连拖带拽地架走。

田羽娘不顾自己，泪流满面地喊道："谢谢你们救我儿子！谢谢！"

火小邪又去为林婉松绑，林婉流泪道："不要解开我，我绑在这里，还能暂时抑制住木媻，先救其他人吧。"

火小邪并不停手，嘿嘿冷笑道："林婉，你用你下半生的寿命，换一时止住木媻，我要不能救你下来，我们还是逃不出这里！还剩多久？"

林婉垂泪道："木媻的主灵马上就过来了，不要管我……"

火小邪打断林婉的话，骂道："闭嘴！怎么说你也是田问喜欢的女人，就算你想死，也死在田问怀里。要不然田问当人饵救你，实在不值！"说着，火小邪已经把林婉解下，抱在怀里，拖着便走。

林婉虚弱无力，只是流泪，再无言语，只好任火小邪拖到藤蛋的开口处。金潘、乔二两人刚刚放下田问，再度赶回，帮着火小邪把林婉拖了出来。

火小邪叫道："潘子、乔二，把林婉安置好！"松开手，又去救田羽娘。

林婉一个激灵，猛睁双眼，大叫道："火小邪，快回来！木媻的主灵要来了！藤蔓马上就要动了！"果不其然，四周的藤蔓又沙沙沙地轻轻摆动起来，只不过一时不见攻击。

火小邪听了一愣，但手脚不停，还在为田羽娘松绑。

田羽娘老泪长流，说道：“火小邪，你快走吧。你和田问说，为娘对不起他，两颗土盘珠，就藏在祭坛的砖石下，让我儿田问当土王！火小邪，答应我，一定要让田问活下去，一定要让他拿好土盘珠，当上土王！”

火小邪嘿嘿笑道：“老娘们儿！尽管我想抽你几耳光，但老子从小没娘，也不想让田问没了娘，少废话，你使劲动一动！ × 的，动啊！你吃奶的劲呢！”

田羽娘这辈子也没有被人，特别是火小邪这种低一辈的人如此训斥过，可听了火小邪这么一说，反而激起了田羽娘求生的欲望，发力大喝一声，真的把吃奶的劲也用上了。

火小邪借势一破，瞬时间救了田羽娘出来。

火小邪揪着田羽娘衣领，生拉硬扯着叫道：“跑啊！”

可田羽娘毕竟没有火小邪这般生猛，脚下只略略慢了一步，火小邪刚刚钻出，她只钻到半截，便被再度发动的藤索缠紧了脚踝，啪的一下拖了回去。

火小邪伸手一拽，抓住田羽娘的手腕，田羽娘冲火小邪惨然一笑，说道：“松手啊火小邪！田问有你这样的兄弟，我知足了！我后悔刚才没有听你的话！但田问能活着，我就很开心了。火小邪，松手吧，求你活着，帮帮我儿子吧，拜托了。”

火小邪一听，便将手一松，身子急速退去，踏上祭坛边缘，眼睁睁看着田羽娘消失在滚滚的藤蔓中。

那个藤蛋，再度被缠得密不透风，藤索加速而来，把土家四门的田遥、田令、田迟、田观四人也牢牢绑在藤蛋之上，缓缓退了回去。

偌大的一片藤蔓之海，暂时平静下来。

火小邪站在祭坛边缘，黑眼中微光点点泛起，大叫道：“田羽娘！你要坚持住！”

金潘唏嘘道：“母子情深啊，可惜我们都是从小没娘的孩子……刚才田羽娘不冒进的话，是不是我们都能幸免……”

火小邪默然道：“她做错了，也做对了……”说罢垂下头去，静默了片刻，低头把手一伸，让九品灵貂跳将上来，放入怀中，绕过金潘，向林婉和田问走来。

林婉俯在田问的怀中，依旧泪流不止，见火小邪上前，方才微微坐起，向火小邪点头示意。

田问沉睡在地，脸上已是微微发青，气息很是微弱。

火小邪翻开田问的眼皮看了眼，问道：“林婉，田问怎样了？”

林婉洒泪道：“他化解了我的毒身，却也被木婴的幻象侵蚀。他是至强的土命，但木婴的木性之强，不是凡人可以抵御的。田问这个模样，我很担心……”

林婉扭过头去，掩面抽泣。

“把话说完。”火小邪并无怜香惜玉的神色。

“木婴的主灵不会放过田问，会让田问来替代我。”

金潘一惊，说道：“什么？”

“林婉，你和木婴到底什么关系？”火小邪也问道。

“木婴是一种奇怪的植物，我最初与木婴合为一体，尽管我现在脱离了木婴，但木婴却接受了我的意志，继承了我的想法。我刚才的想法，多是极恶，包括毁掉木家，也包括了我想永远与田问在一起……”

“怪不得。”火小邪点头道，“我去找你们的时候，藤蔓一路避让，是因为我和田问一样，是你的人饵。但你毒身解了以后，脱离木婴，那些藤蔓听你的又不听你的。林婉，我问你，木婴的主灵下一步会怎么做？”

“它会实行我所有的想法，但它会怎么做，我现在无法感受到。火小邪，对不起，是我害了大家，我……我根本不是一个值得爱的女人……”林婉说到伤心处，再度洒泪，哽咽着无法言语。

“别哭了！”火小邪骂道，“哭得人心里发毛！按你这样哭法，田问为你所做的一切全是狗屎！事已至此，你哭死也没用！”

林婉被火小邪这样一骂，愣了一愣，将眼泪止住。

火小邪站起身来，遥望远处，说道：“眼下之计，看来只有把木婴杀死！林婉，你若有将功赎罪之心，就赶快想想，怎么把木婴弄死。木婴如果死了，就像青蔓桡虚宫一样，田羽娘、乔大、王孝先、百艳等人可能还有救。”

林婉轻声道：“木家确实想过杀死木婴的办法，但必须见到木婴的主灵，主灵若现身，透过木广珠可以看到主灵的脉络，寻脉络找到主灵的核心所在，方有可能杀死木婴。虽说如此，木家无人试过，不知是否确实可行。”林婉伸手入怀，摸出一个浅绿色的珠子，说道，“木广珠有两颗，这是副持，即是五行至尊圣王鼎龙嘴里的一颗。”

火小邪伸手接过，木广珠温凉如玉，一到火小邪的手中，珠子里的青色小鱼，便游动得快了几分。

火小邪把木广珠攥紧，问道：“你不是说木婴的主灵要来了吗？”

“刚才土家田羽娘等人被卷走，主灵便来了，现在应该就在这附近。”

“大概会是哪里？”

“不知道，没有木婴之眼，主灵不会轻易地现身，只能等待。”

火小邪点了点头，将手中的木广珠用手指捏起，放在眼前，透过珠子看去，刚看了几眼，就觉得眼前亮光一闪，地面随之微微地震动起来，竟有上升之感。不仅如此，头顶上咔咔咔的破土之声也随之而来，逐渐震耳欲聋。

不仅仅是脚下，是整个被木媻占据的大殿，都在一同升起。

火小邪捏住木广珠，强行站稳，大喝道：“是木媻要破土而出了吗？”

在地面之上，数道几人粗细的巨大藤蔓，就在青辰等木家人眼前，从不远处直刺半空，激得飞沙走石，尘烟腾起如小山一般。

大地的撕裂之声，如同龙吟一般，隆隆作响，伴随着惊天巨响，硕大无朋的一座“藤蔓之城”，正在挤破地面，毁山灭岭一般，缓缓地，却又不可阻止地从地下升出！

木家所有人，看得目瞪口呆，动弹不得，这种吞噬天地般的奇景，木家人纵有百世千代的造化，也不曾想象过。

药王爷颤声道：“木媻升宫，木家不存……祖宗所说的，是真的。”

水华子和木王病人见到如此异象，身子虽未动但脸色亦变，两人意语道：“木媻升宫！看来这次比我们想象的还严重！”

“水家自诩见多识广，这等状况还是令人咋舌！”

“现在我们离开这里的把握还有几成？”

“现在走，应有三成。”

“不走呢？”

“要么十成是死，要么十成是生。”

“是赌火小邪吗？”

“不错，火小邪既然是炎火驰之子，就值得一赌。”

“大哥，你很少下赌。”

“呵呵，这种状况，你是愿赌还是愿走？”

“呵呵，当然是赌上一次！木媻升宫这种盛事，若不目睹全程，怎是水家的风格？”

两人相视一笑，肃立不语。

木家众人，已有些癫狂，青辰脸色惨白，抓住药王爷就斥问道：“你说什么？木媻升宫，木家不存？怎么回事？为什么木媻会升宫？”

药王爷一句话也说不出，反而青芽更为镇定些，长叹道：“青辰，木王大人啊，此次劫数，先祖已有预言，除非木媻死去，我们注定是逃不掉了，没办法了，没办法了！”

青辰咬碎银牙，恨恨不已道：“我不相信！我刚刚当上木王，我决不能让木家毁在我的手里！”青辰啊啊厉喝几声，叫道，“卓旺怒江！我在藏南救了你一命，现在是你报恩的时候了！唤出灵蛊船来，由你操纵，将木鋆杀死！”

卓旺怒江本是个若有若无的存在，一直站在青辰不远处不动声色，听青辰呼唤他，方才稳步走出，念了声佛号，说道：“好。”

青芽极为吃惊，冲青辰喝道：“青辰！你叫来灵蛊船，不知多少木家弟子会因此而死。”

青辰立即打断青芽，骂道：“如果横竖都是死，不如现在就死！卓旺怒江，还不唤来！”

卓旺怒江上前几步，跃上高处，大袖一鼓，口念佛号，顿时面红如血，额头上渗出大颗血滴，直流下来，甚是恐怖。而在木蛊寨方向，半山之间，一个个红色光球正在浮出，一边移动，一边拼凑成形。

青芽见无法阻止青辰，知道她是孤注一掷，并无善恶之分，于是对木家各位长老大声吆喝道：“灵蛊船要来了，通知所有人，压制住人气！若是死了，亦是英雄！”

木家四枝听了，赶忙布置。灵蛊船这种邪物，逢人就杀，就算是木家仙主级的高手，也要含服枯死药，才可能避过。可现在的木家，进退不得，并非人人都能分到枯死药的。

木家数百人，彻头彻尾地混乱起来，数十个身上带有枯死药的木家徒众，哪有机会一个个慢条斯理去分，先顾着自己含服下去，再把多余的几颗一甩，随便其他人争抢去。

木家人平日里看着温和斯文，到了性命攸关的喉结上，也一个个如同豺狼猛兽，为一个枯死药丸争夺撕咬，大打出手，丑态毕露。

逍遥枝总仙主李自有，随身带了枯死药，哪管其他人，抖出药囊一摸，还有三四颗枯死药，大大安心，正避着他人，要把药丸取出含服，谁知眼前一花，药囊已经被人从手中拽走。

李自有大惊，一抬头却看到是木王病人和水华子两人笑嘻嘻地看着自己，水华子手中摇晃着药囊。李自有惊呼一声“还我”，拔腿就追，可他哪能追得上这两人？眼见着两人身子一晃，消失无踪。紧接着两人又在不远处冒出来，让李自有眼睁睁看着水华子把一颗药丸丢给困在木家十毒阵内的水妖儿。

李自有心头一黑，暗骂糟糕，回头一看，心中更凉，该服用枯死药的人已经

坐下，没有拿到的人，还在争斗不休。而远处的灵蛊船，红光闪闪，正向着木家方向漂浮而来，其速甚快。

这枯死药，凡是入嘴，碰到唾液，便就生效，如果硬生生从别人嘴里抠出来，一碰空气，即无药力。李自有当然清楚，他急得如同热锅上的蚂蚁，向木家各位长老苦苦哀求，可这个时候了，谁还有多余？都是摇头。

李自有气得吐血，满地乱转，目光恰好从重伤躺在地上的林不笑身上扫过。李自有高叫一声，发力跑到林不笑身边，在他身上翻找不止。

林不笑嘿嘿笑道："没有了！小畜生，你当了一会儿总仙主，可以死了！"

李自有根本不理，眼看就要搜到林不笑的裤裆处，林不笑眼睛睁圆，不知从哪里来的力气，一把将自己裤裆攥住，显出衣服下有一个药袋的痕迹。

李自有大喜，抠住林不笑的手，定要扳开。林不笑咬牙切齿，绝不松手，骂道："小畜生！小畜生！"

李自有大骂："老王八，松手！你这老王八！"可抬头一看，眼前已经红光满天，巨大的灵蛊船已经飘至头顶，无数红色光球从船身上飞出，向着没有含服枯死药的木家人身上击来。

哀叫连连，这些红色光球一近人身，便噗的一下消失，好像直入到人体内，受蛊之人，满地打滚，只滚个三两下，便一命呜呼。还有虽然含服了枯死药之人，却定力浅薄，呼吸急促，被光球识破，同样被杀之。

李自有见已经来不及了，狂叫道："林不笑，我死你也别想活！"手指在林不笑喉头猛戳一记，林不笑咕咚一下，便把枯死药咽了下去。

李自有哈哈大笑，一个红色光球直入他的嘴里。李自有嘴巴一闭，直翻白眼，咕咕咕嗓子眼里响了几声，扑通一下，跌在林不笑身上，抽搐了几下身子，睁眼而死。

林不笑当然不会幸免，他嘴里还有一丝药力，本有机会抽出药囊，再服一颗，怎想李自有尸身死死将他压着，就是腾不出手来。不须片刻，药力一减，一个红色光球夺面而来。

林不笑、李自有这两个冤家，同为背叛林木森的徒弟，生前相斗，死后也缠在一起，死得极不光彩，既是可叹又是可笑。

转眼间，灵蛊船便杀尽了未能服药的木家弟子，再度化为船形，齐聚在卓旺怒江头顶，稍稍一沉，红色光球将他围拢，直吸入"船"身内。

凄厉而不成调的歌声从灵蛊船内传出，灵蛊船拔起数丈，红光大盛，向着远处冒出地面已有十余丈高的木婴地宫冲去。

灵蛊船实乃邪物，好生厉害！又有卓旺怒江使藏地黑巫术提振威力，凡是靠近灵蛊船的木婴藤索，全部僵化，冒起红丝，断裂而倒。如是这般，居然直冲到木婴地宫的最顶端，接着大量光球从灵蛊船身上散出，密如急雨，直泄而下。

木婴地宫一层一层地崩塌而下，不须片刻，便被折损崩塌了三成。

青辰已经从地上站起，登高而望，见木婴抵挡不住灵蛊船的连续攻击，喜不自胜地大叫道："卓旺怒江！好样的！哈哈哈，有你在，斗药第三战，我本就是必胜之局！杀死木婴，杀死它！我青辰，解救木家危局，前无古人后无来者，实在是木家最强的木王！"

眼见着露出地面的木婴地宫已经垮了五成，剩下的五成藤蔓，看似十分委顿，连藤索也不再冒出，真有垂死之态。

青辰高叫："卓旺怒江！木家要赢了！"

可青辰是个乌鸦嘴的命数已定，刚刚喊完，就听更为巨大的开裂之声传来，吞没了天地间一切声响，比原先的木婴地宫更大了一倍的藤山轰然升出。此时才是木婴升宫的本尊，之前不过是前兆而已。

扑向灵蛊船的藤索的数量，似乎刹那间多了百十倍，轰的一声，卷起层层气浪，那体型硕大的灵蛊船，在其间如同惊涛骇浪里的一叶孤舟，没见到它再有什么动作，便被藤浪卷入，看不到任何痕迹了。

青辰张口结舌，不敢相信灵蛊船被这样销毁，啊啊大叫，一句话也说不出。

漫天的藤索随之一退，再不见灵蛊船，只剩下卓旺怒江被几十根藤索囚在空中，缠成一个球状。木婴似乎对卓旺怒江此人余怒未消，继续收紧，接着咔嚓一撕，卓旺怒江喊都没有喊出一声，便被撕得粉碎，洒下一片血雨。

木婴毁了灵蛊船，地宫从中部继续隆起，逐渐形成一个金字塔状，尖端有亮光升起，汇聚成球，虽不甚亮，但极为显眼。

而那团光球被一个能盛三五人大的木盘盛着，木盘被七根木柱托着，不是别处，正是火小邪他们所在的祭坛。

药王爷一见此物，不禁大叫道："木家圣殿祭坛，木婴的主灵现身了！"

再一细看，祭坛上有几个被紧紧缠住的人，看得清衣着容貌，竟是火小邪、田问、林婉、金潘、乔二五人！

水妖儿在下方看到是火小邪，又悲又喜，站起来惊声叫道："火小邪！"

火小邪与水妖儿相隔虽远，好似仍能听到，身子挣扎了几下，藤蔓拉紧，又不能动。

水妖儿涕泪长流，哀声唤道：“火小邪！我在这里，在这里啊！”伤心欲绝，跌跌撞撞向前跑了两步，还没有出得了悲苦菜毒圈，便身子一软，跌倒在地。水妖儿久困在此，一直又悲又急又恨，身乏体虚，再见到火小邪时，情感激荡，冲了心神，行动不畅亦是必然。

木家未死之人，眼见最后一根救命稻草灵蛊船荡然无存，均知气数已尽，无力回天，其心既死，倒也无人喊叫癫狂，纷纷长叹，静坐在地，只等一死。

药王爷哀叹一声：“千年木家，今日竟毁在木家苦心培养的圣物手中，难道天地已不能容五行世家的存在了吗？”扑通跪倒在地，冲着高居天空的木家祭坛拜了三拜，老泪纵横，盘坐在地，闭目等死。

青芽、千鸟、藤牛、甲大掌柜、盘蛾等木家长老，也心如死灰，跪地拜了几拜，再无抵抗之心。

青辰哽咽几声，面对如此庞然大物，所有信心被击得粉碎，双膝一软，瘫坐在地，掩面低涕。

藤蔓开始从各个角度席卷而来，淹没了这片方寸之地，把木家人一个一个地缠住。

水华子和木王病人，眼见着藤蔓渐渐盘上脚踝，两人并不移动，反而彼此笑道：“呵呵，火小邪被困，赌输了吗？”

“倒是未必。”

“那不如不动。”

“动也无用。”

“嗯，好过瘾的赌局！”

“好在我们还能看到赌局最后开盘。”

“有趣！呵呵呵！”

“非常有趣！哈哈哈！”

两人让藤蔓缠紧了双腿、腰间和双臂，还是笑眯眯地看着祭坛上的火小邪，如同欣赏大戏一般。

至于木家苦心设下的十毒阵，亦没能支持住多久，很快土崩瓦解，水妖儿虽已坐起，也知道没有逃走的可能，唤了声火小邪，被藤蔓缠住。

尘埃落定，整个山谷归于寂静，举目之处，再见不到一个能够活动的人，所有藤蔓，也都静止下来，看上去和寻常的藤蔓无异。

唯有祭坛之上，那个鹅蛋状的木婴主灵，还在一张一缩地发出阵阵光芒，似乎在俯视着自己的杰作。

就在这片死寂之时，仅有一个人在微微动作，便是火小邪。

火小邪虽说被缠住，但是姿势十分奇怪，他有一只手好像刻意地放在脸前。这个动作果然有深意，只见他两根手指极为缓慢地伸出，手指之间，夹着一颗木广珠，正好珠子横在眼前。

火小邪黑眼一亮，从木广珠中看将出去，朦朦胧胧地，能看到数道青色的光脉，从各处汇集而来，交汇在一处，形成一个巴掌大小的光斑，正绕着木婴主灵下的木盘边缘缓缓打转。

火小邪暗骂道：“如果这就是主灵的核心，却是个无形无质的东西，怎么灭得了？不着急，再看看！”

功夫不负有心人，火小邪眼见着光斑绕了数十圈后，终于停下，接着，从光斑中长出一根尚不足小指头粗的嫩芽，约有半指长短，绿油油的，实在是又细又弱，毫不起眼，与任何一根藤蔓都不相同。

这根嫩芽一长出，光斑便逐渐收到嫩芽之中，所有光脉也向嫩芽汇集。嫩芽很是受用，摆了几摆之后，忽又枯死，从木头上脱落。然后光斑再起，继续到处移动，等停下来时，再长出一根嫩芽，而后枯死脱落，往复不休。

火小邪暗念道：“就是它了，就是它了，木盘这狗东西，真够精明的！”

火小邪轻轻地嘘嘘嘘了几声，暗暗唤道：“小小邪，小小邪，你爹叫你呢。”

一会儿工夫，一只九品灵貂，便从火小邪衣领处挤出身子，趴在火小邪脸旁听令。

火小邪眼中看着嫩芽再度长出，心头连忙唤道：“小小邪，去咬那根小芽，去咬！乖儿子，明白吗？那根，那根，边上的那根！”

九品灵貂眨了眨眼，歪了歪头，略又不解。火小邪并不着急，一边想一边脑子里低哼道：“咬，咬，去咬，快，快点。”

九品灵貂终于明白，从火小邪身上一跃而下，几个飞跳，便蹦上了木盘的边缘，向那根嫩芽急冲过去。

火小邪心头大叫：“快咬！快！哎呀！别咬！”

那根嫩芽正在枯萎，九品灵貂难以分辨，张嘴便咬下，叼在嘴里，复又向火小邪跑回来。

火小邪眼见着光斑再起，知道无效，而那光斑似乎受了惊扰，嗖的一下，钻入木盘之内。

火小邪低骂一声：“孙子！要跑了！”可没等到九品灵貂衔着枯了的嫩芽跑回来，浮在木盘之上的主灵突然光芒大盛，如同一只眼睛，直勾勾地向火小邪看来。

唰的一下，缠住火小邪的藤蔓骤然发力，将火小邪整个提起，向木嫛主灵塞了过去。

扑通一声，火小邪直跌入盛着绿水的大木盘内，一没到顶。

这个木盘虽大，看着却不深，但火小邪跌入水中，只觉得极深，不住向下沉去，没有见底的迹象。

火小邪心知这是幻觉，却无能为力，手脚重如大石，僵硬麻木，动弹不得。

火小邪咕咚喝了一口水，暗骂道："今儿个要淹死在痰盂里了！"这么一想，眼前却突然一亮，现出一幅场景来。

一个颇为巨大的殿堂之内，正中摆着一个祭坛，与当下的一模一样，一个男子从木盘中咳嗽着探出头来，全身湿透。这男子吐出几口绿汪汪的水，脸上浮现出一副欣慰的笑容，看起来亦正亦邪，与火小邪异常神似。而在祭坛之下，绑着一个女子，嘴里塞着软布，看容貌竟是年轻时的青辰！男子从木盘上跳将下来，湿漉漉地对青辰说道："真不容易！我得手了！"

青辰呜呜挣扎，眼泪直流，满脸都是愤恨和不解。男子为青辰擦了擦眼泪，轻声道："青辰，我……唉！多说无益！"说着一掌击在青辰脖后，将青辰打昏在地。

这男人见青辰昏迷，从怀中摸出一个蜡油封住的纸筒，伸手一抛，落入木盘中，咕咚咚沉了下去。

这男人给青辰松了捆绑，地面已经开始剧烈地震动起来，他一见不妙，低头吻了一下青辰的额头，头也不回地奔驰而去。

亮光一灭，火小邪依旧在水中不住地下沉，脑海却中只有三个字——炎火驰！

紧接着，火小邪重重地砸到水底，满身的藤蔓，已然不在。

可火小邪身上好像灌了铅一样，还是动弹不得，最多再支撑几十秒钟，必被水呛死。

火小邪暗骂道："我爹能动，为什么我不能动？"如此千钧一发之际，火小邪由着性子，让身上两副经脉飞快交替，只求能动上一动。

造物使然，火小邪继承其父炎火驰的血脉，罕见的火盗双脉之身，确实有用，一番折腾之后，火小邪终于能够扭动脖子，手臂轻摆。但这些许成绩，并不能让火小邪脱困。

火小邪挣扎着翻了个身，脑海中却有声音传来："让我死。"准确地说，并不是有人在说话，而是一种没有言语的告知。

火小邪神志已不太清楚，还以为是自己与自己说话，但那声音又说："我的眼睛丢了，我很孤独，非常非常地孤独，我不想这样活着，让我死，你能做到，

你能做到，因为你就是偷走我眼睛的人。”

火小邪终于明白不是自己脑海中的胡乱猜想，脑海中奋力答复道：“我怎么让你死？我都要死了！”

那声音答道：“咬断它。”紧接着，就在火小邪脸旁不远，一根嫩芽生长出来，水下本是一片绿色，根本不能视物，但这根嫩芽，通体发亮，非常显眼。

“咬断它！咬断它！咬断它！咬断它！”这声音在火小邪脑海中不断重复着。

火小邪哇的再喝一口水，借着微弱的动作，向那根嫩芽滑去，脑袋一摆，一口将嫩芽咬住。

“咬断它！”

火小邪哪管这许多，咔的一口，便把嫩芽咬断，一股极腥极臭的味道填了满嘴，直下腹内，但同时身子一松，立即能够活动。

火小邪哇的一口，将半截嫩芽吐出，双手一按，直出水面，如同当年炎火驰一样，趴在木盘边缘，大口吐水，大口呼吸。

刚刚有所缓解，就觉得浮在水面上的木婴主灵光芒一暗，嘭的一声响，炸裂开来，洒下片片如飞絮般的碎片。

火小邪仰头看着，眼中的黑色渐渐退去，恢复成正常人的眼睛，一个明确而不容置疑的念头传来，也不知是自己的，还是其他事物传达给它的——木婴死了……木婴，并不是一个人，在世人眼中，它是个异类，是个会动的植物，是个没有人性的怪物，但它，同样拥有一个孤独而脆弱的灵魂，只是从来不为人知，从来没人理解……

说不出为什么，火小邪心头一痛，浓浓的悲伤涌起，两行热泪直挂眼角，慢慢地再次潜入水中。

十三、火栖良木

水华子、木王病人在下方目睹了火小邪所做的一切，两人哈哈大笑。

“赌赢了！”

“是赢了！”

“不虚此行！”

“痛快之极！”

“哈哈哈！”

“哈哈哈！”

两人身上的藤蔓已没有力量，甚是委顿，而且在逐渐枯萎。两人只是轻轻一挣，便脱身出来，藤蔓摊落一地。

其实不止水华子、木王病人见到火小邪所做的一切，药王爷、青辰、青芽等木家长老，和大多数的木家弟子，全部看在眼中。

“得救了！”突然有人喊道。

接着是无数悲喜交加，激动不已的呼喊声相续传来，连药王爷也喜极而泣，拨开身上的藤蔓，颤巍巍地站起身，叫道：“木家没有亡！木家没有亡！先祖保佑！”

这片侵占了大半山谷的藤蔓海洋，随着木婴主灵湮没，很快枯萎，失去了活力，寸寸断裂，在山谷中堆积了厚厚一层。

木家众人，皆得以脱身，经历这几个时辰的折磨，终于大难不死，有人抑制不住，相拥在一起，放声大哭。

青辰痴立于原地，又惊又喜，又妒又恨，她心里明白，救下木家众人的功劳，与自己毫无关系。

水妖儿脱身出来，向着火小邪所在的祭坛处猛跑，踏着枯死的藤蔓，其速飞快，口中急促唤道：“火小邪！”

木王病人见水妖儿一脱困便去找火小邪，恨道："真是痴心不改！"

水华子轻笑一声："随她去吧。"

"哼哼，不过经历此劫，我倒对火小邪和水妖儿的关系有了新的看法。"

"既然我们历经数年，也拉不回水妖儿的心，不如让他们相处一段时间。"

"不错，水妖儿和火小邪命中相克，在一起早晚会有争执，水妖儿就算不与郑则道在一起，离魂崩魄乱之时尚有几年，有这几年，小夫妻天天相处，必然会腻！"

"呵呵，大哥对男欢女爱一事，也不再讳莫如深了啊。只不过……"水华子转为意语道，"我们这次赌局胜了，能够不死，全靠了火小邪之力，按照水家打赌的规矩，火小邪可以提出水家可以办到的任何条件，作为答谢。"

"他不说，我们就不办。"木王病人意语道。

"水妖儿定会告诉他。"

"大不了是答应他五行合纵，破罗刹阵。这个罗刹阵，把我整得甚惨，差点丢了性命，我定要再回去看看，宰掉毒伤我的倭寇，五行合纵就五行合纵。"

"大哥主意已定？"

"你还有什么想法？"

"呵呵，大哥拿定了主意，我反而安心了，五行合纵这件事，虽说是五行世家的大忌，但你我这一辈，同为水王，能参与五行合纵的盛事，岂不美哉？天下既然大乱，那就乱得越发彻底，越是有趣。"

"嘿嘿，原来你是早有此心，故意引出我的意见。"

"呵呵，大哥英明，五行合纵若只是火小邪想到，水家被迫跟随，想起来很丢我们的面子。"

"流川，你真是和凌波一个德行。嘿嘿！"

"流川，你我都叫流川啊，你我一样，是凌波爹爹的儿子，不分彼此。呵呵！"

水妖儿攀上祭坛，手脚一缓，又是一个平凡女子的笨拙，前行显得很是吃力。火小邪刚刚把田问、林婉、金潘、乔二从藤蔓中解下，安放在地，除田问一直昏迷外，林婉、金潘、乔二被木婴缠住时，全身麻痹，只有眼睛睁着，能看到火小邪杀死木婴的全程。木婴既死，他们已逐渐解除麻痹的迹象，看样子平安无事。

水妖儿动情喊道："火小邪！"跌跌撞撞地向前跑去。

火小邪一回头见是水妖儿，心中一暖，站起身子，双臂一伸，动容道："真巧！"火小邪眼中黑色已退，言谈举止依旧是之前的那个火小邪。

水妖儿扑入火小邪怀中，由着他将自己紧紧搂住。

两人千言万语，不知从何处言表，只是紧紧抱着，不愿分离。

有人低声哼哼道：“恭喜，恭喜……小别胜新婚啊……打扰一下……”

火小邪、真巧脸上均微微一红，这才松开。

说话之人，正是金潘。

金潘烂泥一样坐在地上，说道：“我全身都要散架了啊。”说着踹了几脚乔二，骂道，“起来，起来了！使使劲就起来了！二子，二子！”

其实林婉比金潘醒得更早，见火小邪和水妖儿相拥，一直没有打扰，只是为紧闭双眼的田问按摩。

林婉抬头说道：“火小邪，谢谢你，是你救了我们所有人。”

火小邪忙道：“惭愧，惭愧！”说着走上前，看着躺在地上的田问，关切地问道，“他还好吗？”

林婉答道：“木婴已死，他会逐渐恢复知觉的，有我照顾着他，你放心。”

林婉注意到火小邪眼中的黑色已退，又问道：“火小邪，看来你体内黑灵蛇的影响，暂时消除了，恢复了本性，不过你还记得这几个时辰所发生的事情吗？”

火小邪微微点头道：“记得，清清楚楚，无一遗漏。”

林婉垂下头，低声道：“那请你，除了这里我们几个人以外，不要再与别人说我的事情，不知道可以吗？”

火小邪本想说林婉你虽然有错，但杀死木婴的办法，全靠你指点才得以成事，想必木家会原谅你的。可看到林婉一副愧疚难当的表情，便把这些话咽了回去，慢慢说道：“好，你放心。”

金潘一旁哼哼道：“火小邪，我一时半会儿还走不动，你要不先帮帮忙，找找乔大，还有田羽娘这些土家人，王孝先、百艳，说不定他们还活着。水妖儿，呵，我知道你是水妖儿，不是什么真巧，你也帮帮手吧。”

水妖儿忙道：“不是的，我真的不是水妖儿，我是真巧。”

金潘干笑了声，说道：“好，好，真巧，真巧。”

林婉接着说道：“火小邪，如果你找到他们，也请你帮我转达，请他们不要说……不要说……我不知道怎么面对木家的人……”

火小邪不置可否，只是答道：“潘子、林婉，你们在此休息，照看田问，事不宜迟，我这就去找其他人。”说着，向水妖儿看来，眉头一松，颇有深意地傻笑了一声，说道，“真巧，施展你的手脚，帮我。”

火小邪说罢，冲水妖儿含笑点头，向祭坛外跑去。

水妖儿手脚微微滞了滞，回想与火小邪一路上相处的点点滴滴，难道火小邪早就明白，只是一直在装傻，不说破真巧就是水妖儿的真相？

水妖儿心里既苦又甜，脸上千百种表情瞬间变化一番，再不犹豫，使出水家身手，紧随着火小邪而去。

林婉看着火小邪离去，哀叹一声，眼中清泪翻滚，挂在脸颊。

金潘低声问道："林婉，你这么在乎木家人怎么看你？大不了远走高飞，和田问好好过日子去。"

林婉含泪道："木不能无根，我无法像你们这般洒脱，我呈现极恶极丑的一面之后，幸运得活，方才想明白，我怨天尤人，唯独把自己洗脱干净，其实真正错的，不是别人，正是我自己……"

金潘轻叹道："木家啊，木家女子啊，真是矛盾啊……"

火小邪与水妖儿钻进藤蔓中，内部已如蚂蚁窝一般，孔洞无数，虽说无路，但在尚未崩塌的粗大根茎上钻行，对这两人来说并非难事。

火小邪体感敏锐，摸着藤蔓，便能感觉到有颤动传来，随之找去，很快就发现了田羽娘、田遥、田令、田观、田迟五人已能自行脱困。火小邪、水妖儿赶上前去，帮了一把，救下众人。

田羽娘见是火小邪，精神一振，忙问田问的情况以及发生了何事，火小邪简单一述，喜得田羽娘涕泪长流，拉住火小邪直道："火小邪，你是土家的恩人！"绝不再提炎火驰三字。

土家五人如同金潘一样，身子还在麻痹，虽能行动，尚不灵便。

火小邪指了指上方，让土家先往上走，即可脱困，说罢带着水妖儿要走。

田羽娘问道："火小邪，你的眼睛是……好了？"

火小邪知道田羽娘问的是自己原先的一双黑眼，已经复原，于是轻轻一笑，答道："木婴死时，应该是化解了我体内的黑灵蛇，现在好了。"

田羽娘哦了一声，说道："还是现在这样好，之前你邪得有些吓人。"

火小邪自嘲地笑了声，说道："林婉所发生的事情，还请各位对木家人保密。我们一会儿再见，我去救其他人。"

田羽娘谢道："好好！谢谢！还有水妖儿，也谢谢你出手相助。"

水妖儿不想辩解什么，默默点头回礼，与火小邪快速离去。

再往下行，很快就碰见了乔大、王孝先、百艳和七八个金家卫士，横七竖八地堆在一处，这些人被困得久了，只有体质最强的乔大尚有意识，能够微微睁眼，其他人则昏迷不醒。

王孝先和百艳紧紧抱在一起，两人呼吸微弱，要是再晚一点杀死木婴，恐怕两人性命难保。

火小邪、水妖儿分头救下众人，暂作安置，心想仅凭两人之力，很难把他们全部拖出。这个木婴地宫，细小的藤蔓已经枯死，粗大的根茎虽能支撑，却仍有崩塌之忧。

火小邪便与水妖儿钻出藤蔓，打算再寻些帮手。

上到藤蔓表面一看，就见木家有一百多人，在药王爷、青芽等木家长老的带领下，正在向上攀爬，与他们碰了个正着。

药王爷见是火小邪，愣了一愣之后，立即跪倒，高呼道："火小邪，请受木家一拜！"

逍遥枝虽死了林不笑、李自有，还有林婉的众多亲信在，见火小邪如见木王一般，立即跟着药王爷就跪。

青芽是身份仅次于木王、药王爷的青枝总仙主，跪拜火小邪这个无名小辈，虽有一丝犹豫，但很快亦随着药王爷跪拜。青芽一拜，甲大掌柜、滕牛仙主、乙大掌柜等等青枝长老弟子，呼啦啦跪了一地。花枝千鸟总仙主当然不敢怠慢，带着花枝弟子，紧跟着就跪。

百余木家人，除了不久前即位木王的青辰和黑枝长老弟子缺席，已是青、花、逍遥三枝活下来的精锐之精锐，无不心悦诚服地跪地问好，不敢有一丝轻视和勉强。

火小邪快步上前，扶住药王爷，沉声道："不可如此大礼，承担不起。"

药王爷听火小邪口气客气，抬眼一看火小邪双眼正常，心头更是一喜，暗念道："火小邪现在不邪性了，可能黑灵蛇对他的影响已经化解了！木家幸甚！"

火小邪客气，药王爷则更是客气，怎么也不肯起身，直呼道："火小邪你制服木婴，保住了木家，救了所有人，再造之恩，感激涕零，理应受木家三拜！"

火小邪还想推辞，水妖儿上前一步，低语道："小邪，他们一番美意，你就让他们拜吧。"

火小邪点了点头，对药王爷等木家人高声道："我记得你们说过，如果我能制服木婴，你们就请我当木王，拜我可以，我可是木王？"

药王爷和青芽对视一眼，心头均是一惊，想道："火小邪的邪性虽减，脑子可不傻，记得这么清楚，贼精贼精的！本来拜三拜，能把他当木王的事情压过去，这下可好，骑虎难下了。"

火小邪见药王爷、青芽等人为难，青辰等黑枝人站在下方不来，大概其猜了七八分，呵呵笑道：“暂时不用谢我，此事等木家四枝人齐了以后再说，各位请起，先随我救出被困的其他人吧！”说罢转身就走，不看木家人，大喝道：“事不宜迟，请各位速速随我来！”

水妖儿本怨恨木家人逼死大掌勺，设十毒阵将她封住，故而让木家众人磕头解恨，听火小邪这番说，心里不禁佩服火小邪考虑得更为深远，既能给自己留有余地，又能给木家暂时下个台阶，还能拉上木家心甘情愿地救人，隐约有大盗之风，成熟了许多。

药王爷、青芽等木家人，既有些尴尬又有些愧疚，只好纷纷起身，老老实实地跟着火小邪去救人，乖如小狗。

有了木家百多号人相助，不须多时，不仅把王孝先、百艳、乔大、金家卫士救出，田羽娘等土家人也得到了照顾，火小邪、水妖儿护着林婉、田问、金潘、乔二，随木家人从木婴地宫出来，下至平地。金家已死的几名卫士的尸体，也让木家用寻尸之术找到，渐渐移出。

林婉一路下来，只陪在田问身旁，始终静默无言，甚至不愿与木家人对视，木家人也无人与林婉说什么。

火小邪不乱不慌，不卑不亢，指挥有度，木家人心里尊敬火小邪，奉之如神明，都听他的号令，不仅照顾了田问、金潘等人，连因为这次木婴升宫死去的木家人尸体，也得妥善安置，很快局面便安定下来。

药王爷等木家长老无不感叹，火小邪竟有如此严谨周密的管理能力，让人刮目相看，心里隐隐都偏向了火小邪这边，无不想到，火小邪当木王，也许是个相当不错的选择，制服木婴，名正言顺，反正比用灵蛊船胡乱杀人的青辰好上许多。

不得不说，火小邪从毁掉木婴主灵之后，许多事办得漂亮。

暂居木王之位的青辰，则很是被木家人冷落，她从灵蛊船被木婴毁灭后，信心一蹶不振，这时候有火小邪调控木家做事，井然有序，她更是无话可说，灰溜溜站在一旁，又恨又妒，又羞又苦。甚至连黑枝的盘蛾仙主，见青辰大势已去，也偷偷地离开青辰身边，听从火小邪的招呼，不落青、花、逍遥三枝后尘，安排黑枝重整旗鼓。

可怜林木森，灵蛊船来时，无人给他服枯死药，已然仙去。

虽说逍遥枝弟子，大多不敢与林婉走得太近，仍然几个常年跟随林木森、林婉的亲信弟子，帮忙收了林木森尸身，请了林婉过来，林婉跪地垂泪，也不出声，哭了片刻后，便强忍悲痛，安排逍遥枝弟子将林木森尸身移至别处。

大掌勺的尸身，也由青枝青云客栈负责收妥，胖好味大难不死，抱着大掌勺尸身号哭不休，数次安慰后，方才好转。水妖儿虽没有胖好味这般激烈的行为，但陪在大掌勺尸身旁，默默垂泪许久。火小邪上前安慰，水妖儿靠在火小邪怀中，又哭了片刻，才目送着大掌勺尸身离去。

乙大掌柜心里想着自己的九品灵貂，总是偷偷摸摸地看着火小邪，他已然看出，他的宝贝灵貂，就躲在火小邪怀中，可是他又不敢得罪火小邪，贸然去要回，心痒难耐。火小邪看得清楚，伸手一摸，唤了九品灵貂出来。乙大掌柜眼睛大亮，压着嗓门叫道：“小鸡鸡，小鸡鸡！”九品灵貂看了乙大掌柜一眼，却不搭理，吱吱叫了两声，再度钻回火小邪怀中。

火小邪再唤了几遍，九品灵貂就是不出来，火小邪冲乙大掌柜淡然一笑，说道：“对不起啊，它喜欢我叫他小小邪，你再等等，若它回心转意，我一定还你。”

水华子、木王病人，两个水王流川，一直在远离众人的高处端坐观望，直到火小邪安排木家，把一切收拾得较为妥当之后，两人才对视一眼，彼此意语。

“火小邪已不全邪，但变得亦正亦邪了啊。”

“竟有些窃国窃世的大盗之风。”

“此人自小受尽磨难，时至今日，终于开窍了吗？”

“木可生火，木婴乃极盛至霸的木气，按理说，唯有金家的万世陨铁之类强金可以抑制，火小邪本该被引入极烈的程度，自我毁灭。现在恰好相反，相生相克相乘相悔制化复胜，五行交杂，机缘造化，让火小邪毁了木婴，恐怕是木婴之死，引导火小邪体内极邪极烈的野火归化正统。”

“那火小邪岂不是可称圣人？我看如此变化，反而是喜忧参半之局，前途难料。”

“圣人不死，大盗不止，是忽然也。”

“我更喜欢火小邪极邪之时。”

“大哥你居然会喜欢火小邪？呵呵！”

“此人的确有让我佩服之处！天下之大，能毁掉木婴升宫之人，唯有火小邪！水妖儿与现在的火小邪在一起，他虽不能救水妖儿一生，但至少让我有些脸面了。”

“那我们不如顺水推舟，恭贺两人。”

“此言有理，我也想看看，火小邪现在有几斤几两。”

这两人说到此处，身子同时一动，站起身来，闲庭信步一般，向火小邪走来。

火小邪见两位流川向他走来，正色相迎，水妖儿却有离开之意。火小邪轻轻拉住水妖儿，说道：“不该躲的，躲也没用，陪着我吧。”

水华子一副笑脸，抱拳赞道：“火小邪，恭喜恭喜！”

火小邪平静道：“喜从何来？”

木王病人似笑非笑道：“力挽狂澜，扶大厦之将倾，此番功绩，千年难求。”

水华子又道：“此为第一喜，第二喜是你与真巧，劫后重逢，恩爱尤胜之前！”

木王病人点头道：“还有第三喜。”

水华子说道：“火小邪你得到木家信任，木家有言，破木嬰者为木王，火小邪你可以位列五行世家木家尊位，实至名归，恭喜恭喜。”

火小邪笑道：“原来只是恭喜，不是感谢，有些失望啊。”

水华子、木王病人微微一愣，两人立即意语道：“这小子真是不该客气的时候绝不客气！”“对我们直话直说不留余地，很是头疼。”

水华子笑道：“当然要感谢！”

木王病人说道：“必然要感谢！”

火小邪露出一丝坏笑，说道：“然后呢？”

“然后呢……”水华子自说自话一句，看向木王病人，意语道，“大哥，这小子今非昔比了……”

“呃……”木王病人也低念一声，用意语答道，“三句话就能将我们的军，算他厉害。”

火小邪故作遗憾道：“水家对救命之恩，就这样轻描淡写地说两句？太小气了吧。”

木王病人心里一堵，沉声道：“你有什么要求，请讲。”

“看样子如果说出来，你们也会找借口说做不到，不如不说。算了！你们来恭喜我，我心领了，现在事多，改日碰到水王流川，他是个说话算话的人，我再与他说说吧。告辞！”火小邪很大方地摆了摆手，便要离开。

木王病人被这话挤对得心头直冒火，上前一把抓住火小邪的手，沉声道：“我就是流川，说话算话，你但说无妨！”

火小邪一反手，也抓着木王病人的手腕，眼神锐利，说道：“好！五行合纵，破罗刹阵，水家可答应？”

木王病人嘿嘿一笑，松了火小邪的手腕，说道：“曲里拐弯地激将我，不就是五行合纵破个烂阵吗？这等芝麻绿豆大小的事情，答应你就是！”

火小邪同时放开木王病人的手腕，笑道：“流川大人果真豪杰！那就这么定了！何时何地，我再通知你。”

木王病人轻哼一声："好！"转身就走。

火小邪笑道："大人，一会儿还有好戏要看，再等一会儿不迟。"

木王病人答道："放心，我从来不错过好戏。"

水华子向火小邪抱了抱拳，瞟了水妖儿一眼，水妖儿冲他无声地一笑，满脸是对火小邪刚才言谈的骄傲之情。

水华子干笑一声，转身便走，几步追上了木王病人，两人立即意语起来。

"火小邪不是像大盗，而是已成大盗！"木王病人先行说道。

"幸亏大哥说话坚定，不然真会落在下风，让火小邪小看了。"

"他看破我孤傲清高的缺点，时机语调，动作表情，大局明朗，小局不计，三言两句，拿捏得恰到好处，处处激我，字字点我软肋，再让他说下去，只怕水王之位都要让给他，用以感谢。"

"以不盗行盗，确实有些高明了！"

"千盗万盗，不如不盗，引其拱手相送，还要心存感激，真没想到，火小邪能够把此法用在我身上。"

两人一路低语，退去一边。这两人多年来一直把火小邪当个小毛贼一般折腾，忽冷忽热，忽严忽松，玩于股掌之间，时至今日，终被火小邪翻盘，再不敢轻视。

火小邪微笑着看着水华子、木王病人走远，轻轻吹了个口哨，转身要走，却被水妖儿轻轻拉住。

"哎……"水妖儿欲言又止。

"真巧，怎么了？"火小邪一脸朴实地问道。

"你，刚才，怎么想的呢？"

"哦！再大的傻子老掉到同一个沟里，也学会绕着走了。挨打挨多了，一块肉就成了很有嚼劲的肉丸了。"火小邪搂了搂水妖儿的细腰，做了个鬼脸。

水妖儿被逗得扑哧一笑，突然说道："猴子。"紧贴在火小邪怀中。

火小邪感叹一声，笑道："猴子，他漂洋过海回来了，就变成了孙猴子，妖儿，不用再变化了……"

水妖儿鼻子一酸，满眼都是泪光，嗯了一声，将脸埋在火小邪胸前，喃喃道："我知道，我一直相信，会有这一天的……"

木家各枝收拾停当，不仅腾出一片平整的空地，也将围绕着的藤蔓破开一条道路，直通回木蛊寨的方向。

金潘、乔二除了身体疲累，已和常人无异，乔大和一部分金家卫士，也恢复了神志，可以起身慢走。乔二自从得知乔大还活着，与乔大寸步不离，便一路追着发牢骚，数落乔大种种窝囊，乔大便大着舌头与乔二对骂，金潘也不阻止，随他们嚷嚷去，哪有大难不死再重逢的喜悦？若不了解他们的，还以为他们是万年冤家，千年对头。其实明白人都知道，乔大、乔二此时的斗嘴争吵，才是两人义比金坚的写照。

王孝先和百艳也从昏迷中醒来，虽站不起身，两人依旧情话满腹，不时地相拥流泪，绝不肯分开，情到浓时，亦忍不住地热吻不止。木家人见怪不怪，视若无睹，金潘则见不得，但也不好阻止，只能不住低骂："光天化日之下！光天化日之下啊！"

田问在林婉的照顾下，恢复得甚快，已能坐起，脸上虽有青紫，也在慢慢褪去。田羽娘、土家四门早能行动自如，只不过围坐在田问身边，修身养气，亦做护法。

火小邪见局势已稳，木家四枝归位，留水妖儿在下方，自己登上高处，环视木家众人。木家人见火小邪有话要说，纷纷围拢过来，鸦雀无声。火小邪见人已齐整，摸出林婉所给的木广珠，拿在手中，高声喊道："木家各位长老，各位仙主，各位弟子，我火小邪毁掉了木婴，按先前约定，我可为木王，不知大家有什么意见？"

木家绝大多数人对火小邪这个"救世主"，十分敬畏佩服，火小邪话音一落，便哄的一声不断有人点头称是。

药王爷顺势而起，站将出来，大声宣布道："据查，火小邪乃逍遥枝王孝先仙主弟子，身份无疑！先祖有训，破木婴者为木王，无须斗药大会胜出。木家上下，一并认同。事前因火小邪在木婴内苦斗，唯恐有异，所以选出黑枝青辰暂为木王，两颗木广珠亦未聚齐，故而青辰木王之位不做正数。现有火小邪破木婴，众所敬仰，名至实归，可为木王！"

药王爷说完，很是激动，转身便跪，长拜到地，高声道："请火小邪为木家之主，继木王之尊！"

药王爷此话既出，哗啦啦木家众人，青芽、千鸟携青枝、花枝弟子跪拜，林婉也携逍遥枝，跪伏在地，众人随药王爷齐念："请火小邪为木家之主，继木王之尊。"

唯有黑枝众人，观望着青辰，不知该如何是好。

药王爷见黑枝不跪，大声斥责道："青辰！你的性命也是火小邪大人救下的，你使用藏地黑巫操纵灵蛊船，未能伤木婴半分，反而先杀死无辜木家弟子数十人，激化木婴升官，已是大错特错！青辰，还不跪请火小邪为木王，交出主持的木广珠！”

青辰无精打采地呆呆笑了两声，突然口气一厉，破口大骂道：“药老头儿，青芽，千鸟，你们这些墙头草！真不要脸！这个火小邪，是罪魁祸首，是炎火驰之子！他破了木婴，只是走了狗屎运！我不服！他当木王？哈哈哈，天下奇谈！他无论文斗武斗药斗，都不能在我手中走三个回合！木王就是我青辰，我绝不会让给他！”

药王爷大叫道：“青辰，你公然违抗先祖遗命，不守誓言，你是要与木家为敌吗？”

青芽也喝道：“青辰，切莫执迷不悟！你我都对火小邪发过誓，你再这样下去，木家谁会服你？”

青辰哈哈大笑，说道：“你们不先去收拾祸害木家、盗走副持的林婉，反倒要挟起我来了？林婉的病好了又怎么样？病好了你们就怕她了？我要杀她，照样易如反掌！”

金潘站出来一步，冲青辰喊道：“青辰，你也老大不小了，怎么就想不通？你当个木王就这么重要？你还是退一步吧，火小邪是我兄弟，你让他一步，金家照样能帮你，你逼着不退，金家别说帮你，只能与你为敌。”

田羽娘跟着走出，说道：“青辰，土家也是火小邪所救，你要是为难火小邪，亦是与土家为敌。”

药王爷接着说道：“青辰，你看到没有？你再不跪拜火小邪，交出木广珠，立即将你逐出木家，木、金、土三家合力击杀你，你根本没有胜算！”

青辰厉声道：“好个三家合力击杀我！你们有胆试试！黑枝弟子，你们谁跟随我？我们黑枝脱离木家，做黑苗王，与五行世家分庭抗争！”

黑枝盘蛾仙主本还站在青辰这边，听青辰这么一说，反而肝胆俱寒，退后一步，拔腿就跑，直奔到药王爷那边，扑通一下跪拜在地，这意思很明显，我盘蛾可不想跟着你往死胡同里钻。

盘蛾一跑，黑枝立即土崩瓦解，哗啦啦一大半人全部挪开，跪拜在地。剩余的几个青辰的弟子，犹豫一番，也不敢跑，干脆也跪下来，对青辰哀求道：“仙主，师父，求您不要固执了！”

药王爷喝道：“青辰！树倒猢狲散，你没有任何资本了，我数三声，你交出木广珠，如果不交，以木家叛徒论处！杀无赦！”

青辰大骂道："来，快数吧！"

药王爷正要念数，就听火小邪沉喝道："不必数了。"说着看向青辰道，"青辰，你想如何？"

青辰哈哈冷笑："火小邪，我可以把木广珠给你，让你当木王，只要你和我斗一场蛊，听好了，是斗蛊！你若能赢我，我心服口服！"

火小邪笑了笑，爽快地答道："可以。"

如此不加犹豫地便答应了斗蛊，青辰也微微一惊，更多人则难以置信。黑枝本就是蛊术厉害，青辰更是出类拔萃，木家在蛊术的杀人手段上，没有比青辰更厉害的，几为公认。火小邪根本不懂蛊术，更无准备，想斗蛊赢青辰，怎么可能？

众人疑虑不已，可又见到火小邪自信满满，到底火小邪做何想法？

林婉思虑再三，还是站出说道："火小邪，请让我代你与青辰斗蛊吧。"

火小邪大声笑道："不用不用！我来就我来！大家让开，腾出位置，我与青辰斗蛊。好了好了，不用多说了，我已经决定这么做了。"

青辰大喜，几步站出，说道："火小邪，请！"

火小邪说道："我就站在这里。"

青辰换作娇笑，说道："火小邪，我刚才就想，你有何能敢与我斗蛊？大概你吸了黑灵蛇，悟出什么道理来？你是双头朱雀之身，一般的蛊术有可能真的奈何不了你，只不过，当时我不知道你是炎火驰的儿子，现在既然明了，我有一蛊，必可胜你，呵呵呵，黑死灵蛊中，有黑灵虫，在木家不算厉害，但此蛊专门就是对付你这个有炎火驰血脉之人炼化的。火小邪，你太猖狂，今日看你怎么收场！来！"

火小邪摸了摸脑袋，问道："那么开始了？"

青辰说道："对，开始了！"

火小邪说道："那好，那就开始。"

青辰大叫道："使出你的本事来！我看你有……"

"慢着慢着！我忘了一件事。"

"废话少说！"

"确实是忘了，刚刚想起来，嗯，就是这个，我要先还你。"火小邪说着，从怀中摸出一个纸筒，在手中晃了晃，指着上面几个字念道，"炎火驰手封，青辰亲启。"

青辰脸色一变，喝道："谁给你的？"

"我捡的，你是先杀我，还是先看看？"

“你少耍花样！”

“那算了，我先给别人代为保管了。”

“你给我！”青辰一听，立即不干。

“好。”火小邪顺手一丢，正丢在青辰脚下，说道，“看样子有几十年了，还好字迹清晰，你说不定认得，这是谁的笔迹。”

青辰当然认得，纸筒上的几个字就是炎火驰所写，狐疑片刻，还是立即俯身把纸筒抓起，除去封蜡，将纸筒展开，里面数行小字，清晰可见。

只见纸上写道：“青辰，请你原谅，我与你相识，只为木婴之眼而来，本以为木家女子，多是行为不检，谁料你对我用情如此之专，而我也对你，颇为喜爱。曾因为你，想放弃此行目的，但我是一个盗贼，立过誓言，不达目的决不罢休，思前想后，还是舍了你我之情爱。这便是我，你爱我也罢恨我也罢，我唯有向你道歉一途。我盗齐五行重宝，方不愧我来此世一趟。青辰，我对不住你，我们下辈子若有缘，你我再遇，我定娶你为妻。不知你何时能看到此信，但请相信，此信中字字是我真心。青辰，你若看到此信，还请你暂放怨怒，你清甜可人、无忧无虑的样子，才是我喜爱的青辰。炎火驰，六月十三夜。”

青辰边看边哭，刚刚看到最后，岂料轰的一声，纸张着起大火。青辰不顾火烫，跪地欲抢，可顷刻之间，这卷纸便化为灰烬。青辰捧着灰烬，涕泪长流，几欲昏倒在地。

火小邪已从高处走下，来到青辰身边，默默站立，一言不发。

青辰哭了个尽兴，又挂着满脸泪水轻笑起来，笑了几下，又哭，哭了又笑，直到最后，才终于含泪笑着，抬头问火小邪道：“你从哪里找到的？”

“祭坛的木盘水中。”火小邪如实作答。

“我输了。”青辰说道，“蛊术不过是心妄想，心妄想亦是蛊术，火小邪，你用这剂心蛊，破我数十年之妄，赢得漂亮，我心服口服。能看到这封信，我也没有什么放不下的了。你赢了……”

青辰从怀里摸出盛木广珠的木匣，递与火小邪。

火小邪慢慢接过，沉声道：“青辰婶婶，我再替我父亲，对你说声对不起。”

青辰侧过身去，掩面而哭，哭了几声，又笑了起来：“他喜欢我笑，我再不想哭了。火小邪，青辰恭请你为木家之主，继木王之尊。”说着，盈盈跪拜在地。

木家众人，再度跪了满地，三拜之后，火小邪已是木王身份。

一个奉天小贼，自幼无亲，火家弃徒，五行难容，净火苦修，姻缘愁苦，险丧地宫，受人利用，罗刹开启，好友皆亡，忘却十一年，实在是水不能容，金不能收，火不能从，土不能依，木不能助，又遇水则乱，遇金则复，遇火则克，遇土则隐，遇木则狂。三十年来苦难受尽，终于火栖良木，从一个本无机会之处，生生闯出一条路来，成为五行世家之木王。

其间造化，三言两句怎么说得明白，唯有感慨两字。

火小邪当了木王，木家礼仪，暂不表繁复。

火小邪谢过众人，登高说道："既然大家推举我成为木王，那我便说几件事，所有人务必做到。"

木家人齐声应了。

火小邪说道："第一，林木森已死，言行失当之处，既往不咎，按木家礼数厚葬；第二，若不是林婉带着木广珠，又助我一臂之力，木嫛难破，林婉功劳甚大，同样之前言行既往不咎，依旧是逍遥枝总仙主；第三，大掌勺为真巧之义父，护女之心，其情可鉴，亦请厚葬；第四，青辰虽用灵蛊船让木家多人丧命，实乃为救木家心切，不得已而为之，不可怨恨报复。总而言之，之前种种恩怨不快，现在全部一笔勾销，不要再提。"

木家众人稍作议论，想想这样确实妥当，很快便齐声应了。

火小邪又高声道："此外，最重要的一件事，便是五行合纵，破万年镇，罗刹阵一事。倭寇与中华为敌，设邪阵欲永存五行至尊圣王鼎，并有逐一铲除五行世家之野心，中华之大，怎能容倭寇疯狂！"

药王爷进言道："木王大人，木家领衔五行合纵极好，可是五行合纵，必须其他四家都同意才可以啊。"

火小邪说道："水、土、金、火四家，由我来说服。先这样决定，五行若不能合纵，断然也破不了罗刹阵。水家两位大人，你们有何意见？"

木王病人嘿嘿笑道："小鬼子很是猖獗，欺负我中华无人？现在的政府、军队就是草包，各地诸侯只想着逃跑保存实力，江湖绿林也都不务正业，整个中国一盘散沙，正面交锋败多胜少，说起来都觉得丢人现眼。五行世家虽是盗人，此等灭倭破阵的大事，却是不二人选。水家当然会参与！不过丑话说在前面，木王火小邪，五行世家有任何一家不来，这事就算白说，到了万年镇外，也必然散伙。"

火小邪笑道："好！"转头又问田羽娘，"土家可愿五行合纵吗？"

发丘神官田遥站出来高声道："木王大人，五行合纵乃五行世家非常忌讳之事，我们在这里公开谈论，很是不妥！而且五行合纵之事，在下觉得万万不可！

此话既能传世千年，定有他的道理！而且千年来发生过的五行合纵，均是五行世家的惨祸，从未落空。宁信其有，不可信其无！娘，火小邪虽有恩于我们，也不能随他心思来。”

火小邪朗声笑道：“田遥，如果五行合纵成功，但没有记载，这该有多少次呢？你怎知只有坏的，没有好的时候呢？我和田问、林婉、金潘、水妖儿去盗五行地宫，也算得上是小五行合纵，怎么没见我们哪个死了？”

田遥辩道：“你们那时还不能算小五行！”

田羽娘严肃道：“好了，田遥，不要再说了。五行合纵一事，非常重大，五行世家数百年合纵过一次，事情虽办成了，但折了两家，其他三家也损失惨重，这么多年才恢复元气。当然五行合纵，必折其二，只是个传说，口口相传，谁也不曾亲眼见过，正统五行学说中，五行天天合纵，万事万物都靠的是五行合纵，才能平衡。怎么到了五行世家口中，就变成必折其二了？这个道理，老妇我一直没有想明白，折还是不折，我看要么是学艺不精，要么是自家内乱，归在神鬼怪力、因果报应、天数地轮上，更是有点荒谬。只不过，我是代掌土王信物的老妇，做不了这个决定，只需土王选出后，由土王定夺，土家上下，均遵从土王的意思。”

田遥听了，只好闭嘴，再不辩解。

火小邪笑道：“那好，请问土家什么时候决出土王呢？”

田羽娘看了眼不远处的田问，田问也已稳稳站起，看样子大半恢复，正向田羽娘点头示意。

田羽娘闭目掐指一算，长舒了一口气，说道：“依天地卦象，居然现在就是最佳时刻，地点在这片木嫛废墟之上，这样对土家所有人，都很公平。只不过，土家决出土王之法，从未公开，今日借木家地方，除火小邪、木家诸位长老、金家三人、水家三人外，其余人等，均请离开。”田羽娘所说的水家三人，自然包括了水妖儿。

火小邪念了声“好”，吩咐药王爷、青芽等木家长老各自安排，木家大多弟子，已做好准备撤回木蛊寨内，所以安排下去，稀里哗啦，很快就走了个干净。

金家卫士也由金潘指示，随木家人撤出。

田羽娘见无关人等已走，便唤了田问、田遥、田令、田观、田迟五人上前，说道：“你们五人一齐震卦，谁留在最后，谁就是土王。听明白了吗？”

五人齐声称是。

田羽娘掐指一算，说道：“吉时将至，你们取自己的石头来！”然后小心翼翼走了半圈，见一块露出地面的大石平坦，便站在大石边，仔细在石面上摸索了一番，点头认可。

田羽娘唤道：“田问、田遥、田令、田观、田迟，将你们的石头放在此石上。”

田问五人早有准备，纷纷上前，将手中的石头先后放于大石上。田遥放的是玉石，田令是珊瑚石，田观是玛瑙石，田迟是金刚石，唯有田问放的只是一颗普通的石头，好像是刚从地上捡起，表面还带着泥土。

田遥有些不解，不禁多看了几眼田问所放的石头。

五颗石子，放置的位置各不相同，田遥居间，田令、田迟的两石并列位于一旁，田观一石放得远离其他，田问的石子则居于田遥、田观的两石之间，三石连成一线。

难道说，只凭这五块石头，便能决出土王？

除了土家人外，无人猜得出下一步将是如何比试，全部屏息静气，定睛观看。

田羽娘念道：“各归其位！”盘腿坐在地上，双眼轻闭，气息悠长。

田问五人围着大石，慢慢行走了一圈，各自寻了个离大石或近或远的位置，盘腿坐下，也如田羽娘一样，双眼微闭。

田羽娘沉声道：“震卦！”

未见任何异常，只是觉得空气一滞，田问五人，各有作为。田遥右手掐指速算左手微捻，田观用一手紧按地面，田令手持另一块石头不住在双手间换位，田迟扶着双膝额头青筋暴起，田问单手在地上慢慢画“一”字。

谁也看不明白土家人在做什么，但田问五人，都是表情极为严肃，看上去如临大敌，心弦紧绷。

约有一袋烟的工夫过去，五颗石子依旧纹丝不动，没有任何变化。可土家五人中，田迟已经大汗淋漓，坐立不安。

只听田迟突然闷喝一声，双拳向地面猛击，其力之重，两个钵盂大的拳头，直没土中。

田迟依旧闷喝不止，全身猛颤。

再看五颗石子，属于田迟的那颗金刚石居然微微地震动起来，咔哒一下翻了个身，然后越滚越快，径直从大石上掉落下来。

田迟大呼一声，全身劲力一泄，垂头不语，接着站起身来，默默地退开一边，看样子是输了。原来谁的石子落地，谁就输了。这就是土家震卦决出土王之法。

到底是什么力量，凭空让一块石子滚动坠落？此乃土家不传之密，除在场的土家六人外，无人可解。

田迟刚刚退出，田令的珊瑚石也渐渐地颤动起来，开始在原地慢慢旋转，田令脸色大变，双手猛搓手中的另一颗石子。那颗珊瑚石本已有停转之势，岂料田观的玛瑙石突然间滚将过来，两石相撞，立即将珊瑚石击飞，坠落大石下。

田令啊的一声，也垂手认输。

田观的玛瑙石在大石上滚了两滚，便就自然地停下。剩余的三颗石子，再度僵持，仔细一看，方能发现，三颗石子看似不动，实际都在极快极轻微地颤动。

如此神奇之事，看得众人目不转睛，再细小的变化，也不愿错过！

几乎同时，三颗石子均是由静到动，唰的一下，一齐向大石边缘移动了半寸。

田观的玛瑙石几乎悬在大石边缘，眼见就要掉下。田观冷汗直冒，双手在地上一撑，口中念念有词，抓起一把泥土，撒向自己面门。这个怪异的动作，居然让玛瑙石一个翻身，退回了半分。

可怜田观刚刚解困，突然三块石子同时又动，田观呀的一声叫，他的玛瑙石已经挪出大石边缘，坠下地面。田观便也输了。

田问的那颗普通石子，位置也很糟糕，距离大石边缘只有指甲盖大小时，方才停下。

田问丝毫没有焦急的样子，表情严肃，还是用手指一下一下地在地上画“一”。

田遥面颊微红，双手掐算得飞快，突然一停，结出一个手法式，在上中下空中点了三点，念道：“三坤转卦！破吉为凶！”

此话念完，忽听轰隆一声，原本木槃藤蔓稳住的一块悬空巨石，由于藤蔓枯萎，失去了拉力，从半高处翻下，震得地面一抖。

两颗石子随之轻跳，田问的那颗普通石子，又翻了个身，一小半已经露出大石边缘。

田问眉头一皱，但立即平静。

田遥暗念了声“好”，再结出一道手法，在空中画了半圈，向地面一指，念道：“再破再凶，太岁之冲！”

就见田遥的那颗玉石，随着震动，滴溜溜滚动起来，向着田问的石子砸去。

田问手中一停，突然念道：“成一集变！”

田遥一听，脸色唰的一下白了，还没有等他再结出手法，一直托着石子的大石，竟然不堪重负似的，猛然向田遥的玉石方向倾斜。

玉石如按趋势，必能砸中田问的石子，可大石倾斜，却让玉石失了准头，贴着石子滚过，顺着大石的倾斜方向，就往下滚。

田遥无计可施，眼睁睁地看着玉石滚落在地。而田问的那颗普通的石子，却由于表面粗糙，稳稳当当地卡在了大石的低洼处，绝无坠落的迹象。

田遥长叹一声：“竟比我的卜算足足多了一倍，三修之全谋，落子之时……我其实就输了……”

田问长身而起，对田遥深鞠一躬，说道：“大哥成全。”

田遥还礼道：“田问，土家有你这样的奇才，我输得心服口服，不是我成全，而是你把我的变卦之相，也算到你的成一气数中。”

田羽娘缓缓睁眼，深喘了几口，说道：“十分精彩！田问，你赢得漂亮，这块大石的命数原在我所设局中，你还能在此局中，跳出周转，委实罕见。你若不是土王，土家也无人能担当此任了。”

田羽娘起身站起，双手一合一搓，变出两颗珠子来，呈在手心，向田问走来，跪于地下，恭敬道：“土王田问，请收纳土盘珠。”

田问也双膝跪地，毕恭毕敬地将两颗土盘珠接过，如同田羽娘一样，在手中一搓一合，两颗珠子便不见了。

田问扶着田羽娘站起，田遥、田令、田观、田迟四人赶来，纷纷跪拜于田问脚下，齐声道：“土家四门，恭迎土王。”

田问一一上前扶起，相视点头，虽无言语，足以定土家乾坤。

火小邪见田问成为土王，分外高兴，上前恭喜道：“田问！恭喜！”

田问抱拳回礼，昂首挺胸环视土家众人，坚定说道：“合纵破阵！”

田遥再无反对，随着田羽娘再次跪拜，众人应道：“尊土王法旨，五行合纵，破罗刹阵！”

金潘、土家各位长老，水华子、木王病人上前道贺田问即位土王，林婉最后一个上前，百感交集，盈盈一拜，便要回身。

“林婉。”田问低声道。

林婉回头一看，田问正凝视着她。林婉心乱如麻，面对已成为土王的田问，她更是愧疚自己在木婴地宫中的所作所为，不敢回想自己曾有如此丑陋的一刻。

田问伸出手来，又低声唤道：“林婉。”

林婉犹豫了片刻，才把手慢慢伸出，不敢去看田问的双眼。

田问将林婉的小手温柔而又有力地握住，上前一步，将林婉搂在怀中。

林婉嘤的一声，喜极而泣。

田问看向田羽娘，石雕一般的脸上，竟露出一丝羞涩：“娘……”

田羽娘开心一笑，说道：“都随你，你想做什么，娘都同意！”

木家一片欢愉之声，水华子、木王病人也是面带善意的笑容，有此姻缘，不失为一件好事。

水妖儿站在火小邪身边，火小邪情不自禁地将水妖儿的手牵住，冲着水妖儿一笑，说道：“他们才是天生一对。”

水妖儿甜甜一笑，握紧了火小邪的手，她心里对林婉曾有的戒心，此刻也终于释怀。

只有金潘有些落魄的表情，退开一边，远远望着，自言自语道：“女人就爱乱花钱，我到底是找个老婆呢，还是不找呢？啊，对了，水媚儿，她现在怎么样了呢？”

乔大、乔二见林婉、田问有情人终成眷属，同样很是高兴，乔大重重拍了拍乔二：“二子，你要加油啊。”

乔二差点被乔大拍进土里去，起身就骂：“大西瓜，先找到你的西瓜妹吧！”

金潘一人一拳，骂道：“再乱嚷嚷，就让你们两个成亲！”

乔大、乔二都是大吃一惊，齐声道：“我们是近亲！”

“闭嘴，你们这两只猪！”

火小邪心中感叹，五行合纵本是一件非常困难的事情，眼下水家首肯，木家没有问题，原本应该最难的土家亦已确定，金家有金潘在，想必不是问题，这就促成了四家。唯独剩一个火家，火小邪也想好了办法，只待实施，已有四家同意，自己又是木王，拿下处于低谷的火家，把握应有八九成。

土家大事落定，只用了不到半个时辰。火小邪满意一笑，看向金潘，问道：“潘子，你们金家愿意吗？”

金潘一直心不在焉，听到火小邪叫他，才回过神来：“什么？”

火小邪问道：“五行合纵，金家愿意吗？”

金潘嗯嗯两声，低头苦思，却没有立即回答的意思。

众人一静，均向金潘看来，乔大、乔二两人见金潘不说话，有些着急，乔大问道：“二师父，这还用考虑吗？”

乔二也说道：“二师父，你在想什么啊？”

金潘一抬头，骂道：“你们两只猪，给我闭嘴！”

金潘的态度，刺得火小邪心里一凉，沉声问道：“潘子，你不愿意？”

金潘呵呵干笑两声，说道：“破罗刹阵对五行世家有什么好处吗？小鬼子想留着那个破鼎，当中国的皇帝，让他们当就是了。”

场面一静，许多人本以为金潘与火小邪的关系，是最不可能拒绝的，板上钉钉一样。

火小邪平静道：“潘子，你还想为日本人做事？”

金潘说道：“那群倭寇，谁会想帮他们做事？但利用他们赚钱，倒很好使。哎，火小邪，何必对罗刹阵这么执着？小日本打中国，我看与满人也没有什么两样。费这么大劲破阵，还不如你随我去上海自由自在玩几年痛快。”

火小邪说道：“中华民族将亡，你也不关心吗？”

金潘说道：“小邪，你和我从小是孤儿，爹不养娘不亲，能活下去就好，管他是谁当权？民族是什么，对我们有什么用？中华民族能亡在小日本手中？哈哈，不可能的啊。那个鸟蛋大的小国，就算占领了中国，不用三五十年，估计要把日本姓氏都丢到海里去。小日本有多少操行，我很清楚的。

火小邪口气稍厉：“潘子，真没想到你会这么想！”

金潘说道：“小邪，我是为你好！你想当皇帝，我可以立即买一个国家；你想杀小日本，我出钱出枪炮让军队去杀；我买断日本国的债务，天皇照样得向我下跪！时代变了，火小邪，中国没有皇帝了，封建主义死了，现在是资本主义、社会主义、共产主义，永恒的利益，才是真理！小邪，你都是木王了，放着好日子不过，破什么罗刹阵？”

火小邪站直了身子，盯着火小邪，问道：“你是不愿五行合纵？”

金潘口气一硬，说道：“别的事都可以，五行合纵没必要，我答应你，就是害了你！你这次应该听我的，破了罗刹阵，对中国可能有点好处，但对你，对五行世家有害无益！我只想赚钱，建立一个金钱帝国，中国存亡，关我屁事！”

火小邪沉声骂道：“潘子，忘国忘本，自私钻营，这不是卖国奸商嘛！”

金潘脸上也烫了，张嘴就顶：“我卖国？老子一心一意为你好，你还骂我？火小邪，你嘴里的那些大义，狗屁不是！我们是贼！是贼！自私自利是贼的本质！救国救世，与我们有狗屁关系，对你有什么好处？人不为己，天诛地灭！”

火小邪哼道：“好，好得很！我与你再没什么好说的。”

金潘叫道：“我不想和你吵架，火小邪，我不欠你的，你也不欠我的，你一意孤行，我拦不住你，好话说尽，还挨你数落，随便你去！告辞了！”

金潘此话一出，转头就走，乔大、乔二左右为难，看了看金潘，又看了看火小邪，分别说道：“大师父、二师父，这是……这是闹哪出啊？”

金潘叫骂道：“乔大、乔二，你们跟我走，还是留在这里？自己决定！”

乔大、乔二重重叹气，只好跪地向火小邪磕了个头，追着金潘去了。

眨眼间，金家众人，便走了个干净。

火小邪一直看着金潘离去，牙关紧咬，被金潘激得全身微颤。

药王爷小心问道：“木王大人，要不要拦住金家？好话好说，你和金潘大人关系不错，只是一点小误会……”

火小邪胸口郁闷，眼前直发黑，嗓子一咸，差点吐出血来，踉跄了半步，强行站稳身子。

水妖儿、药王爷看出不对，连忙要上前搀扶。

火小邪摆了摆了，示意不用，看着越走越远的金潘，闷声道：“让他们，走吧……”

十四、五行合纵

两个月后。

甘陕交界之处，长武县附近。长武县，乃黄土高原丘陵沟壑区，是古丝绸之路陕西的最后一站。自古为古豳国之地，为三秦通往大西北的咽喉关隘，素有“三秦屏障”“秦陇门户”之称。县境北临宁庆县，与子午岭相望，南依岐凤县，与陇塬县、关山余脉相近，境内的泾河、黑河、南河三条河流和近千条干支毛沟，将全县切割成北塬、巨家塬、枣元塬三大块，塬高、沟深、坡陡。

这种地质地貌，足能藏下百万兵将！

天色已近黄昏，黑河旁的一片高塬之上，有四骑健马疾驰而来，停于深坡之前。

西北疾风劲吹，飞沙滚滚。

这四人看打扮，乃是两男两女，只是纱巾蒙面，看不清面目。

一个穿西式黑灰素装的女子把住缰绳，指着黑河对岸说道：“火家总坛火云庄，就在对岸，过河之后，还有三里路程。”

她身旁穿的一个穿皮衣、马裤，脚蹬皮靴，头戴阔边西式皮帽的男子应道：“好！天色已晚，我们去渡口休息一晚，明日再渡河。”

一名身穿道袍的男子说道：“这地方还真不好找，多亏真巧带路。木王大人……”

皮衣男子笑道：“病罐子，说了咱们路上不用‘木王木王’地叫，你们还是叫我火小邪好了。”

在道袍男子身边，有个女子身穿颇为艳丽的西式女装，一双媚眼忽闪忽闪地说道：“木王大人，这里没别人，怎么能直呼您的名字？”

皮衣男子还是爽朗地笑道：“百艳，你们如果再叫我木王大人，那我就叫你们师父、师娘如何？”

道袍男子和艳女忙齐声道：“那可不行！”

这四人，正是火小邪、水妖儿、病罐子王孝先、百艳仙主。

火小邪笑道：“既然不行，那就说好了啊。”

王孝先、百艳只好点头称是。

王孝先说道：“火小邪，田问、林婉今天赶得到吗？”

火小邪笑道：“田问说到，他一定就会到，只会早，不会晚，他说不定已经在渡口等我们了。”火小邪转头对水妖儿说道，“妖儿，还是你带路。”

水妖儿嘻嘻一笑，说道：“是，相公！”一拉缰绳，拍马就走。

火小邪赶忙纵马跟上，两人并行纵马而去。

百艳仙主冲王孝先撒娇道：“乖宝，吃了两天的灰土，我身上好脏，你晚上要陪我洗澡，给我搓背。”

王孝先忙道：“小声！小声！小猫你晚点再发浪好不？”

火小邪在前方高喊：“跟上了！晚上给你们找个大木盆。”

王孝先哎呀一声，低语道：“你看，让你小声，火小邪是顺风耳，这不又听到了！”

百艳娇声道：“好了好了，走啦。”

这两人一催胯下骏马，急追火小邪、水妖儿两人而去。

四骑再走几里，已经下到黑河边，天色已经渐黑，不远处一片灯火如林，人来人往，看上去的确是个渡口，只是热闹非常。

四人勒缰停马，水妖儿疑道：“这个地方不会有错，怎么有这么多人？”

王孝先说道：“不会是火家知道我们要来，把渡口占据了吧？”

百艳仙主说道：“火家只知道新任木王前来拜访，不知道木王就是火小邪，火木两家这几十年里关系不错，是迎接也说不定。”

水妖儿一直细细观望，说道：“的确没有兵戎之气，反而很有喜庆之意，只是兵不厌诈，火家要装，也装得像。”

火小邪笑道：“无妨无妨，我们只管过去就是。”

王孝先说道：“我们要戒备吗？我这次带了无数药剂。”

“不用不用！”火小邪摆手道，轻抖缰绳，率先前进。

水妖儿、王孝先、百艳三人便紧紧跟随。

火小邪怀中一痒，一个小脑袋钻出他皮衣领口，探头向外望去，吱吱轻叫两声，竟是那只帮了火小邪大忙的九品灵貂。

火小邪摸了摸九品灵貂的脑袋，低声道：“小小邪，饿了是吧，马上就到，到时候给你一整只烧鸡。”

九品灵貂分外开心，吱吱叫了几声，又钻回火小邪怀中衣袋里去了。

四骑马缓缓行到渡口边，就听一声大喝，两个镖师打扮的大汉从路边蹦出来，劈头盖脸地大叫：“你们是什么人？”

火小邪抱拳道：“过路人，想在此借宿一晚，明日过河办事。”

镖师叫道：“此地已被包了，不能住人！你们沿河往回再走五里，还有一个小渡口。”

火小邪一见镖师胸口绣着“金玉祥”三个大字，心头一乐，说道：“王全、王兴两位老爷可好？请代我问候一下，我们再走。”

镖师微微一愣，正不知该说什么好，就听后面有人高呼：“哎呀，你们两个浑蛋，快让开，快让开，贵客到了！”

就见一个商人打扮的中年男子撒了欢一样疾奔而至，身后跟着数人。此人一见火小邪四人打扮，声音一颤，毕恭毕敬地问道：“可是木家大人？”

火小邪立即认出，问话的这个商人，可是个老熟人，笑道：“正是。”说着伸出手来，吹了一吹。

这男子鼻子一嗅，啊的一声惊叫，连忙跪地，高呼道：“山西王家堡金玉祥掌柜王兴，携父王全及全家老少，在此恭候木家几位大人多日了！”

王兴一跪，立即这个渡口百多号人，全部跟着跪下。

阻拦火小邪四人的两个镖师见状，悔得肠子也绿了，他们两日来驱赶了无数来渡口之人，赶得烦不胜烦，岂料今日的就是正主，跪地自己赏自己嘴巴：“小的狗眼不识泰山！该死！该死！”

火小邪跳下马来，几步走到王兴面前，将其扶起，说道：“请起请起！客气了，切不可如此。”

王兴口口声声道：“不敢不敢，各位请，各位请。”说着为火小邪等人引路。

火小邪也不再客气，偕同水妖儿、王孝先、百艳三人，随王兴向渡口一侧走去。

已有一间翻新的茅屋，灯火通明地开门迎客。

王兴驱开众多镖师，仅一人领火小邪四人进了屋，屋内一个老者正跪在地上，一见火小邪进来，立即跪拜道：“晋秦陇三省青云客栈总店店长王全，恭迎木王巡查特使，小店腿脚不便，未能亲迎，请特使恕罪！”

火小邪把面纱拉下，上前把王全扶起，连声道：“老先生，使不得！我当年在王家堡过火门三关的时候，还要多谢青云客栈的照顾呢！”

王全道：“哪里话……”可一抬头，看见了火小邪的面目，惊得张口结舌，“你……你是？”

“火小邪。十一年前，青云客栈第十一位入店的，都是十一，分外地巧。”

王孝先、百艳、水妖儿也拉下面纱。

王孝先说道：“对，就是和我王孝先同一届火门三关的火小邪。”

王全、王兴两人都哎呀哎呀连声叫唤，简直不知道说什么才好，他们俩都知道当年火小邪尽管过了火门三关，却被火家逐出，从此下落不明，怎么风水轮流转，火小邪居然成了木家巡查特使？要是他们知道火小邪的真实身份是木王，恐怕下巴也会掉在地上。

火小邪反客为主，招呼道：“王老先生，王兴掌柜，请坐，请坐。”

王全、王兴激动得忘乎所以，这才回过神来，招呼着火小邪四人上座。

王全的确腿脚不便，走路一瘸一拐的，坐了下方，又惊又喜道：“火小邪大人，你是什么时候当了木家弟子的？”

火小邪笑道：“两个月前。”

“两个月前？”王全怀疑自己耳朵不好，是否听错了，只能哦哦哦地说不出话，终于咽了一口口水，问道，“特使大人，那……那新任的木王是？”

火小邪笑道：“很快你就知道了。”岔开这个话题，说道：“想必其他三位，你也认得？”

王全道：“这位是逍遥枝王孝先王仙主，见过几面。这位是……？”王全看向百艳仙主。

火小邪说道：“这位是木家长老，花枝的百艳仙主。”

王全、王兴一听大惊，又要下跪。

火小邪连忙说道：“免礼免礼！”

王孝先轻哼道：“一听是木家特使、木家长老，就要下跪，见到逍遥枝就不当回事，时过境迁了啊。”

王全、王兴颇为不安地坐下，王全说道：“没想到百艳长老也肯来北方，小店此行，真是值了，能一睹百艳长老仙女下凡一般的美貌，又与您同处一室，值了值了，此生值了。”

王孝先暗骂道：“你这个老色鬼！马屁精！”

百艳仙主呵呵娇笑：“我真的有仙女那么美吗？”

王全忙道：“绝无虚言！恐怕仙女也比不上百艳仙主您。”

百艳又笑得花枝乱颤：“你这个小老儿说话怪讨人喜欢的，怪不得你会在这里，一定是青芽姐姐特别嘱咐，让你来此等候我们的。”

“啊，是！是！药王大人、青芽总仙主、甲大掌柜、乙大掌柜，半个月前飞鸟传书，一同嘱咐我，千万要赶到这里，照顾好特使大人和各位大人，并带上青云客栈的所有精锐，陪同各位去火云庄，我、王兴与火家几位堂主很熟，既能带路，又能保障各位的周全。只是您来之前，不知是四位。”王全说道，又忙看向水妖儿，生怕水妖儿也是木家的某位不曾谋面的长老，“这位仙女是……？”

水妖儿俏皮地轻笑一声，自行说道：“我是火小邪的妻子，我叫真巧，王孝先仙主算是我师父，但现在只是挂名在木家，还不是正式的木家弟子。”

王全忙道：“火小邪大人娶了如此美貌、如此聪慧的妻子，真是木家之福、木家之幸！真巧大人，有礼了。王仙主也是慧眼识珠，得了这么优秀的弟子，让人羡慕啊！”

王孝先被奉天郊外的青云客栈的小分店刁难过，又被乙大掌柜施过进不退蛊，在木家所有人面前丢过大脸，所以和青云客栈结的梁子很深，轻易化解不开，此番随火小邪出来，终于有机会让他出口恶气，于是哼哼道：“哎呀，若不是我和巡查特使火小邪沾亲带故，青云客栈的三省总店长也不会这么恭维我吧。哎呀，其实你不说我也知道啊，我能进木家，是因为火家不要我，还混成前任木王林木森的弟子，当上了仙主，胖好味和我一届火门三关的，只不过混成青云客栈的灶房伙夫，好多人都不服我啊。”

王全被王孝先说破了原委，尴尬道：“不是不是，王仙主误会，绝对的误会。”

王孝先扑哧一声，心里总算平衡了些。

百艳仙主一旁咯咯直笑，拉过王孝先的手，媚声说道：“乖宝，别再为难他们了，小孩子似的，听话，啊？”

火小邪见该说的也说了，笑了两声，说道：“两位店长，有劳各位千里迢迢来此迎接我们，辛苦了。”

“不敢当，不敢当！”

“两位店长，我们也饿了，能否安排些吃的来？烧点热水，供我们洗漱？”

王兴忙道：“已经安排好了，里里外外，一应俱全，此地虽小，我们也搬了半个青云客栈过来。”

王全却说道：“四位大人稍等片刻，晋秦陇三省青云客栈的主要人员，都在外久候多时了，请容他们进来拜见。王兴，快去叫来，快去！不要耽搁了大人们就餐休息。”

火小邪不好推辞，只能同意。

王兴快步出门招呼，很快呼啦啦进来三十多人，站满了整个屋子，听王全号令，全部毕恭毕敬地向火小邪四人跪拜请安，无人敢抬头直视火小邪，唯有一个女子，不住向火小邪看来，表情又惊又喜，显然是认出了火小邪。

火小邪何等眼力，一眼便认出此女，正是对自己有恩的王兴三姨太青红。

火小邪暗念道："怎么她也是青云客栈的了？"

众多青云客栈的店长跪拜完，王全、王兴便催促着他们赶快离开。

火小邪起身叫道："青红大姐！"

三姨太受宠若惊，赶忙停步，王全王兴没想到火小邪认得她，便只让她留下，催促其他人尽快离去。

火小邪喜道："青红大姐，真没想到能再见到你，你请坐，请坐。"

三姨太不如以前那般霸气，有些为难，一边向王全、王兴看好几眼，得到示意后，方才犹犹豫豫地找了个位置坐下。

火小邪依旧喜道："青红大姐。"

三姨太忙道："大人，切莫叫我大姐了，怎么敢当？"

火小邪一腔热情，立即打了折扣，问道："你现在也是青云客栈的了？"

"是啊，五年前甲大掌柜、乙大掌柜巡查到王家堡青云客栈，破格进了木家，方知天外有天人外有人，以前我只是井底之蛙。"三姨太谨慎道。

王兴说道："现在她是王家堡青云客栈的账房，微末的职位，她能来拜见大人您，全凭她是我的妻子。我有一点私心，为她走了个后门，您千万不要见怪。"

王全也道："她的木家药理，只是刚刚入门，好在王家堡青云客栈这两年很少有五行世家的客人来住，比较清闲，所以没给青云客栈丢脸。"

三姨太有些欣喜地说道："火小邪，我是万万没想到你就是木家巡查特使。"

王全立即训斥道："是大人！大人的全名，是你这样叫的吗？"

三姨太马上低头，不敢再说。

"无妨，无妨。"火小邪心头反倒一沉，说不出的有些心酸，三姨太本是一个女中翘楚，言行泼辣，很有主见，怎么七年之间，变得懦弱了许多？若不是容貌依旧，真不敢相信她就是三姨太。难道进了木家青云客栈，对她影响这么大？

在无力匹敌的强权面前，有人仰头不屈，有人低头顺从，有人避之千里，各有各的道理，并无对错之分，只是选择不同，未来的路便不同罢了。

权力能成就一个人，同样也能毁掉一个人。

火小邪本想和三姨太畅谈几句，见她一副低眉顺耳的样子，只觉得索然无味，便说道："青红大姐，你能成为木家人，实在太好了，改日有空，我们再叙。"

王全、王兴便催促三姨太离开，三姨太欲言又止，站起走了几步，下了决心，问道：“潘子、乔大、乔二都好吗？我那两个丫头，时不时地还提起潘子，说他又好玩又很有义气。”

火小邪心中微痛，答道：“潘子现在叫金潘，是金家少主，未来的金王，乔大、乔二是他的徒弟，也在金家。”

三姨太轻轻啊了一声，说道：“得罪了得罪了……他和你一样，都是年轻有为、可以做大事的人，反观我这个女子，年纪越大越安于现状，能知道些五行世家的事情，已经很知足了。”

王全斥责道：“你在说些什么？快下去吧快下去吧！”

三姨太应了声是，向火小邪轻轻一笑，眼中满是欣慰和赞许，盈盈拜了一拜，退出屋外。

酒足饭饱，洗漱停当之后，王全、王兴道过晚安，火小邪、水妖儿共枕而眠。

九品灵貂抱成一团，吃得滚瓜溜圆，在椅子上呼呼睡去。

只是火小邪一时间睡不着，水妖儿靠上胸前，问道：“怎么了，有心事吗？”

火小邪搂住水妖儿，说道：“其实我挺不想当木王。”

“你觉得被人捧着抬着巴结着，并不喜欢？”

“嗯，对。本来人人生来平等，圣人们定出三六九等，给出尊卑高低，身份权力，我是无名无分的小贼时，卑贱之极，谁都可以欺负，一旦当上贼王，却是车前马后，前呼后拥，人人又敬又怕。可笑的是，我两个月前还是个人人喊打的小贼。小贼和贼王，都是贼，也都是人，却有如此大的差别。”

“你说得没错，只是人人都有烦恼，小贼有，贼王也有，世间纷扰，每个人承担的不一样罢了。谁比谁更快乐呢？”

“是啊……我现在就觉得，当木王，并不会给我带来多少快乐。妖儿，我问你。”

“你说。”

“五行合纵之后，我丢掉木王的身份，你也不做水家人，我们两人去游山玩水，当两个普通人，再不过问世间的琐事，你说好不好？”

“好啊。”水妖儿甜甜一笑，更加靠紧了火小邪，“你愿意，我就愿意。”

火小邪吻了吻水妖儿的额头，说道：“你为什么从不问我，是否恢复了记忆？”

水妖儿说道：“我只在乎现在的你是真心爱我，以前很多的事，我也刻意地忘记了。快别想了，睡吧睡吧。”

夜凉如水，火小邪从睡梦中醒来，翻身一摸，水妖儿不在身边。

火小邪并不吃惊，起身一看，果然见到水妖儿一个人站在窗边，抱着双肩，瑟瑟发抖。

天边已泛起鱼肚白。

火小邪轻轻起身，拿起外衣，为水妖儿披上，将水妖儿搂在怀中。

两人一直静默不语。

水妖儿眼角一丝泪挂上脸颊，轻声道：“我……有点害怕。”

火小邪知道水妖儿怕的是什么，并不言语，只是让水妖儿依靠在自己怀中，双臂紧紧地抱着她，静静地陪着她，陪她度过每一个开始，和每一个结束。

天光大亮。

火小邪、水妖儿洗漱完毕，走出所住的房间。

王全、王兴已在屋外等候，见火小邪出来，赶忙又跪。火小邪懒得和他们再客气，看向对岸，说道：“用过早餐后，我们就启程。烦劳你们尽快准备！”

王兴应了，赶忙起身要去准备，这时一个青云客栈的弟子急奔而至，差点撞上王兴。

王兴骂道：“慌什么？”

这弟子跪地急道：“渡口四周，来了许多怪人，我们……我们被围住了！”

王兴惊道：“什么？”

火小邪一听，快步上前，问道：“什么样的怪人？”

那弟子颤巍巍地答道：“他们远远地站着，也不过来，但我们过去，他们就不见了，怎么也找不到。渡口四周，到处都是，可能有几百人，也可能有上千人。”

王全一边一瘸一拐地走来，一边喝道：“都是什么打扮？”

弟子答道：“这些人都是藏在大石后，只露出脑袋，蒙着面，看不见他们的穿戴。”

王全紧张道：“这……这不该是火家人的作风。”

火小邪反倒一笑，说道：“王老先生，你在这里等候，我去看看。”说着，领着水妖儿大踏步向外赶去。王兴和来报信的青云客栈弟子赶忙跟上。

火小邪、水妖儿赶到渡口边，王家堡的武师、镖头，以及青云客栈的诸多人等，都是手持兵器，四处东张西望，严阵以待，只是明显表情颇为惊慌。

火小邪走至外围，放眼一看，果然看到渡口外围的河边、坡脊、塬顶、沟边，凡是能藏身之处，都有少则一个，多则数个的蒙面人头，向渡口这边死死地盯着。

报信的弟子畏惧道："就是他们，一直这样盯着我们，也不过来。"

火小邪与水妖儿相视一笑，两人心里都明白了几分。

火小邪上前一步，高声道："土王田问、林婉，是你们来了吗？我在这里！"

王兴一听，更是大吃一惊，林婉他当然认识，怎么土王会是田问？

火小邪喊完这句，那些远远躲着、只露出脑袋的人，一个个如同土拨鼠一样，突突突缩回身去，再看不见。

马儿轻嘶，很快便见到有两匹黄棕色的高头大马，从沟渠处跃出，向火小邪方向不快不慢地奔来。

马上的两个人，还能是谁，一个是新晋土王田问，另一个则是木家林婉。两人并肩同骑，男子英俊，女子端庄秀丽，端的是郎才女貌、天造地设的一对。

田问、林婉穿着中式便装，很是精神，林婉的头发也不再是纯白色，而是亚麻灰色，说明她体内之毒，已被渐渐控制住了。头发颜色一变，林婉看起来又多了一种风韵，美貌有增无减。

火小邪、水妖儿两人迎上，田问、林婉下马，四人两个月后，再度重聚。

原来是友非敌。木家一干人等，这才大大地松了一口气。

王兴赶忙跪拜："土王大人，林婉少主，没想到两位亲临，事先得罪了，得罪了。"

林婉柔声道："王兴，快起来吧，这事还要怪我。"

火小邪拉住田问，就往里请，边走边问道："田问大哥你是什么时候到的？"

田问说道："昨日中午。"

火小邪一愣，哑然失笑："啊？昨天中午就到了，怎么现在才来找我？"

田问说道："不便打扰。"

火小邪装作不悦道："自家兄弟，怎么还这么客气，见外了不是？"

林婉连忙解释道："是这样的，昨天中午我们到了以后，见渡口被人包下，就没有上前。等到你们来的时候，天色已晚，田问又觉得这时候去，还要劳烦照顾吃饭住宿，便又忍住了。今天要去火云庄，于是一大早就等候着你们出来。"

田问又说："人也太多。"

林婉一副翻译官的模样，解释道："田问回土家正式即位后，要出来找你，娘放心不下，便把土家精锐派出来，沿路保护我们，以备不时之需。所以，有三百多人在渡口四周，土家很少这么多人一起出来，不肯抛头露面，所以……"

火小邪听得出话里有话，其实主要原因，缺不了林婉不肯在渡口与火小邪他们一起过夜，毕竟水妖儿在，林婉善解人意，生怕会有些尴尬。

火小邪笑道：“田问大哥，你真是有心了……哦！林婉，你刚才叫娘，是你们两位，已经回土家成亲，结为夫妻，入过洞房了吧。”

田问的脸唰地飘出一丝红晕，结巴着说道：“是……不错。”

林婉也红透了脸，娇羞不已，再不为田问翻译。

水妖儿闻言恭贺，田问、林婉赶忙还礼。王兴在一旁看着听着，满脑瓜都是雾水，可哪里敢问。

王孝先、百艳两人，迎面而来，本以为出了大事，赶出来助阵，谁知是田问、林婉到了。六个人很是热闹了一番。

火小邪、田问等人再聚，一番热闹，话不多表。

收拾停当之后，王全、王兴命令拔起营寨，非青云客栈的金玉祥武师和一些木家功力较浅的木家弟子留守，其余大部，约有百十人，护着火小邪等人，从临时搭起的宽大浮桥上通过。

火小邪到了对岸，回头见三姨太还在不住地向自己挥手告别，便也挥手示意，心里想道：“只怕以后也很难见到她了！七年前我从净火谷出来，多亏她的照顾，七年后再见，我连个谢她的机会也没有。唉！这木王身份，早日还给木家罢！”

田问伸手向天，打了个响指，喝道：“都过桥来！”

此话一落，渡口四周密密麻麻钻出人来，多数身穿土黄紧身装，有赤手空拳开路疾奔的，也有背着巨大的行囊紧跟的，基本上都是九人一组。

土家人络绎不绝地按田问的号令，从浮桥上通过，除了行走，居然没有一点说话、招呼的声音，纪律严明，步调一致，九个人九个人地通过，很是迅捷。

人通过以后，轰隆轰隆，开始有马队、马车从渡口外围赶来，可以骑乘的马匹近二百，大大小小的马车八九十台，同样是土家人的行头，同样训练有素，连马儿都被训练得绝不嘶叫，步履稳如泰山，比先前九人一组的齐整，更让人赞叹佩服。

浩浩荡荡的土家大队人马，便这么井然有序地过了河，分开两边，向侧路行去，没多久就绕进沟塬，没有了踪影。

青云客栈的王全、王兴一直看得目瞪口呆，土家这样的一支队伍，青云客栈再练八辈子，也练不出来。本以为青云客栈晋秦陇三省的好手都在，很能给木家长脸，谁知土家的精锐人员一出场，不仅人数、所备物品远超青云客栈，在整体能力上，直把青云客栈比到十万八千里外，差得可不是一星半点。

本以为田问不进渡口休息，会是风餐露宿，这回一看阵仗，只怕土家的临时营地，比青云客栈安排得更为舒坦。

火小邪心中很是敬佩，他之前见过的土家人，要么只有田问一个，要么就是两三个、四五个，没见过土家的大部队，这次数百人、马、车整齐划一地通过浮桥，实在让火小邪刮目相看，土家的实力，比木家只强不弱。

其实火小邪更想不到的是，这么多的土家人马，只是土家精锐的十分之一，而且不属于第一档，只排在第二。土家总部，位于内蒙古和东北交界的荒漠边缘，乃是挖空了一座山，并深入地下数百米，一个迷宫般的地下城市，居住了近万之众，无须外界供应，也能自给自足。更令人惊叹的是，土家这座地下城市，存在的历史长达近两千年，随便从里面拿出一件器物，就可能是世所罕见的古董，价值连城。

火小邪之父炎火驰，便是混进了这座土家迷城，盗走的土家重宝地一迷藏。若要细说，只怕十余万字，也无法讲完。

土家显尽实力，数百人分去两侧护卫，再见不到踪影。

田问抱拳拜谢王全、王兴道：“多谢搭桥。”

王全、王兴受宠若惊，差点要跌下马来，连声道：“土王大人太客气了！愧不敢当，其心惴惴。”

火小邪说道：“王老先生，王兴掌柜，请带路！”

人马滚滚而动，百余人提缰催马，护着火小邪、水妖儿、王孝先、百艳、田问、林婉六人，向前疾驰而去。

曲曲折折、高高低低行了约有三里路，人马来到一处深沟，前行道路渐窄，只能容两三匹马并行。

前方看似无路，直到近前，才看到有刀劈斧削一般的一线天，荒谷野沟，这一线天的入口处，居然竖着两扇赤红的石门，拦住了去路。

王兴走在最前，走至红门处，抱拳大声通报道：“木王巡查特使前来拜见！请开门！”

话音刚落，就见两条人影，跳将到石门之上，向下方观望。两人身穿灰衣，腰间系着红色腰带，挂红色腰牌，正是火家人的打扮。

一人叫道：“青云客栈的王兴吗？”

王兴答道：“正是！还有我爹，晋秦陇三省青云客栈总店王全。这是拜帖，请收纳！”伸手一甩，抛出一个竹管。

门上之人动作飞快，单手接过，从竹管内抽出一张青色绢纸，看了几眼，点了点头。

一个问道："来就来吧，为什么这么多人？"

王兴答道："木王特使到访，我青云客栈接待、护送，你说该不该这么多人？"

另一人叫道："木王特使何在？请上前来一见。"

一直不说话的王全此时怒道："我们早就知会了火家，今日到访，还有假的不成？你们若耽搁了，等我见到火王大人，非狠狠告你们一状！"

两个守门的火家弟子对视一眼，说道："不好意思，多有得罪，请各位稍等。"说着跳回石门之内。

很快便听嘎嘎几声响，两扇巨大石门，向内开启，显出一条笔直平整的道路。

两位火家弟子请道："各位木家客人请进！"

王全、王兴来过这里，轻车熟路，也不客气，在前引路，带着火小邪等人鱼贯而入。后面有木家人，不忘给这两个看门人一人一包礼品，沉甸甸的，不知是钱财还是其他贵重物品。

门内道路笔直笔直，不见火家一人，木家人马走了约半里路，道路才豁然开朗，来到一处山崖前。

山崖上同样是两扇巨大的红门挡路，只是门口站了七八个火家人。

王全王兴又是一番口舌，再给一人送了一包礼品，和行贿的感觉也差不了多少，这才又叫开了门。

火小邪对水妖儿轻笑道："没有青云客栈打点，想顺顺利利进火家，还真有点费劲。"

水妖儿低声说道："现在的火家最是俗气！"

众人再往里走，已不是刚才的一线天，道路建在山内，方方正正，宽敞了许多，依旧笔直。

又是小半里路程，走到尽头，再度宽敞，还是两扇巨大红色石门挡路，火家人则翻了一倍，有十余人之多。

王全王兴再次与火家人通报、送礼一番，才开了石门。

火小邪无奈轻叹，不知这样下去，还要几重行贿受贿的关卡。

好在再往里走不过小半里路，眼前豁然开朗，大队人马已从山中隧道走出，眼前乃是一个方圆数里的圆形盆地，十分地广大。

这个盆地所见之处，裸露在外的地面、山崖，全是红色，好像刷了一层红色油漆似的。盆地正中间，一大片红瓦盖顶的亭台楼阁，树木不多，一览无余，看上去竟有千余间之多。一座同紫禁城太和殿般大小相似、形状略同的巨殿，稳坐正中，深红屋顶，鹤立鸡群，分外地显眼。

而这座大殿屋檐下，明晃晃挂着一块足有数人高矮的金匾，生怕人看不到似的，上书三个赤红大字——火云殿。

正如水妖儿所说，火家的确俗气得很，为表示火家五行世家的身份，就建一个和皇帝老子上朝所用的殿堂差不多的建筑。相比之下，木家总部是一个清淡素净的小镇，土家是一个不为人知的地下城市，水家到处都是总部没有什么形态，金家最有钱本该最排场，实际上金家总部最是朴素，从安河镇的坤金王居所就可见一斑。

可惜金潘不在，否则见到一定会骂铺张浪费，他也不过住在上海租界的一栋不甚起眼的别墅内，金家主要人物开会，大多时候在屋里一挤，几杯好茶，几瓶好酒，几包哈德门便打发了，有时候连饭也不管，到饭点了就散会，自己找地方去吃。

有一队火家人马迎上，这回倒是客气了许多，领头一人拜道："请木王特使大人及主要陪同去火云殿，火王严道大人携火家九堂一法，恭候大驾光临。其余护卫、闲杂人等，还请随我们去一旁歇息。"

王全、王兴谢过，请火小邪等人下马。火小邪、水妖儿、王孝先、百艳四人一直戴着面纱，火家暂且无人认得他们。

王兴低声与火家领头的人说道："请速去通报，不仅仅是木王特使来了，新上任的土王田问，也随木家一起来了，喏，就是那位高个的男子。"

此人大惊，压低了声音道："王兴，你我是老相识，你可不要瞎说。"

王兴说道："这种事我还能骗你？再说我什么时候说过瞎话？"

"土王怎么会随你们来这里？"

"他与我们木家特使交情深厚。先不管怎样，土王能出窝，这对你们新任的火王严道大人，可是好事！快去通报，快去！"

这火家领队的人还有什么好想，脚底抹油，嗖嗖地赶回火云殿通报去了。

一行人又往前走，过了几道赤红色的大门，便见到那座金碧辉煌的火云殿。此殿远看已是壮观，走到近前，更是显得宏大气派，若不是屋顶是红瓦，真有皇宫大殿的感觉。只是四处不见有人，空空荡荡的，又显得此处有几分落寞。

未等登上台阶，就见大殿里黑压压地迎出一片人来。

领头一个，身穿淡灰色锦袍，两肩处绣着数团鲜红的火焰，闪闪发亮，十分夺目。此人相貌俊朗，白面无须，身材秀长，气势不俗，既有派头，又有几分谦虚，并无高高在上之感。只是他脸色惨白，看肤色颇有些不自然。

此人身边，僧道俗、老少男女皆有，衣着虽说是五花八门，但腰间都挂着一个红彤彤的腰牌，引人侧目。

此人一见火小邪等人，立即抱拳，十分热情而且爽朗地笑道：“土王大人！木家特使大人！未能远迎，抱歉抱歉！”

火小邪看得真切，此人正是郑则道。而郑则道身旁的一个素装女子，五官长相，分明是水妖儿。

火小邪、田问等人抱拳还礼，看着郑则道等火家人直行而来。

火小邪对水妖儿低语道：“是水媚儿。”

水妖儿应道：“是！”同时向郑则道身边的“水妖儿”飞快地递了个眼神，眨了眨眼睛。

火小邪、水妖儿、王孝先、百艳四人依旧带着重重面纱，所以郑则道尚未认出他们，只是郑则道身边的“水妖儿”，与火小邪身边的水妖儿眼神一碰，似乎就立即明白，眼中闪出一丝惊讶，立即恢复了平静。

火小邪所说不错，那位在郑则道身边，与水妖儿长相一模一样的女子，正是水媚儿。

郑则道迎到面前，又是抱拳一拜，说道：“田问兄已是土王，可喜可贺！土王大人能够来火云庄，真是蓬荜生辉！”

田问抱拳还礼，一字作答：“谢！”

王全、王兴连忙介绍道：“这位是木王巡查特使。”

郑则道见火小邪等人不露面目，只是微微抱拳，笑道：“特使大人，一路辛苦了！”

火小邪还了个礼，并不说话。

火家其他人等，也上前来问候，郑则道一一介绍：“这位是拙荆，水妖儿，想必土王大人很熟。”

田问说道：“是。”

郑则道欣慰一笑，继续介绍道：“这位是火法坛坛主苦灯和尚，尊火堂堂主尊景齐，耀火堂堂主耀景民，博火堂堂主博守在，辅火堂堂主辅守允，忠火堂堂主忠景世，纵火堂堂主纵景为，光火堂堂主光景遥，洪火堂堂主洪景科，严火堂堂主严守宝。”

火小邪等人一一招呼，抱拳示意。

火小邪认得大半，原先的博火堂原堂主博景尘，辅火堂堂主辅景在，严火堂堂主严景天，火法坛坛主火炽道人应死在伊润广义围攻严烈之时，所以换了两张新面孔不认识，还有两张熟脸。一是苦灯和尚，多年不见，他几乎没有变化，没想到他已成为火法坛坛主。另一个是新任的严火堂堂主严守宝，竟是在火门三关时，与火小邪有知遇之恩的闹小宝。

闹小宝已不是个娃娃，虽说他仍然是个娃娃脸，看着也有二十岁出头，个子不高，但显得分外精神，算得上是美男子。

郑则道介绍完一圈，一直看着火小邪，等待火小邪开口介绍木家随行之人。

可火小邪只是站着，一言不发。

王全见火小邪迟迟没有介绍木家众人的意思，只好硬起头皮，代为介绍道："啊，啊啊，火王大人多礼了。我们特使大人不爱讲话。哦哦，这位是特使大人的夫人，真巧。"

"你好你好，幸会幸会！"郑则道笑道。

"这位是逍遥枝总仙主林婉，现在也是土王田问大人的妻子了。"

"啊，天作良缘，登对登对！"郑则道赞道。

林婉温婉地施了一礼，以作答谢。

"这位是木家长老，花枝仙主百艳。"

"久仰大名！百艳仙主来到火家这个荒山野外，实在辛苦。"

百艳仙主媚笑两声，取下面纱，说道："没想到火王大人这么年轻英俊，这么涵养斯文，让小女子很是为您折服，心里跳得厉害。"

王孝先在百艳仙主身边猛拽她的衣角。

郑则道倒不是一个好色之人，只是平静地客气道："百艳仙主过奖了。"说罢看向王孝先，立即岔开话题，"这位是……？"

王全介绍道："这位是逍遥枝仙主王孝先。"

"王孝先？记得记得！病罐子王孝先，当年火家择徒时，一身药理医术的绝技，所以去了木家！今日再见，幸甚！"郑则道又惊又喜地说道。

王孝先拉下面纱，不冷不热地说道："是啊，当年多亏了火王大人您的照顾，我才能侥幸不死。"

郑则道一副恍然不知王孝先所说何意的样子，装糊涂地笑道："帮了一点小忙而已，不足挂齿，你能成为木家仙主，全凭你的实力，我身在火家，也为你高兴。"

别看郑则道说话时用词十分客气，但口气语调拿捏得恰到好处，对田问、林婉说话，有礼有节不蔓不枝，对木家人说话，则是既显热情谦虚又能姿态比木家略高两成，彰显出高出一等的火王身份。这种说话方式，在官场上极为有用，上司、平级、下级，乃至平民百姓，都很喜欢这样的官员。

王孝先心里骂道："你个郑则道，真会说话，脸皮之厚，算是罕见了！当年你和苦灯和尚，乱盗之关联手杀了开封亮八，被我看到，本来不想说的，你们却用毒想毒死我封口，好在我自己解了一剂，才不致死，现在居然变成你的功劳了。哎呀，要不是在火家的地盘，你又是火王，我真想给你下几剂猛药！解我当年之恨！"

王全又道："我王全，和我儿王兴，不用介绍，您见过我们好几次了。我们父子俩这次是为木家领路的，火王大人海涵。"

郑则道不看王孝先，也不对王全说客气话，反而笑着看向火小邪，直视火小邪的眼睛，问道："特使大人怎么称呼？"

火小邪变了变嗓音，低哑地说道："我叫木邪。"

"木邪……"郑则道低声念了一遍，接着笑了笑，挥手请道，"呵呵！土王大人，木邪大人，木家各位朋友，请进殿休息，我们一会儿详谈。"

火家便请了众人上殿。郑则道显然对田问更加重视，亲自请了再请，邀田问与他并肩同行，走在最前，以示身份。

火小邪等人由其他火家堂主领着，尾随在郑则道身后，王全、王兴虽觉得郑则道轻视了木家，但毕竟郑则道是火王、田问是土王，身份高低有别，只能如此。

火小邪看着郑则道的背影，走上了几级台阶之后，便觉得胸口挂着的火煞珠渐渐发烫，异常明显。与之同时，就见郑则道的脚步微微一顿，复又齐步，若不是火小邪一直盯着郑则道，这极快的脚步一顿，仍很是不易发现。

火小邪知道火煞珠发烫，必然与两颗火煞珠彼此感应有关，就如同两颗木广珠一样，分开得久了，再一靠近便能彼此感应，同时有很短促的冰凉。

如果另一个火煞珠，此时就在郑则道身上藏着，那郑则道脚步微顿，一定是与火小邪同时感觉到了两颗火煞珠正在彼此感应的缘故。

众人进了火云殿，就见正面一座三人高矮的天然巨石横陈在火王主位上，这块巨石形状如一个"火"字，遍体均是红色纹路，或深或浅，交错纵横，最后汇于下方。红纹汇集之处，巨石被人工切开一部分，形成一个能容一人端坐的石椅，石椅则是通体红色，极为耀目。

这块巨型奇石，如此天工造化，也堪称是无价之宝了。

郑则道请了田问、火小邪等落座下方，自己则快步走到巨石前，端坐于上，器宇轩昂，确有一派宗主的气势，绝不是随便装得出来的。

郑则道坐定，低声唤了苦灯和尚上前，在苦灯和尚耳边极细微地耳语了两句。苦灯和尚点头称是，快步退下。

郑则道见田问、火小邪以及火家九堂一法已经悉数落座，呵呵一笑，向田问、火小邪顿首示意，问道：“土王大人，若知你亲临，我一定在火云庄三门外迎候，怠慢了怠慢了。只是，你怎么跟着木家特使大人一行来火家？”

田问答道：“低调，顺便。”

郑则道笑道：“哦！理解了理解了！那土王大人，来火家有何指教？”

田问答道：“看看。”

郑则道显出一副略微失望的表情，说道：“没有其他事情，只是来火家看看吗？”但马上眉头一展，“也好也好，土王大人能来火家看看我们，便是火家荣幸！我们五行世家，理应平日里也多多往来。”

田问答道：“是！”

郑则道对田问少言寡语的性格早有耳闻，心知再问下去也问不出个所以然，又见木家几个人脸上有些挂不住，连忙一笑，话题从田问身上撤回，看着火小邪抱拳道：“特使大人从南方千里迢迢赶来，一路辛苦！”

火小邪哑着嗓子应道：“火王大人客气了。”

郑则道见火小邪一直不去掉脸上面纱，便又说道：“几个月前，火家收到了木家的药会令，邀请火家去斗药大会见证木王之位决出，可惜这几月来火家出了些纷扰，前任火王严烈大人被倭寇害死，所以未能派人前往木蛊寨拜会，很是遗憾。今天见到特使大人，想必是木王已经顺利决出，颇为欣慰。火家性子急，我就不多说客气话，开门见山地问问特使大人，您此行有何指教？”

火小邪长身而起，拜了一拜，毫无掩饰地说道：“此行乃邀请火家，五行合纵，破万年镇，破罗刹阵。”

“五行合纵？”郑则道微微一愣，“破罗刹阵？”

火家九位堂主也听得真切，一片哗然，难以相信。

尊火堂堂主尊景齐乃火家首堂堂主，眉头紧皱，笔直站起，高声喝道：“五行合纵乃五行世家大忌，此事绝不可为！”

立刻便有两位堂主高声应和。

火小邪嗓子一粗，叫道：“五行合纵一事，火家何人做主？”

此话一出，尊景齐口气一滞，把千百句拒绝的理由生生咽回肚内，无人再嚷嚷。

郑则道缓缓站起，倒很平静，说道：“特使大人一语，石破天惊，我本想着你是来通告新任木王是谁，以及木火两家的其他合作事宜，岂知木王之邀，竟是五行合纵这等大事。如此重大事宜，恐怕一时间无法给特使大人答复，还望新任木王亲自与我商议，见谅。”

尊景齐闷声道：“火王大人说得极是！”

另几个刚才还坚决站在尊景齐一边的堂主，也立即改口，附和尊景齐赞同郑则道。

郑则道实际掌持火家，代火王之位不过两三个月罢了，居然能让一直对严烈不满，不听火家差遣，以首堂尊火堂堂主尊景齐等人为首的一批人，俯首帖耳，不敢再越俎代庖替郑则道拿主意，郑则道的确有几分手段。

郑则道能在火家站稳，其间不是三言两语可以说清的。简而言之，郑则道在火家十年，虽一直是严烈的亲传弟子，但人缘甚好，极会钻营，遍布眼线，拉拢亲信，又有水家的水妖儿为妻，逐渐形成了郑则道、苦灯和尚为首的一派势力，连尊景齐等反严烈之人，也对郑则道又敬又怕，表面上颇为亲近。其实火家人大多数想得明白，严烈要是不做火王，郑则道乃下任火王的最佳人选。数月前郑则道从火家祭坛，夺了一颗火煞珠，不惜毁容逃出，一通哀告之后，得到了水王流川的首肯，于是以水王流川为首，联合了土家田羽娘、木家林木森，一共三家给火家递信，请火家破格让郑则道代持火王之位。

郑则道脸伤刚刚修复，便赶回火云庄，装作勉勉强强、痛哭流涕地暂代了火王之位，随后立即安排，由苦灯和尚做了火法坛坛主，控制住火家法理，旋即以火家惨祸，理应各堂自责的理由，抽空尊景齐一方的势力，使得尊景齐旗下大半数人倒戈至郑则道一边。

郑则道得势，却不傲气，反而善加安抚尊景齐等火家元老，晓之以理动之以情，点中尊景齐一直抱怨严烈是火家内乱祸首的这块心头软肋，鼓励众人火家虽损兵折将，但主力仍在，更要精诚团结，才能重振火家雄风。

这般一硬一软，攻守兼备，不过两个月时间，火家便改旗易帜，归于郑则道手中，无人憾得动郑则道的火王地位。尊景齐虽说不甘心，但旧敌严烈已亡，自己年龄也大了，见火家终又团结一致，感慨良多，心里佩服郑则道不愧是严烈看重的人，确实是个玩政治的奇才。火家有郑则道当火王，终结火家三十多年内乱，算得上火家幸事。

于是乎，今日郑则道说话，均是掷地有声，火家没有谁敢直接顶撞反抗的。

火小邪听郑则道说出此话，不禁哈哈大笑：“说得好，如果我本人就是木王呢？是否可以谈谈了？”

没等郑则道说话，王全、王兴就差点把眼珠子掉在地上了。怎么？明明木家来信说新任木王不来，只是派出了特使，结果特使大人就是新任的木王？他们给火家上拜帖，也是说木王不来，特使来，没往火小邪就是木王这个方面想过。可火小邪这一句话，把一对父子，完全弄糊涂了。

王孝先站起身来，向火小邪一拜，高声道：“这位就是木王大人！”

百艳仙主附和道：“是啊，千真万确。”

火家人喧哗一片，纷纷站起，不知是该信还是不信，都向郑则道看过来。

郑则道轻哼一声，不露声色，反问林婉道：“林婉大人，你是木家少主，敢问一句，他是木王吗？”

林婉盈盈一拜，清脆地说道：“他的确是新任木王。”

郑则道还是继续问道：“土王大人，那你说呢？”

田问说道：“他是。”

扑通扑通，王全、王兴已经跪倒，齐声道：“青云客栈王全、王兴参见木王！请木王原谅不敬之罪。”

郑则道高声大笑，说道：“好！既然各位都说特使大人就是木王，我当然也相信。木王大人啊，你说你这是何必？你是怕你过早说出自己的身份，邀我五行合纵，我若直接拒绝了你，会没有再谈的余地了吧。”

火小邪也笑道：“火王说得对！”

郑则道走上两步，看着火小邪说道：“可是木王大人，就算你亲自来了，五行合纵这件事，我还是不能立即答复你。等我想清楚了，择日再告诉你，你看如何？”

火小邪针锋相对地说道：“我看还是现在定夺比较好。”

郑则道说道：“现在？木王大人，你是不是有些强人所难了呢？”

“就是现在决定。”

“木王大人！”郑则道口气一厉，“你我都是五行世家的一家之主，彼此平辈，理应互相尊重，而木王大人你一直带着面纱，用假声说话，不露出真面目，是不是瞧不起火家？又有什么资本让我现在就决定？”

“嘿嘿，这就是我要求你现在决定的资本！”火小邪换成自己的真声，同时话语一落，便将脸上的面纱扯下。

偌大的火云殿骤然一片安静。

就听一个声音大叫道：“火小邪！是你！”

那喊叫的人，正是与火小邪同闯火门三关的闹小宝。

“火小邪？”

“火小邪！”

“是他！”

“就是他！”

火家所有堂主，看清了火小邪的相貌，纷纷大叫起来。

尊景齐手中一抖，已有一道七节的钢鞭亮在手中，怒气暴涨，死死盯着火小邪，大骂道：“火小邪，你好大的胆子！几个月前刚刚引倭寇毁了我火家祭坛，杀我火家人数百人，夺走火王信物，今日还敢假借木王身份，来火家嚣张！我看你怎么逃出火云庄！”

有人喊道：“土王大人，此人与火家有血海深仇，请你千万不要受他蒙蔽！还请速退！”

有人喊道：“火小邪，你这个火家弃徒，汉奸走狗，狼心狗肺之人，你今天死定了！”

有人喊道：“杀！杀此人解火家之恨！”

闹小宝又气又愁，叫道：“火小邪，我曾经当你是兄弟，你怎能干出天理不容的无耻行径！今天见到你，不是你死就是我亡吧！火王大人，请下令杀了火小邪！”说着双手一挥，两团火焰已在手心中升起。

王全、王兴哪知道火小邪与郑则道、火家有如此多的恩怨，冷汗直冒，不知怎么好端端的，一见是火小邪，火家就翻脸了。

王孝先、百艳仙主也不知怎么回事，但见火家众人发难，要杀火小邪，不敢犹豫，急忙备毒，准备大战一场。

有人叫道：“小心木家毒药！”

火家各堂知道木家药物厉害，对手又是仙主级别的人物，施毒手段高明，决不能小视，故而纷纷后撤。

有人叫道：“闹小宝！先用你的火球打过去，烧他们个焦头烂额！”

火小邪一直嘿嘿冷笑，此时才直视着郑则道，暴喝一声，声震屋脊：“你们谁敢动手！伤到我们任何一个，火家无人能活！”

“别听他的！”

“围住他！看他们手脚敢动一下！”

“火王大人，请发令吧！大不了烧了这座火云殿！”

郑则道一直与火小邪牢牢对视，不言不语，终于沉喝了一声：“火家列阵！”

呼呼啦啦，火云殿外从各处钻出全副武装的火家众盗，杀气腾腾，顿时将火云殿围了个水泄不通。原来郑则道是早有准备！

郑则道这时才对火小邪说道："果然是你！"

火小邪嘴角微微一撇，似笑非笑地说道："你早就怀疑是我？"

"我只是现在才确认。"

"佩服，你真是沉得住气！"

"过奖！我也佩服你的勇气！"

"你想报仇？"

"当然！我无时无刻不在想。"

火小邪嘿嘿直笑，却不答话。

郑则道说道："你的镇定究竟从何而来？"

"你刚当上火王，就想对木家宣战？"火小邪反问道。

"你能当上木王，才是天方夜谭。我看我杀了你，木家人要拍手称快！巴不得你死！"

"郑则道，你的口舌之能更胜当年。"

"我可不是只靠口舌之能，而你现在似乎只有口舌之能。"

"犀利！不愧是郑则道！我只问你，火家是否愿意五行合纵？"

"看来你是有十足的把握，认为我会同意？"

"想必你知道，火煞珠在你我身上，各有一颗。"

"不错！"

"你可以光明正大地赢我一次，拿回火煞珠，也可以以多胜少，混战一场，把我杀死以后，再拿回火煞珠。目前的局面，你选择后者可以稳操胜券，但失去了一个你今生都可能无法遇见的机会！"

"你说的机会就是五行合纵？这算是什么机会！"

"你这么聪明，应该知道五行合纵是为了什么。"

"……"郑则道眉头总算微微一皱，"呵呵，呵呵！火小邪！我根本信不过你。"

"首先，我不是你，其次，信不信由你。你现在可以下令杀我了，我本就是一个无牵无挂的人，死了一了百了，而你呢？来吧，下令吧，我求之不得。"

郑则道看着火小邪，火小邪也看着他。

郑则道忽一抬手，大声说道："火家人听着！我今天与火小邪要一较火家盗术的高下，所有人不得插手，不得干预！"

火家众人一愣，尊景齐随即大声道："火王大人，你一人应战，十分危险，不能轻率啊。还是我们一齐发力……"

郑则道突然大怒："别说了，难道我赢不了一个火家弃徒？我若输了，我让出火王之位，给火小邪！”

火家人更是大惊，有人不安道：“火王大人，请慎重啊！”

郑则道依旧怒道：“统统闭嘴！退后！让出位置来！谁人再敢阻止，火家家法伺候！”

火家众人见郑则道下定了决心，颇为无奈，但又不敢违抗，只好再度后退，腾出一片空地来。

郑则道缓步走入场地中间，看着火小邪说道：“火小邪，有言在先，你我较量身手，可用兵械，但你不得用木家药力。除此以外，方法不论，谁先拿到对方身上的火煞珠，谁便赢了！土王田问大人，你素来公平，受人敬仰，还请你做个见证！”

田问高声说道：“好！”

火小邪也念了声“好”，对水妖儿、王孝先、百艳、林婉、田问等人说道：“真巧，田问兄，林婉，各位，请你们退后，万万不可插手。”

水妖儿、田问、林婉三人都很平静，领着其他人向后退去。

火小邪上前几步，说道：“好了，郑则道，开始吧。”

火云殿上，满满当当的人，全部大气不敢出，等着这次火王、木王大战开锣。

郑则道脸色更白，说了声“请”，突然身子疾动，笔直地向着火小邪冲来，一只手五爪齐张，直袭火小邪胸前。

火小邪堪堪避过，在地上打了个翻滚，退后几步。

郑则道杀气纵贯，快如闪电一般，虽是凶猛异常，但进退有度，不是一味猛攻，并且精神状态绝无一丝一毫的轻视，乃是用出了十二分的本事。

火小邪暗赞道：“郑则道好身手！以前在奉天赢他，实属侥幸！今日看来，胜负在十个来回之内。”

火小邪心想则身动，体内劲力一展，两套经脉顿时全开，一正一反，随时交替，所以与郑则道两个回合下来，动作之诡异，行为之难料，如同两个人套在一个躯体内，让人瞠目结舌。

尊景齐和几位年长的堂主，与炎火驰乃同一个时期的火家弟子，见火小邪这种动作，都是心中狂呼：“这是炎火驰的手段！火盗双脉吗？火小邪难道是炎火驰之子？”

可是郑则道从未领教过火盗双脉的功夫，见火小邪应对自己的攻势，异于常人，看不出他下一步的动作趋势，心头也是一惊。如果如此，唯有快准狠制胜，容不得火小邪反应。

郑则道下手更狠，双手交替极快，亦虚亦实，亦动亦静，确是火家盗术的精髓。

如此犀利猛烈的火行盗术攻势，又夹杂着杀手之气，纵然是火盗双脉，火小邪也并未游刃有余。

三招一过，两人已转为近身缠斗，盗术比拼不是武术，以盗为主，以武为辅，所以两人尽管靠近，却不见武术中常用的一招制敌于死命的套路，反而看着像是喝多了手舞足蹈一般，明明要击打要害，却又贴身而过。

殊不知，越是这样，火小邪越是凶险。郑则道随时会转盗为杀。你去盗他，他会杀你；你去杀他，他会盗你，而火小邪杀人的技术，比杀手世家出身的郑则道差得太多。

郑则道眼看火小邪身手动作已经慢于自己半拍，只凭不合常理的动作躲避，暗哼一声，更是下手如闪电一般。郑则道辨明，那颗火煞珠，以绳悬挂在火小邪胸前，虽藏在衣下，要盗出来，反而容易。

郑则道单手猛然一指，直插火小邪双眼，火小邪侧头避过，正让郑则道抓到了机会，一把抓住了火小邪的颈部皮绳，“啪”的一下拽断，整个地拽了出来。

火小邪立即抬手来抢。

郑则道心头一喜，本以为事成，岂知刚把皮绳全部扯出，便觉得不对，皮绳上根本没有挂着火煞珠。

而火小邪直扑而至，与郑则道纠缠一下，一个反手，用的是火盗双脉的本事，不是可以猜测到的运动轨迹。火小邪手掌在郑则道拳心一划，郑则道猛然察觉到有两颗热乎乎的珠子向自己手心中直塞。郑则道自然而然把这两颗珠子握住，往后急退。

一边后退，郑则道一边感到自己的腰间背心一凉，他腰间的火煞珠不知道什么时候，已经不见了！甚至藏火煞珠位置的腰间衣裳也被划开，开了一个小口，只有两指宽窄，不近身翻看，根本观察不到。

郑则道心头狂跳，再退数步，张开手掌飞快地扫了一眼，两颗火煞珠正躺在自己手心中。原来火小邪不仅贴身近战时盗走了藏在自己身上的火煞珠，而且把胸前的另一颗火煞珠取下，一并塞到了自己手中。

若按道理，火小邪刚才明明完胜了郑则道，却把两颗火煞珠归还，恰到好处地制造了郑则道盗取两珠的假象。如果火小邪、郑则道不说，火小邪这番缜密之举，局外人根本察觉不到。

火小邪并未追逐郑则道而来，郑则道刚刚站定，就听火小邪说道：“我输了。”

郑则道心里又惊又怒，事已至此，手握两颗火煞珠，难道能当着如此多人的面，说出自己本来败北，反被火小邪赠送两颗火煞珠的实情？于是郑则道强压住心头愤恨，哈哈大笑道："领教了！"说着，把手一伸，将两颗火煞珠亮给田问和火家众人观看。

火家欢声雷动，可其他人的恭喜，在郑则道心中，却如刀扎一般。他心里非常清楚，真正的胜利者，是火小邪。

火家众盗见两颗火煞珠再度齐聚，士气大振，一片欢呼声中，有人大喝道："火王大人速退，待我等杀了火小邪这小贼！"

呼啦一声，火家的包围圈立即收拢，各色兵器持于手中，杀气冲天，若是齐攻而至，只怕火小邪难逃一死。

火小邪面无惧色，只是看着郑则道，沉声说道："郑则道，你赢了，已是火王正统，现在，该你选择了。"

有人依旧大喝道："火王大人，不要再听这小贼废话！"不少人跳出阵外，就要对火小邪急攻。

郑则道并不退后，面色发白，突然举手高叫道："统统退下！"

"火王大人！"众人一惊，站住脚步，"诛杀此贼，一解火家之恨，大好机会，可不能心软！"

"退下！"郑则道依旧大叫道，"谁敢不听号令，擅自出手，火家家法论处！"

尊景齐也站出来大喝道："尊火王令，任何人不得妄动！"

既出此言，火家众盗没有敢违抗的，众人暗叹一声，盯着火小邪愤愤不平地退下。

火家首堂尊火堂堂主尊景齐，本是最想杀了火小邪之人，怎么突然态度立转，改为维护火小邪？

原来尊景齐此人，毕生都与严烈不对付，巴不得严烈早死，可他仅是对私，对火家，则是不折不扣的忠心耿耿，处处为火家撑腰。火家祭坛被日本人围剿，死了严烈、三堂一法，丢了一颗火煞珠，与尊景齐的私怨已了，而此事在尊景齐心中，仍属火家的奇耻大辱。他之前杀火小邪之心，那是毫无折扣的。

但是，尊景齐之所以和严烈如此不对付，那是因为他毕生心里只佩服一人，就是火小邪的生父炎火驰。当年尊景齐、严烈、炎火驰、伊润广义等人，都有争夺火王的实力，尊景齐少年即入火家，比炎火驰进火家还早了近十年，他本极为不服炎火驰，屡次偷偷邀约炎火驰比试，均是大败，故而对炎火驰又敬又佩，心里早就认定炎火驰乃火王之不二人选。后来炎火驰盗五行重宝一事东窗事发，前任火王炎尊为了平息各家怨怒，与炎火驰一起受了火曜针，废了盗术，流亡天下，事前扶持了严烈为新火王。尊景齐与严烈的梁子就此结下，自始至终认为严烈就是一个无耻之徒，是他篡夺了火王之位。

当年尊火堂堂主尊火天师，乃尊景齐师父，也有废掉严烈之心，但尊火天师心思缜密，稳住局势，并未立即发难，而是先听从了严烈吩咐，把一直反对严烈的原火家首堂炎火堂逐灭，并成功将尊火堂列为火家首堂，具备了称雄火家的一切基础。

可两年之后，尊火天师向严烈挑战，结果是严烈不顾烈火灼面之伤，一锥击杀了尊火天师，武力之雄，让尊景齐不敢再草率向严烈发难，新仇旧恨，尊景齐发誓报复，可这一等竟是三十年，也奈何不了严烈。

不过火家格局便渐渐清晰，从此内部分作两派，一派忠于火王严烈，另一派以尊火堂为首，对严烈貌合神离。

时至今日，尊景齐见火小邪使出炎火驰独有的火盗双脉，陈年旧忆滚滚而来，火小邪的面貌几乎与炎火驰合二为一，恍如重回数十年前与炎火驰相识之时，刺激得尊景齐差点老泪纵横。

尊景齐断定，火小邪必是炎火驰之子。杀火小邪，与杀炎火驰有何差别？自己又与终身敌视的严烈有何差别？

可火小邪是郑则道口中率领日本人围剿火家的罪魁祸首之一，并有水木土三家做证。火小邪杀了严烈，尊景齐拍手称快，可其余火家人的性命，火家之奇耻大辱，难道能一笔勾销？

尊景齐的确没了办法，唯有看郑则道会做何安排。郑则道若命令杀火小邪，尊景齐也不会阻止。

与尊景齐同盟的几位老堂主，都是见识过炎火驰的火盗双脉的，自然也感觉到火小邪与炎火驰脱不了干系。又见尊景齐再不喊打喊杀，心里明白了几分，也都闭口不语，只等郑则道处置。

偌大的火云殿，尽管有数百人聚集，竟一时间鸦雀无声。

几百双眼睛，齐齐向郑则道看来。

郑则道深知自己面临着自己成为火王之后的最大挑战，如果处理不好，自己在火家的身份、地位、名望势必一落千丈。

郑则道不愧是一个有窃国之能的大盗，他冷哼几声，回身走到火王之位旁，昂然肃立，正气凌然，倒有几分君子之威。

郑则道环视一圈，喝道：“火法坛坛主苦灯可在？”

一声佛号响起，从火云殿外稳步走入一个和尚，正是火法坛坛主苦灯和尚。

“阿弥陀佛！苦灯在此。”

“上前来！”

苦灯和尚双手合十，向着郑则道走来，一边向郑则道深深地看了几眼。

郑则道与苦灯和尚何等默契，立即明白苦灯的意思。事先郑则道命苦灯离去，乃是担心田问带着土家人来，苦灯回来，这几个眼神，已是说明有大批土家人在火云庄外，绝不是儿戏。

郑则道等苦灯和尚站定，方才又严肃地看了火家众盗几眼，朗声道：“火家最大的敌人，不是火小邪，而是日本人，特别是日本忍军！”

火家众盗想了一想，都点头称是。

郑则道看向火小邪，高声问道：“火小邪，你是木王身份，邀请火家参与五行合纵，可是对抗日本人？”

火小邪斩钉截铁道：“正是！”

郑则道大喝了声“好”，高声对众人说道：“倭寇为祸中华，政府军队江湖草莽，一盘散沙，均是酒囊饭袋。我们五行世家，千百年来均是中华帝王一脉的守护者，盗亦有道，更该精诚团结，绝不应在倭寇淫威之下内斗消耗，让倭寇看我们五行世家的笑话，坐收渔人之利！火小邪尽管有罪于火家，但愿意与日本人为敌，又成为五行木家之主，亦算是五行中人，可以不分彼此。所以，以我粗陋见识，我建议火家暂不追究火小邪之前所作所为，从今日起，暂化干戈为玉帛，先议如何剿灭日本忍军，以报火家之血海深仇！”

郑则道所说之话，合情合理，容不得有辩驳之处，只是可笑，这些话语本该火小邪说出，却让郑则道占足了道理。

苦灯和尚双手合十，说道：“火家以大局为重，同仇敌忾，不计小节，正是火法！”

郑则道看向尊景齐，问道：“火家首堂尊景齐堂主，你乃火家元老，你看如何？”

尊景齐忙抱拳道：“火王大人言之有理，尊景齐双手赞同！火小邪虽有罪，但能将功赎罪，善莫大焉！”

郑则道正色一笑，又问道：“其他各位火家堂主，你们看如何？”

“火王大人英明！”

“听火王大人一席话，如梦初醒！惭愧！”

“剿灭日本忍军，乃火家头等大事！火王大人说得非常对！”

“谨遵火王大人法旨！”

“双手双脚赞同！”

火家诸位堂主，一片赞同之声。

闹小宝收了双手火焰，向火小邪递来一丝愧意神色，也抱拳对郑则道说道：“火王大人所说极是！”

火家众盗均是附和，知道与火小邪一战已是免了，纷纷将兵器收回，撤去阵法，不再呈合围之势。

郑则道念了声好，对火小邪说道：“火小邪，你可有话要说？”

火小邪说道：“火王大人，你不仅光明正大地赢了我，又能不计前嫌，共商大计，高风亮节，感激不尽！只要我们五行世家合力，管叫倭寇有来无回！”

郑则道说道：“且慢，我并没有同意五行合纵……”

火小邪一笑，说道：“此事重大，我们可以私下商议一番，再做定夺！”

郑则道也是一笑，说道：“木王大人所说甚合我意，请！”

郑则道稍作安排，请了土王田问，木家众人再度就座，并令尊景齐带火家人同样就座等候，与苦灯和尚一起，请火小邪去往后殿。

火家不少人虽有担心，但并无异议，均抱拳恭送郑则道、苦灯和尚离去。

水妖儿默默跟随火小邪同行，火小邪、郑则道、苦灯和尚也无意见。

一行四人两前两后，一路无言，穿堂过室，逐渐走到偏僻之处的一个小院落中。

郑则道这才缓缓站定，回头看着水妖儿，低声道：“妖儿……”

水妖儿也不再掩饰，将面纱除去，毫无表情地看着郑则道，突然笑了一笑，微微一拜，答道：“火王大人您认错了，我是真巧。”

郑则道轻叹一声，坐于一块大石之上，并示意了一下，请火小邪就座。

郑则道低声道：“妖儿，你我夫妻七年，你一定要这么对我吗？我到底哪里做错了，哪里做得不好？”

水妖儿轻轻一笑，说道：“火王大人，您真的认错人了。”

郑则道怅然道：“妖儿，你我夫妻多年，虽不是朝夕相处，我是绝对不会认错的。妖儿啊，水媚儿装成是你，我几年前已经察觉到，但我一直不想说破，我用心良苦，你一点也感觉不到吗？”

水妖儿说道：“火王大人，您当着我夫君的面这么和我说话，是否不妥？您要是再说下去，小女子只好告退了。”

郑则道哀声道：“我有争夺天下的雄心壮志，却得不到一个女子的心。”他说着说着，竟哽咽起来，用手撑住额头，惨笑道，“呵呵，呵呵呵！”

苦灯和尚念了声佛号：“火王大人，情乱是非，还请振作。”

郑则道哈哈惨笑两声，再抬起头来，已是难过得双眼通红，但他口气一硬，问道：“火小邪，现在来谈谈你说的条件吧。我同意五行合纵，你能如何？”

火小邪平静地说道：“破阵之后，五行至尊圣王鼎，拱手送上，并尊你为帝王。”

“我为帝王？我何德何能，能做帝王？”

“郑则道，虽然我不喜欢你，甚至有些恨你，但我认定你可以做一个为国为民的好皇帝。”

“多谢夸奖！火小邪，就算你愿意，土家、金家、水家可愿意？”

“唯独土王田问难办，他志在将鼎毁去。”

“那你是骗了田问？”

“不，我来之前，和他实话实说了，他不置可否。可能田问已经想明白了，毁掉此鼎，并不能代表什么，中华的未来，不是靠一个圣王鼎，而是天下的人心所向。”

“那田问同意五行合纵还有什么意义？”

“如果倭寇迷信此鼎就是中华帝王的象征，那就毁掉他们意图染指中华的精神支柱，这件事若成，胜过百万雄师。”

“呵呵，火小邪，多亏你说了实话，要不然我是绝对不肯信你的。你能骗田问，当然就能骗我。”

“谢谢你相信我。”

“不过，火小邪，那你是为了什么？五行合纵这件事情，对你似乎没有一点好处。”

火小邪沉默了片刻，慢慢说道：“何为大义？”

“大义？呵呵呵，大义只是一句空话罢了，当权者用大义来笼络人心，失败者用大义来自我抚慰，甚至大义是那些无可奈何的落魄之人，搪塞自己无能的鬼话。今日众口一词的大义是真理，千万人舍生取义，可怎知明日就是一堆狗屎，那些生命为之抛头颅洒热血，竟是为了一堆狗屎！多么可笑？知道世界上为什么有贼吗？为什么说天地万物都是贼？因为这个世界只有利益，根本没有大义！宇宙苍穹，乃至沙粒之微，均有消亡的那一天，既有生死存亡，那唯一正确的大义就是为了自己的利益！如若世间真有神佛，永存不灭，那他们何必去让人信他们存在？因为不信，他们就没有存在的价值，神佛还不是为了一个利字？利益、价值、利益、价值，存在就有利益，存在才有价值。哈哈哈，追根溯源，无不如此。”

“郑则道，也许你说得对。依你所说，我是没有必要促使五行合纵了，对我的确没有什么好处啊。”

“哦……火小邪，你觉得对的，你就去做好了。”

火小邪看着郑则道，并不说话。

郑则道沉吟一声，说道：“火家同意五行合纵，破万年镇，破罗刹阵，如你所说，千载难逢的机会，就算结局不甚明朗，但不去做，着实可惜。”

“好！”火小邪长身而起，“既然火家同意了，那我就不便久留了，五行合纵的时间地点诸般事宜，我会及时派人告知。”

郑则道也站起身来，说道：“好！但最后一句话要说清楚，如果届时有任何一家不来，此事便作废，勿怪我等临阵放弃。”

“可以！一言为定！”火小邪伸出手来，与郑则道击掌盟誓。

郑则道与火小邪击了三掌，却一把将火小邪的手握住，并不松开，酸溜溜地说道：“火小邪，你把火煞珠送给了我，还没有说破，非常感谢。但是我很想知道，你是怎么把我身上的火煞珠盗走的？既然你我盟誓，这点小秘密，可否不吝告知？”

火小邪淡淡一笑，嘴里吹了个口哨，就见他袖口一动，一只九品灵貂爬了出来，趴在火小邪的手腕上，吱吱轻叫，十分欢悦地看着火小邪。

火小邪说道：“这只九品灵貂通人性，你我缠斗之时，我是靠它盗走了你的火煞珠。”

郑则道十分吃惊，伸手要摸，九品灵貂转头就向郑则道手指咬去，其速如电，郑则道赶忙避开，差点便被咬上。九品灵貂恼怒地叫了几声，刺溜一下钻回到火小邪的袖口里去了。

郑则道松了火小邪手，微微吃惊，赶忙暗查自己身上的火煞珠是否还在。查得妥当之后，才低声道：“竟是这样……那，是如何施展的呢？”

火小邪拍了拍肩头，九品灵貂又从火小邪领口钻出，蹲在火小邪肩上，在火小邪耳边吱吱低叫，似在抱怨什么。

火小邪微微笑道：“抱歉，此乃我这几月练成的盗术，不便明示。改日破阵之后，我再告诉你吧。”

郑则道悻悻然说道：“也好也好。”

两人不冷不热地客气一番，双双起身返回，还未走几步，突然间郑则道、水妖儿均脸色大变。火小邪也听得真切，正有急促的脚步声奔来。

“娘！”“娘亲！”两个稚嫩的孩童呼唤之声远远传来。

众人惊愕之余，转头一看，正见到有两个六七岁大的男孩，从一侧疾奔而来，满脸是泪，不住冲着水妖儿呼喊“娘亲”。两个孩童身后，水媚儿急追而至，终于一手一个，将两个孩子搂住。

两个孩子哇哇大哭，伸出双手，哭喊道：“娘！娘！”

水媚儿神色慌乱，一个劲儿地安慰道：“娘在这里，娘在这里！”

其中一个男孩，虽说年幼，神色却颇有些老成，竭力哭喊道：“不是，你不是我娘，你是我姨娘，我亲娘是她，不是你！”

水媚儿紧紧抱着这个孩子，努力解释道：“傻孩子，你怎么这样说话？”

“就是就是！”这孩子叫道，“我长大了，我心里明白，骗不了我的，姨娘，求你不要骗我了。爹，爹爹，你说话啊！”

可郑则道哑口无言，呆若木鸡。

苦灯和尚倒是说道：“夫人，怎么两位少爷……”

水媚儿明显乱了方寸，说道：“他们，太过聪慧，骗过了我，一转眼便从屋里溜出来……”

郑则道终于缓过神来，上前两步，半蹲下身子，慈爱中泛着愁苦，柔声道：“念儿，谨儿，先回去好吗？”

那位显得年长一些，刚才更为主动一些说话的男孩，就是念儿，放声叫道：“爹，我们不要回去！爹，你是怎么了？娘回来了，为什么让我们回去？”

略显年幼的男孩，名叫谨儿，只是向水妖儿伸直小手，不住哭道：“娘，娘，谨儿没做错什么，为什么你这么久不回来看我们？娘，你看看我们啊。”

水妖儿眼睛早就红了，一直不敢直视两个孩子，听谨儿如此唤她，再也按捺不住，强行摆出笑脸，扭头说道：“你们是叫我娘吗？可阿姨不是你们的娘啊，你们认错人……”可是话没说完，水妖儿猛然间泪如泉涌，再也不说下去，掩面痛哭。

水妖儿一哭，水媚儿也心乱如麻，手臂一软，念儿、谨儿便挣出水媚儿的怀抱，直奔水妖儿而来。

水妖儿再不掩饰，张开双臂，将两个孩子紧紧搂在怀中，母子三人哭成一团。

水妖儿止住哭涕，扶住念儿问道道：“念儿，你怎么认得出娘的？”

念儿抹了抹鼻子，小大人一样坚强地说道：“孩儿一年前就能分辨出娘和姨娘，娘，你化成灰孩儿都认得出你。”

水妖儿又问：“谨儿，你也是吗？”

谨儿哭道：“孩儿认不出，但我听哥哥的，哥哥说是，那就是的。”

水妖儿一行泪直挂脸颊，问念儿道：“念儿，你既然一年前就能够认得出娘，为何从来不对娘说？”

念儿为水妖儿抹去眼泪，答道：“孩儿想，娘一定是有苦衷的，如果说了，爹爹、娘和姨娘，你们三个人都会为难，孩儿不想你们为难。可是这次，娘三个月不回家，孩儿非常害怕，天天都盼你回来，所以，感觉到娘真的回来了，怕你又走了，这才忍不住偷偷跑出来找你。娘，你不要走了，孩儿已经长大了，一定会乖乖的，无论什么都听你的，再不让你生气。”

水妖儿嘤的一声，又搂紧了两个孩子，哭得抽搐不已。

念儿急唤道：“娘，你怎么了娘？”

水妖儿哀声道：“念儿，谨儿，跟娘走吧，我们离开这里。”

念儿喜道：“好啊，是和爹爹一起去玩吗？是去见外公吗？”

谨儿也喜道：“谨儿很想外公。”

水妖儿哽咽道：“不是的，不是的……我们离开火云庄，再也不回来了，爹爹不和我们一起。”

“为什么啊，娘？”念儿吃惊道，但马上向站在水妖儿身边的火小邪看来，眼中一片愤恨，好像已经看穿火小邪与水妖儿的关系。

火小邪心中唰的一片冰凉，这个六七岁的孩子，眼神怎么会如此犀利？

水妖儿无言以对，突然扭头对郑则道厉声叫道：“郑则道，你知道你该说什么！”

郑则道此等城府，让水妖儿一喝，刺得一个激灵，全身微颤，缓缓地长叹一声，走上一步，蹲下身子，对念儿和谨儿说道：“念儿，谨儿，你们确实是长大了……你们……我……你们的亲爹，不是我，是这位，火小邪叔叔。”

火小邪如五雷轰顶，震得全身发麻，脑海中在净火谷与水妖儿朝夕相处、水乳交融的一幕，不住重现。他见到两个孩子，本就有难以名状的亲切感，可从郑则道嘴中得知真相，还是让他一时间无法接受。

火小邪瞪大了眼睛，喃喃道：“我的孩子……”

水妖儿拉起念儿、谨儿，说道：“念儿，谨儿，他是你们的亲爹爹，你们，不姓郑。”

谨儿看着火小邪，突然间哇哇大哭起来，一把抱住郑则道的胳膊，哭道：“爹爹，你不要我了吗？爹爹！”

相反念儿不哭不闹，只及火小邪腰间高矮的孩子，眼睛中恨意却分外明显，直直地盯着火小邪，竟不说话。

火小邪被这个小孩子盯得后背发凉，迫不得已蹲下身子，勉强挤出一丝笑意，说道：“你叫念儿对不对？”

念儿冷冷答道：“是你拐走了我娘！”

火小邪一愣，忙道：“念儿，不是这样的。”

水妖儿一把抓住念儿，怒道：“念儿，你怎么这样说话？”

念儿却狠狠一甩手，跳开两步，拉住谨儿，依旧看着火小邪，冷冷说道：“就是你！你是个坏人！你是个大坏蛋！我恨你！我绝对不会认你当爹的！而且总有一天，我会亲手杀了你！小谨，不要哭了，娘已经被坏人骗走了，她再不是我们的娘！我们走！”

谨儿抱着郑则道哭道：“不要，我不要走，我要娘，我不要娘走，我不要这个大坏蛋当我爹爹。爹！爹！”

郑则道紧咬牙关，眼睛发直，眼眶中满是泪水，抱住谨儿，对水妖儿哀声道：“你满意了？你满意了吗？你根本不是个称职的母亲！回头吧，求你回头吧，你可以不爱我，但我真心真意地爱你，比你爱火小邪更甚，妖儿，这么多年了，你一点都感觉不到吗？”说着，郑则道伸出手去，把念儿也半搂在怀中，半哭半笑地说道：“妖儿，这两个孩子，我视同亲生，他们离不开我，我也离不开他们，而且他们两个天生奇才，以后必成大器，你就可怜可怜我们父子三人，不要再执迷不悟了，重新开始，我们还能重新开始。”

水妖儿侧过脸去，只是默默垂泪。

火小邪情不自禁，想去牵水妖儿的手，以表安慰，却听念儿尖声大叫：“不要碰我娘！臭坏蛋，臭流氓，臭王八，我杀了你！”说着跳将出去，直奔到火小邪面前，对火小邪拳打脚踢。

火小邪当然不会还手，随便念儿踢打。别看念儿人小，劲头却不小，拳脚打在身上，颇为疼痛。这些皮肉之痛，算不了什么。火小邪心如刀绞，整个人都像被撕裂开一样。自己被亲生骨肉仇视，口口声声要杀了自己，情何以堪？火小邪历经坎坷，心智本有大成，可是面对念儿的仇恨，脑海中只是一团乱麻，想不出任何办法应对。

水妖儿视若无睹，并不阻止，反而水媚儿快步上前，将念儿拦腰抱起。

念儿有些发狂，不住挣扎，乱拳往水媚儿脸上猛砸，一边叫道：“你不是我娘，你不是我娘！让我打死这个坏蛋，我要打死他，放开我！”

水媚儿低头挨了几拳，怒道：“姐姐！”

水妖儿一伸手，给水媚儿打了个手势。水媚儿心领神会，反手在念儿脖子后面重重一点，不知使了个什么手段，念儿立即低哼一声，头一歪，再无力气，但嘴里还是能呜呜咽咽地低骂：“坏蛋，大坏蛋，杀了你，杀了你……”

水妖儿默默转头，看着郑则道，不喜不悲不怒不怨地说道：“郑则道，我再也不能回头了。这两个孩子，请你照顾好他们吧。”说着头也不回地向外跑去。

火小邪抱拳冲郑则道低喝：“抱歉！”拔腿便追。

郑则道在后面大吼道：“火小邪，我虽然恨死了你，但你赢了，所以五行合纵之约，我信你！你我一言九鼎，不论未来怎样，请你照顾好妖儿！”

火小邪脚步略停，毅然答道：“一言九鼎，绝无虚言！”

“苦灯，替我送客，不可怠慢。”郑则道不忘吩咐，但火小邪早已追着水妖儿，没了踪影。

一匹快马，在沟壑上疾驰，一直奔到无处可走的塬边，才急嘶一声止住四蹄。一个女子翻滚着从马上跌下，跪倒在地，掩面无语，欲哭无泪。

大地苍茫，沟壑遍布，黄土四野，恍如岁月之痕。

又有一匹快马疾奔而来，停在这女子的身后，一个干练的男子从马上一跃而下，快步上前。可他脚步一顿，并不上前打扰，只是站在女子身后，垂手肃立，面色凝重。

这一对男女，正是水妖儿和火小邪。

水妖儿如同石雕一样，静默了片刻，方才身子微动，缓缓站起。火小邪不失时机地上前，将水妖儿的细腰搂住，十分关切爱怜地说道：“妖儿……”尽管只有两字，可是千言万语尽在其中。

水妖儿已趋平静，轻声道：“火小邪，我不该一直瞒着你我有孩子的事情，我见到水媚儿，知道孩子在火云庄，原本想着找机会偷偷去看看他们，没想到他们会自己跑出来。”

火小邪微微笑道：“我们有这样两个聪明的孩子，我很高兴。”

“可他们……”

“他们还小，怪不得他们，只要他们能快快乐乐地生活，恨我也罢，爱我也罢，我都可以接受。而且我的确不是个好父亲，换我是念儿，我也会这样。念儿这么小，就很聪明啊，我们要替他高兴，对不对？”

“可我很后悔，非常非常地后悔，我不该这么快就说破，本来有更好的办法的，我不知道我怎么了，竟然……”

“没关系的，没关系的。”火小邪搂紧了水妖儿，让她靠在自己的肩头，“委屈你了，妖儿……”

水妖儿一行泪悄然从眼角流下，两人无须再多言语，只是紧紧依偎，任凭干涩的西北风吹动发髻衣裳，静静地看着茫茫大地，品味着似甘似苦的人生。

这便是人生吧。如果人生就是如此，该发生的注定要发生，何必抱怨，何必逃避呢。

田问、林婉、王孝先、百艳、王全、王兴等人领着大队人马赶来，田问远远地看见火小邪、水妖儿相拥站立，一拉缰绳，伸手一挥，止住整个队伍。

百余人马鸦雀无声，虽说无法确定火小邪、水妖儿到底发生了什么，但远远地看着他们，每个人心中都沉甸甸的。

这一刻，是1938年（民国二十七年）3月28日，日军刚刚结束了南京大屠杀一个月，也是伪中华民国维新政府，这个傀儡政府的成立之日。

1938年4月，台儿庄大捷，但国民政府丝毫扭转不了战争形势，再度败退，日军主力在中华腹地，继续长驱直入。

1938年5月，厦门沦陷，合肥沦陷，徐州沦陷，半壁江山惨遭日军蹂躏，毛泽东发表著名的《论持久战》。

1938年6月，安庆沦陷，蒋介石为阻止日军，下令掘开花园口黄河大堤以阻挡日军，造成黄河改道，淹死百万人，生灵涂炭。

1938年7月，武汉会战拉开帷幕。

十五、金火信义

1938年8月，上海租界，夜。

一栋看起来毫不起眼的洋房前，几辆悬挂着日本国旗的豪华轿车，依次停在洋房门前，并立即熄灭了车灯。

七八个身着华丽洋服的男女，一看相貌姿态便知是日本人，他们在一个身穿白色西服男人的引导下，毕恭毕敬地快步走入这栋洋房。

房间里十分简朴，一行人走到一间房内，大门立即紧闭，轰隆隆作响，这间房屋地面一颤，整体向下沉去。

叮咚一声响，下降停止，随后房门打开，金光耀眼，刺得人睁不开眼。

众人不敢大声说话，出了这间房，眼前的奢华，简直让人无法相信自己的眼睛。到处都是用钻石镶嵌的水晶灯，密若繁星；世界各地的奇珍异宝，随处可见，大至法老的黄金雕像，小到拇指大小的红钻，看似随意地摆放在各处；地面是铂金铺成，椅子是犀牛皮，扶手是象牙，任何一处细节，都是极为昂贵奢侈之物做成。

这群日本人目瞪口呆，几乎不敢迈出脚步，好在有穿白西服的人再三催促，方才回过神来，大气都不敢出地尾随而行。

曲曲折折走了许久，又是上楼又是坐电梯，日本人领教了他们一万辈子都无法拥有的庞大财富后，终于来到了一间普普通通、与刚才的奢华有些格格不入的房门前。

白西服敲了敲门，说道："少爷，日本人来了。"

里面有人哼哼道："让他们进来吧。"

推开房门，日本人鱼贯而入，眼前景象，又让他们吃了一惊。

一间颇为巨大的房间里，到处摆着机械用品，一股子机油味十分浓郁，整整一面墙上，则挂着各式各样的枪支，有的枪支巨大到足有二人长短，有的微小到不及拇指。

三个男人正围坐在一张铁皮台子边，坐在几个铁皮箱上面，呼哧呼哧地抱着一个铁皮饭盒，一边喝面汤，一边啃几个硬邦邦的面饼，吃得有滋有味。

三个男人中间有一个留着精致小胡子的男子，抬起头嚷道："来了啊，让他们坐沙发吧。"说着一指房间一角一长溜布质沙发。

日本人中有一个年约五十的中年男子，看来像是领队的，赶忙上前深深鞠了个躬，说道："金少爷，久仰大名，我是大日本国天皇陛下的御用顾问宁神渊二，携本国公主、财政大臣、中央银行行长等人，专程来拜访。感谢您愿意抽出时间，约见我们。"

小胡子男子正是金家实际的掌权人金潘，他哈哈一笑，把铁皮饭盒放下，拍了拍手，从桌上捡起一块白手绢，擦了擦嘴，随手丢在一边，说道："乔大、乔二，去收拾收拾，再拿瓶好酒来。"

乔大呼哧呼哧还在猛吃："好，好！"

金潘一脚踹了过去，骂道："吃货，还不快去！"

乔大咕咚一口，把所有面汤喝下，又把一整张面饼塞进嘴里，噎得直翻白眼，乔二也不管他，死死拽着，赶忙跑开准备去了。

金潘这才对宁神渊二一行人笑道："来，坐！"

金潘两把金枪，枪不离身，大摇大摆地走了出来，随随便便地招呼着日本人坐下，自己把腿往桌子上一翘，根本没把这些日本人看在眼里，笑眯眯地问道："宁神，你找我找了这么多年，再不见见你，有点不好意思了，咱们就聊聊吧。"

虽说金潘如此藐视日本人，宁神等人还是满脸堆着笑容，不敢有一丝一毫的不快。

宁神忙道："多亏了芳子小姐引见。"

宁神身边一个极为妩媚的女子赶忙站起来，向金潘鞠躬，甜腻腻地说道："金少爷能不生我的气，我死而无憾了。"

金潘坏笑道："日本第一女特工，第一公关小姐芳子，千百年难出一个的尤物，我怎么会生你的气呢？"

芳子小姐千恩万谢，这才坐下。

乔大、乔二换了身西装，拿着酒跑来，叮叮当当地摆了一桌翡翠酒杯，把一个看着已经发霉的酒瓶打开，糊里糊涂地全部倒了个精光。

金潘骂道："一千年前的红酒，我花了多少钱买到的，你们就这样糟蹋啊？知不知道不能这样乱倒啊！"

乔大说道："那，那再换一瓶吧，反正还挺多。"

乔二说道："师父，那我再去拿吧。"

金潘骂道："滚滚滚，你们两头猪！金子也让你们当粪坑石！先就这么喝了，再给客人一人包一瓶，让人送到车上去。"

乔大、乔二应了，又退下一旁忙碌去了。

金潘举起酒杯，说道："欢迎！干了！"也不管日本人，咕咚一口喝光，骂道，"就这酸溜溜的糖水，还值一百万法郎，这帮没良心的奸商！"

宁神那边却无人敢喝。

金潘还是不管他们，问道："宁神，说吧，找我有什么事？"

宁神忙道："金少爷，是这样。"说着站起，介绍手边一人，"这位是天皇陛下的爱女，希仁公主。"

一个看着十分规矩谨慎的女子站起，向金潘鞠躬，用生硬的中文说道："金少爷，你好。"

宁神继续介绍道："希仁公主是美国哈佛大学毕业的高才生，政治经济学硕士，今年二十五岁，喜欢机械制造，通晓五国语言，而且从来没有谈过恋爱，还是处女。"

金潘哈哈大笑："怎么？"

宁神说道："希仁公主非常喜欢金少爷，天皇陛下恩准，希望能够下嫁给金少爷，如果金少爷现在有妻子，可以当偏房姨太太。"

金潘打量着希仁公主，站起身来，坏笑着看希仁公主，突然一把摸在希仁公主的胸部，捏了两下。希仁公主也不敢躲，羞得脸上通红。

金潘努了努嘴，对宁神笑道："胸不错，比较大！"

宁神等人如释重负，纷纷鼓掌，宁神更是高兴不已地说道："屁股也很大，腰也很细，希仁公主喜欢运动，身材是国际标准，皮肤非常地有弹性！"

金潘哈哈哈直笑，日本人也跟着哈哈哈地笑。

金潘念道："好啊，好啊！"走回自己的座位，一屁股坐下，还是一副流氓样地说道，"那我娶了公主，就是皇亲国戚了？"

"是！是！正是！"

"嗯……挺不错的。"

"金少爷喜欢就好！"

"宁神，那说说我娶希仁公主的条件吧。"

"没有条件！没有任何条件！"

"那好吧，美人留下，你们走吧，今晚我就和美人洞房。"金潘站起身来。

“哦！哦哦！”宁神有点慌张，说道，“金少爷，我们还有一点点小事，希望和金少爷商议。”

金潘嘿嘿一笑，再度坐下，笑道：“那就说吧。”

宁神和其他几位男子低声说了几句，日本人还是公推宁神来说话。

宁神谨慎地说道：“金少爷，您最近几年出手频频，现在已是大日本国第二大债主，而且您控制的几家企业，已经占据了日本军工生产的近五成。大日本国现在和国民政府的战争，不像军方说的那么快能结束，已经大大地超出了预算，所以国内渐渐吃紧。我们非常希望，金少爷能够帮帮我们，向我国提供一些资金，以解燃眉之急。”

“嘿嘿，给你们钱，是让你们再搞几个南京事件吗？”金潘口气虽说轻松，但隐隐有些不悦，话刚说完，两把金枪已经在手，直指宁神等人的脑门。

宁神等人大惊失色，吓得全身哆嗦，不敢说话。

金潘哼道：“打个仗，老百姓死伤难免，但搞南京屠城的事，我听着恼火！我他 × 的现在就把你们几个的脑袋打开花，给几十万老百姓祭旗！”

宁神等人全部咕咚跪倒在地，施以大礼，不敢抬头，宁神更是带着哭腔说道：“那些军人都是粗鲁的浑蛋，绝不是天皇陛下的本意，天皇陛下为此事也非常震怒，已经严厉地惩罚了肇事军官，保证不再出现这样的惨剧！金少爷，你打死我们可以，但请你一定原谅！”

金潘压了压火气，骂道：“你们是什么狗屁玩意！要不是看你们诚心诚意地来找我谈，态度够孙子，早他 × 的一枪一个送你们归天，然后断了你们的财路，打个鸟的仗，让你们小日本国在中国遍地找屎吃去！”

宁神等人还是“阿里亚多阿里亚多”道歉个没完。

金潘低骂一声，双手一转，把枪收回，说道：“要借多少？”

“什么？”宁神惊魂未定。

“要借多少钱？起来说话！”

宁神和几个人对视一眼，面露喜色，从地上爬起，端坐下来。

宁神十万分小心地说道：“第一期二十吨黄金，一共三期，总共一百吨黄金。”

“怎么还？”

“战争结束之后，上海、天津、山东、福建、广东的矿产、航运、电力的独家经营权。”

“啧啧。”金潘翻了个白眼。

宁神忙道：“还有整个东南亚。”

金潘点了点头，说道："一百吨黄金，说多不多，说少不少，我可以答应你们，并一次性支付，但条件，只有一个。"

宁神说道："请讲，只要我国能够做到。"

"你们和美国开战，打一场太平洋战争。"

宁神等日本人均倒吸一口凉气，叽里呱啦议论纷纷。

金潘笑道："怎么，做不到？"

宁神直咽口水，低声下气地问道："不知道为什么，您希望我们打这场战争？"

金潘笑道："你们不和美国打，我怎么去赚美国人的钱？只要你们打这场仗，无论输赢，我都会再斥巨资扶持你们，而且是没有利息的。"

宁神直冒冷汗，掏出手绢连连擦汗，半晌才说道："金少爷，您的这个要求，超出了我们的授权范围，我们必须回去禀告天皇陛下，才能定夺。"

"好啊！你转告天皇，战争是有钱人的游戏，没钱就别玩下去了，你们肯定会输得很惨。"

"是的，是的。"

"好吧，你们可以走了，下次再来，带着天皇亲笔的确认函。"

"金少爷，如果同意了呢？您说的黄金？"

"我明天就安排先给你们二十吨黄金，专门用来准备和美国开战，这个钱不用还，以示诚意，天皇决定了，我会尽快再给你们安排一百吨黄金，分批运往东京。"

宁神感动得涕泪交流，又跪在地，说道："谢谢金少爷的慷慨！感激涕零，大日本国若能得到中华，天皇陛下登基为帝，您是第一功臣。"

金潘站起身来，皮笑肉不笑地说道："什么功臣？谁当皇帝关我屁事？我只是个商人，没有利益的事，我懒得干。"

宁神说道："好的，好的，那金少爷，我们的希仁公主，就先留在这里陪伴你。"

金潘伸了个懒腰，说道："这个大礼，我还是先不要了，等你们和美国打起来，我再娶她。就这样吧，我累了！"说着摇摇晃晃地向远处走去，头也懒得回。

宁神等人不好再说什么，起立鞠躬，屋外穿白西服的男人进门，请了宁神等人出去，暂且不表。

金潘见日本人全部走了个干净，这才从内室中走了出来，一言不发地掏出两把金枪，咚咚咚咚咚咚咚，把两支枪里的子弹，全部打在门上，然后重重地喘了一口气，把枪收回腰间，一屁股坐在桌上，闭目不语。

不多时，乔大、乔二两人赶来，见金潘一张冷脸，都不敢说什么，坐在金潘的下首。

金潘哼道：“小鬼子走了？”

“走了。”

“那就滚一边去，老子心里烦。”

“师父，那个……”

“有屁快放！”

“金……金大九来了，师父您见不见？”乔二小心地说道。

“他没事回来干个屁！让他滚！老子不见！”

“哦，是！”乔大、乔二犹犹豫豫地，还想赖着不走，磨磨蹭蹭地往后退。

“把金大九叫来！”金潘突然改了主意。

一身白色西装，系着金色领带，头戴白色礼帽和墨镜，十足阔商模样的中年男子在乔大、乔二的带领下，从内室走了出来。此人见到金潘，只是微微一点头，非常平静地问好道：“少爷，你好。”

金潘正一颗一颗地给自己的金枪上子弹，答道：“金大九，你不好好陪着我两个爹，找我来做什么？”

金大九走上两步，也不请示，坐在金潘的对面，说道：“有事禀告。”

金潘啪的一声合上弹夹，靠在桌子上，问道：“金大九，你向来是无事不登三宝殿，呵呵，是五行世家的事情？”

金大九说道：“我是金家唯一的五行世家联络使，我来当然与五行世家有关。”

金潘哼道：“五行世家的事情，我不是说了吗，由乾坤两位金王定夺，我不管。”

金大九说道：“我已经请示过两位金王大人，他们说一切由你定夺即可，他们打算这两天就隐退，去美国附近的小岛上定居，所以，少爷，你已经是五行金王了。”

金潘双手往裤兜里一插，站直了身子，说道：“他们两个倒是看得开。说吧，金大九，什么事？”

金大九点了点头，从怀中掏出几张信函，一张一张地递上来，说道：“水王流川大人询问金家是否决定参与五行合纵；火王严道大人询问金家是否参与五行合纵；土王田问大人邀约金家五行合纵；木王木邪大人告知金家，五行合纵定于今年10月9日下午6点整，地点万年镇，请于下午4点前赶到，做最后商议。”

金潘一张一张地接过，随手把水家、火家、土家的信函丢到一边，只把木家的信函打开，迅速地看了一遍。

金潘哈哈大笑，挥着手中的信，面色一冷，狠狠把信函拍在桌上：“木邪！署名是木邪！一句客气话都不说，我欠他的啊？命令我啊！”金潘气得大发雷霆，到处乱打乱踢，“他就是这么把我当兄弟的？老子为了他差点死在木家！老子欠他的？老子是欠他的了？老子为他好，他就这样硬邦邦地命令我？×他祖宗十八代！”

金潘继续在屋里乱砸乱摔，一边口齿不清地大骂不止。

乔大、乔二偷偷上前，把桌上的信拿起来，两人一看，都觉得这封信倒像是官方调令，一点兄弟朋友之间的话语都没有，完全把金潘当陌生人和下属一样呵斥。

乔大说道：“这……这是大师父说的话吗？”

乔二也是紧紧皱眉：“怎么写得这么硬邦邦的？”

金大九倒是一直端坐不动，等到金潘摔够了砸够了，呼哧呼哧喘气的时候，才站起身来说道：“少爷，你决定如何答复？”

金潘大叫道：“金大九，你立即给我滚！滚得越远越好。”

金大九点头道：“好的，我知道了。少爷，两位金王大人让你保重身体，做事不要太勉强，天下的钱是赚不完的，赚得差不多就可以了，还是多享受享受人生。”

“滚！立刻滚！再废话一句，我就一枪打死你！我早就想打死你！”

金大九摘下礼帽，鞠了一躬：“少爷，我先走了。”说罢转身退下。

金潘见金大九离开，这才瘫软了一样，跌坐在沙发里，用手按着额头，低头不语。

乔大小心地问道：“师父，你这么讨厌金大九？”

乔二也问道：“要不要我们追上他，狠狠揍他一顿？”

金潘低着头，极低声地说道：“拿酒来！”

乔大、乔二没有听清，问道：“师父，是打他一顿？”

“拿酒来，拿酒来！听到没有？你们这两个猪头！”

乔大、乔二吓得一个激灵，赶忙跳起来，冲向后屋取酒去了。

金潘突然抱着头号啕大哭，蜷在沙发上，狠狠地自己摔打自己，小孩子一样哭得鼻涕眼泪直往嘴里流：“火小邪！我在这个世界上，只有你一个亲人，你知不知道？你知不知道啊！我恨这个世界上所有的人，可就是不能恨你！但你为什么要五行合纵？为什么？为什么？”

乔大、乔二抱着十几瓶酒跑出来，见金潘这样痛苦难堪的样子，只好傻站着不知该说什么。

金潘长叹一声，坐了起来，见乔大、乔二抱着如此多的酒，又是气不打一处来，脱下鞋子就砸将过去：“你们想喝死我啊？”

乔二忙道：“不是，不是，我们……我们不知道你想喝哪种酒？”

乔大也道：“师父，你……你平时不爱喝酒。”

金潘骂道：“全拿上来摆好！全打开！你们两个猪头和我一起喝，一直喝光为止！”

半个时辰以后，满地的空酒瓶。

三个衣衫不整的人，在沙发上搂着又蹦又跳，一会儿排成一字，一会儿排成二字，上蹿下跳，好不快活。

“师父，为什么要揍金大九啊？”

“因为我小时候，他老偷看我拉屎啊！”

“哈哈哈！原来是这样啊！”

“师父师父，那你刚才为什么要哭啊？”

“因为我两个徒弟都是猪啊！”

“哈哈哈！原来是这样啊！”

“那师父，到底我们要不要五行合纵啊？”

金潘突然一静，双眼发直。

乔大、乔二摇摇晃晃地，看着金潘。

金潘脸上慢慢露出笑容，哈哈大笑道：“当然不要啊！白痴傻子才会五行合纵啊！”

“哈哈哈！原来是这样啊！”

于是，金潘、乔大、乔二这三个人，胡言乱语着，在地下的金家宫殿里尽情地闹腾着，直到筋疲力尽，醉成死猪一样，东倒西歪地躺倒在地，不省人事……

时间的车轮滚滚向前，无法阻止，短短一个多月的时间，在漫漫无垠的历史长河里，只不过是白驹过隙。

1938年10月7日，黄昏。

东北，日军万年镇军事要塞外围十里以外，一个叫北巴窝的废弃村落，尽管此地紧挨着一个官道，却毫无人迹，到处都是黑灯瞎火。

可就在这样破败荒芜之地，有一对男女，风尘仆仆地走入村落，双双驻足在一个看似客栈的院落前。

那男子看着三十岁开外的年纪，穿着一身皮夹克，身材笔挺，精神矍铄，显得异常干练，一双眼睛炯炯有神，一看就不是个普通人。而陪在他身边的女子，看起来只有二十岁出头的年纪，也是穿着皮夹克，美眸秀目，小鸟依人，温柔俏丽，让人过目难忘。

男人看了看这座荒废的客栈，笑道：“就是这里了。”

女子靠紧了男人，问道：“这样真的好吗？他们只是普通人。”

男人搂住女子的细腰，洒脱地笑道：“我答应过他们。”

女子嗯了一声，再无异议。

两人携手走入院中，院中荒草遍地，房内一片漆黑。两人却不犹豫，脚步不停，笔直地走入客栈中。

客栈大堂，桌椅虽全，却都落着厚厚的一层灰，显然久无人来，更显得昏暗。

男子却会心一笑，领着女子走到一张桌子前，吹去一张椅子上的灰尘，用袖子擦了擦，请女子坐下。

男子高声道：“伙计！有客人来了，还不出来招呼？不做生意了吗？”说着，安安稳稳地坐在女子身边。

并无人回答。

男子却不惊讶，继续说道：“你在厨门后躲着偷看我们呢。好了，不要躲着了！我们只是过路人，没有恶意。哦，不要走啊，你左脚是不是有伤啊？踮着脚走路，一瘸一拐地小心摔着。”

女子就掩着嘴咯咯咯地轻笑。

半晌之后，就听房门嘎吱一下，有人小心翼翼地说道：“两位客官，小店早已停业了，您还是到别处看看吧。”

“没事，出来说话，买碗茶水喝也行。”

“哦……哦……那，那好。”有人轻声应了，一盏豆大的灯火燃起，一个半大小子，提着盏油灯，从大堂一侧走了出来。

男子看着这个小伙计，笑道：“小五，是你在看店呢？”

那小伙计一听男子叫出自己小名，惊得差点一个踉跄跌倒在地，跌跌撞撞站好以后，举着油灯向男子照来，惊声问道：“您，您是……？”

“我是火小邪。”

小伙计啊啊连声，已经看清了火小邪的相貌，哇的一声惊叫，扑通一下跪在地上，麻利地咚咚咚三个响头，兴奋莫名地叫道：“恩公！大哥！你回来了！”

火小邪起身将小伙计扶起，小伙计已经哭得稀里哗啦，话都不知道该怎么说了。

火小邪说道：“我本以为我要很久才能回来，可事情比想象中进展得要顺利。小五，来，坐！”

小伙计受宠若惊，叫道：“大哥，恩公，大姐，你们坐，我给你们倒水去。”

火小邪拉着小伙计坐下，笑道：“不用了，我们不渴，先和我说两句话。”火小邪向后院方向看去，问道，“哦，是不是还有一个人？”

小伙计忙道：“哎呀哎呀，见到大哥太开心，我都忘了！”站起身来大叫，“媳妇，媳妇，快出来，是火小邪大哥，是我天天都和你提起的火小邪大哥回来了！”

这才有一个普普通通、相貌平常的矮小女子，从后院钻出来，扭扭捏捏地走了出来，站着遥望，不敢上前。

小伙计大叫：“傻站着干什么？过来啊！哎呀你真是！”

四人总算坐定之后，彼此介绍了一番，那小媳妇低着头还是不敢吭声，小伙计便呼喝着她去烧水。火小邪并不阻止，细细问了小伙计最近的事情。

原来数月前，火小邪离开此地之后，马三多规规矩矩地埋葬了死去的店掌柜和老板娘，带着小伙计上山，可小伙计哪有啸聚山林的能力，第二天就把腿摔断了。当时日军到处扫荡围剿马三多这伙山匪，马三多带着小伙计十分地危险，便又曲曲折折地把小伙计送回到客栈里安顿。马三多尽管外号叫黑麻子，但脑子不笨，知道小伙计孤单，不知道怎么让他寻来一个孤女，嫁给了小伙计，彼此陪伴。同时吩咐小伙计，既然他腿脚不便，就留在这里等火小邪，说不定火小邪会回来，也方便火小邪能再找到他们。这一对小夫妻，就一直在北巴窝东躲西藏，晚上住在地下，食物等由马三多派人一个月送来一次，所以几个月来，虽说过得清苦，倒也踏实。中间只有几次日本人进村巡查，知道这里是个荒废的村落，也不愿意大费周章地搜索，而且他们躲在地下，算是有惊无险。

火小邪听了此话，心喜这个马三多倒是个言出必践的好汉，不枉他和水妖儿辛辛苦苦找一趟，便问小伙计道：“马三多他们现在在哪里？”

小伙计忙道：“前两天刚刚给我送了粮食，告诉了我他们这几日的临时营地，离这里很近，也就十里远。”

明月高悬，夜已深沉。

距离北巴窝不远的深山之中，一个林木繁密的山谷，树林间隐隐约约有一二点灯火闪烁。

有一男一女站在山梁上，向下方看去。这两人正是火小邪和水妖儿。

原来火小邪、水妖儿问清马三多他们大致的位置，便决定自行找来，小伙计本要跟随，但他腿脚不便，被火小邪婉拒。他们两个别过小伙计，撒开脚力，借着星光一路奔驰，火小邪眼力超群，水妖儿精通地理，所以很容易便找到了此处。

火小邪、水妖儿相视一笑，两人闲庭信步一般，向灯火处走去。

走到山谷下方，树林边缘，火小邪远远地便看到有两个男子躲在大石后面抽烟，一边窃窃私语着调侃。他们以为声音很小，但在火小邪耳中听得真切。

“酒再给我喝一口！”

“没多少了，经不住你这样喝！”

“瞧你这小气样，拿来！”

“少喝点！离换岗还有两三个时辰呢！”

“咳，你说马寨主怎么想的，咱天天提心吊胆地被小鬼子撵着到处跑，这地方有啥好留恋的，已经是鸟不拉屎的地方了，拍拍屁股走了，哪里不能当个山大王？”

“你这话可别瞎说，马寨主听见了非砍了你。”

“哦！哦！我说着玩的，你不能和别人说。”

“我没你那碎嘴。”

这两个山匪嘀嘀咕咕说了几句，突听大石后有人咳嗽了一声，立即吓得一个哆嗦，抓起地上的枪，跳了出来。

“谁，谁？”

又是一声咳嗽，火小邪和水妖儿从他们身旁的大树后笑眯眯地走了出来。

两个山匪大惊失色，举起枪指着他们，叫道：“你们是谁？别动，敢动就开枪了！”

火小邪笑了一笑，抱了抱拳，客气地说道：“两位兄弟，请问马三多，马寨主可在？”

两个山匪见火小邪、水妖儿毫无惧色，更是惊慌，说话都是打战。

“你们……你们是谁？”

火小邪笑道：“我是马寨主的一个朋友，这是我的妻子，我俩千里迢迢来这里找马寨主聊聊旧事。”

“你们……你们怎么找到这里的？你们怎么知道马寨主在这里？”

火小邪知道这两个山匪，属于没脑子的野汉子，便一抬手，亮出两块大洋，答道：“哦！说来话长，还是不说为好。劳烦两位兄弟，带我们去与马寨主一见。”说着手一甩，把大洋丢在两人脚下。

这两个山匪犹豫了一下，见火小邪一直客气得很，又出手大方，给了引路钱，脑子开始转不过来。

两人商量道：“怎么办？”

“你说怎么办？”

“他们看着不像坏人吧？”

“不像就不是坏人了？”

“那怎么办？”

“押着他们进去，他们就两个人，怕个球蛋！”

“是啊，是啊！”

于是这两个山匪慢慢把地上的大洋一人一个捡了起来，不敢放松警惕，喝令火小邪、水妖儿上前，他们在后押着往里走。

火小邪、水妖儿并不计较，于是四人两前两后地向树林里走去。

没走多远，来到悬崖边，便看到一个山洞，山洞外有一小片空地，七七八八地或坐或卧着几十个人，系着几十匹马。

火小邪、水妖儿笔直地走入，立即引起了众匪的注意，呼啦啦一下子全部站了起来，一个个凶神恶煞地向火小邪看来，拿枪的拿枪，拿刀的拿刀，顿时拦住了火小邪、水妖儿的去路。

两个押着火小邪、水妖儿进来的山匪赶忙上前，说道：“他们两个说要找马寨主，我们给押来了！”

“找马寨主？真会找啊，荒山野岭大半夜的，孤男寡女，还能找到这里来！”一个满嘴黄牙的丑汉，瞪着三角眼走了出来，“想见马寨主？行啊！来啊，先绑起来，女的脱光！”

这个丑汉话刚说完，就听叮的一声，鼻头上中了一个硬物，当即被打得哎呀一声，抱着鼻子弯下了腰，鼻血横流。

丑汉大骂：“谁打我？”低头一看，地上竟是一个明晃晃的大洋。

丑汉也不顾疼，一把先将大洋抓在手中，丝毫不管是不是这个大洋打中的他，继续叫道：“有本事再打……”

又是叮的一声，一个大洋直打进丑汉的嘴里。

火小邪正色道：“我们是你们马寨主的客人，说话客气一点，不要把我惹火了！”

丑汉噗的一口吐出大洋，还是握在手中，骂道：“愣着干什么，先绑起来！”

众山匪就要上前，只听一声大喝：“闹个球的闹！”

一个黑脸长麻子的大汉，推开众人，笔直地走了进来。

这黑脸大汉一见火小邪的面貌，生生地愣了一愣，火小邪笑而不语。

两个引路的山匪不识趣地跑上来报道：“寨主，他们说认识你，来找你，我们给押……是押过来了，他们老实得很。”

黑脸大汉哎呀一声，双手一甩，啪啪两大耳光，打得这两个山匪滴溜溜打转。

黑脸大汉抽完巴掌，哎呀一声大叫，咚咚咚上前两步，扑通跪在火小邪面前，一拜到底，大叫道：“大哥，你回来了！马三多该死啊！”

火小邪上前要扶起马三多：“兄弟，不必如此大礼。”

马三多却不起来，回头狂吼道：“跪下，所有人跪下，参拜大哥！”

所有山匪还在愣神，见马三多跪了，又喝令如此，虽说吃惊，但谁都膝盖一软，扑通扑通跪了一地，齐声道，“参拜大哥！”

马三多激动不已道：“大哥！我天天盼着你能回来，本以为你三五年内都回不来，谁知这么快又见到了你！我……我真是……我……我愧对大哥！我没脸见你！”这个七尺大汉，居然咧着大嘴，哇哇哭了起来。

火小邪还是要把马三多扶起，可马三多无论如何不起来。

火小邪劝道：“兄弟，何必如此？起来说话。”

马三多哭道：“大哥那日一走，我收拢了火家寨的人马，本想按照大哥的叮嘱，在这一带积攒实力，可小鬼子连日围剿，我躲都躲不过，与小鬼子遭遇了几次，小鬼子人多，我们打不过他们，火家寨本有近二百号兄弟，以前在北巴窝见过大哥的几个兄弟，全部都死了！结果，结果，现在就剩下这么四十多个人了！我真是废物，我真是没脸见人！大哥，我真想一头撞死在你面前！”

马三多一番哭诉，其他山匪也都悲从心来，这些山匪许多都是同乡同宗，还有不少是亲兄弟，所以不少人都低头抹泪。

火小邪心中悲凉，当日随性的一句话，让马三多用五年的时间积攒实力，却让马三多认了这个死理，结果让上百人死在小鬼子的枪下。追根溯源，自己难逃干系！

火小邪知道这时候不能安慰，沉声问道：“马三多兄弟，你想不想报仇？”

马三多立即答道：“想！做梦都想！我恨不得踏平了万年镇，挖了小鬼子的心肝！”

“好！马三多！想报仇那就站起来说话！跪着还报什么仇？”火小邪喝道。

马三多一听，腾的一下从地下跳起来，站得笔直，一抹鼻子，撇过哀伤，又是一脸豪气：“大哥，你说，我什么都听你的！什么时候报仇，怎么报仇？我们这四十几条命，全部交给大哥！”

火小邪说道："会比你想象的更快！来，找个地方，我和你说说。"

马三多念了声"好"，回头见其他山匪还跪着，大骂道："都起来！没听大哥说，跪着报什么仇！"

众山匪这才赶忙站起。

马三多又喝令道："丑狼，去拿酒拿肉来！送到山洞里来！"马三多嘴里说的丑狼，正是挨了火小邪两枚大洋的丑汉。这丑汉见火小邪是这种来头，又惊又怕，哪敢放个屁，立即跑开去准备。

马三多伤心来得快，去得也快，喜笑颜开地迎着火小邪向山洞走去，一边号令山匪，在山洞外好好地看守。

火小邪也把水妖儿介绍给马三多，马三多连声叫"嫂子"，恭敬有加。

走到洞口，马三多一拍大腿，想起了什么，说道："大哥，里面有我新认识的两个好兄弟，他们刚才不方便出来，一会儿我给你引见！"

火小邪问道："哦？好啊！他们以前可知道我？"

马三多说道："我经常和他们提起你，但你放心，你叮嘱过我，不准和任何人提起你的名字，所以我只说过我有一个大哥，十分豪杰，从没有说过你叫什么名字。他们如果见到你，一定也很高兴！"

火小邪说道："他们是什么来头？"

马三多比画了一个手势。

"八？"火小邪问道，"八路军？"

马三多点头道："大哥英明，他们是八路军，共产党，来东北领导抗日游击斗争，和东北抗联合作，一直在说服我加入抗联。三个月前找到的我，小鬼子打我，他们帮了我很大的忙，所以我和他们很谈得来，兄弟相称。说老实话，如果今日大哥不来，我真打算再熬几日，就离开这里，跟他们去参加抗联了！"

火小邪笑道："好啊！共产党我早有耳闻，终于能见一见，十分荣幸。"

马三多放心下来，领着火小邪、水妖儿进洞。

马三多一进洞内，就大叫道："张哥，周哥，刚才不是打架，而是来了贵客，天大的喜事！"

洞内侧一室，灯光微晃，两个人快步走出，迎上前来。

洞内尽管昏暗之极，但火小邪何等眼力，早就看清了两人的相貌，忽地瞪大了眼睛，心中狂跳。

马三多不等张哥、周哥两人上前，就笑哈哈地介绍道："这位就是我常和你们提起的，我的大哥！"

这两人快步上前，抱拳笑道："哎呀！刚才我们在洞里商量事情，不知道外面发生了什么，听到马兄弟招呼才出来，抱歉抱歉！大哥，久仰了！"

火小邪的声音微颤，念道："浪得奔……瘪猴……"

那两人均是一愣，突然间整个人都颤抖起来，双双迈上一步，看清了火小邪的长相，均是一脸惊讶，其中一个魁梧点的，失声叫道："火……火小邪！"

火小邪眼角含泪，大声道："浪得奔！瘪猴！是我！我是火小邪啊！"

"火大哥！"另一个看起来十分精干的男子，已经按捺不住，直扑上前，一把将火小邪紧紧攥住，眼中满是泪水，几乎无法言语，"大哥！是你！真的是你！"

火小邪也紧紧抓住他的胳膊，惊喜不已地说道："瘪猴！是我！真的是我！"

瘪猴此时，看着已有二十七八岁的年纪，精明干练，绝不是十一年前与火小邪"阴阳相隔"时，胆小怕事的小孩子了。瘪猴"嗯"的一声，顿时泪如泉涌，为不让火小邪看到，低下头去，无声无息地任凭泪水流淌。

另一个魁梧的男子，正是浪得奔。他幼年时他还有点痴肥，可现在看着年有三十，留着络腮胡子，身材魁梧，比火小邪还高了半个头，异常强壮，满脸威猛刚毅的神色，活脱脱一条能够降龙伏虎的硬汉。

可这时浪得奔也是激动得不能自已，眼内泪水滴溜溜地打转，可就是不肯流下，走上一步，与火小邪双拳紧握。

三人便这样彼此紧紧抓着，默默站立，并无言语。

马三多更是吃惊，终于忍不住地问道："你们，认识？"

火小邪含泪点头一笑："何止是认识！"

这个山洞的内洞，摆着两盏马灯，倒是亮堂。

马灯旁边，在一块平整的大石上，摆着一张东北地图，上面用炭笔画了不少圈圈，圈里有的打叉，有的打勾钩。

众人不胜唏嘘，围坐于大石旁，火小邪介绍水妖儿是自己的妻子，名叫真巧。浪得奔、瘪猴当然认不出水妖儿是谁，兴高采烈地连声叫着"大嫂"，恭喜火小邪。

水妖儿也替火小邪高兴，十分得体地还礼。

众人都是心切，很快便说起那些陈年旧事。

原来十一年前，浪得奔、老关枪、瘪猴三人并没有死，被齐建二、三指刘带着，逐出奉天，一路南下。三人都被下了药物，浑身无力，逃脱不得，老关枪胸口中枪，虽没有打中心脏，还是耐不住路途颠簸，发高烧死在湖北一带。浪得奔等四人，一路有人指引，一直向南，到了广东境内一处小镇，方才安顿下来。浪得奔、瘪猴每月都要被迫服食药物，一直身体虚弱，无法逃脱，这样过了三年。那三指刘远离奉天，日日哀叹，终有一日上吊自尽。齐建二则终日酗酒，终于有一次耐不住贫寒，偷了人的东西，被人抓住，他本就是个外乡人，结果生生被官府棒打致死。于是浪得奔、瘪猴再无人照顾，被乡民赶出了小镇，流落江湖。

好在无人管他们，也就无须服药，过了两个多月，体力渐渐恢复。他们苦苦求生，向北方流浪，终于在江西一带山村遇见了共产党的队伍，为求生存，便加入了这支队伍。按浪得奔所说，加入共产党是他们此生做得最为正确的事情，共产党打土豪分田地，帮助贫苦人民，纪律严明，虽说穷得叮当响，衣衫褴褛，但绝不干欺压百姓的事情。

浪得奔、瘪猴比较机灵，所以做出了一些成绩，加入了共产党。后来这支队伍被国军打散，浪得奔、瘪猴跟随残部，千辛万苦地辗转来到了陕西延安，并定居下来，组织上给浪得奔取名张奔，给瘪猴取名周陵，使两人终于有了姓名。

时过境迁，日本发动了侵略战争，东北沦陷，中国水深火热。延安方面了解浪得奔、瘪猴原是奉天人，便委派他们一项重要任务，来东北与抗联取得联系，并一定要千方百计地组织队伍，在敌后展开游击斗争。

浪得奔、瘪猴带着中央信函，领命前往，在东北境内四处串联，却也被东北伪满政府盯上，发出通缉。浪得奔、瘪猴四处逃亡，终于在北巴窝一带和马三多的队伍相遇，先有一番误会，但终于化敌为友，同舟共济，时至今日，与马三多相识，待在队伍里，已有近三个月了。

再问到火小邪这些年的经历，火小邪不便说五行世家的事情，便说了一套自己在奉天侥幸不死，以为浪得奔他们已经死了，于是浪迹江湖，苦苦求生，认识了许多生死兄弟，也得罪了不少人，尤其与小鬼子势不两立。小鬼子抓劳工，他便带着一些兄弟，混进了万年镇要塞，打算让小鬼子好看，结果此计不成，兄弟尽死，自己九死一生逃出要塞，方才与马三多相识。

马三多听火小邪谈到自己，兴致高涨，添油加醋地把火小邪的英雄事迹讲了一遍。

浪得奔听火小邪、马三多讲完，却不是很高兴，微微皱眉，问道："大哥，那你现在还是个贼吗？"

火小邪自己是五行世家的木王，虽是大贼王、大盗，但也算是贼，所以不假思索地答道："对，我还是个贼。"

马三多补充一句："是大盗！"

浪得奔问道："那大嫂也是贼？"

火小邪隐隐觉得不对，说道："也是。"

浪得奔说道："大哥，不管你是小贼还是大盗，兄弟我说句不客气的话，大哥还是弃恶从善，不要再做偷鸡摸狗的事情了。条条大道都可以走，做贼怎么说都是歪门邪道，是共产党人坚决要铲除的一个行当，大哥，听我一句，不要再做贼了！"

瘪猴听浪得奔言辞激烈，赶忙阻止道："老浪，我们以前都是奉天的小贼出身，你不能这样和大哥说话。"

浪得奔严肃道："小猴，就是因为我们小时候当过贼，才更应该和贼盗划清界限。大哥，我说话直，你听了别生气，兄弟说的都是良心话！以前我不知道，接受了共产党的教育以后，我才彻头彻尾地领会了。下八行，都是封建社会、资本主义的毒瘤，一定要铲除的。做贼不是正道，大哥！"

火小邪看着浪得奔，心头一痛，但面上还是堆着笑容："浪得奔，没事，你说得对。"

水妖儿笑了笑，问道："浪得奔，那你说怎样做才对，什么才是正道？"

浪得奔一听，脸上兴奋起来，嚯的一下站起，器宇轩昂地说道："是共产主义！只有共产主义才能救中国，只有共产主义才能解放劳苦大众！中国的未来，是广大工人阶级、农民阶级和广大无产者的，不是地主资本家和皇帝的！共产党才能救中国！拥护共产党，支持共产主义，这才是正道！大哥，嫂子，马三多同志已经决定加入共产党了，要不我也介绍你们加入共产党？这样我们不仅是亲人，更是革命战友了，革命战友，比亲人还亲！"

瘪猴也站起来，紧握拳头，说道："实现了共产主义，大家可以按劳分配所需，人人平等，再没有剥削，再没有压迫，每个人都能光明正大地活着，只要为国家做出贡献，无论大小，都会被人尊重！大哥，嫂子，穷苦人想要翻身做主，只有靠共产党啊！"

浪得奔见火小邪、水妖儿没有什么表示，更是着急，一步走到地图旁，指着地图大声地说道："大哥，嫂子，东北沦陷，东北军跑得连个影子都没有了！日本侵略中国，蒋介石的军队一路败退，溃不成军，全都是卖国贼！现在全中国，只有我们共产党领导的军队，在拼死抵抗小日本的侵略！狠狠地打击了小日本的嚣张气焰，并阻止了小日本的侵略脚步，要是没有共产党，只怕中国要亡国了！你看这里，这里，还有这里，都是共产党领导的抗日队伍。虽然我们还很弱小，但贵在有共产主义的信念支持，我们得到各界人士的拥护，是东北抗日的主力！"

瘪猴也激动起来：“对，现在的国民政府，当权者、资本家、大地主们，都在发国难财，哪管我们老百姓的死活！现在，我们要团结一切可以团结的力量，抛开个人私利，忘掉阶级出身，狠狠地打击日本侵略者！抗战得到胜利以后，就是人民的天下。大哥，嫂子，不要再做贼了，加入我们吧！”

水妖儿轻声道：“确实，听着很不错，很有煽动性。”

浪得奔愣了愣，表情严肃道：“嫂子，怎么叫煽动性？我们说的都是大实话，发自内心的大实话！”

水妖儿说道：“啊，浪得奔兄弟不要见怪，小女子孤陋寡闻，才疏学浅，不太会说话。”

浪得奔说道：“嫂子，我不怪你，最开始的时候，我也不敢相信共产主义真的能够存在，但是日久见人心，共产党人都是身体力行，绝不说大话空话假话，我现在打心眼里佩服共产党！”

火小邪打断了浪得奔的慷慨陈词，说道：“浪得奔，瘪猴，加入共产党这件事情，还是先容我们想一想，凡事都有个过程，相信共产党人的耐心也很好，不会强人所难的。”

浪得奔惋惜道：“理解，我理解！唉，大哥，嫂子，你们就是接触共产党接触得太少了，所以一时间消化不了，没关系，这次我们终于见面了，还有大把的机会，可以和大哥、嫂子讲什么是共产主义。要不，今晚我们就促膝长谈？”

火小邪说道：“我和你嫂子来这里，其实有更重要的事情想做，这件事情做完了以后，我们再好好地谈谈。”

浪得奔问道：“大哥，是什么事情？看我们能不能帮上忙？”

火小邪说道：“我这次来，是想攻打日军要塞，万年镇。”

浪得奔、瘪猴都是一惊。

瘪猴问道：“大哥，你说要攻打万年镇？”

“不错！”火小邪朗声答道。

“什么时候？”

“后天下午。”

“后天下午？”浪得奔大惊失色道，“大哥，就凭我们这几个人，打万年镇就是找死啊！万年镇这个要塞，驻军少说就有两万多人，而且装备精良，是日军的精锐啊！”

“正是如此，所以要打。”

马三多一拍大腿：“痛快！大哥说得痛快！想想就过瘾！”

浪得奔眉头紧皱，问道：“大哥，你还有其他部队吗？有多少枪炮？”

火小邪说道：“没有。浪得奔、瘪猴，你们想不想一起跟我去打万年镇？”

浪得奔犹豫道：“大哥，我很佩服你的勇气，但打万年镇，不能意气用事。斗争要有策略，不能以卵击石啊。这件事情如果条件不充分，不可为！”

火小邪说道：“东北抗联的队伍呢？你们能否帮我召集一些？”

浪得奔说道：“就算全东北的抗联召集在一起，只怕力量也不足。再说，万年镇这个要塞，攻打它并没有太大的军事价值，这个要塞本来就建立得莫名其妙。”

火小邪说道：“浪得奔，那你的意思是说，打不过就不要打了，我们看着万年镇要塞在中国的土地上猖狂？”

浪得奔有些无语，瘪猴接过话去：“大哥，为什么你一定要打万年镇啊？”

火小邪答道：“和你们说的一样，我是为了天下的民心。”

浪得奔、瘪猴都有些犯难，两人坐下，各自思索，不再言语。

气氛为之一滞。

马三多哈哈笑了两声：“张哥、周哥，我听大哥的，大哥说打，我就提着脑袋上阵，管他能不能赢，杀一个够本，杀一双还赚一个，总比东躲西藏的要好！”

浪得奔抬起头来，说道：“大哥，如果我们劝不了你，你要打只好随你去，但我和小猴不能参与。”

瘪猴沮丧道：“大哥，我们是共产党人，是有使命在身的，党的使命，比我们的性命更加重要。”

浪得奔说道：“大哥，如果是十年前，就是你一声令下的事情，可现在，我们不是江湖帮派了，我们是有组织有纪律的，是有更崇高的目标的，对这些毫无意义的江湖义举，只能说，不支持，也不反对。”

火小邪笑道：“没关系，人各有志，大哥我也不想你们随随便便，勉强地参与。”

浪得奔叫道：“大哥，我浪得奔不是孬种！”

火小邪笑道：“我知道。”

浪得奔愁怨道：“大哥，相信共产党吧，求你了！你是不知道共产党有多好！大哥，你再考虑考虑吧，至少先不要这么决定，先听我和小猴与你讲讲什么是共产主义吧。”

瘪猴也伤心道：“大哥，做贼害人不浅，大哥，不要用做贼的那套想法去想问题了。”

火小邪站起身来，拍了拍瘪猴的肩头，对浪得奔说道：“我意已决，不用多说了，我还有其他事情要办，不在此久留了。改日再见！”

浪得奔、瘪猴嗯嗯两声，眼睛都红了，忍住不哭。

火小邪说道：“马三多，你送我出去，我有话和你说。”

马三多应了声“是”，冷冷地看了浪得奔、瘪猴一眼，跟随火小邪、水妖儿向外走去。

火小邪走出洞外，看着明月当空，不由得长叹一声。

马三多说道：“大哥，你放心，我万死不辞。”

火小邪便从怀中拿出一个纸包，递给马三多：“马三多，你按照信中所示来办。其中有一个木牌，你随身携带，如果碰到有些奇奇怪怪的人拦路，你只要亮出这个牌子即可。”

马三多说道：“是，大哥你放心。大哥，你真的现在要走吗？”

火小邪说道：“是啊，千头万绪，我还要一一梳理，今天有幸能见到你，又能与多年失散的兄弟重聚，我已经很开心了。走了走了。”

马三多点头称是。

三人再往外走，就听洞口有人大叫：“火小邪！”

火小邪听得出是浪得奔、瘪猴追出洞外，站住不走，却也不转身看他们。

浪得奔大喝道：“火小邪，再见到我们，到时候如果你还是自称为贼，我们再也不会叫你大哥！贼，是共产党人绝对不能容忍的！你骗马三多去给你送死，你在挥霍共产党人苦苦维系的革命力量！你如果还认我们是你的兄弟，你必须接受共产主义的改造！火小邪，你这个封建残余，反动分子，你再不回头，新中国是绝对不会接纳你这样的人的！你一定会被历史的车轮，狠狠地碾成碎末的！”

瘪猴拉着浪得奔，拼命不让他说，可是浪得奔红着双眼，大滴的泪水从眼角滚滚而落，撕心裂肺地把话说完，才就此罢休，大踏步返回洞内，很快号哭声震天，双拳猛砸洞壁声咚咚作响。

火小邪淡然说道：“保重啊。”大步流星，携着水妖儿快步离去，两人身形如电，闪了几闪，就在众目睽睽之下，没入了黑夜中，再不见踪影。

10 月 9 日下午 4 点，一处偏僻的山头。

秋高气爽，万里无云，只是山风猎猎，吹得甚猛。

一对青年男女骑着骏马，向远处遥望，正是火小邪、水妖儿。

群山之间，一片巨大的军事要塞，依山而立，戒备森严，易守难攻。黑黝黝地趴在地上，好似一条盘在悬崖之下，随时伺机而动，吐着毒信子的巨蛇。

火小邪目光凝重，沉声道："万年镇。"

水妖儿说道："确实用常规的办法，很难攻破。"

火小邪点了点头，回头望去。

有三组人马，每组约二三人，正从三个不同的方向，骑马上前。

最先到达的一组人，全是一身黑色衣裳，领头的一个，十足教书先生的模样，另外两个，也是相貌平常，若不是穿着黑衣，只像寻常的路人。

火小邪抱拳道："水王大人。"

来人正是水王流川，流川呵呵一笑，抱拳回礼："猜到一定是木王大人最先到。"

火小邪笑道："等候水王大人主持大局。"

水王流川说道："客气，办法可以水家来想，情报可以水家来搜集，最终的号令还是木王大人领头。"

火小邪说道："谢了！"

第二组人马也上前来，领头一个身穿土黄袍，不苟言笑，面目俊朗，正是土王田问。田问身边，则是林婉和田羽娘。林婉精神不错，已是满头黑发。田羽娘似乎对林婉这个媳妇非常满意，总是看着林婉和田问，笑靥如花。

田问高声道："来迟了！"

火小邪、水妖儿、水王流川等人还礼。

第三组人，还是三人，快马加鞭，眨眼就到。

打头一人，穿灰袍，肩头绣着红云，正是郑则道。郑则道身旁，则是火法坛坛主苦灯和尚和尊火堂堂主尊景齐。

郑则道拉缰止骑，很是潇洒，抱拳问候道："岳父大人！土王大人！木王大人！来得晚了，该罚该罚！"

水王流川笑道："火王大人谦虚了，时候刚好，不晚不晚！"

田问抱了抱拳，念了声"好"。

火小邪很客气地冲郑则道点头一笑，抱拳道："火王大人辛苦了！"

郑则道说道："此次火家为五行合纵之盛事，为报与小日本的血海深仇，精锐尽出，加之有水、土、木三家高手齐聚，小日本的狼子野心，今日定是覆灭之时！痛快！"郑则道快速扫了一眼，问道，"金家还没有来吗？"

水王流川说道："金家不该错过。"

郑则道说道："岳父大人，我也向金家发函问过，但金家没有给确定的答复，只是说金家乾坤两金王已经退位，改由少主金潘任金王，所有五行之事，还需金潘定夺。岳父大人，此话不知何意？”

水王流川说道：“那就是说，金家有可能来，也有可能不来，只在于金潘。”

郑则道点头道：“各位大人，如果金家不来，我们可还算是五行合纵？”

火小邪、田问均不作答。

水王流川说道：“我们五行世家已有约定，缺了任何一家，均不算五行合纵，所以不管我们在此聚集了多少人，此局都是作罢，或留或散，不算违约。木王大人，五行合纵由你发起，我此话说得可对？”

火小邪抱拳答道：“盟约如此，水王大人说得在理！只是现在做定论，还是太早，离六点总攻之时，还有一个时辰，如果届时金家还是不来，各位大人可以自行决定去留。”

郑则道说道：“木王大人此话甚合我意！不管金家来不来，我们贼道的威风和规矩不能丢，理应先做好大破万年镇的安排，事不宜迟，还请岳父大人先做指示。”

水王流川点头道：“好！水信子，把地图展开。”

水王身边的水信子下了马，从身后抽出一张绢布，铺在地上，正是万年镇一带的地形图。

众人皆下马来，站于地图旁边，水王流川在地图上缓步行走，一路指点下来。

众人各自牢记。

水王流川说完，看向火小邪说道：“木王大人，此战由你调度指挥，各家听你号令，你看如何？”

郑则道先是一愣，忙道：“岳父大人，水家擅长指挥调度，您又是五行世家的元老，我们尚是新丁，您过谦了。”

水王流川哈哈一笑，说道：“水家是谋臣，并非将帅，行事反不如木王大人坚决。此战要想大胜，非木王不可。”

田问朗声道：“甚好！”

郑则道哑然，只好说道：“那看木王大人的意思。”

火小邪并不推辞，肃然道：“既然水王大人如此高看我，我定不辜负！”

晚六时许，日军万年镇要塞营房内。

一小队日本军人，走进营房，却发现地上有数条毒蛇盘在地上，昂头嘫嘫嘫地吐出毒信子，一见人就飞蹿上来撕咬，顿时闹成一团。

营房外，几条巡视的军犬，趴在地上呜呜哀叫，无论怎么踢打，都不肯移动半步。

日军伙房，揭开菜筐，上百只老鼠层层叠叠地聚集，随即四下奔逃。

万年镇外围，一些飞鸟落地，不飞不叫不跑，任凭人抓，也不抵抗。

万年镇要塞各处，都出现行为反常的大量动物。

万年镇日军指挥部，总指挥依田极人正被一拨又一拨的汇报扰得烦不胜烦，他隐隐觉得不妙，让副官接替自己，快步出了房间，独自下到地下室，走了一段，来到一个宽大的房间，深深鞠了一躬后，盘腿坐下。

沉默片刻，有一个脸上带着一道巨大伤痕的日本老者走了进来，凝视着依田极人。

依田极人伏地一拜，说道："土贤老师……"

此人正是伊润广义的得力助手——土贤藏丰。

土贤藏丰沉声道："不用说了，我知道了。"

依田极人说道："老师，我总觉得今天很多事情不太正常，老师是否可以请示一下伊润大人，出动忍军在万年镇外查看一下？"

土贤藏丰也不答复，默默走到依田极人身边，按住依田极人的肩头，说道："依田君，你有为大日本国牺牲的决心吗？"

依田极人大惊失色，又是跪拜，连声道："学生死而后已！"

土贤藏丰说道："好！立即命令全军戒备！无论见到什么，每一个人都要死战到底，用我们的生命，来维护天皇陛下的尊严！"

依田极人大声称是，问道："老师，我们将面对什么样的敌人？请老师明示！"

土贤藏丰慢慢地说道："中国人……"

深山之中的一个山洞里，灯火通明，伊润广义端坐在上方，下方则跪了近千名忍者。

一片死寂。

伊润广义平视下方，半晌才说道："杀！"

近千忍者齐声称是，震得山洞嗡嗡直响，随即如同一团黑云般，翻滚着从山洞各个出口，涌出洞外。

所有忍者离去，偌大的山洞里，只剩下伊润广义一人。就听一个细小的声音，从伊润广义身后传出："伊润大人，你确定五行世家都来了？要与我们宣战？我们兴师动众，调集了全日本的忍军在此，等了已经近两个月了，你确定就是今天？郑则道说五行合纵，难道你相信？咯咯咯。"

伊润广义说道："我相信他在这件事上，不会说假话。"

"咯咯咯，郑则道这个人，非常狡猾，他好像与我们合作，但不能信任。"

"我期待这一天，已经很久了。"伊润广义并未接话，而是站起身来，"我要亲手杀了火小邪！"

万年镇要塞外一里的密林中，火小邪端坐在一个木桩上，水妖儿在他身旁肃立。林中轻响，有十余个身穿青衣的男女快步走出。

一个艳色美人快步上前，说道："木王大人，黑枝已经准备好了！"

火小邪说道："青辰，辛苦了。"

青辰娇声一笑："等木王大人号令！"

有一个半老徐娘走出，说道："木王大人，青枝部署也已周全！"

火小邪点头念好。

一声难听的女子声音响起，穿羽毛衣的花枝总仙主千鸟走出叫道："木王大人，花枝等木王大人令！"

病罐子王孝先上前，说道："木王大人，逍遥枝妥当！"

最后，药王爷走了出来，说道："木王大人，时辰将至，金家好像还没有来。"

火小邪眉头一皱，抬头望了望天空，残阳如血。

火小邪说道："青芽仙主听令！"

青芽称是。

火小邪命令道："木家青枝藤蛊发动，六时整急攻！"

火小邪刚刚说完，有一个蒙面的黑衣人急奔而来，跪拜在火小邪脚边，说道："水家信差为火王大人传令，六时金家不来，火家九堂一法，将立即撤离。"

又一个蒙面黑衣人从一侧钻出，跪拜道："水家信差传水王大人令，六时金家不来，水家不退，但改为观望。"

再一个蒙面黑衣人跑出，跪拜道："水家信差为土王大人传令，六时金家不来，土家将自行强攻，请木家见机行事，无须先攻，改为辅助。"

火小邪缓缓站起，心中灼得剧痛，但面色不改，回这三个水家信差道："替我传话回去，是走是留，绝不强求，六时金家不来，仍由木家藤蛊开路，土家还请稍候。"

水家信差点头称是，疾速离去。

水妖儿上前一步，靠近了火小邪，低声道："小邪，不要太勉强了！"

火小邪说道："人活一生，除了情义忠孝，还有责任。因为有责任，所以有的事情明明知道可以不做，但还是一定要去做；有的事情明明知道可以做，却无论如何也不能做。妖儿，哪怕我错了，但我不后悔。”

水妖儿轻轻一笑，满足地说道：“是啊，这才是你。”

火小邪略有歉意地看了一眼水妖儿，抬起手腕，手腕上的手表秒针，正嘀嗒嗒地向 12 点方向移动着。

火小邪抬头喝道：“时间已至，催动藤蛊！”

万年镇要塞外围，密集的日军正端着枪，向各个岗哨处补防。

突听有人大叫：“那是什么？”

就见万年镇要塞正面，无数个两人多高的藤球从地面、山丘、树梢等等地方聚起，笨重地向前滚动，直逼日军防线而来。

“开枪！开枪！”日军大叫道。

顿时火舌四起，枪声大作，同时数百管火炮，从要塞内开火，向着这些怪异的藤球猛烈地攻击。

硝烟四起，火光大作，一片爆炸声中，许多藤球被炸得稀烂。

一时间不见动静。

可是让人意想不到的是，浓烟中，一个个有小腿高矮的藤球，好似巨大藤球的分身，蹦跳着继续向前袭来。转眼间已经蹦到防线前。

日军哪里见过这种异象，吼叫着玩命开火，虽能打中一些小藤球，但藤球数量巨大，甚至有的一打散了，反而再分成三四个更小的藤球，速度更快地跳跃着前进。

若从上方往下看，此情景让人瞠目结舌，潮水一般大大小小的藤球，迎着连成一片的枪炮火光，如大浪腾起，轰的一声便盖了过去。

凡是碰到人体的藤球，均是啪的一下摊开，露出里面像有一个坚果似的小核，继续到处乱滚，并从果实的尾部喷出淡绿色的气体。

那些日军一闻到这些气体，立即抓耳挠腮，口吐白沫地滚翻在地，只翻腾两下，就一命呜呼。

第一道日军要塞防线，立即土崩瓦解。

可海量的藤球并不罢休，继续向第二道防线滚去，沿路遍地均是摊开的藤蔓。日军不敢硬抗这种怪物，边打边退，很快退守到第二道防线内。

坦克声隆隆作响，近百辆坦克已从各地赶来增援，这些日军果然训练有素，竟能这么快地调集数量如此庞大的坦克。

百多辆坦克组成阵势，摆成数个一字长蛇般向前冲杀，与滚来的藤球硬碰硬地较量。

这些藤球伤人厉害，可是奈何不了这些钢铁机甲，坦克并不开炮，只是来回冲击碾压，生生把向第二道防线袭来的藤球阻止住。

第二道防线的日军，也多数戴上了防毒面具，不用枪械，改用工兵铲在地上乱拍，把滚入防线内的藤球拍得稀烂。

最后一个藤球被坦克车的履带碾平之后，日军爆发出一阵欢呼之声，马上调动兵力，又要上前去占领第一道防线。

火小邪站在密林中的小丘之上，眼见藤蛊被毁，面色冷峻。

青芽大骂道："居然没冲破第二道防线！"

青辰哼道："姐姐，这种小伎俩，能冲破第一道已经不错了，要论杀人，谁比得上我黑枝？"

青芽怒道："妹妹，你以为你那尸虫放进去，就有用吗？"

青辰还是哼道："那你等着瞧吧！"

此时有三个水家信差奔上前来，纷纷报道："火家开始撤离！水家按兵不动！土家首攻人马已经去了，请木王大人暂时不要再攻。"

火小邪点了点头，说了声"好"，水家信差便立即退下。这些水家信差来往传递消息，并不是靠来回奔跑，而是他们有一种水家极为独特的消息传达方式，与以前御风神捕的三叉铁有些类似，但更为神秘，好像只是手中有着几面镜子，但从不当着木家人的面展示。现在木、火、水、土四家贼王身边，都有三个信差，而三个信差，一对一地对外传递情报，如同好几组格式的电码，彼此互不理解。

水家是中华第一情报网，确有过人之处，有些手段，局外人连头绪也摸不到。

日军万年镇第二道防线，与第一道防线不同。第一道防线，工事多暴露在外，用铁丝网、人工沟渠阻挡，战壕林立，外围布有大量地雷，这些地雷，大多已被藤蛊和日军的炮火毁去。而第二道防线，乃是沟壑起伏之地，多是利用地形建立起的层层碉堡，火力十分强大，防线前方，乃是较为空旷平坦的地区，视野良好，不仅适合短兵相接的白刃战，也便于坦克出击作战。

日军打退了木家的攻势，集结起兵力，意图重新夺回第一道防线，大兵团还没有走多远，第二道防线后方突然间乱成一团。

不知道从哪里钻出来几十个身穿细钢甲的巨汉，不见面目，手持钢铲，见人杀人，见佛杀佛。个子最高的一个，看样子似乎有三米高矮，和一个巨灵神一般，手中大铲一挥，沾着即死，碰着则亡，钢筋水泥做成的碉堡，一铲子能打出一个窟窿。

这帮子巨汉，九人一队，每队又分成三组，并不在外面厮打，而是直接往碉堡里冲，一冲进去，就只听碉堡里惨叫连连，乱枪响几下，碉堡里的日军便悉数被宰。

顷刻间，就有十几个碉堡这样被硬生生地占了。

日军只好反扑回来，意欲把碉堡夺回，往里面开枪，丢手榴弹全部无济于事，只要有人敢往里面冲，进一个就杀一个。

然而这边还没夺回碉堡，那边不知道怎么又突然从地下钻出几十个大汉，同样力大无穷，横不怕死，三人一组地往碉堡里猛冲，然后坚守在碉堡内。

好不容易堵住一两组大汉，日军发了疯一样上前进行白刃战，岂料这些大汉身手刚猛，绝非普通的江湖武士可比，招式异常简洁，靠的是力气和准头，往往一铲子就是一个。十几个日本军人，白刃战根本不是这些人的对手。

这些从地下钻出的大汉是什么人？乃是土家搬山一门。想那搬山尊者田迟，若要杀人，乃是土家数一数二的杀手，他的门下，自然如此。

日军只好用玉石俱焚的战术，在白刃战下，只要这些土家大汉露面被围，无论是否见自己人，一律重机枪扫射。这样才杀了几组土家大汉。而对付死守在碉堡里的土家人，只好用炸药包从外部将碉堡炸毁后，再行围剿。

可日军忙得不可开交的时候，地下钻出的却不再是彪形大汉，而是身材适中，同样穿着细鳞甲的人，这些人和搬山一门的人行动方式完全不同，单独行动，神出鬼没，却又彼此照应着，明明看到这些人钻到沟渠里，过去一看，还没看到人影，突然就被铁指一把将喉咙抓烂而亡。

这些人等，正是土家摸金一门的校督。

摸金一来，杀得日军狼狈不堪，搬山立即大为解脱，在碉堡里大挖地道，往地下直通，没用多长时间，竟把十几个占领的碉堡在地下联通了起来。

日军第二道防线，驻防了有三五千人之多，阵地巨大。可这几千日军，竟一下子奈何不了这些土家人，没杀到几个土家人，伤亡竟已达数百，最后只好一声令下，将这块区域放弃掉，改做围困，用坦克、重炮、迫击炮不断向这片区域内开火，以求将土家人杀死。

炮击一刻不停，炸弹如雨，更有无数燃烧弹轰进此地，浓烟滚滚，火光冲天，看来日军唯有一个念头，将此地烧成焦土，炸平三尺！

万年镇要塞，乃是关东军最为精锐的部队看守，绝不是一群乌合之众。对于真正的战争，这支日军很有经验，是攻还是守，是弃还是留，是小还是大，把握分明。

万年镇要塞，更是有伊润广义的忍军协助，所以对这类突发事件，做好了十足的准备。别看第二道防线狼狈，要塞里的各支守备部队为了防止来自地下的攻击，已有一大片一大片的钢板铺在地面上，并还在加紧继续铺设，全是要塞中关键重要之地，其他来不及放置钢板的地区，则用四棱钉洒满地面，辅以步兵地雷，就算能从土里钻出，也未必能离开这片区域！

火小邪看着阵地上滚滚硝烟，听着震耳欲聋的连绵炮声，心中悲凉，他已经意识到，如果只凭木家、土家之力，想攻破这座拥有现代武器、超强火力、两万精兵的万年镇，是一场持久战，就算能赢，也要付出惨重的代价。

水家信差上前拜道：“木王大人，土王大人传达，通往要塞内的地下孔隙被石灰泥灌满，地面上有钢板铺盖，剩余留下的位置是大凶，现在唯有从正面或高处强攻，分成两路，不知木王大人是否同意？”

火小邪双眼中的黑丝一缕缕乍现，心中更是恶气翻滚，回话道：“转告土王大人，现在是六点半，再有四五分钟，天便完全黑了，届时以鹿角鸣响为号！木家左路强攻，土家右路！”

一名水家信差突然跑出，跪拜道：“木王大人，水王大人传令，金家依旧不来，水家便不能参与，火家也正在撤出，三家不在，实力大减，如果木王大人决定只由土家、木家强攻，不是上策！还请后撤，另行商议！”

水妖儿轻声道：“小邪，如果强攻，火家此次来的人数最多，而且武力最盛，水家在万年镇内巷战，剿灭顽抗之敌，也是最佳，火、水两家不参与的话，木家、土家就算攻陷万年镇，必然有巨大损失，而且万年镇只是第一重障碍，随后还有日本忍军，才是真正强硬的对手。所以……”

火小邪心如刀割，仰天大叫道：“潘子！”

万年镇要塞，半山腰上的雷达站。

通信仪响起，一个士兵抓起话筒，刺啦刺啦的噪音中，一个人急促地喊道：“第三百一十，总站，总站，我是第七站，雷达失效，通话干扰，原因不明，听到请回话；第三百一十一，总站，总站，我是第七站，雷达失效，通话干扰，原因不明，听到请回话；第三百一十二，总站……”

接电话的雷达员大叫道：“收到，总站收到。”

可这时，嘶的一声，只有噪音了，而原本绿色的屏幕，突然一花，全是麻点。

雷达员一慌，大叫道："第七站，回话，第七站！"

与此同时，戴着耳机的数个雷达操作员被耳机中剧烈的噪声刺得啊啊惨叫，纷纷把耳机摘下，手忙脚乱地调整着各种按钮，可是丝毫没有作用。

电报机嘀嘀嘀嘀，响个不停，却根本不是任何电码发来。

通信中断，雷达失效。

一个日军军官急冲冲跑进来，大骂道："怎么回事？"

雷达员立正答道："有巨大的电磁干扰！从一个小时前，第二站，第五站就没有了联系，刚才第七站和我们联系，但通信也被干扰了，现在联系不上了。"

军官冲上前，拼命扭动调频的旋钮，可是屏幕上的麻麻点点只是跳跃，一点没有恢复的迹象。

"从哪里来的干扰？"

"不知道！"

"八嘎！"

一记响亮的耳光。

一个士兵急冲进门，大叫道："长官！长官！外面的天空！外面的天空！"

"什么东西？"

"不知道，不知道，请您出来看看！"

一群人疯了似的，跑出雷达站，天空中的景象，让他们根本合不拢嘴巴。

日落之处，一片金光从山头冒出，竟好像又升起了一个太阳。

接着，有歌声从这片金光中飘出，回荡在万年镇上空："夜上海，夜上海，她是一个不夜城……歌舞升平……夜上海……"

军官痴傻一样地叫道："飞，飞艇……"

一个体长超过二百米的金色飞艇，从日落的山头一跃而出，金光耀眼，灯火通明，极为耀眼，几乎照亮个小半个天空，悬停在万年镇侧上方天空中。

所有人都目睹了这个金色飞艇的到来，当然包括火小邪。

火小邪、水妖儿不敢相信地看着天空中的飞艇，火小邪喃喃道："潘子……是潘子……"

嗡嗡嗡嗡，天空中的轰鸣声越来越大，一架、两架、三架、四架，一共十二架体型巨大、型号不一的运输机，掠过金色飞艇的上空，随即，一片片白色的花朵绽放在半明半暗的天空中。

紧随在运输机的两侧，还有十余架战斗机划过天空，盘旋飞行，作为护卫。

依田极人正站在要塞内，抬头看着天空，等看到这些白色花朵，在万年镇外围的天空绽放时，依田极人疯了一样地大叫道：“是空降兵！是空降兵！防空部队！立即开火！”

可是依田极人刚刚喊完，一枚巨大的炸弹，便从天而降，落在距离依田极人只有百米开外的营房上，轰隆一声，爆出一个小小的蘑菇云，烟尘直冲天空近百米高。

依田极人被强烈的气浪吹得一个趔趄，滚倒在地，护卫士兵赶忙上前扶住依田极人。

依田极人一把推开，歇斯底里地大叫道：“射击！全体射击！”

可是，似乎有点晚了。

这十二架运输机在空投了满天空的空降兵后，一个个绕回来，开始在万年镇上空投下巨型的炸弹。

总共是二十四枚巨型炸弹，威力之大，超过当年所有人的想象。

一枚炸弹正落在坦克群中，生生把七八辆坦克炸上半空，撕成碎片。

万年镇要塞，在二十四声震动天地的强大爆炸声中，近乎被夷为平地。

运输机集体返航，但剩余的战斗机依旧不走，一架一架地俯冲而去，用机载重机枪，不住地攻击地面上的防空火力。

爆炸声后，金色的飞艇歌声一停，就听巨大的喇叭叫道：“火小邪，老子想通了，我还是不能看着你寻死！再过一次瘾吧！金潘来了！乌拉！”

飞艇的机舱打开，三架金色的小飞机依次从里面滑出，一个翻滚，纷纷冲上了半空，冲着万年镇方向俯冲而去。

金潘端坐在驾驶舱内，拿起步话机喊道：“乔大、乔二，给老子把子弹全打光再走！”

另两架飞机中，乔大、乔二向金潘敬礼，嗷嗷叫着，一拧方向舵，向万年镇要塞冲来，突突突突突突突，三架飞机的机翼上均是喷出四道火蛇，别看飞机没有多大，火力却甚是猛烈。

停在要塞内的一辆军用卡车，被一梭子子弹打得跳了起来，轰的一声爆炸。

其他飞机则给金潘、乔大、乔二的三架金色飞机护卫，轮番猛攻。

日军竭力应对，地面上的重型枪械向天空猛扫，画出无数道黑线。

潘子大笑道：“两个猪头！你们过瘾吗？”

乔大、乔二吼道："过瘾！师父！"

潘子叫道："拉起来，跟着我，把一溜防空火力打爆！"

三个飞机先后在空中做了个鹞子翻身，不等地面上的防空火力跟过来，冲着地面又是一阵开火，数个主要火力点顿时被摧毁，爆炸连成一片。

潘子哈哈大笑："四重曼哈顿火蛇重机枪，可惜只能打两圈！乔大、乔二，返航，准备跳伞，找你们大师父火小邪去！"

三朵金色的降落伞盛开在空中，那三架金色的小飞机，则迎头向着万年镇撞去，火花四溅，算是不辱使命。

其他飞机见已事成，集体返航，追着运输机去了。

乔大在空中大叫道："师父，你的三架新型号就这么撞到地上了！哈哈哈！"

乔二也大叫道："师父，又是几百万美元没了！哈哈哈！"

金潘大笑道："你们知道个屁！知道我这次来花了多少钱吗？几百万只是个零头啊！哈哈哈！"

乔大大叫："看，大师父好像在那里！"

乔二也叫道："我看到了，我也看到了！"

金潘把降落伞的绳索一拉，叫道："过去！估计你们大师父等我等得快要哭了！"

三个金色降落伞一落地，火小邪已经飞奔上前，一把将金潘牢牢抱在怀中，并无言语。

水妖儿快步跟上，双眼星光点点，也是激动不已。

金潘拍了拍火小邪的后背，笑道："火小邪，你服软了？"

火小邪沉声道："谢谢。"

金潘眼睛一红，还是笑道："嗨，觉得我办了件蠢事，又帮了你这个蠢蛋，没办法，只怪我和你一样蠢啊。五行合纵，那就走一步看一步吧！"

乔大、乔二也围拢上来，乔大又哭又笑地说道："大师父，你和二师父和好了！"

乔二也歪瓜裂枣一样哭笑道："兄弟齐心，其利断金……不是，不是断金，是断日。"

火小邪放开金潘，两人四臂相扶，双双大笑，好不痛快。

"金王大人！"有人高声叫道。

金潘转头一看，一队全副武装的军人，已从各处跑出，列队在金潘一侧。这些军人身穿制服，几乎武装到了牙齿，中国人居多，还有不少金发碧眼的白种人和皮肤黝黑的黑人，俨然一支多国部队，只是所穿制服，不属于任何一个国家。

金潘拉着火小邪说道：“火小邪，你看，这就是我花了许多年，培养起来的金家枪队。队长你认识，刘锋！刘锋，你来！”

枪队前一个精壮的汉子快步跑上前，向火小邪一抱拳，爽朗地笑道：“木王大人你好，多年没见了，我是刘锋。”

火小邪抱拳还礼：“刘队长！英姿不减当年！”

刘锋说道：“金家枪队约五百人，只是行程匆忙，我们航运能力有限，只来了精锐中的精锐，二百人。”

火小邪说道：“已经很好了！”

刘峰轻描淡写地说道：“为了防止日本空军发现，费了一些周折，耽误了不少时间，所以来得晚了！木王大人见谅！”

火小邪知道，金家此番出场，难度绝不亚于五行中任何一家，准备之充分，也应是数一数二的。金潘花了多少心思，调动了多大财力，可想而知。

金潘还是遗憾道：“可惜不到两个月的准备时间，要不然我带几百枚胖子炸弹来，轮番轰炸，根本不用动手，就能把万年镇从地图上铲掉！”

乔大惊道：“师父，我们不是一共只有二十四枚胖子炸弹吗？”

乔二也惊道：“真有几百枚吗？师父你不会是吹牛吧！”

金潘骂道：“闭嘴！滚一边去！不让你们说话，屁也不准放！”

乔大、乔二赶忙低头，夹紧了屁股，一声也不敢出。

众人均哑然失笑。

哒哒哒马蹄作响，几匹快马疾奔而来，领头一个，正是水王流川。

水王流川跳下马来，看了金潘一眼，大笑道：“火小邪，你果然，能聚齐五行！数百年来，你是第一人！可喜可贺！贼王之王，非你莫属！”

火小邪抱拳道：“水王大人过奖了！此等称谓，受之有愧！”

水王流川笑道：“现在才是真正的五行合纵！火小邪，你可按计划行事了！”

火小邪高念了一声“好”。

刘锋此时站出说道：“水王大人，我有事情需要提醒一下。”

水王流川点头道：“刘锋！金家数一数二的神枪手！请讲。”

刘锋说道：“金家为来此助阵，也多方收买了各路人士。我们一路用强电磁干扰，让日军不能通信，但也同时截获到日军的几组密电，大概是说，关东军十万兵力，正向万年镇方向集结，如果快的话，先头部队明日就到。所以，此战应速战速决。”

水王流川说道：“不错，刘锋你说得很好，好在这个消息我昨天已经知道了，所以计划今晚，就必须分出胜负。”

刘锋抱拳一拜：“惭愧，在水王大人面前卖弄了！”

水王流川对金潘说道：“金王，现代战争制空权非常重要，除了金家和木家，其他世家无力空战，尤其是金家，空战武力先进，还请金王让飞机继续在万年镇上空护卫。”

金潘撇嘴一笑，说道：“放心！我已在两百公里外修了个临时机场，从全国各地调来了三十多架战斗机，飞行员也都是世界一流的空战专家，就是做此打算！我既然要来，天上是绝不能留空的。”

水王流川抱拳一笑，看了看火小邪，赞道：“金潘不愧是火小邪的生死兄弟！一动作全是大手笔，挥金如土，应有尽有，现在这个世界，万事万物都进步太快，物欲横流，瞬息万变，只怕早晚会是金王大人掌握。”

金潘呵呵笑了笑，并不接水王流川这个话茬。

一名水家信差疾奔上前，跪地拜道：“水王大人，木王大人，火王大人传令，火家全体已经急速返回，依先前之计，愿做主攻！”

火小邪朗声道：“好得很！回我的话，火家速归，听令主攻！”

水王流川亦道：“遵木王调度，水家愿做副攻！”

水家信差点头称是，快步退去。

金潘哼哼道：“火、水两家主攻、副攻，我辛辛苦苦召集来的金家枪队，龙虎之师，可不愿落了威风啊。”

水王流川笑道：“金家枪队，全是顶尖的一流枪手，举世难有敌手，可以保护火家、水家。”

火小邪笑道：“正是！”

金潘嘿嘿一笑道：“好吧，你们两个贼头，一唱一和，听着倒挺舒服。”

十六、大破万年

依田极人一脸焦黑，衣服冒着硝烟，脸上挂着血丝，手中提着军刀，刀已出鞘。

依田极人凶神恶煞地走到第二道防线前，举刀大叫：“大日本帝国的勇士们，现在是你们为国尽忠的时候了！第一中队、第二中队、第三中队，刺刀上膛，给我冲！杀光支那猪！”

日军士兵听此激励，一个个狂吼乱叫，如同打了鸡血一般，在各中队、小队队长的带领下，刺刀上膛，跃出战壕碉堡，以坦克为前锋，约二千余人，开始敢死队一般地冲锋。

看声势，竟毫无败军之象。

坦克压低炮管，一边前进一边开炮，扫清前方障碍。

大批日军，一直行进到第一道防线，还没有见到有任何抵抗，正觉得奇怪，就见前方灰影绰绰，似有大批人马出现。

灰影中有人喊道：“玲珑火！”

砰砰砰砰无数声爆响，就见密密麻麻的火球从对面腾出，铺天盖地一般袭来，根本避无可避。这些火球无论砸到坦克、地面还是人体，均是砰的一声爆开一个巨大的火团，火星四溅。坦克倒没什么，挨到这一记的日军极惨，立即全身被点燃，而且无论怎么翻滚，就是不能熄灭。

日军发了兽性，毫不停步，抛下在地上打滚燃烧的士兵，紧跟着坦克继续往前猛冲。

坦克继续发炮，可是那些灰影，四处游走，好似鬼魂似的，明明炮弹打过去，这些灰影就唰的一下急急散开，似乎对炮弹的落点，在出膛一刻时，已有判断。

又听对面灰影中有人喊道：“珍宝火！”

砰砰砰砰又是无数声爆响，日军只觉得头顶有什么东西炸开，但天黑看不到是什么，突然间上方一片大亮，好像天空变成一片火焰，直降下来。

原来在日军头顶炸开的东西，全是一道道极为细软的丝线，在半空中便连成一体，结为数层，燃起火来，恍如天空飘然坠落。

几重火网从天空坠落，比之前的玲珑火更胜一筹，但火网的火势不如珍宝火，虽说烧得日军哇哇大叫，但奋力扑打，尚能熄灭。

灰影中立即有人大喊道：“炽天火！”

一股无形的热浪，滚滚而来，直扑日军，只觉得身体一烫，刚才触摸到珍宝火那些细线的位置，突然灼骨钻心一般疼痛，不见火苗，但皮肉烧得嗞嗞直冒青烟。

这种疼痛，绝不是一般人承受得了的，刚才还张牙舞爪的日军，大半滚倒在地，丢盔弃甲，狼哭鬼叫。

剩余的坦克，依然没有退后的意思，也不发射炮弹，反而加快了速度，直冲过第一道防线，这架势不是你死，就是我活。

有人大喊道：“昆仑火！”

只见一道道火线，凭空划过，叮叮叮打在坦克身上乱响，却没有脱落，反而燃起蓝色的大火，那些蓝色的火苗似乎能够移动，见缝就钻，不用多时，居然被坦克吸入“体内”。

很快，那些中了蓝色火苗的坦克开始不受控制，横冲直冲，坦克上的盖子打开，里面有坦克兵惨叫着从里面爬出来，跌落车下，捂着脸惨叫，翻了几翻，就不动了。再看面目，全是赤黑，好像被烟熏火燎过一般。

灰影急速上前，竟是许多穿着灰色长袍的男子，他们将长袍撕开，露出一身灰色短装，系着红色腰带，纷纷亮出兵器，多是长锥长刺，长的约有一人高矮，短的也有小臂长短，也有持爪、持鞭、持瓜状铁锤的，只是刀剑极少。

这些灰衣人身手矫健，动若脱兔，分散着前来，却又似有一个巨大的阵法统一指挥，步调一致，见到躺在地上的日军，无论死活，均是在要害处再补一刺，又准又狠，保管立即毙命，绝不留活口。

依田极人在第二道防线，用望远镜观望，借着零星燃烧的火焰，他算是目睹了整个过程。两千日军，数十辆坦克，居然全军覆灭！依田极人脚心发凉，他已经明白，他遇见的，是这辈子他都不敢想象的最恐怖的对手。

火家千百年来，在五行世家中号称武力第一，无人有异议，便是因为火家大军团作战的实力，根本不是其他世家以一家之力可以抵挡住的。

这就是火家集千人之力，施展开来的火烈十重大阵，共有十重火攻，分别是玲珑火、珍宝火、炽天火、昆仑火、地狱火、离难火、悠然火、惊地火、去妙火、十行火。这十重火攻，有的是单独施展，有的是辅助配合，有的专克金，有的反克水，有的可生土，有的需木增效，均是异常强大的屠戮之术。

火家强攻居首，水、土、木、金均须避让，便是因此。

可怜前任火王严烈，虽知此阵，却苦于没有任何准备，只能以残缺的火锥阵抵挡忍军，结果忍军有伊润广义坐镇，他曾是火家炎火堂右行度，知道此阵可被烟克，忍军又擅长烟雾之术，就算如此，仍须五万日军围困，以毒水断火家退路，才最终以自损百余忍军二流高手、十余精锐，亲自登场厮杀，才博得大胜。火家归郑则道一统，复又团结一致，此行准备异常充分，所用火力均是郑则道亲自试验并指挥调制而成，火烈十重大阵当然可以重现，而且更胜古法，算得上是火家盛事，威风不亚于任何一任火王。不管郑则道如何钻营，工于心计，他确实称得上火家一位杰出的火王。

依田极人气得青筋直冒，按他的战争哲学，这一轮出击，有坦克开路，实属向敌方证明已方仍有强劲的反击能力，绝不会示弱，以求将敌方的主要火力点逼出，同时摸清敌方的人数和装备情况。可没见到五行世家几个人，就被几种“妖火”烧得全军覆灭，简直是奇耻大辱。

依田极人脸涨得如同猪肝，抽出军刀，又要发布号令。

“依田君。”身后有人说话。

依田极人回头一看，土贤藏丰带着三个日本忍者，静静悄悄地走过来。

依田极人赶忙鞠躬：“土贤老师，请吩咐！”

土贤藏丰说道：“不要再出击了，来敌不是普通的支那军队。保存实力，尽可能坚守，一旦对方攻入要塞，我会从山内派出忍者支援，务必用一切手段削弱对方的实力，要有用数命换一命的决心。”

依田极人鞠躬称道：“土贤老师放心！学生已有慷慨赴死的决心！”

土贤藏丰念了声好，转身退去。

依田极人恭送土贤离去，转身命令道：“师团所有将士，写下遗书，不论男女伤患，每人领一颗手雷，准备与敌同归于尽！天皇万岁！”说着双眼含泪，向着东方深深一鞠，站起身来，高唱日本歌曲《君之代》，眼泪长流。

“吾皇盛世兮，千秋万代；砂砾成岩兮，遍生青苔；长治久安兮，国富民泰。”

日军所有人，均开始吟唱，许多人边唱边哭，知道今日之战，恐怕要永别妻女父母兄弟。

哀伤的气氛笼罩万年镇要塞，尽管如此，日军却都做好了战死之心，无一人有贪生之念。

《君之代》，此歌诞生在1880年，直到1999年才正式成为日本国歌。

郑则道在一处半山腰上，见火家大胜，得意扬扬，又听日本人高唱歌曲，不屑道："困兽犹斗！今日五行合纵，万年镇万余鬼子，命如草芥！传我令去，火家九堂一法，把所有珍胧放尽！入镇杀敌！"

一枚红色彩光拔地而起，在空中炸开一团烟火。

就见从万年镇外围的各个高处，密如繁星一般的各色火点，向日军阵地洒落。

浩然火海中，一批又一批的火家众盗，从各个方位杀入日军防线，纵横穿行，逢人便杀，困在碉堡里的，一律烧死。

除了火家人以外，还有数不清的黑衣水家人，从四处冒出来，幽灵一般游弋，虽不主动出手杀人，但扫平一切可能的威胁。

金家枪队，在刘锋的带领下，拿着重型狙击枪械，在各处隐藏射击。这些人枪法极准，百余人齐射，凡是露出身子的日军，大多惨遭爆头。

而日军主力，已经放弃了第二道防线，退入要塞内坚守。论兵力，仍有一万三千多人。

万年镇后方山中，伊润广义依旧独自一人端坐在空荡荡的石洞中。

两组忍者先后前来拜见，把外界战况对伊润广义说了。

伊润广义听了，挥手示意退下，空无一人时，方才呵呵冷笑道："五行世家好大的魄力，竟能把大日本帝国的关东军精锐，万年镇外苦心经营近十年的两道防线打得毫无还手之力。"

"咯咯咯！郑则道竟打主攻，这个人果真不能信任！"伊润广义身后的怪声说道。

"嘿嘿，郑则道有窃国之才，他既满足了自己的野心，证明了他独掌火家的能力，也满足了我与五行世家在罗刹阵决战之愿，我倒要谢谢他。"

"咯咯咯！伊润大人，如果我们输了呢？"

"放肆！有罗刹阵在，我们就算全部战死，也不会输！五行世家这些蠢材，此行是自寻死路！"

"咯咯咯，伊润大人，那我们赢了呢？"

"探究中华帝王更迭之源，就在于五行世家这些惊世大盗的存在，使得窃国之人不绝，再无五行世家，也就再无得鼎者得天下之说，圣王鼎永世封存，天皇陛下万世一基，永定中华！天皇陛下之所以决定以全国之力侵华，正因为我之说法。此战胜，陛下胜！此战赢，日本赢！日本赢，中华一统，国泰民安，再无乱世，天下无贼，我今生大义，便是此般！”

“咯咯咯，伊润大人有此高见，实在佩服！”

“天皇万岁！”

“万岁！”

万年镇外，五行世家已经收拢，三面合围了万年镇。

巨大的金家飞艇，还在万年镇上空缓缓飘浮，几股巨大的探照灯从飞艇下方射出，在万年镇要塞上扫来扫去。

万年镇要塞内，灯火全无，里面房舍猎猎燃烧，也无人灭火，一片静默，好似一座空城，任凭人随便闯入。

火小邪、水妖儿等木家人纵马上前，火小邪看到万年镇要塞内黑压压的一片，反倒皱眉。

水妖儿说道：“死守，逼我们入内，分散缠斗，以命搏命，看来小鬼子志在消耗我们的力量。”

金潘带着乔大、乔二、刘锋上前来，金潘骂道：“小鬼子当缩头乌龟了啊！有些难办！”

水王流川、田问、郑则道等，也先后赶来。

五大贼王，会集在万年镇前。

水王流川说道：“伊润广义算定我们必先荡清外围，才会进山破阵，果然死守！哼哼！”

火小邪说道：“水王大人有何高见？”

水王流川说道：“我们五行世家，齐聚在此，四千四百余人，火家一千七百人，土家一千人，木家八百余人，水家六百余人，金家二百余人。而万年镇内，还应有一万多日军，以及难以计数的忍者，兵力相差三倍，这些尚不足惧。但日本忍军主力，应该全部等候在山中，我猜有一千人左右，这才是决定胜负的力量，不好对付。我们不荡清万年镇日军，进山分外凶险，有前后夹击之患，但是万年镇一万多日军和忍者，隐蔽在各处，就算是猪，想全部找出来杀掉，也不是一时半刻。情况如此，火小邪，既然你是此次五行合纵的总指挥，你来定夺！”

火小邪沉吟一声，说道：“决不能在万年镇要塞内消耗太多时间。五行各显神通，力求最小的伤亡，速战速决，如果超过半个时辰，则分兵两路。一路是五行世家最顶尖的高手，攻入罗刹阵，另一路继续清剿顽抗之敌。田问兄？”

田问点头称是。

火小邪说道："罗刹阵建在山中，忍军守卫，我算是忍者的上忍级别，土家之能乃是忍者的天敌，可担当主力。山中广大，道路纵横，也要靠土家寻路之术，所以刚才强攻，没让土家参与，现在同样如此，土家精锐不要进万年镇，先绕行去山前寻罗刹阵进阵之路，以免损失。"

田问答道："极好。"

火小邪又对水王流川说道："水王大人，水家潜行，收集情报之能当属五行第一，还请水王大人先派人马，去万年镇中，将日军盘踞之地找出。"

水王流川笑道："不错，甚合我意。水华子、水信子，传我令去，水家八方舵主，四方水流，火速进万年镇打探。不可盲目交战，只需清点！"

水华子、水信子听令，转身去了。

火小邪对金潘说道："金潘，一会儿金家枪队，去拿下万年镇各处制高点，逃窜之敌，尽数射杀，阻止日军各部队串联合并。"

金潘伸出大拇指，说道："好，金家还是远攻比较拿手。"

火小邪向郑则道看来，与郑则道对视一眼，说道："火王大人。"

"请讲。"郑则道微微一笑。

火小邪说道："火家人数最多，武力最强，半个时辰后，清剿万年镇，稳定罗刹阵外围，还请火家领衔！"

郑则道说道："责无旁贷！木王大人尽可放心！"

火小邪会心一笑，对木家众人说道："药王爷、青芽仙主、青辰仙主、千鸟仙主、王孝先仙主，做好准备，备足药力，木家一会儿要先大开杀戒。"

青辰拍手笑道："好啊，我憋了很长时间了！"

金潘插嘴道："青辰美女，一会儿我亲自护卫你啊，还之前欠你的人情。"

青辰娇笑道："金大少，你都是金王了，小女可受宠若惊呢，你保护我，那我改天以身相许如何？像林婉和土王田问大人一样，咱俩也配个对。"

青芽斥责道："青辰，你也快五十岁，能当金王大人的妈了，说话请自重！"

青辰翻了个白眼，呲了一声，说道："关你什么事！讨厌得很！"青辰自从在木蛊寨，被火小邪化解了与炎火驰数十年的恩怨情仇，性情也自然了许多，再不像以往那般飞扬跋扈，不可一世，黑枝与木家的关系，因而也大为缓解。此次木家精英尽出，青辰出了不少力，坚决听从火小邪指示，将药王爷的犹犹豫豫压倒，既有报答之心，又有亲眼看看炎火驰造化出的罗刹阵之意。

金潘笑道："青辰美女，还是改天再商量配对的事吧！"

火小邪不想再让青辰与金潘言语纠缠，高声道：“木家身手低微，唯药力猛烈，还请金、水、土、火四家多多护卫，先由木家施药！”

万年镇要塞内，一处半地下室的军事掩体，黑暗无光，数百个日军沿着墙壁，紧紧地抱着枪，蹲守在此，死气沉沉。有的军人在无声地祷告，有的则不住地轻微哆嗦着，也有一些人，摸着黑在小本子上奋笔疾书。

掩体内，每隔几步，都有几个小的观察孔，正由日军军官死死向外盯着。

可是外界，无声无息，毫无动静，甚至让人怀疑，刚才那些敌人是否放弃了攻打？

可日军不敢松懈，只觉得度日如年。

一个日军军官撤下观察孔，由一个士兵顶上，可那士兵刚刚向外看去，突然间闷哼了一声，猛退几步，拼命地拍打自己的脖颈和上身。

几个日军立即扑上，将他死死按住。士兵惊恐道：“我被什么东西咬了，非常疼！”

一个军官压低着嗓子，捏住士兵的嘴巴，怒骂道：“不准出声！”

可那士兵却有点歇斯底里起来，开始在地上摔打折腾，呜呜直叫，显得异常痛苦，几个人都按不住他。军官死死地捂着士兵的嘴，却突然间手掌巨痛！原来他手掌上的大块皮肉，被士兵一口咬了下来。

军官大惊，闷叫着跳开一步，而那个士兵也已发狂，疯了一般开始撕咬，劲力之大，根本按不住。

军官一把抽出军刀，打算一刀将这个发疯了的士兵砍死，可他刚刚举刀，耳边轻轻嗡了一声，接着脖子上一阵剧痛。这个日本军官身手不错，以极快的一掌打在脖子上，触手之处，竟是一只约有小指甲盖大小的硬甲虫。

军官闷叫了一声，突然便觉得头昏眼花，全身燥热，意识一下子变得不清楚起来。

军官啊的一声狂叫，手起刀落，不分青红皂白，便将身前的一个日军砍倒在地，接着如同刚才那个士兵一样，疯了似的，到处攻击。

里面顿时乱成一片。一个清醒的日军鲜血淋淋地牢牢抱住军官，惨叫一声，拉响了配发的手雷，轰隆一声，同归于尽，炸成碎肉。

沙沙沙，嗡嗡嗡，黑暗中，好像有无数甲虫或爬或飞地钻进了这片掩体，越来越多的日军被甲虫咬伤，开始发狂。

凡是被咬的日军，不分敌我，疯了似的见人就杀，不杀死对方，绝不罢休。

乱枪声，惨叫声，爆炸声，立即在这片地下掩体中蔓延开来。

一场数百人参与的自相残杀。

不仅是这一处掩体，万年镇日军兵力最集中的一片地区，就和着了魔一般，无处不是狂吼乱叫。

成群成群的甲虫在夜空中飞舞着，一落地就到处乱钻，凡是被这些甲虫钻进去的掩体，很快就乱成一团。

黑夜中，隐隐约约有穿深青长袍的人，在穿灰、黑、黄三色衣裳之人的护卫下，手持丈余的长竹竿，边走边在空中甩动着。竹竿上有孔，每甩动一下，就发出嗞嗞嗞嗞的轻微声响，随着竹竿的挥动，这些致人疯狂的甲虫，便像一群群的鸭子，被四处调动。

再往后看，一个小土丘上，青辰急促地吹着一只黑漆漆的长箫，虽可见青辰在吹气，手指也在按动，可是除了低低的不成调的嗞嗞声外，再没有其他音调。

青辰身后，一组一组的木家黑枝弟子，正不断地打开鼓鼓囊囊的皮囊。皮囊一开，便有几十只甲虫急不可耐地钻出，疾飞而去。

与青辰遥相对望，另一处万年镇日军大量隐蔽之所，地面上不知什么时候，已经覆盖了浓浓的一层白烟，远远看去，竟似深夜里大雪过后，尚无人踏足之景。

白烟如同有生命一般，快速地四处扩散，而且越来越厚，所有低洼之处，均被填平，暴露在地面之上的屋舍、树木、草石，白烟也不放过，一层层地包裹起来。一人多高的灌木，竟被包裹得像一个雪团。

十足诡异的“银装素裹”！

逐渐有大群大群的日军，丢盔弃甲，行尸走肉一般从各处钻了出来，踩着这片“雪地”，大多数人只走了七八步，便七窍流血，一头栽倒在地，瞬间被白烟吞没。

跑出来寻死的日军络绎不绝，在一些出入口处，尸体几乎堆成了一座小山，可白烟覆盖上去，竟依旧显得素雅。

不见血腥，其实是遍地血腥，尸横遍野。

数十个身穿防化服的日军，从地下钻出，拔腿就跑，可也没支撑多久，跑到白烟边缘时，已经只剩下十几人。

本以为捡了一条命，可刚跌跌撞撞跑出白烟的范围，就听咚咚咚的连声枪响，这十余人被远处射出的子弹，悉数打爆了脑袋，滚倒在地。

药王爷站在一块大石上，脚下白烟滚滚，好似这些白烟，都是从他脚下涌出的，他乃源头。

药王爷低喝道："还不够浓烈！把所有药力全部施入！不允许一个活物逃出粮队白障之地，折了粮队的威风！"

药王爷身后几个带着鹿皮面罩的青衣男子立即点头称是，返身抱出几个长条形的木桶，直奔到白烟中，揭开木塞，把乳白的液体四处倾洒。凡是倾洒之地，白烟腾腾而起，升起有三四人之高，哗的一片，向下方蔓延开去。

药王爷摸了摸胡须，笑道："就算土家的身土不二之术，也未必能在粮队白障内待半个时辰！"

药王爷正在得意，眼角忽见寒光一闪，胳膊上一麻，侧头一看，自己的袖子已被割开，伤了皮肉。

侧旁的黑暗中，几乎同时，金铁交鸣，人影恍惚，护卫着药王爷的火家人和水家人，已经和一些人交上了手。

药王爷撕开袖子，低头一闻，恨道："倭岛不入流的海胆毒，还想伤了我？呵呵！"说着从怀中摸出四根竹签，喳喳喳喳四下，插在伤口旁的皮肉中。

药王爷呵呵一乐，正无所谓地抬起头来，一柄忍刀电射而至，咔嚓一声，从药王爷胸前穿体而过，直没至刀柄。药王爷啊的一声轻叫，被这把忍刀击落石下。

不远处一个忍者的身影闪了一闪，便消失不见，当即便有火家和水家人分兵两路，穷追不舍。

木家粮队弟子见药王爷中刀，赶忙上前搀扶。

药王爷吐了两口鲜血，抓着刀柄，委顿道："我……还死不了……不用管我，快去，不要让白障散了……"

那掷出忍刀的忍者好生厉害，伤了药王爷后，并不与火家、水家交战，只是奔逃，火家本堵住他几次，均让他腾出一团白烟，消失不见。

眼看着这个忍者就要逃出火家、水家的合围，突然黑暗中冒出一只拳头，重击在这个忍者脸上。

此忍者好生厉害，挨了这么重的一拳，却顺着劲力唰唰唰几个后翻，避开危险之处。

黑暗中有人冷冷地用日语问道："你是伊贺一派的谁？"

这忍者冷笑一声："我乃伊贺流领主大齐平八，少主人！"

一身黑色劲装的火小邪从黑暗中冒出身子，说道："大齐平八，连你也来中国了！"

大齐平八冷笑道："远远不止我！少主人！"

"既然知道是我，你觉得你逃得掉吗？"

"逃不掉，但我也不会束手就擒！"大齐平八话音未落，身子一晃，竟又不见了踪影。

可大齐平八刚刚消失，马上又在两步外现出身子，只不过捂着咽喉，鲜血乱喷，咕咕咕念了几声，便一头栽倒在地，看似死绝。

"呵呵，火小邪你太喜欢废话了。"

"嘻嘻，你明明第一击就能杀了他。"

"嘿嘿，杀这种人，不算本事，但我们无聊，多管闲事！"

两男一女的声音飘了飘，便如同鬼魅一般消失了。

火小邪追上两步，哪还有一丝一毫的踪迹，不禁沉声念道："水家三蛇！"

半个时辰，转眼即至。

木家药力，果然凶猛。对付龟缩在密密麻麻的地下掩体的日军，确有奇效。火家人和水家人已经开始清剿漏网之鱼，可是火小邪却难以高兴起来。

幸亏有火小邪亲自进万年镇督阵，否则五行世家的伤亡，会比想象中更多。

其一是万年镇里的忍者，数量很可能超过五百，他们不与日军同处，也不管日军的死活，异常分散地隐蔽在各处，一直忍着不冒头，任凭木家施术屠戮日军，直到过半的时候，才利用各种机会，不惜一命换一命，击杀了木家进万年镇施药的弟子一百多名和火、水、金三家近一百人。特别是几个上忍级别的高手，四处流窜，不仅重伤了药王爷，还杀了青、黑、花、逍遥的五个仙主级别的人物。好在火小邪、水妖儿、流川、水华子、水信子、郑则道、苦灯和尚、尊景齐等身手强劲之人，全部在各处助阵，方才把这几个上忍堵住杀死。火小邪也弄清了这些忍者的身份，虽说大部分是最低级的忍者，但也有几个像伊贺领主大齐平八这样的，忍术在忍军中可以排在前二十的上忍，只不过杀死的几个上忍，均属于轻易不会离开本土的另类，虽归伊润广义管辖，但并不能随意调遣。如果这些人出现在中国，极可能意味着，忍者已是倾巢而出，打算决一死战！

其二是万年镇里这些死战到底的日军，虽说大部分死在木家的药力之下，仍有一小部分进行了疯狂反攻。他们反攻的方式很简单，就是人肉炸弹，把手榴弹拉着了以后，一边开枪一边冲过来，一个接着一个，直至一组人死绝才肯罢手，别看如此疯狂而愚蠢的做法，血肉横飞，对五行世家的杀伤能力，居然比子弹更管用，一共炸死炸伤了一百多位五行中人。

如果按战争学家的战争理论，五行世家以总共不到六百人伤亡的代价，全歼了万年镇两万精锐日军、五百忍者，这足够称为一场超级大的胜利，可以永留青史。

可惜的是，历史绝不会记录下万年镇这场战役。

2008年，日本档案馆解密了一部分二战资料，其中有一本残缺并被焚烧过的士兵日记，其中无数段落遭到了人为的涂改，但残存的一小部分内容，也是日记最后的内容，所描述的景象仍然让许多人震惊："10月9日晚上……要塞遭到了非常奇怪的攻击，我们甚至不知道敌人是谁……惨遭巨大的炸弹攻击之后，我们整个师团，每个人都写下了遗书，阿良君哭了，他上个月才刚刚得知他的第一个孩子降生……听说所有的坦克在一眨眼就被摧毁了……一条金色的大船，飘在空中，发出几道明亮的光线，照着整个营地，我很害怕，不敢抬头看……我们躲在地下掩体里，没有人想说话，长官说为了胜利，我们要勇于牺牲……可我们还是不知道敌人是谁，甚至没有人知道敌人从哪里来，是什么打扮，阿良说是地狱里的恶魔来攻击我们，我相信他说的……我好像听到了惨叫声，不能写了，保佑我吧，妈妈……"

日本军方坚持认为，这个日记是伪造的，或者是作家的小说草稿，绝不是中日战争中的真实事件。

火小邪清楚地知道，尽管万年镇绝大多数的日军和忍者已被铲除，但时间不多，五行世家的主力不能再继续参与，那就意味着，留下来清剿万年镇的普通众盗，仍将面临牺牲。

可这牺牲，在所难免……

五行贼王刚刚再次聚集，就有几个水家众盗五花大绑着一个日本高级军官，上前一脚，便将这个军官踢得跪倒在地。这个军官十分强横，挣扎着要站起来，却让人死死地按着，勉强做出单膝跪地的姿势。他满脸满身都是血点，看着分外狰狞，死死地盯着火小邪。

水家人拜道："木王大人，此人应是日军万年镇要塞的最高指挥官依田极人，找到他时，他正要剖腹自尽，让我们阻止。他的几个随从，抱着炸弹要与我们同归于尽，好在我们反应快，只伤了一人。请木王大人发落！"

依田极人听得懂中文，咬牙切齿地用中文骂道："木王？什么木王？八嘎！支那野人！"

火小邪走上一步，平静道："依田极人，你可能不认识我，但我认识你。"

依田极人环视一圈，早知大势已去，狞笑道："你认识我是你的荣幸！哈哈哈！

还有你们这些支那人，用妖魔鬼怪的手段赢了大日本皇军！可耻！我不服气！”

火小邪依旧平静道：“依田极人，你作为万年镇的指挥官，杀害了数万没有反抗能力的中国劳工，难道你不可耻吗？”

依田极人冷哼一声，将头扭向一边，绝不回答这个问题，狂妄不已地继续冷笑。

火小邪一把捏住依田极人的脸颊，将他拧了过来，手指发力，捏得依田极人疼痛不堪，冷汗直冒。火小邪看着依田极人的双眼，沉声道：“依田极人，我现在有一千种理由立即杀了你，但我想留你一条命，让你带我们进罗刹阵。你如果带路带得好，我可以饶你一条狗命！”

依田极人野兽一样看着火小邪，骂道：“大日本帝国的军人，绝不受辱！你杀了我！”

金潘掏出金枪指着依田极人的脑门，说道：“小邪，不用听他废话，我一枪打爆他脑袋算了。”

火小邪挥手制止，看着依田极人冷笑一声，说道：“这条日本狗不值得我们亲自动手。依田极人，我要你自己亲自品味，伊润广义是怎么把你当狗一样杀掉的！”

依田极人一听，怒目圆睁，歇斯底里地用日本话大骂起来。

火小邪命令道：“王孝先，给他用哑药！”

火小邪身后的王孝先一乐，走上前来，拍了拍依田极人的脑袋，像打发家畜一样说道：“别吠了！汪汪汪叫得闹心。”

依田极人依旧嘶吼不止，可是嗓子一痒，咳了一声，突然间一个字也说不出来，只能呃呃呃地鬼叫。

火小邪吩咐王孝先道：“把他带到队伍最前面，松开绳索，用药逼着他自己向前走。”

王孝先说道：“小菜一碟！领命！”

活捉依田极人，万年镇要塞一战算是告一段落，真正惨烈的大战，才刚刚拉开帷幕。

火小邪抬头看去，罗刹阵所在的大山，黑漆漆一片，就在不远处横陈，如同一道黑幔，从夜空中直挂下来，等着五行世家众人去揭开。

话不多表，五行世家收拢了各家主力，踏过万年镇要塞，火速向山下进发。

土家一路指引，其余大部已在山下等候。

五行人马虽众，但行到此处，鸦雀无声。贼人就是贼人，五行世家也不例外，绝不是正规的军队，另有一套集团行进的办法。虽说山脚下已经到处是人，可不仔细看，也就只能看到火小邪、金潘、水妖儿、郑则道、流川、田问等二三十个绝顶大盗，不躲不避，其他人反而无影无踪。

其实从五行世家，从聚集在万年镇外开始第一次攻击万年镇时，从远处看，基本就看不到人，除了金潘大张旗鼓地到来，用空降的方式展示了金家人数，其他时候，好像总共只有一百多人来来回回地跑来跑去，与日军和忍者打得不亦乐乎。

所以一切迹象，都有违战争的定义，虽说造成了上万人的死伤，仍然不能说这是一次正规的战争。那该如何定义？唯有说这是一次史无前例的大型偷窃行动，偷走的是小鬼子的命，窃回的是中国人的尊严，日本人藐视中国人的狼子野心，因此也丢了个干净。

土家果真有搬山御岭之能，这么短的时间，就拓出了一条道路，凿开一个洞口。

火小邪等人弃了马匹，均步行来到山洞前。

火小邪依稀眼熟，这里似乎半年多以前，与烟虫、花娘子、钩渐、赛飞龙、顶天骄等人初探罗刹阵时，进山的那个抛尸洞。只不过看现在的情况，是早就被炸毁或者封堵，又被土家人发现并挖开。

也就是说，此乃一条火小邪曾经走过的老路。

火小邪心里不由得咯噔一下，默念道：“时过境迁，今非昔比，不能因这是条老路而忐忑不安。火小邪你不要多想，心静！”既有此想，火小邪便不与众人明说。

土家发丘神官田遥、御岭道宗田观、摸金都尉田令三人从洞中快步走出，迎上火小邪等人一拜，田遥向田问、田羽娘、林婉报道：“过了半面山崖，可以确定此处为捷径。搬山尊者田迟已携前锋一百人进山，在山内准备接应。土王大人可放心！”

田问微微掐了掐指，点了点头，吩咐道：“土家尽入！”

田羽娘亦道：“守据各位，以便容纳！”

田遥等人听令，四散而去，很快便有土黄衣裳的土家人从山上山下各处钻出，向着山洞中鱼贯而入，不多时便进去了近一千人之多。

田问转头对火小邪等说道：“先走一步。”便带着田羽娘、林婉向洞中赶去，很快便不见了。

水王流川冲火小邪笑道：“木王大人，请你殿后，水家先走一步，咱们山里见。”也没有见他吩咐，一道道黑色人影四面八方向洞口涌去，水王流川向前走了几步，教书先生的长袍马褂直直地垂落在地，好像整个人突然融化在夜色中，只留下了衣裳。

水家数百人便紧随着土家，钻入山洞，不见了踪影。

郑则道向火小邪抱拳道：“木王大人，既然水王大人走时说了由你殿后，那火家不客气了，我们先走一步，山里见。”

郑则道右手高举，在空中比画了一个手势，自己则率先向洞内疾奔而去，苦灯、尊景齐和几个堂主紧紧尾随，相续而入。九堂一法走完之后，才是火家弟子进入，漫山遍野的火家灰衣人先是聚集，再按火家九堂一法的排位，依次入内。

土家是土王最后一个进去，水家是水王混在水家人中间进去，火家则是火王、九堂一法的堂主、坛主先走，三家各有特点。

金潘不冷不热地嘲讽道：“田问最后一个走，是仁；流川混着一起走，是智；郑则道走第一个，是装！郑则道这小子从我第一眼见，就不待见！”

火小邪笑道：“各家有各家的风格，潘子，暂且抛开这些成见吧。”

金潘哼了哼，说道：“我与火家只合作这一次，反正没下次！小邪，金家与木家一起进。”

火小邪应了声好，安排青枝先行，青芽刚刚开始调度，就见百艳仙主、甲大掌柜、乙大掌柜三人，赶到前来。

青枝青芽仙主一见，立即骂道：“老甲！不是让你和小乙带着青云客栈的人留守吗？”

王孝先也迎上百艳仙主，关切道：“小猫，你怎么来了？”

甲大掌柜竟有些不好意思地说道：“青芽，我还是……想和你在一起，见不到你，心里不踏实。”

青芽一听，眼睛微微发红，但口气依旧强硬：“不行，老甲，你回去。”

甲大掌柜毫无离去的意思，对火小邪说道：“木王大人，请放心，万年镇里的事情我都安排妥当了，清剿的事情青云客栈帮不上大忙。请木王大人准行！”

火小邪说道：“你去还是不去，由青芽定夺。”

甲大掌柜谢过，又对青芽诚恳地说道：“青芽，别让我走，我一辈子听你的吩咐，可今天你怎么说，我也要陪你进山。今天特别想对你说些心里话，其实……”

“别说了！随便你吧！”青芽怒道，转身便走，甲大掌柜赶忙兴高采烈地追上。

乙大掌柜看着火小邪，说道：“木王大人，你说过五行合纵之后，就劝我的小鸡鸡回到我身边。你……说话算数的啊，我没了小鸡鸡，干什么都没劲。”

火小邪答道：“绝无虚言！”

乙大掌柜连声称谢，说道：“那木王大人，我……我……我……我陪着甲大掌柜去。”说着追赶甲大掌柜和青芽去了。

百艳仙主一把搂住王孝先，说道：“乖宝，我舍不得你。”

王孝先本要责怪，百艳已经贴在了王孝先怀中，温香满怀。

王孝先脸一红，说道：“嗨……我又不是回不来，已经五行合纵了，破个罗刹阵还不是小事一桩？说不定连我出手的份都轮不上啊。”

百艳仙主娇娜道：“我不管，就算是看热闹我也要陪你看。”对火小邪娇唤道，“木王大人，尽管你命令花枝女子不进阵，但我是木家长老，怎么能缺了我一个呢？我也要去！否则不公平啊。”

王孝先忙道：“木王大人，百艳这个娘们儿不知轻重，不用听她的。”

百艳偷偷一把抓着王孝先的私处，抓得王孝先瞪圆了眼睛，百艳气呼呼地说道：“对你好你还这么说话！你想气死我再去找别人吗？”

王孝先一脸通红，又不敢张扬，所以只是哼哼，说不出话来。

一旁青辰娇声骂道：“奸夫淫妇！不知羞臊！”

王孝先龇牙咧嘴道：“青辰，你是妒忌吗？”

而青辰轻轻一笑，表情温和起来，对火小邪说道：“木王大人，我看就成全他们双宿双飞吧。”

火小邪心中微叹，隐隐作痛，但想来只能如此，便点头道：“那好！百艳仙主，你和逍遥枝王孝先一齐进山。王孝先，千鸟，逍遥枝、花枝立即动身！”

百艳仙主这才松了王孝先的裤裆，盈盈一拜：“谢木王大人！”说着搂住王孝先的胳膊，“乖宝，我们走吧！”

王孝先又气又喜，向火小邪点头示意，与千鸟仙主一起，招呼着逍遥枝、花枝弟子进洞入山去了。当然王孝先不会忘了还有个依田极人，命弟子把依田极人麻昏，半拖半拉着一起进山。

火小邪暗暗感叹一声，对青辰说道：“青辰仙主，黑枝是木家主战力量，你与我、金家同路。”

青辰娇笑道：“正合我意，还能和金少爷一路热络热络。”

金潘跟着笑道：“青辰美女，那就请吧！”

众人正要离去，却又有一队人马赶来，领头一个乃是一个黑脸大汉，不似五行中人。

这黑脸大汉把马上前，跳下马来，几步跑上，高叫道：“火大哥！”

火小邪一见，倒是吃惊："马三多！"他虽给了马三多木家令牌，但只想马三多等人在远处观看，严禁他们入内，没想到马三多真能赶来这里参战。

马三多兴奋异常道："大哥英勇，没想到大哥能召集这么多人马！我们来迟了！一路上看到大哥攻打万年镇的场面，兴奋得不得了！"

火小邪正色道："你怎么能进到这里？"

马三多说道："是这位老先生允许我们进来的，要不急死个人啊！"

"老先生？"火小邪抬头一看，就见药王爷上半身缠着麻纱绷带，赶上前来，火小邪心里顿时明白了几分。

药王爷上前道："木王大人，这位马三多兄弟拼死要来，不让他来，他便要自杀，其心可鉴，我只好……木王大人，小老儿请求一同进阵，共襄盛举！"

火小邪说道："了解！药王爷，你的伤……"

药王爷说道："小伤小伤，不至于死，木王大人不必记挂。木王大人，小老儿本有疑虑之心，本想借伤避战，但被马三多一番慷慨陈词羞得无地自容，惭愧惭愧！小老儿决意前往，以我微薄之力，誓与倭寇一较高下。请木王大人恩准！"

火小邪知道药王爷的伤势极重，绝不是他口中说的小伤，他能这样前来，必是用了极重的药力，和玩命无异。想必药王爷已有死在罗刹阵内的决心。药王爷是木家元老，对五行合纵一事，他表面上同意，实际上最为担心，木家准备向万年镇行进，药王爷也屡次婉转地向火小邪表达自己的顾虑。若按以前，就算药王爷不受伤，也会借口不进罗刹阵。

药王爷此时所说，激得火小邪心头一热，答道："好！药王爷，与我一同进阵！"

马三多笑道："好，痛快！火大哥，带我一起进阵杀鬼子吧！手痒痒得很啊！"

火小邪看着马三多，严肃道："马三多，虽说有我在，但你可知道此行，对你们来说，实属九死一生？"

"我和我这些兄弟，没一个怕死的！只想能和大哥一起杀鬼子！"马三多豪言道。

火小邪盯着马三多的眼睛，再问道："不后悔？"

"后悔我就不会来！"马三多紧盯着火小邪的双眼。

"好！"火小邪朗声道，"听我号令行事，不得擅自行动！"

"是！"马三多歪歪斜斜地敬了个礼，高兴地哈哈大笑。

火小邪向马三多的队伍扫视一眼，又说道："不想随我来的，请回！"

"火小邪！"

"大哥！"

马三多几十个人的队伍后，有两人挤了出来。

马三多一见，就没有好脸色，张口便骂：“你们的命精贵，还说个屁！快滚快滚，老子不想再听你们废话！再耽误老子时间，老子翻脸不认人！”

其中一个大汉并不搭理马三多，只是向火小邪喝道：“火小邪，你既然有这么大的能耐，为什么不早说？”

火小邪轻轻一笑：“浪得奔，我们是贼，无法与你们为伍。”

原来上前的两人，正是浪得奔和瘪猴。

浪得奔喝道：“火小邪，请你们和共产党合作吧！你们这支队伍，只要通过共产主义的改造，是能够成为一支救国救民的强大力量的！”

瘪猴也激动不已地说道：“大哥！请你听兄弟们肺腑之言吧！”

浪得奔说道：“火小邪，你已经摧毁了万年镇要塞，私怨已了，你还要做什么呢？收兵吧，保存力量积聚力量，才是上策啊！”

瘪猴说道：“是啊，大哥！抗日战争是一场持久战，不要在乎一朝一夕的得失啊。”

火小邪诚恳地说道：“浪得奔、瘪猴，你们请回吧，不用说了。”

“火小邪！”

“大哥！”

金潘上前一步，冷哼道：“浪得奔、瘪猴，哼哼，我问你们，你们有多少兵马？”

浪得奔答道：“我们就是共产党！我们的兵马遍天下！天下所有的穷苦人，工人农民都是我们的兵马！”

“那你们带了几个兵马来？”金潘明显有些讥讽。

浪得奔浓眉倒竖，口气也一硬：“就我们两人！”

“两人？嘿嘿，没带人马来，就滚一边去！少在这里碍眼！”金潘骂道，“啥玩意？要不是知道你们是火小邪以前的兄弟，老子早一枪一个崩了你们！”

浪得奔毫不示弱：“你是谁？你凭什么这么说话？”

金潘骂道：“老子是金贼！怎么？不服气？”双手一摆，两柄金枪已经指向浪得奔和瘪猴的脑门，不止金潘手中两把枪，乔大、乔二以及金家枪队的数百管枪，全部指向了浪得奔和瘪猴，若金潘令下，只怕两人会被打成筛子。

浪得奔怒目而视，没有丝毫畏惧。

瘪猴怒道：“有种就开枪！我大哥身边就是有你这样的人，才被你们蛊惑！”

火小邪伸手压住金潘的手腕，低声道：“放下枪。”

金潘哼道：“小邪，你这两个兄弟已经白痴了。”但也将枪垂下。

浪得奔质问道："火小邪，你只要回答我一个问题，你究竟要去做什么，让你这么义无反顾？"

火小邪淡淡一笑，说道："浪得奔、瘪猴，如果你们说的共产党真能做到让劳苦大众翻身做主，再没有皇帝，再没有欺压和剥削，人人平等，到那一天时，我会再与你们好好谈谈。但今天，我们各行其道吧。"

瘪猴叫道："大哥，你回答啊。"

火小邪侧过身去，说道："五行至尊圣王鼎，得鼎者得天下，失鼎者失天下。"说罢转身就走。

浪得奔大叫道："我知道这句！但共产党不需要什么五行鼎！共产党能得天下，靠的是共产主义！"

瘪猴也跟着叫道："共产党的天下，再不会有皇帝，这些封建迷信，都要一网打尽！大哥，你听我说……"

突突两团烟雾在浪得奔和瘪猴脸前炸开，两人一吸，剩下的话还没有出口，眼睛便翻了翻，瘫倒在地。

火小邪说道："马三多，叫你的几个兄弟将他们送出万年镇安顿，绑住他们，醒来后，不要让他们乱跑。"

马三多哼哼道："管他们咧！绑紧了丢一边坑里算球。"

火小邪喝道："去办！"

马三多只好应了声是，安排人将浪得奔、瘪猴拖走了事。

金潘骂道："真不知道他们从哪里来的底气！小样的不怕死！"

火小邪轻叹一声，说道："也许，共产党真能得天下。"

金潘道："我倒要看看他们有什么能耐得到天下！"

火小邪深深看了金潘一眼，说道："走吧！"

火小邪、水妖儿、金潘、药王爷等木家人以及马三多的山匪部队鱼贯进洞，那山洞中已被土家拓宽，走到尽头，便看到一处斜通向上的废弃通道，不宽不窄，恰能容两人一起猫着腰向上爬行。

土家人心思周到，早在废弃通道上打出无数踏脚攀爬的坑洞，所以就算是马三多这种平常人，沿管道上爬也毫不吃力。

火小邪等人爬出通道，正是一个巨大的山洞，火小邪记得清楚，此地乃是日军将中国劳工尸体抛出山外，并焚烧衣物之处。所有原先日军的摆设一应俱全，只是再见不到一个日军和一具中国劳工的尸体。整个山洞，都是五行世家的人，持着各种各样的照明工具，分立各处，将洞内照得一片明亮。

不过山洞内依旧弥漫着一股强烈的尸臭，还是令人作呕。有不少木家人正在撒药，用以消除气味。

水王流川、郑则道、田问等人上前来迎，郑则道一眼便看到跟随在火小邪身后的马三多，眉头一皱，问道："木王大人，怎么你还带着五行世家以外的人？"

火小邪答道："他们是万年镇一带的民间志士马三多以及兄弟，算是我的旧相识，铁了心来杀小鬼子，无所畏惧，亦算是一股力量，无妨。"

郑则道对马三多等人说道："五行世家的事，你们这些外人来参与无疑自投死路，我看各位还是请回吧。"

马三多本见到这种大场面，不敢言语，听郑则道要赶他走，胆子一横，瞪着眼睛叫道："杀小鬼子还分什么五行不五行？外人不外人？是个中国人就该参与！不走！"

水王流川笑道："火王大人，我看也无妨！这些人与圣王鼎毫无关系，只求一战，大义凛然，算得上铁骨铮铮的好汉，并无其他心思，火王不必担心。有些局外人来见证此战，倒让我们贼道更加名正言顺。"

田问沉声道："无妨。"

郑则道见流川和田问都发话了，脸色微缓，说道："既然岳父大人说了，那好吧！嗨！我也是好心，不想他们枉死。"

火小邪岔开这个话题，问道："三位大人，前方情况如何？"

田问说道："三里无人。"

郑则道说道："听不到一丝响动。"

水王流川说道："水家、土家、火家已经把附近三里的范围摸了一圈，既无人员防御，也无任何机关，物资一应俱全，不像有撤退的迹象。从这里出去，是一个火车站，沿铁轨而行，内部极深极远。"

田问说道："约十里。"

水王流川说道："我们已将车站附近占据，确信此地安全。眼下之计，是看我们能用多快的速度，找到山内的罗刹阵所在。"

郑则道说道："如果山前一带的日军全部撤空，毫无防范，恐怕是会集在深山某处，专等着与我们决一死战。"

水王流川笑道："这倒是忍军大巧若拙的防盗法，想必现在是所有忍者将罗刹阵层层围护着，寸步不离，你不去就不管你，你若去，只有和忍军正面交锋。"

郑则道哼道："五行合纵于此，正求一战！可得以全歼！"

其实不用各家贼王述说，火小邪对此地的熟悉，远远强过众人。只不过还有一人，对山内情况的了解恐怕更胜火小邪，那就是曾经救火小邪出困的“假钩渐”。“假钩渐”到底是谁，谜底在火小邪心中已是昭然若揭，必是水王流川中的一个。

只可惜水家行事诡异，公开露面的总是一个流川，绝不会两人一起出现自称水王。

火小邪朗声道：“事不宜迟，请水家、土家向前推进，火家协助，金家、木家后援，若遇忍者，当断则断，不做纠缠，待摸清忍军主力所在，先由木家、金家远攻。”

众贼王并无异议，纷纷应了，各自调兵遣将。

十七、再闯罗刹

五行众盗出了山洞，外面乃是一个不大的火车站台，各处也已布满了人。

水家、土家先锋已经进入站台旁的隧道，其余各家主力也依次沿着隧道，向山内推进。不算在万年镇留守，以及沿隧道布防的众盗，进山的五行世家人士，亦有两千之众，全是精锐之精锐。木家长老、四枝总仙主、仙主；火家九堂一法堂主、坛主和各堂行度使；水家五流十六方筏主、勾弦；土家四门宗主、各门三壳正土行士；金家主战之力金家枪队；加上各家贼王，此等集中华五行贼道精英的阵容，天下哪有不可盗取之物？

原先攻打万年镇，各家精英尚且分散，这回终于聚齐在相对狭窄的山中，互不避讳，各家精英可谓一览无遗。

除了火小邪依旧心中隐隐难安，绝大多数众盗见此阵容，都觉得什么罗刹阵，什么忍军，全都不堪一击，此战胜券在握！一个个摩拳擦掌，各显其能，要在其他世家大盗面前显尽自家的本事。

郑则道一张假面皮，本是苍白没有血色，此时透出隐隐红光，指挥若定，势在必得。

水王流川亲自进入隧道，早就无影无踪，看来是要亲力亲为。

田问、田羽娘等土家人，以及林婉，亦没有丝毫迟疑，水王流川一走，便一并前往。

连水妖儿也在火小邪身边笑道：“小邪，从没有想过五行世家精英能为同一件事聚齐。现在看来，忍军再严密的防盗之术，要破罗刹阵也只是时间长短的问题。”

金潘笑道：“依我看，五行合纵会如何的传说，是皇帝老子拿来糊弄人的，这老儿一定是怕五行合纵之力会盗取天下。以讹传讹，最后成了五行世家的忌讳。”

火小邪轻声说道：“但愿如此！可惜我们要盗破的罗刹阵，乃是我爹炎火驰的手笔，却被伊润广义利用。罗刹阵绝不好对付，切不可大意！”

金潘低声道：“金家的万世陨铁就在罗刹阵内？还有木嫛之眼等？”

火小邪点了点头。

金潘喜道：“那更好！破了罗刹阵，还能各取所需。”眼睛一转，又问道，“小邪，那你是想要什么？”

火小邪淡然一笑：“我什么都不要。”

金潘奇道：“什么都不要？”

“是。”火小邪笑着点了点头，从站台上跃下，沿着铁路，大步向前走去，水妖儿、马三多，以及木家众仙主紧随在后。

金潘眉头紧锁，想了一想。

乔大插嘴道：“大师父什么都不要，那就是什么都想要？”

乔二也猜道：“大师父眼光很高，没他看上的。”

金潘骂道：“闭嘴！”反而突然间豁然开朗：“哦！不盗即是盗！高明！有境界！乔大、乔二、刘锋，我们出发！”

五行众盗向山中前行了三里有余，水、土两家前锋不断来报，仍然不见任何异常，不见忍军，不见防盗机关，沿路没有埋伏，没有土石开裂或炸药等物。

综上所述，忍军根本没有堵截之心，亦没有将五行世家困在山中的打算。

火小邪回想自己以前和烟虫等人进山，同样是一片坦途，几乎没有费力，就进到罗刹阵中。但之前是伊润广义刻意引诱火小邪进阵，这次虽不是引诱，却像是“坐以待毙”。

望着依稀熟悉的火车隧道，四处刺探、奔走、护卫、防御的上千贼盗，这阵势当然不是以前火小邪、烟虫、花娘子、钩渐、顶天骄、赛飞龙孤零零的几个，可火小邪心里还是紧紧地绷着，浓重悲凉感涌起，挥之不去。烟虫的声音似乎在耳边回响：“火小邪，你不要去！现在返回，还来得及！我们还有机会！”

火小邪在脑海中默默地答复：“烟虫大哥、花嫂子，我终于又回来了！我不是仅仅为了你们，也是为了无数为国牺牲的同胞！中华大地不容践踏，我一定不辱使命！”

朦胧中，烟虫叼着烟的笑脸浮现在火小邪眼前，亲切地说道：“火小邪，你有今日的成就，真替你高兴！不错！”

花娘子搂着烟虫的胳膊，甜腻腻地笑道：“小邪，放心大胆地去做吧，我们都支持你啊。”

说话间，烟虫、花娘子等人微笑着越走越远，接着，是钩渐、顶天骄、赛飞龙、柳桃的音容笑貌一一闪现，再有严烈、严景天、甲丁乙、豹子犬黑风、张四爷、周先生、御风神捕等无数人物逐渐远去。

火小邪很想伸出手挽留住他们，却也知皆为自己的思念幻想，一切徒劳，不由得心中一硬，说道：“各位好走！”

蓦然间，五行众盗已经深入山内五里。

“木王大人！”一名水家信使跑来报道，语气急促，“前方一里，道路断绝，山体孔隙无数，有忍军小部人马，约十余人被发现，没有正面交锋。水家先锋四人寻路入内，渺无音讯，应是已死。”

水家信使说完，一个土家行士也疾行而来，报道：“木王大人，前方无路，山体怪异，似刀斧平整挖出无数隧道，内部其乱如麻，土家发丘、御岭二门六人入内，再无返回。土王大人已经亲自上前打探，请木王大人火速上前商议。”

火小邪一听，立即催动人马，加快脚步，不多时已经赶至尽头。

若按火小邪之前记忆，走到这里应该是水火双生的水龙眼一带，本应有巨大洞穴，沿洞穴内壁可以行走，可眼前景象，的确不寻常。

一个喇叭形的大洞，由窄到宽，地面乱石嶙峋，淹没了铁路，这倒不奇怪，奇怪的是喇叭嘴方向，堵住去路的一面十余丈高的山体。虽说是无数巨石堆积而成，嶙峋参差，上面却布满了大大小小无数不规则的洞口，大的有一丈宽阔，小的仅有一个拳头大小，这些洞口边缘，如同刀切斧砍一般平整光滑，根本不像人工可以完成。

火小邪眉头紧皱，他记得他上次离开罗刹阵，整片整片的山体都在崩塌，按理说会形成一个范围广大的坑洞才是，怎么会被无缘无故地堵上？

郑则道赶上前来，与火小邪相会，颇为严肃地说道：“火家进去了十人，没有返回！隐约能听到这些洞穴内有金铁交鸣之声，应是设有伏兵。木王大人，你有何高见？”

火小邪并不答话，踏着乱石上前几步，走至一个洞口前。洞内幽暗难明，向里看并不是笔直，而且能见到的分岔口就有四五个之多，冷风从里面向外打着旋灌出，发出簌簌簌的奇特微响，绝不是可以草率进入之地。

火小邪眉头紧皱，转身高喝道：“水王大人、土王大人可在？”

一名土家行士上前拜道：“土王大人携夫人林婉等，从旁边的洞口进去了，暂时还未返回。”

一名水家信差说道：“水王大人现在不在。”

火小邪问道：“水王大人去哪里了？”

“不知，只令让水家在此待命。”

火小邪高声道：“任何人不得入内！严加守备，等土王、水王大人回来！”

略等了半炷香的时间，就见山体上一个洞口中有数人疾奔而出，定睛一看，正是田问、林婉、田羽娘、田遥、田观、田迟、田令数人，其中田迟浑身是血，身前身后都有刀伤，紧紧掐住左胳膊，居然左手小臂已被斩断。

土家人连忙上前，将田问等人护住，退到数丈之外，并立即为田迟疗伤。

火小邪、郑则道、金潘等人赶上前去，正要说话，就见一道黑影钻出，站在田问等人身边，看模样正是水王流川。

不等火小邪说话，水王流川已经厉声道：“可是土家地一迷藏？”这个水王流川，虽说长相未变，但是桀骜嗜杀之气弥漫全身，完全与先前教书先生的气质不符。

田问答道：“是，又不是。”

水王流川厉声道：“是怎讲？不是又怎讲？”

田问答道：“乾坤未倒置。”

水王流川怒道：“田问，能否多说几个字？听着费劲！”

田羽娘站出说道：“流川，还是我与你说吧。”看向火小邪等人，说道，“此处确实是地一迷藏的布局，但仅为三成，不够完整，达不到地一迷藏的乾坤颠倒之造化，但也着实惊人。依土家看，罗刹阵就在其中，这些孔洞，全是罗刹阵的外壳。我等以土家发丘之力算过，里面的罗刹阵竟是无大无小的乱数。”

火小邪抱拳道：“请教，何为无大无小的乱数？”

田羽娘肃然道：“就是罗刹阵一时小如沙砾，一时大如寰宇，可这座山又能有多大？一个防盗阵法又怎能如此之小？但卜卦之后，就是如此，呈无大无小之态。我等进入洞中，便感觉罗刹阵一会儿转弯就是，一会儿又远在天边，一会儿仿佛已身在阵中。土家虽有开山寻路之能，却如同水中捞月一般。”

水王流川哼道：“如果此地是完整的地一迷藏，有此效力，倒可以理解，但孔洞里分明有忍者四处埋伏，他们既然能在里面猖狂，那就必然有进退之法！”

田羽娘说道：“也许里面的忍者根本没有想过出来。”

水王流川又问：“那风从何来？莫非你要说是罗刹阵内可以自生风力？”

田羽娘说道：“洞内风力全是螺旋，我的确想这么说。”

水王流川冷笑道：“看来土家面对自家不成气候的地一迷藏，便无计可施了！”

田羽娘不悦道：“流川，你要有计可施，何必偷偷摸摸地跟我们一路？你这个人性格真是古怪！没到这里之前还是个讲道理的人，现在怎么变得蛮横不讲理了？我不想再与你说话！”

这两人彼此哼了一声，真的互不理睬。

郑则道说道：“两位大人请息怒。堂堂五行世家，还能在没有见到罗刹阵之前就被难住？既然日本忍军占据了地利，那我们可有办法，先将他们逼退？木王大人，你看呢？”

火小邪沉声道：“容我再想想。”抬头问道，“林婉，你刚才也进洞内了，不知你有何看法？”

林婉刚刚为田迟完成止血上药，起身说道：“刚才我进洞去，就有施木家药术，逼退忍者的想法，可是洞内风向全是往外灌，这样的话，若是大面积施药，不仅无效，反而会伤了自家兄弟。而且，里面的忍者十分厉害，只守不攻，刚才田迟击杀两人，就有另三个忍者不顾前者死活，用重刀连人一起劈砍，斩断了田迟的小臂。本以为他们会乘胜追击，将我们围堵在洞内，可田令再杀一人后，这些忍者只又追了几步，便齐齐退后，再度龟缩不前。如果这样，就算我们在洞内布下药阵，也无法引大批忍者入阵。”

火小邪点头沉吟几声，说道：“既然如此，我看不如这样，王孝先，带依田极人上来！”

众人不知火小邪要出何计策，全都静默观望。

依田极人已被王孝先用药制住，虽能行走，但双目呆滞，满嘴含含糊糊地不知唠叨着什么。

火小邪走到依田极人身边，将他按在大石上坐下，抱拳道：“水王大人，请上前来。”

水王流川缓步走出，冷冷问道：“何事？”

火小邪说道：“依田极人被木家药物制住，但行为呆滞，所以请水王大人用水家乱魂眼之类的手段，将依田极人迷乱心魄，我有几句话要对他说，并让他能够如实转达。”

水王流川哦了一声，说道：“你怎么知道水家有这个本事？”

火小邪笑道：“水王大人还要过问得这么详细吗？”

水王流川哼了声，说道：“给他解药！”

王孝先给依田极人解了麻药，水家立即有几人上前，把依田极人牢牢拿住。依田极人神智渐渐清醒，正要张嘴大骂，却见到水王流川的一双眼睛牢牢盯着自己，心中突然一痴，竟无法挪开目光。

水王流川眼中闪烁不定，嘴中吹出一丝丝的声响，引得依田极人双眼圆睁，脸上抽搐不止。

水王流川猛然眼睛一闭，对火小邪说道："火小邪，你对他耳边说话！"

火小邪上前一步，冲依田极人的耳朵，用日语低声道："我是依田极人，我是依田极人，火小邪有几句话，要我转达给伊润大人，事关重大！你们快带我去，不要耽搁！"接着又重复了一遍。

火小邪站起身来，对水王流川低声道："好了。水王大人，请再稳住他一会儿！"

水王流川啪地一睁双眼，继续死死盯着依田极人的眼睛，依田极人嘴里不断重复着刚才火小邪所说的日语，一动不动。

火小邪吩咐道："青芽仙主！"

"在！"青芽赶忙上前。

"给他脚底涂上青枝令，用青云客栈所用的普通青枝令即可。"

青芽一听，立即说道："明白！老甲、小乙，过来！"

甲大掌柜、乙大掌柜急忙上前，依火小邪之计实施。

"千鸟仙主！借你的寻鸟枝一用，别在他的袜子里。"

"遵命。"

"王孝先！你将逍遥枝嗅觉最好的弟子择出，听候指示。"

"好，我立即去办。"

火小邪又吩咐道："青辰仙主！你的双难蛊可携带？"

"一直随身携带。"青辰答道。

"好，给依田极人施双难蛊，一会儿谁与依田极人对话，便激发蛊力，凡是近身者，皆中此蛊。"

"是！"青辰就要上前。

"青辰稍等。药王爷，关键在你，你有复制蛊力及增强之法，请将青辰的双难蛊增至最强，力求一传十，十再传百，最终以千计，可否做到？"

"双难蛊虽难炼成，但炼成之后，极易复制，一千不成问题，请木王放心。"药王爷答道。

木家人做这些事可谓轻车熟路，人来人往，片刻便准备停当，火小邪在一旁叮嘱，已将一会儿须做之事说明。

火小邪说道："水王大人，想必你已明白我要做什么，请你最后施展，放开依田极人。"

水王流川并不答话，盯着依田极人眼中闪烁，吹出数串音符，这才将眼中光芒一收，低喝了声：“放开他！”

水家人立即松手。

依田极人深深喘了几口气，突然间神色如常，唰的一下站起，警惕不已地用日语叫道：“别过来！别过来！”

火小邪说道：“放他走。”

一众大盗齐齐演戏，冷眼看着依田极人，给他闪开一条路。

依田极人低骂一声，夺路而逃，向山体上的一个洞口狂奔而去，一头便钻入洞中。随后便听到依田极人撕心裂肺地狂叫道：“我是依田极人！我是依田极人！”声音渐渐模糊，转而听不见了。

此时千鸟仙主伸开五指，手中拿着数根羽毛，轻轻抚摸，屏气深吸，突然低声尖叫道：“上行，风口有四，左中右上，右行，风口有二，左右，直风，下行……”

火小邪立即对田问说道：“田问，寻鸟枝是生长在一种飞禽身上的奇特草木，经木家炼制后，可辨风势寻鸟，木行于天，是无土之木，据说与土行有制化之妙，你看你能否用得上？”

田问一听，立即沉喝道：“有用！”不由分说地坐在地上，双掌平举，十指来回弯曲计算。

王孝先挑选的逍遥枝弟子则来到各个洞口前，不住嗅闻，凡是能够闻到青枝令味道的，便在洞口做下记号，然后换到下一个洞口，继续嗅闻。此法的妙处在于，尽管山体内所有孔洞可能都是联通的，但风一直不停地往外吹，气味只会顺风势而行，只要气味的源头不绝，就能用气味编制出一张图。

水家人自然不须多让，不等火小邪开口，便已知这是甚好的情报搜集办法，水王流川身后的一些筏主、勾弦先于田问，便已自行记录千鸟所说的风向，以及逍遥枝找到的气味冒出的洞口。

千鸟又叫道：“直风，鸟停了，不是，是人停步了……”

青辰正用手指搓动着一块皮肉似的细片，眼中黑色一闪，亦低喝道：“双难蛊发作了，中蛊之人，有三，二人携蛊离去，再中，又有七人，一人动，再中四人，好，有十人动，太好了，又中了十人！”

千鸟叫道：“人动，直行，风口有四，上中下左，下行……”

水王流川走到火小邪身边，说道：“忍军难道不怕依田极人是水家乔装的？”

火小邪说道：“忍者也较为精通易容之术，所以像依田极人这种为忍军服务的日军高级将领，以及大多数忍军上忍，都在双手手腕中埋有一种称为大查罗毕修的空心铁球，埋入方法只有为数不多的几个人知道，所以依田极人无法被人冒充。近距离用一种频率摇动手腕，就能彼此感应。”

水王流川轻哼道：“原来是这样……怪不得水家几十年来，无法假冒忍军上忍。火小邪，你手腕中也有？”

火小邪平静道：“我几个月前已经在木盅寨把铁球挖出来了，耻辱之物，一日也不愿留。”

“不错！”水王流川又问道：“依田极人能活到几时？”

“依田极人虽不是忍者，但得到日本天皇册封，在忍军中仍属荣誉的高级干部，能够无理由杀依田极人，而不被惩处，忍军中只有伊润广义和土贤藏丰两人。我之所以带着依田极人进来，不只是为了解恨，而是他的身份，有可用之处。依田极人带着气味和双难蛊入内，没有速死，已是完成了任务，几时死，无所谓了。呵呵，还要多谢水家，在万年镇内及时将依田极人活捉，没让他服毒自尽。”

“嘿嘿，火小邪，是你再三叮嘱尽力活捉依田极人，不必和我客气！火小邪，你考虑得深远，运筹帷幄，极好！确实能做五行合纵挑梁之人！”水王流川说完，突然扭头向水妖儿看来，向水妖儿点了点头，露出一丝赞许的微笑。

郑则道不冷不热地说道：“看来有木、水、土三家即可，火家、金家派不上用场了！”

“怎么会？”火小邪转身向郑则道说道：“火王大人，火家高手能拿盘拿到一百颗以上珠子的人，可有多少？”

郑则道沉吟道：“加上我在内，九堂一法堂主、坛主以及行度均可做到，约四十人。”

“好。”火小邪又对金潘说道，“潘子，金家可有攻击力巨大的枪械？”

金潘笑道：“我这次带来的枪，都是世界上数一数二的，攻击力巨大！你看我这支！”金潘把自己的金色长管佩枪拿在手中，夸道，“经过我的改造，三百米内目标，偏差只有一毫米！”

火小邪说道：“倒不用打这么准。”

郑则道似乎明白火小邪的意思，问道：“木王大人，你是想让金家向洞内开枪，子弹击中洞壁发出声响，然后火家人来听回响，以辨忍军的远近和人数？”

火小邪说道：“不错！我看这些洞穴之内，洞壁都是光滑的，忍者只能紧贴着墙壁隐藏，回音必有异常。以火家盗术敏锐之能，可当此任。”

郑则道大笑道：“五行合纵，木家放饵，土家辨位，水家制图，金家远攻，火家窥敌，确实周到！木王大人，就依你所说！”

火小邪聚拢贼王，做足安排，盗贼合作，讲究的便是一个快字，不过盏茶工夫，五行世家便已准备停当，打算急攻进洞。

此时青辰高叫道：“双难蛊发作极快，中蛊之人瞬间已有近千！”

田问也长身而起，喝道：“内有巨穴！”说罢双手指点，向田羽娘、田遥、田观等人示意。土家人均按田问所示，掐指一算，均大为兴奋，所谓无大无小的乱数得以开解。

青辰又高声道：“依田极人死了！主难已死，副难会很快失效，还请尽快！”

火小邪振臂一挥，高声道：“五行合纵！速进！”

五行世家纷纷向木家已做标记的洞口赶去。

土家人既算得了方位，好生厉害，一进洞内便四处开凿，均是无数孔道的薄弱之处，使得原本看似不相连的地方，统统连成一体，便于大部队齐头并进，近乎在此地笔直地再开出一条直达罗刹阵的大洞来。

木家的防毒术乃五行之首，又能提前察觉到忍者是否施毒。木家虽说到达此处的人数不及火、水、土三家，但都是用毒防毒的好手，足以一人照顾多人，加之火、水、金、土四家亦有各自的防毒之法，防上加防，所以根本无畏于忍军的毒攻。奇怪的是，忍军没有一丝一毫放毒的意思。

金家枪队持枪开路，子弹尽数往黑暗的深处打，子弹击打到洞壁，声震如雷，火光四溅，火家四十多高手眼力、耳力、体感均强，直接可以分辨出前方是否有忍者隐藏，可以防止忍者射飞镖出来。一察觉到有忍者，火家便一路打着焦火弹进去，这种焦火弹，除非丢入水里或用沙子层层掩埋，无法用踩踏、浇水的方法熄灭。之前之所以火家不敢如此，是因为前路茫茫，孔洞太多，打焦火弹近乎自我暴露，易被忍者从旁伏击。而这次方向明朗，五行协助，当然不怕。

五行众盗向前推进，极为顺利，偶尔有几个忍者实在不愿意后退，狂攻而至，未到近前，不是被水家、土家从侧面击杀，便是被火家合围宰掉。

而火小邪亲自率金潘、郑则道、水王流川、田问，五大贼王聚集前进，更是近乎一马平川，居然没有忍者敢来迎击。

就听嗡嗡作响，前方有愤怒的声音传来：“火小邪！算你厉害，竟蛊惑了依田极人，把他当狗一样撵进来探路！依田极人我已经把他杀了！你们不用再玩贼道里的那些阴谋诡计了！大日本帝国忍军，光明之师，不屑于和你纠缠于贼人的雕虫小技上！你们来吧，你我光明正大地一战！”

火小邪听出这就是伊润广义的声音，淡淡一笑，并未答话，只是命令道：“加速前进！”

火小邪等人率先从洞口钻出，外面的景象，让他心中一沉。

只见一片平坦的沙漠横陈在一个看似无边无际的洞穴中，洞穴尽管晦暗不明，但是地上的沙子却散发出莹白的光泽，形成一道明显的明暗交界。强劲的凉风扑面而来，从山体上的各个洞口中钻入。恍然间，竟有身处山外的错觉。

一座“孤山”连着洞穴顶部，黑沉沉地蹲在沙漠之上。

一个穿着雪白和服的男子，任凭冷风鼓动自己的衣袖，站在孤山下方的一个洞口前，漠然地直视着火小邪，好像天地万物，唯剩他一人，寂寞而又冷傲。

他，就是伊润广义，日本忍军之魂灵，日本天皇之铁腕，日本侵华之元凶，与火小邪毕生纠缠之仇敌，志在灭掉五行世家、意图问鼎中原，永据中华霸业之枭雄。

火小邪眼睛一眨不眨地和伊润广义对视着，他心里明白，这将是他和伊润广义的最终一战，不是你死，就是我亡。

火小邪毫无畏惧，反而心中一片空明，缓步向沙漠走来。

上千五行世家的贼盗，纷纷从各个洞口钻出，以火小邪为箭头，大片大片地散开，如同暗流翻滚的巨潮。人数虽众，但只有沙沙沙的脚步之声。

依田极人的尸体，被斩成无数段，散落在火小邪他们前进的乱石上，唯独剩下一个头颅还算完整，滚落在沙漠边缘，一副垂头丧气死不瞑目的死相。

伊润广义突然间哈哈大笑：“火小邪，你终于来了！哈哈哈，五行世家，各路贼王都来了！很好，很好！”

火小邪默不作声，走到沙漠边缘，一脚将依田极人的狗头踏入沙中，方才高声道：“伊润广义，我们既然来了，就不要再故弄玄虚，藏着的人，统统滚出来吧！”

伊润广义大笑道：“正有此意！”说着啪啪啪拍了三掌。

就见沙漠翻腾，如同沸水，无数忍者从沙子下翻身而起，做好了竭力一战的准备。

不仅是忍者，还有大量头缠白带的日本武士、浪人以及穿着军装手持军刀的日本军人，要么一起从沙中站起，要么从孤山两侧赶出。一看人数，竟超过了三千人。

火小邪眉头一皱，许多人绝对不是忍者，应属于日本江湖的武林人士。

田问伸手指向孤山，沉声念道：“正是此处！”

郑则道低喝道：“怪不得要与我们硬碰硬，原来聚集了这么多人！此次一战，必伤亡惨重！”

水王流川哼道：“这么点人，你怕了？”

郑则道嘿嘿一笑："岳父大人，我郑则道岂是贪生怕死之人？我今生今世最恨的便是日本人！今日我定要杀个痛快！"转头命令道，"火家九堂一法，今日将日本人当猪狗一样屠尽，不出全力者，擅自后退者，火家家法伺候！中华之威，火家之烈，岂能折在倭寇手中？"

金潘也笑道："小日本把老底端出来了！真后悔金家来的人少了！"说着金枪在手，啪的一抖，弹盘沙地急转，咔嚓一声锁定，"一枪一个！刘锋听令！金家枪队每人若不打死三人，就算活着，也要除名！"

水王流川开怀笑道："我此生数十年，风波无数，见闻广博，今日却是最过瘾的一天！来来来，水家一向忌杀，今日就大开杀戒吧！火小邪，你这贼王之王，我等性命交予你手！你不言退，我等陪你同生共死！"

火小邪沉喝道："现已无取巧之计，各家列阵迎敌！众位贼王大人，木家长老，火家九堂一法，土家四门宗主，水家舵主、筏长，金家枪队刘锋，局势稍稳之后，听我号令，便与我一路，直入罗刹阵！"

五行世家千百贼盗，哄然应了，沸沸扬扬，各自结阵。

忍军亦然，人马穿梭，组成百十个战团。

两军对垒，一触即发。

伊润广义大声喝道："火小邪，说来说去，你们只是一群盗贼！而我不同，除了忍军之外，全日本江湖帮会，各宗各派，武道世家，全日本顶尖高手，全部云集于此，绝不像你们全部都是贼盗！若论名分，我才代表着正义！哈哈哈，中华之大，居然只有贼盗出面救世！可见中华道德，早就没落！唯独一点点的民族尊严，居然落在贼盗身上！可悲可叹！"

火小邪冷笑道："伊润广义，你们这些倭寇不是贼盗，做的却是无德无耻禽兽不如的事情。我们五行世家虽是贼盗，在中华不入正行，做的却是匡扶中华救国救民打击侵略的义举，高下分明，黑白立辨！你们这些东洋猪狗，有我们五行世家对付就足够了！何须再借他人之力！"

伊润广义哈哈大笑，又斥骂道："火小邪，数月未见，居然心智与以前大为不同，看来是终于开窍了，可喜可贺！不枉我曾经认你为子，又授予你忍军少主之位！可惜啊可惜，如果你不做此糊涂事，大日本帝国占据中国之后，你定是名垂青史的有功之人！可现在，你用如此多的性命来完成一件虚无缥缈的事情，极不现实，无论你成败如何，你以为后世有人会记得你们这些贼盗吗？又有谁会记得你火小邪！"

火小邪轻笑一声，朗声答道："大义无形，问心无愧，何须人记得！我只愿做个默默无名的义盗！那些功过千秋，善恶名声，留给像你这样的圣人去吧！”

伊润广义声音一厉：“好得很，那我就成全你这个默默无名的小贼！杀！”

火小邪几乎同时喝出：“杀！”

一方是五行世家精锐，一方是全日本忍军以及武林人士，两方人马，如同乱云翻滚，顷刻间便缠斗在一处，均是全力以赴。

放眼看去，共有四个大的战团。

火家九层火锥阵，方圆广大，最是耀眼，烈火熊熊，火蛇乱舞，不时有各色火球从阵中射出，有的爆炸腾起巨大火团，有的一触人体便剧烈燃烧，持长枪的火家人不时从阵中掠出，借着火势来击杀敌兵，专刺重穴，又狠又准。忍军也不示弱，劈天盖地的飞镖从各个角度射来，恍如群蜂乱舞。不少忍者有搏命之心，不顾烈火焚身，挥着忍刀上前死斗，煞是凶猛，一两个火家人奈何不得，只能以阵套阵，大火锥阵套小火锥阵，方能将之劫杀。忍者中亦有使用火焰的能手，数人合力，居然挥舞着喷火的铁柱，到处横冲直撞，还有几个干脆就是全身浴火，火人一般与火家外围鏖战。

水家战团与忍军之战，因为双方大多都是穿着黑色，根本看不清战局，只有银亮的刀光四处乱晃，好像翻滚的黑色乌云上遍布着一丝丝的闪电。偶然有一批穿着武士装的浪人杀入黑云中，均是极快的速度便被淹没。水家人看似无阵法，与忍军散战成一团，其实不然，若是仔细看，便能看出数道由人组成的更黑的“黑蛇”在人堆中穿行，时而突然分散，时而二蛇聚成一蛇，时而大蛇裂变成数条小蛇，时而一条蛇突然变得更大。忍军的攻防同样诡异，数人聚成一团，远处看来，好像无数个黑球在黑水中滚来滚去，不时从黑球中爆出大股白烟。

土家战团看起来确实是忍者的天敌，应了火小邪所说，除了发丘一宗不入地，摸金、御岭、搬山三宗几乎都是入地而战，接受发丘一宗的指挥在沙子里钻行，所以明明看到土黄衣裳的土家人正和忍军正面交锋，突然间一整块地方不剩几人，扬沙滚滚，冲上地面有一两丈高。土家来此一战的人数，只略少于火家，但是怎么看，总是只有一两百人的样子。可沙地之上，土家的战区居然超过火家一倍，战区之内，地面好似盖着一面黄绸，波浪翻滚，起伏不定，如同有无数双手在地面下搅动一样。忍军无论是使毒还是使暗器，都起不了太大作用，于是大批的忍者也钻入沙下，在地下和土家苦战，可斩获甚微，更有忍者持长刀在地面上猛扎，虽能伤人，但必遭陷落，所以忍军大部竟渐渐地退出土家战团。

土家哪里肯依，就见到沙漠之下，如同有数只百丈大小的巨兽正钻行，地面凸起，发丘一宗好像站在沙子上划动，不时地出现，又消失，引着土家四处追袭。

再说金、木两家，金家并不下到沙漠，而是借着地势，从高处向下方的忍者不断射击，杀敌甚是轻松。木家则在金家外围设毒阵防御，阻止忍军近前来攻，这一攻一防倒是相得益彰，忍军屡次冲击，均被木家毒阵逼退，难进金家枪队。可忍军也有准备，调集了日军众多的神枪手，不多时，孤山之上便多了许多人马，近四百人，拿着狙击步枪，突然向金家枪队所在位置开火，枪法神准，火力凶猛，竟打得金家枪队一时抬不起头。这些日本神枪手，一边与金家对射，一边又分出兵力，几乎与金家同出一辙，从孤山上向五行世家众盗开枪，打死打伤不在少数。金潘恨极，拿起乔大的重枪，匍匐在地，三颗子弹连射，顿时将一名日本枪手脑袋打烂。

金潘大喝道：“把那座狗屎山上的小鬼子全部打掉！”

一时间枪弹如雨，双方隔着战场，在数千人头顶上展开激烈对攻，子弹密集之处，竟能在空中相撞，砰然炸响，溅起一片火星。日军枪手虽说准头不差，但比金家枪队还是少了几分霸气，缺了配合，一个接一个地被干掉。可日军枪手毕竟人多，与金家的伤亡呈一比三，虽处于劣势，但对金家枪队也伤害极大，两方均无暇再去攻击他人，都铁了心与对方拼个鱼死网破。

忍军见金家枪队受制，重新调集一批忍者发力来攻，木家主防，面对新来的忍者，绝不轻松。这批忍者显然有克毒之法，加之毫不畏死，屡有突破木家毒阵的忍者，一旦有忍者攻入阵中，木家人的武力之弱，彰显无疑，能攻入的忍者又不无例外的是忍术高手，所以木家几乎被忍者砍瓜切菜一般，抵抗力微弱。好在木家只要缓过气来，后续之人将药力准备妥当之后，再做毒攻，终能将其毒杀。木家伤亡和忍军相比，算出来竟是一比一之数，可谓惨烈。

药王爷领衔木家毒阵，而火小邪并不在木家毒阵之内，他与水妖儿、青辰、青芽、千鸟、王孝先、百艳、滕牛、甲大掌柜、乙大掌柜带着木家的一批仙主级别的高手，约五十人，正往来于火、土、水三家战团外，施以辅助。

青辰的黑枝，的确是木家最毒辣的一枝，不仅人数最多，杀人手段也是层出不穷，许多看着弱不禁风病入膏肓一般的黑枝仙主，一伸手就能打出三五个蛊物，在空中怪叫连连，飞来飞去，看不出是什么东西，可一旦与人接触，便知厉害，大多数忍者连哼都哼不出，要么是直挺挺地倒地而死，要么是口鼻喷血委顿在地，要么是瞬间瞎了满地打滚自己将自己抠抓至死，要么是突然一愣全身爆出鲜血。

青辰更是厉害，她先后放出黑死灵蛊、黑婴降蛊等，黑气翻滚，形成数道气墙，隔绝道路，不容忍军穿行，并操纵着气墙向前行进，生生阻挡忍军彼此调动增援的道路，使得火家、水家不必担心腹背受敌。青辰十指上似有隐隐约约的黑色气线，只要伸手一挥，便从黑色气墙上游出数道黑影，贴地而行，见忍者便缠，一旦缠住，不立即死也是口吐白沫丧失抵抗能力，而且这些黑影，刀劈不断，火烧无用，施毒更不得要领，根本无法阻止。只可惜青辰放出的黑影不多，每次最多十个，而且回收缓慢，不能大面积杀敌。

青芽、滕牛施出青坠八重毒和风草蝶，同样是木家的玄异之物，青坠八重说是毒，更像是一种能够分裂开的液体生物，发出幽幽的青光，贴地而行，时而入地时而冒出，一旦围成一个细圈，无论圈里面有几人在，均是暴毙而死。滕牛的风草蝶，火小邪曾经领教过，乃是一个大叶片，能够像蝴蝶一样飞舞，砍成两半，便变成了两个，无论砍得再细碎，每片都像是活的，专门寻人裸露的肌肤贴上，一旦贴住，即中剧毒。滕牛一下子便放出了五只风草蝶，不等忍者刀砍，有的便自行分裂，追着忍者便杀，简直奈何不得。有忍者放细网来捕，却让风草蝶分得更碎，从网眼里钻出，唯有舍命，用忍装兜住几片便是几片，踩入沙中，方能止住。

千鸟也有绝技，她与几个花枝的仙主，不知从哪里放出近百只赤红色的蜂鸟，一只只不过拇指大小，在空中急停疾飞，忽上忽下，专叮人眼球，只要被盯上一口，无论是否出血，均会中剧毒。只可怜这些蜂鸟，毕竟是活物，有的忍者擅长刀术，劈砍极快，一刀便能将蜂鸟斩断，而蜂鸟一旦被斩断，就会爆成一团鲜血，若鲜血沾染裸露的皮肉，亦中剧毒。

百艳看着娇滴滴的，能当上木家长老，自有她的本事。她虽没有带一只猫来，却放出了七八只灵猫蛊，虽不及斗蛊大会上的阎王猫那样厉害，也是只能闻其声不能见其形的“邪物”，猫叫连连，四处游荡，若从忍者耳边掠过，当即青筋暴起，脸色发紫而死。

甲大掌柜的金钱蛊，实属异类，无杀人之能，却有将人活生生定住的本事。甲大掌柜抓着钱袋，不断向外撒着铜钱。铜钱虽小，却有跟着人脚步滚动的奇特之处，稍不注意，一旦踩上一枚，立即中蛊，当场手脚麻木，动弹不得。

乙大掌柜能操纵灵貂，对王孝先施出进不退蛊，当然也有他的本事。乙大掌柜居然是木家罕见的练声蛊之人，即是以声音放蛊。他敲着一扇小锣，边敲边冲忍者喊叫：“开饭咧！开饭咧！银耳莲子八宝粥！虎鞭鹿茸穿山甲！吃热的不吃冷的！吃蒸的不吃煮的！”听到这些喊叫的忍者，本是杀气腾腾想来杀人，一听此话，便有些痴呆起来，举着忍刀不知道该做什么，看着忍刀发呆，有的忍者定力不佳，居然把忍刀往脖子上一架，想试试有多锋利，结果自刎而死。

王孝先自然不是酒囊饭袋，他和三个逍遥枝弟子殿后，全身上下挂满了各式各样的药袋，一边行走，一边调制出药包，命人用鹿皮筋做成的弹弓打出，药包在空中便会绽裂，洒下一团团的药粉。这些药粉的药效全是因时而异，因地制宜，若是五行世家的人，有清凉解乏，提振精神之功效；若是忍者、武士，则有麻痹、昏眩、失聪、流泪、呕吐等不同的效力，甚至置人于死地，而且就算是混战，同样的药粉，五行世家的人不受其扰，忍者武士就截然相反。逍遥枝药理是木家四枝之首，擅长快速配置各种药物，同样的药物还能因人而异，这便是逍遥枝极其神奇之处。其实五行世家齐聚万年镇外时，火小邪便下令由逍遥枝早早制出药物，各家服用之后，可不受木家普通药物困扰，将来木家施药时，避免误伤。

木家这支队伍，深入敌阵，四处游走，虽不能大批歼灭忍军，却制造出许多不可思议的异象，加上手段怪异，凡是靠近他们的人，不是被玄怪之物暴毙，就是呆立痴傻疯癫状况百出，好像这群人是妖而非人。

火小邪深知木家不善于持久战，而且忍军不择手段的特性，火小邪也非常清楚，一旦找到木家的破绽，又逢木家强弩之末，围攻之下，恐怕青辰、青芽等人，无一人能活。

火小邪一面指挥着木家众人游走杀敌，一面收拢不慎离队、在各处散斗的火、土、水三家众盗，并招呼三家合兵。

金潘方面，枪战也近尾声，金家枪队伤亡足有一百人之多，总算将孤山上的日本枪手打死了九成。金潘气得双眼通红，率刘锋、乔大、乔二等三十个精锐，打算冒险冲过沙漠战区，打上孤山，将孤山完全占领。

金潘等人刚刚溜出木家的防线，却见孤山上乱枪响成一片，人影绰绰，原来是土家、水家、火家三家，已分为三路攻上了孤山，击杀了日本残余枪手后，又与增援的忍军在孤山上打成一团。

恰逢火小邪收拢各家，金潘便流星一般赶来，与火小邪会合一处。

田问携土家大队人马，率先与火小邪会合，火小邪一见田问，便叮嘱道：“田问兄，忍军主力均被吸引，你速派土家人去探孤山，查清地上地下共有几个出入口。”

田问点头称是，命田遥携一批土家高手，潜地而行，去往孤山打探。

水家主力随后与火小邪、金潘、田问合并一处，水王流川从黑压压的水家众盗中赶来，手持两把细尖的匕首，向火小邪大笑道：“杀得很是过瘾啊！”

火小邪说道：“水王大人，各自为战颇为消耗，建议五行合兵一处。”

水王流川大笑道：“极是！”

火家郑则道领衔火锥阵，正与大批忍者、武士打得难解难分，虽说火家亡一人能换击杀敌方四人，可忍者、武士源源不断赶来，仍是五五平局，并不占优。

忍军算计得精明，避战土家，拖延水家，堵住木家，消耗金家，集最雄厚的实力，围攻火家，企图各个击破，若能将火家打灭，再故技重演，先对付水家，再收拾土家。

火小邪合兵之计，分外及时，五行世家如果一直各自为战，就算能胜也胜得惨烈。

郑则道气得七窍生烟，如果一直这样下去，火家必将付出伤亡半数的代价。郑则道正要催紧攻势，却见火锥阵外一片大乱，黄沙翻滚，一个庞大的战团从一侧急攻而来，顷刻间解了火家火锥阵最薄弱之处的危难。

就听火小邪大喝道："火王大人，五行合纵，结成一体！"

郑则道心头一热，高呼回应："多谢相助！"立即发布号令，火锥阵快速移动，与金、木、水、土四行合纵。

金、木、水、火、土五行合纵的战团，如同组成了一个五行八卦的大斗盘，五行世家各据相生相克之位，缓慢旋转变化着，在沙漠上平行推动。

《类经图翼》中说"五行即阴阳之质，阴阳即五行之气，气非质不立，质非气不行，行也者，所以行阴阳之气也"；金生水、水生木、木生火、火生土、土生金，五行相生。强金得水，方挫其锋；强水得木，方缓其势；强木得火，方泄其英；强火得土，方敛其焰；强土得金，方化其顽。

此番道理，五行世家当然懂得，五行合纵，归化阴阳，平衡战力，亦攻亦守，无须何人指点，此间妙用，各家了然。

金家逢敌，先乱射断其锋芒，若敌身手蛮横仍能近前，有火克金之势，则轮转为水，水能克火；水家遇敌，游斗之余敌钻地攻击，有土克水之势，则轮转为木，木能克土；木家遇敌，近前之敌必死，若敌远攻呈金势，则轮转为火；火家遇敌，近身强攻，若敌游走躲避呈水势，则轮转为土，土能克水；土家遇敌，敌越是走动越陷死地，若敌施毒下药成木势，则轮转为金，金能克木。

如此循环，五行相生，对敌相克，五行世家之能，淋漓尽致。

火小邪果然能堪大任，四处奔走，调度指挥，若遇特别强横之上忍，也会亲自上前一战。火小邪既通晓忍术奥妙，又有火家盗术为基础，更何况火小邪的火盗双脉之能，经木蛊寨毁灭木婴之后，已是大成，收放随心所欲，所以上忍级别的忍者，在火小邪手中，也只能支撑两招便被火小邪一刀毙命。在忍军看来，火小邪的存在，就是一个煞星，以至于再无人敢来与火小邪对战，避之唯恐不及。

五行世家合纵之巨阵，从未演练过，却能运转自如，忽大忽小，忽分忽合。忍军单独对付一家尚有办法，可面如此平衡的五行之阵，毫无破解之力。

但忍军绝不退避，呈飞蛾扑火之态，必要上来自寻死路才肯罢休。

好一场大剿杀！

虽说胜局已定，但五行世家想要没有伤亡，也是绝不可能，面对近乎疯狂的忍军，先后有木家滕牛仙主战死，千鸟重伤；火家博火堂、辅火堂、光火堂堂主战死，耀火堂堂主耀景民重伤；土家搬山尊者田迟因先前被斩断过一只手臂，不幸战死；水家舵主、筏长战死四人，金家枪队则仅剩八十人，除此以外，各家众盗伤亡均是过百。

最后一个忍者被金潘一枪从远处打死之后，放眼看去，尸横遍野，脚下的沙漠竟染成淡淡的红色，再无人奔跑走动的痕迹。有些重伤未死的忍者、武士，还在勉强支撑，企图站起，但往往刚刚站起，便滚倒在地，依旧恶狠狠地看着火小邪这边。

偌大的一个山洞，骤然间一静，似乎只有风声鼓动。

火小邪站在阵前，屏息静气感受一番，这才沉声说道："此战终结，忍军再无增援，我们胜了。"

"胜了！"

"胜了！"

五行众盗口口相传，很快爆发出惊天的欢呼之声。

火小邪挥手大喝道："静！"

立即又鸦雀无声，火小邪的威信，从此战看来，已被五行世家众人接受。

火小邪伸手向孤山一指，说道："那里，还有三四十人！"

沿着火小邪所指的方向，就见孤山的山脚下，一个毫不显眼、不规则的洞口前，孤零零地走出一个身穿素淡和服的老者，面无表情地看着眼前的一切，他，正是土贤藏丰。

当即就有数队人马，咬牙切齿地想上前击杀此人，火小邪挥手制止，说道："现在不必过去！五行世家，各自清点人马，打理战场，救助伤患。"

有人问道："木王大人，还有活着的小鬼子怎么处理？"

火小邪眼中闪出数团黑光，说道："这些余孽，给他们个痛快，统统杀掉，一个不留，永绝后患！"

不少火家人、木家人拍手称快，特别是金家人，以金潘为首，更是哼道："火小邪你太仁慈了！换作是我，割开小鬼子血管放血，让他们刚才嚣张！ × 的，杀我这么多的兄弟！"

水妖儿一直与火小邪形影不离，看出火小邪在亲自上阵时，眼中均黑丝乱冒，邪气腾腾，似乎黑灵蛇的效力仍存，这片血腥之地，恐有再度激发火小邪邪性的可能。

水妖儿不禁问道："小邪，你确定要杀了这些再无抵抗之力的人吗？"

火小邪唰的一下，眼中一片浓黑，厉声说道："妖儿，你不知道，仇恨有多可怕！这些小鬼子，根本留不得！你怎能心软？"

水妖儿微微一愣，赶忙道："小邪，你……没事吧。"

火小邪眼中的黑气这才退去，自觉刚才说话不妥，口气一缓，说道："没事，没事！妖儿对不起，刚才口气重了些。"

水妖儿轻声道："你没事就好。"

火小邪别开话题，命王孝先道："病罐子，你去把马三多他们的麻药解开，让他们过来，不得到处乱跑。"原来火小邪一直没有让马三多他们参与战斗的意思，忍军和五行世家的对垒，马三多这些山匪，根本帮不上忙，纯粹送死，为防止马三多等人玩命，所以一到沙漠，便命王孝先将这些人麻倒，只准他们看，不准参战。

于是，就在土贤藏丰冷冰冰地注视之下，五行世家火速地将战场荡清，清点完成。

此战五行世家阵亡六百人，重伤二百人，占了攻入此地众盗的半数，火家伤亡人数最多，木家其次，水家第三，土家第四，金家居末，其中又以木家伤亡比例最大，金家其次。好在五行世家最顶尖的高手大半仍存，虽说死伤惨重，依旧未失五行世家的元气。

而迎战的日本忍军和诸多日本江湖高手，已经全军覆灭，三千余人，无一人得活，血染黄沙。

大多贼盗，分散在各处救治五行世家的伤患，而五行贼王和五行世家最高的高手，齐聚于孤山的洞口之前，近百号人，只与土贤藏丰一人对峙。若是齐攻，土贤藏丰纵有通天之能，也无从得活。

马三多带着山匪，赶到火小邪一处，他们目睹这场旷世鏖战，惊恐有余，颤颤巍巍地奔来，一句话都不敢多说。

火小邪见局势已定，沉声道："土贤藏丰，赐你剖腹自尽，给我让开！"

土贤藏丰呵呵呵长笑不止，神色一厉，喝道："火小邪！这么多人因你而死，你很痛快吗？"

火小邪眼中黑丝乱冒，口气一邪，答道："为何不痛快？当然痛快！"

土贤藏丰沉声骂道："火小邪！过去三百年，满人称帝，你未尝说过一句不可。日本大和民族，受中华文化造化，继承中华遗风，比满人强上百倍，为何你唯独要针对日本？"

火小邪答道："只是满人没有碰到我！"

土贤藏丰嘿嘿冷笑："好一个没有碰到你！呵呵呵呵！大日本帝国数千英雄，枉死在你们这些狂徒乱盗手中！"

火小邪大笑一声："哈！土贤藏丰，明明是你们有聚歼五行世家的野心，自寻死路，还敢称英雄！土贤藏丰，要么你让开道路，自刎谢罪，要么就与我一战，废话少说！"

土贤藏丰笑道："多谢你不以多敌寡，不过我不愿与你一战！"土贤藏丰环视一眼，喝道，"伤我脸颊之人可在？你若未死，再与我决出胜负！"

"嘿嘿，嘿嘿嘿！"冷笑之声传出，从火小邪一侧飘飘忽忽地走出一黑衣人，正是水王流川。

水王流川冷笑道："小老儿，你身边的那几个使下三烂手段的忍者呢？怎么就你一个人？不够我玩啊！"

土贤藏丰沉声道："水王流川，果然是你。"

水王流川冷笑道："当然是我。"

土贤藏丰微微闭目，一柄长刀慢慢从腰间拔出，说道："流川，水王凌波之子，虽不知你是凌波第几子，哪个流川，但你就是伤我脸颊的那个。来吧，领教！"

水王流川冷哼道："小老儿，你倒挺了解水家！留不得你！"话音未落，身子已动，如同一道黑色闪电，向土贤藏丰急掠而去。

土贤藏丰大袍鼓动，手中长刀一荡，一黑一灰卷作一团，就听当当两声锐响，便再度分开。

土贤藏丰沉喝道："不错！"

水王流川冷笑道："你这将死之人，还敢做评论！你不够资格！"

唰的一声，两人竟同时消失在视线中，沙砾层层而起，弥散开来，只听到不断的叮叮叮当当当锐响传来，一会儿西一会儿东，而一黑一灰两道人影，纠缠在一起，竟如一体，旋转着在各处扬沙之中不断闪现。刀风破开沙幔，劲力之强，细沙打在人脸上，竟很是吃痛。

叮叮当当了上百声以后，突然一片安静，尘埃渐落。

水王流川提着两把细刀，现出身影，重重哼了两声，缓步走出，看着安然无恙，只不过额头正中，有一丝血正缓缓流下。

水王流川身后，土贤藏丰穿着一身灰色的忍装，原本灰色的和服早已不见，双膝跪倒在地，胸口、腹部、肩头均是一片血红。

土贤藏丰将长刀放在脚边，盘膝正坐，脸上竟带着一丝笑意，看着水王流川离去，突然哈哈大笑道：“流川，你赢了，但你也最终成就了罗刹阵！这千百人之鲜血，都是给罗刹阵准备的啊！五行世家，五大贼王，你们是破不了罗刹阵的，你们将领会到比任何噩梦还恐怖一万倍的防盗之法！来吧，你们来吧，你们进来吧！哈哈哈！”

土贤藏丰哈哈大笑着，嘭的一声，爆炸开来，血沫横飞，洒满了一片沙地。这些血液渗入沙地，竟似慢慢被吸入地下，十分古怪。

就听嘘嘘嘘的吸吮之声，从地面下传来，弥漫了整个山洞，孤山也发出嗡嗡嗡的金属振动之音。

脚下沙砾，微微跳动，竟有沸腾之势。

火小邪一见，不禁大叫道：“所有人立即聚拢过来！不要耽搁！”

一大片浴血的沙漠，所有血液，正被迅速地吸入地下！无数沙旋涡渐渐生成，将尸首也吞没入内。

原本分散在各处救治伤患的五行世家众盗，被这番变化打了个措手不及，只好舍了行动不便的同僚，急忙向孤山方向赶来，可沙旋涡的出现毫无征兆，不慎踏入沙旋涡之中的人，简直无力挣扎，瞬间就被巨大的扭曲旋转之力拽入，没了踪迹。连土家人也无法逃出。

药王爷大叫道：“不好，这是木婴之眼嗜血的本性发作！可是……可是怎么会有这么大的威力？”

林婉也急促道：“木婴之眼喜欢浸泡在人血之中，但半年只需一升，吸收这么大量的血液，定是有属性为强金的事物，累克至其增化所致！”

田问严肃道：“亦含水火！”

郑则道同样凝重不已道：“这便是罗刹阵的效力吗？”

水王流川同样恨道：“怪不得土贤藏丰只在洞口前与我缠斗！混账！他明明不是我对手，死后还拣个便宜，搞得像他故意败给我一样！简直气煞我也！”

土家发丘神官田遥一头冷汗地疾奔上前，冲田问、田羽娘、火小邪等人惨声道：“在孤山地下寻探的行士约三十人，在二十余丈深处遭遇极强的力量，极为突然，无处逃脱，全部被沙石挤成血沫，田令……田令他，也一并失踪……各位大人，此处地面上决不可久留！”

火小邪看着土贤藏丰死去的洞口，眉头紧皱，厉声道：“伊润广义，你好毒辣的心思！各位，功败垂成，我为前锋，请随我悉数进阵！”说罢，一马当先，直入孤山上的洞口之内。

洞口虽窄，洞内却是逐渐宽大之势，向下方不断延伸。地面崎岖不平，坚硬如铁，正如土家之前所说，此座孤山，好像就是一个浑然一体的巨大铁块，不应是天然造化的产物。

洞内前方，一片大亮，唯有此路，别无分岔。

火小邪脚步不停，火小邪身后，则是水妖儿、水王流川、水华子、水信子、郑则道、苦灯、尊景齐、田问、林婉、田羽娘、田遥、田观、金潘、乔大、乔二、刘锋、青辰、青芽、药王爷、王孝先、百艳等诸多贼王、大盗。

洞内并不漫长，一百余米后，已到尽头，乃是一个空空荡荡的大洞，数个火盆猎猎燃烧，照得洞内一片明亮。一侧洞壁上，又有百十个洞口密布，只是均透出柔和的白光，有不大小大的气流涌出，感觉洞口虽多，但洞内均是甚浅。

而这个大洞内壁各处，挂着忍字旗、膏药旗和日军旗，一张软榻，置于旁侧，后方挂着一个白底红字的巨大忍字，软榻旁点着松香，烟雾依旧缭绕，只是不见人迹。

火小邪站于正中，其他五行众盗纷纷赶至，四下探查一番后，确定此洞没有任何防盗手段，而有迹象表明，约有三十多人，在几分钟前，进入一侧的数个洞口，往更深处撤退。

火小邪高声喝道："伊润广义，出来说话！"

这般喝了两遍，就听有声音从一侧洞口中传来："哈哈哈哈，火小邪，你终于来了，请再往里进吧！放心，没有防盗机关，随便一个洞口进来，几步路程，就能看到我和罗刹阵了！哈哈哈！我等着你！哈哈哈！"

火小邪轻哼一声，正要迈步向前，田问挥手制止，说道："乾坤再造！"

火小邪问道："田问兄，那你是让我进还是不进？"

田问眉头拧成一团，表情阴沉不定，竟有些紧张，他这个表情，实属罕见，田问慢慢说道："可进，但……"

"请讲。"

"一九杂乱。"田问认真说道。

火小邪还是不懂，好在有田羽娘解释道："木王，一九杂乱是说，本来按万事万物的常理，都是从一数到九，可里面的卦象却是不按顺序，一突然成三，五突然变二，好像乾坤完全被打乱，或者再造出了一个新的乾坤，互为干扰，才有此象！之前我们在罗刹阵外壳，察觉不到罗刹阵的位置，是无大无小的乱象所致，现在看来，无大无小的乱象，就是因为罗刹阵内乃一九杂乱。无大无小可以用事物牵引破解，毕竟罗刹阵一定存在其内，而一九杂乱在土家看来，是无解之象，难啊，难啊……”

水王流川哼道：“田羽娘，你又在夸耀土家的那些风水玄术，我们在外壳时，你说可能是地一迷藏，土家没有破解的办法，结果还不是被火小邪破解了，现在你老调重弹，可笑啊可笑！日月星辰亦互为盗，管他什么一九杂乱，我们是破阵盗鼎的，不是破一九杂乱之象的！都到这里来了，难道你要我们打退堂鼓不成？”

田羽娘不悦道：“流川，你不必逞口舌之能，我好话说在前面，听不听是你的事。”

水王流川哼道：“土家若害怕，一会儿乖乖站在后面看着，抹亮脚底，随时逃跑就行。”

田羽娘怒道：“呸！逃跑乃是水家专长！五行世家公认！”

金潘呵呵笑道：“两位大人，怎么还像小孩一样吵架啊，别吵别吵。”

郑则道也劝解道：“岳父大人，田羽娘大人，还请息怒，罗刹阵近在咫尺，圣王鼎亦在阵内，我们还是先进阵去，多加小心便是，我不信五行合纵之力，奈何不了一个罗刹阵，盗不出一个圣王鼎！”

田羽娘嚷道：“不破解一九杂乱，就破不了阵！”

水王流川讥讽道：“土家田羽娘真是伟大！一人之言，就要为五家成败做定论。若不是田问当了土王，只怕土家还站在倭寇一边！”

郑则道跟随道：“风水占卜卦数之说，火家一直是可信可不信。”

金潘说道：“算命？一九杂乱是下下下下签？”

田羽娘正要回嘴，火小邪站出来，沉声阻止道：“都不要再吵了！”

众人这才安静下来。

火小邪眼中渐渐黑气笼罩，厉喝一声：“进阵！”头也不回地向前疾奔而去。

水妖儿和木家众人赶忙跟随火小邪，鱼贯而入。

金潘挥了挥手，率乔大、乔二、刘锋等金家人赶上。

郑则道随后喝道：“火家进阵！”苦灯和尚、火家各堂，也急急向前。

水王流川和田羽娘彼此瞪了一眼，田问一言不发，几乎与水王流川同步前行，土、水两家，尽入阵中。

十八、逆血罗刹

火小邪迈出洞口，眼前景象却让他着实大吃一惊，所有想象，皆被推翻。

就见一个半球形的洞穴，约有足球场大小，洞壁光滑如镜，如同被打磨过一般。整个洞穴，发出微微光芒，照着洞中柔亮。而地面被细又湿的白沙铺满，踏脚之处，颇有弹性，却不会渗出水来，一抬脚鞋印即消失，平坦如初。

可这不算什么，最让火小邪惊奇的是，洞穴正中，细沙之上，有一块半人高矮，不规则的黄白相间的石块上，赫然放着一物，正是五行至尊圣王鼎！圣王鼎上，有不到小指粗细的柔弱青藤缠了几缠，而这些青藤，居然是从石块内生长出来的。

约有三十几个身穿灰白素装的日本武士，背对圣王鼎，坐成一圈，既不惊慌，也不动作，好像火小邪等人到来这里，对他们来说，不值一提，视若无睹。

而唯一向火小邪看来的人，就是正对着火小邪而坐的，身穿白色和服的伊润广义。

伊润广义脸上，竟带着一丝嘲讽的笑意。

难道，这便是罗刹阵？集五行重宝而成的旷世奇阵，便这样把圣王鼎大大咧咧地摆在中间？如同毫不设防？到底这是疑兵之计，还是另有古怪？

随火小邪进来的五行众盗，六七百余人之多，若问中华奇事，这些人可谓无所不知，无所不晓，可面对罗刹阵这种情况，没有一个不睁大了眼睛，难以相信眼前所见。土家人觉得至少是千横万纵不辨方向的迷宫；金家人觉得至少是永不停息的杀人机器；水家人觉得至少是毒水密布深坠水底要大海捞针；火家人觉得至少是熔岩翻滚如火中取栗；木家人觉得至少是剧毒百重邪物横行。可是，所有的想象全部落空，罗刹阵竟是一个安安静静、平平淡淡、光光亮亮、素素雅雅、明明白白、清清楚楚、简简单单、干干净净的地方，圣王鼎就那么名正言顺地摆着，几乎有一万种方法，将圣王鼎取回来。

可越是这样，越让人觉得可怕。可怕到许多大盗都轻微地颤抖了起来，心里如同被一只手紧紧抓住，连大气都不敢出。

没有任何一个人敢妄加评论，人群缓缓地移动着，只有沙沙的衣裳摩擦之声，很快将圣王鼎团团围住，尽管围住，却没有一个人敢靠近围坐着的忍者。

就这样无声无息地僵持了许久，各家情报汇集而来，此地无毒、无气味、无机关、无火源、无陷落、无植物、无动物、无声响、无出口、无幻象，凡是可用来防盗的一切，凡是可以阻止人上前取鼎的事物，统统没有。

莫非罗刹阵防盗，就是靠围坐一圈的伊润广义这三四十人？

这是个天大的笑话，还是个天大的噩梦？

“呵呵，呵呵呵，呵呵呵！”阴冷低沉，又十分得意的笑声传来，回荡在这个空洞中，“没想到吧，你们都没有想到吧，这就是罗刹阵。不只你们没有想到，连我最初也没有想到！呵呵，呵呵呵！”

伊润广义缓缓地站起身来，不住地嘲笑四面八方、团团围住的五行众盗。

“我赢了！”伊润广义说道，“我知道我赢了，你们这些五行世家的贼人啊，现在，你们可以选择生存，或者选择毁灭，想生存，就离开这里，想毁灭，就来破罗刹阵吧。这是我最后的忠告。”

火小邪沉声道：“伊润广义，你不用故弄玄虚。”

“故弄玄虚？哈哈哈！火小邪，还有流川、田问、郑则道、金潘，你们这五大贼王，哈哈哈，哦！还有田羽娘，田遥，尊景齐，苦灯和尚，青辰，青芽，药王爷，林婉，水妖儿，水华子，水信子等，你们这些巨盗，全都来了！好得很！今天你们能看到罗刹阵，实属你们的幸运！想当年炎火驰盗走五行世家重宝，研究出罗刹阵，可他却一生没有见到罗刹阵的最终形态——逆五行罗刹，而我，伊润广义，完成炎火驰也没能做到的事情。我才是贼王之王！你们这些贼人，统统应该跪拜于我，听我号令，为大日本帝国，永守此鼎！”

火小邪厉声骂道：“伊润广义，你是疯了？”

金潘亦骂道：“老瘪三，你是吃了天皇那小子的隔夜屎吗？臭不可闻！吧唧，你再继续吧唧吧唧，把牙缝也舔干净喽！”

水王流川冷笑道：“你的意思是说，你比炎火驰还高明？笑掉我的大牙！只怕你是操之过急，罗刹阵已被你自己废掉，功用全无，下不了台，便在此痴人说梦！”

田问沉声道："至贱无敌。"

伊润广义并不生气，只是嘿嘿冷笑，反倒看向郑则道，笑道："郑则道，你不惜代价，参与五行合纵，来到此处，火家元气尚存，确实恭喜，骑墙之人，你不愧天下第一！你若信我所说，便速速退去，我仍可兑现……"

"伊润广义！"郑则道将伊润广义的话语打断，"你这挑拨离间的诡计，是否玩得太过愚蠢了！我确实与你曾有妥协，只不过是甘受胯下之辱，为保火家实力，以期今日到此，将你等倭寇杀尽！伊润广义，你阴谋围攻火家祭坛，杀我数百兄弟，火家与你有血海深仇！今日你绝无活路，必将你碎尸万段！"

伊润广义哈哈大笑："好，好！中国之所以五行世家昌盛千年不衰，就是有你这种欺世盗名的小人存在！你可真是做贼做得地道之极，圣人言语，贼盗之心！哈哈哈！连我也开始佩服你了！郑则道啊郑则道，我知道你巴不得我死，但是我也告诉你，我一死，你的那些春秋大梦，定是烟消云散！你不信吗？哈哈哈！"

郑则道脸色惨白，一柄铁扇已持在手中，低喝道："你说得够多了！出来吧，你曾是火家炎火堂右行度，叛出火家，火家与你一对一公平一战，杀你祭祖！"

尊火堂堂主尊景齐已经一步跨出："伊润广义，我做梦都想与你一决生死，请！"

伊润广义嘲笑道："公平一战？呵呵呵，真会投机取巧，火家与我车轮战，再做围攻，我是必死！只不过，你们都没有资格与我一战！"伊润广义向前走了一步，看向火小邪，说道，"火小邪，你是不是很想亲手杀了我？"

火小邪默不作声，缓步向前走来，说道："当然。"

伊润广义声音一颤，说道："火小邪，你一定要破罗刹阵吗？"

"当然。"火小邪表情平静，却是毋庸置疑。

"火小邪，停手吧！你为俗世之人浴血奋斗，担当责任，终究只是为他人做了嫁衣，落得孤苦一世，你想想未来，想想你身边所有熟识之人，为何你不能超脱世外，自私一点，只为你自己活着，做个快乐的普通人？回头吧，再往前一步，就是万劫不复之深渊，你就不后悔吗？"伊润广义看着火小邪，眼神殷切，看得出情绪颇为激动。

"伊润广义，那你又为了什么？东亚共荣，一统中华，为天皇而死？"火小邪停下脚步。

"此为我毕生信念，此生责任。"

"我也想这么说。"火小邪迈出一步，继续向伊润广义走来。

金潘、水妖儿、乔大、乔二、青辰等人均有上前阻止之意，毕竟众人合围，伊润广义必死无疑，何必火小邪以身试险？却让水王流川伸手止住，低声道：“让他们一战！火小邪必胜！”

伊润广义一侧身，将一把乌黑的长刀抽出，正是伊润广义随身携带的宝刀乌豪，横在胸前，面色凝重，说道：“我见过你的身手，你的火盗双脉大成，我想胜你不易，但你想赢我，也不轻松。我今天将全力以赴！亲爱的儿子，父子一战，你一定要留心！”

火小邪一听，唰的一下双眼浓黑一片，邪性大作，狂叫一声：“闭嘴！”一把匕首亮在手中，向伊润广义直冲而来。

伊润广义怒目圆睁，也狂吼道：“我宁肯亲手杀了你！”白袍一抖，瞬间化为黑色，黑气从衣裳上腾腾而起，将伊润广义罩住，如同一片黑雾，向火小邪卷来。

火小邪亦是一身黑衣，所以两人一触，再难分出你我，极快的刀光似乎在黑雾中闪电般划过，亮得让人睁不开眼睛。好重的刀气，每每黑色闪电掠出，地面上都会出现一道极深的划痕。由于地面乃是湿润的细沙，不至于沙砾飞扬，但不多时，居然有一整片沙地被揭开，升至半人多高，黑雾一罩，瞬间被切成数段。

一直无金铁交际之声，只是黑雾飞速到处乱滚，其中黑芒闪闪，所过之处，满地皆伤，除了刀痕外，还有大小不一的沙面被揭起。众人纷纷避让，无人敢靠上前来，要是被光刀掠到，恐有被斩成两段之危。所以众人任凭火小邪和伊润广义缠斗，看得是大气都不敢出，此等战斗，今生都难再见。

郑则道看得是冷汗直冒，他已经明白，刚才若是他和伊润广义对决，只怕已被斩碎了，他当年跪地求伊润广义饶他一命，实属英明。只是没想到，五行地宫盗鼎之后七年，伊润广义的厉害程度，更胜了数倍。所以以伊润广义的武力，五行世家一对一单打独斗，若不使技巧，几乎挑不出一两个人选可说必胜。火小邪能与伊润广义如此对战，看来在五行世家中，当是武力数一数二之人，郑则道已被远远抛至身后。

水王流川喃喃自语:“伊润广义怎会如此厉害了……二十年前，不过尔尔……”

就在此时，就听黑雾中当的一声厉响，震得洞穴内回音不绝，鼓荡不休。一片刀尖被斩飞出来，径直飞过众人头顶，狠狠地砸在洞壁之上。

众人均是一片惊呼。

火小邪的身影被震得飞出，但在地上一滚，立即又迎了上去。

水王流川却大叫道：“火小邪，小心他还有一个影子！伊润！你以二打一，真是不要脸！”说罢脚步一动，就要上前。

“呵呵！我来掺和一下吧！”

“嘻嘻！我们来！水王你不要插手！”

“嘿嘿！影子！等的就是这个影子！终于逮到了！”

二男一女的声音从地面上浮起，正挡在水王流川面前，一片和沙地颜色无法分辨的模糊之物，骤然隆起，贴着沙面便向黑雾中钻去，再看不见。

就听黑雾中有咯咯咯的怪叫之声：“水家三蛇，关你什么事！”

“呵呵！影子，又见面了！”

“嘻嘻！我们无聊！”

“嘿嘿！和我打啊！”

只听伊润广义暴吼道：“影丸，滚出去，不用你出手！”

又听一声怪叫，两团黑影先后贴地滚出，前后追逐，突然间便都不见了。

紧接着，叮叮叮叮的细响从上方不断传来，四处游走，好像是空气中看不见的东西在交战。

“咯咯咯！水家三蛇，你害我好惨，我要死你也别想活！咯咯咯！拉你陪葬！咯咯咯！该你倒霉！咯咯咯！你跑不了！”

“呵呵！好啊，我也活够了！”

“嘻嘻！去阴曹地府玩玩！”

“嘿嘿！死了还是无聊！”

叮叮叮叮响了一阵，便再没有声音了，好像这些说话的人，全部消失在空气中了。

地面上火小邪和伊润广义的鏖战也有了新的进展，尽管再没有听到两刀相接的声音，但是黑雾移动的速度显然慢了许多，时不时看到火小邪的身影从黑雾中脱出，却不像是被动之举，相反，有主动寻觅战机的迹象。

五六个往返之后，黑雾突然停止移动，再不见一丝乌豪的刀光闪出。

火小邪向后猛跳了几步，急促喘息，半蹲着身子，一动不动。

黑雾渐渐散去，伊润广义穿着一身白色和服再现，他微微摇晃了一下，苦笑一声，盘腿坐下，将乌豪刀归入刀鞘，放在膝盖之上，大口大口地呼吸了几下，身子劲力一松。

就听嗞的血液喷溅之声，伊润广义的右肩瞬间便被鲜血染红，在白色和服的映衬下，极为显眼。

火小邪翻身而起，手持断刀，直向伊润广义的心窝刺去。

伊润广义无动于衷，只是说道：“请让我再说几句话。”

火小邪的断刀已经刺入伊润广义胸口，听伊润广义这么一说，火小邪劲力一反，这一刀便没有完全刺入。

伊润广义低声道："谢谢……人之将死，其言也善，火小邪，你赢了，赢得漂亮，我今天有必死之心，所以服药催动了我所有力量，总之是一死，能败在你手中，我很高兴。你现在随时可以杀我，我不会抵抗，但请你，让我最后告诉你一个秘密，关于炎火驰和珍丽的，与罗刹阵有关，你如果愿意听的话，请你允许我说下去。"

火小邪手持断刀，并不拔出，只是冷冷地说道："可以，你说吧。"

水妖儿、水王流川、郑则道、金潘、田问等人，见火小邪的确取胜，欣喜不已，很快围拢过来。

伊润广义长叹一声，说道："火小邪，你可知道，我是真心把你当成我的亲生骨肉……"

火小邪手上发力，说道："伊润广义，你还是不要说这些废话为好！"

伊润广义噗地吐出一小口鲜血，并无怨怒，反而勉强地笑道："好啊，好啊……火小邪，当年我带着忍军，由赛飞龙带路进入奥妙谷，发生的事情，我也始料不及。"

"快说！"

"我们包围了炎火驰的住所，却只有珍丽一个人出来见了我，炎火驰并不在屋内……我当时非常为难，因为我并不想杀珍丽，她是你的母亲……也是我最爱的女人……可这个时候，炎火驰突然从外面杀来，竟穿着忍者的衣服，若不是他露出面目，使用火家身法，我绝对认不出是他。他非常厉害，比现在的你，还要厉害许多许多，而且他狂性大发，见人就杀，根本无法阻止……连我当时的影刀，也被他一把夺了去……"

"那是你们咎由自取！"

"是的，我们很快就被炎火驰杀散，不敢近前，这时候珍丽上前，本是夫妻相会，但是，但是……呵呵呵，炎火驰好像根本不认识珍丽，上前就是一刀将珍丽洞穿，珍丽不敢相信，还要说话，又被炎火驰连续几刀刺穿……"

"你胡说！"火小邪眼睛瞪得滚圆，黑丝在眼中乱窜，手中又是加劲。

伊润广义噗地吐出一大口血，惨笑道："相信我，我没有胡说……请你，请你听我说完。"

"你说！"

"我难以相信炎火驰会做出这种事，当时就忍不住破口大骂炎火驰，炎火驰好像也不认识我，看着躺在地上的珍丽，神情恍惚，再没有攻击，好像在努力地回忆着什么。"

"他失忆了？"

“是的，他应该是忘了自己是谁，忘了奥妙谷，忘了珍丽，忘了我，还有你。炎火驰发了一会儿呆后，突然大叫‘我要回去，我要回去，搞错了，一定是搞错了！’然后他拉起面罩，提着影刀，冲进房间，打翻火炉，四处放火，一直不停地狂号乱叫，疯了一样。我们谁也不敢贸然上前，眼见着房间熊熊燃烧，只是围着。接下来的事情，火小邪你应该记得，你掉入溪水中，我的一些部下要杀你，我一路追上，杀了数人，最后关头，向你伸手，但你没有伸手，坠下瀑布……”

“你的意思是说，炎火驰杀了珍丽，又放火烧屋，冲进房间里要杀了他的儿子？”

“就是这样，没有一句假话，我不会在临死前骗你。”

“你接着说！”

“炎火驰从屋里冲出后，又开始到处杀人……后来，我从瀑布边赶回来，炎火驰已经恢复了一些记忆，张口就能喊出我的名字，再不是那么疯狂，跪在珍丽身边号啕大哭，并将自己的衣裳撕得粉碎，赤裸着身体抱起珍丽。珍丽当时，居然还有一口气在，便靠在炎火驰怀里微笑，说‘你终于又记得我了’，就此笑着死去，神情颇为平静。炎火驰抱着珍丽，一路哽咽，去取了晾晒的衣服，重新穿上，然后抱着珍丽，走至山崖下，跪在珍丽面前，哭了几声后，便再也不动了。半晌之后，我才敢上前，炎火驰的身体已冰凉了……他这种奇才，谁能伤得了他？他应该是体内两道筋脉互绕，自尽而死……哈哈哈，忍军没有埋葬敌人的习惯，确认两人已死，这才退出奥妙谷。”

“你为什么临死前才说？”

“火小邪，我之所以告诉你，是因为炎火驰、珍丽的死，在我心中永难忘记，每次睡下，都会回到奥妙谷中，再次亲身经历一遍，也是因为如此，我对你，火小邪，父子之情，并不是虚假的。”

“你觉得我会相信你吗？”

“你信也罢，不信也罢，你看围坐在圣王鼎旁的忍者，都是当年攻入奥妙谷之人，我即将死，他们也会随我去死，为我对炎火驰、珍丽的死赎罪，并证明我刚才所有的话，都是真的。”伊润广义抬起头来，低喝了一声日语。

围坐在圣王鼎外的三四十个忍者，齐齐揭开衣裳，露出腹部，手持利刃在手。

五行世家众人立即有阻止之意。

伊润广义对火小邪沉喝道：“拜托！请最后给他们一点尊严！这只是私人恩怨，与罗刹阵无关！”

火小邪紧皱眉头，说道：“各位，随他们去吧！”

一众忍者纷纷举刀，闷喝连连，将利刃刺入腹中，横向一刀又纵向一刀，极为正宗的剖腹自尽方式。

转眼工夫，这三四十个忍者，全部自尽身亡，抱着腹部，以头抢地，一一气绝。

一片唏嘘之声。

这种集体自杀的血腥场面，让所有人脚底发凉，深感荒谬的同时，也觉得日本人的不惧生死，让人胆寒。这到底是一个什么样的民族？为什么宁肯放弃最后一战，而去选择当众自杀身亡？

火小邪看着已近垂死的伊润广义，低声问道：“罗刹阵你到底知道什么？”

伊润广义微微笑道：“火小邪，你觉得炎火驰的行为是什么造成的？我只能说这么多，你自己体会去吧。”

火小邪默然无语。

伊润广义伸手托起自己的乌豪宝刀，说道：“此刀名叫乌豪，是日本国数一数二的绝世宝刀，我随身携带，从未有一刻离开身边。火小邪，你如果还念着我与你在日本修习忍术的七年，请收下这把刀，做个纪念吧。请你，收下……”

火小邪慢慢伸手，将乌豪抓过。

伊润广义眼中光华渐散，仰天轻笑道：“死亡的凋零，也是如此美好啊，我为日本国而生，也为日本国而死，何等地荣光……”伊润广义话音转哀，迷茫地看着火小邪，哀声道，“火小邪，回去吧，你大仇已报，不要去破罗刹阵了，回去吧，回去吧……”

说着说着，伊润广义这个一代枭雄，慢慢地垂下了头，再无声息。

火小邪沉重而急促地喘了几口粗气，他无数次想过手刃伊润广义的一幕，可伊润广义当真死在自己面前，却抑制不住地微颤，眼中含泪。伊润广义对于火小邪来说，感情复杂，既有浓烈的恨也有说不清的爱，爱恨交织，绝非三言两语可以尽表。

至少，伊润广义给了火小邪七年平静的时光，给了火小邪曾经最向往最渴求的亲情，给了火小邪一个宁静的家……可这些弥足珍贵的事物，却又被伊润广义亲自毁灭，包括毁灭他自己。

火小邪拨出插在伊润广义胸前的断刀，提着乌豪后退了几步，人竟有些虚脱之感，脚步趔趄，幸好水妖儿赶上，将火小邪扶住，才算站稳。

火小邪搂着水妖儿，千言万语不知从何处说，最后看了眼伊润广义的尸身，吩咐道：“王孝先，将他的尸体拖走吧，就地掩埋。还有其他自杀的忍者，也请各位辛苦，拖开来，就地掩埋。”

众人听了，上前忙碌。

郑则道走上前一步，冲火小邪抱了抱拳，肃然道：“多谢木王大人，为火家报此血海深仇，手刃伊润广义这大奸大恶之人，并一举扫灭忍军余部。你与火家的其他恩怨，就此一笔勾销，绝不再提！圣王鼎就在眼前，还请木王大人主持大局，共商破阵取鼎一事。”

田问亦道：“是时候了。”

金潘问道：“好像还有一个影子和水家三蛇，下落不明。”

水王流川说道：“不用管他们，水家三蛇不会让影子跑掉的。刚才听伊润广义一番讲述，我对罗刹阵的兴趣真是越来越大了！简直迫不及待！”

火小邪闭目轻轻点头。

水妖儿却低声道：“小邪，不要太勉强了。”

火小邪摇了摇头，松开水妖儿，站定了身子，猛然睁开双眼，眼中又是漆黑一片，嘿嘿笑了两声，说道：“罗刹阵，竟让我父亲杀我母亲，又要杀我，此阵不破，我绝不会罢休！嘿嘿，嘿嘿嘿！水妖儿，连你也不准说丧气话！嘿嘿！”

水妖儿低低嗯了一声，愁容掠过脸颊，依旧平静。

五行世家数百大盗，团团围住了圣王鼎，只不过二十步之遥，简直与其近在咫尺，唾手可得。

火小邪喝道：“哪家愿去初探？”

郑则道立即答道：“火家愿做第一人！”便转头吩咐道，“尊景齐，使你的铁鞭，看能否把圣王鼎点下来。”

尊景齐应道：“正有此意！”说着上前一步，取出他的七节铁鞭，在手中咔啦啦一拉，铁壳尽数脱落，只剩下手指粗细的鞭芯。

尊景齐高声道：“各位退开几步，我要使鞭了！”

众盗略退，尊景齐手中一扬，鞭子立即卷出一个变化，在空中扫得嗡嗡作响，鞭子击打到地面，亦是抽出一道道的深痕，其势甚为猛烈。尊景齐不愧是火家元老级高手，年纪虽大，但雄风不减，一道铁鞭使得是出神入化，随心所欲。事先在罗刹阵外与忍军搏杀，尊景齐的七节铁鞭，点杀无数忍者，当真厉害得紧。

啪啪啪三声鞭响之后，尊景齐手一挥，沉喝一声：“出！”

就见长鞭一头，如同被人牵引一般，向圣王鼎直射而去，别看去势极猛，若鞭头点中圣王鼎，却又如蜻蜓点水一般轻柔。尊景齐用此招，可在悬空的薄纸上写字，二十步外可用此鞭取发丝之物，堪称火家盗术的奇绝，这里面的力道拿捏，没有三十年道行苦修，绝难做到。

就见此鞭鞭头，直打向圣王鼎鼎脚，不过奇怪，明明看着鞭头要和圣王鼎接触上，却没有一点声音发出。

可尊景齐却惊得啊了一声，手腕一卷，立即将鞭子收回，抓起鞭头一看，脸色唰的一下白了。

尊景齐喃喃道："鞭头，不见了……"

郑则道亦大惊，凑上前一看，果然如尊景齐所说，鞭头上的一个两爪探针，与下面的探环，消失不见，但又不像是被一刀斩断，而是被融化掉了一样。

郑则道说道："这是？"

尊景齐答道："明明应该打中圣王鼎，却如同击中虚空，太古怪了。"

火小邪、流川、田问、 金潘等人听了，也不敢妄下定论，各自沉思。

青辰此时站出说道："让我试试！"说罢也不等人同意，便站出一步，急施蛊术。

原来青辰一直在仔细听伊润广义说炎火驰的事情，听到炎火驰抱着珍丽自尽，虽没有哭出声来，但泪流满面，几度差点昏倒在地。罗刹阵内，见到圣王鼎，睹物思人，就如见到炎火驰一般，情难自已。

破掉罗刹阵，对青辰来说，其心不亚于火小邪。

青辰只想证明，炎火驰你做了多么愚蠢的一件事，为了研究一个破阵，不惜放弃自己的痴情一片。

青辰打出的蛊物，乃是黑灵蛊中的黑灵虫，此蛊不毒，却是个痴重之蛊，不易消亡，本就是为了再见炎火驰时，用来羞辱炎火驰的，用到此处，还算恰当。

就见一团黑影，慢腾腾地从地面上向圣王鼎爬去，确像一只笨重的黑甲虫，青辰高喝一声："速！"那蛊也只是快了一倍。

只是青辰所在位置，与圣王鼎不过二十步，黑灵虫虽慢，还是眨眼就到了放置圣王鼎的黄白怪石脚下。

"行！"青辰指挥道。

黑灵虫贴着怪石便往上爬，可刚刚爬上半分，原本黑漆漆的一团，却渐渐淡化，再上半分，就再也看不到了。

青辰不敢相信，大叫道："回来！"可这黑灵虫，就这么消亡不见了。

"不可能！"青辰厉声道，"蜈蚣降，去！"

一道酸腥之气，从青辰袖中飞出，直冲圣王鼎而去。

可如同前者，又是消失不见。

青辰尖叫道："我不信！我的蛊不可能这么快被化解了！"紧跟着又打出几蛊。

结果依旧如前，圣王鼎纹丝不动，所有的蛊物消失不见。

青辰还要再施，被青芽一把抓住，青芽说道：“青辰，冷静！再想别的办法。”

青辰哇的一声，哭出声来，跪在地上，哭道：“炎火驰，我来了，见不到你，你却留下这个罗刹阵继续欺负我。我恨你，我恨死你了！”

青芽好生安慰，才把青辰扶到后方安顿。

田问、田羽娘等土家人一直在默默卜算，却无任何结果。

田问微微睁眼，闷声道：“怪诞！”

田羽娘也是愁眉不展，说道：“就算是一九杂乱，也不该没有一点点吉凶之兆。”

田问站出一步，向火小邪、流川、金潘、郑则道等人拜了拜，转身对田羽娘说道：“土行于下！”

田羽娘会意，稍作安排，便有九个土家正土行士站出，向田问等人一拜，也不说话，将衣裳解开，露出一身鳞甲装。

几人配合，便向沙地下急钻，看样子是要钻到圣王鼎下方去，有揭开整块地面的意思。

这几个土家掘洞的好手，果然厉害，眨眨眼的工夫，就钻出一个深洞，彼此头尾相连地进入沙地下，再无踪迹。

众人知道这是土家的窥探之法，便都驻足观望，期待结果。

约有半盏茶工夫，从先前掘开的洞口中，突然传来轻微的敲击之声，田问等土家人一听，齐呼不好。登时有十余人上前，四下掘入，不出一会儿，从地下挖出一个双臂齐断至肩，天灵盖被削去一半，连脑浆都可以看到的正土行士，满身是血，已然死绝。

那正土行士一出地面，便被人当胸重击一掌，随即嘴也不张，如同腹语一样，机械地呼喊道：“所有人到圣王鼎下方后，都不见了，我追了一截，并没有觉得有异，可我后退几步，打算回来，却发现我的双臂没有了，天灵盖也没有了。没有征兆，没有任何征兆。”说完之后，仍是一副死状，好像说这些话，并不是经过头脑思考，而是胸腹内自动发声。

这是土家的一门绝学，叫土吞音，把临死前要说的话憋在体内，只要救出以后，死亡在半个时辰之内，都可以用土家的特殊手法，让这些话重新说出。

药王爷、林婉等木家医术高明之人，上前一看，都是吃惊。

林婉花容失色道：“伤口边缘，异常齐整，没有一点血肉粘连，各处平均，如果是刀伤，不该连力道方向也看不出来。”

药王爷检视一番伤口，颤声说道：“这不是利器所伤，更像是极强的酸腐之水将肌体瞬间融化所致，可又不尽然，我活了这些年纪，从未见过这样的伤势，倒是难住我了！”

水王流川哼道：“你们刚才没有听见吗？此人刚刚说，他往前走没有觉得异常，往后退却突然发现没有了双臂和头壳。刚才火家尊景齐一鞭打进去，不也是如此！依我看，这个圣王鼎周围，布有一道看不见的界限，可进，但不可退。若中途后退，已经进入此界的东西，无论金铁肉身，必被切断！哼哼，罗刹阵不过是这种玩意！还敢说不可盗？”

水王流川说完，得意不已，转身命道：“水信子，你笔直进入，拿起圣王鼎，再将鼎丢出来，大功一件！”

水信子还是一副奉天张四爷刘管家的相貌，只是所穿衣裳不同，听水王流川吩咐后，恭敬说道：“水王大人，请问是赐我死在阵中吗？”

“不错，水信子，你莫怪我无情，是你屡次违反水家家法，本该早死。而你今日就算不死，破阵后你也不能活，你此去，算你是将功赎罪。”水王流川冷冰冰地说道。

“我明白了！深感荣耀，谢水王大人！”水信子笑了一笑，欣然上前一步，脚上发力，向着圣王鼎疾奔而去。

水信子好快的动作，五六步便跳到圣王鼎面前，双手一抓，将圣王鼎从石台上拔起，向水王流川掷来。

水王流川伸手必要去接，可是明明看到圣王鼎飞在空中，伸手挥过去，却一把抓了个空，哪有什么圣王鼎？

水王流川闷哼一声，再抬眼看，圣王鼎还是好端端地摆着，只是水信子已经无影无踪。

水王流川厉声道：“怎么回事？”

水王流川四下一看，众人皆是错愕，但好像并不是因为水王流川刚才有失态的举动。

火小邪问道：“水王大人，你刚才好像在抓什么东西。”

“这……”水王流川说道，“水信子呢？”

火小邪慢悠悠地说道：“他疾奔进入阵中，还没有碰到圣王鼎，便消失了。水王大人，你刚才是看到了什么？”

水王流川心头一凛，暗念道：“此阵果然有识人心魄之能，我刚才执念所想，竟让此阵把我的想法幻化成真了。”水王流川转念又想，突然涌出一股寒意，笼罩全身，“不好！我可能从刚才起，一直就是幻觉！”

刚想到此处，一柄利刃当胸刺来，水王流川避无可避，只好用双手猛击，将刀身止住，手上被割得鲜血直流。

就见一个和水王流川长得一模一样的人，持刀向水王流川狞笑。

水王流川大叫道：“三弟！”

“是我，你是怕了吗？”另一个流川笑道。

水王流川怒道：“你是自作情虐，怪不得我！我怕你什么？”说着身子猛退，避开刀锋。

两个流川顷刻间战成一团。

火小邪等人，听林婉、药王爷说完土家死者的伤势，正在思考这是怎么回事，却见到水王流川一个人手舞足蹈，跳将出来，对着空气大战不止，看表情和动作，似乎是遇见了极为厉害的敌人，忙着四处奔走交战，已是拼尽全力。

水家人见水王流川如此失常，但无一人敢上前制止，只是避开。

火小邪心头也是突然一片烦躁，激得有些坐立难安，心头一个激灵，不祥之感层层叠叠地腾起，大喝道：“所有人退出此地！无论看到什么，都不要管！”

可是火小邪大喝之下，却没有一个人动，不少人的目光，竟似游离。

火小邪奋力叫道：“青芽、青辰、药王爷，木家各位，快放出麻药，把所有人麻痹住，包括自己！”

可木家人依旧无动于衷，东张西望起来，好像根本没有听到。

火小邪厉吼一声，一把向水妖儿抓去，想带着水妖儿先走。

可火小邪的手，竟从水妖儿的身上直穿过去，如同空气，水妖儿难道也是幻觉不成？

火小邪正在错愕，却看到眼前的水妖儿消失不见，转为一把利刃向自己当胸刺来，火小邪且不论真假，双手一支，把持刀人的手腕架住。火小邪定睛一看，心中冰凉，这要杀了自己的人，正是一脸寒霜、表情冰冷的水妖儿！

火小邪厉声道：“妖儿，你是真是假？”

水妖儿一转身，又挥刀向火小邪刺来，冷冰冰地喝道：“火小邪，你管我是真是假，我都要杀了你！”刀光闪闪，刀刀刺向火小邪的要害，极其狠辣。

火小邪能够明显感到刀气阴冷，刀锋贴身而过时，连衣裳也被划开，怎会是幻境？

火小邪避开数刀，四下一看，哪里还有人在，自己分明处在一个四壁着火的房屋内，火焰的热量，如灼在身。

火小邪大叫道：“妖儿，那我只好制住你了！”再不退避，迎头而上。

可是火焰中，突然有一个身穿忍装的大汉跳出，高举一把忍刀，向火小邪当头劈来。火小邪生生被逼退几步，抬头一看，那忍者露着面目，分明就是自己的父亲炎火驰！

炎火驰喝道：“逆子，还敢逃！让我杀了你！”与水妖儿一起，齐头并进，都向火小邪杀来。

火小邪惨叫一声：“爹！妖儿！”连连后退。

可是无论怎么退，都退不到这间着火的房屋边缘，炎火驰、水妖儿两人逼得又紧，火小邪左支右绌，险象环生，不得已只好把乌豪刀一把抽出，用以抵抗。

炎火驰骂道：“居然用乌豪，你这认贼作父的逆子！”攻势更猛。

水妖儿也喝道：“火小邪，拿命来！”

火小邪见这样两个深爱之人，都要将自己除之后快，心如刀绞，一双黑眼猛然瞪起，大叫道：“开什么玩笑？杀我？是我杀了你们，你们都只是我的幻觉而已！”

火小邪避开炎火驰的刀势，能避则避，先找水妖儿对战。火小邪认定这是幻觉，但幻觉中也决不能让人杀死，既然深陷其中，唯有战胜这两人方可。

火小邪虽不擅长使长刀，但一法通则百法通，将乌豪刀作为一柄长匕首使用，亦是可行。

水妖儿的身手尽管灵动，但她不管不顾，一味搏命拼杀，反而体现不出水家的优势，三四招之后，火小邪卖了个破绽给水妖儿，若按常理，乃是两败俱伤的局面，可火小邪有火盗双脉，收发随心，这便称不上是破绽，而是个陷阱。

水妖儿一刀刺入，火小邪本该避无可避，却生生身子反拧，把劲道拉回，水妖儿一刺落空，火小邪就不客气，乌豪刀一闪，嗞的一声轻响，洞穿水妖儿的肩头，抽刀便回。

火小邪暗喝了声“好”，心里骂道：“让你这个假妖儿杀我！”火小邪本该刀身一撩，便可把水妖儿斩开，可就在这时，水妖儿腰间的一个小皮带里，一个灰白色的小脑袋钻了出来，一双机灵的眼睛里，满是惧意。

火小邪眼光一闪，见到此物，三个字脱口而出：“小小邪！”

小小邪，正是那只九品灵貂，火小邪之前因要主战，一直让水妖儿把九品灵貂带在身上。九品灵貂在木檠地宫里，就有不受木檠幻觉困扰的特质。

自己的幻觉里，出现了九品灵貂？莫非？莫非？莫非是？

顷刻间，火小邪心里如大锤猛击，天旋地转，一切都明白了过来，他所见的幻境中，炎火驰、房屋全是假的，只有水妖儿是真的！幻觉和真人居然能掺杂在一起，虚实结合，让人无法分辨！

罗刹阵的致幻能力，绝非此前未开阵时，青蔓桡虚宫、木盅寨木婴地宫可比！

火小邪哀号一声，哪管“炎火驰”是否要杀他，弃了乌豪刀，一把将水妖儿抱在怀里，号啕大哭道：“妖儿！妖儿！我不知真的是你！妖儿！妖儿！”

炎火驰已向火小邪的颈部斩来，可是他人形一淡，刀影虽从火小邪身上划过，亦只是虚无幻影，未能伤火小邪分毫，整个人便消失不见。

火小邪所在的着火房间，也随之消散。

火小邪紧紧捂住水妖儿流血的伤口，急促道：“妖儿，你是怎么了？你是怎么了？”

水妖儿急喘几声，说道：“我不知道，我不知道我刚才为什么想要杀你，好像是一个非常真实的噩梦，一个噩梦……没伤着你吧，小邪！”水妖儿努力伸出手，摸上火小邪的脸颊。

“我们都被罗刹阵骗了！你忍着点，我这就给你疗伤！”火小邪含泪撕开水妖儿的衣襟，从怀中迅速取出金疮药，洒在水妖儿的伤口处，可是伤口血流如注，根本敷不上药。

那只九品灵貂，在火小邪、水妖儿身旁乱跑，急得吱吱直叫。

“这样不行的！火小邪！”一双玉手伸出来，帮火小邪按住伤口。

火小邪侧头一看，竟是林婉。

林婉头发凌乱，脸上点点血迹，面色惨白，看起来刚才也经历了一番波折，但她手上不停，手上金针直闪，将水妖儿的伤口缝住，把金针丢在火小邪怀中，这才叫道：“火小邪，背后一样缝上，再给她上药！”说罢起身就跑。

林婉清醒得甚早，追其缘由，可能是她曾经与木盅寨木婴身心合一，化身为木婴的一部分所致。罗刹阵木婴之眼辨得出她，所以林婉只是略受影响，就能完全清醒。

火小邪抬头望去，眼前景象已是真实，可这种真实，让火小邪宁肯相信看到的不是真的。

罗刹阵内，几乎每个人都在奋力搏杀，有的是一个人狂舞，如水王流川一样对着空气厮杀，有的则两三人打成一团，势必要对方性命，更有七八人对七八人，列出阵势对战。到处都或跪或躺着人，跪着的要么气绝，要么呆若木鸡，要么泪流满面；躺着的多数看着已死，有的身上血流不止，有的中了剧毒，有的则毫发无损，只是睁着眼睛死了。

林婉四处奔走，见到厮打之人，便散上一把药粉，让人昏厥在地。

郑则道、苦灯和尚两人，正在与看不见的几个对手大战，同时两人也互不客气，生死仇敌一般，一碰面就大打出手，招式毒辣，都有制对方于死地的态度。

金潘举着手枪，从火小邪面前大步走过，啪啪冲着人群放枪，一边声嘶力竭地大叫道："滚出来！有本事就滚出来！让我打爆你的脑袋！王八蛋！"

不远处，乔大、乔二两人滚成一团，互相猛揍，乔二大叫："让你叫我二子！"乔大大吼："让你叫我西瓜！"

刘锋则站在两人身边，用左轮手枪对着太阳穴，扣动扳机，无事，则垂下手，重新将转盘拨得飞转，啪的一停，再对着自己脑门，笑眯眯地说道："该你了。"接着冲脑袋开枪。

金家枪队，七八人排成一排，笔直站着，一个人走出来依次猛抽各人耳光，抽完之后归队，下一个人站出来，如前者一样，依次猛抽每个人耳光。几个人已被抽得七窍流血，还是硬挺着站得笔直，绝不躲闪。

再一旁，田问面色发黑，好似中毒，盘腿闭目坐在地上，一动不动；田羽娘面朝下趴在地上，不知生死，而地面上到处都是挖出的洞口。

田遥和疯了似的，从一个洞口中伸出脑袋，赤裸上身，脸红扑扑的，如同喝醉了酒一般，喝了声"干"，缩回身去，不一会儿，又再次伸出脑袋，喝了声"又干"，又缩回去，重复不休，不知何意。

火小邪声嘶力竭地大吼道："全都停下来！停下来！"

任何人都无动于衷。

"火小邪，木王大人，你这样是没用的。"低沉的声音从火小邪身后传来。

火小邪扭头一看，见一个教书先生模样的人垂手肃立，紧紧盯着圣王鼎，双眼如一潭深水，看不出他的任何思绪。

"流川？你是哪个流川？"火小邪脱口而出。

"我是这个流川。"流川说道，"刚才自己与空气对打的流川，也是流川，不过我这个流川，不知情感为何物，不知何为畏惧，没有值得回忆的，更没有值得我惦记的，随波而来，随波而走，你要我假装恨人，我就会恨，你让我假装爱人，我就会爱，七情六欲，我都可以假扮出来，只是我知道，我就是流川，不是别人。呵呵，所以，我不受任何幻觉影响。"

流川低头看着水妖儿："水妖儿，本来你也可以像我一样，甚至比我更高一筹，只可惜，你太爱火小邪，结果让罗刹阵给你颠倒过来，因极爱而生极恨，因祈求火小邪生而不顾一切让火小邪死。被罗刹阵放大了威力的木婴之眼，所造成的复杂幻境，的确不好对付。”

火小邪说道：“水王大人，请指教。”

流川说道：“你那只九品灵貂，天生不受幻觉影响，近乎妖，若说破阵，只怕它比我们更有用，你若舍得它，就放它出去咬鼎上的青藤，只要它能触碰到圣王鼎，可能罗刹阵五行轮转，会生出其他变化，不过，吉凶难料。”

火小邪沉声答道：“我明白了！”说着一招手，唤了九品灵貂上前，低声道，“小小邪，去咬圣王鼎，去吧。”

九品灵貂吱吱叫了声，跳下地，就要向圣王鼎跑去，只是它停了一停，向火小邪看来，又叫了两声，十分不舍的样子。

“快去吧！”火小邪低声道，不想再看九品灵貂的眼睛。

九品灵貂像人一样低下了头，小眼睛里泪闪闪，如同哭了一般，猛然四足发力，向圣王鼎疾奔而去。

九品灵貂如同贴地飞箭，身子一跃，直跳到圣王鼎下方，张嘴便向圣王鼎上的青藤咬去，可是只咬了一口，根本未见咬断，它便“唰”的一下，消失得无影无踪。

火小邪低低地“啊”了一声，想伸手却无力抬起。

“我的小鸡鸡！我的小鸡鸡！”就听尖锐的号叫之声，乙大掌柜连滚带爬地跑了出来，向着圣王鼎直冲过去，“还我的小鸡鸡！”

火小邪高喝一声不要去，却已来不及了，乙大掌柜离圣王鼎约半尺的距离时，整个人如同九品灵貂一样，“唰”地消失不见。

“嗞……嗞……”火小邪脑海中锐响了两声，一切恢复了平静。

罗刹阵内，一下子鸦雀无声，所有打得不可开交之人，全部呆立住，如同时间停止了一样，一动不动。

半晌之后，才有轻微的哎呀声传来，一个个人跌倒在地，看着眼前的景象，喉头发苦，无法言语。

郑则道腰间鲜血淋淋，应是受伤不轻，但他勉强站住，扶住苦灯和尚，两人双双跌坐在地。苦灯和尚胸口被挖了一个血洞，鲜血汩汩直往外冒，黯然叹道：“阿弥陀佛，从未想过你我会自相残杀。世间诸法，竟是虚空，不外人之妄念。”

郑则道惨声道：“苦灯！坚持住！你不能死！”

苦灯叹道：“生亦何哀，死亦何惧，唯独是这种死法，是我不想见到的。则道，大事当前，你因误伤了我就如此悲伤，往后怎能称雄天下？我一时半会儿不会死，请你振作。”

郑则道只好默默点头。

又有哭声骤起，只见百艳抱着王孝先，已经哭成了一个泪人：“乖宝，乖宝，你醒醒！我不想杀你，我怎么会想杀你？我怎么会有杀你的念头？是我疯了吗？一定是我刚才疯了。”

王孝先七窍流血，脸上青筋暴露，显然已是身中剧毒，毒气攻心，只剩最后一丝气在，挣扎道：“小猫，刚才，我也想杀你，幸好，幸好，是你赢了，别伤心，别哭，你好好活着，我死了，也开心……”

百艳哭道：“我宁肯是你杀了我，我现在比死还要难受啊。”

王孝先举手一根手指。

百艳哭道：“乖宝，你要说什么？”

王孝先露出一丝笑容，说道：“我还欠……欠你一万次呢……再找个……男人，要爱你的……替我还……还上吧。”说完，嘴里咕咕两声，满口黑血，笑着死去。

百艳摇了摇王孝先，猛然尖叫一声，一低头吻住王孝先的嘴唇，将王孝先死死抱住，将他嘴里的黑血悉数吸入口中咽下，头一低，死在王孝先胸前。

就在离王孝先、百艳尸身旁不远，青芽一直跪在甲大掌柜的尸身前发呆，和百艳、王孝先一样，是青芽亲手杀了甲大掌柜。青芽想来也明白了一切，伸出手慢慢地将甲大掌柜双眼合上，低声说道：“我从来不相信，我是喜欢你的，也从来不相信，你是这么恨我，如果刚才是一场噩梦的话，我宁愿噩梦中的你我，才是真实的。老甲，来世再见吧……”

青芽垂头不语，一行泪却已流下。

青辰，是真真正正地疯了，她披头散发，娇滴滴地在遍地尸身中行走，却如同在花园里一样，满脸笑意。青辰一弯腰，好像捡起了一朵花，娇羞不已比画在自己的面前，似乎面前有一个人似的，动情地唱着独角戏：“火驰，这朵花好看吗？……知道你会这么说……那你给我戴上吧……嘻嘻……你真讨厌……啊，看，彩虹，好大的彩虹啊……火驰，我们去看看，听说如果能走到彩虹上，所有的心愿都可以实现……快走嘛，你说陪我一天的……”说着，好像牵住了谁的手，向前跑去。青辰，此时只活在自己的记忆里，看着无比欢乐，却让人心酸不已。

林婉给田问喂下数颗丹药，关切地问道：“田问，感觉好点了吗？”

田问缓缓点头：“无碍。”

林婉两颗豆大的泪珠滚落脸颊，又悲又喜地说道：“幸好我清醒得快，不然真的会杀死你了。”

田问看了眼身旁的田羽娘，问道：“我娘她……”

林婉说道：“我一清醒过来，便看到娘想要杀你，我给她施了麻药，没事。”说着，掏出一个小囊，在田羽娘鼻下放了放，田羽娘啊的一声，醒了过来。

田羽娘一醒，就使劲挣扎着抱住了田问，老泪长流：“儿啊，娘没有伤着你吧？”

田问伸手拍了拍田羽娘肩头，平静道：“娘受委屈。”

田羽娘哭得更是厉害：“我刚才若是干出蠢事，真不想活了！”一扭身把林婉搂在怀中，悲喜交加：“林婉，好闺女，谢谢你及时阻止我，到底是怎么回事啊？”

林婉含泪说道：“一定是木娶之眼，反转了我们的情感，越是爱的人，便越想杀了他，越是恨的人，反而爱得可以为之而死。”林婉悠悠看着田问，又问道，“田问，为什么刚才我们都反常之时，你却看都不看我一眼，不理不睬，是你对我……”

田问伸手止住林婉的话，微微有些尴尬，说道：“我恨，就不理。”

林婉扑哧一声，破涕为笑，柔声道：“呆子……”

御岭道宗田观跌跌撞撞跑来，扑通跪在田问、林婉、田羽娘三人面前，含泪说道：“田遥，他刚才恢复神智后，却自尽身亡了。”

田羽娘大惊失色：“什么？为什么？”

田观说道：“他说他是个贪生怕死的人，神志不清时的所作所为，丢尽了土家的脸，实在无脸见人，不堪回想，唯有自尽，求得一丝尊严。”

田羽娘大叫道：“你为什么不阻止他？”

田观哀声说道：“他找到我，对我了说这些话，让我转达的时候，已经服下内丹，心脉俱裂，无从施救了。”

田羽娘“啊”的一声，顿时昏厥了过去。

田问将田羽娘扶住，林婉又施药力，才将田羽娘催醒。

田羽娘一醒过来，又哭道：“田遥，我的儿啊，你这是何必呢？谁不贪生怕死啊？你到底做了什么啊？非要走这样一条路啊。林婉，你清醒得快，你可知道他做了什么？”

林婉低声道：“田遥大哥确实做了一些不雅的事情，很不像他平时……”

“到底是什么啊？”

林婉脸色微红，说道：“娘，求您暂时不要问了。”

田羽娘可能想到了些什么，再不言语，只是低头抹泪。

田羽娘坚决不让田遥成为土王，刻意培养田问，可能就与田遥的某些从不示人的不雅习惯有关，至于到底是什么，田遥既然死去，就当作一个谜，随着田遥之死，永远消散了吧。

金潘垂头丧气地坐在地上，一副惊魂未定的样子，拼命抓自己的头发。

乔大、乔二两个人，脑袋肿得和猪头一样，五官变形，颤巍巍地爬将过来，凑在金潘身边。乔大支吾道："师父，你没事，没事吧？"

乔二满嘴是血，说话漏风，他嘴里的牙齿，刚才被乔大打落了接近一半，问道："师……师父……还好吧。"

金潘颤抖道："刚才我觉得我所有的钱，都被人偷走了，我身无分文，依旧有无数双眼睛在暗中盯着我，监视着我，我只好开枪打，可越打越多，密密麻麻的，到处都是眼睛，贪婪的眼睛。"

乔大说道："还好，师父没有……要我们俩的命。"

乔二说道："是……是是是啊，刚才我和大西瓜，真刀真枪，打得头破血流，师父你看我，牙都被大西瓜打得掉光了。"

乔大说道："二子下手真狠啊。"

乔二说道："西瓜就想要我的命啊。"

金潘骂道："闭嘴，让我安静会儿。"

乔大说道："师父，你的钱没有丢，刚才是幻觉。"

乔二说道："师父，现在没事了。"

"闭嘴！"金潘破口大骂道，紧接着继续抱成一团，在地上瑟瑟发抖，嘴里喃喃道，"我不是个穷鬼，我有钱，我有的是钱，拿走我的命可以，谁也不能拿走我的钱！"

乔大、乔二无奈，谁也不敢再对金潘说什么。

金家枪队队长刘锋就在不远处站着，手中拿着左轮手枪，将转盘打开一看，里面一颗子弹都没有。刘锋耸了耸肩，将左轮手枪丢在沙地上，十分纳闷道："到底是哪个赌输了？还是根本就没有子弹？"接着仰头大叫，"枪队所有人归队！动作快！"

马三多和剩余的二十多个山匪，一直挤在一团，全部是口吐白沫，昏迷不醒，有的体弱的，尿了一裤子。他们只是山匪，刚才罗刹阵发动的强大幻觉，他们这些普通人连承受的资格也没有。要说是因祸得福，罗刹阵不会搭理这些小人物，并不尽然，马三多他们是极深度的昏迷，如果不救醒他们，他们便要一直昏迷下去，直至脱水死去。

十九、有取无失

火小邪给水妖儿包扎好伤口，刚才那一刀虽未致命，仍算重伤，而且乌豪刀本身就有毒，伤上加伤，使得水妖儿嘴唇青紫，看着极为虚弱。

药王爷并无大碍，赶到火小邪此处，想必他也是渡过此劫，全身而退。药王爷医术高明，赶忙给水妖儿解了几剂，乌豪之毒在药王爷眼中并非极致，所以镇住毒素攻心，尚不算难。

火小邪问道："谢药王爷，你还好吧？"

药王爷十分沉默，神情沮丧，低叹一声，好似不愿回想，轻声回答道："无论谁年轻时总有一点荒唐的念头，我本以为我忘了……此生对我来说，已经活得足够了，再没有什么可以追求，只求死得其所。"

火小邪见药王爷如此，也不好再问什么，心中对水妖儿的愧意反而越发浓厚，低头问道："妖儿，你感觉好点吗？"

水妖儿紧紧攥着火小邪的手，眼中泪光闪烁，轻声道："小邪，我真想忘了刚才幻境中的一切。我没事，你放心。"说着，一行泪已然流下。

火小邪心如刀绞，颤声道："妖儿，我们离开这里吧，罗刹阵以玩弄人的心灵为乐，除非是无情无义之人，否则是破不了此阵的。"

水妖儿露出一丝笑容，轻声道："好。"

此时一直肃立在旁，凝视着圣王鼎的水王流川说道："恐怕没有人走得了了。"

火小邪抬头一看，就见原本清晰的洞穴四壁，正在急速地向后退去，越退越远，直至天边。

一个无限广大的空间，没有边际，也没有顶部。

火小邪这数百号人，在这片空间里，只如沧海一粟，渺小之极。

水王流川又道："我们的身体都在麻木，失去劲力，逐渐变成比常人还不如的人，你们感觉到了吗？"

火小邪果然也有同样感觉，听力、耳力、目力、嗅觉、触觉全部在慢慢迟钝，全身发软，动作越来越吃力。

这种异象和感觉，很快传递给了所有人，此地变得无边无际，虽惊慌但尚能接受，眼下苦修数十年的盗术，竟在飞快地消失，如果这样下去，连一个寻常人都比不上。

火家人体感敏锐，最先乱成一片，尊景齐大喝道："怎么像是中了火家的火曜针！"

金潘试图把枪举起，可是原本轻松举起的枪支，好像重达千斤，需要费吃奶的力气，才能把持住一会儿，但很快耐受不住，只能放下。

田问动了动身子，亦觉得身体重如铅块，运息调整，全无效力。

林婉诧异不已道："我的味觉和嗅觉消失了！这……这不像是毒，而是魂魄和身体的联系，被阻断了！"

水王流川平静地说道："水家盗术，被废了。"

金木水火土五行世家，转瞬间盗术尽皆被废。

唯独清楚的，只有头脑，而头脑越是清楚，越深深地觉得，大家所面对的罗刹阵，绝不是可以用常理推敲的。

伊润广义死前，言语阻止火小邪等人破罗刹阵，并不是单纯地恐吓，而是所言不虚。伊润广义，是这个世界上最了解罗刹阵真相的一个。可他却死了，再也不能开口。

五行合纵，轻则必折其二，重则五行寂灭千年这个预言，即将变成真相？而且是寂灭千年。

所有人心中一片死灰，尽管没有人愿意承认。

有人不顾一切地想向外奔逃，但是没跑出几步，身子就越来越沉重，最后沉重到只能趴在地上，连手指也动弹不得。

反而，越是靠近圣王鼎的地方，还感觉稍微轻松一些。

很快，圣王鼎四周，再度聚满了人，粗略一看，仅有不足三百人，乃是五行世家最后的精华。

突听头顶上方嗵的一声皮肉爆裂的声响，两团黑影先后从众人头顶上方跌落，砸进沙土之中，正在众人面前。一个黑影全身包裹在透出鲜血的黑纱之下，看起来软塌塌的，只是一团碎裂成团的皮肉，仅在黑纱之下露出一只儿童大小的异状血手，皮肤惨白，黑色斑纹交错，看起来颇为瘆人。

而另一个跌落下来的黑影，盖着一层正胡乱变幻颜色、五色斑斓的轻纱，依稀看得出是个人形，微微有些起伏，好像还是活着的。

无人说话，也无人有力气说话，现在无论发生什么，都好像是正常的。

半晌之后，彩纱的颜色变幻一停，渐渐恢复成与地面一体的颜色，有男人的声音在纱下嘶哑地笑道：“最后竟是如此，呵呵呵！呵呵呵呵！”

水王流川默然上前一步，说道：“水家三蛇，你回来了。”

纱下的男人笑道：“不得不回来，好在影子死在我的刀下。呵呵呵！你是二哥吧！不妨把大哥也叫出来吧！我想我活不了多久了，呵呵呵！”

水王流川说道：“三弟，你记得你是谁了？”

另一个与水王流川长得一模一样的人，也默默走出，与水王流川并肩站立。

“记得了，记得了，临死之前，能想起我是谁，也是一件让人高兴的事啊！呵呵呵！大哥，你上前来。”

刚刚走出的水王流川面色冰冷，虽不情愿，但也木然地走上几步。

纱下的人笑道：“时至今日，大家的盗术全无，生死一线，我想我也不必隐瞒了。大哥，你我三人，都是水王流川，此乃水家最大的秘密，我的水家身手虽是三人中最强，却为情所困，是我不听大哥训诫，最终落得裂心散魄，做了个人不人鬼不鬼的水家三蛇。请大哥不要再纠结了，你没有错，错的是我。但大哥你要问我是否后悔，我还是会回答你，我不后悔。”

大流川答道：“你终于愿意说你错了。”

纱下人笑道：“此生我只说这一次。二哥……你来。”

二流川上前两步，说道：“三弟，你还有话要对我说吗？”

纱下人笑道：“二哥，你虽说在我们三兄弟里，武力最弱，却是领会水家心法，得以大成之人。你千变万化，仍能不失本性，三弟我极为佩服。水家这些年来，里里外外其实都是你在操持，若没有你，水家难存至今日。只可惜啊，二哥，你无情无欲，无悲无喜，这样的人生，你都能承受。”

二流川平静道：“三弟，你一向瞧不起我，今天的你，也不像以前的你，所以你刚才说的，对我没有任何价值。”

纱下人笑道：“好啊，二哥。如果不是我们处在这样的状况，可能你根本不容我叫大哥、二哥，并说出有关水家三王的话吧。”

二流川说道：“正是。而且，三弟，我还有三个分身，水家一共是六位流川，你说的数字少了。”

大流川亦诧异道：“二弟，你还有三个分身？”

二流川说道：“是的，可我之前不想告诉你。大哥，你这十年，今天是你第二次见到我本人。”

纱下人笑道：“高明啊，真是高明啊。”

二流川说道：“三弟，你的话已经够多的了，你可以去死了吗？”

纱下人笑道：“呵呵呵，好。二哥，请你照顾好我们的女儿。”

二流川说道：“是三弟你的女儿，而且，你的女儿在重蹈你的覆辙。”

水妖儿听到此话，挣扎着站起，喝道：“水家三蛇是我亲爹？”

二流川一笑置之，并不答话。

大流川沉声说道：“是的，水家三蛇就是你的父亲，他在十年前裂心散魄，人格化为三个，从此替换了原来的水家三蛇。张四爷的妻子周娇，乃是你的母亲。”

水妖儿极力要往前走，想看看纱下人的真面目。

大流川伸手阻止住，喝道：“水妖儿，我劝你最好不要看他的样子，他现在的样子，根本就不是一个人。水妖儿，你和火小邪在一起，最多七年，便会与他一模一样，人不是人，鬼不是鬼，永远不知道自己是谁，又是为什么而生。”

纱下人呵呵笑道：“大哥，谢谢你。我死以后，请你们将我烧成灰烬，我不想任何人看到我此时的样子。”

大流川点头道：“三弟你放心，此事无须叮嘱。好走。”

纱下人呵呵呵，呵呵呵，呵呵呵，连笑数声，便再也不动，没了声息，身上盖着的薄纱颜色变了几变，光华退去，最后仅是一片灰白，再无生气。

大流川叹道：“水家再无彩朦帐一法，此技从此失传了。”说着伸手丢出一物，正中灰纱之上，紧接着腾起一团火焰，灰纱一碰即着，很快大火熊熊，将纱下人笼罩住。

水妖儿轻轻“啊”了一声，跪倒在地，看着烈火出神，毫无表情。

火小邪陪在水妖儿身旁，也是沉默。

大流川又走上几步，十分吃力地将影丸的尸体拖过来，丢在火焰之上，一并燃烧。

火焰渐渐熄灭，仅剩下一个焦黑丑陋的肉团，再也无法分辨身份。

大流川招呼几声，水华子、水信子等水家人上前，与大流川一道，抓起地上的湿沙，把水家三蛇和影丸的尸体盖住。

只不过是小小的一捧黄沙而已，便从此永远地埋藏了水家最大的秘密。

有时候，天大的秘密，也仅仅埋藏在毫不起眼的沙粒之下。

两个水王流川依旧静立，除了穿着略有不同，实在难以分辨谁又是谁。

其中一个水王流川说道："这便是结束了吗？"

另一个水王流川说道："除非罗刹阵认为，这就是结束，而不是我们。"

无人说话，甚至没有人再觉得悲伤，五行世家的大盗们，只是静静地看着圣王鼎，时间仿佛在这一刻静止下来。

到底过了几分钟，还是一个小时，没有人说得清楚。

就听得脑海中嗡嗡声乱响，刺得人眼冒金星，眼前一片惨白。

可白光过后，所有人的眼前，看到的又是另一番景象。

一棵巨大而翠绿的树，正生长在圣王鼎的位置上，而圣王鼎，不见踪影。

到底这是每个人心中的幻觉，还是真的有一棵树存在？谁也弄不清楚，也不想弄清楚，所见即是真吗？答案并不重要，重要的是，除了这棵大树外，树下有一个打扮十分平常的陌生男子，站在树边，正和大家一样，出神地看着这棵树。

火小邪恰好能够看清此人的长相，可他此时情感已经变得和身体一样迟钝，只是哼了哼："炎火驰……"

炎火驰根本不觉得身边围坐了这么多人，看了一会儿后，他突然笑了起来，回头念道："凌波，你不要藏了，你不觉得很辛苦，很无聊吗？出来说说话吧。"

"呵！"一侧有轻笑声传来，但见不到人。

炎火驰依旧笑眯眯地看着一侧，不久之后，一个人影慢慢地浮现出来，并越来越清晰，正缓慢地向炎火驰走来。

此人的样貌，竟与水王流川有几分相似，只不过穿着一身黑衣，面无表情，眼神极深。他走上前来，将一块彩纱一抖，收入袖中，与炎火驰不远不近地，并肩站立。

两个水王流川均轻喝一声："凌波大人……"

同样，凌波并不觉得有火小邪这些人存在，他和炎火驰，只是存在于众人的脑海中或者是以前的影像罢了。

炎火驰见凌波走近，说道："你也看到这棵树了？"

"不错！"凌波答道，"我们两人，有共同的幻觉。"

"你确定这棵树只是我们的幻觉？"炎火驰微笑道。

"当然，这种地方，怎么可能突然长出如此大的一棵树。"

"凌波，我得叫你一声前辈，你不觉得我们平时所见所闻所感的东西，也是假的吗？"

"眼见为实，炎火驰，你是不是要拿佛教的一套来说教？不过，你想说什么，我洗耳恭听。"

炎火驰抬头看着大树，好似自言自语一样说道：“佛说，三千大世界，一个大千世界，又包含三千中千世界，一个中千世界，又有三千个小千世界，而我们只不过是一个小千世界中，微不足道的一人。而我们这个小千世界，佛又说，一花一世界，一尘一世界。”

凌波冷言道：“炎火驰，你是个盖世大盗，可当贼王之王的人，怎么改了喜好，开始研究这些虚无缥缈的佛理？”

“因为这个我亲手打造的罗刹阵，比我想象中的更有意思。”

“不妨说一说怎么个有意思。”

“凌波，我知道你对破解我的罗刹阵，抱有强烈的兴趣，可是现在，我告诉你，这个罗刹阵一旦完成，是根本破解不了的，连我在内。因为罗刹阵，是一个只取无失之地。”

“只取无失？”

“比如说，把圣王鼎放在阵中，龙嘴灯一亮，五行世家的珠子可以放入龙嘴，就再也取不出来。只能放东西进去，而拿不出来东西，便是只取无失。”

“笑话！宇宙苍穹，也不会存在这样的地方！”

“你不信我吗？”

“我当然不能随便相信你，除非你说出原理。”

“呵呵，凌波，你太相信我们自身的感受了。你有没有想过，我们每个人，都在另一个人的梦中？”

“周公梦蝶，蝶梦周公。”

“不仅如此，另一个人，可能同样是我们自己。”

“此话怎讲？”

“凌波，你几乎可以变成任何一个人，音容笑貌，性格举止，惟妙惟肖，甚至连你都觉得自己就是这个人，可你就是你，你不是他。”

“可以这么说。”

“罗刹阵，就可能打开这扇门，让我找到我的本源是谁，离开这个世界，回到真实的世界中去。我是谁这个问题，可能因此得解。”

“哈哈哈，真是荒谬！炎火驰，我看你这么多年研究罗刹阵，已经快要疯狂了。”

“我就是个疯子，凌波。本来我是想做一个无盗可盗的防盗阵，所以盗齐了五行世家的重宝，结果发现，除此之外，还有更让我着迷的东西。”

“我还是很欣赏你的，炎火驰，看来我有必要把你拉回到现实中来，不让你继续疯下去。”

“凌波，如果我这么说，另一个世界，我已经去过，而且是好几次。”

“你去过？哈哈，好，我听听你怎么去过，见到了什么奇闻？”

“可我每次去，都会回来，回来以后，就会失忆，不仅仅是我在那边见到了什么，经历了什么，也包括我在这个世界的一切。好在我有火盗双脉，每次回来都能慢慢恢复记忆，只是另一个世界的事情，我一点都想不起来。等等，我知道你会问，你凭什么这么说，告诉你吧，我每次进去，回来以后的穿着打扮，年龄大小，都有所不同。我一共进去了五次，最长的一次，有近一个月，最短的一次，只有三个时辰，虽然我不记得那边有什么，但我知道我在那边，最长的一次，生活了有几十年。凌波，听到这里，你是不是也开始半信半疑了？”

“确实有趣。”

“凌波，既然你和我一样，能见到这棵树，那你也能进去。你要不要试一试？”

“让我试试？哈哈哈！”凌波长笑不已。

“你不敢？”

“我不敢？哈哈，恰恰相反，我现在相信你说的是真的，我想去看一看。”

“不过，你可能不像我一样，能够回来。”

“回来？如果真像你所说，是另一个世界，我何必回来？这个世界，我知道得太多，已经没有什么值得留恋的地方。你说吧，怎么去？”

“很简单，直直地走过去，千万不要后退即可。”

凌波转过头，与炎火驰对视片刻，又哈哈大笑起来：“好！这个赌我打了！”说罢，笔直地向大树走去。

凌波走到树前，伸手一探，那棵树看似有形，实际无质，凌波深深吸了一口气，脚步不停，一个加劲，整个人便直没进树内，再没有半分踪迹。

炎火驰点了点头，轻声说道：“凌波，倒是唯一可以理解我的人，只怕以后再见不到了。”

炎火驰也向树前走了几步，突然站住，笑了起来，朗声说道：“慎儿，爹和你说的聪明树，就是这一棵。爹做的罗刹阵，因为有万世陨铁和木嫛之眼，可以将爹所说和所做的事情全部记录下来。爹这次一走，不知道什么时候能回来，慎儿不用担心。爹每次走之前，都要说几句话给你听，慎儿啊，罗刹阵不是不能破，而在于你舍不舍得，又能舍得多少，如果有五行合纵，若五行皆可舍弃，一齐进来，应有破阵的希望。可说了这些，爹仍然不能确定。爹造出这个罗刹阵，可能对世人来说，是一个大错，有可能被人利用，来稳守圣王鼎，江山永不旁落，如果这时，慎儿你要自己把握，破不破阵，只在乎你对此事的看法，按你自己的心思去做吧。爹不管天下是谁的，也不在乎道德信义，因为爹觉得这些可能都不是真的，爹在这个世界上，只在乎慎儿比爹能更胜一筹！为了慎儿你，爹就最后再去一次，回来以后，爹会将罗刹阵暂时封闭，然后好好地陪你长大成才。慎儿，珍丽，我去了。”

炎火驰笑了一笑，说道：“这一段慎儿会不会看得到呢？喂，木婺之眼，千万记清楚了啊，不要瞎编。”说着身子一起，嗖的一下，钻入大树内，不见了踪影。

这棵大树随着炎火驰的进入，树叶立即枯黄，落叶纷纷，接着再长出嫩芽，绿意融融，一遍又一遍，越来越快，如同岁月轮转，每一次发芽、落叶，都像是过去了一年似的。

这样三十个更替，仿佛是说过去了三十年，终于不再变化。

一个身穿忍装的男子，从大树躯干中一跃而出，一落地立即长喘了一口气，回头看去，却好像什么也没有看到。此人的面貌，正是炎火驰！

炎火驰再度出现，却有些疑惑，好似对这个地方极为陌生，上下左右看了个遍之后，方才起身，小心翼翼地走了几圈，确定无人。炎火驰按着脑门，回想了一会儿，突然想起了什么，拉起衣袖，用一把小刀将手心割破，挤出鲜血，滴在地面上，鲜血立即渗入地下，地面随之一跳，抖动起来。

火小邪等人眼中的大树，便立即消失不见。

炎火驰一看不妙，犹豫了一番，将面罩拉起，拔腿便跑。身影向着火小邪方向跑来，眼睁睁地便要撞上，可突然之间，就消失在空气中。

嗡嗡声再次在众人脑海中响起，一片白光闪过，再睁开眼时，又只剩下圣王鼎孤零零地坐落在中央。

沉默片刻之后，众盗终于清醒过来。

水王流川说道：“凌波原来是这样不见了。”

另一个水王流川说道：“爹的选择没有错，如果我是他，我也会这样做。”

而火小邪虽不说话，但心里明白，伊润广义所说的炎火驰穿着忍装，亲手杀了母亲珍丽，并想杀掉幼年的火小邪，这不是编造撒谎，而是确有其事。因为，火小邪亲眼看见炎火驰失去了记忆，穿着忍装返回。

火小邪站直了身子，平静如水，朗声道：“于公于私，罗刹阵都必须毁去。其一，我们在此等死，不如一试；其二，五行世家合纵，来此破阵，到现在可谓惨烈，仅剩下我们这二三百人，就算我们尽数在此消失，也不堕中华威名；其三，大家可曾想到，为什么只有圣王鼎不会消失？”

水王流川说道：“也许凌波所去的地方，不允许圣王鼎这样的事物存在。”

另一个水王流川也说道：“也许是圣王鼎聚集了五行之气。”

火小邪说道：“不错，既然炎火驰说，这里是只取不失之地，那么只要取出圣王鼎，此阵必毁！取鼎即破阵，破阵即取鼎。五行世家，现在我们盗术全无，形同废人，无法取巧，只能靠舍。不舍不得。同等条件，换圣王鼎出来。”

一个水王流川笑道：“不舍不得，同等交换，这都是有违贼盗的事情，我们这样做了，还叫什么盗贼？只不过，做了一辈子盗贼，不妨做个圣人、英雄。”

郑则道此时上前一步说道：“五行合纵，集五行之血气，那就是说，每家都要挑出一个所属五行气脉高绝之人，五人一起上前，一起去撼动圣王鼎。”

林婉说道：“若木嫛之眼嗜血，还需每人将血液释出。”

田问沉声道：“此法可行。”

金潘犹豫一下，向火小邪看来，可见到火小邪神态坚决，金潘一笑，说道：“这生意不好做，但不好做的生意，才更要做。”

火小邪高声道：“那好！既无异议，哪家先派人出来？”

火小邪话音刚落，就听青辰又哭又笑，跌跌撞撞地跑出，高声叫道：“我要去！”

原来青辰从刚才看到炎火驰的幻影一幕起，神智已经略微清醒，不再是那般疯癫。

青辰哭笑道：“罗刹阵我要破，我要打碎炎火驰的心魔，可我更想他，只要是他去过的地方，我都想去……”突然孩童一般哇哇大哭起来，“火驰，我终于来了！你知道吗我来了吗？”说罢，不管不顾地自行向前走去。

青芽将青辰一把拽住，喝道：“青辰，我不想拦着你，但你一个人去，还是破不了阵！”

水王流川说道：“既然木家已有人选，那么各家是否各自推举一人上前破阵？水家，和青辰同等级别的，水信子，由你去吧。”

水信子微笑着躬身一拜，说道：“幸甚！”说罢走上一步。

水王流川向火小邪看来，目光深如潭水。

火小邪笑了一声，喝道：“土家可有人合纵？”

不等田问、田羽娘吩咐，御岭尊者田观已经昂首走出，沉声拜道：“土家御岭尊者田观愿往。”

田羽娘急哼一声：“田观！”

田观笑道：“田观若能解土家危难，能解五行世家危难，能解中华之危难，实为我之荣幸！”

田羽娘再无话说，田问也微微点头。

田观大笑，稳步而立。

火小邪看向金潘，金潘盘算一下，看向刘锋。

刘锋爽朗一笑，迈步走出："金家刘锋愿与木家、土家、水家同往！"

金潘面露一丝痛惜之情，低声道："刘锋，保重！"

刘锋笑道："金王大可放心，刘锋生为金家人，死为金家鬼，而且此番一去，未必是死，若有一片新天地，我仍会为金家事业操持，这个生意做得划算之极！哈哈哈！"

火小邪沉声又问："火王大人，火家派谁？"

苦灯和尚当即就要站出，让郑则道死死拽住，一旁尊火堂堂主尊景齐见状，返身向郑则道、苦灯和尚一拜，说道："火家只要有两位在，定有光复腾达之日，我这个老朽，一生与严烈为敌，未能实际给火家做出什么贡献，严烈一死，我心已了，我又佩服炎火驰能做出此阵，若不去尝试一番，实在遗憾。有严道为火王，苦灯做法坛，我欣慰之极，就让老朽为火家做最后一些贡献吧。"

郑则道低头轻叹一声，眉头紧皱，微微晃了晃头，说道："尊堂主，你去吧。"

水王流川见五行都有了人选，略作安排，木家青辰、土家田观、金家刘锋、水家水信子、火家尊景齐，五人割开手心，血流满掌，各据方位，即面对圣王鼎龙嘴灯所在，各自站定。

水王流川对火小邪说道："木王大人，由你号令指挥吧！"

火小邪默默点头，长吁一声，喝道："第一步！"

青辰等五人齐齐向前迈出一步。

"第二步。"火小邪又喝道。

如此这般，青辰五人渐渐向圣王鼎走去。

青辰一直又哭又笑，嘴里只是不住地低念着："火驰，我来了。"

田观双目炯炯，无比坚定。

刘锋嘴角微笑，神态洒脱。

尊景齐虽没有了火家身法，但一步一稳，依旧动作干净利落。

水信子虽无表情，却突然说道："此生在水家，有太多心愿未了，此次终于能摆脱水家的控制了！"

两个水王流川听了，均是不言不语。

不足十步，五人已到圣王鼎面前，离鼎近在一臂之内。

火小邪深吸一口，沉声道："各位抬手，三声过后，一起伸出手去，同时握住龙嘴灯，哪边有力，便向哪边或推或拉，力求将圣王鼎取下，大家可明白？"

五人均微微点头。

“一、二、三，去！”火小邪清楚地念道。

五人都是成名大盗，这样的配合，不在话下，当即伸出沾满鲜血的手掌，向圣王鼎抓去。

猛然间，各人的手掌周围，一道微微的红光荡起，五人均握住了圣王鼎上的龙嘴灯。可是明显可以看出，五人均神色大变，好像感受到了不可思议之事。

极淡极淡的红光泛起，骤然间将五人笼罩在内。

青辰、尊景齐好像在高声叫喊，不过外围的火小邪等人根本听不到青辰的声音。

青辰等五人几乎同时，不由自主地向圣王鼎又迈出了小半步，突然人影一淡，消失无踪。

圣王鼎随之微微一颤。

火小邪等围观之人，全部啊的一声轻叫。

而圣王鼎只是微微颤了颤，依旧纹丝不动。

一片沉寂，谁都明白，五个五行大盗的消失，徒劳无功，只换得圣王鼎微微动了一动。

可怜土家四门，发丘神官田遥因罗刹阵幻境自杀，御岭道宗田观消失阵中，摸金都尉田令探索罗刹阵孤山地下失踪，搬山尊者田令死于罗刹阵外的忍军交战，土家四门宗主，就此消亡。

青辰、尊景齐，但愿他们得偿所愿，能去寻找炎火驰的印记。

水信子，曾经张四爷府上的刘管家，也是火小邪接触到的第一个五行世家之人，一去无踪，终于得偿心愿，脱离水家掌控。

至于金家枪队的刘锋，盖世的神枪手，一生终于金家，带领金潘进入金家之人，可能会在另一个地方，再为金家之锐。

半晌之后，才听到青芽惨声呼喊道：“妹妹……”啊的一声，顾不上自己的身份，掩面而涕。

药王爷轻咳一声：“我觉得，该我上了吧，我这个残躯，半死不活之人，应该是我了。”说着要往外走。

火小邪挥手拦住药王爷，对两个水王流川说道：“一下子就消失了五个五行世家的元老级人物，现在不宜再派青辰之类的人物上去，先试几轮普通的五行合纵！”

一个水王流川笑道：“木王大人，你也是十分残忍，只不过这样很好，难能可贵！”

另一个水王流川平静道：“至少前面五个大盗，证明了一件事，就是此法确实有可能破阵！”

郑则道跟随道：“尊景齐的牺牲十分值得，木王大人的建议十分合理，我们五大贼王，不到最后一刻，不能轻易出场。”

田问、田羽娘均沉默不语。

金潘同样一言不发，目光已在乔大、乔二、金家枪队众人的身上看了看去。

一个金家枪队的枪手按捺不住，跳出大叫道：“刘队长死了，我也要随刘队长去死！金王大人，请派我出去吧！”

尊火堂几个尊景齐的弟子，脸涨得通红，一起上前，跪在郑则道面前，纷纷喊道：“与其等死，还不如让我随尊堂主去吧！火家盗义，宁肯入阵死，不可袖手亡！请派我去吧！”

土家御岭一宗正土行士，亦是不少人上前，虽不说话，但去意坚决。

木家黑枝有几人站出，哀声道：“木王大人，青辰总仙主走了，我们与青辰总仙主是生死同命蛊，请木王大人让我们去死吧。”

只有水家无任何一人站出，这确实是水家的风格，只需水王流川发令，无人敢说不去。

一时间请死之声一片。

火小邪黑着眼睛，勃然大怒道：“统统闭嘴！什么死不死？你们没有看见吗，炎火驰能够回来！舍得五行世家的名号，我们全部消失！不做此想，破阵无望！否则我们统统困死在此，无所作为地烂成稀泥算了！”

一片安静。

“啪啪啪”，有一人掌声响起，正是水王流川，“木王大人，说得好，敢舍千年五行世家，才必有一得！”

另一个水王流川轻轻一笑，说道：“有趣。”

眼下五行世家所剩百余人，无外乎上中下三等，上等为贼王和各家元老，如火小邪、水妖儿、郑则道、苦灯、金潘、乔大、乔二、田问、田羽娘、林婉、三位壳长、两个流川、水华子、青芽、药王爷等；中等为木家普通仙主、火家各堂行度、土家四门中的“印封守前碎罔行遣坠盾集囤”、金家几个枪队组长、水家普通筏主；下等则为一般众盗。

既有此动议，很快各家便派出五个下等众盗，依照前例，再向圣王鼎探去。

只是此行效果，远非青辰等五人可比，刚刚伸出手去，没等触摸到圣王鼎，便全部消失无踪。

又是四组人上前，虽然仍旧是毫无斩获，却激得圣王鼎周围的空气，泛起一层淡红光芒，若隐若现，不再消失。

火小邪眼中黑气翻滚，绝无一丝怜悯犹豫，再次差遣。

再是五组二十五人。

连号令都不用再喊，一组五人先后站定，自念“一二”便上前去，一起伸手，一起消失。

哪个不是在俗世里可以响当当的人物？却在罗刹阵里被集体废了盗术，如同飞蛾扑火一般，消失在这个世界，不知去了哪里，生死未卜。尽管火小邪说炎火驰能够回来，未必是死，可现在就像是说“你消失了其实去了天堂”一样，没人会告诉你准确答案。

悲壮、惨烈的气氛，依旧是浓浓地弥漫。

可五行世家的这些大盗，没有人犹豫，不论结果是生是死，生亦何欢，死亦何惧？既然已有这么多大盗，一路为罗刹阵牺牲，甚至自相残杀，最终盗术全无，衰弱不及常人，一切恍如过眼云烟，还要贪恋什么苟活之事呢？既然是贼道，不敢冒险又是什么贼道？

归根到底，定不能损五行世家在此世的威名。哪怕结果是全部消失，也不能让日后的东洋倭寇看五行世家活生生困死在罗刹阵内的笑话。五行世家，千百大盗，丢不起中国人的脸！

中国人是有骨气的！哪怕是盗贼，世人不齿的行业，同样是中国人！比一些虚假正义、道貌岸然、狼心狗肺、欺名盗世的所谓君子、圣人，更能代表中国人！

五行至尊圣王鼎，封建帝国之代表，得之可得天下，失之可失天下，还是安静地安置在眼前，天若有灵，可知五行合纵的决死拼搏之心？

如此漫长，又是如此的一瞬间。

加上最早的青辰、田观、刘锋、水信子、尊景齐，为破罗刹阵，而消失在罗刹阵内的五行众盗，已有七十五人。圣王鼎未动分毫，只有渐浓的血色光雾弥漫不散。

这光雾虽说不散，只要五行众盗稍有迟钝，便会开始淡化。

火小邪全身邪气滚滚，浓黑的眼中看不出一丝迟疑之气，让人看着害怕。

决不能让这层出现的血光淡去！火小邪唯做此想。

火小邪冷冷喝道：“普通盗贼不再上前，改为更高一级！”

木家普通仙主、火家各堂行度、土家四门中的“印封守前碎罔行遣坠盾集围”正土行士、金家几个枪队组长、水家普通筏主，又是五组二十五人，统统消失。

但这二十五人，已能触摸到圣王鼎！甚至有一组人，撼得圣王鼎动了几动！

尤胜最初的青辰等人。

金家唯剩五个枪队组长，全部耗光，已无人可派。

圣王鼎外笼罩着的光雾，业已成为鲜红色。

火小邪厉声道：“各家元老，派人出来！木家是谁？”

药王爷呵呵一笑，扶着胸前伤口上前，走到木家方位，说道：“小老儿在，等了许久，迫不及待。”

田羽娘淡然笑道：“既然木家的药王爷，那土家便是我了！”

田问沉呼一声：“娘！”眼底已泛出泪光，此乃田问罕见的动容。

田羽娘十足爱怜地看了眼田问，说道：“儿啊，娘永远站在你一边。”

水家水华子十分主动，站出说道：“我乃水家水华子，亦是水王流川大人的某个分身，我应该搭配得起药王爷和田羽娘。”

火家苦灯念了声佛号，站直了身子，说道：“火家火法坛主苦灯，陪同各位大人。”

郑则道面露不舍，紧紧咬牙说不出话。

苦灯和尚面带微笑，念了声：“火王大人请多保重，苦灯此生无憾，我去也。”

金家乔大不知从哪里冒出的蛮力，一把将乔二推开数步，乔二一屁股跌坐在地，大叫道：“大西瓜！轮不到你！”

乔大早就大踏步站上金家方位，骂道：“二子，你放屁！我怎么也是师父的大徒弟！个头都比你大！我都站在这里了，你别丢人现眼的！”

乔二跪地放声大哭：“大西瓜！我会来找你！”

乔大已经把手掌划开，鲜血横流，骂道：“二子你这个乌鸦嘴！我们五个这么牛，估计这次就破阵了！”说着对已经各占方位的药王爷、田羽娘、水华子、苦灯和尚叫道，“喂，由我来喊号子吧。”

水华子笑道：“请！”

乔大嚷道：“火小邪大师父、金潘二师父，弟子乔大脑袋为你们破阵！哈哈哈！”

乔大放声号令，五人稳步上前。

田羽娘满眼是泪，却不敢回头再看一眼田问。

这五人很快便没入血光之中。

就见五人抓住圣王鼎龙嘴灯，僵持了片刻，圣王鼎突然之间，被推得倾斜了半分，可以看到乔大兴奋地张嘴大叫，可听不到任何声音，而就在此时，五人骤然消失。

圣王鼎当啷啷在石台上颠了几颠，可惜被青藤拉扯着，未能倾覆，但位置确实被挪动了！

田问伸手去抓，也知此事无法挽回，颤抖着手，垂了下来，一行泪从眼角滑落，低念了声：“娘……”

林婉更是情难自已，紧紧搂住田问结实的胳膊，热泪翻滚。

乔二惊声高叫：“大西瓜！啊！你 × × 的啊！！”说着连滚带爬站到圣王鼎的金家方位，大吼道：“金家金王二徒弟乔二爪子来了！谁和我一道啊！”

木家青枝总仙主青芽神色黯然，走了出来，嘴里喃喃道：“老甲，你死了，我实在不想自己留在这个世界上，不管我会去哪里，但愿此生，只是梦幻。”

土家一位壳长，上前长身一拜，踏上前去。

水家一位相貌平常之人，从水家人中钻出，一抹面目，顿时换了一张面孔，向两位水王流川笑道：“轮到我了！”

两位流川均是点头。

火家九堂一法，排行第二位的耀火堂堂主耀景民，他之前身负重伤，苦苦支撑至此而不死，算是命大。尊景民上前向郑则道拜道：“火王大人，还好不须什么身手，只考量火性，我临死之前总算还有点用，万幸啊，让我陪老尊去吧。”

郑则道低声道：“去吧。”

很快又是五人位列五行方位。

乔二如乔大一般大叫：“火小邪大师父，金潘二师父，二弟子乔二为你们破阵！必胜必胜，为了大西瓜，就是必胜！”说罢又哭得稀里哗啦了，“大西瓜，大西瓜，我的好兄弟，二子来了。”

金潘鼻子一酸，死死忍着不落下泪来，嘴里咬得鲜血横流，背过身去，再不敢看乔二的身影，嘴里只是低念道：“乔大、乔二，你们这两头猪……为什么最后连说话都一样……”

青芽双眼微闭，只是叹道：“老甲，老甲，另一个梦里再见吧。”

五人割破手掌，齐齐向前。

血光之中，圣王鼎被提起半分，但马上跌落，当啷一声，鼎身歪斜！而乔二、青芽、耀景民等五人，就在圣王鼎被提起的瞬间，消失不见。

啊的一片惊呼之声，剩下的几十个五行世家众盗，无不扼腕叹息。

未等火小邪开口，反而是田问最先大声说道：“该我了！”

火小邪厉声应道：“好！”说着也要上前，水妖儿挣扎着，一把将火小邪拽住。

火小邪低喝道：“放手！”

水妖儿看着火小邪，就是不肯松手。

这两人全无身手，也无力道，火小邪只好扭身，要把水妖儿的手掰开，而水妖儿咬紧牙关，就是不松。

火小邪厉声骂道：“你太自私了！坏我大事！”

水妖儿看着火小邪，低声说道：“在你心中，是破阵重要还是我重要？”

火小邪厉声道：“田问舍得，我也就舍得！”

“不对！”突然有一女子声音高声道，“火小邪，你不能代表木家，你木性不足，还是我来代表木家吧！我虽然不是木王身份，但木性比你火小邪高出数倍。”

火小邪扭头一看，说话人正是林婉。

林婉迈步向前，牵起田问的手，柔声道：“田问，你也希望我陪你对不对？”

田问嘴角露出一丝笑意，点了点头。

两人牵手齐步，走到各自方位。

火小邪目眦尽裂，还在坚持，一定要把水妖儿的手掰开。

水妖儿低声道：“除非，你和我一起去。”

火小邪狂吼道：“不行！我不允许你和我一起冒险！”

水妖儿目光一柔，柔声说道：“可是我想。”

一个水王流川哈哈大笑，走出几步，说道：“好了火小邪，林婉说得没错，让她来代替木家吧。水家，是我来，第一号流川！”

金潘摇头晃脑地走出，说道：“金家，金潘，哎……坐上金王的位置才没几天。”

火小邪骂道：“潘子，过来帮我！”

金潘摇了摇手指头，笑道：“NoNoNo，火小邪，对你老婆好点啊，你们应该在一起啊。还是你兄弟我来破阵吧。”说着不搭理火小邪，向郑则道看来：“喂，火王大人，站出啊。”

郑则道嘿嘿嘿笑了三声，说道：“抱歉！我命格里是水火双生之人，火性只怕不如火小邪纯粹。火小邪是木王身份，却有林婉替代，我为何不能找人替代？”

金潘破口大骂道：“郑则道，你真是无耻啊，怎么有你这种王八蛋啊。”

郑则道毫不生气，说道：“我说的是实话，怎是无耻？我火性不纯粹，和你们一起，岂不是害了你们？”

这番耽搁下来，圣王鼎外本已赤红的血光正有淡化之势。

火小邪大吼道：“要来不及了！郑则道！不论是不是你，派人出来！”

郑则道高喝道：“火小邪，我是为了大家好！我说的，水王流川大人也不会反对！”

水王流川哼道：“郑则道的确不合适，火家还有更合适的人选。”

郑则道叫道：“听到了吧，火小邪，人不能逞一时之勇，损伤大局！火家自有人选！闹小宝！出来！”

一个一直蒙面的火家灰衣人上前，将面罩扯下，那容貌正是闹小宝。

闹小宝说道：“火王大人，我已不是严火堂堂主，只是个寻常弟子，也可以吗？”

郑则道说道：“当然！火家火性至真至纯之人，非你莫属！你不是堂主，胜似堂主！甚至你有成为下任火王的资格。”

闹小宝抱拳道：“愿为火家鞠躬尽瘁！”说罢快步上前，站上火家的位置。

水王流川哈哈大笑：“郑则道啊郑则道，亏你想得出来，不过，你选得对，就是他闹小宝，火家火性第一人。你不叫他出来，我也会叫他出来。”

郑则道沉声道：“多谢岳父大人夸奖。”

闹小宝此时对火小邪一笑，笑容依旧干净纯粹，恍如十一年前火门三关的那个闹小宝。

闹小宝说道：“火小邪，对不起你呢，你来火云庄，我恩将仇报，居然想杀你，惭愧得很，所以，我一直躲着，蒙着脸不敢见你。请你让我代替火王大人去吧！”

火小邪只是厉哼道：“要来不及了！”

闹小宝点了点头，双肩一抖，两团鲜艳的火焰腾在肩头，飘浮于肌体上，不灭不减，不知是何技艺，不同于火家任何一人。

闹小宝说道：“能与众位贼王大人合作破阵，三生有幸！”

水王流川笑道：“哈哈，精火炎身，终于见到能够净火浮肩的火行奇人。闹小宝，你够格了！”

田问低喝一声：“走！”迈步向前。

流川、闹小宝、林婉、金潘再不言语，立即迈步同向圣王鼎走去。

五人没入血光之中，水妖儿方才松开火小邪。

火小邪只是屏息静气看着五人的动作，如同没有感觉到水妖儿松开了自己。

五人伸出手去，握住了龙嘴灯，竟将圣王鼎再次提起，僵持在半空不动！明明流川五人都有发力的动作，可是圣王鼎只是被他们持在半空，无论如何也拿不下来。

虽听不见这五人的任何声音，但可以看得出，流川在急促地讲话。

还是没有用处，好像五个人的力量，全部消失在圣王鼎之内，无法作用。

五个人的身影不同于之前探阵的遭遇，不是突然不见，而是开始慢慢地淡化。

郑则道在外竭力大叫道：“取鼎下来！取鼎下来！怎么了！你们是怎么了！

取鼎下来啊！”

阵内的水王流川依旧在无声地快速说话，可五人已经不可阻止地渐渐淡去。

隐约间，就见田问伸出手来，和林婉的手紧紧地握在了一起，两人相视而笑，幸福而又甜蜜，无怨无悔。

当的一声，圣王鼎从空中掉下，在石台上震了几震，安静下来。

而流川、田问、林婉、金潘、闹小宝五人，已经再也看不到，他们，同样消失了。

血光再次赤红，浓烈得居然无法再看到圣王鼎。

郑则道惨呼一声：“输了！我们还是输了！”双腿一软，跪倒在地，“本以为能赢的，为什么，为什么……我已经做了所有的努力……”

“郑则道！还有最后一次机会！你参不参加？”火小邪突然厉声道。

郑则道哈哈惨笑：“金王没了，土王也没了，木家残兵，再谈什么机会！”

火小邪厉声道：“还有我，水妖儿，另一个流川，土家壳长，和你，我们虽凑不成最强的五行，但足够一试！”

郑则道哈哈惨笑：“火小邪，你连水妖儿也要搭上吗？你好狠的心！你已经疯了啊火小邪，认输吧，等到日本人再次回来罗刹阵，从外部打开罗刹阵，也许我们还能活下去。”

火小邪骂道：“郑则道，你这个懦夫！”

郑则道高叫道：“我是识时务者为俊杰，伊润广义杀了我父亲，我甘受胯下之辱，隐忍七年！你夺走我的妖儿，为了得到圣王鼎，我虽恨你入骨，还是与你合作！苦灯是我的叔叔，他走了，火家九堂一法没了！这些还不够吗？我做得还不够吗？火小邪，你看到的炎火驰，根本就是个幻觉，炎火驰可能根本就没有去，所以根本就没有回来之说！他和你一样，都在做梦！罗刹阵只是还原了炎火驰的一个梦！我只相信，得到圣王鼎，登基称帝一事，是实实在在可行的！谁理解我？谁理解我！”

火小邪冷哼一声：“可以，你可以不去，让小鬼子来救你吧，也许他们占领中国后，能分你一杯羹。”说着，火小邪从怀中摸出两颗木广珠，丢在脚下，说道，“我去了！”

水妖儿拉住火小邪。

火小邪冷冷地看着水妖儿，说道：“你要阻止我？”

水妖儿说道：“不是，请让我和你一起去吧，没有你的世界，活下去又有什么意思呢？”

火小邪一双黑眼，凝视着水妖儿，黑色渐渐淡去，火小邪柔声道：“妖儿……

随我来吧。”说着，把水妖儿扶起。

两人彼此搀扶着，向圣王鼎走去。

另一个流川眼中更深，也迈出一步，向前走去，说道：“火小邪，我相信炎火驰离开过这个世界，凌波也离开过，但炎火驰回来了，凌波没有回来，那他一定是不想再回来了，所以，我对此行非常感兴趣。走吧，我陪你一趟。”说着，手中一扬，两颗水灵珠落入水家人面前，一个水家人赶忙将珠子收起，恭恭敬敬地向水王流川拜了再拜。

火小邪长声道：“各家愿意来的，就都来吧！”

土家还剩二位壳长，其中一个将两颗土盘珠取出，递给另一个壳长，一言不发，也向圣王鼎走来。

金家枪队中一个枪手见状，将两颗金涅珠也取了出来，放于地上，说道：“金王大人，恕我不能为你保管了。”说着，也向前走去。

木家最后剩下的两个普通仙主，略向木家弟子打点，迈步向前。

火家亦剩最后几个刚烈之人，绕过郑则道，再不看郑则道一眼，跟随而上。

最终，包括火小邪、水妖儿、水王流川在内，一共有十三人，全部来到血光的边缘。

赤红血色浓郁，根本看不见里面的景象。

火小邪紧紧搂住了水妖儿，两人依偎在一起。

火小邪低头吻了吻水妖儿的额头，问道：“五行世家毁在我手，你觉得我做错了吗？”

水妖儿柔声笑道：“对错又有何妨，只要我俩还在一起。”

火小邪淡淡一笑，说道：“妖儿，谢谢有你。”

水妖儿轻轻嗯了一声，闭上了眼睛，说道：“带我走吧，不管将去哪里。”

火小邪抬起头，看着一片血色，无数的身影浮现在眼前。

火小邪朗声道：“大家听好！割开手心……我数三声，便与我同时入内！一、二、三，进！”

众人齐齐迈步，踏入血光之中。

……

……

……

二十、罗刹梦碎

黑暗、光明。

光明、黑暗。

颜色、气味、声音、寒冷、炎热、疼痛、酸甜、苦辣、爱、恨……

愤怒、平静、绝望、高兴……

一切的一切，交替地出现。

到底是什么？又在经历什么？

忘了……

好像有时间流过，七年？还是三年？

火盗双脉，是的，是火盗双脉，唯一记得的东西。

火小邪大口大口地喘着粗气，心脏剧烈地跳动着，几乎能够脱出胸膛。睁不开眼睛，耳中嗡嗡乱响，身体又酸又涨，口中发苦，恶心得想吐。

有很遥远的声音传来，却听不清是什么。

火小邪心里默念着：“妖儿……妖儿……”可妖儿是谁？火小邪不知道。

微光从沉重的眼皮下透进，声音有些清晰。

“鼎！鼎！”

火小邪暗念一声：“鼎……什么鼎……”身子一软，就要跌倒，挥手一撑，手中却扫中一个东西。

好像下意识的，火小邪将这个东西一把牢牢抓住，从半高处拽了下来。

所有不适的感觉消失了。

火小邪好像突然想到了什么，猛然睁开了眼睛，低头一看，手中正抓着一个有五条盘龙、五个支脚的鼎！不过是几拳大小的东西而已。

“火小邪！木王大人！你成功了！火小邪！木王大人！鼎！鼎！”激动万分的声音直刺耳中。

火小邪缓缓抬头一看，自己正身处一个半球形的洞穴中，满地都是尸体，只有几十个人站在一旁，向自己殷切万状地看来。

其中一个，白面无须，呼喊声几乎是声嘶力竭，“快离开那里！快离开！”

“大哥！大哥！”一个黑脸大汉带着十多个山匪打扮的人，也在冲火小邪高声大叫。

火小邪并不认识这些人，相反，一种难以名状的恐惧感充斥了全身。

火小邪伸手一摸，自己腰间皮带上别着一把匕首，顿时拔出在手，抓着鼎唰的一下从地上跳起，直扑那个白面无须的男人而去。

白面无须的男人面色一寒，正要后退，哪里比得过火小邪的身手，一柄尖刀，立即横在自己的咽喉处。

火小邪架着此人，怒喝道：“你们是谁？这里是哪里？”

白面无须的男人虽然被制住，却很是镇定，说道：“火小邪，你忘了吗？我是郑则道。”

“郑则道？”火小邪脑海中嗡的一响，彩光乱冒。

“是我！火小邪，你是五行世家的木王，我是火王，我们都是五大贼王。火小邪，清醒一点，你成功了，你破了罗刹阵，拿到了圣王鼎！五行至尊圣王鼎！”

火小邪脑海里又炸成一团，厉声喝道：“水妖儿呢？你们认识水妖儿吗？”

“认识！当然认识！火小邪，我们不会伤害你，我们现在还是手脚酸麻，手无缚鸡之力。先放开我，我可以把你想知道的一切都告诉你。”郑则道摊开双手，不做任何抵抗。

火小邪半信半疑地将郑则道放开，立即唰唰唰地后退几步，持刀相对，狠狠道：“说，你们是谁，为什么打扮成这样？这里又是哪里？水妖儿是谁？”

郑则道松了松筋骨，眼睛却直勾勾地盯着火小邪手中的圣王鼎，叹道：“说来话长……要不，我们先离开这里吧，这里非常不安全！”

郑则道刚刚说完，突然愣了一愣，在腰间一摸，感觉到有微烫，立即伸手一掏，摸出两颗火煞珠来！

两颗火煞珠，正在发出强烈的红色光芒！

郑则道大呼一声：“火煞珠亮了！”

一个土家壳长，也拿出两颗土盘珠，同样是黄色光芒大胜！极为耀眼！

金家的两颗金涅珠，同样大亮，白光灼灼！

木家的木广珠，绿光四溢！

水家的水灵珠，黑光深郁！

五对珠子，同时发出光芒，将这个空洞照得五颜六色！

火小邪被这十颗珠子的光芒一闪，尽数投进眼中，突然间脑海里本来混乱的色彩，全部规整起来，画面在眼前飞速地闪过，所有的一切，顷刻间回想起来。

火小邪张着嘴巴，嘴里哽咽着，全身颤抖，两行泪奔涌而出，直挂脸颊，流进了嘴里，又苦又咸。

火小邪撕心裂肺地大吼一声："妖儿！我对不起你！为什么只有我一个人回来？为什么？我到底去了哪里？"

火小邪扑通一下，跪倒在地，整个人蜷缩在一起，无声痛哭，身子抽动了几下，竟再不动弹了。

马三多大叫道："大哥！你怎么了？"

郑则道拦住马三多，骂道："马三多，是我救醒了你们，你最好听我的，不要乱动乱嚷！现在火小邪神志不清，你要乱来，可能会害死了他！"

马三多难受道："可是，可是，可是火大哥他……"

郑则道说道："他死不了。"

"是的，我一时半会儿死不了，郑则道，谢谢你的吉言……"突然火小邪说出话来，慢慢抬头，冷冰冰地看着身前歪倒在地上的圣王鼎，说道，"在我没有想起来水妖儿的下落之前，没有弄清我去了哪里之前，我不会轻易去死。"

火小邪身子一正，端坐在地，毫无表情，目光呆滞。

水家尚存的十几个弟子突然手捧水灵珠，跪倒在地，其中一个高声大喝道："水灵珠亮起！依水家律令，水家愿尊火小邪为中华帝王！行水家守鼎之责！"

土家弟子悉数跪下，捧土盘珠跪拜道："土家愿尊火小邪为中华帝王！行土家守鼎之责！"

金家弟子悉数跪下，捧金涅珠跪拜道："金家愿尊火小邪为中华帝王！行金家守鼎之责！"

木家弟子悉数跪下，捧木广珠跪拜道："木家愿尊火小邪为中华帝王！行木家守鼎之责！"

郑则道一下子便呆住了。

火家众人看着郑则道，不知该如何是好。

郑则道瞪着眼睛，有些歇斯底里地问道："火小邪，你可记得你我约定？我们可是击掌盟誓了的！"

火小邪说道："我做不了帝王，我也不愿意做帝王，我只想要回我的妖儿，郑则道，这个烂鼎，送给你了。将五行信物，放入龙嘴灯吧，你从此名正言顺了。"

“此话当真？”

火小邪抓起圣王鼎，向郑则道丢了过去。郑则道一把抱住圣王鼎，再也不肯放手。

火小邪面无表情地说道：“郑则道，祝你当个好帝王。”

郑则道呼吸急促起来，抱紧了圣王鼎，向众人说道：“圣王鼎在我这里，我才是你们该尊的帝王之人！”

金、木、水、土四家虽有所不愿，但也转为跪拜郑则道：“愿尊郑则道为中华帝王！行守鼎之责。”

火家弟子也是齐齐跪下，跪伏称帝。

郑则道志得意满，一副天子之尊，神态甚是隆重，肃然道：“各家请速尊五行珠归入龙嘴灯，随我守护此鼎，离开这污秽之地。”

各家持珠弟子无奈，纷纷上前，将各家宝珠，放入一颗到龙嘴灯内，顿时圣王鼎宝光浮动，通体透亮，夺目生辉，真是个人间难得一见的宝物。

郑则道哈哈大笑：“好！五行世家听了！国号大郑，就此立国！各家各行其是，助大郑皇朝问鼎中华！”

火小邪冷笑道：“郑则道，你忘了吗？罗刹阵是一个有取无失之阵。”

郑则道笑道：“火小邪，你既然取了圣王鼎，此阵已经毁去了。火小邪，只要你听从我的调遣，我可尊你为大郑皇朝国师，一人之下，万人之上。”

火小邪冷笑道：“未必吧！”

郑则道还是笑道：“火小邪，何必说丧气话……”话到此时，郑则道忽觉圣王鼎极烫，几乎把持不住，但郑则道绝不肯放手，宁受手掌灼烧之苦，惊声道！“怎么？”

啪啪啪啪啪几声脆响，圣王鼎就在郑则道手中，炸为粉末！

郑则道一把没捞到，只抓到几个残片，又见五颗珠子还在滚动，弯腰便要去抓，谁料到，那几颗珠子滚了几滚，咚咚咚咚咚炸了五响，全部化为碎末。

不仅是这五颗珠子，另外与之一对的五颗珠子，几乎同时炸成碎末。

郑则道整个人都呆住了，呵呵呵笑了三声，突然咧嘴傻笑道：“这一定是我的幻觉，这是场梦，我还在罗刹阵的幻觉里，不可能，怎么可能？绝不可能！”站起身哈哈狂笑，指着地上的碎末，又哭又笑，“你们相信吗？圣王鼎，五行世家的信物，变成一堆粉末了，你们相信吗？你们相信吗？”

郑则道突然又怒发冲冠，狂吼道：“你们都不相信！所以我绝不相信！大郑国千秋万代！我就是开国皇帝！我是开国皇帝！假的！这是个假的圣王鼎！”

郑则道大吼完，又号啕大哭：“那我是什么？我的努力，我是多么多么努力，受尽屈辱，处心积虑，所有人为我而死了，我连句谢谢也说不出来，因为我失败了！我为了什么？我为了什么？”

郑则道推开众人，跌跌撞撞地向外跑去，一路狂吼乱叫，火家人看了郑则道几眼，追了上去。

火小邪低声道：“圣王鼎毁了，罗刹阵便破了。”

火小邪正要起身，却见到原先放圣王鼎的石台下，不知什么时候，多了一人。

此人全身都缠着密密麻麻的电线，背着一个硕大的包裹，露出体外的衣裳，几乎破成了碎片，满脸胡须，神态憔悴，而且昏迷不醒。

火小邪一眼便认出了此人，大叫一声，飞扑上前。

此人正是金潘。

火小邪大叫着金潘，把金潘从地上拽起，脚下却已感觉到嗡嗡的震动，原本盛放圣王鼎的不规则石台，一片片地瓦解开来，夹杂着数支正在枯萎的青藤，正在向下方陷落。

火小邪大吼道：“罗刹阵陷落了！所有人快走！”

金家最后几个枪手和马三多等人赶上前来，帮助火小邪将金潘扶住，众人再不敢耽搁，急匆匆地向外赶去。

火小邪迈过圣王鼎的粉末之上，却停了一停，大叫道：“马三多，扶他出去！不要管我，有多远就跑多远！”

马三多叫道：“大哥！”

“快走！所有人快走！”火小邪大吼一声，蹲下身子，将外衣脱下，把圣王鼎的瓦砾收捡起来，包入衣内。

火小邪只觉得，哪怕是圣王鼎的碎片，也可能对寻找水妖儿有所帮助。

大不了，再建一个罗刹阵！

火小邪刚刚把圣王鼎碎片包好，陷落已至脚前，火小邪拔腿便走，却看到他丢弃的乌豪刀，就在一侧，正随着沙陷往下沉去。

火小邪略略犹豫了一瞬，还是上前几步，将乌豪一把抓起，险象环生，差点随之陷入地下。

乌豪，伊润广义临死赠给火小邪的宝物，纪念所谓的父子情感之用，火小邪对此刀，说不出是恨是爱，但也不忍乌豪从此消失。

毕竟，有些情感，曾经是真的……

等火小邪冲出罗刹阵，却发现原本一大片的沙漠，早已陷落殆尽，唯剩无数条巨型石梁，交错成一片，乱麻一样。往下看去，深达千丈一般，岩浆正在地下四处翻滚，红光一片，巨大的水汽冲出，温度极高。若人被水汽冲击，当即会被烫死。

水龙眼，水火交融之地，随着罗刹阵的毁灭陷落，再次露出真面目。自然造化成的巨力，绝非人力可以阻挡。

更为不幸的是，在原本沙漠边缘的罗刹阵外壳，增援的日军已经攻击到此处，机枪扫荡成一片。

如果日军能出现在这里，很可能意味着，留在万年镇内的五行世家普通众盗，以及一路留守布防的众盗，不是被日军剿灭，就是被驱散。

火小邪想到此处，肺气翻滚，哇的一声吐出满口鲜血，几乎站立不住。

而身后安置罗刹阵的孤山，正在加速向下陷落而去。

土石崩解，地面震动，连这片看似无边无际的巨大山洞，看来也将不保。

火小邪狠狠喘了几口气，压制住胸口郁闷，眼神飞快一扫，很快看到金家人、马三多正护卫着昏迷不醒的金潘，沿着石梁向前摸索。马三多的山匪队伍，险象环生，不时有人惨叫着掉落下去。

火小邪不容有变，急追马三多等人而去。

万年镇，原本悬浮在上空的金家飞艇，早被击落，庞大的残躯，被烧得只剩下金属骨架。

到处都是炮火，硝烟、爆炸仍然在万年镇持续着。

此时已是黄昏，若按火小邪他们进山的时间，应是过了整整一天。

日军的增援部队已经陆续赶到，正在对万年镇狂轰滥炸。

火小邪全身沾着鲜血，背着半裸的金潘，正在密林之中狂奔，身后跟随的只剩下马三多和一个金家枪手。

马三多肩膀上，被子弹击中，鲜血淋淋。

乱枪之声，在不远处响成一片，有大批的日军追来。

马三多再也坚持不住，一头栽倒在地。

火小邪停下脚步，赶忙将马三多扶起，马三多惨然笑道：“大哥，我跑不动了，你们快走吧！这一带的地形，我还算熟悉，我有把握把小鬼子引开。”

火小邪喝道：“不妨事！跟着我走！就算此地被小日本合围，我照样有把握带你们逃出去！”

马三多欣慰笑道："大哥，我能见识到你们这些大盗的本事，见到小鬼子的罗刹阵被毁，这辈子都值了！哈哈，哈哈，我刚才还打死两个鬼子了，赚了一个，更值了！大哥，马三多是个汉子！不想当你的累赘！求你，就让我为你死吧！我能为火大哥这样的英雄赴死，死得光荣啊！大哥！不要把我的这个光荣偷走了啊！"

火小邪无言以对，拍了拍马三多的肩膀，说道："保重！"

马三多爬起身来，眼中没有丝毫忧伤，反而是笑容满面，一边蹒跚着跑去，一边说道："大哥，我只要还能活着，一定会把大哥的事流传下去！大哥，你保重！后会有期！"

火小邪再次心如刀绞，狠狠扭过头去，不再看马三多，背着金潘飞奔而去。

不久之后，一声巨响，火小邪转头一看，就见一座山头，火光冲天。

密密麻麻的子弹，撕破夜空，尽数向这座山头扫去。

三个月后。

青海湖中，一叶小舟漂浮着，上面孤零零地坐着一人。

明月当空，清清冷冷。

此人就是火小邪，已是满面胡须，面黄肌瘦。

火小邪看着明月，两行清泪长流，默默念了一声："妖儿……"直至哽咽。

一个被封死的瓦罐，投入湖中，咕咚咕咚，向着深不见底的水中沉去。

瓦罐里装着的，是圣王鼎的残片。

从此，圣王鼎便在这个世界上，永远地消失了。

1938年12月22日，日本提出近卫三原则，即"善邻友好，共同防共，经济提携"。

1938年12月29日，汪精卫公开投敌叛国。

1939年1月，陕甘宁边区第一届参议会在延安举行。不久国民党召开五届五中全会，中心议题是决定抗战方针及"溶共、防共、限共、反共"方针。中共中央发表声明：与国民党合作但不合并。

1939年，日军在南昌战役、长沙战役都遭到重大伤亡；八路军在遵化活捉日本天皇表弟等六人；日军中将阿部规秀被击毙。

1939年12月30日，汪精卫与日本签订《支日新关系调整纲要》即《日汪密约》，这是一个彻头彻尾的卖国条约。

日军三个月占领中国的美梦，宣告完完全全地破产。

中日战争进入相持阶段，日军的底气，似乎被抽空，天皇在公开场合表示，日本国与中国的战争，存在着一些严重的失误，特别是一部分来自中国的民间力量，起到的作用远远超过政府。只不过，中国国内没有人承认，也没有任何披露。

1942年秋，青海湖边。

一个简陋的窝棚外，走来了一个俏生生的女子，她看着窝棚外没有燃尽的灰炭发了一阵呆，静静地坐了下来。

窝棚里没有人。

这个女子望着湖面，只是静静地发呆，直到夜幕低垂。

有一个乞丐一般的身影，不知是何时冒出，站在这个女子身后。

女子一时半刻没有察觉到，直到这个男子平静地说道：“你有什么事吗？”

这个女子错愕地回过头去，看到眼前这个平静如水的男子，突然大滴的眼泪流下，跳起身来，一把将男子抱住，颤声道：“小邪，我回来了！”

火小邪一双清亮的眼睛中，隐隐闪出一丝泪光，但他坚定而又果断地将这个女子推开，阻止她再靠近。

女子哭道：“小邪，我是你的妖儿啊！我从罗刹阵回来了！”

火小邪淡淡地笑了笑，说道：“水媚儿，你还是走吧。”

“可我就是水妖儿啊！”

火小邪后退几步，说道：“我承认你装得很像，非常地像，我几乎会认错，但是你刚才说错了，水妖儿是不可能回来的。”

“为什么？”

“因为我记起了我和水妖儿的一些事情。”

“可我就是水妖儿！”

“在另一个地方，我和妖儿有过一段很开心的生活，无忧无虑，骑马放羊，尽管我记不清所有的细节，但我只确定一件事，水妖儿已经死了，所以她永远不会回来的。”

“你撒谎！”

“水妖儿知道自己即将散心裂魄，她不想让我看到她如同水家三蛇那样丑陋的模样，所以，水妖儿选择了自杀，因为这样，她就可以把最美好的形象和记忆，留给我。水妖儿，她死在我的怀里，我绝对不会忘记。”火小邪望着茫茫的天际。

“那你为什么不去和她一起死，而要回来？”水媚儿说道。

“我记不得我回来的理由，但我有一天，终于想明白了这件事情。”

“你明白了什么？”

“因为妖儿，她活在我的心里，只要我的心还活着，妖儿，她就会和我在一起。”火小邪摸着自己的胸口，闭上了眼睛，好像一切的美好，都在他的眼前。

火小邪缓缓睁开眼睛，冲水媚儿笑了笑，说道，“忘了我吧，水媚儿，如果你坚持下去，你这次是最后一次见到我。”

水媚儿咬着嘴唇，哭道：“我和水妖儿一模一样，为什么你心里就不能让我来替代她？”

火小邪挥了挥手：“走吧，水媚儿。”

水媚儿恨道：“火小邪，我今生今世都会恨你！”

火小邪笑道：“这就是你啊，水媚儿。”

水媚儿一抹眼泪，拔腿就跑。

火小邪望着水媚儿的背影，沉声问道：“你怎么知道罗刹阵的事情的？”

水媚儿头也不回地叫道：“因为郑则道！”

“郑则道如何了？”

“他疯了！”水媚儿的身影，消失在夜色之中，这句话只是远远地飘了过来。

火小邪慢慢地坐下，吹燃了柴火，看着摇曳的细小火焰，火小邪轻轻说道：“妖儿，尽管美好的时光非常短暂，我们没能如约厮守终身，但我已经很满足了，妖儿……我很想你……”

1945 年冬。

青海湖边，正下着鹅毛大雪。

火小邪所住的小草棚，几乎被大雪埋住，只有一个小小的出入口，一点火光在草棚里闪烁着。

一行三人踏着厚厚的积雪，走到草棚边，站住身子。他们穿戴着厚厚的皮草围巾，盖住了面目，只能看出，有两人眼神如电，另一个则目光略显茫然。

三个人谁也不说话，只是在草棚前站着，并不入内，很快便堆成三个雪人一般。

草棚里有人柔和地说：“进来吧，外面冷。”

一人转身要走，却被另一个人拉住，第三人一句话不说，径直钻进草棚里。

火小邪披着两张狼皮，正烤着一只野兔。他的胡须长至胸前，看着像是个野人，但目光依旧清澈透明。

三个陌生人坐定，一人正坐在火小邪面前，将头上的围巾解开，呵呵傻笑两声。

火小邪看了一眼，说道：“郑则道。”

郑则道本已毁容，带着假面，经如此寒冷一冻，脸上假皮松动，显得皱皱巴巴的，甚是丑陋。

郑则道依旧傻笑，再没有往常的豪杰之气，可能是他脸上很痒，所以边说话边抓耳挠腮：“呵呵，呵呵，火小邪，我终于找到你了。”

“有什么事情吗？”火小邪拿起野兔，吹了一吹，撕下一条腿给郑则道。

“也没有什么事情，就是想找你说说话。”郑则道接过兔腿，呼哧呼哧地便往嘴里送，也不怕烫。

“郑则道，你怎么了？”

郑则道摸了摸头，说道：“我可能是疯了吧，不过疯了的感觉挺好的吧，嗯嗯。”

“无欲无求。”火小邪轻笑一声。

“嗯嗯，呵呵，呵呵。”郑则道依旧傻笑，好像不理解此话的意思。

“火家怎么样了？”

“火家，喔，喔，炸飞了，炸成灰了，火家人都跑了。”郑则道比画着爆炸。

“怎么？”

“好多炮弹，咚咚咚，就炸成灰了，呵呵，很有意思啊。”

“谁干的？”火小邪微微皱眉。

郑则道抓了抓脸，比画了一下手枪的形状：“叭，叭……是叭，叭……”

一个少年的声音响起：“爹，不用说了，火家这样被毁，所有人倒解脱了！没有火王信物，火家还有什么存在的必要？彼此争夺火王权势，有何意义？不如鸟兽尽散！”

郑则道身边的两人都拉下面罩，露出两张十二三岁少年的面孔，说话的人，更显得少年老成一些。

郑则道哦哦了几声，说道：“是啊是啊！那个，那个，严念，严谨，不要叫我爹了，这个才是你们的爹。”

严念立即斥责道：“我不姓严，这不是我爹，我姓郑！你这个疯子，能不能闭嘴！”

严谨赶忙拉住严念：“哥，不要这样说。”

严念伸手指着火小邪的鼻尖，骂道：“好，你是我的爹，我们是你的骨血！可是你骗走了我娘，又骗走了我姨娘。你这个十恶不赦的浑蛋，火家被你毁了，五行世家也被你毁了，你还嫌不够吗？我今日来，不是为了叫你一声爹，而是想亲手杀了你这个王八蛋！”突然之间，严念不知从哪里变出一把小刀，向着火小邪当胸刺去。

火小邪本可轻松避过，可他根本没有躲闪之意，硬生生地挨了这一刀。

严念没想到火小邪会不躲不避，手中一松，弃了此刀，大骂道：“你为什么不躲？”

严谨双手将严念牢牢抓住，按倒在地，几乎哭了起来：“哥，你在干什么啊？”

郑则道更是惊慌，但又不知道怎么办，只能挥着双手，呜呜直叫。

严念死死盯着火小邪，嘴巴不饶人：“火小邪，你说话啊！你为什么不躲？你是不是就是想死？那你去死啊！还死皮赖脸的，躲在这个青海湖边干什么？你是不是怕你的仇人们杀你？是不是？王八蛋！我恨我是你这个王八蛋的儿子！我娘在哪？我姨娘在哪？让她们回来！”

火小邪看着胸口的血，顺着刀尖透了出来，一把将刀拔出，用手把伤口按住，对严念柔和地笑道：“是啊，我是一个浑蛋王八蛋，我害了所有人，唯独自己不死，我的确该死。你刚才这一刀很准，可惜留了余力，离我的心脏还差一毫。”说着把小刀递上来，说道，“你可以再试一次，我不会躲开的。”

严念大骂道：“你以为我不敢吗？”伸手就要夺刀。

严谨玩命地把严念拖开，已经哭出了声：“哥，哥，你不要杀我们的爹！他再坏也好，再可恨也好，他毕竟是我们的亲爹，我们以后再不要见到他好了，不要杀他！求你了！”

严念骂道：“火小邪，你自己去死啊，你自己去死啊！你还是个男人，就去死啊！你这个垃圾！害人精！你害死了我娘，是你害死了我娘！我这个爹也让你逼疯了，非要带我们找你。为什么，为什么偏偏是你……”骂着骂着，哇的一声也哭了起来，扑倒在地，狠狠地捶打地面，痛哭失声。

火小邪紧咬牙关，两行泪依旧忍不住地夺眶而出，面对自己与水妖儿的孩子，居然落得个父子相残的局面，能怪得了谁？一切都是命运的作弄吧！

火小邪，你这个邪火之人，注定五行难容，为害五行世家，必须除掉你！这句话不知道是谁说的，火小邪已经忘了，却翻翻滚滚着在火小邪耳中萦绕不散，好像所有人都在与火小邪这样说话。

“严念！严谨！你们再敢对火小邪不敬，就永远不要再叫我爹了！”郑则道的狂吼之声响起，把火小邪拉回现实。

郑则道圆睁着眼睛，再无痴傻的模样，一副火王的尊严之气，继续大喝道：“我这次来，就是想最后见火小邪一面！我今天无论发生什么，都与火小邪无关！你们是火小邪的亲生骨肉，如果再干出不敬不孝的事情，我在黄泉下，也不会饶了你们！听到没有？”

郑则道突然恢复清醒，倒是奇怪。严念、严谨看着郑则道，张口结舌。

“听到没有？”郑则道怒斥道。

“听到了。”严念、严谨赶忙答道。

郑则道神情一松，嘴角抽动了几下，露出不知是哭是笑的表情：“火小邪，请你，照顾好你的两个孩子，我没法照顾他们了，可我，可我也舍不得他们。但是我……我疯得实在太久了……疯得实在太久了，我想告诉你，我对水妖儿，是真心，是真心，我和你一样爱她，所以，我不恨你……不恨你……从我身边把水妖儿带走，你能给她……给她快乐，我……我只恨我自己，是我……是我太……对不起！火小邪，对不起！请你原谅我！”

郑则道头一低，全身颤抖着，坐立不安，只是不断地重复着最后这句话，声音减弱。

火小邪感觉郑则道状态不对，赶忙上前将郑则道扶住，一摸郑则道脖颈上的脉搏，却发现郑则道，脉象全无，居然，死了。

郑则道就在他的忏悔中，死在了火小邪的面前。

郑则道若不发疯，也会如此吗？

火小邪立即将郑则道放倒，猛捶郑则道的胸口，大喝道：“郑则道！醒来！郑则道！”

可是郑则道，已经魂飞天外，再也无法回答了。

火小邪啊的一声叫，瘫坐在地。

严念、严谨两人也愣了，呆望着郑则道的尸身，沉默不言。

火小邪突然发作，身子一闪，便将严念、严谨两人前胸揪住，青筋直冒，他这样的劲力，严念、严谨两个娃娃，决然不能挣脱。

火小邪厉骂道：“他进来之前，吃过什么东西？说！说啊！”

严念半晌才说出话来：“是爹他非要吃的，他说他想正常一点，和你说话，不想让你觉得他疯得太厉害。”

严谨也呆傻道：“我们来到这里，爹他非要我们俩给他吃，他疯得厉害，我们拗不过他，我们不知道是什么药。”

火小邪大喝道：“是不是两颗绿色的药丸，闻着有股浓烈的臭味？”

严念颤声说道：“是，是……”

火小邪一声长叹，松了手，含泪说道：“这是木家的醒魂丸，只用于疯癫至狂或垂死之前意识不清之人，用以留下身后话，剧毒之物，服用后必死。这种药丸，青云客栈有售，只卖给五行世家之人。你们的爹，是带着必死的心，来到这里的。”

严念、严谨愕然，突然两人都明白了什么，扑上前去，抱着郑则道的尸身号啕大哭。

火小邪哀声道：“你们的爹，想必是再也无法忍受自己的疯癫。你们节哀吧。”

鹅毛大雪中，紧挨着火小邪的茅棚，多了一个小小的土丘，大雪很快将土丘盖住，一片洁白，丝毫看不出这是一个坟墓。

一块不规则的大石上刻着几个大字：“火王严道，长眠在此”。

火小邪、严念、严谨呆在墓前，身上均是厚厚的一层雪。严念、严谨脸上的泪水，也已结成冰凌。

火小邪低声道：“你们恨我吗？”

严念点了点头：“我恨！归根到底，我爹还是因为要见你才死的。”

火小邪说道：“你们不怀疑我在骗你们吗？也许是我毒死你爹。”

严念说道：“你说到绿色的药丸，我就相信你了，你这个浑蛋，就凭你，不配毒死我爹！是我爹想死得清白！”

严念将严谨一拉，说道：“小谨，我们走。”

严谨问道：“我们去哪里？”

严念说道：“天下之大，哪里不是家？”

“可是，可是……”

“可是什么，你想和这个无赖待在一起吗？走！”严念强行拉着严谨就走。

严谨一步一回头，看着火小邪，欲言又止。

两个小人儿，渐渐地没入风雪之中。

火小邪追出两步，却又站住。

一夜无眠。

第二天中午，火小邪走出茅棚，风雪已经停歇，在很远的地方，一个人影正在艰难地向火小邪所在的位置走来。

火小邪心中一热，拔腿就向前赶去，奔到近前，方才看清是谁。

严谨冻得满脸通红，看着火小邪，说不出一句话来，只是直喘粗气。

火小邪一把将严谨搂在怀里，喜极而泣道：“谨儿！”

严谨胆怯地说道：“爹……我还是想和你在一起，想为郑则道爹爹守灵。”

火小邪问道：“念儿呢？”

严谨说道：“他和我吵翻了，自己走了……他说，他不想依靠任何人活着，其实我也可以，只是，只是我……我不想做孤儿。”说着大哭起来。

火小邪拍了拍严谨后背，安慰道：“谨儿，谢谢你，谢谢你！爹在这里，爹在这里！爹会一直陪着你。”

1949年10月。

火小邪和严谨两人，正在替郑则道的坟墓拔除荒草，烧了几张纸钱，默然对望，方觉时间如梭，与严念分别，已有四年。

这一对父子，为郑则道守灵三年之后，严谨也成长为一个健壮的青年，而且在火小邪的言传身教之下，严谨的盗术亦有大成。严谨虽说不及严念聪明，但是生性善良，执着倔强，火性精纯，又有火盗双脉的体格，所以修习火家盗术，精进飞速。

纸钱刚刚烧完，严谨说道：“爹，有人来了。”

火小邪说道：“知道了。”站起身来。

约七八个男子，一身不知是哪里的制服，看起来疲惫不堪，见火小邪终于站起身，连忙打起精神，规规矩矩地肃立，显然对火小邪十分地尊敬。

火小邪说道：“你们是金家的人？”

一个男人赶忙说道：“是！我叫刘锦，金王大人让我们向您转达一些消息，我们沿着青海湖找您，已有快一个月了。”

“金王金潘？”

“是！金王大人名叫金潘，木王大人！”

“我已经不是什么木王，叫我严慎，哦，以前我叫火小邪，现在改为真名，严慎。你们有什么要说的，就说吧。”

刘锦咽了口口水，说道：“是，是，严慎大人，您知道吗？中华人民共和国成立了，共产党赢了。”

火小邪哦了一声：“共产党吗？”哈哈笑了起来，“还真让我猜对了！共产党确实有能力得到天下，不需要什么圣王鼎。”

刘锦说道：“是的，金家在前年，就在有步骤地清空在中国的财富，向西方世界，特别是美国转移。金王帮了美国政府很多忙，包括研制原子弹，在日本空投了两颗，逼迫日本无条件投降。”

火小邪又笑道：“潘子的炸弹有这么厉害，两颗就可以让日本投降？日本战败是注定的事情，竟是用这种方法？”

刘锦说道：“这个原子弹，威力很大，一颗丢下去，就能炸毁一个城市，死几十万人。”

火小邪说道：“哦，这么厉害……”

刘锦说道：“严慎大人，金王大人现在已经身在美国，受美国政府保护，算得上是美国最大的隐形债主，所以金王大人，想请您，您和……”刘锦显然不认识严谨。

火小邪笑道：“他是我儿子严谨。”

刘锦忙道：“请您和您的儿子严谨去美国生活，他给你们买了几千亩土地，还有一个城市，你们可以自由自在地在美国生活。”

“美国？”

“是的，而且，您的另一个儿子严念，也在美国，帮着金王做事。”

“啊？严念怎么认识金潘的？”

“严念在上海闯荡，做了几件偷盗的大案，刚好偷的是金家控制的银行，所以，才认识了。后来一问，才知道这么有缘，金王大人立刻把他收为义子。现在严念大人，也算是金家人。”

“严念过得好就行，我对美国没有兴趣，异国他乡的，不习惯。”

“您听我说，严慎大人！金王说，火家就是被当作旧社会帮会组织，被清剿了。还有土家，土家千年的地堡，被几十吨炸药炸烂了。这两家人全部流落江湖，四处被警察通缉。您留在国内，贼王之王这么大的威名，早晚会被找到，若你不听指示，一定会杀了你的。严慎大人，金王现在就是最高级通缉犯，罪名是偷窃国家财产、通敌卖国、帝国主义的刽子手，根本无法再回到国内！”

“哈哈，潘子啊潘子，你也有今天嘛。”

“严慎大人，您看您，去美国吗？我们立即安排水上飞机接您离开中国！”

“不用不用。”火小邪笑道，“劳苦人翻身做主，人人平等，我不去看看，怎么能说走就走？岂不是冤枉了别人？”

“严慎大人，可您是贼盗中人啊。”

“那我就接受接受改造，遵纪守法。”

“严慎大人！您不了解……”

“那我就应该去了解，他们的宣传说的都是我想说的心里话，我觉得很好。何况我有两个小兄弟，和我以前一样，都是荣行的，就是共产党。共产党不靠圣王鼎得到天下，那就是民心所向，又都是泥腿子穷苦人出身，非常非常地好啊，我很想看看他们是怎么做到这些的。去吧去吧，你们回去吧，告诉金潘，我不打算去美国，我知道他其实不想见我。”火小邪越说，心里越有些高兴。

“严慎大人！金王是有些怨恨你，你到美国去，金王也不会立即见你。只是金王吩咐了，就算这辈子不见你，也不想让你留在中国受罪。”

“受罪？”火小邪哑然失笑，“我在青海湖边一住就是十年，也没有觉得受罪。”

“严慎大人！您不去也要去，绑也要把您绑过去，您虽说本事高，但我们天天都会跟着您！”

火小邪拍了拍手，说道：“谨儿，把东西收拾收拾，这个地方我们待不住了，刚好我很想出去看看天下。”

严谨喜道：“好啊！遵命！爹！”

此行一去，金家人当然再也追不上火小邪和严谨。

可是，两三年的快乐时光后，等待他们的，大大超出了他们的意料。

一切本不该有的，却都降临在火小邪和严谨身上。

以至于，不忍再细细表述。

1953年春，火小邪、严谨同时被捕。

抓获火小邪、严谨的功臣，乃是浪得奔、瘪猴两人，耗时，半年；人力调动，七千八百九十人；捕获手段，绝密；关押地点，绝密。

浪得奔、瘪猴，因抓获反共残余、敌特分子、黑帮恶势力头目火小邪及骨干分子严谨，连升三级，专门负责扫除旧社会残渣余虐，荣行首当其冲。

天下无贼。

1954年，每天被注射麻醉剂的严谨，半梦半醒之时，在万人大会上，被公开枪决，社会舆论一片赞誉之声。

1955年，火小邪继续接受劳工改造，以求政府宽大处理，火小邪只知道严谨被调派到其他地区关押。

1957年，浪得奔、瘪猴被打为右派分子，资本主义投机犯，解除一切职务，关押在与火小邪同一个监狱，两人先后自杀。

1958年，已是少将军衔，一级战斗英雄，特级军功的马三多，从南方调回东北，偶然打听到火小邪身陷囹圄，并且为了防止火小邪越狱，每日给火小邪注射大量麻醉药物（杜冷丁一类）一事。马三多极为震惊，本想上书中央，说出火小邪是谁，却在家吞食大量安眠药而亡。

1959年，火小邪关押的特级监狱发生犯人暴动，火小邪失踪。

1961年，火小邪在福建沿海，被民兵组织抓获，被捕时骨瘦如柴，口齿不清，无法进食。体检结论：人体奇迹！这个人能够摆脱药物依赖，逃亡数千公里，活到现在，简直是人体的奇迹！

1962 年，火小邪被关押于中南地区某特级监狱，从此再无任何音讯。

1976 年，老态龙钟，一步一鞠躬，三步一请示，决口不提自己是谁的火小邪，患有严重的手足抽搐症，心脏病，哮喘病等慢性重症，被认为改造成功，允许保外就医，终于出狱。

1977 年，火小邪从医院失踪，长江浮尸一具，被认为是逃跑的火小邪，草草火化。至此，火小邪消失在世界上，而且任何一个卷宗，都查不到火小邪其人。

……

……

……

二十一、贼王之末

听老妇人把所有的故事讲完，我哑口无言。

老妇人轻轻擦了擦眼泪，低声说道：“火小邪没有死，他的残生，都在寻找严谨的下落，可是因为严谨在所有卷宗中都是化名，如同大海捞针，直到火小邪死去，也没有严谨尸骨埋存的下落。”

我谨慎地问道：“那您是？”

老妇人已经没有了眼泪，反而平静地说道：“很早以前，我是奉天荣行的一员……可我也是严谨的妻子……他被捕的时候，我已经怀有身孕。而你，严郑，是我的孙子，你父亲出世以后，我就与他分开，眼睁睁看着他被人收养，只求收养的人家，未来他的子孙能以严、郑复姓。我从来没有一天照顾过你父亲，罪孽啊……火小邪和严谨谁能抓得到他们？是浪得奔、瘪猴以我做诱饵，骗了火小邪和严谨……而我到最后，还蒙在鼓里……我这一辈子，都在赎我的罪。”

我大吃一惊，更是一句话都说不出来。

老妇人站起身来，说道：“严郑，我知道你一时半会儿接受不了，跟我来吧，我们去一个地方。”

清晨，硕大的公墓墓园内，空无一人。

我和老妇人，也是我的奶奶，以及严一三人，捧着一束白花，走上台阶。

清晨的风，吹动着湿润的雾气，轻轻敷盖在我的脸上，冰凉。说不出的，我的心一阵阵地揪紧。

几十个台阶很快走完，我们三个人停在一座毫不起眼的新墓碑前。

一个目光和蔼可亲的老人肖像，映入我的眼帘。

“老爷子，我的曾祖父。”我心里轻轻地叫着。

墓碑上没有出生日期，也没有死亡日期，只有三个名字和一句话语：严慎、妖儿夫妻及爱子严谨，合葬于此，我们都是好人。

我啊的一声，热泪滂沱，向着墓碑深深一鞠。

“严郑！”一个苍老的声音从一侧响起。

我抹了抹眼泪，侧头一看，只见一个头发花白的老者，坐在一个银光闪闪的轮椅上，佝偻着身子，已近暮年，身后的推车人，看着亦有七十岁左右，不过双眼依旧锐利，步履稳健。

两个人穿着均是极为华贵，好像每一个扣子，都是钻石。

这两位老人来到墓碑前，轮椅上的老者看了看我，毫不客气地骂道：“火小邪的曾孙，有火盗双脉，却是再普通不过的普通人！可笑！可笑！和火小邪一样可笑！”

我知道这个老者来头不简单，丝毫不敢生气。

轮椅上的老头儿说道：“严郑，你怎么一点脾气都没有？哼！你是不是在骂我？嗯，骂我这个老不死的是谁？我是金潘！金王金潘！”

我吃了一惊，念道：“你就是金潘？”

金潘骂道：“小畜生，你还敢直呼我的名字？你是不是以为我只是个传说？嗯？滚一边去，看你碍眼得很！严念，这个小子从此交给你管教！”

我唯唯诺诺地退了两步，却也知道，轮椅后那个目光锐利之人，就是我爷爷严谨的哥哥，严念。

严念上上下下扫了我几遍，一言不发，再不看我，转头和金潘一起，盯着墓碑上老爷子的照片发呆，也不知道他对我是满意还是不满意。

金潘默默地看了一会儿墓碑，伸出手来：“严念，打电话给她。”

严念低声应了，摸出一个小巧的机器，拨了几下，轻声道：“通了。”说着，把一个蓝牙耳机挂在金潘的耳朵上。

电话里有个女子的声音说道：“金潘大人。”从耳机里传出的细小声音，我竟听得格外清楚。

金潘低声道：“水媚儿，火小邪死了，我现在在他的坟墓前，如同他的遗嘱要求，他只剩下骨灰。”

电话那头沉默了片刻，说道：“我知道了……不过你叫错名字了，我是水妖儿。”

“水媚儿，你永远对我这么说，你如果是水妖儿，为什么不来看火小邪和我，最后一眼？”

“没有这个必要。”

“水媚儿，承认吧，只要火小邪不承认，你不能成为水妖儿的，因为水妖儿只活在他的心里。”

“金潘大人，你无论为火小邪做多少事情，你也是个奸商，而不是火小邪认识的潘子。”嘟……电话挂断。

金潘剧烈地咳嗽起来，严念赶忙将蓝牙耳机取下，轻拍着金潘的后背。

金潘半晌才恢复了平静，看着火小邪的墓碑，凝视良久之后，才突然嘿嘿笑了两声：“火小邪，叫你不听我的！叫你不去美国！你满意了吧！埋在这样一个公共墓地里！难道这就是你的心愿？做个普通人？火小邪，从1938年我们见了最后一面，到今天已经七十三年零二百天了，兄弟啊！都他×的快一个世纪了！结果呢？还是见到个死人！一块冰冰凉的石头！火小邪，老子从1970年开始，逼着美国和中国合作，终于打开国门，能让老子派人进来找你，结果中国有十亿人，老子要从十亿人中，把你这个隐姓埋名、东躲西藏的老贼头挖出来，花了老子多少年？结果十年前终于找到了你，你却不愿见我！你怕我笑话你？你觉得你错了？于是不敢见我？何必啊！何苦啊！我们都要入土了！”金潘剧烈地咳嗽了两声，又说道，“我赚了太多太多的钱，做了太多亏心眼的事，结果我没有孩子，所有的财富，生不带来，死不带去，唯独幸运的是，你的儿子严念，就是我的儿子。火小邪，就像你说的，潘子，你为了什么？现在这个问题，我还是回答不上来。我为了什么？我为了什么？我现在要死了，还是回答不上来，所以啊，火小邪，我羡慕你啊。”

金潘说得激动，再次咳嗽不止，伸手手来，严念赶忙向金潘手中塞了几颗药丸，金潘颤巍巍地放入口中，吞服了下去，这才稍微喘上了几口气。

金潘叹了一声：“火小邪，从你的棺材里爬出来，和我说几句话吧。嘿嘿，我知道这不可能了。你如果不想我，为什么老听我最喜欢的那几首歌呢？夜上海，夜上海，它是一个不夜城……嘿嘿，嘿嘿，我唱得太难听了。火小邪，我最后为你做到了一件事，可惜，你还没有看到，就离开了这个世界，呵呵呵呵，遗憾啊，遗憾啊……火小邪，我说过，我们是兄弟，不能同日生，但可同日死，我比你晚了几天，没关系，我赶来了，就在你坟前，还来得及对吧，还来得及吧，火小邪，火小邪，火小邪，潘子来了，火小邪，潘子来了……”

金潘低念着火小邪的名字，深深地看了火小邪的照片一眼，面对着墓碑，慢慢地低下了头，一滴泪便滴落在地面上，化了开去……

淡淡的微光洒在金潘脸上，是如此安详。

严念低声道："金王金潘，去世了，他最后的心愿已了。"

无人说话，生命的消逝，如此平静，平静得不能撩拨起一丝波澜。

严念站出一步，冲火小邪的墓碑和金潘，各鞠了一躬，对火小邪说道："爹，我还是恨你，但我，尊敬你，你是个伟大的人。"

我缓缓地抬起头，太阳已经拨开了晨雾，大地一片光明，我猛然发现，漫山遍野都站满了人，足足有数千人之多，男女各异，老少兼有，还有半数是外国人，金发碧眼的白种人和皮肤黝黑的黑种人均有，全部看向火小邪的这个方向。

严念看出我眼中的诧异，沉声道："严郑，虽没有了五行世家，但这些，都是追随者。他们在信息、土木工程、机械、金融、医药等各领域各显其能。"严念突然笑了一声，挥了挥手，十分客气地向一侧招呼道，"两位大人，请来！"

说话间，有一对年约三十的男女缓步走上，男人身材高挑，相貌俊朗，只是面色肃然，表情如雕刻一般，不露神色；女子则秀美绝伦，温柔大方，美貌荡人心魄，简直是不食人间烟火的仙女一般。

这一对男女，双手紧紧对握，上到前来，对严念微微点头示意。

严念深深看了两位一眼，说道："金王金潘、木王火小邪已死，两位可否想起什么？"

男子沉声道："火小邪……"

女子则柔声说道："抱歉，还是什么都记不起。"

严念呵呵一笑，说道："这世间，难道只有火盗双脉和金王的电磁之力，才能够来往不同世界，恢复记忆吗？呵呵呵，也罢也罢！田问大人，林婉大人，你们是否能够想起自己是谁，并无所谓，关键的是，你们终于回来了！"

我听到田问、林婉这两个名字，一个激灵，不禁问道："你们是土王田问和林婉？"

严念轻笑道："正是！我义父金潘穷一生精力，终于将田问和林婉找回！"

那男子眉头微皱，略有伤感地答道："抱歉。"

那女子也柔声答道："可惜我们忘了一切，连自己的名字都忘了，所有事情一片空白。"

那男子却道："唯记得此名。"说着一指墓碑，墓碑上正是火小邪的名字。

我突然有些兴奋，声音一大，问严念道："那……那是所有消失在罗刹阵里的人都会回来吗？"

严念哈哈笑了两声，神色肃穆，再不搭理我，看着墓碑，高声道："我等众盗，共同祭拜两位逝去的前辈！"

严念高举起手，朗声高喝道：“一鞠躬！”

数千号人，整齐划一地深深一鞠，这种无形的力量，让我也不由自主地弯下腰去。

“二鞠躬！”

“三鞠躬！”

三鞠躬完毕，严念突然一笑，指向火小邪的墓碑：“他想要的，就是我们想要的，严郑，我老了，该看你的了！”

所有人齐刷刷地向我看来，其中一个斯斯文文教书先生打扮的人，虽然是远远地看着我，但明显地可以感觉到，他的眼睛如一潭看不到底的深水。

我一下子睁大了双眼，突然明白了严念的意思。

逐渐消散的晨雾中，好像火小邪、水妖儿两人，携着双手，正向我微笑着，微笑着……

（全文完）

附录

火小邪：本名严慎，炎火驰、珍丽之子，通过火门三关，后被逐出。曾任忍军少主，后为木王，发起五行合纵，被誉为贼王之王。生年 1910 年，死于 2010 年，享年 100 岁。

水妖儿：流川三兄弟之三弟与周娇所生，与水媚儿是同胞姐妹，生年不详，消失于 1938 年罗刹阵内。

金潘：小名潘子，金家乾坤两王之乾金王独子，后为金家少主，直至金王，生于 1911 年，死于 2011 年，享年 100 岁。

田问：土家田羽娘之第二子，生年不详，后为土王，消失于 1938 年罗刹阵内。

林婉：木王林木森与前任木王青红所生独女，为木家少主，木家逍遥枝总仙主，生年不详，消失于 1938 年罗刹阵内。

流川：流川一共有三人，乃三兄弟，为三胞胎，均为水王，从不同时以水王名义出现。生年不详，大哥、二哥均消失于 1938 年罗刹阵内，三弟身份为水家三蛇，1938 年，与影丸在罗刹阵内战死。

郑则道：绰号小不为，苏北大盗，生年 1905 年，清末民初杀手组织三眉会郑有为之子，三眉会少主，志在光复大明，后改国号为大郑。火王严烈嫡传弟子，后位列火王，在罗刹阵内疯癫后，死于 1945 年，服毒自尽，享年 40 岁。

目录

五行合纵